长篇小说

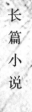

笔 筵 引

李清源◎著

河南文艺出版社
·郑州·

图书在版编目（CIP）数据

箜篌引/李清源著. —郑州：河南文艺出版社，
2019.10

ISBN 978-7-5559-0883-8

Ⅰ.①箜… Ⅱ.①李… Ⅲ.①长篇小说-中国-当
代 Ⅳ.①I247.5

中国版本图书馆 CIP 数据核字（2019）第 208924 号

出版发行　河南文艺出版社
本社地址　郑州市郑东新区祥盛街 27 号 C 座 5 楼
邮政编码　450018
承印单位　河南新华印刷集团有限公司
经销单位　新华书店
纸张规格　700 毫米×1000 毫米　1/16
印　　张　24.5
字　　数　371 000
版　　次　2019 年 10 月第 1 版
印　　次　2019 年 10 月第 1 次印刷
定　　价　42.00 元

公无渡河，

公竟渡河，

堕河而死，

将奈公何！

目　录

1　惊变

　　明农庄的人常常弄不清自己生活在什么时候。阴阳推演以生昼夜，季节更替而成四时，农耕生活的节奏仿佛犁铧在老牛的拖曳下翻动田土，缓慢得近乎停顿，然而一转眼，千百年也就这样简单地过去。时间犹如绵纸，被揉成皱巴巴的一团，再经温水一泡，软塌塌地黏糊在一起，分不清了前后古今。所以，倘若有人问他们今时何时，他们会在突然之间感到茫然，说不清身在昨天，还是已经进入了明天。他们弄不清时间，却害怕时间终止，死亡对他们来说异常可怖。但当死亡不可抗拒地来到，他们也会认命，从此魂归虚无，身归尘埃。然而总有一些亡灵不甘心，试图继续影响活着的人，借以证明自己仍然存在。他们最常用的方式，是附身和托梦。

　　这天傍晚，明农庄的老太爷赵积善便附着到了重孙赵致中身上。那个死去多年的老先生在阴间倍感无聊，游荡到集镇去看女人，观察她们的衣着行止是否合乎礼教规范。在集镇的牌楼下，他遇到一件比女人不守礼法更严重的事：一个洋人在那儿传教。那名自称来自法国的神甫带着三样东西：半车《圣经》、几筐铜钱和一把枪。他把枪别在腰里，摆开《圣经》和铜钱，代表他们的上帝做生意：无论男女老幼，领一本经书，发铜钱二十文；背诵一段福音，奖赏一百文。镇民闻声而来，围车观望，不敢轻举妄动，怕上洋鬼子的当。后来有人开个头，接过一本书后安全拿到二十文钱，大家即一拥而上，争相领取。神甫站在车上，俯视拥挤的镇民，茂盛的胡须下伏满讥嘲。

"你说你们大清是礼仪之邦，你看，他们连排队都不会。"他对同行的中国信徒说，"不讲秩序的民族是野蛮的，不配文明的称号。"

信徒尴尬不语。有个镇民领到钱和书，将钱装进衣袋，撕下几页书纸擤鼻涕，连同经书一并丢到地上。神甫拔出洋枪，毫不客气地打断他一条腿。

"亵渎《圣经》，就是亵渎上帝，"他手握洋枪，对惊恐的镇民说，"拿着上帝的钱，却做亵渎上帝的事，是决不允许的。"

镇民们看看断腿的街坊，再看看荆条筐里的铜钱，认为神甫是对的，你不能左手收人家的钱，右手就把人家的书丢掉，这太不礼貌，要丢也得拐道街，到人家看不见的地方再丢。大家都谴责那个倒霉的街坊做得太过分。神甫的生意继续热闹地进行。

赵积善看得痛心不已，决定找个人附身干涉。他首先想到的是门生梁如海。梁如海是老举人，在县内有崇高威望，只是远在县城，缓不济急。于是他就想到了不成器的重孙赵致中。

令赵积善意外的是，梁如海就在明农庄。赵致中挥霍无度，没钱花了，打算卖掉几幅字画。梁如海早就看上他家的一些收藏，尤其是一幅仇英的青绿山水和几张阮元的字，此时闻风而至，愿意高价收买。他报出的"高价"让赵致中大吃一惊，因为那个数字还不到妙品斋估价的三分之一。赵积善怒气冲冲飘进堂屋时，老世伯和老世侄正在激烈地讨价还价。赵积善在老举人和重孙子之间犹豫很久，最终还是选择了重孙子。

赵致中在老太爷控制下策马狂奔到集镇，犹如一只猴子，敏捷地爬上牌楼，对下面的镇民慷慨陈词，要求他们坚守圣人之道，切莫误入歧途，堕了天朝子民的名节。他站在牌楼上，动之以情，晓之以理，引经据典，威逼利诱，落日的余晖斜射过来，将他的影子狭长地挂在牌楼前的大槐树上。他粗犷的嗓门招来了更多的人。大家惊奇地发现，这名恶棍居然还是个饱学的演说家，一边排队领取铜钱和经书，一边为他鼓掌喝彩。法国神甫鄙夷地望着他，就像看家乡马戏团的小丑表演。赵致中喉咙喊哑的时候，神甫也发完了铜钱和经书，带领信徒坐车离去。他对信徒说：

"要让人跟自己走，最好的办法，就是让他们有便宜占。"

赵积善眼看异教徒扬长而去，一时伤心欲绝，丢下有恐高症的重孙，颓然飘回他的坟墓。赵致中惊讶地发现自己站在高耸的牌楼上，吓得浑身酥软，俯身抱住明楼正脊，冲下面嬉笑的人群破口大骂，叫他们马上滚蛋。那些人都滚蛋后，他又愁上心头：他下不去了。

闻讯赶来的赵致和、杨修礼和简明救了他。赵致和是赵致中的弟弟，简明是县学穷生员，杨修礼则是闻名遐迩的风流才子。三个好朋友正在切磋诗文，为毛诗中的一个歧义大打出手，忽闻赵大哥在集镇牌楼上讲道学，不胜讶异，立即赶过来看稀奇。赵致中获救，听梁如海讲述了方才情景，感觉脸面丢尽，要骑马追打洋神甫。

梁如海说："穷寇莫追。"

"我不要钱，就打他一顿。"赵致中显然不明白"穷寇"的意思。"否则今晚睡不着觉。"

梁如海说："他腰里有枪。"

赵致中放弃了报复。西洋国不好惹，洋人比官老爷还厉害，他们在大清国打个喷嚏，皇上都可能吓出一身冷汗。按照大清惯例，有特权的人打死人往往不用赔命，神甫赤手空拳还好办，手里有枪就太危险了。梁如海一心惦记着字画，还想跟世侄谈谈价钱。赵致中心情糟糕，明显没有兴趣谈下去。梁如海锲而不舍。

"贤侄啊，我出的价已然不低了，你也不想想咱们是什么关系。"他说，"我是老太爷的关门弟子，又是令尊的乡榜同年，我能让你吃亏吗？"

赵致中最终没把字画卖给他，理由是关系这么好，他也不忍心让老世伯吃亏。回庄之后，赵致中闷闷不乐，叫家人去请张天师来讨论法术。家人回来说张天师没空，这几天都忙着给城东王大户捉鬼。赵致中无奈，只好自去静室修炼纯阳功。这套功法是张天师教给他的，据说日日修炼，可以强肾壮阳。赵致中得到这套功法异常欢喜，按照天师传授的法门坚持修炼。他既不阳痿，也不肾虚，补那么多阳也不知道有什么用，不过阴阳五行这东西，玄之又玄，神秘无比，信它总比不信强，况且作为男人，多些阳刚之气肯定没有坏处。

练功需要打坐，而打坐对于赵致中，却是极困难的事，盘起双腿坐到蒲团上，要么满脑子胡思乱想，要么稍坐片刻即鼾声大起，总无法做到安静状态之下的入定。此次亦不例外。刚坐一会儿，他就开始了深邃的思考，觉得这套功法不够完美，应该再加入"采阴补阳"的内容。张天师的足本纯阳功是有采阴补阳这个章节的，只是赵致中意思的银子不够多，他就把这套最精华的法门抽了出去。无知的赵致中还以为是自己的创见，兴奋得几乎走火入魔。他决定过几天去找张天师一起探讨，然后坐在蒲团上睡着了。

赵致中的爷爷赵维孝的灵魂仿佛一团透明的烟雾，一直在屋梁上焦虑地飘荡。赵致中入睡后，他从屋梁上飘下来，像条逆流的鱼，向赵致中的梦境游去。当弯月跌进黑夜的湖泊，院外楝树上的猫头鹰也不再歌唱，他终于游进孙子的睡梦里。这位做过翰林院庶吉士的老头儿愁眉苦脸，忧心忡忡，坐在铁梨木太师椅上唉声叹气，不一会儿就把房间里弄得怨气缭绕。他说：

"快去吧，你父亲要死了。"

赵致中霍然醒来。窗外鸡鸣犬吠，依稀还有战马奔腾和嘶鸣的声音。他大惊失色，跳起来打开房门。那些混乱的喧哗在房门拉开的一瞬间戛然而止。外面一团漆黑。天空密布的星斗璀璨无比，它们只顾照亮自己，并不关心人间的幽明。赵致中面对无边黑暗发了会儿呆，闭门坐到桌子前，用铁签拨了拨灯芯。老鼠啃噬墙根的声音就像他爷爷的叹息，若有若无而又无处不在。他听见房门被笃笃叩响，走过去打开，除了茫茫夜色，什么也没有。他关上门，坐回椅子，叩门声却又响起来。打开门依旧一无所见。如是再三。赵致中惊惶不安，找把斧子将房门劈成碎片，然后套上马直奔京城。

赵致中的父亲赵敬则是京城都察院有名的学术大师。鸦片战争后，西洋人拿着奇技淫巧的武器一次次打上门来，大清国的外交基本上只剩下割地和赔款。对赵敬则来说，再没有什么东西比维护帝国尊严更重要。察劾百官之余，他钻进书房，开始了关于帝国尊严的学术研究。他的研究成果极其丰硕，归纳起来有五大要义、九种方法，而其核心是心性。他认为尊严是一种心态，只要自己看得起自己，自我推崇，自我满足，自己就是有尊严的，至于外人的看法，就如浮云流水，不必在意。所以，尊严之学即心性之学，要谈尊严，首先要谈心性。赵氏尊严学获得了巨大成功，自皇上以迄士绅无不倾倒，庶民百姓也跟风膜拜，赵御史一时成为大清国的文化栋梁。皇上的宠幸使赵敬则头脑发晕，认为凭借自己的道德功名可以干涉皇上家的私事，当皇帝驾崩，幼主继位，太后诛杀顾命大臣，试图独揽大权时，他认为有违先皇遗命，遂上书太后，要求她归政皇帝，退回西宫过她的妇道生活。他显然高估了自己的影响力，误以为太后会顾忌舆论，会对他这么著名的骨鲠之士宽容相待，会担忧激怒天下文人。等他意识到自己犯了致命的错误，刑部已经掌握了他的累累罪行，并移送大理寺复核无误。摞起来高达十尺的案卷宣判了他的罪行。京报上引述了那一系列骇人听闻的罪名：任地方官时强奸幼女，在都察院性侵同僚，对孔圣人画像手淫，并有不可救药的恋兽癖。他还将家里一座老钟表涂上一层青漆，青钟，谐音"清终"，叛逆之心昭然若揭。谳词上奏，太后极端憎恶，朝廷亦震怒不已，判了斩立决。行刑地照例在菜市口。当赵致中策马进入京城永定门的时候，刽子手的钢刀刚好锯断他父亲的脖子。

赵致中砍了根粗大的柳枝，挂上无数白纸条，做成一个招魂幡插在马车上。赵敬则的身体安静地躺在马车里，他的魂魄却不愿离去。他要留在京城，看着冤杀忠良的大清国怎样分崩离析。山水迢迢，道路漫长，招魂幡上的白纸条在秋风里猎猎飞舞。赵致中手扶马车哭了一路，为父亲的悲惨下场痛不欲生。他在去京城的路上，收养了一个乞儿，又救了一名落难女子，此时全赖他们扶持伺候，才活着回到了明农庄。

因是被朝廷砍头，罪名又如此恶劣，颍川县士绅都不愿参加赵敬则的葬礼，只有几个至亲好友来哀叹了几句。赵敬则的尸身在家里放了三天。这三天炎热异常，阳光如同泼火倾泻而下，树叶烤得焦黄，风一吹，便化成灰漫天飞扬。庄里的三口水井蒸气升腾，井水翻滚如沸。所有人都热得不想活，赵敬则的尸体却僵冷如冰，不腐不坏，只有两只眼睛干缩下陷，眼皮松弛地搭在眼洞上，仿佛两个陷阱，令人疑心他生前是个瞎子。给赵敬则擦洗换衣时，子女们发现了一件极端难堪的事：父亲的阳具不见了。赵致中以为是被老鼠啃噬，提桶热水去灌老鼠洞，要把它们统统赶出来扑杀掉，他收留的那个女子阻止了他。

"老爷那个是被满人割掉的。"她对赵致中说，"跟老鼠没关系。"

这个女子叫江蓠。她拿出了证据：赵敬则的《宦学笔记》。这本日记体著作记录了赵御史的日常活动和学术心得，从京城回来时，赵致中把它和一堆书胡乱扔在车上。行路无聊，江蓠翻书打发时间，走到彰德府地界时看到了这一本。在第二百零三页，赵敬则以悲愤的笔触记录了阳具的不幸遭遇：他听说工部侍郎穆图阿娶了表妹，又与姑姑私通，简直畜生不如，于是具状上闻，向皇帝参了他一本。皇帝命刑部查办，结果是查无实据。穆图阿因此痛恨赵敬则，派人暗中下手，把他的阳具割了。穆图阿说：

"反正他是圣人，不近女色，留着那玩意儿也没用。"

赵致中的脸色宛如霓虹，一时间光彩陆离，咳嗽一声，鲜血从鼻孔滚滚而下。他将那页纸扯下来，揉作一团塞住鼻子。

"不要告诉任何人！"他警告江蓠。

埋葬父亲后，赵致中即不见踪影。赵致和一连数日滴水不进，哀毁过度，虚弱得不成样子。杨修礼和简明怕他死掉，留在明农庄陪他说话。书桌上放着那本《宦学笔记》，杨修礼随手捡起来翻阅，很快被书中所记逸事和评议吸引，遇到好玩的章节，即饶有兴致地读给赵致和与简明听。其中一篇是对满人特权的质疑，譬如仕宦，满人进入仕途比汉人容易得多，升迁也快，要害官缺更是满人禁脔，不容汉人染指，使得大量汉人英才出头无路，上进艰难。简明听得气血翻涌，三尺二寸长的辫子犹如一条捅火棍，在脑勺上倒竖起来。这个自负的穷秀才两次乡试俱告失败，赵致和与杨修礼已是举人，他还是县学里的生员。这让他变得敏感而好斗，跟两个老朋友说话也越来越犀利尖刻，好像他们做了对不起他的事。

"讲什么满汉一家！"简明说，"大清根本就是他们满人的，汉人都是奴才。"

"其实也可以理解，人家是同种嘛。"杨修礼笑嘻嘻地说，"用自己人更放心。"

房门如同一页草纸被悄然翻开，知县刘继儒黑着脸跨进来。刘知县装束寒酸，头戴一顶破草帽，身穿粗布长袍，袍袖和领子都已破损，两肘上还打着硕大的补丁。他摘下草帽，对杨修礼说："疏狂小子，讲话注意点！"然后回视简明，"明天上午将有捕快捉拿你，你现在可以去投案，也可以逃亡。"

简明大惊："学生所犯何罪？"

"你也没犯什么罪，就是不该乱讲真话。"刘知县说，"大清这么大，倘若大家都讲真话，事事较真，皇上还怎么治理国家？"他摆手拒绝简明的辩解，踱到赵致和面前。

"这位就是赵家二公子吧？"

刘知县是来吊唁赵御史的。他与赵敬则神交已久，对赵御史的道德文章佩服得五体投地。赵御史之死令他深感震惊。京报上罗列的罪名固然骇人，但他知道那不过是朝廷整人的手段：朝廷要除掉某个人，不光消灭肉体，还要毁掉名誉。杀忠臣是要担骂名的，杀一个无耻之徒，就义正词严理直气壮了。他觉得有必要来向赵御史拈香致意。

此时已是午夜，没有月亮也没有星星。管家赵成撑一只油纸灯在前头带路，赵成的儿子福荣搀扶着虚弱的赵致和，赵致和则搀扶着刘知县。油灯的光刚透出薄薄的油纸，便被周围的黑暗吸食，大家只看到灯笼发亮，却看不到光明。一行人凭着感觉跌跌撞撞地来到赵敬则坟前。新坟的湿土散发着浓郁的哀怨。刘继儒感到一种辽渺的孤独，禁不住潸然泪下。

"赵先生啊赵先生！"他说，"朝廷养你们御史，是给皇上看家护院的，你怎么去管皇上的家事呢？"

知县的悲伤感染了黑夜中昏睡的上苍，颍川的天空顿时大雨倾盆，转眼间沟满河溢，洪水滔滔。这场突如其来的大雨，破坏了刘继儒连夜赶回县衙的计划，只好留宿明农庄。赵成安排他住进赵敬则生前返乡省亲时住的房间。房间陈设简单，除了一张普通的柏木架子床，就只有一桌一椅、文房四宝，和一个摆满圣贤典籍的酸枝木多宝槅书柜。墙上悬挂一幅字，是赵敬则手书的张横渠名训：

"为天地立心，为生民立命，为往圣继绝学，为万世开太平。"

笔风端穆，一如赵御史之为人。刘继儒负手仰观，嗟叹不已。烛芯清脆地爆了一声，刘继儒扭头看去，发现毛笔头状的烛焰变成了元宝的模样。元宝状的烛焰在粗大的白蜡烛上摇晃，晃一下就大一圈，很快弥漫房间，点燃了书架和床帷，火苗上炎，梁檩也都烧起来。刘继儒在房屋坍塌之前逃出火海。雨已经停歇，青蛙在积水里此起彼伏地嚷叫。他大声叫人救火。他的呼喊声在深不可测的夜空里回荡，却无人应答。房子在他面前飞快烧成灰烬，连砖石和瓦兽也都熔化了，犹如污油遍地流淌。当最后一点火苗在黑暗之中一闪而逝，刘继儒感觉自己也消失了。

2　廉吏的末路

　　明农庄的人不理解刘知县为何躺在房外冰冷的青砖地面上睡了一夜。被叫醒的刘继儒也无法给出解释。大少爷赵致中依旧不见踪影。刘继儒因为身份相关,不便久留,谢绝赵家精心准备的早餐,只要了半个玉米窝头就告辞了。

　　玉米窝头是隔夜的,还算松软,一入知县之手,立即变得干硬如铁。刘继儒老鼠磨牙般啃了一路,直到县衙大门才把最后一口咽下肚去。打官司的人不多,衙前街道里的商铺生意清淡,纷纷倒闭,最后一家包子铺也在前天傍晚关张。刘继儒的儿子刘蕴明手捏一封信,闷闷不乐地站在衙门外的青石狮子前。青石狮子雕得很粗糙,胜在高大威猛、气势磅礴,然而现在,它们的尖爪和利牙不知被谁敲掉了,嘴里的石珠由于没有牙齿阻挡而摇摇欲坠。刘继儒觉得这不是好兆头,有意卜上一卦以辨休咎。他摸出三枚铜钱,掷了六下,脑袋里动爻、变卦纠缠半天,终于得出一卦,却一时想不起卦名叫什么,所得那爻的爻辞又是什么,索然无趣,便对儿子说:

　　"掉就掉了吧,它又不知道疼。"

　　刘蕴明点点头。刘公子二十多岁,五官端正,眉目俊朗,只是长年营养不足,脸色略显晦暗,犹如蒙上一层灰尘的树叶。他告诉父亲,他奶奶昨天晚上又哭了一夜。这是令人惊恐的坏消息，刘继儒脸白如雪，扶着县衙大门足足愣了一刻钟。刘蕴明捏着那封信在他眼前晃了晃，只见他呆若木雕，毫无反应。那封信等得不耐烦了，从刘蕴明手里跳出来，如同一条粗鲁的大尾巴鱼，劈头拍打在刘继儒的脑门上。

这封信是新旗主达达寄来的。在此之前，达达已经让人代笔给刘继儒写来好几封信，俱无结果，达达很愤怒，遂亲自捉笔写下这一封。这封措辞严厉的信件布满了达达独创的象形文字，在通俗易懂的同时又充满悬念，而所有悬念，无不围绕着那个鲜明而突出的主题：立即还钱！

达达索要的是当初买官的旧账。刘继儒能当颍川知县，全靠时任吏部文选司郎中的老旗主抬举。大清国官场如市，想做官就得花钱买。老旗主历任肥缺，收钱都收得不耐烦了，所以给门下包衣刘继儒弄到这个职缺时，并没有向他要钱。刘继儒将此理解为老旗主尽忠王事，为国荐才，谢过主子恩典，欢天喜地赴任去了。但据新旗主达达信里说，老旗主咽气前留有遗言，刘继儒的钱该还了，连本带利一共十万两银子。老旗主担心达达记不住，一直死得不踏实，下葬前特地又活过来，敲开棺材反复叮嘱。达达叫人拿笔把遗言写到自己肚子上，老头儿还是不放心，怕洗澡洗掉，或者出汗后蹭掉。达达就让人把遗言文到了肚皮上，老头儿这才安心地死去。达达怕刘继儒不信，专门请了个相好的画师把他的肚皮画下来，只见在蓬勃的体毛中间，隐藏着一些蜘蛛一样的小字，仔细辨认，果然是关于十万两银子欠款的，在丹田部位还有老旗主的亲笔签名。

刘继儒如梦方醒：老旗主当初不要，不等于永远不要。之所以当初没要，是为了放放利钱，来日多要。在大清国，不花钱就想当官，既没有这种好事，也没有这个道理。达达在开出十万这个数目之前，经过缜密核算，综合了多年来官市的行情波动和县令的正常收入，虽然多了些，料想也不至于拿不出来。

遗憾的是，他不知道刘继儒有个致命的缺点：不会捞钱。

要说大清国还有不爱钱的官儿，连皇上和老佛爷都不信。所以当刘继儒初莅颍川，在接官亭跳下驴车，对迎接的佐杂官吏和县内士绅发表讲话，发誓不收县民一文钱时，大家都没当真。当官不图财，就好比青楼里的妓女接客不要钱，天底下没有这么蠢的人。刘继儒用实际行动证明了他的诚实：在大堂断官司，谁穷他就偏向谁，谁花银子谁倒霉；一应差缺勾当，不送礼他可能不管不问，一送礼必定给你搞砸。有书吏弄法舞弊，勒索钱财，被他发现，一顿板子打丢了半条命。第一年征夏税，钱粮师爷找他商议如何加收。在正赋正耗之外加派浮折，是大清国南北通行的惯例，父母官的主要收入端赖于此。钱粮师爷尽忠职事，不料却被刘继儒痛斥一顿，责骂他心怀奸私，荼毒百姓，欲陷本官于不义。钱粮师爷吃一肚子气，回去就打铺盖走人了。

"他一心想进名宦祠，我不能舍身作陪。"钱粮师爷对送行的刑名师爷说，"至仁近乎恶，至廉近乎酷，这样搞下去，颍川县早晚毁在他手里。"

刑名师爷将话传给知县。刘继儒非常恼火，他负手而立，仰望大堂上的"光明正大"匾发了半天闷。

"走就走吧。"他说，"粪土焉知菊兰之志！"

夏征如期而至，颍川百姓惊讶地发现，赋捐不仅没涨，反而比往年下降许多。大家终于相信了天下还真有清官。坊间议论说他是死读圣人书，把脑子给读坏了。也有人质疑他是沽名钓誉，收买清名。但是当官的爱名总比爱钱强，就算一年送一个万民伞德政牌，加起来才值几文钱？大家觉得运气真好，当然首先还得感谢皇上。

刘继儒获得了县民拥戴，衙内佐贰和杂役却很不开心。自他就任之后，府道、藩臬、抚台等各级上司就再没收到过颍川县三节两寿的常例孝敬。刘继儒没钱送，而且他认为，只要勤政爱民，理好县政，上司就会很满意。这想法显然幼稚。上宪认为他不会做官，打算调他去外地当学正。县民深知这么傻的官不好找，岂能轻易放走，于是公推代表去请愿。五十名代表日夜兼程，赶到巡抚衙门外跪地陈情，恳求巡抚大人垂念民意，留任清廉勤政的刘知县。巡抚怀疑是刘继儒暗中策划，命令有司严行查问。有司派人邀请代表们去喝茶。梁如海见多识广，一见按察司来人，立刻得了偏瘫不能动弹，让赵致中代他去做客。去按察司的除了赵致中，还有他的妹夫史宗义和一个药商。三个代表兴致勃勃来到按察司，看到的却不是茶水，而是刑具。赵致中的父亲赵敬则恰好回乡省亲。他与按察司经历是乡榜同年，为救儿子，提了二斤八两葡萄干登门求助。经历收此"厚礼"，受宠若惊，第二天就去打点，叫刑卒讯问时不再用藤条，改用带铁刺的牛皮鞭子。刑卒在赵致中和史宗义身上打断了三根鞭子、四条板子，仍旧没有得到巡抚想要的供词。而那名药商，看到刑具顿时昏死，好容易拿凉水泼醒，睁开眼一看到刑具，立即再次昏死，刑卒根本没有问话的机会。巡抚遂从民所愿，准予刘继儒留任颍川县。

这场风波拉开了赵敬则与刘继儒友谊的序幕。两人惺惺相惜，互相推崇，在各自的笔记里毫不吝啬地赞美对方，并从对方的笔记里获取精神支持。去年九月，刘继儒接到赵敬则一封信。老赵在信里说，他有个会榜同年升任吏部侍郎，他已向侍郎推荐了刘兄，估计不用多久，刘兄就会高升。刘继儒欣喜欲狂，将信递给夫人和儿子观看。夫人看罢，全无喜色，反正做官又不能发财，官越大，也越劳碌，何苦来哉？

"妇人之见！"刘继儒乜视忧心忡忡的太太，"如若不当官，咱们能发财吗？"

太太摇头。

"当官是穷，不当官也是穷。当官虽穷，没人敢欺负你，倘若是穷百姓，你还有过头吗？"

太太想了想，仿佛有理。刘继儒又说："自古以来，有钱人如恒河沙数，活着时锦衣玉食，极尽口耳声色之娱，一旦死掉，谁还记得世上曾经有过他们？然而做个清官，却可以流芳百世，千年之后，美名仍在。一个是享受几十年烟消云散，一个是穷苦几十年名垂青史，你说哪个更划算？"

太太无语以驳，苦笑而已。老刘啃着咸菜馒头，一天把赵敬则的信看三遍，日夜等待升迁调令。倒霉的是，调令还没等到，他老母亲先死了。圣朝以孝治天下，官员死了爹娘，按例要丁忧离职，一离就是二十七个月。虽说服满可以起复，但是大清有志做官的人太多，皇上家的官位相比之下又太少，候补官员漫山遍野，有人等一辈子也署不到一个缺，今日一旦交印，谁知道以后还有没有造福一方的机会。他密遣刘蕴明赶赴京城拜访赵御史，询问升迁的事是否有准。赵敬则用他的项上人头做了担保。刘继儒深思数日，做出一个大胆的决定：瞒丧。

好在老母卧病多年，刘知县怕下人伺候不好，一直由夫人和儿媳照顾，几乎不见外人。这为刘知县瞒丧提供了便利。天气晴好时，老母亲会坐到内宅花厅的山墙下晒晒太阳。刘继儒虑事周详，他让夫人扮演老母，偶尔也去那儿坐一会儿，在儿媳的配合下掩人耳目。刘继儒是孝子，每次吃饭，都必须由他老母亲下第一箸。老人家行动不便，有时想逛街看戏，他就亲自背驮而去。县里有重大事务，也必须回内堂请老母亲指教。老母死后，刘继儒依旧一天三次过去请安，有空就陪她说话。当他决定要做什么事，也照例先征求老母亲的意见，老母亲同意后才去施行。他坐在床边的小木凳上，握着老母的手，把事情的来龙去脉和自己的因应方略讲述一遍，然后诚恳请问：

"儿子什么都不懂，全靠母亲大人指点。您老人家认为儿子的方法可行吗？如果不可行，您就摇摇头。"

他的决策毫无意外地获得老母亲的支持。得到老母授权的刘知县底气充沛，做起事来雷厉风行。他否决了县丞葛天民兴商裕民的建议，旌表了七个寡妇、五个孝子，处罚了二十四个哄抬物价的奸商，开辟了恤养院收容全县乞丐，驱逐了在县内到处惹是生非的法国神甫，并在一月之内查封县城所有烟馆，又抄了他们的后台捕头陈二的家，将陈二打入大牢，等待发落。这次禁烟在刘继儒的笔记里惊心动魄，凶险异常，他说他写了十封遗书，已将生死置之度外。禁烟运动大功告成那天晚上，刘继儒对整个过程做了简单回顾和总结，然后过去陪老母说话。

夜空里白云如海，月亮疲倦地在云海中穿行。县衙外的街道有更夫走过，哪哪的梆子声在浩大的寂静里显得孤单而无助。刘继儒推开老太太的房门，一阵哭声迎面而来。那哭声低回悲伤，像香烛的烟雾一样若断若续，飘飘忽忽，在屋梁与帷帐之间绕来绕去。刘继儒到处寻找哭泣的人，找到最后，才发现哭声是去世已久的老母亲发出的。

这个怪异的事让刘继儒一家惊惶不安。三天后，他们接到了老旗主去世的讣告和新旗主催钱的信件。法国神甫被刘继儒强行驱逐，为没有得到祖国的保护而愤怒，写信回国痛骂国会议员，国会议员痛骂总统，总统递交国书痛骂大清皇帝，大清皇帝痛骂河南巡抚，河南巡抚又痛骂了一顿刘继儒。法国神甫趾高气扬地回到颍川县。就在刘继儒心灰意冷之际，京城又传来消息：曾经用项上人头担保他升迁的赵敬则被朝廷砍头了。祭奠赵敬则归来，他万念俱灰，拿着达达的亲笔信走进内衙，拦住了准备扮演老太太去墙根晒太阳的夫人。

"别再装了，咱丁忧吧。"

刘老夫人病逝的消息转眼传遍全县。这意味着刘知县将要无可挽回地离开颍川了。县民依依不舍，送了一程又一程，在他的驴车里塞满了馒头和咸菜。此时赵致中已经回来，他和弟弟送得最远，一直走到二百里外的黄河渡口。刘继儒登舟作别。黄河滔滔，舟轻浪急，小船起伏摇荡，几欲倾覆。刘夫人和儿子儿媳无不惊惶，一个个面色如土。刘继儒反而不再忧惧，神色也安然而宁静。他回顾了自己的知县生涯，自认上无负朝廷，下无负黎民，纵使一死，亦无所憾了。

达达并不想让刘继儒死，他只想要钱。这位八旗子弟一无所长，只会败家，老旗主弃世不久，辛苦一辈子捞的钱就被他赌光输尽，而今所能做的，只有敲诈旗丁。刘继儒是他旗下奴婢里权位最高的，因此被他寄予厚望。不料这奴才竟说他没钱！达达坚信他是撒谎，谁不知道三年清知府，十万雪花银？他的耐心在几封信后消耗殆尽，于是亲笔写信警告刘奴才，倘若再不如期如数送钱，就亲赴颍川县衙，拿鞭子当众抽他。刘继儒不敢想象当着颍川士绅的面被达达用鞭子抽是什么样的情景，他宁愿趴在京城老家破烂的瓦房里，把屁股献出来让主子用板子打个稀烂。他决定丁忧去官，马上离开颍川县。对金钱的强烈渴求让达达丧失了最基本的人性，他将刘家老太婆的死和刘继儒的丁忧视为向自己示威，并因此深感被冒犯，命人把刘继儒的十个指甲和满嘴牙齿一个个拔下来。刘继儒在昏死之前一刹那，想起了颍川县衙前的石狮子。

路过颍川县衙的人惊奇地叫喊：

"咦，石狮子流泪了！"

家法行遍，达达依旧没有得到他想要的。他觉得自己很不幸，遇上了一个要钱不要命的奴才。他派人去颍川访查，看刘继儒是不是把财物存放在了颍川。暗访的人没有找到刘继儒寄存财物的线索，却带回一条极重大的信息：刘继儒在丁忧之前，纵放了一个谤讪朝廷的生员。生员身负功名，竟敢谤讪朝廷，谋危社稷，定是乱党无疑。刘继儒私放重犯，也难逃其咎，倘若举发，必当抄家灭族。达达让刘继儒自己选。

　　刘继儒知道他只有一条路可走了。他让妻子买来毒酒，平静地喝下去，然后看到老朋友赵敬则就站在面前，正悲伤地望着自己。刘蕴明泪流满面，浑身颤抖，他把酒杯摔到地上。

　　"凭什么我们生下来就得做奴才？"他说，"凭什么他们让我们死，我们就得死？"

　　刘继儒的孙子刚过五岁生日，幼小的他还不懂成人世界的凶险，他被父亲激烈的举动吓到了，趴在母亲怀里放声号哭。刘继儒仿佛被放在石磨上，粗糙的磨盘碾得他碎如齑粉。他闭上眼睛，说：

　　"去颍川吧，投奔赵家。"

　　朝廷的告示很快就贴到了颍川县。告示上说，前颍川知县刘继儒交通长毛乱党简明，意图谋反。今刘继儒已畏罪自裁，其子刘蕴明与乱党简明潜逃，着各府州县及防营一体缉拿。赵致和在父亲坟前造了间茅房，准备守孝三年。看到告示，他立即收拾行装，奔赴京城为刘继儒和简明喊冤。赵致中把珍藏的短枪送他防身，被他谢绝了。他说：

　　"生在乱世，不是一把枪就能保平安的。"

　　赵致和顶着状子，在刑部、都察院和通政使司之间奔走月余，渐渐发觉一切努力都是徒劳。杨修礼在刑部门前找到他时，他正在那里绝食。杨修礼说服他放弃了这种幼稚的行为，又告诉他一个不幸的消息：刘蕴明一家已经死掉了。这都怪刘蕴明太大意。不愿认命的他带着妻儿昼伏夜行，终于赶到颍川地界。他明知官府必定已经通缉了他们，而且明知通缉布告必然也到了颍川，却过于相信父亲对颍川的恩德，以为颍川百姓肯定会庇护他们，就像东汉士民之庇护张元节。于是，他冒失地带着饥渴不堪的妻儿走进了一户人家，而这户人家的儿子，恰巧因为盗窃被刘继儒在大堂上打过板子。新知县带领捕快星夜赶至，在黎明之前包围了整个村庄。

赵致中决定武力救人。他正与史宗义密议如何下手，老举人梁如海先生派他三儿子来请。一向与官府亲密无间的梁乡绅居然也在思考如何营救刘公子，让致中贤侄刮目相看。史宗义提议劫狱，梁如海的三儿子梁鼎天则建议在解送路上拦截。他的建议得到了大家的支持。

只要愿意花钱，官府里就没有秘密。赵致中轻松获取了解送刘家三口的日期及路线，然后收买三个江湖亡命徒，拟定了劫囚地点和方案。他又花重金买通张天师，请他在某日某时作法起一场大雾，以方便他们得手后逃跑。他们周密考虑了每一个细节，推演了无数种可能，最终确定可以万无一失了。

可悲的是，他们忽略了新知县对刘继儒的仇恨。得到这个曾经繁庶之地的任命，新知县花了不少钱，他迫切需要在有限的时间内连本带利赚回来。然而刘继儒在任多年，把官场规矩破坏殆尽。县民习惯了他的成法，自然而然用这套标准来要求新太爷。新官上任以来，事事棘手，对该死的前任痛恨至极，连带也极端厌恶他的子孙，而对他们一家的遭遇拍手称快。在解送刘家三口之前，他随口对押解的差役说："这是叛党，罪愆极重，倘若有人劫囚，先砍了他们脑袋。"事实上他何曾想到过会有人劫囚呢。

然而劫囚的人居然真的在黄昏时分从一座山岭的树林子里跳出来，就像《水浒传》里写的那样，执刀蒙面高声呐喊着冲杀过来。差役们魂飞魄散，拔刀将刘家大小脑袋砍掉，回身撒腿而逃。赵致中等人目瞪口呆，看着身首异处的刘家三口手足无措。张天师搞错了符篆，承诺的大雾没有如约而至，却弄到一阵沙尘暴，突如其来的漫天尘沙打得人睁不开眼。那三个亡命徒不甘失败，顶着风沙追杀差役，然而一不留神，却把同伙梁鼎天砍死了。

3   不可说

　　埋葬父亲之后的一个多月，赵致中行踪成谜。有人问起，他一概以外出寻找赚钱的门路含糊作答，倘若追问详情，他便瞪眼作色，反问人家是想抢生意，还是意图报官。史宗义不信他这说辞，因为他以前去江湖上找财路，总要叫上史宗义同行。赵致中嘿嘿笑，坦白说是看上了某地一个婊子，一直在那儿的窑子鬼混。史宗义仍不信，追问是哪个地方的哪个窑子。赵致中怫然。

　　"问那么仔细干吗？"他说，"你也想去玩？还是要向你嫂子告密？"

　　这两件事史宗义都不敢，再问无益，只好闭嘴。赵致中最害怕的人——他老婆孙慧如——反而最好应付，编了个江湖行程，再加上一大串人名和故事，就轻松糊弄过去。他回来时，带了一只做工粗糙的尿壶。尿壶是陶制的，西瓜大小，陶面上描绘着乱七八糟的图案，看不明白画的什么。赵致中小恭罢，拿根桃木棍敲敲它，问道：

　　"好不好喝？"

　　陶壶里的尿液缓缓波动，发出微弱的回声，仿佛幽缈而哀伤的叹息。赵致中懒洋洋地走向架子床，忽听耳后似有人说话。

"昔日我辱人，今日人辱我，且看辱人者，哪个能逃脱……"

赵致中猛然回头。房间里空无一人，也无动静，除了烛影轻摇，只有陶壶里的尿液还在无规律地荡漾。赵致中大怒，挥起桃木棍狂抽陶壶。尿液在他的抽打中归于平静，犹如一面镜子，反映出他因愤怒而狰狞的脸。赵致中丢下桃木棍，挺到床上躺躺睡去。他梦到一大群姑娘围着他叫官人，为他宽衣解带，共赴云雨，正快活间，忽见孙慧如手提棒槌咆哮而来，顿时吓醒了。睁开眼，只见月色如血，洒满床前。空气中隐约有胡乐之声，伴有靡乱的喘息，如在耳边，又如在天际。胡乐不知来自何处，喘息却是枕边发出的。孙慧如居然还没睡，此时星眸半闭，满脸红霞，两只手上下摸索，仿佛一只发情的妖精。生过女儿后，孙慧如对床笫之事即兴趣缺缺，每当赵致中有欢好要求，她就心生厌憎，叫他去找别的女人。赵致中当真要找，她又祭出红枣木大棒槌，说是她答应了，但棒槌没答应。赵致中遂知趣而罢。此时孙慧如这番情形，是从来没有过的，赵致中欣喜欲狂，与妻子极尽鱼水之欢。事后，他用汗津津的胳膊搂住汗津津的孙慧如，开心得仿佛燕尔新婚。

"你今晚是怎么回事呀？"他问孙慧如。

孙慧如睃他一眼。"你还问？"她说，"我睡得好好的，被你折腾醒，还没跟你算账呢！"

赵致中身体骤然发僵。血雾般的月光渐渐褪色，变成白茫茫一片。他不说话，孙慧如也沉默，似乎在思考或回味什么。过了片刻，她忽然笑一下，眼光从丈夫脸上瞟过。

"刚才感觉很奇怪。"

"怎么奇怪？"

"好像不是你。"

赵致中吃惊地盯着妻子。"那是谁？"

"不是谁，就是觉得不像你，但也不是实际的哪个人。"孙慧如翻个身，把脊背留给赵致中。"别再碰我啊，耽误睡觉。"

孙慧如很快沉入梦乡，不时打几声细碎的鼾，仿佛金鱼在睡眠中吐出的一串泡泡。赵致中却一夜未睡。之后几天亦闷闷不乐，无以自解，便去找妹夫史宗义喝酒消遣。史宗义从未见他如此抑郁消沉，以为遇到什么大不了的事。

"我老婆好像变心了。"赵致中说。

史宗义松一口气，同情地望着他。"你给她买套金首饰，讨讨好，也许就好了。"

"把你的钱拿来我用用。"

"我的钱已经给婉仪买首饰了。"

赵致中哼哼一声，不再说话。史宗义回到家，向老婆讲了大舅子的苦恼。赵婉仪幸灾乐祸，取笑哥哥活该，回屋挑两副首饰，抱上两岁的小儿子，到明农庄去看望嫂嫂。两副首饰都是赤金的，一对纽丝手钏，一对镶红宝石蜻蜓花簪。婉仪说是大哥给钱让宗义帮忙买的，今日天气好，就给嫂子送来，顺便陪嫂子说说话。孙慧如也不问真假，将首饰一一戴起来，照镜子观赏一番，收好藏到妆奁里，然后叫人送上来一碟花生和几样三德合的糕点，绣着帕子跟小姑说些家长里短。赵婉仪撕糕点喂儿子，不时睃一眼嫂子的针脚，夸她一双手越来越灵巧，难怪大哥担心嫂子会休他，真把他休了，他以后往哪儿找这么好看的帕子去。这恭维太夸张，孙慧如被逗笑了，嗔怪小姑说疯话。赵婉仪说真的呀，她听她家宗义讲，大哥说嫂子不喜欢他，难过得不行不行的。孙慧如愣了一下，神情变得没好气。

"你大哥是吃鬼的醋呢。"

"怎么说?"

孙慧如略作犹豫，向小姑讲了那次与赵致中的房中之事，觉得丈夫不像丈夫，极有风流手段，挑动得她也情不自禁；她也好像不是她，而是身体里另有一个自己在放浪，她也控制不了。因此完事之后，她便极端厌恶，不允许赵致中靠近。偏偏赵致中这些天不知吃错什么药，天天想那事儿，把她烦得要死，因此不愿搭理他。她说赵致中吃鬼的醋，所谓"鬼"是个虚词，没来由的意思，赵婉仪听她讲罢，却怀疑真的有鬼，劝她去正觉寺拜拜佛。正觉寺是百年老刹，肃穆庄严，只要给点香火钱，所求之事无不灵应。孙慧如被小姑吓到了，疑心家里真有不干净的东西，第一个念头是找张天师来看看，转思张天师不过是走江湖的，还是丈夫的朋友，能有什么真本事，还是去正规寺庙可靠些，于是立即收拾东西，与赵婉仪赶赴正觉寺。她儿子赵文津也要跟去玩，孙慧如不允，他已嬉皮笑脸钻进马车里。孙慧如没办法，只好随他。

她们在正觉寺外遇到了一场决斗。

决斗发生在张天师和正觉寺住持心印大师之间。心印大师在寺外有一妻一妾，妻是老妻，出家前的结发之妇，妾是新妾，前年花一千两银子纳的从良之妓。妻妾各有宅院，相安无事。几个月前，张天师从小妾宅前路过，窥见这小妾美艳动人，一时魂不守舍，遂下功夫将她拐跑了。心印大师大怒，花钱买凶取张天师的狗命。张天师行迹诡异，难以找寻，凶手也不够敬业，打死了张天师一个护法，就算交差完事。这个护法是张天师座下最得力的弟子，张天师痛不欲生，发誓报仇，率领弟子打上门来。

张天师与心印大师积怨已久。正觉寺是百年老店，一直垄断本地法事，独享信众香火。后来突然冒出张天师这个野道士，背把桃木剑，摇晃着铃铛到处抢生意。他那些法术和符箓也的确管用，禳灾除难，请神捉鬼，无不效应如响。最难得的是收费低，事后再赠送一粒长寿合欢丹，倘若手头紧，还可以赊账，不过要加些利钱。后来名气大了，徒众多了，张天师也矜持起来，专门为高门大户服务，价钱也越来越高，反正那些老爷们不缺钱，要少了他们还不开心。至于蓬门草户的小生意，他也没便宜正觉寺，而是划片分包给徒弟们。这样搞了几年，正觉寺就被挤垮了，只能依靠寺里那些眉清目秀的小和尚来吸引有心的施主。如今不光财路被挡，连宠爱的小妾也被张天师抢走，心印大师虽是得道高僧，又如何咽得下这口恶气，遂下决心除掉这魔孽。

张天师来势汹汹，一副要拼个你死我活的姿态。心印大师昂然不惧，打钟唤来所有僧众，冲出山门应战。张天师的徒弟都是江湖出身，心更狠手更辣，和尚们渐渐抵挡不住。心印大师施展异术，将和尚都幻化成官差模样，戴圆帽穿锦衣，腰坠令牌，手握官刀。天师的徒弟们顿时心慌手软，纷纷后退。天师烧一张符，口中念念有词，大喝一声"疾——"，徒弟们瞬间都变成妖冶女子，浓妆艳抹，风情万端，手执利刃反攻过去。张天师也变作小妾的模样，娇狠狠扑向心印大师。心印大师大败。

这场精彩的决斗看得人心荡神驰。决出胜负后，赵婉仪决定改信张天师，文津也吵嚷着要拜张天师为师。从此以后，文津对拜师学法念念不忘，日夜模仿张天师作法的动作，试图把老管家赵成变成一头骆驼。赵致中原本也不指望他考功名当大官，遂出一笔数额不菲的礼金，请张天师收下了文津。张天师与赵致中是好朋友，因此对文津另眼相看，拜师之后，直接任命文津当自己的贴身护法。赵致中感激不尽，邀请张天师来明农庄吃饭，顺便讨要一张噤声的符箓。

张天师成名之后，日益重视体面，不大愿意跟名声不好的人过从太密，赵致中是唯一的例外。赵致中是天生坏坯子，据明农庄人自己讲，他刚学会走路，就开始欺负所能欺负的一切人，等到十四岁那年他爷爷死掉、他母亲带着妹妹和弟弟回来掌管家务，他已成为方圆三十里最令人厌恨的小太保。烧香拜佛的时候，大家会不约而同许下一个愿望：让赵致中不得好死。赵老太太头痛不已，委托亲朋好友和各路媒婆，要给赵致中找个贤良刚硬的女子做老婆，好好管束管束他。没有哪个士绅认为自己的女儿管得住赵致中，尽管他们向往赵家的家业和门第，但更担心女儿的安全。那些有意把女儿送来试试的人家，赵老太太又看不上，嫌他们的女子没教养，娶过来有辱门庭。这年仲春的一个早晨，老太太正在窗下纳鞋底，赵致中悄无声息走进来，坐到她旁边的凳子上。老太太懒得理他，只管忙手里的针线。半个时辰后，赵致中依旧坐在那里，不动弹也不说话。这是从来未有的事，大家都说赵致中是猴子托生的，片刻也不能安生。老太太发现了异常，停下针线，抬起头来打量他。

"说吧，又闯了什么祸?"

"没有。"

"那你这是干吗?"

"告诉你个事。"赵致中神色扭捏，一副难为情的样子。"我要娶孙兴发的闺女当老婆。"

赵老太太没费什么功夫，就查清了孙兴发上下五代人的底细。这个秃顶小老头老家在紫金里，世代务农，到了三代单传的他，被招到县城西关当倒插门女婿。他膝下一女一子，女儿叫孙慧如，年方十七，在家帮孙兴发夫妻开面馆。赵致中和史宗义游荡到这里，叫了两碗臊子面。店里客人正多，孙兴发请两位客官稍等片刻。食客与店家对"片刻"的理解无疑很悬殊，店家的片刻可能是一个时辰，食客则认为只是眨眨眼。赵致中眨了很多次眼，臊子面仍没送到，焦躁起来，拍着油腻的桌子放声大骂。孙兴发祖宗十八代被问候个遍，忍无可忍，回了他一句。赵致中顿时发起狂来，一把掀翻桌子，劈胸揪起孙兴发，像摁破麻袋一样将他摁到地上。孙兴发他老婆上前救夫，被史宗义轻轻捉住双臂，进退不得，唯有号哭求饶。孙慧如的弟弟缩在伙房里瑟瑟颤抖，不敢出头。孙慧如眼见父亲被无赖打得喷血，掂起擀面杖冲出伙房，逼开试图阻拦的史宗义，朝行凶的赵致中劈头乱打。别头发的竹筷在混乱中松脱，稠密的长头发披散下来，赵致中仓皇抬头，只见她一边尖叫，一边疯狂挥舞擀面杖，活像一个愤怒的夜叉。赵致中第一反应是遇到了十字坡的孙二娘，居然忘了还手，被她乒乒乓乓一顿擀面杖打得嘴脸乌青，狼狈逃出店去。他的鼻梁就是那时候被打断的。他在史宗义的嘲笑里哼哼了一夜，次日上午纠集一伙狐朋狗友，声势浩大去报仇。孙慧如手握两根棒槌当门而立。

　　"你们要干吗？"她冲这帮赖皮厉声吆喝。

　　她这回头发扎得很紧，用红线绳在脑后缠起一个髻，前额还别着两枚黑色钢丝发卡，仍有一绺头发散下来，被二月的风吹拂，在鼻尖上飘来飘去。脸颊因为紧张而微微涨红，在浏亮阳光照耀下异常明润，两只硕大的杏眼也亮得出奇。赵致中突然心跳不已。他挺一挺胸，使自己看起来更高一些。

　　"吃饭！"他说。

　　"没开火。"

　　"什么时候了还不开火？会不会做生意啊？"

　　"不稀罕做你的生意！"

　　"你什么态度？懂不懂和气生财？"

"我就这态度，嫌不好你走啊，往别处吃去。"

"你叫我走我就走？你当我是谁？"赵致中瞪眼嚷叫。"我偏不走，我就在这儿等，有种你一辈子不开火。"

他拦住要强行闯店的伙伴，一屁股坐到店前红石条台阶上，理直气壮地等起来。史宗义他们看傻眼，断定老赵的脑袋被昨天的擀面杖打坏了。

赵老太太不大接受孙家，又等一年，依旧没有体面人家愿意把女儿嫁给赵致中，只好妥协了。令她欣慰的是，孙慧如过门后，很快就适应了赵家的生活习惯，孝顺婆婆，善待家人，最重要的是治服了赵致中。赵致中在孙慧如的管教中缓慢成长，渐渐抛弃了一些让人憎恨的恶习，开始学着做些有益的事，比如爬山、赚钱，与张天师讨论长生不老的法门。张天师本是山东寿州无量观的小道士，因为诱奸妇女，被观主赶出山门，从此飘零江湖，在坑蒙拐骗中领悟做人的真谛。后来机缘巧合，拜在一个卖大力丸的茅山老道门下，学得一身法术。出师之后，游历天下，发现颍川物阜民安、钱多人老实，正是开创事业的上选之地。为了让人见识他的法力，他在文庙小试身手，把大成殿内的孔圣人像变成他的模样，宽袍大袖之上杵着一只尖长的脑袋，看上去异常滑稽。儒学教谕吓坏了，飞奔县衙告变。上任不久的刘继儒勃然大怒，将张天师捉到县衙大堂，先泼狗血破掉他的法术，然后痛打三百大板。张天师在城隍庙外躺了七天，魂魄犹如知了脱壳，一点点从稀烂的肉身上往外分离。就在将死未死之时，找地方撒尿的赵致中醉醺醺地晃过来。

回忆这段往事，张天师总是唏嘘不已，假如不是遇到赵致中，他早已是游魂野鬼，哪里还有今日的富贵尊荣！做人当知恩图报，所以当赵致中请求他收文津为徒，他欣然应允，发誓要好好培养文津，把毕生所学倾囊相授。至于赵致中索要的噤声符箓，他手里没有，不过可以免费教个法子：把舌头割掉，就不会再发声了。

"不是人，是把尿壶。"赵致中摇头。"没舌头好割。"

张天师惊讶极了。他原以为是赵致中嫌老婆太唠叨，故意跟他开玩笑。自出道以来，张天师周游八方，行迹遍及南七北六十三省，还没见到过会说话的尿壶。他请致中兄把宝贝拿出来开开眼。赵致中纠结良久，最终还是带他去了睡房。

那晚与孙慧如快活之后，赵致中多年练功积攒的阳气好像突然被激发，无时无刻不想女人，好不容易忍到天黑，立即关门闭户，抱住妻子求欢，却被孙慧如一把推开。赵致中相火妄动，身热如焚，嬉皮笑脸黏孙慧如。孙慧如极不耐烦，叫他滚开，在床上划一条楚河汉界，将棒槌镇守中间，严禁他逾越。一连多日无不如此，似乎要成为惯例，从此在床上老死不相往来。赵致中费尽心思，俱无所用，遂找张天师买了几包九炼阴阳合欢散，偷偷化进酸梅汁里，殷勤地捧给口渴的妻子，然后躺到床上静候药力发作。不料孙慧如并未发情，肚子里却翻江倒海，疼得乱叫，随之开始拉稀。赵致中懊恼不已，扶她去茅厕方便。孙慧如蹲在茅坑石板上，一边拉肚子一边呻吟，月光以古怪的角度从青瓦花窗钻进来，打在茅厕内白垩粉刷的墙面上，将孙慧如肥大的屁股映得格外洁白。忽有一个奇怪的声音缥缈入耳。

"赏心乐事做不了，良辰美景辜负了……"

声音一如那晚的胡乐，似乎远在天际，却又清晰入耳，仿佛感叹，又如嘲讽。赵致中在茅厕内张望，眼光落到那只陶壶上。赵致中那晚抽打它后，心生厌恶，觉得此物不吉，不宜留在卧内，便丢进了茅厕里。他仔细分辨，确定声音正是它发出来的，既憎且怒，一脚将它踢入茅缸。陶壶坠入便溺之中，缓缓沉到缸下，咕嘟嘟的冒泡声宛如悲伤的哀鸣。孙慧如嗔怪丈夫：

"讨厌，粪水都溅到我屁股上了！"

孙慧如嗓音酥软，听其言是责怪，听其声却是撒娇。赵致中如闻天籁，抱起她便往卧室跑。孙慧如也不反抗，将脸埋在丈夫胸前叽叽低笑，羞涩而清脆的笑声犹如怀春的铃铛撒落一地。赵致中久旱终于逢甘霖，畅快一夜，乐不可言。不料这夜之后，孙慧如再次挂起免战牌，祭出两根棒槌坚壁清野。赵致中体内欲火激荡，自脐下三寸汹汹上炎，烧得脑袋都发晕了，走在集镇上，看哪个女人都觉标致动人。某日午夜，他被尿憋醒，起身去茅厕方便，急匆匆跨进后院月亮门，发现有人趴在一间厢房花窗外，正鬼头鬼脑地向里偷窥。那间厢房里住着赵致中收留的江蓠。赵致中怒从心起，忘了要撒尿，蹑手蹑脚走过去，一把将那人揪住。偷窥者回过头来，赵致中愣住了：

那人居然是他自己。被抓现行的赵致中尴尬地搔搔脑壳，化成空气消失了。

赵致中在暧昧月色下发了一会儿呆，怏怏走进茅房。茅缸里沼气翻涌，扑扑之声仿佛幽灵绝望的哭泣，想是那只陶壶在作怪。赵致中忽然意识到，妻子那两次激情，好像都与陶壶有关。他盯着茅缸看了很久，找提勺将陶壶打捞出来，丢进撒了石灰的木桶浸泡两天，复以清水冲洗干净，悄悄拿进睡房，藏到架子床下头。这天晚上，更深人定之后，淫靡的胡乐再次缈然响起。又似有人曼声吟哦：

> 人生短短复劳劳
> 功名利禄皆无聊
> 但教欢情到极处
> 便是天理第一条
> …………

赵致中默默倾听，回视枕边的孙慧如，只见她正春情脉脉地望着自己。从此之后，夫妻俩过上了妙不可言的生活，在变化无穷的胡乐之中夜夜荒淫，纵欲无度。唯令赵致中憎恶的是，那个人声也会伴随胡乐出现，凝神静听，则消失不见，不管他时，便又在耳旁响起，引导他们走向罪恶迷离之境。赵致中渐生恐惧，但又不愿舍弃迷人的床笫之乐，便想讨张嚓言符箓，贴到陶壶上，镇住那个邪恶的声音。张天师将陶壶捧在手里，翻来覆去看了多时，诡秘地笑起来。

"这可不是只普通的尿壶。"张天师说。

"是啊，会说话。"

"会说话是因为它的舌头还在。舌头虽然被你捣烂混在了陶土里，总归还是跟脑壳连在一起的。"

赵致中全身毛孔一时张开，冷汗滚滚而出，对张天师佩服得五体投地。张天师询问脑壳是谁的，他说：

"工部侍郎穆图阿。"

失踪的那段时间，赵致中是去寻仇了。父亲所受的羞辱令他恨入骨心，丧事一毕，立即打马直奔京城，花钱问路，找到穆图阿的家。然而很遗憾，穆图阿已在两个月前死掉了。赵致中大失所望，又不愿罢休，想起伍子胥鞭尸的故事，遂密寻到一伙伐墓贼，重金打赏，将穆图阿的脑袋盗出来，亲自动手做成一只尿壶。张天师叹息不已，赞他孝行感天，令人钦佩。

"把仇人的头颅做成器皿，自古以来都有，但别人都是做成酒器，你却做成尿壶。"张天师说着，朝赵致中竖起拇指。"还是你狠！"

赵致中咧嘴一笑。"这家伙生前最好酒色，做成酒器，岂不是便宜他?"

张天师大笑。他将陶壶丢到地上，对赵致中说："这东西总归是不祥之物，留之无益，不如毁掉。"

赵致中不语。这天晚上，夫妻俩依旧肆行淫乐，孙慧如在那个声音的诱导下喊出一个禁忌的名字，赵致中脑海里也反复出现不可想象的人。事罢之后，赵致中冷静下来，回想彼时情景，悚然心惊，一时间冷汗如雨。次日上午，他将陶壶取出来，先拿铁锤砸烂，再放进石臼里捣碎，复用石碾碾成粉末，抛撒进茅坑，用提勺搅拌均匀，叫福荣挑到山上那块种苘麻的礓石地。他与孙慧如的床笫之欢亦随之终结。赵致中郁郁不乐，天天外出打混，以喝酒滋事来排解烦恼。大多时候他都会叫上史宗义，有时也会带上赵庆。

赵庆就是赵致中收留的那个乞丐，年方十六，乖觉伶俐，赵致中交代他办事，总是办得又快又好，因此深受宠爱。赵庆对赵致中也很尊敬，鞍前马后伺候周到。然而最近几日，他忽然变得生疏起来，办事也不再那么主动勤快，凡有交代，唯唯而已。赵致中察觉到了他的离心，把他叫到练纯阳功的静室，询问是何缘故，是不是被家里的谁欺负了。赵庆犹豫不答，直到赵致中要发火，才期期艾艾地说：

"老爷忙活一天，半夜还去江蓠姐门前守夜，小人觉得很辛苦。"

赵致中不意他竟然讲出此事，尴尬地笑起来。"你小子怎么知道的?"

"很多人都知道。"

赵致中一愣，然后摆摆手，做出一副不以为然的样子。"知道就知道吧。"他坐到罗汉榻上，抓起象牙烟枪。"我想跟江蓠好，你看行不行?"

"你得去问太太……"

赵致中拿烟枪往烟桌上重重一磕,怒视赵庆,神色甚是不悦。赵庆继续说:"还有江蓠姐。"

赵致中歪到榻上,吹烟纸将灯点燃,乜一眼垂手而立的赵庆。"你去帮我问问江蓠吧。"赵庆回身离去。赵致中的一只烟泡还没吃完,江蓠已在赵庆陪同下走过来。赵致中满心欢喜,丢下烟枪,笑眯眯望着江蓠。不料江蓠此来,不是应允与他相好,而是与赵老爷作别。她连包裹都打好了,一块粗布单子包着两件旧衣裳,轻飘飘地挎在胳膊上。她的薄情寡义激怒了赵致中,他把烟枪掼到地上,又打翻了一套茶具。江蓠看着他发狂,不为所动。

"你的恩情可以要求回报,但你不能强求用你想要的方式回报。"江蓠说:"如果你救一个女人,只是为了占有她,你与那些歹徒有什么区别?"

赵致中哑然。他怔了一会儿,闷声说:"你一个女人家,除了以身相许,还能怎么回报?"

赵庆说:"我替姐姐还。"

"你怎么还?"赵致中凶视赵庆。"拿你的屁股?"

"钱财!"赵庆挺直胸膛。"我会还你万两黄金,让你家业昌隆。"

4　如之何

赵致和在京为刘继儒和简明鸣冤，奔走了许多天，却无丝毫进展。他很沮丧，怀疑是自己不懂门路，没有找到申冤的诀窍，遂去光德坊找老状户请教。光德坊离通政使司不远，汇聚了大清各地来京告状的人，他们听赵致和讲明来意，嘿嘿笑起来。

"在大清，告状不过是表达自己的立场，证明自己的态度，叫仇家知道自己不会认输。"他们说，"争的只是一口气罢了，你真以为会有结果啊？"

赵致和深感绝望。他站在午门外，遥望着紫禁城内重重宫殿陷入沉思。他想不通一个靠百姓养活的国家，为何最容易受伤害的反而是百姓，也想不通原本应该维护公平正义的法司，为何反而大肆制造着冤狱。杨修礼嚼着一支糖葫芦走过来，将另一支递给赵致和。

"别想这些了。"杨修礼说，"想多了是会掉脑袋的。"

刚来京城那几日，杨修礼也陪同赵致和去有司，陪过几天后，他就不干了，撇下日夜忧愁的老朋友，一天到晚四处游逛。赵致和知他玩心大，也不愿他跟随自己徒劳无功地奔走，就由他去了。一天下午，赵致和正在通政使司门外发呆，杨修礼乘坐一顶小轿寻过来。赵致和疲惫地望着他，见他笑嘻嘻的，开心得像捡到一套宋版书。

"事儿成了。"他对赵致和说。

杨修礼四处走动，并不仅是游玩寻乐子。他断定赵致和的方法不会有用，试图另寻门路。只是京城浩大而陌生，除了愁眉不展的赵致和，再无一个相熟的人。他找到河南会馆，日日去附近茶社和戏园子盘桓，结交到几位暂寓会馆的河南籍京官。杨修礼是有趣人，既风雅又会玩，更难得的是舍得花钱，不多久就与那几位乡贤成了好朋友，逐日饮酒吃茶，看戏逛窑子。好朋友们关心申冤之事，帮他出了不少主意，只是要么花钱太多，要么不甚靠谱，蹉跎数月，也没有什么眉目。一日茶聚，聊起时事，大家都夸左春坊左庶子张一同先生敢言，多次上书痛批当路，极得老佛爷和皇上赏识，想必日后定有大用。言谈之间，有人提到一句刑部左侍郎与张先生相善。杨修礼默记在心，打听到张府所在，假装不小心崴到脚，坐到府门前歇息。他摸出一锭银子，请门房大爷帮忙买瓶烧酒擦脚，剩下的钱都当酬劳相赠。他一边抹脚，一边跟大爷闲聊，东拉西扯就搞到一个重要信息：张大人无他嗜好，就爱听书，每逢初一和十五，必会微服去某茶馆泡上一两个时辰。杨修礼遂将刘继儒的故事编成一部评书，找到茶馆主人，愿出十两银子，在某日某时登台说上一场。主人试听一段，觉得不错，看在银子分儿上答应了他。张大人果然如期来到。杨修礼巧舌如簧，说唱兼施，将刘继儒的功业和遭遇表得无比感人。讲到刘继儒牙齿与指甲尽被恶主拔光，最终受诬惨死，听者无不唏嘘。张大人也须眉俱张，意甚悲愤。散场之后，张大人离去，杨修礼尾随出两条街，拦到前面跪地请罪。张大人曾经风闻过河南有这么一个怪知县，听书时已然生疑，此时见这个说书的拦住去路，便已猜出他意欲何为。在张大人过问下，刑部河南清吏司重审刘继儒、简明谋反案，很快便有结果：全案查无实据，获罪者悉予平反；达达诬陷忠良，逼死人命，投入大牢以候发落。

赵致和与杨修礼凯旋。此时已是第二年暮春，杨柳轻弄燕子尾，花开尚未到荼蘼，正是一年中最美好的时刻。两人心情愉快，一路上赏风玩月、吟诗作对。赵致中和杨修礼的大哥杨修仁是老冤家，明争暗斗许多年，此时暂放恩怨，共同在城北的清颍驿大摆宴席，为弟弟们接风洗尘。不少士绅闻讯赶来，在县丞葛天民带领下，向义薄云天的赵致和与杨修礼表达敬意。盛大的场面感动了赵致中和杨修仁这两个哥哥，他们坐到宴会的角落碰杯吃酒，然后假装喝醉，聊起了江湖上的恩怨是非。

颍河如同一条青蛇，自嵩岳蜿蜒而来，从两座山的夹缝里钻进颍川县境，曲折游动二十里，从明农庄与集镇之间穿过，向东南方滔滔而去。老太爷赵积善在世时，捐出儿子当官赚的钱，在河上修起一座石桥，打通了去往集镇和县城的道路。赵致中烂醉如泥，躺在马车里呼呼大睡。赵致和也有点微醺，靠着赶车的赵成昏昏欲睡。车到桥头，他听赵成喊一声"吁！"将马车勒停，然后又听他说："江蓠姑娘！"他睁开眼向前方望去，只见桥上站立一位妙龄女子，河风顺流而过，吹起她的头发和裙裾，飘飘然如瑶池中人。赵致和觉得自己肯定喝多了，因为他想到了曹子建笔下的洛神。他从车上跳下来，走到她面前。

"江蓠姑娘好！"他说。

江蓠莞尔一笑。这笑如此动人，芦苇间的水鸟不再鸣唱，浮游的鳏鲅潜入水底，万物竞相开花，而百花则含羞凋闭。她打量赵致和酡红的脸，眼神充满关切。"你喝酒了？"

"喝了一点，被灌的。"

"难为你了。"江蓠说，"走吧，回家去。"

赵致和并未在明农庄久留。他在庄内走了一遭，给嫂子请过安，又遍见家中上下人等，然后就回父亲坟前，补守三年未尽之丧。茅房旁的田地里生长着一大片植物，其叶对生，边缘有不规则的锯齿，看上去略有些像苣菜。赵致和不知是何物种，请教赵成。赵成说是罂粟，俗称大烟，舅老爷供的种子，收获以后再卖给舅老爷，供他在城里开的烟馆使用。刘继儒去职后，禁烟之令已然废弛，烟馆又在县城到处冒出来。赵致和转身返回明农庄。赵致中在沉睡。他就先与嫂子商议，要把那些罂粟毁掉。孙慧如脸色阴下来。

"那可值很多钱呢。"她说。

"可是也会害很多人。"

孙慧如不想再谈这个话题。"等你哥酒醒，你跟他说吧。"

赵致和郁郁而去。次日上午回来找他哥，赵致中已经出门了。之后半个多月，赵致和都未逮到跟赵致中谈一谈的机会。田地里的罂粟在赵致和无可奈何的注视下轰轰烈烈地生长，轰轰烈烈地开花。花香透过简陋的门窗飘进茅房，钻进赵致和的鼻孔，仿佛女人酥软的手，抚摸着他的咽喉和气管缓缓流进胸膛。那气息浓烈而细腻，像是脂粉的味道，令人联想到成熟女人的体香。赵致和在躁动不安中昏昏入睡。在睡梦的边缘，有个俏丽女子袅然相迎，牵着他的手，在激荡云雨中共赴巫山。清晨醒来，赵致和望着湿淋淋的内裤自责不已。他铺开宣纸，写下"慎独"两个大字，张贴到泥糊的茅墙上。然而丹田下的躁动却如烈火般无法遏制，一入梦乡，依旧是与人欢好。醒来后，他又写了一张"慎独"。当一面茅墙被各种字体的"慎独"贴满后，他已变得精神恍惚。他对来访的杨修礼说：

"我梦见昨天晚上跟你睡在一起。"

杨修礼嘿嘿笑起来。"昨天晚上本来就是睡在一起嘛。"

赵致和惊讶地望着他，脑子又乱又茫然。梦境和现实混淆在一起，让他不知所措。他忽然想起江蘺，脸色瞬间红如泼血。再次见到江蘺时，他羞怯地站在三尺之外，小心翼翼地询问：

"这是在梦里吗?"

江蘺抚摸着妖艳盛开的罂粟花，脸颊上烟霞飞动。她说："你说呢?"

赵致和放下心来，坦然无忌地盯着她，看她在田地里走动。罂粟花连绵如海浪，在她周围起伏舞蹈。他悄然跟过去，从背后拥抱住她。忽有尖硬的东西顶住他的脖子，勾头去看，是把雪亮的匕首。他用指头轻轻碰了一下钢刃，随着一阵剧疼，紫红的血像眼泪一样流下来。

赵致和在父亲坟前磕了三百个响头，磕得脑门上鲜血迸飞。然后找把镰刀，用羊屎蛋塞住鼻孔，开始砍刈罂粟。孙慧如闻讯赶来，看着满地残叶乱花，心疼得厉声尖叫，命令家人赶紧阻止叔叔。赵致和手握镰刀，不许赵成等人靠近。

"谁敢拦，我就砍谁！"

二少爷一向温文尔雅，突然变得如此凶悍，很是令人震惊。赵成等人都怀疑他得了疯病，心怯不敢上前。孙慧如急得要疯掉，叫赵成的儿子福荣火速去找赵致中。赵致和继续砍刈。镰刀很锋利，细长的茎和叶子迎刃而断，汁液满地飞溅，在阳光暴晒下蒸腾挥发，难以名状的气息弥漫半空。孙慧如眼看着罂粟被一片片砍倒，就像一片片割她的肉，赵致中迟迟不至，她不忍再看下去，咒骂着该死的丈夫恨怒而去。这块地有十余亩，赵致和以一人之力，镰刀虽快，要砍完也得花很长时间。围观的人逐渐散去，只剩下他在那儿卖力搞破坏。直到亥初时刻，赵致和终于毁掉最后一株罂粟。他的手掌也磨出了几个水泡，水泡相继溃破流水，粘在硬木镰把上，稍稍一动，便疼如剥皮。月光似天，天地间空蒙迷离，远树幢幢如人影，点缀在辽阔的原野里。江蔺走到他身边，捧起他破相的手。

"疼吗？"

赵致和看了看手中的镰刀。"这不是在梦里吧？"

江蔺撩起衣袖，拭去他脑门和鼻尖上的汗珠。"是在梦里。"

赵致和后退一步，紧握住浸满罂粟汁的刀把，锐疼像闪电一样从手掌传彻全身。他说："对不起，我还在守丧。"

次日上午，赵致中从县城赶回来，看着满地狼藉，气得说不出话。他踩着残茎烂叶走来走去，不时像野狗一样嗷嗷嚎叫。走了多时，他来到父亲坟前，恭敬地叩了三个头。

"致和是对的，他做了件好事，我很高兴。"他说。

赵致和对哥哥的宽容并不领情，他甚至进一步，要求赵致中停止贩盐。赵致中贩私盐已经很久，但以前只是小打小闹，搞点钱花而已，不像杨修仁那样全力以赴。经过陶壶事件，尤其是相好之意被江蔺拒绝后，赵致中既失去了性生活，又失去了脸面，羞于在家多待，急切要做些事情转移注意力，遂将贩盐当成正事干起来。杨修仁是在地人物，赵致中则是五湖四海，尽管都是狠人，但要比江湖手段，赵致中还是略胜一筹，他和史宗义大张旗鼓干了没多久，就已经严重影响到杨修仁的利益。以前小打小闹时尚可瞒住家人，此时亦决计隐瞒不住了。赵致中的脸拉得比骆驼脖子还长，痛感跟读圣贤书的人打交道实在麻烦。孙慧如再也无法忍受赵致和的无理取闹，要求丈夫马上分家。赵致中不听，理由是致和尚未成家。孙慧如愤然作色。

"他一辈子不讨老婆，就一辈子由着他胡闹?"

赵致中瞪了老婆一眼，却没有说话。颍川县有三条著名的光棍，赵致和是其中之一，另外两条是他的好朋友杨修礼和简明。简明家徒四壁，父母早亡，没人替他张罗婚事，他自己眼光又高，看不上寻常女子，因此一直蹉跎下来。杨修礼则是个爱玩闹的风流才子，家境殷富，从不缺替他婚事操心的媒婆。只要有媒婆牵线说亲，他必欣然而往。如果女方不称心意，他就作诗戏弄，倘若感觉尚可，就劝人家嫁给赵致和。然而当赵家给赵致和说媒时，他马上也凑热闹，兴致勃勃地去女方家里求亲，一定要把亲事弄黄而后快。大家对他这种恶劣行径深恶痛绝，索性都不再沾他们两个。大家说:

"干脆你们两个做夫妻得了。"

赵老太太更是气恼，看到杨修礼就没好声色。杨修礼却若无其事，依旧频繁出入赵家，每来必先找老太太请安问好，礼数周嘴巴甜，还很会讲故事逗她开心。老太太赶也赶不走，恨也恨不起来，结果一年年耗下去，至死都没能给赵致和择到佳偶。老太太都做不到的事，别人就更做不到，所以赵致和今年已经二十五岁，在别人早已子女绕膝，而他依旧是光棍一条。倘若与他分家，叫他孤身一人另立门庭，身为大哥和一家之主，赵致中还有何面目去见乡中父老和祠堂里的祖宗?

赵致中闷闷不乐，到镇上找人喝酒。夜半时分，他腾云驾雾回到家，腹中告急，刚钻进后院茅厕，塞满胃肠的酒食便分兵两路，上下喷薄而出。他在茅厕坐了多时，趔趄着走出来，歪在一座湖石假山上喘息。他听到有人说话，声音很小，仿佛石缝里的虫子窃窃私语。他绕过假山，看到江蓠坐在凉亭旁的石磴上，眼望院墙旁边一棵粗大的楝树。

"……若见到他，就把这些话讲给他听，再指给他来这儿的路。"

赵致中亦望向楝树，见有两个其圆如豆的东西，在干硬茂密的枝丫间，闪着熠熠的光，犹如郊野两点小小的磷火。赵致中在假山上摸索，掰下一块石片，朝那发光的东西掷过去。树上的光亮倏然而灭，一个黑影从枝叶间射出来，向南方疾飞而去。赵致中吓了一跳，随即认出那是儿子文津豢养的一只怪鸟。

"这东西很邪性。"他对江蓠说："没吓到你吧。"

江蓠扫他一眼。"你吓着我了。"

赵致中嘿嘿笑起来。江蓠双手抱臂，两肘支在膝上，好像有些冷。赵致中醉眼迷离看着她，觉得她楚楚可怜。她一定是想家了！赵致中这样想，还有她死去的家人。

关于江蓠的身世，在她被搭救之初，就已经告诉过赵致中。她说她是江苏人氏，家被长毛抄灭，父母俱亡，只有她侥幸逃出，独身潜行，赶往沧州投亲。不料当地发生瘟疫，亲戚一家都死了。江蓠无处可去，流落乡野，被歹人劫持，万幸遇到赵大哥，仗义相救，将她带到了明农庄。赵致中给之前收留的乞丐取了个新名叫赵庆，他想给江蓠也起一个新名字。江蓠回绝了他的美意。

"我有名字，"她说，"就叫原来的名字好了。"

"那个名字不好。"

"有什么不好？"

"蓠字听上去和看上去都像离，分离啊别离啊，不吉利。"

"但你可知江蓠是一种香草？"

赵致中咧咧嘴巴，无言以对。回到明农庄，在给家人介绍江蓠时，他特别提示这个名字还代表着一种香草。他弟弟赵致和随口吟出一句诗：

"扈江离与辟芷兮，纫秋兰以为佩。"

赵致中看到江蓠眼睛里发出异样的光彩，心里很不是味，生平第一次后悔起了当年不读书。赵致和虽然深陷于父亲之死的哀恸之中，但对大哥带回来这两个人，却也与大家一样感到好奇，尤其是对江蓠，观她言谈举止，颇有大家闺秀的风范，刻意试探一下，果然知书达礼，诗文娴熟，甚至还懂绘画和音乐。他将这个令人惊讶的发现告诉了大哥。赵致中正愁不知该如何安排江蓠，于是便请她教云裳识字。云裳是他女儿，刚过四岁生日。他游说太太孙慧如：

"我听说，人家西洋有钱人都请有家庭女教师。女孩子虽然不必读书，认几个字还是需要的，正好江蓠精通诗书，就叫她教云裳吧。"

孙慧如不大乐意，但也没有特别反对。对江蓠感兴趣的不仅是赵家主仆，还包括县里所有爱看热闹的人。大家断定赵致中别有用心，必是想纳江蓠为妾。赵致中怕老婆的美名人尽皆知，所以大家对他如何达到目的充满好奇。赵致中对此心知肚明，当他纳妾的企图无疾而终后，他找本老皇历翻了翻，就近选个吉日，然后亲自收拾堂屋，并排悬挂起两张画像，像前摆起香案。家人都认得右边那张画的是关二爷，左边那个褐衣芒鞋的汉子，却不知是谁，请教大少爷，原来是侠义道的祖师爷墨翟。管家赵成被叫来写请柬：

"兹拟于本月某日吉旦与江蓠姑娘修结金兰之好，恭请大驾莅临观礼，不胜感荷！"

赵致中想用结拜的方式与江蓠建立新关系，堵塞令人讨厌的悠悠之口。结拜那天宾客云集，很多没收到请柬的人也跑来看热闹。吉时已到，作为重要当事人的赵太太却没有出场，传出的消息说是她病了。这让结拜陷入尴尬境地。有人开玩笑说："别结拜了，改拜堂吧。"赵致中正有一肚子气无处撒，闻听此言，立即向那个倒霉鬼冲过去。那人意识到闯了祸，想逃跑，脚没赵致中快，刚窜出庭院就被追上。赵致中飞脚将他踹翻，骑到他背上，揪住辫子把脑袋往地上磕。众宾客急忙拉架，拉扯良久，竟然拉不开。现场一时大乱。还好老举人梁如海及时赶到，以他的威望镇住场面，使得结拜仪式没有最终沦为闹剧。礼成之后，梁先生又宣布要收江蓠为干女儿。后来赵太太也忽然想通了，意识到消极赌气不如积极干预，于是下床"抱病"会客。她的参与使这次结拜具有了某种正当性和合法性，赵成和赵庆这两个家仆也松下一口气。

此时，赵致中醉眼迷离地望着深夜独坐的义妹，疼惜得不得了。他趔趄着走过去，坐到她对面的石磴上。江蓠穿的那件衣服是赵成老婆的，胖大宽松，套在她身上，能撑起来当帐篷。赵致中决定明天去请个裁缝，给她做几件合身而又体面的衣裳。他打了个嗝，一股酒臭气喷涌而出。江蓠用手在面前扇了扇，眉头也好像厌恶地皱了一下。赵致中连忙用手掌遮住了嘴巴。许多天来，赵致中已在酒场上小心地减量，不再像以往那样，开喝之前先与酒友约定谁不醉谁乌龟。他怕喝得烂醉之后，被不怀好意的人套出心里话，从而暴露对已是义妹的江蓠仍旧贼心不死的秘密，更害怕别人知道自己竟然在默默地吃弟弟的醋。江蓠对包括赵致中在内的赵家上下，都保持着客气的距离，唯独与赵致和关系日益密切，而联系他们的纽带，自然是诗书礼乐之类让赵致中头疼的东西。他惆怅地看着他们越走越近，粗犷彪悍的内心渐渐变得多愁善感。一天下午，他见江蓠又抱着云裳去了老二那儿，在田野里神不守舍地兜了几圈，装作路过的样子钻进老二的茅房。赵致和正与杨修礼手谈，赵致和技不如人，渐落下风，江蓠怀抱云裳坐在他旁边，帮着指点棋路。杨修礼的优势逐渐丧失，不满地嚷嚷，他看到赵致中走进来，便对江蓠说：

"赵大哥来找你了，快走吧。"

赵致中急忙辩解："我只是路过……"

杨修礼瞥他一眼，"你不如说是梦游。"

赵致中面红耳赤，尴尬地扯了句淡，闪出茅房落荒而逃。杨修礼是个狡猾的家伙，赵致中断定自己的小心思必定已被他窥破。其实窥破他这小心思的人远不止杨修礼。知夫莫若妻，赵致中脑后有几根毫毛，孙慧如都一清二楚，对他的小花样亦洞若观火，只不过他既然还在装正经，她也就不便轻率砸醋坛。这天晚上，她如常早睡，却做了个令人恶心的梦，梦到丈夫在跟别的女人做不要脸的事。她在梦里几乎气死，到处寻找她那对红枣木削制的大棒槌，找来找去找不到，急得醒过来。楚河汉界那一边床位空空，赵致中仍未回来。孙慧如已知是梦，心中仍然怀气，再难入睡，便着衣下床，在院子里闲走解闷，不由自主走到后院来。一跨进月亮门，她就发现假山旁坐着一对男女，女的是江蓠，而男的，没错，是她丈夫。

在以后的十几年里，赵致中一直后悔这夜的手贱：他看到江蓠一绺头发搭在肩头，鬼使神差伸出手去，要把它捋到背后。不料他的手还没碰到江蓠的头发，一根粗大的棒槌已然砸上来。

"不要脸的东西！"孙慧如的骂声像山炮一样在耳朵边轰然炸响。"喝了几滴狗尿，就来欺负江蓠？"

赵致中如同遭受重创的野狗，抱着胳膊嗷嗷叫着跳起来。"你个死婆娘，谁欺负妹子了？"

"你闭嘴！江蓠，你说，他有没有欺负你？"

江蓠依旧双手抱肩坐在石磴上，似乎并不为这突如其来的变故而惊慌。"没有，"她说，"大哥怎么会欺负我？"

"那就奇怪了。这都半夜多了，更深人静，黑灯瞎火，你们孤男寡女在这儿干什么？"

赵致中大怒。"你放什么屁？"

"咋呼什么？心虚了？你给我解释啊？把赵成叫起来，把家人都叫起来，把族长找过来，你给大家说说，你们在谈论国家大事，还是在吟诗作赋？叫大家都来听听……"

江蓠从石磴上站起来。"你们谈吧。如果需要我离开，我会马上走。"

江蓠说完，径自回她房间去，一副若无其事的样子。她的态度彻底激怒了赵太太，却又不便对她下手，遂挥舞着棒槌疯狂追打赵致中。静谧的夜空仿佛灰蒙蒙的琉璃，被她声嘶力竭的尖叫砸得碎片横飞，房檐下的麻雀和斑鸠纷纷飞出巢穴，跌跌撞撞地逃出庄去。

赵敬则下葬那天晚上，被刘继儒认定为叛国的简明选择了逃亡。事后赵致和去了一趟他家，把他的东西搬过来保管。除了书，简明并没什么值得保管的东西，他那些简单破旧的家具除了劈柴生火，白送都没人要。在离开简家前，赵致和随手翻了一下简明的床铺，在床席下发现一沓纸，展开观看，全都是白描仕女图。赵致和把这些画夹在书里，带到自己的茅房。今晚夜长不寐，他又取出来观看，刚看两张，他哥哥赵致中就来了。

赵致中坐在椅子里，仿佛刚卸磨的驴子，呼哧呼哧地喘着粗气。在油灯飘闪的光下，赵致和看到哥哥脸上伤痕累累，纵横交错的抓痕犹如蜘蛛网一样布满面孔。他对哥哥的遭遇倍感同情，却想不出安慰的话。赵致中窝在椅

子里喘得没完没了，直到鸡叫三遍，东方发白，他才平静下来，对赵致和
说：

　　"你娶了江蓠吧。"

5 家风

　　难以化解的家庭矛盾驱使赵致中变成一个有事业心的人。他离开明农庄，与搭档史宗义日夜奔走在贩盐的路上。他们带着骡队，走出广阔平原，穿越荒凉的黄泛区进入山东，最后抵达泰州和寿光，从当地盐枭那儿买到盐，再走夜路运回颍川。他们小心躲开官府盘查，绕过关卡和城市，穿行在山岭和沼泽之间。赵致中收罗了几个江湖朋友，组成一支私人武装，保护盐运安全。这支由亡命徒组成的队伍无坚不摧，在响马遍布的盐道上杀出一条血路，使山东的私盐源源不断地进入颍川，再通过颍川进入相邻各县。

　　在赵致中的强势竞争下，杨修仁的盐运版图日渐萎缩，最终因获利不抵风险，退出了这个行业。引退之前，他在聚仙楼请赵致中吃饭，向这个成功的对手表示敬意。酒酣耳热之际，杨修仁请赵致中指条发财的路子。杨修仁充满绅士风度的认输让赵致中肃然起敬。

　　"种大烟吧。"他说，"那玩意儿比贩盐还来钱。"

　　杨修仁竖起拇指，赞美赵家大哥眼光敏锐，绝非常人所及。其实他放弃贩盐，固然与赵致中的挤对有关，却并非被动而为。他也看到了种罂粟的巨大利益。贩盐风险太大，种罂粟却要安全得多。朝廷禁鸦片，禁的是外国鸦片，因为他们赚走了大清国的银子，搞得大清白银短缺。至于国内，端看封疆大吏的态度。大吏支持，百姓就可以肆意种植，大吏反对，百姓就得仔细着。但因有利可图，大吏往往态度暧昧，除了课税时下手不留情，其余时间如聋似哑，假装什么都不知道。刘继儒在颍川厉行禁烟，就惹得上宪很不痛快。现在刘某已去，新官尽废旧规，罂粟也可以光明正大地种起来。杨修仁整治田土，将他的两千多亩地全都播上大烟种子，全身心投入到罂粟种植。当赵致中在豫东失手，被官府捉拿时，他已经收获了第二批烟土。

骄傲的赵致中低估了官府保卫财源的决心和能力。他把盐道安全的重点放在了对付响马，而对官兵围剿没有保持足够的警惕。他的护盐队成员都是嗜血的暴徒，假如哪一趟没遇到劫道的朋友，反而会多愁善感，倍觉无聊，一旦有强敌剪径，则像看到婊子一样兴奋异常。生意做大后，赵致中本已不再亲自押运，这次因那边一个朋友的父亲过世，特别过去吊唁。他在泰州逗留了三天，然后带领庞大的骡队返回颍川。进入开封府地界时已是后半夜，他们的骡队践踏农田，横穿种植着红薯和花生的原野，进入一个宽阔的山谷。谷道两侧的山坡低矮平缓，濯濯无物，此时在晦暗的夜色下，却依稀看到上面布满了黑点。赵致中对史宗义说：

"奇怪，何时种了那么多树？"

当他发现那些树其实是官军时，一切都已太晚。一千五百名官兵山洪一样压下来，将他们一行四十人团团包围。赵家得到消息乱作一团，赵致和在赵成协助下火速变卖田产，恳托在山东都转运盐使司、河南粮盐道和臬司衙门当官的前辈老关系帮忙打点，务必买下赵致中和史宗义的命。赵致中和史宗义在大牢里待了八个月，直到第二年夏天才放出来，灰溜溜回到颍川。走在通往明农庄的道路上，赵致中惊讶地看到自己家的田地全部种上了罂粟，妖艳的花朵在阳光下肆意盛开，田野里弥漫着令人迷醉的气息。

"怎么种这个？致和同意吗？"他问去开封接他们的赵成。

"致和管不了。"赵成脸如门板，没好气地说，"这些地都是杨家的了。"

早先没钱花的时候，赵致中曾跟赵成商量过卖地，被赵成断然拒绝。赵老太太因为大儿子游手好闲，二儿子无心俗务，所以临终遗言，把明农庄托付给赵成打理。十几年来，勤恳的赵成用行动证实了他的忠诚，明农庄在他的苦心经营下平稳维持。他对意图卖地的大少爷说：

"要卖地，等我死后再说吧。"

然而现在，明农庄三千六百亩良田却经他的手出卖殆尽。赵成老泪纵横，跪在祠堂里哭了一回又一回。他对赵致中这个败家子绝望透顶，自从在开封大牢接到他，一路上没有片刻好声色。赵致中自知理亏，对老头儿的抢白与呵斥忍气吞声，不敢反驳。回到家后，赵致中清点财产，总计只剩九亩旱地、十五两银子、十吊铜钱、三百斤麦子和一头行将病死的黄牛。他面对着这点家当愁眉苦脸，召集家人共议时艰，商量怎么过以后的日子。因为救丈夫卖光了田产，其中包括应属于赵致和那份，所以孙慧如不再提分家的事了。她再次建议种罂粟。她听开烟馆的弟弟说，杨修仁种罂粟发了大财。赵致中没等弟弟反对，先否决了妻子的提议。孙慧如还想坚持，想到叔叔的态度，就不作声了。

堂屋里一团沉默。赵成依旧沉浸在失去土地的悲伤之中，此时更感绝望，忍不住浊泪长流。对这个忠厚的老头来说，土地代表着家业和地位，是一个家族存在的根本。他无法想象失去土地后的赵家将如何维持下去，内心充满了恐惧。君子之泽，三世而斩。赵家从赵维孝发家，到现在正好第三代，自从不务正业的赵致中开始当家，富不过三代的谶语就在赵成脑子里挥之不去。

赵家三代以上，还只是颍川县钧阳里一个穷农户，靠老太爷赵积善坐馆赚几枚铜钱度日。老头儿教出的学生没一个科试得意，十几年来最大的成就，仅仅是为城南三峰山下的柳姓土财主培养出一个生员。这使他无法获取有钱人家的青睐，只能在乡下小地主家混碗饭，或者几个有梦想的穷人共同凑钱请他去教孩子们认字。某年十月初一那天，他路过县学，恰逢明伦堂举行乡饮酒礼。被选为乡饮宾的都是县内德高望重之人，县令亲自率领僚属走出县学大门迎接，三揖三让，行礼如仪。这个年轻的老头儿看得心往神驰，接连几天默默无语。从此以后，他就成了一个有理想的人：他立志要当乡饮大宾，在万人敬仰中与一县最高长官叙礼对饮。

赵先生的儿子赵维孝没有辜负父亲给他起这个名字的苦心，他帮濒死的父亲达成了那个梦寐以求的愿望。赵维孝还有两个哥哥和一个妹妹，只有他摆脱了赤贫所伴随的饥饿和疾病，坚韧不拔地活下来。他不光证明了人类生存能力无底限的顽强，还证明了他父亲教育能力实质上的优秀。他以院试案首的成绩取得生员功名，乡试又大获成功，以第一名解元的身份参加会试，再次取得优异成绩，杏榜高中，殿试名列二甲，选授翰林院庶吉士。赵维孝科场的一帆风顺，使这个穷困潦倒的家庭在颍川县的地位迅速飞升，周围的人都不再叫赵积善为老赵而改称老爷，官绅争相延请他当西宾，县太爷也几次上门问寒问暖。突如其来的巨变让赵老先生在心花怒放之余手忙脚乱，不知怎么办才好。他决定先补偿自己的肠胃。数十年如一日的饥饿让他对食物充满渴望之情，现在，感谢孔夫子，感谢皇上，感谢争气的儿子，他成了城乡里绅民婚丧嫁娶争相邀请的贵宾，一桌一桌的山珍海味由他尽情享用。他想保持读书人的风度，但他更想满足口腹对美食的欲望。满桌人都笑嘻嘻地看着他。

　　"赵老爷别急，慢慢吃，多着呢。"

　　赵老爷成了闻名全县的饕餮。他为这个坏名声而难为情，又实在无法遏制吃的欲望。他变得一天到晚不能离开食物，没有鸡鸭鱼肉，粗茶淡饭也行，但一定要吃饱。他的房间里堆满了蒸馍、烧饼、糖糕、烧鸡、红薯、花生、咸菜、油条，每次出门，都要装起满满一包扛在肩上。某夜三更他被饿醒，吃光了家里的东西依旧不够，开始啃自己的胳膊。邻居们被尖厉而凄惨的哭声惊醒，跑到他家查看，只见老头儿两只手臂鲜血淋漓，一边疼得放声大哭，一边无法控制地啃食胳膊上的肉。

　　赵维孝请假回来探望父亲。赵老先生在房间墙根打了个洞，通到外面的茅坑，在洞口上安放一把椅子，椅面凿开一个烧饼大的孔。他一天到晚坐在这把椅子上边吃边拉。县内名医唐兴歧来诊了脉，判断为重症消渴，预言他活不过九月。老先生急了。他还没实现做乡饮大宾的理想，就此便死，如何瞑目？他让儿子去向县令求情，推选他当一次乡饮大宾。他发誓一定要活到十月。

赵老先生凭借惊人的意志撑到了十月,并如愿收到布政使司颁发的乡饮宾司照。举行饮酒礼那天,他精神矍铄,健步如飞,会同一众乡饮宾与县令有揖有让,风度彬彬。所有人都感惊讶。大家认为是精诚所致,一口气在里面撑着,饮酒礼结束后他马上就要完蛋。赵维孝也忧心忡忡,计划着准备后事。不料老先生居然活生生地回到家,病也一天天好转起来,赵维孝回京销假的时候,他已经接近痊愈了。

"现在好吃好喝,又被人抬举,日子过得像神仙。"他对儿子说,"我可不舍得死,得多活几年,好好享受享受。"

事实上他活得比愿望还长,一口气又活了二十年。在这期间,他捐修了一座桥,倡修了一条渠,受聘到仙棠书院做过三年主讲,还把孙子赵敬则培养成了进士。他把家事安排得井井有条,使赵维孝没有后顾之忧地专心做官。赵维孝庶吉士散馆后,从户部主事做起,历任员外郎、郎中、知府等职,从京官到外放,最后在山东盐运使任上发了大财,于是在老家大买田地,大兴土木,建起一个四进八院五十多个房间的庄园。园内砌山凿池,莳花种草,营造得生动活泼,而没有北方常见的那种大片青砖建筑的压抑沉闷之感。庄园落成后,照例需要题个有格调的名字。赵维孝讨好他爹,把命名的权力给了赵老先生。赵积善手捻胡须想了一夜,决定叫它"明农庄",以示不忘农耕根本。原本姓赵一族的人在此聚居成庄,名为赵庄,一批本家攀附势力,建议把赵庄改为明农庄。这个建议得了族长的认可。——此时的族长老爷,就是明农庄的主人赵老先生。

赵维孝生于贫穷,长于贫穷,因此知道金钱的可贵,历任京外各官,都在不犯王法的前提下力所能及地捞钱。他的儿子赵敬则诞生时,家境已经比较殷实,优裕的童年生活使赵敬则不知稼穑之苦。随着年岁的一再增长,赵老先生也开始以乡土教化为己任,决意要做道德楷模,时时处处以程朱之学来要求自己和别人,行事越来越古板守旧。他孜孜不倦地向孙子赵敬则灌输这些儒家信条,为大清培养了一名合格的道学家。

赵敬则做过两任知县,一任直隶州通判。在地方官任上,他最喜欢干两件事:表彰贞妇和孝子,修孔圣人庙。朝廷给的有限的俸银都被他捐出来做这些事，时常不够，就写信向家里要。他目睹国事糜烂，贪腐横行，正是当忠臣的好时候，于是考取御史，要替皇上看家护院，督察百官。他一心一意效忠大清和皇上，直到被他效忠的对象砍掉脑袋。

除了忠君爱国什么都不会的儿子让赵维孝忧虑不安。他很后悔当初把赵敬则送给他爷爷教养，当赵敬则的大儿子赵致中出世后，他毫不犹豫地夺取了教养的权力。他抱着幼小的赵致中，对赵老先生的牌位说：

"你已经误了你孙子，不能再误了我孙子。"

然而遗憾的是，赵老先生把孙子教成了爱书如命的进士，赵维孝却把孙子教成了看见书就头疼的捣蛋鬼。赵维孝希望破灭，悲哀地预见了刚刚兴旺起来的家族即将衰败的命运。还好赵敬则的太太持家有方，赵维孝死后，她带着二儿子赵致和回到庄里料理事务，在她一力操持下，家道还算昌隆。只可惜她一向多病，加上为两个儿子的婚事操心太多，不到五十岁就死了。游手好闲的赵致中开始在管家赵成帮助下当家做主。远在京城的老爷不管财务，少庄主又花钱如流水，明农庄很快捉襟见肘。但赵成坚决不答应卖地纾困。卖地是败家子干的事，作为一方缙绅之首，赵家丢不起这个人。

可是现在，赵成竭力替东家维持的缙绅体面被赵致中毁灭得干干净净，赵家也基本宣告破产。一想到死后将无颜面对老太太及赵家祖宗，赵成就难过得不知如何是好。刚从县城回来的赵庆也参加了家庭会议。他安静地坐在门后，准备旁听东家讨论如何东山再起，不料会议刚开场就陷入沉默，然后是赵成没完没了的哭泣。他打断管家的悲鸣，对赵致中说：

"没有地也没什么大不了，咱们可以做生意。"

赵致中问："什么生意？"

"很多，比如药材。"

"没做过，不会做。"

"我会呀。"

"就算你会，我也没本钱。"

"本钱不是问题。"

这话似乎太狂傲，在孙慧如听来，简直是不知天高地厚。她厌烦地乜赵庆一眼。

"主人家说话呢，你插什么嘴？"

赵庆垂下头不再吭声。江蓠抱着已然熟睡的云裳坐在赵致和身后。她看看赵庆，又看看赵致中。"何妨一试呢？"她说，"别看赵庆小，以前在祁州药行当掌柜，可是经营得有声有色。反正现在已经山穷水尽，以后也不能再做不法买卖，得找一条新路走。"

赵致中点头。当赵致中决定要做一件事，别人的反对意见就仅供参考。孙慧如觉得自己输给了江蓠，板着脸拂袖而去。赵致中也不管她，叫赵庆往前坐，跟他谈起入行的具体路径和细节。赵庆依据以前的经验，结合赵家现状，讲了一大套理论和方法。赵致中听他侃侃而谈，样样可行，想必是经过深思熟虑，心下大悦，遂坚定了开药行的决心。杯子里的茶已半凉，他如饮驴般一气喝完。

"我明天去找点钱。"他说。

赵庆说："家里不是还有十五两银子吗？够了。"

赵致中瞪他。"家里总得花吧？你让一家人都喝西北风。"

次日上午，赵致中换身新衣裳，施施然去拜访杨修仁。他被官府抓捕，怀疑是杨修仁告的黑状。贩盐行程一向是机密，何时出发、走哪条路线，都不可事先透露，以免有人告官请赏。但在出发前，杨修仁新纳一妾，请人吃酒，力邀赵家大哥莅临。肴美酒烈，杨老弟又恭维得舒服，赵致中不由自主喝过了头。宴罢，杨修仁又请赵家大哥去吃烟。赵致中说明天还得去山东，不吃了。杨修仁便不再坚持，劝赵大哥注意盐道安全，风闻官府查剿得紧了。赵致中让杨老弟放心，他这条盐道是新开的，走的什么什么地方，官府打死也想不到。史宗义在旁打断他，将他拖回家去。结果此行归来，就被官府打了埋伏。财大气粗的杨修仁买下了十里外一座小山，近来正忙着在山上修筑寨堡。赵致中来得巧，刚好在庄门截住要上山去督工的杨家老大。杨修仁在客堂拨冗招待赵致中。杨家的客堂富丽堂皇，紫檀桌几和椅子都是新的，青铜香炉和烛台则略带一点锈痕，看上去古色古香。条几上摆着梅瓶和佛像，正中则是一座西洋自鸣钟。墙上悬挂几幅字，那些字龙飞凤舞，赵致中鉴赏半天，看不懂写的什么，向杨家大哥请教。杨修仁抚摸着滚圆的肚子，认真端详了许久，咂了咂嘴巴。

"谁知道老二写的什么玩意儿。"

两个好朋友坐在名贵的椅子里看茶谈心，互道衷肠。杨修仁对赵老弟的不幸遭遇深表同情，关切询问赵家还要多久才能全部饿死。赵致中对杨大哥的关心表示感谢，然后说明来意，想借几两银子当本钱，去集镇上摆个小摊卖糖葫芦。杨修仁听罢连连摇头，说卖糖葫芦不如做相姑，他认识一个邻县的寡妇，虽然年纪大些，六十多岁了，还有很严重的狐臭，但是贵在有钱，倘若赵老弟有意，他可以帮忙拉个皮条。赵致中抽出短枪，左手温存地抚摸着枪管，笑眯眯盯着杨修仁。

"信不信我一枪打死你？"

"你太过分了！"杨修仁委屈地大叫，"老哥我真心实意想帮你赚钱，你不承情，还想杀我，天底下有这样的道理吗？"他看到赵致中悠闲地举起短枪，黑黝黝的枪口渐渐对准自己的眉心，连忙用一双肥胖的手捂住眼睛。"哎哎哎，你到底是来借钱，还是要杀人？"

赵致中朝门外打了一枪，巨大的响声震得空气嗡嗡发抖。杨修仁以为中枪，吓得乱叫，在身上检查一遍，并没有弹孔和鲜血。赵致中大笑，将短枪收回腰下。杨修仁知是被他捉弄，也不生气，跟着他嘿嘿笑了一顿。一杯茶喝完，杨修仁叫老婆取出一百两银子放到桌子上，请赵老弟先写张借据。另外银子不能白借，关系好归好，利钱不能少，这是行间的规矩，规矩不能践踏。

"五分利，借不借随你。"

"借，当然借。"

赵致中推开茶杯，取笔纸写下一张借据。杨修仁鼓腹旁观，将两只手交叠放在肥硕的肚皮上。"我知道这个利息太低，配不上老弟的才干和气场。"他说，"不是我看不起你，实在是我的心太善了，不好意思要太多。"

赵致中哈哈笑，工整签好自己的姓名，将借据交给杨修仁，然后取银告辞。杨修仁客气地送出庄外。赵致中望着田野里望不到边的罂粟，对杨修仁说：

　　"种地要勤快，多浇水多施肥，养得壮了，还给我的时候你才能报个好价钱。"

6   忆少年

　　赵庆自己也不知道他是何方人氏。在他印象里，好像一生下来就跟着一个小个子老头四处要饭。那老头儿身子佝偻，瘦得像一具活动的骨架。在被卖给祁州药商以前，他从不记得在床上睡过觉，他们睡得最多的是门洞，在梦里还要被门神驱赶。当他学会奔跑，老头儿开始教唆他偷东西。六岁——或者是七岁——那年，他在老头儿带领下流浪到一个集镇。集镇边缘有家烧饼铺，架子上刚出炉的烧饼让他涎如雨下。在老头儿的怂恿和掩护下，他勇敢地下了手。

　　直到现在，当时的情境仍会在赵庆梦中一次次重现。烧饼店主人被装神弄鬼的老头儿引开了注意，他家的公鸡却发现了赵庆可耻的偷窃，尖叫着向他冲过来。公鸡的叫喊惊动了一只狗，这只狗的狂吠惊动了全镇的狗，全镇的狗在店主的狗带领下穷追不舍，一直把赵庆和老头儿追到十里外的黄河里。两人紧抱一根枯木，在混浊的河水中浮浮沉沉，顺流而下，直到风陵渡附近，才被河运衙门清淤的船打捞上来。船工老爷很生气，咒骂他们弄脏了黄河。

　　他们顺着官道信步北行。随着年龄的增长，赵庆开始有了自己的想法，这让老头儿烦恼不已。每当傍晚时分，赵庆看到牛羊归圈、百鸟返巢，彤红的太阳一点点落到地平线下，幼小的心里便浮现出淡淡的感伤。他觉得一切事物的存在，都应有其目的与归宿。他问老头儿他们要去哪里。老头儿想了半天，说要带他去京城看皇帝。

"皇帝是什么?"

"皇帝是大地主，全天下的土地都是他的。"

"天下的土地是他造的吗?"

"不是。"

"不是他造的，干吗要归他?"

"从前朝抢来的。"

"前朝又是从哪儿来的?"

"从前朝的前朝抢来的。"

"前朝的前朝又是从哪儿来的?"

老头答不出来。赵庆又说："爹。"

"唉。"

"咱们为什么出来要饭?"

"因为遭灾了，没饭吃。"

"什么灾?"

"涝灾。"

"多大?"

"连续下了十天毛毛雨，地皮儿都淋湿了。"

"那也不大啊。"

"但是打的粮食不够交官呀。"

赵庆又说："爹。"

"嗯?"

"我为什么要叫你爹?"

"因为我生了你。"

"你怎么生的我?"

"跟你娘一起生的。"

"那我娘呢?"

老头儿停住脚步，像只虾一样弓腰站在黄土路上，两眼空洞地望着天边滚动的云彩。一群麻雀鸣叫着飞过，拉了他一头白色的鸟屎。他用鸡爪一样的手掌将鸟屎抹去，说：

"你娘被我卖了。"

老头儿并没有兑现诺言带领赵庆去京城看皇帝，走到祁州的时候，他把赵庆也卖了。买赵庆的是祁州一家小药行的老板。这位老板四世单传，老板娘却寸草不生，老板是孝子，想讨个二房传宗接代，老板娘截住敲梆子游街卖药的，买了一百包老鼠药放到厨房的灶台上。老板只好乖觉地打消了纳妾的念头。恰好此时赵庆他爹带着他上门讨饭，老板看赵庆长得机灵，跟老婆商量把他买下来当养子。老头儿吃过老板赏的饭，拿着三吊钱满足地离开了。赵庆站在药行门口，望着将自己无情抛弃的父亲一歪一趔消失在人流之中，鼻尖酸酸的，想要哭却又哭不出来。

从此后，赵庆结束了风餐露宿、食不果腹的流浪生涯，变成药行老板的少东家。药行老板积攒了十几年的父爱，在之后的三年内像洪水一样淹没了他，让他享受到了正常人家的孩子所应享受到的一切快乐。然而三年后，老板娘去寺里上香，在寺里吃了一顿斋饭，居然把肚子也吃大了，十月之后喜获贵子。赵庆的身份就从养子变成了药行伙计，为此老板还专门裁掉了一个人。

颠沛流离的乞丐生涯和在养父家的遭遇，使赵庆一直处在恐慌之中，感觉自己好比一片树叶，没有根，也不知道要飘到哪里。每当暮色四合，眼看着大街上的匆匆行旅，强烈的无归属感让他忧郁彷徨。这种忧郁彷徨持续了一年。一年之后，已经完全懂事的他渐渐意识到，自己的未来就在药行里。在老药工的指点下，他很快掌握了药材的鉴别与炮制，把一块熟地放嘴里咀嚼几下，便可分辨出是几蒸几晒，随便捏起一个饮片略加端详，就能说出产地以及出产了多久。他把一枚槟榔夹在切床上运刀如飞，切片圆润完整，薄如蝉翼，打着旋儿轻盈盈地飘落进撒子里。等他高过柜台，老板安排他去药房给客人抓药。他衡称分星，包扎打结，动作飞快，剂量准确，客人在柜台对面旁观，就像看杂耍，一个个喝彩不止。十四岁的时候，他开始在老板委托下跟药商打交道，看货签单，发包押运，分拆派送，事无大小都处理得井井有条。有个亳州药商欺他年幼，想坑他一下，结果不但未得手，反而被他扮猪吃虎，结结实实吃了个大亏。亳州药商从此对他刮目相看，一心想把他收罗过去当干儿子。赵庆已经有了两个爹，不想再多一个，让自己成三姓家奴，但从此与这个药商成了忘年交。养父的药行在他的经营下生意兴隆，蒸蒸日上，一时成了祁州佳话。

老板之所以放权给赵庆，是因为他有更重要的事要做。老板娘生的儿子不同凡响，出生时手里攥着一支敲木鱼的小犍槌。小东西不哭不笑不吃也不睡，唯一热衷的事就是拿槌子敲打老板严重谢顶的光脑袋。他的槌子有着与他年龄极不相称的力量，很快就把老板敲成了脑震荡。得了脑震荡的老板遗忘了很多至关重要的信息，他甚至怀疑起跟自己睡在一张床上的女人究竟是不是他老婆。他总认为自己从来没娶过老婆，所以他疑心这个自称是他老婆的人在图谋他的家产。他生活在这个阴影里寝食不安，一天到晚寻找证据。

五年后的一天，他的猜疑终于被证实：他跟随老婆孩子去寺里上香，路遇一个弄蛇的番僧。番僧吹弄一支古怪的笛子，驱动一条两尺多长的黑蛇做出各种动作。旁观者大开眼界，纷纷掷钱捧场。番僧正表演得卖力，老板的儿子攥着槌子走上去，一槌将黑蛇敲死了。番僧大惊失色，抱起死蛇痛哭流涕。老板愿意赔钱，但番僧非要他赔命。他说子不教父之过，生了这样一个坏东西，真是罪该万死，所以他要杀了老板。番僧盘腿而坐，念了一段咒语，那条死蛇忽然飞上天空，化作一把匕首射向老板。随着一声惨叫，老板没有死，他旁边那个经常上门化缘的和尚却倒地而亡。猜想被证实的老板如释重负，回到家后，他找出当初老板娘买的老鼠药，倒进一碗粥里，决定先下手除掉这对不怀好意的母子。然而遗憾的是，他越来越健忘的脑袋忘了哪个碗里有毒，喝完粥后，老板娘安然无恙，他却被毒死了。

从一生下自己的儿子，老板娘就开始仇视赵庆。她担心这个来历不明的乞丐将会成为她儿子接管家业的障碍。赵庆的精明能干和儿子的愚鲁迟钝，使她的担忧与仇视与日俱增。老板把自己毒死后，她抱着儿子去县衙告状，指控是赵庆所为，意图谋夺家产。赵庆被投入大牢，含冤莫白。当他得知自己将被砍头后，他决定越狱，用捡来的一根牙签开始挖掘地道。三天后，他成功地逃了出来。

这不是牙签的功劳，而应该感谢暴动的农民。知州谋到这个职缺花钱太多，很大一部分还是高利贷，急于捞回成本，征收钱粮的时候滥加折派。农民辛苦一年，得到的收入还不够交税，便在两个生员策划下把老婆孩子送给官府顶税。这无疑是对知州的挑衅。知州恼羞成怒，派捕快捉来生员，革去功名，用铁板打掉满嘴牙齿。这两个生员也是一方乡绅，他们家人从衙门内得到消息，说是知州要把两人慢慢剐了喂狗，遂煽动农民暴动，攻入州衙，把知州点了天灯，然后打开大牢，救出两个生员，纵放了牢中所有囚犯。获得自由的赵庆举着火把跑回药行，在混乱中放火将店铺和库房烧掉。他站在街道拐角的阴影里看着药行化为灰烬，然后去追赶起义的农民队伍。起义军首领说他们要杀贪官、保平安，赵庆决定去入伙。

赵庆的判断出现了错误。暴动农民洗劫了官府库房和几个大户，出城后呼啸而西，在一座山上修筑堡垒，占山为王。赵庆却误以为他们要挥师北上，杀奔京城，赶走皇帝然后自己坐朝廷。他顺着官道一路直追，看不到一点战斗的痕迹。鸡鸣犬吠，炊烟袅袅，人们在乡土风尘里生老病死，好像没有任何意外发生。赵庆回忆过往，恍如一梦，梦醒后自己依旧在流浪的路上，只是那个弓腰的瘦老头儿不见了。

半个月后，赵庆来到保定府。他在这个繁华的城市里逛了三天，打算找个事做。在此之前，他需要先吃顿饱饭，再买套新衣裳。在一条人流熙攘的商业街，他重新施展他爹教的本领，把手伸向一名遍体绮罗的公子哥。公子哥携带的银子不少，赵庆轻松得手。可悲的是，他的偷窃行为被公子身后那几个彪形大汉尽收眼底，而那几个大汉，是公子的家丁。彪悍的家丁们狠狠惩罚了这个不长眼的乞丐，先把他当沙包，继而当皮球，然后当毽子，他们花样百出的殴打赢得了围观者的阵阵喝彩。赵庆觉得自己死定了，心中充满宿命的悲伤。这时候，腰吊银囊、手持洋枪的赵致中出现了。

为了给赵庆治伤，赵致中在保定城停留了十天。等他重新起程北上，伤愈的赵庆已成为他忠心耿耿的仆人。他亲爹和养父都没有教过他做人当知恩图报的道理，但是赵庆认为，生而为人，总得有人生的目的和归宿。他觉得赵致中就像他的朋友，或者父亲，而明农庄，则是他梦寐以求的家。当明农庄在赵致中的胡作非为下濒临破产，他意识到该自己上场了。他要亲自动手，参与这个家族的重建，从而获取作为家庭一分子的合法性。他说：

"颍川山里有地道的山药和首乌，地产的生地、白芷也都是上品，守着这些好东西，还怕发不了财吗?"

赵致中回来那天早上，赵庆奉太太之命，去县城给她弟弟送东西。舅老爷的烟馆在县学附近，赵庆交差之后，在县学门口往里张望了一会儿，然后绕过文庙，沿着宣化街向城中走去。颍川地当南北要冲，历来繁庶，大街小巷商肆林立。圣人之徒刘继儒来到颍川后，厉行重农抑商的古训，在绞尽脑汁减免农民田赋的同时，想方设法增加商人捐税，并修改规则限制商业经营。经过多年努力，他成功挤对走了大部分外地商家，并使本地商人盈利变得异常艰难。新县令履任后，先找来县志了解地方情况。他根据志书上描述的曾经繁华，估算了一下以往颍川知县的大体收入，心里非常难过，喟叹之余，提出了复兴颍川的计划。为了刺激经济，新知县再次修改规则，对各种商业活动大开方便之门，刘继儒严厉禁止的烟馆也如雨后春笋，在县城和大小集镇相继开张。赵庆顺着大街走过去，看到最多的就是酒肆和烟馆。他边走边问，一直走到西关，才找到几家规模不大的药行。

那些药行生意冷清，除了兴义隆有几位客人，其余几家的伙计都坐在太阳下捉虱子。赵庆自称祁州药商，考察了他们经营的药材种类、数量和质量，跟他们聊了会儿生意经。他看到有三家药行的库房都存放有大量苍术和厚朴，包装的麻袋上落满灰尘，想必时日已久。询问之下，原来前年他们看皇历，说次年将是二龙治水，雨水必多，天气潮湿，温燥除湿的药物必定紧俏，于是竞相收购苍术、厚朴，坐待来年发财。不料那两条龙居然是夫妻，又生出七条小龙，一家子共同管理降水，结果一年到头只下了几场牛毛细雨。第三年亦然。人算不如天算，坐等发财的药商只好坐等发霉。老板们望着堆积如粪土的药材唉声叹气。赵庆说：

"我帮你们卖卖吧。不过这些药放置太久，都快霉了，价钱不会太高。"

在当晚的家庭会议上，赵庆说服赵致中做药材生意，约好次日赵致中去借钱，第三天一早出发去安徽亳州。不料赵致中借钱居然借到杨修仁那儿，而且是高达五分的高利贷，据他自己讲，中间还发生了枪击之事，临别前又对杨修仁语出威胁。这不是借钱，分明是找事！赵庆在愠怒之下变得没大没小，对老爷幼稚的行为提出严厉批评。

"身处弱势的时候，韬光养晦是最好的策略。"他板着脸说，"逞勇斗狠只能恶化现状，除了自讨苦吃，没有任何用处。"

赵致中朝他屁股踹一脚，将他踹趴到地上。赵庆爬起来，拍拍褂子上的灰。赵致中掏出一疙瘩银子丢给他。"你说得对，这银子赏你了。"

亳州那个曾经坑陷赵庆而未得手、后来又想收他当干儿子的药商叫宁戚。他久闻赵庆卷入养父命案，被判死罪，遇上县民暴动，脱狱逃亡，不知所终，赵庆养父的药行则在暴民洗劫中被纵火烧掉。后来他去祁州，听说老板娘和她儿子也在一场瘟疫中死掉了。这天他本要起程去外地走走，采购些药材，但因暴雨忽作，只好改期。他正在药行大堂拜财神，忽然看到赵庆笑嘻嘻走进来，惊讶得大叫起来。几年不见，赵庆已长成大人，看上去英挺利落，也更显成熟，令宁戚感慨不已。他请赵庆和"跟班"赵致中到后宅，与赵庆看茶叙契阔。关于自己这些年的经历，赵庆早已编好一套合乎律法与情理的说辞，轻松应付过宁戚。他把东家赵致中隆重介绍给宁戚，备述赵家一门两进士的高贵和显赫。宁戚连忙抱拳说久仰，对赵庆能找到这样一个好东家表示由衷的高兴。

生意人相见，难免要谈生意经。登门拜访宁老板之前，赵庆与东家在饭馆吃饭，跟小二闲聊，听说此地已连续降雨好多天。此时他望着屋外瓢泼之雨，向宁老板感叹天时不常，倘若过些时到了梅雨季节，恐怕雨水更多。宁老板点头称是。赵庆问宁老板是否备足了温燥除湿的药材。宁老板摇头，说他原本今天就要去外地采办，不料被豪雨误了行程。赵庆将茶盏放到桌子上。

"我那儿倒有一大批上好的苍术和厚朴，宁老板若有意，可以先给你调拨过来，让你用着。"

宁戚大喜，忙唤老婆去准备酒饭，招待贵客。半醺之际，赵庆大骂此地民风恶劣，他和东家此来采办药材，眼看要到亳州城，居然遇到一伙强人，把他们的银票和随身钱物都抢了去。宁戚奉酒劝慰，说是时局不靖，南方长毛作乱，本地捻子也越来越多，经常有人在路上被歹徒劫持，所幸钱财是身外之物，人能平安就好。赵庆皱眉叹息，他跟客人约好了交货日期，失财事小，违约事大，宁老板也知道，生意人最讲究的是诚信。宁老板问他采办何药，愿意先借给他，等他把苍术、厚朴送来后结算顶账。赵庆连声称谢，誓言来日必当报偿宁老板的这番情谊，然后瞅了瞅赵致中，对宁老板说：

"我们那药行开张不久，我这东家对行内事务不甚熟悉，我把他留到这里，烦宁老板有空时点拨一下，如何？"

宁老板瞟一眼赵致中。"老弟是要把贵东当人质吗？哈哈，玩笑玩笑。赵先生若有意，就在敝药庄玩几天也无妨。"

7　礼尚往来

　　赵庆把东家留在宁老板处，固然有押为人质以取信的意思，另外也的确想让赵致中学习一些行业规则。纵使不学，感受一下药都气氛也好。亳州是闻名天下的药业都会，四方药商云集，庄行遍布，让赵致中看看这因药致富的坊市和人家，也有助于他坚定做药材生意的信心。但他事先并未告知赵致中这个想法，求取老爷许可。前头铺子里有事，宁老板过去处理，赵致中咬牙瞪着赵庆。

　　"臭小子，竟然把老子给卖了！"

　　"这里比颍川好玩多了。"赵庆笑眯眯地对主子说，"就怕你玩上瘾，乐不思蜀，不想再回颍川。"

　　赵庆所借之药，都是颍川那几家药行所需的，雨水一歇，他即押车赶回颍川。赵致中果然在药行待不住，在亳州城里四处鬼混，身上带的五十两银子流水般花个干净。这里没有相识，无处告贷，唯一认识的宁老板也不熟，况且还欠着人家药钱，不好意思开口，只好老老实实待在宁家宅院耗时间。赵庆说他是书礼世家，可他站没站相，坐没坐相，大大咧咧，哼哼哈哈，宁戚怎么看，也看不出世家公子应有的风范。吃饭时闲聊，向他请教生意经，他只有一句，"以前做过盐"，除此之外再无话说。赵庆走之前，私下跟宁老板讲过，他这位东家脑子里少根筋，有点信球，倘若有什么不是，请他多担待，因此宁老板并不多疑。淫雨消退，天气放晴，宁老板去外地收债，走出药庄大门，看到赵先生蹲在街道边，手里捏根马鬃，正兴致勃勃地挑逗两只蚂蚁打架。他拍拍赵先生肩膀，告诉他哪条街蚂蚁比较多。赵致中搔着脑勺尴尬地笑。宁老板登车起程，回想着赵致中傻里吧唧的样子，笑得肠子都打了结。他开心地走了八十多里路，在天黑前翻过一座山，准备到前头集镇找店安歇。山坳里突然闯出一伙强盗，拦住他的去路。

宁家接到赎人的飞票乱作一团。无聊得牙疼的赵致中却兴奋不已，自告奋勇去救宁老板。宁戚与其他肉票一起，被关在山阜一座破庙里。赵致中骑上一匹一身棕毛的烈马，兴高采烈飞奔到山下，打马绕山跑了一圈，扯开嗓门朝山上喊话，宣称已将此山包围，要求他们马上投降。听到喽啰报告，三个当家的开怀大笑，到外头欣赏那人怎么包围他们。他们刚在高阜上站定，三颗子弹便呼啸而来，分别打掉了大当家头上的毡帽，打断了二当家手里的马鞭，打穿了三当家的左耳垂。赵致中手握洋枪，在山脚下纵马如飞。

"按照道上的规矩，三位朋友的命都是兄弟的了。兄弟不要别的，就要一个人。"

宁家人财俱在，感激得不知如何是好。宁戚万般庆幸把赵先生留在了家里，认为这是此生最明智的决策。他把赵先生扶到堂屋太师椅上，率领全家叩头拜谢，眼眶里饱含着感恩的泪水。

"恩人啊，我该怎么谢你呢？"

赵致中当仁不让，跷着二郎腿安逸地坐在太师椅里，嬉皮笑脸盯着宁家俊俏的姑娘。

"你舍得这个丫头吗？"

半个月后，赵庆在史宗义陪伴下赶到亳州赎东家，惊喜地发现，宁家药行已经成为赵家最铁心的商业伙伴。之外还有更好的事情：宁家那个如花似玉的千金小姐，已被赵致中做媒许配给他。回到颍川后，赵致中在县丞葛天民的帮助下正式创建了自己的药庄，命名为"保泰"，大张旗鼓做起了药材生意。他不厌其烦地向家人讲述在亳州的经历，最后总结：

"做正当生意也很好玩嘛。"

然而每当他从横穿田野的道路上走过，眼望着原本属于赵家的土地上蓬勃生长着杨家的罂粟，他就会被愤怒笼罩，仿佛杨修仁是个巨灵神，横跨道路傲然而立，而他只能忍气吞声从胯下钻过去。这种生平未有的羞辱让他寝食难安。他把药庄事务全都丢给赵庆，又收罗一批江湖朋友，开设一个镖局，由一个可靠的朋友负责，主要押运名贵药材，兼接社会各界的行镖业务。至于他自己，则专心投身于复仇。他找到张天师，请张天师作法下场冰雹，把杨修仁的罂粟毁掉。张天师拒绝了老朋友的请求，理由是伤人稼禾，天理难容，倘若帮了赵贤弟，他会被老天爷打雷劈。赵致中不以为然，罂粟是害人的东西，不是庄稼，毁掉它是替天行道。

"是不是害人之物，你我说了不算，官府说了才算。"张天师说，"贤弟不如去官府问问，倘若官府说是，就请官府毁掉便了。"

赵致中碰个软钉子，悻悻而归。他不知道张天师近来跟杨修仁打得火热，不愿参与两人的是非，反而大骂张天师迂腐。孙慧如见他不开心，贴心地为他点上一筒烟。赵致中歪在床上抽了几口，吐出的烟雾在眼前飘荡，变幻成肥头大耳的杨修仁，对自己这个无计可施的失败者得意狂笑。赵致中趴到床头吐起来，房间里浓烈的大烟味让他恶心无比。他砸碎烟枪，把剩余的烟膏丢进灶火。庄外田地里的罂粟日渐成熟，天地间充斥着馨如红粉的气息，撩拨着人心深处一根根欲望之弦。那味道原本令人迷醉，然而此时，却如盛夏时茅厕里刺鼻的恶臭，令他作呕不止。管家赵成在失去土地后无事可做，终日在忐忑不安中等死，这天他又去祠堂里哭了半天，回来时看到赵致中像条死狗趴在石磨上，嘴巴里源源不断往外流淌清涎。他说：

"去老爷坟地坐坐吧，那儿没有大烟味。"

祖坟周围的几亩土地，是赵家仅存的田产，赵致和从中分出半亩种蔬菜。赵致中趔趄着走到菜地旁，芫荽辛辣的气味扑鼻而来，他接连打几个喷嚏，顿感好了许多。菜田分成几畦，分别种着眉豆、黄瓜、茄子、大葱和青椒。在七月热烈而明亮的阳光下，这些水肥充足的蔬菜欣欣向荣。望着这片自然葱茏的绿色，一点感动突然涌上赵致中心头，仿佛窄长草尖上的一滴白露，圆润如珠，剔透澄明，在徐徐晨风里折射着太阳的光芒。

赵成的儿子福荣正在往返挑粪，赵致和与江蓠则在眉豆架间除草。虽然农事精勤，香附和马齿苋依旧随处可见。赵致和的理学情怀悠然发作，抹抹额头的汗珠，对江蓠说：

"道心如田经常治，妄念似草随时除。"

江蓠莞尔一笑。赵致中隔着眉豆架看到她明媚的笑脸，内心荡漾起一丝失落。他拨着眉豆带有细细绒刺的藤蔓和叶子走过去，一边拔草，一边跟弟弟讨论如何除掉杨家那些罂粟。兄弟俩开动脑筋，想了不少主意，诸如纵牛践踏、鼓励人暗中破坏、在田里埋几只元宝然后放风出去谁挖到归谁，等等等等。但是仔细推敲起来，要么收效不大，要么根本就不靠谱。江蓠旁听他们海阔天空的设想，开心得咯咯直笑。

"为什么要亲自动手呢？"她说。

这天晚上，赵致中在县丞葛天民的陪同下晋见知县，呈上一封都察院河南道监察御史的信。赵致中告诉县太爷，这位陈姓御史是他父亲生前在都察院的至交好友，风闻颍川县有劣绅大肆种植罂粟，不胜骇怒，意欲具折参奏。为了查证事实，特给世侄赵致中写信询问端详。御史最爱没事找事，劾人求荣，虽然皇上和抚台都没有明令禁烟，但若御史揪住不放，以道德民生为借口攻讦不已，皇上一松口，自己就吃不了兜着走。在大清国，再大的事上头不过问就平安无事，再小的事上头一过问就是惊天大事，皇上身为大清国的道德楷模，看过御史添油加醋的奏折，不可能不表示关切。知县将信读了一遍又一遍，汗水浸透缎子衣裳扑嗒扑嗒往下滴，他抬起汗气蒙眬的双眼，看到他的素金官帽上长出一对翅膀，忽闪忽闪向衙门外飞去。

良民赵致中已经帮县太爷想好对策：勒令杨修仁立即将罂粟全部毁掉，具结永不再种，然后由他给陈世叔回一封信，说明知县勤政，民风淳朴，并无人种植罂粟。知县感激不已，连称有劳致中兄。葛天民收了赵致中的钱，在旁边煽风点火：

"不能便宜杨某这种劣绅！"

翌日上午，五十名捕役在典史带领下赶到杨家庄。杨修仁正与张天师商议如何对付法国神甫，从天而降的大祸让他手足无措，面色如土，直到被差老爷锁起来押入县牢，还没想通收过他钱的知县为何突然翻脸。张天师亲眼看着富甲一方的乡绅转眼沦为阶下囚，为人事之无常感喟不已。为证明自己清白，他主动提出作法毁掉杨某那些荼毒众生的大烟。他在典史老爷监督下爬上杨家堂屋，像只鸭子一样摇摇摆摆站在房脊上，挥动桃木剑念咒舞蹈。不多久即阴云密布，鸡蛋大的冰雹倾泻而下。半个时辰后，典史老爷认为可以了，张天师便收起法术，一时间雹停风住，云开日出，杨家田地上堆起两尺多厚的冰疙瘩，所有罂粟都被砸得稀碎。

杨家在罂粟种植中获利甚厚，但大部分被拿去修建抱玉寨，所余的有限银钱，也被抄家的差老爷洗劫一空。杨修礼要救他大哥，就只能卖地筹钱了。赵致中手持洋枪，骑马围绕那五千多亩地耀武扬威地兜圈子，有意买地的人也就知难而退了。杨修礼无可奈何，只好登门求助。赵致中在他的客堂热情接待了杨三弟，叫孙慧如端出一盘烟膏请他吃，又说县城新来一个戏班，唱青衣的小倡优长得很标致，问杨修礼要不要，要的话他出钱给买了。

"你大哥犯事了，也不知道出不出得来，以后我就是你大哥，万事有我，不用担心。"

杨修礼谢绝美意，然后说明来意，想请赵大哥帮忙把地卖掉。赵致中答应帮他问问。次日杨修礼再次登门，询问进展如何。赵致中说他问过几个大户，都无意买，真是遗憾。杨修礼苦笑。

"能不能请赵大哥买下呢?"

赵致中为难地搔头。他说他愿意相助，可是这么大的事，他做不了主，众所周知，他赵大哥是怕老婆的。孙慧如被丈夫隆重请出来，听丈夫讲明情况，直截了当地回绝。

"太贵了，不要。"

天地良心，杨修礼急于筹钱，开的价仅是正常地价的三分之二。杨修礼无语而退。他赶到县城大牢，花钱探望哥哥，询问能不能把地价再降一些，比如降到一半。杨修仁的屁股被板子打得稀烂，趴在潮湿的地面上，听二弟说明情况，一时须发俱张。他要求弟弟看好家业，一寸地也不能卖，尤其不能卖给赵家。

"我死之后，你要给我报仇！"他咬牙说。

杨修礼含泪而去。县衙里传出的消息越来越不利，据说知县有意没收杨家所有田产。两天后，杨修仁托牢里的禁子老爷送来一封血书。杨里正骨头再硬，硬不过铁棒，两条腿从上到下被一寸一寸整齐地打断。问案的刑房书吏充满了求知欲望，听说在人头顶割一道口子，渗入水银，人皮就会完整地与身体剥离，决定试一下真实与否。他和蔼可亲地安慰杨修仁，保证脱皮过程不会很疼。杨修仁面对尖刀和水银，大小便喷涌而出，顺着他的裤管哗啦啦往外流淌。书吏老爷捏住鼻子，不满地皱起眉头。

"多大的人了，怎么还随地大小便？"书吏老爷说，"来呀，把他屁眼和尿孔缝上。"

杨修仁不愿为书吏的求知欲望做贡献，他用那把割头皮的刀割破自己手指，给杨修礼写了封血书，恳求弟弟赶快想办法找钱救他出去。

"把地全卖了，倘若不够，把你嫂子、侄儿、侄女，全都卖了！"

杨修礼拿着这封血书去找赵致和。赵致和回想起当初自己去找杨修礼，托他请求杨修仁买下自家田地的情景，不胜人事轮回之感。他立即去找大哥，要求他适可而止。赵致中还没玩够，况且杨家开的价还不够低，他让弟弟安心守丧读书，别管这些闲事。赵致和拿圣人们的大道理劝他，诸如"不为已甚""哀矜勿喜"之类。赵致中不以为然。

"圣人的话是用来骗别人的，自己也信，就成傻子了。"

望着在复仇快感下变得不可理喻的大哥，赵致和倍感痛心。"咱们分家吧。"他说，"把祖产里我应得的那份给我。"

赵致中惊讶地瞪着弟弟，半天说不出话。赵致和托赵成请来家族长老主持分家事宜。赵致中火冒三丈，一顿臭骂将老头子们赶出门去，然后去找相好的喝酒解闷。夜半时分，他醉醺醺地来到赵致和的茅屋外。致和早已睡了，茅屋里黑灯瞎火。赵致中在弟弟门外站了一会儿，晃晃悠悠走到父母坟前，双膝跪倒，抱着墓碑呜呜咽咽哭起来。

"致和为了别人，竟然要跟我闹分家！"他说，"致和有仁有义，我很高兴啊。"

哥哥哀怨的哭泣惊醒了赵致和。他躺在床上，听着大哥含糊不清的哭诉，思绪穿过茫茫时空回到小时候。在他脑海深处，牢牢铭记着初回明农庄时的情景。他和姐姐赵婉仪跟在母亲身后跳下马车，看到一群迎接的人，管家赵成牵着一个瘦高男孩站在最前面。母亲让他和婉仪叫大哥，他们就叫了。赵致中充满敌意地盯着他们，阴沉着脸没有回应。他的眼神冷淡而怨毒，让赵致和心生战栗。赵致中从不读书，一天到晚骑竹马挥木刀，在庄院里喊杀奔突，或者纠合庄内庄外的半大小孩去打架，而对突然冒出来的弟弟妹妹充满排斥。他对好朋友史宗义说：

"从京城来了三个蛮子，一个大蛮子，两个小蛮子，把我家给抢了。"

一天下午，赵致和做完功课，急巴巴跑去茅厕尿尿，刚到后院月亮门，赵致中"哒"一声大叫，从月亮门后跳出来，挥舞一把刀截住去路。

"此树是我栽，此路是我开，要打此处过，留下鸡鸡来！"

他狂声怪叫，一副凶神恶煞的样子，手里拿的也不是木刀，而是伙房剔肉的钢刃尖刀。赵致和在惊吓之中小便失禁，新换的裤子和布鞋全都湿透了。赵致中异常开心，嗷嗷叫着得胜而去。之后几个月，赵致中热衷上了这个游戏，他埋伏在花丛里、房门后、藤萝边、假山旁，等到赵致和走近，冷不防伸出刀子，用各种阴阳怪气的声调恫吓：

"割鸡鸡！"

然后看着咧嘴大哭的赵致和开心大笑，乐此不疲。赵婉仪对哥哥的恶作剧愤愤不已，决定以其之道还治其身。她与致和设下圈套，将赵致中倒吊在树上，扒掉他的裤子要割他鸡鸡。赵致中拼命挣扎，鸡鸡还是被婉仪捉到了手里。婉仪一边拿刀比画，一边煞有介事地跟弟弟讨论割掉后喂猫还是喂狗，然而让她惊讶的是，那根原本像虫子一样绵软的小东西在她手里渐渐变大变硬，最后成了一支肉蘑菇。

这个巨大的羞辱让十四岁的赵致中抬不起头来。他打了个包裹，收拾起自己的玩物，在一个月黑风高之夜离开了明农庄。他对送行的史宗义说：

"我被蛮子赶出来了，要去少林寺学武，等学成后回来报仇，杀掉他们，夺回明农庄！"

赵致中未能如愿，才走了十几里路，他就又累又困，倒在路边一个草堆里睡着了。等他醒来时，发现躺在老蛮子的床上。老蛮子坐在床头，眼睛红肿，小蛮子赵婉仪则拐着他的胳膊睡在旁边。房间里如此温暖，比大路边寒风呼啸的草窝强多了。赵致中仿佛置身于一个巨大的棉花糖里，心头涌起一种从未有过的快乐。这时他听到致和说：

"母亲，大哥醒了，在装睡。"

装睡的赵致中羞红了脸。但从此后，他开始思考自己在这个家庭里的角色与地位，试图弄清"大哥"这个称呼意味着什么。一天下午，他和史宗义带着弹弓去打鸟，在杨家庄外看到了死对头杨修仁。杨修仁肩上背着三弟杨修礼，一颠一颠从庄内跑出来，杨修礼揪住他的辫子，嘴里"驾、驾"叫着，把他大哥当马骑。杨修仁不但不生气，反而开心得像吞食热屎的狗。赵致中呆呆地看了半天。回到明农庄，他找到赵致和，把打到的鸟全部送给他，然后说：

"走，我背你玩去。"

致和胆怯地摇头。赵致中不由分说，将他弄到自己肩上，一路撒欢跑到庄子外。从此之后，颍川县钧阳里不时出现这样的情景：在辽阔的田野里，赵家大少爷与杨家大少爷各率少年打作一团，争勇斗狠，赵家二少爷则与杨家三少爷在战场外吟诗诵经，比试文采。双方斗得难解难分，直到日薄西山，倦鸟归林，晚霞像桃花一样映红天空和大地，方才两相罢手，两位大少爷背起他们的小少爷，带领手下高歌而归。

赵致和躺在茅屋的床上，静静倾听大哥在父母坟前的哭诉，眼泪不知何时已濡湿了枕头。他回想着与哥哥成长过程中的欢喜哀伤，内心酸楚而甜蜜，后悔起了贸然跟大哥说分家。然而再想起愁苦无助的杨修礼，他的心头又复黯然。

赵致中没有再让他为难。他以他的保泰药庄作抵押，又请县丞葛天民作保，在县城各票号贷出大量银子，以当初自家出售给杨家的价格，买下了杨家所有田地。赵成紧抱盛放地契的盒子欢天喜地，老泪纵横。赵致中让他把盒子交给赵致和，对弟弟说：

　　"从今以后，这些田地，包括这个庄子，都是你的了。"

8 争何事

　　杨修仁一生逼死过两个佃户，强奸过三个民女，打断过九个人的胳膊和六个人的腿，在集镇上抢了四间铺面，在县城砸过五座酒楼，还拆了一座观音庙和两个土地庵。他依靠数代祖先积累的家业，在颍川县西北广大区域里不可一世，为所欲为。然而两个月的牢狱生活，让他深刻认识到，在官府面前自己还不如一个屁，如果是屁，放了就放了，而自己，要放还得给钱，钱少了还不行。杨修仁觉得，倘若把他们这些土豪劣绅比作豺狼，官府就是暴龙，没有约束，无坚不摧。出狱后，他率领全家人来到祠堂，在祠堂中央摆放一把椅子，叫三弟杨修礼坐上去，然后倒头便拜。他要求杨修礼答应他一件事。

　　"无论如何，你要考中进士，当个大官！"

　　杨修礼明白哥哥的意思。在权力决定一切的国度，只有掌握权力，才能保护自己。因为看透，所以放下，杨修仁对自己的败落毫无怨言，当赵致中登门还钱、顺便祝贺他脱离牢狱之灾时，他表示了衷心感谢，并再次对赵家大哥的成功表达了敬意。大哥的潦倒失意让杨修礼心里颇不是滋味，为了安慰哥哥，他把书房搬到新建的抱玉寨，打算清心苦读，以备会试。

　　抱玉寨是杨修仁在杨修礼的劝说下建造的。杨修礼说要居安思危，未雨绸缪。他的担忧源自京城光德坊的冤民。那些来自大清各地的人讲起家乡遭遇，让一直误以为生活在太平盛世的杨修礼惊心动魄，如梦方醒：南方长毛并非官府传说的蕞尔小寇，而是横扫大清半壁江山的劲匪；淮北的捻子也不再满足于在本地抢劫，越来越热衷大规模的远程侵略；小范围的暴动、造反更如虱子一般布满了大清全身。杨修礼忧心忡忡，回到颍川后，千方百计说服大哥买下抱玉山，依据山体形势修建了一座坚固的寨堡，命名为抱玉寨。杨修礼答应大哥要锐意科举，入仕当官，但是面对早已烂熟的经书实在看不下去。他站到寨墙上极目远眺。十五里外田野之间那一小片松柏，就是赵家祖坟所在，坟边的茅屋里，住着仍在守孝的赵致和。

　　算起来，已经有一个多月没见致和了，不知他是否想念自己，就如自己之想念他。也许他不会吧，毕竟他有了江蓠。杨修礼当风而立，郁郁不胜。从京城鸣冤归来不久，他就预料到赵致和将会跟江蓠在一起，心中不乐，却没理由反对。五月那个晚上，他毫无来由地心烦，辗转难眠，遂爬起来去找赵致和。午夜的月色明亮如昼，他远远看到赵家那块正在开花的罂粟已被毁掉，而在残枝败叶的田地里，有两人执手而立。不用前去，杨修礼也猜得出他们是谁。他站在泡桐树的阴影里，望着那对男女发怔，眼看他们挽手走进茅屋，呆立了很久，回头默默走开。不久之后消息传来，赵致中请梁举人做媒，要把江蓠嫁给赵致和。杨修礼感觉被遗弃了。他决定故伎重施，拆散这对准新人。

　　江蓠情况特殊，不像之前那些有家有亲的本地女子，可以上门捣乱。巫蛊似乎有用，但属邪门歪道，杨修礼不屑为之。他思来想去，无计可施，遂去古人的智慧里寻求帮助。他翻遍古籍，在一本布满虫洞的老书里找到一个神秘的处方。这个处方药品繁多而怪异，其中包括老鹰屎、婴儿尿、寡妇脚指甲、妓女阴毛、刽子手耳垢和金环蛇的精液。这些东西都有讲究：老鹰必须是白羽，寡妇必须单眼，婴儿尿必须是出生之后第一泡，妓女体重必须九十二斤，刽子手必须是没破身的处男，而金环蛇的精子，则需要三钱。杨修礼爬遍县里山崖，冒着被摔死的危险寻找老鹰屎，又以难以想象的坚韧和顽强找齐了婴儿尿、寡妇趾甲、妓女阴毛和刽子手耳垢。在取金环蛇精液的时候，他被愤怒的毒蛇咬住手臂，几乎命丧溪涧。他把所有药物按要求放进一只从老坟挖出来的瓦罐里，以离魂草做柴，武火煮了三天，文火又煮三天，终于熬制出据说效应如神的断情膏。他把药膏改名益情膏，一分为二，馈赠给赵致和与江蓠。赵致和看着盒子里灰黑黏稠的东西恶心得想吐，江蓠则直接吐了上去。送走杨修礼后，他们立即把那些东西丢进垃圾堆。

聪明绝顶的杨修礼无计可施了，他开始怀念以前的美好时光。上天既已生他，就不该再生江蓠，他无法原谅上天的这个错误。当他再次在集镇上遇到法国神甫时，便停下来听了会儿他的演说。法国神甫知道他是闻名全县的大才子，竭力向他推销他们的天主。

"信上帝吧，年轻人。"法国神甫双手交叉在胸前，异常诚恳地说，"他能满足你所有愿望。"

神甫如此饱满的承诺让杨修礼怦然心动。神甫赠送给他一本《圣经》，并约好礼拜天在县城天主堂再次会谈。回到家后，杨修礼取出《圣经》翻阅，试图从中找到拆散赵致和与江蓠的方法，然而直到看完最后一行字，依旧没有得到想要的启发。他很丧气，大骂神甫妄言。不过《圣经》里的故事倒是生动曲折，引人入胜，所以认真讲，也不算浪费时间。作为答谢，他打算礼拜天见面时回赠神甫一本《山海经》，一本《西游记》。

然而会面前一天，神甫却带着几个农民找上门来。杨修仁在弟弟劝说下收买抱玉山，他自认为出的价钱很公道，山上有两户人家却不愿搬走。杨修仁把钱挂到他们脖子上，强行将房屋拆除。为了讨回公道，那两户农民先找耆老评理，再去县衙鸣冤，然后拜观音，拜如来，拜圣母娘娘，拜玉皇大帝，最后他们相约上吊自杀。在断气之前，他们遇到了辛勤布道的神甫。

"你们得不到公道，是因为你们拜错了神。"神甫说，"只有追随上帝，你们才能得救。"

农民在神甫的撑腰下再次来到杨里正家。杨修仁对他们的无理取闹厌烦已极，命令家人将他们赶出门去。神甫本想以教义服人，拿《圣经》作例子跟杨里正谈谈什么叫契约。杨修仁的态度让他意识到此路不通。他用手枪震慑住粗暴无礼的家丁，带领农民直奔县衙。

由于神甫身份特殊，县太爷不敢怠慢，立即拘传杨修仁，责骂他身为里正，却暴虐乡民，可恶至极，命令他退回土地，修复所毁房屋，或者按照受害者要求的数额给予赔偿。县太爷发话，杨里正不敢不听。他悻悻然瞪着神甫，咒骂洋鬼子多管闲事。那两户人家将神甫奉若神灵，欢天喜地簇拥着他走出县衙。神甫看到了杨修仁脸上的仇恨，拨开新信徒走到他面前。

"魔鬼占据了你的心，你改悔吧。"他对杨修仁说，"否则，等待你的将是地狱。"

"改你姥姥的悔，地你娘的狱！"杨修仁咆哮，"老子信的是孔圣人！"

闻讯赶来的杨修礼听到了大哥的叫嚷，白净的脸庞羞得通红。

"家兄根本没读过孔圣人的书。"他对神甫说，"就算很多熟读圣人书的人，事实上也并不是圣人信徒。"

"你是在替孔丘辩护。"神甫说，"假如有人自称耶稣的信徒，而这个人贪淫残暴，无恶不作，你会把他和耶稣分开评价吗？他奉了耶稣的名，耶稣就要承担他的罪。你们中国的孔圣人也一样。"

神甫的话咄咄逼人，庞大气场仿佛一团狂风扑面而来。杨修礼不以为然，欲要辩驳，却被他哥哥拖走了。神甫为冤民讨回公道，在县内引起巨大反响，他的信徒在一个月内增加了两倍。神甫认为找到了最有效的传教途径，沾沾自喜，给好友尚信德写信炫耀他的经验和成绩。正在河北赈灾的尚信德读罢来信，为老朋友感到担忧。

"你凭借的不是上主的爱与义，而是政治。"这位五十多岁的德国传教士回信说，"政治是无常的，一旦环境发生变化，你将非常危险。"

法国神甫对老朋友的忠告不屑一顾。他把大量时间都用在替新信徒讨公道上，天天带着那把枪，奔走在大大小小的村庄、当铺、士绅家族、县学、寺庙和衙门之间。他的信徒疯狂增多，他也成了颍川官绅的公敌。杨修仁大骂那些信教的人是蠢货，居然看不出洋教士是在收买人心。杨修礼看着大哥以卫道者自居的模样，忍不住笑出声来。

"君子喻以义，小人喻以利，人心本来就是靠收买的。"杨修礼说，"拿好处引诱人跟他走，总强过拿鞭子逼人跟他走。"

"这点好处好比钓鱼的诱饵，等你上钩后，是死是活，是蒸是炸，还由得你吗?"

杨修仁虽与神甫结仇，却也拿他没办法。洋人加洋枪，在大清国就是金刚护体、身怀杀人法宝的怪物，没人敢惹。杨修仁怀恨多年，并无报复之举。不料这年春天，老怪物的信徒竟然通过亲戚关系，试图拉拢杨家庄的人入教。一旦村民入教，让老怪物的手插进庄来，必然后患无穷。杨修仁深知，在关系神甫的事上，官府无法指望，决定通过民间的力量来拯救日渐没落的乡土秩序。他找来张天师，希望借助天师的法力对付洋教士。

张天师也明显感受到了神甫的威胁。在早前，他对这位不远万里而来的道友并无反感，正像他对真如寺的秃头们并无仇恨，大家装神弄鬼，不外求财，就看谁的手段更高明。让他意外的是，法国神甫网罗信徒不但不收钱，反而往外补贴，公然违背约定俗成的规则。此时他仍不着急。直到神甫以及时雨宋公明的形象出现，并引起愚民的追捧，他开始担心了。为了捍卫本门的权威与利益，他认为有必要进行干涉。因此，他与钧阳里里正杨修仁一拍即合。

不料他们还没动手，杨修仁却因种植罂粟被捕入狱，家产耗散殆尽。失去盟友的张天师孤掌难鸣，只好暂时作罢。知县在惩处杨修仁的同时，一并革去他钧阳里里正的职务。钧阳里农民交纳钱粮的积极性因为杨修仁的离任而骤然降低。继任的陈大户没有足够手腕和魄力，面对农民的消极拖延一筹莫展，而另外一个大户赵致中，则忙于他的药庄事业，把家搬到了县城，对这个差事没有任何兴趣。他推荐他妹夫史宗义来做。史宗义一家五代都是山沟里的小地主，接任里正，无疑是光宗耀祖的事，因此，面对大舅子的怂恿，史宗义跃跃欲试。赵婉仪毫不客气地打消了丈夫的企图。

"你敢干我就跟你离婚。"她捧着滚圆的肚子蛾眉倒竖。"我可不想儿子生出来没屁眼儿!"

知县认识到杨修仁是个不可多得的人才，重新赏识他，再次任命他为钧阳里里正。知县不计前嫌的提携让杨修仁感激涕零，发誓肝脑涂地，以死报效。他不等两条腿好利落，就一瘸一拐地为恩县催科去了。但他很快发现，以前屡试不爽的催科方法不再管用，而当他祭出霹雳手段，准备杀鸡儆猴的时候，法国神甫又令人厌憎地出现了。

"作为大清国民，你们有责任向国家交税。"神甫对信徒们说，"但对于地方加派的苛捐杂税，你们有权拒绝。"

法国神甫的恶意挑衅让知县恨之入骨，却又无计可施，只好具禀上官，请求裁示。河南巡抚不敢做主，上报总理衙门。总理衙门照会法国公使。法国公使给神甫写信，要求他谨守宗教分际，不要干涉清国内政。脾气暴躁的神甫收到公使的信火冒三丈，马上给法国议会外交事务委员会写信，痛骂他们是一群自以为是的白痴，无所事事的猪猡。杨修礼对这个行事粗鲁的神甫和他的宗教充满好奇，不时会来天主堂拜访。神甫给议会写信时，他正好在场。神甫的信是用法文书写的，杨修礼问他都写了些什么，神甫便翻译成中文念给他听。杨修礼目瞪口呆，无法相信区区一个神甫竟敢公然辱骂他们的中央官员。

"上帝把人间的权力授予了我们，我们又把权力授予了官员。所以我们为上帝服务，官员为我们服务。"神甫神情轻松地说："他们干得好是本分，干不好就得挨骂。"

这次法国议会没有屈服于神甫的责骂，回信提醒神甫，要他弄清楚他的使命是传播教义，而不是当罗宾汉，去万里之外的清国行侠仗义。祖国的态度令神甫感到气馁。法国政府的谅解和朝廷的支持，让知县有了与神甫翻脸的底气。他命令差役继续持串催科，违限者依例惩治，而对求见的神甫闭门谢客。知县的态度鼓励了颍川士绅，大家在梁如海的联络下团结到一起，讨论驱逐神甫之计。杨里正的意见获得广泛支持：与其今日赶走，明日复来，不如一劳永逸地解决。至于解决的办法，他不是以宗教之名闹事吗？那就以宗教的方法来了断。

道法高深的张天师成了众望所归。

张天师临危受命，亲笔给神甫下战书，约定在阳明关决斗。阳明关在县城西北五十里的两山夹缝里，是通往古都洛阳的交通孔道。决斗那天晴空如海，秋阳高照，士绅百姓倾巢而出，共同见证这场亘古未有的决战。大家一致认为，天时、地利、人和都在张天师这边，兼之天师道法高深，干掉神甫是没有任何意外的事。赵致中甚至在聚仙楼定好酒席，只等决斗后拥戴张天师去吃酒庆贺。

大家原以为决斗将会比较惨烈，时间也可能比较漫长，不料从头到尾还不到半炷香。张天师和神甫各据一个山头，隔着狭长的山谷对面而立。张天师这边的山上挤满了徒子徒孙，用辰砂画上符箓的杏黄旗漫山遍野，在猎猎西风里刷刷作响。钧阳里里正杨修仁宣布决斗开始，张天师立即施展神通，开始了令人眼花缭乱的变化。只见他先变成一条狗，又变成一匹狼，再变成一只老虎，然后变成一条巨蟒，扛着九个脑袋，每个脑袋都露出尖利的长牙，吐着长长的信子，居高临下向山谷对面的神甫扑过去。神甫不慌不忙掏出一支左轮枪，瞄准中间那个最大的脑袋，从容扣动扳机。一声巨响之后，决斗就结束了。

这个出乎所有人意料的结果让士绅们难以接受。大家震惊之余，为张天师的无能愤恨不已，咒骂他丧身辱国。只有赵致中一个人为张天师的死亡而悲伤。他抱着老朋友，试图为他合上双眼，让他安息，天师的脑袋犹如破瓢的南瓜四分五裂，一只眼睛混在脑浆里，飞溅到了山谷下。张天师攥住赵致中的手，用他脑袋上唯一完整的嘴巴说了最后一句话：

"咱玩的都是虚的，人家是来真的。"

赵致中丢下张天师，拔出腰里的短洋枪，对准对面山头准备离去的神甫。不料扳机却像被焊死，任他使尽全身气力，就是无法扣动。他以为枪坏了，掉回枪口检查，指头刚搭上扳机，子弹就呼啸着射出去，把张天师剩下的那半个脑袋打得粉碎。

9   此情可待

这个怪异的现象让赵致中在很长时间内不得其解。他求教县中博学之士，得到的答案五花八门。驻防千总援引古今中外妖术干人的典故，咬定法国神甫使用了妖法。县学教谕从道学立论，大清国乃信义之邦，行事务求正大，背后打枪杀掉神甫固然解恨，却显得我们不够光明磊落，有感于此，往圣和先贤遂显灵阻止了赵致中，所以我们尽管输掉决斗，在道义上却是胜利的。老举人梁如海则断言，赵致中的洋枪之所以对洋鬼子没用，是因为洋枪本来就是洋人造的，好比洋人的奴才，奴才见到主子，当然不敢放肆。这也完美解释了为什么朝廷买来那么多洋枪洋炮，却还是打不过洋人。赵致中觉得每个人讲的都有道理，然而真相只有一个，他不知道应该听信谁。回明农庄给赵致和准备婚礼时，他又与弟弟讨论起这个令人困惑的问题。

赵致和是孔夫子的忠实信徒，知之为知之，不知为不知，从不对自己不了解的事物发表议论。子不语怪力乱神，所以对于哥哥这个问题，他也没什么好说的，只用一句"凡事总有其道理"打发过去。杨修礼则对这个问题产生浓厚兴趣，追问了许多相关细节，然后坐在布置一新的洞房里冥想了很久。

"你扣不动扳机是对的。"他找到忙碌的赵致中，对他说，

"神甫背后是一个国家，而你背后只有一个坟墓。"

他这番莫名其妙的话令赵致中摸不着头脑。更让他不能理解的是，杨修礼居然能如此坦然地面对赵致和的婚礼。他原以为这家伙会情绪低落，意志消沉，甚至投井跳崖、服毒上吊。他还担心杨修礼被仇恨冲昏头脑，在举行典礼那天跑来闹事，特意把药庄的保镖调到明农庄维持秩序，以防意外。但他终究不安心，杨修礼太聪明了，谁也不知道他会想出什么招数来搞破坏。为此他专门拜访杨修仁恳求协助。杨修仁仿佛听到全天下人的嘲笑，列祖列宗则在祠堂里掩面哀泣，他脸上旧红未消，新红已起，羞愧得无地自容。

"赵大哥放心，"他说，"我回去就打断他的腿，叫他出不了门。"

杨修仁当然不舍得打断弟弟的腿，但他也不能容忍弟弟再做异端的事，使已被败坏的门风雪上加霜。他把杨修礼锁在抱玉寨的书房里，又围着书房筑起三层石墙，窗户用碗口粗的铁棍牢牢封死。他还不放心，又派遣庄里最老成持重的两个人在门外日夜把守。两天之后，这俩人哭丧着脸来报告：三少爷不见了。杨修仁每人赏他们一顿鞭子，派出庄内所有人四出寻找。傍晚时分，杨修礼自己回到家。他精神愉快，喜笑颜开，对大哥说要去帮赵致和办理婚事。杨修仁抱住他放声大哭，边哭边叫人拿来一把刀子，准备捅死弟弟。他认为弟弟已经决意殉情，所以才会如此轻松。与其让他去赵家闹出个惊天丑闻再死，不如在家把他杀掉，还能保全个名声。杨修礼魂飞天外，他拼命挣脱大哥，兔子般跳到院子里。

"我干吗要死呢？"他对大哥说，"我还得考进士当大官呢，答应过你的事，我不会食言的。"

杨修仁将信将疑，"那你有没有打算去捣乱？"

"之前想过，现在不想了。"杨修礼笑嘻嘻地说，"我要当他们小孩的干爹。"

是江蓠帮杨修礼改变了主意。她在阳光照耀下独自来到抱玉寨，也不知用什么办法解决了从寨门到囚室的所有看守。杨修礼正在抄写《心经》平抑情绪，听到厚重的铁门一重重打开，抬头看时，只见江蓠笑盈盈地走进来。

"杨公子藏得好严实！"她说。

杨修礼没想到她竟然闯上门，颇感意外。江蓠踱到书桌前，瞅一眼他抄的经文，短短一篇《心经》，竟然漏掉十几个字。她提起笔，将那些字一一补上，然后盯着脸臭如屎的杨修礼。

"我虽不速而来，好歹是客，杨公子也不请我吃杯茶吗？"

杨公子的确不想请她吃茶，他只想请她吃砒霜。他朝炭炉和茶台扬一扬下巴，示意她自便。粉彩茶缶里有今春的径山雨前茶，炭炉旁的坛子则盛满新汲的山泉，江蓠自己动手，煮取两盏，将其一放到杨公子面前，然后端起自己那盏。

"杨公子幽居一室，写写经吃吃茶，真好悠闲！"江蓠轻吹热气，浅啜几口茶汤。"融禅茶于一味，知味了性；辨空色为非相，离相即佛。杨公子是明心见性的人，大智大慧，聪明绝顶，为何要抱着一点执念不放呢？"

杨修礼端起茶杯闻一闻，又放回桌子，脸颊上挂满讥笑。"你要跟我打机锋吗？"

江蓠摇头。"我哪里敢跟杨公子打机锋，只是一向敬重公子，想跟你聊些心里话。"

江蓠接下来聊的果然都是心里话。她向杨公子讲述了自己家破亲亡、流落江湖的遭遇，历数所受的摧残与艰辛。这些原本都是她的隐私，至死不愿说与任何人知道，包括未婚夫赵致和。今日之所以和盘相诉，是想让杨公子明白，她有幸遇到致和，是上天对她所有不幸的报偿，致和是她的归宿，她绝不会放弃，也绝不允许任何人破坏他们的婚事。

"公子放心，我不会反对你们的友情，你们以前怎样，以后仍然可以怎样。"江蓠说，"但也请公子自重，不要妨害我们的夫妻因缘。"

阳光透过三重窗户泼进来，白花花地洒在方砖地面上，将原本幽暗的书房映得一片亮堂。杨修礼将茶喝尽，对江蓠说："婚礼准备得怎样了？"不等江蓠回答，他又说，"我还是去看看吧，那些蠢货肯定弄不好。"

于是大家看到杨家三少爷重新开始在明农庄进进出出，为了赵致和的婚礼忙前忙后，出谋献策。他以婚礼总办自居，声称要把婚礼办成一个旷世盛典，在无比隆重的同时尽显与众不同。赵致中对他充满戒心，觉得还是让杨老大把他关起来的好。赵致和与江蓠费了无数口舌，才让大哥相信杨老三已经洗心革面，重新做人。赵致中瞅着杨修礼在庄子里东奔西走，感慨得直咂嘴。

"这年头，怪事真他妈多。"

身为赵家世伯、江蓠义父，以及执柯作伐的冰人，老举人梁如海对这场婚礼同样负有重要使命，因此提前一天就来帮办婚事。此时他正坐在前宅厢房外一张胡床上，手捧一只酱猪蹄啃得快活，听到赵世侄这句感慨，立刻也发起牢骚。

"礼坏乐崩，人心不古啊！"

梁如海这句话是有感而发，但他并非针对赵致和的婚事。赵致和坚守古制，为父服丧三年，直到丧服期满才讨论婚嫁，如此纯孝，梁举人极是赞赏。他的牢骚很复杂，一半是看不惯杨修礼自以为是的婚仪设计，一半则由于对官府的不满。两个月前，他把赵致和虔心守孝和他儿媳坚贞守节之事写了个呈子，递给县太爷，请求予以旌表，以激励全县做儿子和做寡妇的士民。呈子送入县衙，譬如泥牛入海，迄今无消息。梁如海大失所望，认为官府堕落了，不再关心礼乐教化，怨愤之余，情不自禁地回忆起教化昌明的刘继儒时代。刘继儒做知县时，德高望重的梁举人深受礼遇，时常受邀去县衙后堂吃茶清谈。不光如此，刘知县还委以风化重任，让他帮忙询察民情，寻访贞孝子女。梁举人身荷重托，兢兢业业地奔走在全县各地，把全副身心都奉献给了淳风复礼的伟大事业。然而遗憾的是，经梁举人之手，一共兴建了二十七个贞节牌坊，他们梁家却无缘这一殊荣：他的四个儿子身体都很健康，在他寿终正寝之前，儿媳妇们守寡的可能性都不大。

多子多福曾经是梁举人津津乐道的天伦幸福，只是当梁太太死去，这种幸福渐渐变成了折磨。梁太太过世后，梁举人立志不再续弦，要过淡泊宁静的晚年生活。可是每当夜深人静，儿子们房间里的窃窃私语弄得他心烦意乱、辗转难眠，以至于不得不悄悄来到他们窗户下，窃听他们是不是在讲什么大逆不道的话。尤其是住得离他房间最近的老三夫妇，每天晚上都要肆行周公之礼，咿呀尖叫之声响彻夜空，令老先生倍感煎熬。儿子们服孝不到三个月，梁举人就得了严重的失眠症。颍川第一名医唐兴歧给他拟张方子，远志、菖蒲、朱砂、茯苓、酸枣仁、柏子仁之类吃了两马车，依旧不见好转。唐兴歧黔驴技穷，教老头儿睡不着时就数数，也许数着数着就睡着了。梁举人如法施行，从此就知道了三儿媳每晚的叫床次数。老三梁鼎天是个冒失鬼，做事大大咧咧，不讲礼数。一天下午，他不敲门就闯进老头儿的房间，发现老头儿手捧一件女人亵衣，正戴着老花镜认真端详。他觉得那件水红亵衣非常眼熟。

"你在你娘怀里吃了两年奶，当然眼熟。"他一边说，一边从容把亵衣收起来。"自从你娘死后，为父常常想念，想得狠了，就拿出她生前的衣裳看看，解解忧愁。"

父亲对亡母的爱让梁鼎天肃然起敬。梁鼎天跟刘继儒的儿子刘蕴明是好朋友，他听说刘蕴明以谋反罪名被新知县捉拿，急吼吼地来找父亲商议对策。梁举人对老三劫囚救人的计划极力支持，夸奖他为朋友两肋插刀，大有古人之风。只是很可惜，他们的计划未能成功，不但刘蕴明一家没救到，梁鼎天的命也搭了进去。

儿子惨死固然可悲，但家里终于有了个寡妇，只要培养得宜，早晚会获得旌表，那可是载入县志、荣耀千秋的事。这样一悲一喜相互折冲，梁举人就节哀顺变了。他把全部心血都贯注到三儿媳身上，誓要将她塑造成寡妇的典范。作为一名模范寡妇，除了不再嫁人，孝顺公公也极重要。梁举人决定先从这方面入手。一日午后，赵致中因事来到梁家，看到那个标致的小寡妇手握一把尖刀，坐在一丛芭蕉旁悄声哭泣。他以为小寡妇是要自杀殉夫，敬佩之情如山崩地裂，忍不住大声叫好。小寡妇白了他一眼，没好气地说：

"先割你身上一块肉，再叫好不迟。"

原来梁举人夜读《列女传》，发现古代翁婆得了不治之症，做媳妇的割下身上一块肉给他们吃，病马上就好。他想起自己数年来饱受失眠之苦，便把三儿媳叫过来，给她读了读书上的故事，把准备好的小刀递给她。赵致中去街市割了块乳猪肉，偷送给她交差。梁举人吃过媳妇的肉赞不绝口，觉得滑嫩鲜美，回味无穷，唯一遗憾的是毛孔太多，汗毛也略有点粗。梁举人的失眠症并未因此好转，儿媳妇的肉却吃上了瘾，隔些时就要求儿媳表达孝心。赵致中开始频繁地进出梁家，每次来访，总要借故去后宅鬼鬼祟祟走一趟。还有人半夜三更看到他越墙而入，而他翻墙那个地方，正好靠近梁家三儿媳的房间。

赵致中与梁家小寡妇的奸情以令人惊讶的速度传遍全城。史宗义极端不满，骂赵致中太过分，所谓朋友妻不可欺，虽说跟梁鼎天交情一般，称不上朋友，但毕竟一起出生入死过。他奉劝大舅子悬崖勒马，立即改悔。赵致中对妹夫的指责大为光火，他想不通帮助一个需要帮助的人有什么不对。

"这他妈什么世道？"他挥舞着拳头愤怒叫嚷，"一心想逼死人的叫圣贤，一心想帮助人的反而是混蛋！他妈的堂堂礼仪之邦，怎么只会跟寡妇过不去？"

史宗义看他含冤莫白的模样将信将疑，回到家后，他向老婆赵婉仪报告此事，就该相信姐夫还是相信舆论征求婉仪的意见。赵婉仪怀胎八月，行动不便，搬了张藤椅坐在石榴树下做女红。她听丈夫讲完，纳着鞋垫冷笑。

"你觉得像我大哥那样的人，做了坏事会不敢承认？"

作为荆山脚下一户小地主，史家家境一般，丰年还好，一遇歉收，他们也得省吃俭用，甚至要吃一段咸菜稀粥。家里一百多亩地除了租佃，还留下十几亩自己耕种，所以老史对儿子一天到晚跟随赵致中不务正业非常痛恨。比之明农庄宽大气派的庄园，史家院落狭小寒碜，只有十来间大小不一的硬山顶瓦房，被一道混杂了石块和青砖的院墙围起来。五月榴花照眼明，几只肥大的蜜蜂在艳红的瓣蕊之间嗡嗡飞舞，阳光透过花叶照在身上，煦暖的气息令人昏昏欲睡。史宗义搬条小凳子，坐在老婆身边，把耳朵贴到她肚皮上倾听胎儿的声音，听着听着就鼾声大作。赵婉仪躺在藤椅上，抱着男人胡子拉碴的头，不知不觉也沉入梦乡。在梦里，她还是二十年前那个疯疯癫癫的少女，跟在赵致中和史宗义身后撒欢奔跑。漫山遍野的花朵在他们的奔跑中次第绽放，空气中飘浮着五颜六色的水泡，各种鱼儿和飞鸟在水泡间自由自在地游弋和飞翔。

在那个夏天，赵致中给手下那帮少年发出了一道命令，除了他和史宗义，其他人一律不准光膀子，因为他妹妹是女孩，看到光膀子不雅观。他是婉仪的大哥，所以大家没有异议，他们不明白为什么史宗义可以例外。赵致中说：

"他是我未来的妹夫。"

赵致中这句话说得异常严肃，小伙伴们却哄然大笑起来。史宗义的脸在哄笑中变成猴子屁股。赵婉仪也为有了小丈夫而开心地笑个不停。赵致中板着脸不准她笑，她反而笑得更厉害，好像捡了多大个便宜。妹妹的花痴表现让赵致中恼火不已，折了根杨树条狠抽史宗义。史宗义在他的追打中抱头鼠窜。老大的举动让大家莫名其妙，不理解他既然钦点了史宗义当妹夫，为何又要无缘无故往死里揍他。赵婉仪也不明白。她像一棵菟丝藤，就这个问题缠住大哥不放。赵致中烦不胜烦，在回家的路上告诉了她真相。昨天下午他们在颍河边玩耍，史宗义悄悄潜进竹林偷看了婉仪拉屎，她那两片麦面馒头一般雪白的屁股一下子挤满了他的大脑。这天晚上，他有生以来第一次失眠，在床上翻腾到后半夜，早上醒来发现尿湿了裤子。尿液很奇怪，摸上去黏黏的，还有些发腥。他认为这肯定不正常，不知道会不会死，跑去求教他的偶像赵致中。赵致中怒火中烧，劈头盖脸打了他一顿。

"你被他看了，就是他的人了。"赵致中闷闷不乐。"他还尿精，肯定做梦占你便宜了。"

婉仪不明白为什么被他看了就是他的人，也不懂什么叫尿精，更不理解做梦占自己便宜是什么意思。她觉得大哥这会儿像个小老头儿，讲话高深莫测。赵致中被她叽叽喳喳的追问弄得烦死了。

"闭嘴！"他瞪眼嚷叫，"再啰唆以后不带你玩了！"

不带她玩，是对赵婉仪最严重的威胁。这个从京城回来的大家闺秀并无名门淑女应有的品行和气质，对母亲安排的女红课业兴味不大，而对原野、河流和奔跑其间的野孩子充满好感。她喜欢跟他们一起玩耍，上山捉蝎子和野兔，下河捉龟蟹鱼虾，或者去挖陈家的芍药、偷杨家的木瓜，埋伏在路边看大哥用弹弓打过路人的鼻子，在搂搂抱抱打打闹闹中度过完美的一天。她的美丽多情让无数青春期男孩神魂颠倒，但是一想到她的家世和她身旁的两大赖皮，大家无不知难而退。在大清这个礼仪之邦，到处都是道德高尚的圣贤信徒，因为饱受礼教熏陶而对男女之事富有瑰奇的想象。于是在不知不觉间，婉仪赢得了风流淫逸的名声，乡里流传着她千奇百怪的秽乱故事，还有两个坐馆的冬烘先生为她到底是狐狸精还是潘金莲转世而长期争论不休。

女大当嫁。婉仪十六岁后，赵老太太开始为她物色佳婿。婉仪的坏名声为老太太的努力带来了困难，何况赵致中已把妹妹许给史宗义，不允许别人当他妹夫。在他和史宗义的捣鬼下，婉仪一直到赵老太太过世都没嫁出去。赵敬则请假回明农庄办理夫人的丧事，赵致中隆重地把史宗义推荐给老头儿。赵御史在书房接见了史宗义，问他所读何书，所治何经，有何心得。史宗义额头上的汗珠在老赵的注视下一颗一颗掉下来。赵致中连忙解围。

"他娘得重病快死了，他还得赶紧回去，顾不上说书了。"他一边把史宗义往门外推，一边对父亲说，"回头我把他写的文章拿过来，给父亲大人看。"

这天下午，赵致和找到姐姐，问她是不是真的想要嫁给史宗义。婉仪坐在后院柳树下的秋千上，望着盛开的栀子花想了很久，然后点了点头。

"是的。"

"你喜欢他什么呢？他既不读书，家境也不好。"

"他会非常宠我，让我开心。"

赵致和尽管不情愿，但他尊重姐姐的选择。他答应了赵致中和史宗义的请求，替史宗义写了几篇文章糊弄老头儿。老赵读罢史宗义的文章激赏不已，放心地把女儿许给了他。在回京之前，他诫勉史宗义：

"做人不怕穷，就怕不读书，没志气。"

岳父大人的话让史宗义深感羞愧。他试图洗心革面，做一个有志气的读书人。他向赵致和借来本《三字经》，开始发愤图强。有一回赵致中去找他，发现他倒拿着书看得入迷，好心提醒他拿反了。刻苦攻读的史宗义认为大舅子不怀好意，想要调戏他。

"你骗不了我的。"他指着书中一个"口"字，信心十足地说，"我认识这个字，念'口'，你看它反了吗？"

赵致中笑得下巴都脱臼了。他一把夺过《三字经》，丢进粪浆滚动的猪圈里。

"你读书是养不活我妹妹的，"赵致中说，"跟我贩烟土去吧。"

大舅子毫不留情的打击彻底摧毁了史宗义刚具雏形的信念，他沮丧地放弃了当读书人的理想，重新跟随赵致中踏入江湖。赵致中是个热衷冒险的赌徒，敢于尝试任何有利可图的买卖，赚到钱后又大肆挥霍。他有各种各样稀奇古怪的挥霍方式，赚的钱总是不够花，就向史宗义借，把他那份也挥霍掉。所以史宗义忠心耿耿跟随他多年，并没有拿回来多少钱养婉仪。对此婉仪并不在意，反正钱花在了自家人身上，只要家人平安开心就好。她躺在藤椅上，在石榴花甜腻的气息里抱着丈夫的头沉入梦乡，魂灵在绮丽缤纷的梦境里快乐飘游，飘啊飘啊，忽然却被吓醒了。她额头和鼻尖上布满细密的汗珠，推醒正在打鼾的丈夫。

"我做了个噩梦。"她心有余悸地对丈夫说，"梦见我生了个倭瓜，切开一看，里头是个死胎。"

10 分娩

　　史宗义夫妇的人生理想是生十个儿子。到目前为止他们才完成了五分之一，肚子里怀的这个将是老三。赵婉仪的噩梦让他们忧心忡忡，感觉是不祥之兆。杨修礼当初为了寻找令人忘情的药方，曾经遍读医书，结果目的没有达到，却学会了诊脉看病，谈起望闻问切和理法方药头头是道。杨家庄的管家杨义得了怪病，食欲旺盛，反而面黄肌瘦，看了无数郎中都没好转。杨修礼把他找来，主动为他医治，切脉之后，开出处方如下：

　　"制巴豆二两，生大黄八钱，猫尿半升，蛇床子一两三钱，激流水三升，武火煮取半碗，一次顿服。"

　　已然弱不禁风的管家看到巴豆，犹如看到砒霜。为了验证弟弟的医术，杨修仁叫人将胆怯的管家捆到树上，把煮好的药强行灌下去。管家吞下药，接连放了半个时辰臭屁，然后拉出来七只老鼠，疾病霍然而愈。杨家庄又有个佃户嗜酒如命，一刻不喝即躁狂欲死。他老婆抱着治死他的心情请来杨三爷。杨修礼命人把佃户五花大绑，吊到街头一棵榆树上，在他下面放一只酒缸，缸内盛满美酒。佃户眼看着满缸好酒却喝不到，急得嗷嗷直叫，喉咙里一阵奇痒，钻出一只蛤蟆样的东西，从他嘴巴里跳入酒缸。杨修礼急忙命人将酒缸封牢，架到火堆上将那东西煮死。佃户的病也即刻告愈。杨修礼的神奇医术一时传遍颍川，人送雅号"赛扁鹊"。史宗义和赵婉仪在明农庄找到他，请他诊断一下胎儿情况。杨修礼先赞美婉仪调养有方，皮肤越来越好，人也越来越标致，然后将三根指头搭到她手腕上，三部九候细细品判。他一连把了两盏茶的时间，脸上浮现出诧异的神情。

"胎气倒是很好，胎儿也很活泼。"他皱着眉头说，"但是很奇怪，这家伙有三条腿。"

杨修礼的话让史宗义夫妇惶惑不安。他们又跑到县城，在赵致中带领下找到名医唐兴歧。唐兴歧认真诊过脉，又让赵婉仪解开衣服，在她肚皮上抚摸了半天，叫他们不要担心，胎儿发育很好，胎位也正常。他叮嘱赵婉仪不可吃姜，否则生下来的小孩会长六根指头，也不可吃大米，否则胎儿肚里会生小白虫。赵婉仪略感安慰，但终究不放心，决定去真如寺上香许愿，求佛爷保佑。张天师死后，她又回过头来重新信了真如寺。

赵致中的药庄在赵庆经营下兴旺发达，几乎包揽了颍川县的药材买卖。世道不太平，长途运送药材的车队时常遇到劫匪，而药庄业务膨胀得异常迅猛，赵致中又招罗几个江湖好汉充入镖局，人手仍然不够。在此用人之际，总镖头却在酒后突然暴毙了。这个总镖头是赵致中最忠诚的朋友之一，从出道起就追随赵致中，除了劫囚时不小心砍死同伙梁鼎天，其他任务都完成得很漂亮。赵致中因此对他很信任，让他做了镖局的头领。这天中午，他从关外押运一批高丽参和虎骨归来，跟几个相好去朵颐斋吃酒，吃到半酣，突然抓起桌上一把刀子刺进胸膛，把心脏挖了出来，然后捧在手里，在众人惊叫声中走出酒楼。赵致中听到消息，在梁举人家门前找到他，他已仆地身亡，那只黑色的心脏跌落到梁家门楼里，犹如缺氧的鱼般一张一缩。赵致中痛失一员大将，喝了太多闷酒，身体顿觉不适。祁州一个生意伙伴急需一批鹿茸和石斛，手下保镖都有任务，分不出人手，遂请史宗义出马押送。赵婉仪要去真如寺上香，丈夫被大哥征用，只好叫上侄子赵文津作陪。

赵文津继承了乃父所有坏毛病：游手好闲，不务正业，看到圣贤书就头疼，而对一切奇奇怪怪的事物充满兴趣。拜到张天师门下后，他的聪明才智有了用武之地，连哄带骗，很快把张天师的本领学走一大半。后来张天师被法国神甫打死，他认为神甫更厉害，丢下师父尸骨，跑到天主教会去拜师。可他很快发现神甫并无法术可教，于是愤而退会，在脑门上缠根白布条，发誓要替张天师报仇。赵致中在县城买了一个大宅院，内外四进，庭宇轩敞，房舍众多。他占据后宅，在庭院中间建造一座阴阳五行八卦坛，把他师父那些旗子都搬过来，插到坛子周围，按照张天师遗留的《幻法秘要》，夜以继日精勤修炼。姑姑来叫他时，他正炼到走火入魔的边缘，手持宝剑跟他的两只鞋子殊死搏斗。真如寺是他师父生前的对头，他不愿涉足，但经不起姑姑磨，只好暂停修炼，陪她走上一遭。

去真如寺途经阳明关。距张天师殒命之地不远，他们遇到一个教派举行开设分坛的仪式。仪式规模浩大，气势恢宏，四周插满了旗帜与条幅。在高达九层的法坛中央，竖立一根高耸入云的旗杆，一面大纛在云层间顺风飘扬。旗杆下端坐一个瘦子，鹰鼻尖嘴，目露精光，几条通身黑斑的蟒蛇围绕着他游来游去。二十名身穿黄道袍的各地分坛坛主在他面前八字分列，又有一群护法拱立身侧。法坛前的空地上，几名教徒在表演法术，喷火吐水，吞刀咽剑，拿通红的炭块烧舌头，七寸长的铁钉钉眼珠，最后用大锯把一个徒弟从上到下锯成两片，鲜血在锯片下喷溅而出，如同骤雨洒满了法坛。大家以为他在法术的作用下很快就会复原，坐在旗杆下的教主却宣布他已功德圆满，先行去了天国。法坛下的近千教众山呼圣号，叩头如捣蒜。赵文津挤在人群中看得如痴如醉。他遥望法坛上神圣的教主，对姑姑说：

"我知道该做什么了。"

儿子痴迷法术，女儿留在明农庄由江蓠教养，农庄有赵成，药庄有赵庆，外事有赵致中，家务又有仆人，孙慧如安享清闲，无所事事，整天搬把椅子坐在院子里，白天看云彩舒卷，晚上看星星闪烁。某天晚上，正在专心致志数星星的她突然意识到这样的生活是多么的空虚无意义。虚度光阴是可耻的浪费，她决定做个有价值的人。她首先要做的是接管药庄财务。她对赵致中用人不疑的态度深表怀疑，认为过于放纵，原本没有贼心的人也会生出贼心，反而会害了他。她不懂会计业务，以前在明农庄当家时只记过柴米油盐田赋地租的流水账，对药庄大量的四柱清单、商务契据和票号走动一头雾水。但这一切都阻挡不了她收掌大权的决心，从零开始兢兢业业学起了查账。赵庆成了她的会计师傅，在繁忙的药庄事务之余，还得手把手教她怎么监管自己。过了一段时间，孙慧如请来一个姑表看管库房。再过段时间，又请来一个姨表看管药房。赵庆明白太太的意图，心生怨望和失落。回明农庄看望怀孕的江蓠时，他透露了内心的委屈。他坐在窗子前的阳光里，缓缓诉说着对太太的不满，棱角分明的脸上布满忧郁。他已经是一个孩子的父亲，嘴唇上蓄起两撇胡子，显得老成了许多。江蓠静静听他发完牢骚，给他杯子里续上茶。

"你想你爹娘吗？"

赵庆苦笑，"谁知道他们还在不在世。"

"去找找吧。"

赵致中当年贩烟土的时候，在湖北结识了一个江湖朋友。这位朋友黑白通吃，在鄂北极混得开，后来忽然想当官，遂花钱买了个实缺守备。就任之后，他摆酒唱戏，广发英雄帖，请江湖上的朋友们去分享喜悦。这些杀人放火的好汉平时各据一方，难得一见，此时惺惺相惜，难分难舍。赵致中在那里花天酒地玩了一个月，才心满意足地打道回府。每次外出归来，他总是先到药庄看一看。药庄里伙计忙碌如梭，客人往来如鲫，后院宽大阔气的客堂里，则是一天到晚坐有天南地北的药商。赵致中负手巡视，感到满足而心安。然而这一回，他策马来到药庄外，却看到药庄掌柜与几个外地药商吵作一团，史宗义则在旁边叉手而立，一副随时准备打人的架势。赵致中在马上甩几声响鞭，镇住场面，询问何事吵嚷。原来那几名外地药商前些时从他们这里进到一批藏红花，不料到家拆包，发现中间夹杂了许多不值钱的草红花，气恼不过，特来讨个公道。赵致中大怒，一连声叫赵庆。掌柜说赵庆向太太请假了。赵致中愈怒，喝问请什么假。掌柜垂头不语。赵致中再三追问，掌柜再三不答，赵致中火得要拿马鞭抽他。史宗义知道掌柜不敢多舌，就自己告诉大舅子，赵庆带老婆孩子去寻找生身爹娘了。赵致中皱眉。

"怎么可能找得到？"他两眼睃着妹夫。"他什么时候回来？"

"没定时间，说是什么时候找到，什么时候回来。"

赵致中意识到事情没有那么简单。他问史宗义："无缘无故的，他怎么生出这念头？"

史宗义说："这你去问嫂子。"

赵致中向客商抱拳致歉，吩咐掌柜通知库房，马上如数拨发道地藏红花给客人，之前发出那批不要了，任由客人处置。另外传他的话，倘若有人再敢弄虚作假，他亲自动手活剥了他。交代毕，他回身上马，一路飞驰出城，顺着官道往北狂奔而去。

他在保定府追上了赵庆一家。保定的鼓楼街繁华依旧，车水马龙中看不出岁月流逝的痕迹。赵庆站在被赵致中救下的地方，回想着当年情境黯然神伤。他老婆抱着一岁的女儿在一个摊子前买花饰，为了一文钱跟摊主拗来拗去。她怀里的小丫头突然倾过身子，指着街口呀呀叫喊。她和赵庆抬头望去，只见赵致中骑着那匹高大的枣红马，绕过鼓楼出现在眼前。赵庆的眼泪断珠般扑簌而下。

"老爷！"

"别叫老爷了。"赵致中跳下马，从赵庆老婆怀里抱过小丫头。"叫干爹吧。"

回到颍川，赵致中立即召集家人与药庄诸位掌柜开会，宣布赵庆拥有药庄经营与管理的全部权力，除了他赵致中本人，其他家庭人员一律无权过问。孙慧如感觉被丈夫当众羞辱，赌气带上妆箧和贴身丫鬟回娘家去了。赵致中并不理会她，在家住了一夜，考察了一下儿子的修炼进度，次日一早就又策马出城，不知所往。孙慧如在娘家等赵致中去赔礼道歉，一直等了一个月都没等到人，打发弟弟去家里打探情况，才知道杀千刀的外出已久。她弟弟同时还带回来两个更加不祥的消息：大少爷文津也不见了，而药庄则在赵庆的主管下一切如常。孙慧如陷入巨大的恐惧之中，慌忙赶回明农庄，找赵致和夫妻商议对策。江蓠挺着肚子歪在罗汉榻上，跟丈夫一起接待了嫂子。厚脸皮的杨修礼也在场，他心情愉快地坐在榻旁一把花梨官帽椅上，眼光不时掠过江蓠的肚子，脸上洋溢着骄傲的神情，仿佛要当父亲的是他而不是赵致和。——他有资格感到骄傲。赵致和与江蓠结婚后，长期不能怀孕。杨修礼急他们之急，煞费苦心斟酌药方，然后亲自去赵致中的药庄选药，亲自炮制。江蓠坚持吃了三个月，果然珠胎妊结，成功受孕了。

明农庄的安静祥和让孙慧如倍感愤怒。她无法理解面对亲人失踪、药庄被夺的巨大变故，他们何以能够置身事外，袖手旁观。赵致和他们听罢嫂子充满被害妄想的话，都笑了起来。

"文津去访师会友了，过些天就会回来。"致和对嫂子说。"至于大哥，应该是去找赵庆的生身爹娘了，不会有事的。"

"你怎么知道是去找赵庆爹娘了？找他们干吗？"

江蓠在旁说："大哥是有情有义的人。"

孙慧如瞪江蓠一眼，不再说话。房间内生了炭火，外头虽北风凛冽，屋里却温暖如春，青铜香炉燃着南洋的沉香，袅袅轻烟在房间里缭绕回旋。孙慧如想着自己两口子在县城辛苦打拼，这对男女却在老家安享富贵，剧烈的不平衡感渐渐取代被迫害妄想，使她变得没好气起来。赵致中虽说过老家的田产归致和，但并未明立分家契据，说起来还是一体，因此作为大嫂，她认为自己依旧是明农庄的主人。她一边吩咐致和倒茶，一边询问田庄经营及收支状况。当她听说账册在赵成那儿，一切都由他管理时，惊讶得叫起来。赵致和向嫂子赔笑。

"赵成是老家人，有他管着，有什么不放心的？"

"你们哥儿俩可真是亲兄弟，一个个都是撒手大王，什么都不管。到时候被人暗算，夺了家产，看你们怎么办！"

她坚持要去查账。江蓠说她累了，让致和陪嫂子去找赵成，自己捧着肚子回睡房歇息。孙慧如从赵成那儿收走账册，从此在明农庄住下来。三个月后，在侄子赵文渊出生之前十天，赵致中风尘仆仆地赶回颍川。他带回来两只麻袋，每只麻袋里装有一具骨殖，分别是赵庆的父亲和母亲。他依靠赵庆提供的少量家庭信息，骑马跑遍了晋陕大地，在一座干旱贫瘠的黄土坡下找到了赵庆出生的地方。赵庆的爹娘都已死掉，他娘被他饿昏了头的爹卖给别人当老婆，所以死后埋在别人的坟里。赵致中问明所在，花钱雇几个盗墓贼，又做了回挖坟的勾当。

"本来应该装在棺材里运回来，但是沿途关卡太多，会很麻烦。"赵致中把那两只麻袋放到赵庆面前，抱歉地说："挖出来时忘了做记号，把俩人给弄混了，弄不清哪个是你爹，哪个是你娘。"

赵庆他爹身矮背驼，而他娘，据他爹说断了一条胳膊。赵庆据此分辨出了爹娘，同时也证实赵致中挖对了人。赵致中叫他买两副上好棺材，把老两口骨骸收敛，埋到明农庄赵家的祖坟去。赵庆谢绝了他的好意，派伙计去棺材铺叫两口桐木棺材，在城北买了一小块地，把这两个传说中的亲人埋葬进去。做完这些，他赶着马车回到明农庄，找到干爹赵致中，跪到地上叩了三个响头。

孙慧如对"干爹"这个称呼异常反感。她认为这将意味着赵庆正式成为这个家庭的一员，具有了参与家庭事务乃至分割家庭财产的权力。她对丈夫的荒唐之举深恶痛绝，当赵致中嬉皮笑脸地凑上来表示亲热时，她毫不客气地扇了他一耳光，叫他滚远点。赵致中火冒三丈，但是想到侄子马上要诞生，不能影响祥和气氛，遂悻悻然钻出房间，在庄院里乱转。他看到杨修礼从赵致和的房间里匆匆走出来，就叫住他，让他讲个故事解闷。杨修礼说：

"有个非常惊险的，想听吗?"

赵致中顿时来了精神。"想听，你说。"

"江蓠难产了，可能母子不保。"

11　抱玉寨之战

　　江蓠前后生了三个儿子，最不喜欢老大赵文渊。很多人将此归因于赵文渊不正常的分娩让她遭受了过多痛苦。老二赵文澜在江蓠肚子里待了十二个月才出世，赵文渊不满九个月就急着降生，胎位又不顺，屁股朝下，脐带一圈圈缠在右臂上，又被右手紧紧攥住。持续两天的剧烈疼痛和大量出血让江蓠在鬼门关反复徘徊。她看到关上有个熟悉的影子在向她招手，不由自主要往那边走，两只脚却深陷在污泥翻涌的沼泽里。沼泽辽阔无边，尸骨遍布，一蓬蓬野草穿过白色的骨骼，在凄风惨雾中瑟瑟颤抖。一群野鬼贴着草丛掠过来，将她团团围住。江蓠进不能，退不得，眼看着狰狞野鬼从四面八方逼过来，绝望地闭上眼睛。此时，阴晦的天空突然雷声大作。

　　突如其来的惊雷让惶乱不安的赵家心惊肉跳。赵致中抬头看天，只见漠漠阴云中大雪倾泻，转瞬已把明农庄包裹起来。中午时分，江蓠终于把婴儿从身体里弄出去。婴儿落地时没有哭，接生婆在他屁股上拍了一巴掌，他好像酣睡被惊醒，猛然睁开眼睛瞪着接生婆。接生婆尖叫着把他丢出去。

　　"活见鬼！"她拍着胸口惊悸不已，"我活了一辈子也没见过这样的小孩。"

　　旁边的赵致和及时接住了儿子。小东西呼吸平稳，眼神明澈，证明生命正常。他安静地被包进襁褓，在传递中看遍了房间里所有的人，然后被放在母亲江蓠身旁。江蓠从昏迷中醒来，看到婴儿就在枕边，两只眼睛静静地注视着自己。他的瞳孔大而圆，仿佛幽深的黑洞，虚弱的江蓠盯着它，感觉自己要跌落进去。她唇角泛起一丝微笑，捏了捏他的小脸。

"小混蛋，你要了娘的命！"

雪还在下，北风从远方呼啸而来。赵致中站在风雪交加的院子里，痛骂几乎摔死他侄子的接生婆。而此时，药庄里的一个伙计正快马加鞭，顶着风雪飞奔明农庄而来。他奉药庄大掌柜赵庆之命，在城门关闭之前挤出县城，前来报告一个紧急的消息。

这是个坏消息。数月之前，几支外省巨匪合兵一处，寇略河南。他们自归德府侵入，宛如一条巨大的蟒蛇，洞开血盆大口，在辽阔大地上蜿蜒游走，所过之处，州县俱灭。官兵与仓促组建的地方武装好比干草编织的篱笆，在匪军精骑冲突下不堪一击。近半年来，赵致中一直在陕晋两省奔走，回颍川之后，又立即赶来明农庄等候侄子出世，因此对近在眼前的灾难并无过多了解，唯据江湖朋友传来的情报，由于官府大军堵截，匪军已放弃北犯，改道南下鄂省。赵庆从他的渠道获得的情报大体类似，与赵致中的情报相印证，也就丧失了警惕。不料这竟是匪军放出来的假消息，意在麻痹官军和地方武装，当官军中计后，他们立即调集精锐，猛攻官军大营，一举突破了官军防线，然后纵师北上，肆行抢掠，不数日已抵颍川城下。赵庆派来报信的伙计刚出城，即被一群骑匪发现。他们对伙计骑的马垂涎不已，嗷嗷叫着追了三十多里路，越追越生气，索性不要了，放乱箭将它射死。疾驰的马在剧疼中跌倒在颍河边，把伙计抛进冰冷的河水。凛冽的北风吹过水面，铺开一张薄如草纸的冰。伙计在河里拼命挣扎，游到对岸，背负两支箭发足狂奔，直到冲进明农庄，向东家报告了皖匪来犯的消息，才栽倒在雪地里死去了。

赵致中深知那些皖匪的厉害。他们曾经剖开孕妇的肚子，寻找被她吞下的一颗大翡翠，还曾把一个藏匿金银的土财主按在木板上，用锋利的钢刀像切萝卜一样把他切成碎片。他派福荣去附近村镇传告匪情，让居民尽快逃亡，然后与家人手忙脚乱收拾细软。赵致和在赵成夫妻帮助下，把江蓠母子抬进一张竹床，用棉被严严实实包裹起来。江蓠被罩进被子里，眼前一片漆黑。她听着外面鸡飞狗跳的嘈乱，虚弱的身体无法抑制地颤抖，仿佛置身梦境，在黑暗中一点点沉进沼泽。她感觉到身边的儿子顶了她一下，回过头来，看到他两只眼睛闪耀着明亮的光，仿佛火把在夜空里跳动的火苗。

杨修礼这些日子一直处在莫名其妙的焦虑之中。他预感要有事情发生，却无法预知发生的时间、性质、过程与结果。当江蓠提前分娩并难产，他以为这就是让自己焦虑不安的原因，因此日夜守在明农庄。他哥派人叫他回去，他置之不理。对此时的他来说，没有什么比这个包含着他无数心血的婴儿更重要，他不能让生产出现任何意外。半个时辰后，家人又连滚带爬跑过来，说他大哥快死了，要他马上回家。杨修礼心头涌起浓烈的不祥之感，顾不上再管江蓠母子，跟随家人飞奔而去。

杨修仁一直住在杨家庄老宅，家人却没有去那边，而是将杨修礼带上了抱玉寨。杨修仁在几个时辰前即已得到皖匪的消息，指挥家人把值钱的东西和食物都搬到了抱玉寨，此时正站在寨墙上焦急等待弟弟归来。他看到杨修礼被成功骗回，亲自打开寨门迎接。他对弟弟的先见之明佩服得五体投地，拉住修礼的手去巡查寨内防御，向弟弟请教还需要做哪些准备。杨修礼虚惊一场，放下心来。但他此时更关心的不是如何守寨，而是赵致和一家的安全。杨修仁对弟弟的妇人之仁不以为然。他挺立在方石修筑的寨墙上，眺望山下那一大片广阔的田地。这片肥沃的土地原本有一半属于他们杨家，现在都被赵家种了上小麦。北风卷动落雪，稠密的麦苗半遮半掩，青白相间。

"且扫自家门前雪，莫管他人瓦上霜。"他对修礼说，"当年大哥被陷害，他们可曾有过一丝善心？"

杨修礼默然。他深知大哥睚眦必报，劝他以德报怨，无异与虎谋皮。每当与弟弟意见相左，杨修仁最怕他突然放弃争执而陷入沉默，因为那代表着他开始琢磨怎么对付自己，而琢磨的结果，往往是自己惨败。所以当他看到杨修礼遥望明农庄不再说话，立即决定把他锁到那间有三重铁门的书房去。他正要吩咐庄丁动手，杨修礼却说话了。

"得准备些弓箭，我去看看有什么东西可以拿来做。"

两个时辰后，赵家上下在赵致中带领下，扶老携幼仓皇而来。杨修仁登上寨门，望着寨前混乱拥挤的赵家人众，报应的快感如同除夕连绵不绝的烟花，在心头灿烂绽放。他习惯地把双手交叉在肥硕的肚子上，劝慰赵家人等不必惊慌，须知赵大哥神勇盖世，枪法无双，单枪匹马冲进敌阵杀他个三进三出，匪军必当丢盔弃甲，屁滚尿流，放下武器跪地投降。赵致中被他尽情调戏，忍气吞声。他牵着九岁的女儿云裳，站在寨门前与杨大哥谈判，他们的个人恩怨与家人无关，只求杨大哥收留家人，他自己甘愿留守寨外，为杨大哥当前锋御敌。杨修仁为赵大哥的话感到惊讶，他认为他和赵大哥一向都是好朋友，从来没有过什么个人恩怨，实在是抱玉寨太小了，无法收留贵客。

"快看快看，匪军来了！"他指着东南方闯入视野的大队步骑大呼小叫。"赵大哥，赶紧杀开一条血路，带领家人逃命去吧。"

赵致中遥望动地而来的匪军汗如雨下。他降低要求，请求杨大哥收留赵家妇孺和赵致和，被拒，再降低要求，只请杨大哥收留赵致和与生死难卜的妻儿。当这一要求也被拒绝后，他瞪着血红的眼拔出短枪，要强行攻寨，先杀了杨修仁。赵致和拦住狂躁的哥哥，向寨门上的杨大哥恭敬作揖。

"匪军兵强马壮，来势汹汹，抱玉寨虽然坚固，只怕孤城难守，早晚也要被他们攻破。"赵致和对杨大哥说，"如果放我们进去，帮忙守寨，也许还有一点胜算。大敌当前，分则两害，合则两利，请杨大哥三思。"

赵致和这番文绉绉的游说让杨修仁倍感好笑，也学着他的模样回了一揖。"贤弟，别扯废话了，逃命要紧。"他看到赵致中朝他举起枪，连忙闪到寨堞后。"抱玉寨就算被打破，只要能看到令兄先死一步，老哥我也就欢天喜地、视死如归了。"

讲完这番话，杨修仁要狂笑几声以表达内心的喜悦，笑声刚冲上咽喉，就永久卡在了舌根。杨修礼在背后用木棍偷袭了大哥。他想把大哥打昏，把赵家人放进寨来，等大哥苏醒，木已成舟，且匪军已兵临寨下，御敌要紧，也就只好接受事实。可悲的是他高估了大哥的结实，在情急之下选择了最脆弱的颈部，并且用尽了全力。杨修仁犹如一捆稻草扑倒在寨堞下，简单干脆地结束了自己混沌的一生，少许暗红的血从耳朵流出来，在风雪下缓慢地爬到胡子边缘。

杨修礼在大哥尸体旁跪了七天七夜。在这七天七夜里，赵致中率领赵、杨两家所有成年男女，与寨外匪军进行了无比惨烈的战斗。他站在抱玉寨高大坚固的寨墙上，俯视寨外汹涌而来的匪寇，为杨氏兄弟未雨绸缪的远见而折服。抱玉山虽不甚峻峭，但在平野之上也颇有突兀孤高的姿态，抱玉寨雄踞山顶，寨墙外就是直落的土石坡面，只有朝南的寨门前有一条相对平缓的山路，曲折通往山下。赵致中匆忙巡视一遍这座易守难攻的寨子，心头豪情万丈。一队骑兵打马当先，飞奔而至。赵致中举起短枪，瞄准对方脑门，六颗子弹击毙了六名骑兵。他的枪法震慑了尾随而至的大队匪兵，他们从附近村庄拆下门板，顶在头上往前移动。当他们确定寨内已经没有子弹，开始在弓箭手的掩护下大胆攻寨。抱玉寨独特的地形使他们只能在寨前展开相对有效的进攻，寨内也把大部分力量放到寨前守御上。他们用木板接下捻子射来的箭，再用临时砍伐树枝制作的简陋木弓反射回去。匪兵捡起来再次使用，寨内接住后又再次奉还。匪兵所携带的有限箭支在礼尚往来的对射中折损完毕，战线推到寨墙下，双方在俯仰之间短兵相接。

匪军遭遇了几个月来最顽强的抵抗。这令他们亢奋不已，认定寨内必然堆满金银。寨墙周围很快污血遍布，死尸堆积。一名骁勇的匪徒突破防御，跳上寨墙，砍死一名往寨上运送石块的老头儿，还在赵致中左颊上横削一刀。狂怒的赵致中挥刀劈下他半个肩膀，举起一块大石头将他砸成肉饼，然后倒吊寨外点了天灯。他的疯狂让攻寨的匪徒心惊胆寒，他们退到十丈之外，望着熊熊燃烧的战友唱起家乡招魂的歌。

赵致中在危难之中表现出惊人的战斗力。七天七夜他总共睡了不足七个时辰，一天到晚浴血奋战，巡视寨墙，安排青壮男丁轮班防守，妇女老人则拆房破石，抽梁劈柴，以备御敌。第三天晚上，他看到寨外防卫松懈，带上几名勇壮出寨偷营，砍死几个匪徒，抢回来一批武器。史宗义带领镖局二十名保镖缒城而下，杀出重围，赶回来寻找大舅哥一家，正好遇到赵福荣。福荣纠集了一伙不怕死的年轻人，赶往抱玉寨救援。双方合兵一处，鼓噪着冲入匪营。赵致中在寨上看到，率众杀出寨子接应，一连砍翻十几个匪徒，腿上也被戳了一枪。然而脸上和腿上的伤并没有对他的战斗力造成影响。他感觉内心有无穷愤怒，身体有磅礴力量，他在这种愤怒力量的驱使下日夜不寐，嗜血如狂，头脑却又无比冷静。他的状态感染了寨内每一个人，长年不睦的赵杨两家团结一心、同仇敌忾。赵致中渐渐也意识到了自己的异常。当他再次随口叫出杨家一个并不认识的仆人名字后，他足足愣了一刻钟。第五天晚上，捻子突然黉夜攻寨，赵致中正率众抵抗，杨修礼派人来请。杨修仁的尸体放置在寨中央一间瓦房里，杨修礼跪在尸体旁边，紧紧攥住大哥的手。五天来他粒米未进，在飘闪的灯光下脸色苍白，眼神恍惚。看到赵致中，他说：

"匪寇黉夜攻寨，很不正常。赵大哥要留心寨后。"

赵致中点点头。他朝床上那个死不瞑目的老对头望去，只见杨修仁脸上笼罩着一层朦胧雾气，看不清眼耳口鼻，仿佛床上僵卧的并非肉身，而是一团虚无。他握着已砍出缺口的刀，带上十几个人冲向寨后，火把伸出寨墙一照，果然有几十个匪徒正摸黑顺着梯子往上爬。粉碎敌人阴谋后，赵致中骑到寨堞上，望着匪徒狼狈退却，用指头弹了弹脑门。

"老弟，你也在我身体里吗？"他说。

匪军久攻不下，头领提出谈判，只要寨内拿出一半钱财，就饶他们不死。赵致中征用一个小孩的弹弓，捡起一枚石子，准确打到头领鼻子上，鲜血顿如喷泉逬溅而出。他趾高气扬地立在寨门上，对头领说：

"按照规矩，你这条命已经是兄弟的了。兄弟不要别的，只要你学三声狗叫。"

头领怒不可遏，再次驱众攻寨。然而经过几天鏖战，双方都已是强弩之末，攻了半天，依旧无果。头领不甘失败，派人去趟主那儿搬援兵。第七天黄昏，去搬援兵的匪徒带着趟主的命令快马赶回，要求他们马上撤退：朝廷围剿的大军已经开过来了。头领深感气馁，率众鼓噪一阵后解围而去。

劫后余生的人们欣喜若狂。赵致中却虚脱倒地，连续昏睡了七天七夜。

赵致和主持了杨修仁的葬礼。匪军撤退之前，纵火烧毁赵杨两庄泄愤，赵庆从县城运来一应所需之物，保障了丧葬仪式的隆重与体面。赵致中睡醒后，赵致和找他商量，要把杨家那两千多亩地归还他们，以答谢杨家的恩情。赵致中爽快答应，又主动帮助杨家修缮房舍。做完这些，他觉得还不够，又让致和写了篇誓约，要求赵杨两家今后相亲相爱，世世友好，然后勒石作碑，立在两家田地之间。第二年夏天麦收时，他因事回了一趟明农庄，信步在干黄的麦浪里闲走，发现那块石碑被人砸毁了。赵致中震怒不已，喝问是谁干的。赵成说：

"杨玉成。"

杨玉成是杨修仁的儿子，此时年方十五。芒种时节的阳光炙热如火，一群麻雀在芒刺丛生的麦穗间上下翻飞。赵致中顶着太阳，眼望残碑发了一会儿闷，吩咐福荣买来两筐西瓜，去杨家做客。杨修仁的遗孀杜氏在儿子的三叔修礼和四叔修智的陪伴下，在客堂接待了赵致中。杨老太太一共生了四个儿子，从老大到老四依次为修仁、修义、修礼、修智。老二修义和老四修智出生时都遭遇了难产，所不同的是，修义生下来后自己死了，修智生下来后他娘死了。因此杨家都不喜欢老四，尤其是大哥，一见他就没好声色，呼喝斥骂，不在话下。杨修智在满门歧视下，躲在家庭的角落里小心成长，以至于外人常常误以为杨家只有大名鼎鼎的修仁和修礼两兄弟。赵致中与杨家嫂叔分宾主对坐，向三人嘘寒问暖，关心生活中的方方面面：钱可够花，衣可够穿，可有人找事儿，每月让人送的蔬果鱼肉可还新鲜……大到生老病死，小到一针一线，无不问到，弄得杨杜氏很不好意思，对赵大哥的照顾再三感谢。赵致中没有看到杨玉成，询问小少爷哪儿去了。杨杜氏说：

"他听说他大姐那儿有个武功高手，去学武了。"

赵致中意识到两家的恩怨方兴未艾，心中风雨如晦，怏怏不乐。仇恨好比蒲公英的种子，一旦把它吹出去，就无法决定它会飘到什么地方，在哪里生根发芽。但他还有更重要的事情要做，顾不上为此多愁善感，几天之后，就把这件不愉快的事忘掉了。

12　疑无路

在决斗中打死张天师，法国神甫名声大噪。他的信徒数量并没有因此增加，反而在三个月内减少了五十个，剩余信徒也日益离心，逐渐疏远。失去祖国支持的神甫办事越来越不灵验，此时又与本土宗教结仇，追随他断然没有好果子。大清子民信奉神祇，是要寻求庇佑，倘若得不到好处，甚至会招惹麻烦，信之何为？神甫的事业再次陷入低谷。

这种尴尬状况持续了半年多。次年春二月，上忙开征，天主堂的访客突然又多起来。他们结伴而至，在天主堂外犹豫徘徊，最终在原有信徒的召唤下踏入教堂。去年下忙的赋税完纳很不理想，县太爷被上宪严词申斥，既惊且怒，决意在这个税期将新赋旧税一并收齐。太爷有雷霆之怒，差役便如狼似虎，锁人拆屋，杖枷并用，威武凶猛得像天兵下凡。这些穷困潦倒的农民走投无路，横竖没办法，便来找神甫碰运气。神甫对他们的目的洞若观火，允诺帮他们出头，但有个条件：先受洗加入教会，并立书具结永不退教。

"获得和付出是对等的。"他对迟疑不决的农民们说，"必须成为上帝的子民，才能得到上帝的庇护。"

农民们嗫嚅而退，到家撞上差役，又吃一顿打骂，自思已经没有更坏的境地，不如豁出去试试，遂又纷纷返回天主堂。

神甫大度地接纳了他们，把十字架递到他们面前，让他们亲吻上面那个袒胸露腹的鬼佬。神甫深知，他还没有实力对奉教者的品德和目的挑三拣四，他需要的是信徒数量的增长，认为这是扩张上帝势力、进而让上帝在此扎根的唯一途径。他与这些信徒各取所需，接下来要做的，是让双方皆大欢喜。差役再次使用暴力时，神甫以颍川天主教会负责人的身份，名正言顺地登场了。他将官民矛盾演变成宗教问题，向身后的教会寻求支持。祖国教会是他远赴大清布道的后盾，不会让他孤军奋战，立刻以他们强大的影响力向政府施压。法国政府再次照会大清，对教民问题表示关切。英、美、德等国也发表声明，敦促大清尊重教民权益，保障神甫和教民的安全。朝廷对惹是生非的颍川知县非常恼火，敕令他妥帖处理催科与教会之间的矛盾。

知县深感委屈，但没人愿意听他申诉。他只好暂缓对教民的催征。教民被优待的消息不胫而走，市井赖皮觉得信耶稣比信关二爷强，纷纷改投神甫门下。不久之后，颍川发生一桩轰动一时的案件：两个赖皮在一家饭店酒足饭饱，不但不给饭，反而把饭店砸了，理由是他们没带钱，用脖子里挂的十字架做抵押，饭店老板居然以那东西不值钱为由拒绝接受。

"十字架是我们教民最宝贵的信物。"新受洗的赖皮振振有词，"该死的老板竟说它不值钱，岂不是公然侮辱我们的上主和教会？"

知县当官的初衷只是为了发财，并没有爱民如伤的圣贤情怀，但这两个赖皮的狂狡之词还是让他火冒三丈。任由这些赖皮横行下去，老百姓还怎么活？他端坐大堂之上，唱山歌数绵羊默诵《三字经》，好不容易把怒火压抑下去，猛然一拍惊堂木，大骂饭店老板。

"他们洋教说，打他左脸，就把右脸也伸出去。你不能以其之道，还治其身？他砸了你的店，你就把房子也给拆了！"

知县这个颟顸的判决引起轩然大波，士农工商骂声一片。消息传到京城，不光科道交章弹劾，一帮翰林亦大张挞伐，争相上书朝廷，要求查办知县，严惩教民。朝廷亦感脸上无光，下诏革去颍川知县之职，永不叙用。知县进退得咎，冤屈难诉，得了严重的抑郁症。他在县衙大堂拉了一泡屎，又捧起来津津有味地吃掉，然后在梁上挽根绳子，把自己套进去吊死了。

知县之死震惊朝野，它深深刺痛了帝国最敏感的那根神经。朝野清流将此视为国耻，纷纷著文痛批洋教之害，揭示洋人祸乱大清的野心和罪恶，并联系时局，提出各种堂皇正大的应对之道。各方论辩的声势和规模越来越大，很快超出官学两界，演变成一场席卷帝国的思想运动，爱清排洋的主张亦因之深入人心。在这场运动里，前御史赵敬则的学术创见被广泛引用。朝廷注意到了赵御史的价值，重新叙述和评判了他的生平与成就，将其旧案定性为冤假错案，予以平反，而把责任全都推到已因贪墨革职查办的刑部尚书身上。

远在千里之外的赵家对此一无所知。此时的他们正在赵致中率领下，与杨家人并肩奋战，为抵御匪寇的进攻而浴血山寨。这场席卷中原的匪祸让升平已久的颍川损失惨重。它像一场噩梦，烙印在人们记忆的深处，以至于很多年以后，官绅们依旧不能忘怀。尤其是那些破落户，他们言之凿凿地说他们原本有黄金万两，僮仆成群，自从来了凶残的匪寇，抢光了他们的黄金，杀死了他们的僮仆，他们的家道就中落了。

匪寇的罪恶罄竹难书，却也顺便为颍川官绅做了一件好事：他们杀了法国神甫。当时神甫正在一个集镇布道，忽然闯来一群匪徒，在集市上大肆洗劫。教众皆惊慌逃命。跟班信徒劝神甫躲避，神甫却拔出洋枪，试图阻止那帮为非作歹的坏人。他左手攥十字架，右手持枪，昂首走到大街上，喝令匪徒住手。匪徒们都很忙，没功夫搭理他。一个匪徒截住一名逃窜的少妇，命其脱下手腕上的金镯子，少妇哆嗦着捋了两下，没捋下来，暴徒已不耐烦，挥刀将其手腕砍断。神甫大怒，举枪瞄准那暴徒，子弹尚未射出，一名骑匪已从背后旋风而至，手起刀落，将他脑袋砍下来。神甫的脑袋仿佛一只倭瓜，在大街小巷滚来滚去，最后在集市边缘被一名独眼匪徒截住去路。独眼匪徒把神甫脑袋摁在地上，掰开嘴巴检查有无金牙，抠了半天，一无所获，悻然不乐，飞脚将之踢进两丈外的臭水塘里。

神甫之死令信徒如丧考妣，新任县太爷则欢欣鼓舞，喜极而泣。匪军退去，他主持举办了盛大而隆重的祭天仪式，感谢天地神祇、往圣先贤，又拨发官帑，放焰火挂灯笼，安抚心怀余悸的县城绅民。然后升堂传令，继续前任未竟的催科大业。由于匪寇攻城导致城墙部分损毁，知县经过审慎思考，在赋税里又附加了一项城工捐。另外，鉴于那些入洋教的人曾经挟洋自重，对抗官府，既已自绝于国家，就休怪官府不再拿他们当子民，一应钱粮劳役，从重从严。差役们官命在身，雷厉风行。没有神甫作梗的征税工作顺利了许多。

颍川县西部是连绵群山。在群山深处，有一座陡峭的山峰，名叫逍遥山，山坳之间混乱搭建若干茅房，居住着三十几户人家。这个破败狭小的村庄贫穷得匪夷所思，却有个令人销魂的名字：逍遥窝。后来赵致中总办剿匪，跋山涉水来到这个幽深隐蔽的地方，为此地的原始和贫瘠惊叹不已。他怀疑这些人的祖先是妖怪，否则不可能把家安到这里；事后听他描述的赵致和则认为是厌弃世俗的隐逸之士，所谓志士栖山恨不深，只是害苦了子孙后代。

赵氏兄弟的猜测都不对。这些人家的祖先既非妖怪，也非隐士，而是一群妄图逃避赋役的农民。他们携带家眷，披荆斩棘翻山越岭，最后来到重峦深处这个与世隔绝的地方。他们天真地认为从此可以不纳皇粮，不服徭役，逍遥自在，无拘无束，因此命名此山为逍遥山，此地为逍遥窝。不料当他们建好房舍，铲平道路，从藤草中开辟的田地开始收获麦子与稻谷，差役老爷却带着征税的文告气喘吁吁地出现了。此地的山土过于贫薄，收获的粮食交完地丁赋税即已所余无几，日常花销只能从打猎和挖药中谋取。创建这个村庄的人后悔死了当初的幼稚和莽撞，每天早起第一件事，就是自批二百耳光，死后又全部托生成牲畜，替儿孙做牛做马，耕田驮重，以此补偿对后代的愧疚。

逍遥窝的村民繁衍到这一代，一如既往的赤贫。其中有两个人尤其穷，一个是打猎的陈洪，一个是采药的吴刚。他们交不起赋税，被差老爷打得皮开肉绽，于是穷生奸计，决定改行当小偷。后来听说入洋教可以不被官府勒索，他们便找到徒徒若渴的神甫请求受洗。人教果然管用，差老爷再不敢一语不合按倒就打了。这让他们颇为得意，把全村人都发展成了教民，与大家共享洋教的好处。不料好景不长，连朝廷都礼让三分的神甫突然被匪寇杀掉了。教徒们靠山崩塌，只好卖老婆的卖老婆，卖孩子的卖孩子，想方设法完纳钱粮。陈洪也有一个老婆，但是很丑；吴刚则只有一个老娘，而且有病。他们把老婆和老娘带到集镇上叫卖一天，无人问津。日晡时分，他们遇到几名教友。其中一位教友是小商人，有过一些积蓄，匪寇来的时候，他老婆抱着存钱的木箧，嚷嚷说要拿钱除非先杀了她，匪徒就如她所愿，先把她杀掉，然后把钱拿走了。这名教友的头发一夕白尽。他站在陈洪和吴刚面前，身子佝偻得像个问号。

"官府靠不住，神甫也靠不住，"他绝望地说，"我们还能指靠谁？"

"靠自己呗。"陈洪抠着从黑布鞋的破洞里露出来的脚指头，嘿嘿笑着对他说。

这天晚上，陈洪、吴刚带着没卖掉的老婆和老娘回到家，发现差老爷已经提着水火棍等候多时。他们来一趟不容易，打算今晚住在这里不走了。他们相信陈洪和吴刚是懂规矩的人，必定会做一顿好吃的招待他们。

陈洪和吴刚的确做了一顿好吃的，只可惜差老爷却吃不到了。这两个差老爷高大肥胖，剁碎后足足煮了两大锅。陈洪和吴刚把大锅摆在村头小溪边，邀请村民在皎洁的月光下饱餐一顿，然后带领十几名青壮男子，走上了打家劫舍、杀人放火的不归路。这是大清开国以来颍川诞生的第一伙土匪。知县为一手创造了历史而惶恐不安，彻夜难眠。他在县衙赞政厅召见绅商大户，要求他们踊跃纳捐，为官兵剿匪筹措饷银，然后在怀远门外筑坛设酒，为驻防把总和他的手下精兵壮行。

把总是武举出身，骁悍无比，每当他驱策心爱的花斑烈马从街市旋风而过，县民无不觳觫颤抖，望尘叩拜。饮罢壮行酒，把总率领全副武装的兵勇，浩浩荡荡开赴西山。他们一路上敲锣打鼓，吟诗作对，帮寡妇打水，为少女开苞，艰苦行军半个月，终于抵达四十里外的义让里匪区。把总熟读兵法，深明知彼知己百战不殆的道理，传来一名放羊老倌儿，询问土匪虚实。老倌儿老眼昏花，居然把这伙旗甲鲜明的官兵看成了土匪，颤颤巍巍地说：

"诸位爷自己的事，还用问我小老头儿吗？"

把总大怒，将他推出大帐，以羞辱官军的罪名就地正法。匪首陈洪正在逍遥山上分赃，听闻此事火冒三丈，立即统率手下十三名匪众杀过来。他们手持柴刀，在风景如画的山峦之间与官兵展开激烈战斗。土匪的野蛮吓坏了把总的文明之师，战不几合，即已抵挡不住。好在他们虽不擅长打仗，却擅长逃跑，由把总带头，转眼就已逃出山外，让陈洪追之不及。陈洪挖出老羊倌儿的尸体，以羞辱土匪的罪名鞭尸三百，直到把那把老骨头打成碎末，才算消除怒气，打道回山。

把总一口气跑回县城，进见知县，极言土匪声势浩大，漫山遍野，至少有四十万人，麻雀开会一样挤满了西部几百个山峰。知县在震恐之余倍感惊讶，因为据册籍记录，本县总共才二十九万人，即使全部改行当土匪，也还差十余万。知县这个严谨的疑问使把总陷入深思，半个时辰后，他终于想出比较合理的解释：多出来的十余万，是匪首为了对抗清剿，从外地搬来的救兵；抑或是匪首会妖术，使的障眼法。知县认为第二个猜想更接近真理，嘱咐他去真如寺请和尚做几场法事，再找正一道士讨一批符箓，缝到官兵战袍里，然后再行征剿。把总依计而行，再次杀奔义让里。

几天后，把总和他的大军在知县的殷切期盼中凯旋。知县欣喜若狂，在怀远门外设台庆功。六名虎背熊腰的兵勇抬上来三只大箩筐，取出里面的人头，整齐陈列在庆功台前。那些人头有大有小、有男有女，知县数了数，一共四十九个。知县从中拣出一只拳头大小的脑袋，拿在手里反复把玩，对凶恶的土匪居然长着婴儿一样的头颅啧啧称奇。庆功会上欢声雷动，喜气洋洋，从乘凤楼招来的艺伎载歌载舞，共庆太平。知县正在鼓乐之中陶醉，义让里里正屁滚尿流跑过来，报告一个惨绝人寰的消息：西山深处一个村庄被土匪洗劫，全村四十九人不分男女老少全被屠杀了。知县听罢，将酒杯放到案台上，捻着胡须点了点头。

"咱们杀了他们四十九个，他们也杀咱们四十九个。"知县说，"这些土匪办事倒也公道。"

知县决定以牙还牙，对土匪的血腥报复予以更加血腥的反击。官兵在知县激励下不辞劳苦，再次出发征剿悍匪。这次他们运气不好，一进山就撞上了陈洪和他的手下。这要怪知县太心急，没让兄弟们选个黄道吉日再出发，以至于害得他们像山羊一样，在陈洪一伙的追赶下满山乱窜。这次陈洪没让把总再发挥他腿长的优势，一刀斩断他小腿，将他活捉。他们将把总拖到山中那个遍布无头尸体的村庄，吊在村头大槐树上。陈洪抚摸着把总油腻的脸，说道：

"你要杀咱们兄弟，可以，但你凭什么杀这些无辜的人？"

"难道你就没杀？"把总啐了陈洪一口唾沫，愤怒回斥。"后山那两个大户是哪个王八蛋弄死的？"

陈洪坦然盯着把总。"我。"

"许你杀就不许我杀？"

"我是土匪，干的就是杀人放火的勾当，你是官爷，保护百姓才是你的本分。"陈洪抽出一把锋利的小刀，在把总身上擦了擦。"如果你觉得委屈，咱们就换换，你来当土匪，我去当官爷。"

次日凌晨，义让里里正在家门口收到一只包裹，打开观看，居然是把总老爷的头颅。将包头的东西展开，则是一张人皮，除了没有脑袋和小腿，其他部分完美无缺。包裹下面压有一封信。里正把信拆开，手捧那张纸端详多时，不明白土匪为什么要送给他一张符箓。管家把那张符要过去研究半天，终于破解了它的含义。

"这不是符箓，是勒索信。"他说，"叫我们天黑之前把五百两银子送到某处。"

里正立即收拾细软，带上家人逃进县城。把总被土匪斩首剥皮的噩耗传到县城，大街小巷到处响起清脆的鞭炮声。县民在欢庆的同时，亦为土匪之残暴而惊骇不已。一天中午，赵致中押解几车名贵药材回城，在一条街口被人流阻塞去路。他等得不耐烦，扯开嗓门高喊："陈洪来了！"一刻钟之内城门紧闭，太阳落山，一名被紧张的家人关到门外的老太婆当场吓死。赵致中望着骤然净空的街道得意大笑。他的笑声犹如滚滚河水，顺着街道流淌过去，灌满大街小巷，响彻了整个县城。一直等赵致中和他的车队回到药庄，笑声仍旧在空中回荡不休。赵致中被自己的笑声弄得心里发毛，站到药庄前朝半空大吼：

"滚蛋!"

知县正在后堂为匪事忧愁,忽然听到空中惊雷似的吼叫,一下子想起这位名震颍川的大恶霸。他派人招来师爷和典史。

"本官想出一条妙计。"知县说,"我要以毒攻毒!"

这天晚上,赵致中被隆重请到县衙。知县亲自接入二堂,请上座,上好茶,与赵先生亲切叙话。他再次对赵御史恢复名誉表示祝贺,又关心一番赵先生的药庄生意,继而谈起惊天地泣鬼神的抱玉寨之战,对赵先生的勇武表示由衷钦佩。他竖起拇指,狠夸赵先生英雄无敌,有勇有谋。赵致中被知县恭维得心神舒泰,飘飘欲仙。他以为县太爷如此卖力拍自己马屁,不过是想骗自己带头捐钱,当他听到说要请自己总办剿匪,一时难以相信耳朵。他认为县太爷是在开玩笑,因为三岁小孩都知道,镇乱剿匪、除暴安良是官府的事。知县见他在错愕之中不说话,急忙追加恭维。

"天下兴亡,匹夫有责,何况是你英雄盖世、侠义无双的赵先生?"知县说,"如此重任,舍你其谁?"

知县这剂迷魂药力道峻猛,赵致中想不上当都难。他也根本无意拒绝,只是不敢相信知县居然承认还有他们官府做不了的事。赵致中脑海里生成这样一张关系图:百姓没官府大,官府没叛匪大,而叛匪呢,他相信没有自己大。只要消灭叛匪,在颍川就是他赵大哥说了算。赵大哥不会放过任何一个表现自己的机会,何况这一回还有官府撑腰。所以,他干了。

次日一早,赵致中即单枪匹马离开县城,前往义让里侦察匪情。他一路翻山越岭,穿村过寨,在太阳下山之前来到村民全体遇害的村庄。由于失去脑袋,分不清谁是谁,里正找人挖个大坑,将所有人堆到一起掩埋掉。赵致中在坟堆前站立很久,生平第一次对死亡产生了悲悯和愤怒。他发誓要杀光土匪。

"就算杀光了又怎么样?你杀了这伙儿,还会有下伙儿。"赵致中花五两银子雇用的向导说,"除非你把官府也灭了。"

经过五天侦察,赵致中摸清了陈洪一伙的底细。他从快班衙役里挑选十名马快,又从自己镖行选出十名精锐,组成一支剿匪队伍,自掏腰包在聚仙楼请他们大吃一顿，翌日凌晨即悄然出城。陈洪和他的手下在一条狭长的山谷迎接了他们。陈洪打猎用的钢叉犹如一道闪电，从最佳角度以最快的速度飞向赵致中咽喉。赵致中的洋枪更快，他第一枪把钢叉打落，第二枪朝钢叉飞来的地方射去。子弹贴着陈洪的脖颈飞过，钻进身后粗大的栎树上。陈洪魂飞天外，带领手下落荒而逃。

之后的两个月，陈洪凭借地理优势和爬山本领，在西部连绵群山与赵致中兜起了圈子。赵致中带队尾随其后，爬了一座又一座山，迷了一回又一回路，渐渐弄不清是在追剿土匪，还是被土匪戏弄。有一次双方围绕一座山峰追逐，赵致中他们跑得气喘吁吁，突听背后喊声大作："快点快点，跑得太慢了！"然后只见领先一周的陈洪一伙从身旁呼啸而过，转眼又消失在茫茫林莽里。赵致中气得尿血。他意识到自己正陷入一场不对等的战争里，在翻山越岭如履平地的土匪面前，他们好比没有脚的老虎，被陈洪这个狡猾的猎户操控，一步步走向他设置的陷阱。当陈洪再一次从他苦心安排的攻击面前消失时，他果断从山里撤了出来。

杨修礼对赵大哥这个明智的决定深表赞同。他和四弟杨修智陪嫂子接待赵致中，饶有兴致地听他讲述剿匪的经历和困扰。

"与其千里奔命，不如请君入瓮。"杨修礼笑眯眯地说，"赵大哥既然知道他要设置陷阱，何不礼尚往来，也给他设置一个呢？"

离开杨家庄，赵致中打马回城，调集人马做再次战斗的准备，于次日黎明冲出县城，直奔匪巢逍遥窝。他们在向导带领下跋山涉水，直到黄昏时分，才来到这个几乎不见天日的地方。赵致中扛着洋枪观察形势，只见惊瀑如雾，怪石如妖，一群受惊的鸥鹨逆风而起，从枯松倒垂的悬崖之间飞上云霄。手下兄弟把土匪家属驱赶到村头小溪边，如串蚂蚱一般用绳索拴成一串。赵致中走到最前头那个齿发稀疏的老头儿面前，客气地问：

"你们祖先是不是妖怪？"

逍遥窝往北十里有一座不甚高峻的山，山顶平整，居中建有一座硬山顶的小庙宇。庙宇门柱已朽，不知始建何年，中间供奉着一尊泥胎半溃的山神。庙前两丈之外的空地上，生长着一棵粗大的白果树，修直的树干直插云霄。赵致中把土匪家属关进庙内，分出五名马快严加看守，不给吃饭喝水，也不准大小便，不准说话，不准睡觉，不准呼吸，也不准不呼吸，否则就挨鞭子。马快们回想起这些天所受的艰辛，对土匪家属充满仇恨，因此抡起鞭子很是卖力。土匪家属的惨叫仿佛野狼临死的哀嚎，冲出破旧的山神小庙，上遏行云，下噎流水，随着澎湃林涛在茫茫群山之间凄凉回荡。午夜时分，陈洪和他的手下犹如一群匍匐潜行的老鼠，在皎然月光下小心翼翼地爬进山神庙前的空地里。隐藏在白果树上的赵致中龇着牙愉快地笑了。

次日中午，剿匪成功的勇士们凯旋。他们马背上挂着八颗土匪的脑袋，押解另外六名受伤的土匪及其家属，神气活现地回到县城，受到绅商百姓热烈的欢迎。万人空巷的浩大场面令骑马当先的赵致中兴高采烈，仿佛统率千军万马打了大胜仗的将军，虚荣心得到空前满足。知县无法相信眼前的八颗脑袋和六个伤员就是把总所说的四十万大军，巨大的心理落差使他感到一点沮丧和失落。他命令把土匪及其家属打入大牢，明日午时在怀远门外设立木架，将六匪钉死其上，其余男丁亦尽行斩首，唯妇幼权留狱内，以候发落。

赵庆新进了一批上好阿胶，分出一些，差遣伙计送回明农庄给江蓠补养身子。伙计抑制不住激动之情，眉飞色舞地向老家的人讲述了老爷的丰功伟绩。赵致和听他讲完，立即起身赶往县城。走出明农庄时晚霞满天，赶到县城已然明月西垂，硕大的启明星高悬在角楼飞檐之上。值戍城门的兵勇与赵家伙计相熟，丢一团银子就放他们进去了。赵致和叫醒沉睡如泥的大哥。

"那些土匪的家人是无辜的。"他对大哥说。

弟弟的迂腐令赵致中啼笑皆非。他经不住弟弟苦求，只好去找知县说情。知县正为土匪人数太少、向上宪写报告不够惊悚而闷闷不乐，他听罢赵致中的要求，两片脸颊拉长变硬，仿佛大堂上打屁股的竹板子。

"你跟这些人有亲戚？"他瞪着赵致中问。

"没有。"

"那他们死活跟你有什么关系？"

"没关系。但我弟弟说罪人不孥。"赵致中搔着脑勺说，"他还说，百姓是国家根本，不能妄杀。"

知县再没有听到过比这更荒谬的笑话，笑得浑身打战趴到桌子上。县太爷无情的嘲笑让赵致中很难为情，觉得这理由的确扯淡，但他不打算放弃这个要求，因为他已经答应了他弟弟。知县滔滔不绝地笑了一个时辰，发现赵致中依旧坐在对面椅子上，一副八风不动安如山的模样。他将脸板起来，不高兴地说：

"我若不答应呢?"

"你试试看。"

知县妥协了。但他有一个条件：作为交换，赵致中放弃剿匪的功劳，在给上宪的报告里，把一切荣誉都归坚毅勇武、指挥得宜的知县。赵致和对哥哥充满歉疚，看着赵致中不知说什么好。赵致中朝他摆摆手，打个呵欠，倒在床上继续睡起了大觉。他梦见自己坐在一个台子上，旁边是道貌岸然的知县和大小士绅，台子之前则是无数围观的百姓。盛夏的太阳毒辣似火，把人身上的油脂都烤化了，随着汗水从遍体洞开的毛孔里汩汩往外流，空气中弥漫着热腻腥臭的气息。那六名受伤的土匪被鱼贯押上台来，接受公审。匪首陈洪在兵勇的押解下走在最前头。路过赵致中面前，他停住脚步，咧开嘴巴冲他笑了笑。他的笑容亲切自然，就像睽违多年的老友在此重逢。梦里的赵致中也忘了他们是生死对头，笑容满面地冲他点了点头。陈洪拖起铁镣，向赵致中抱拳，对他说：

"兄弟我先走一步。"

13　分家

"一等人忠臣孝子，两件事读书耕田。"

这是赵致和书房里悬挂的一副对联。当年赵致和跟随母亲回老家，赵御史亲笔写下这副对联送给他，对年幼的儿子提出如是期勉。

在京城时，赵御史经常动情地回忆起儿时在明农庄晴耕雨读的幸福时光，向儿女描述他当年如何耕田，如何插秧，如何砍柴，如何治水。那种如诗如画的田园生活让幼小的赵致和满怀憧憬，因此当他得知要回明农庄，兴奋得在赁居的狭小四合院内欢呼雀跃。然而回到明农庄后，他从赵成他爹嘴里得知，在父亲考中进士离开明农庄之前，赵家只有旱地，并没有可供插秧的水田，扶犁耕地也根本不是小孩子干得了的事。至于治水，赵成他爹歪着脑袋想了半天，所能想到唯一一件与水利有关的事，是赵敬则九岁那年，赵积善老先生倡修的水渠开闸放水，他站在渠首朝里头撒了一泡尿。至于赵御史所说的清贫生活，比如挖野菜充饥，采榆钱当饭，一件衣服打了二十三层补丁仍旧不舍得丢，赵成他爹坚称是老爷记错了。这个老实巴交的老头儿为老爷的记忆出现故障而忧心忡忡，担心他把皇上交代的差事也记错，那可是要丢吃饭家伙的。

赵致和并没有如愿过上晴耕雨读的理想生活，而是在赵老太太的严厉监督下专心致志读起了圣贤书。不料如今年过而立，身为人父，他却在妻子的鼓励下实现了这个曾经的梦想。匪寇退去后，江蓠跟丈夫认真规划了以后的生活。她认为大哥经营药庄，嫂子主管农庄，无不兢业辛苦，他们夫妻却诸事不管，坐享其成，是很可耻的。她不想被人看成是无用的废物，所以希望与丈夫下田耕作，自食其力。妻子的胸怀让赵致和感佩不已，不顾赵成反对，坚持下地务农去了。

赵致和老早已知道农耕生活并不像他父亲描述的那样美好，直到亲自耕种与收割，在烈日暴晒之下挥汗如雨，才明白士大夫充满闲情逸趣的想象有多荒谬。杨修礼骑在被他侄子砸毁的友谊碑上，看他笨拙地捆扎割倒的麦子，同情得有点心酸。几个月风吹日晒，使赵致和原本白净的脸变得黝黑而粗糙。他的衣着也简朴得近乎寒酸，那件粗布短褂后背上挂开一道口子，被江蓠打上补丁，依旧穿在身上，此时被汗洇透，湿淋淋地贴着脊背。杨修礼叹了口气。

"为什么要用这种方式呢？"他说。

赵致和抬起头，茫然望着他，不明白什么意思。杨修礼说："我是说江蓠，她不能想个其他办法吗？"

"她这样做也没有错。"赵致和将一束麦子捆好，疲惫地坐到田垄上，取下头顶的草帽扇风。"岂不闻亚圣曰，天将降大任于斯人也，必先苦其心志，劳其筋骨。"

杨修礼知他并未理解自己的意思，又叹一口气，不复再说下去。他从旁边麦田里掐一枝麦穗，放在手掌里揉搓，尖细的麦芒像针一样扎进手心。他说："跟江蓠在一起，你觉得快乐吗？"

"快乐啊。"赵致和说。

赵致和这句话发自肺腑。自结婚以来，江蓠从不谈家庭是非，面对嫂子的咄咄逼人而隐忍退让，对亲戚和下人则温和有礼。虽然她要求赵致和参加劳动，让在优裕环境里长大的赵致和苦不堪言，但从理智上讲，她这个要求无疑是对的，应该予以肯定。当他扛着农具步履艰难地回到家，江蓠总会亲自端来温水，让他泡脚解乏，然后摊开他手掌，轻轻抚摸上面的水泡和日益厚硬的老茧，有时候还会将脸贴在上面，神色之间充满疼惜和鼓励。牙牙学语的赵文渊则趴在水盆边，把手伸进水里为他挠脚，挠几下，仰起头来望望父亲，以疑问的语气发出一声"啊"，好像在问舒不舒服。每当此时，赵致和就觉得一切苦累全都值得，内心有种现世安详的满足。他认为这就是幸福，而幸福的生活，岂能是不快乐的？

自从搬去县城，赵致中沉溺于成功转型之后的新生活，很少再回明农庄老家。耽于耕读的赵致和也几乎不去县城。所以他们兄弟很少见面。后来赵致中总办剿匪，被陈洪搞得团团转而又无计可施，想到曾经帮他出主意弄倒杨修仁的江蓠，跑回来向她问计。他坐在后院一棵桃树下，抱着光溜溜的侄子，向弟媳讲述了剿匪的苦恼，请她帮忙想个破解之法。江蓠扇着一把泛黄的旧蒲扇，对伯伯笑了笑。

"我一个妇道人家，哪里懂行军打仗的事？"她说。

赵致中深感失望。这时他注意到弟媳妇穿的衣服居然打了补丁，凉布鞋大脚趾的地方也磨起毛口，觉得她太简朴，倘若被外人看到，是会让人家笑话的。另外他对弟弟亲自下田也不以为然，责怪他不务正业，这么大热天，中暑了怎么办？当他来到麦田，看到致和竟然在大太阳下撅着屁股割麦子，惊讶得叫嚷起来。他原以为致和只是来监收，一时怒不可遏，大骂赵成糟蹋他弟弟。赵致和被太阳晒得头昏脑涨，搔着被麦芒划得红斑遍布的胳膊，有气无力地阻止哥哥：

"别骂他，是我自己要干的。"

"你要干的是读书应考，不是下地干活！"赵致中怫然说，"赵家不差你这个劳力！"

更让赵致中丢脸的事还在后头。总办剿匪大获全胜，赵致中威势陡升，俨然成为颍川大人物，县里绅民争相巴结。九月十五赵御史周年，赵致中照例要回明农庄祭拜。赵御史已被朝廷平反，全县官绅都想来御史坟前鞠躬叩头，以表敬意，赵致中回来时，身后浩浩荡荡跟着一大队县内体面人士。赵致中援辔而行，得意扬扬来到明农庄，却看到不可思议的一幕：上自赵致和夫妻，下至全体家丁，出庄迎接的人无不是葛衣麻裤，穿着寒碜。尤其是赵致和，身上那件长褂不知穿了多久，洗晒得都褪色了。一向好面子爱摆阔的赵致中几乎昏死过去。

"你们要当乞丐吗？"他捶着脑袋吼叫。"赵家破产了吗？"

赵致和并不觉得丢人。他揽住马缰绳，对大哥说："衣服蔽体足矣。绫罗绸缎穿在身上，未必比棉麻粗布更舒服。"

"饭能充饥，屎也能充饥，你怎么不去吃屎？"

赵致和默然。赵致中眼光从弟弟牵马的手上掠过，看到一道伤疤横贯手背，心头突然一动，抓过他的手翻开，只见手掌上结起一层厚硬的茧子。赵致中意识到事情并不仅仅是勤劳和节俭这么简单。他从马背上跳下来，拽住赵成走进一间柴房，将门反锁，命赵成交代到底怎么回事。

"致和倒是想给老婆孩子办件新衣裳，他得有钱呢。"赵成没好气地说，"他下力干活，也是给一家三口挣碗饭吃，免得有人说他们是吃闲饭的。"

赵致中这才知道明农庄早已被他老婆孙慧如收管。他大骂赵成老糊涂，没及时向他报告。赵成说是致和夫妇特别交代，不让告诉他。

"他们不让讲你就不讲？"

"讲了又有什么用？"

"你什么意思？"赵致中气昏了头。"你说我当不了家？"

"你当个棒槌的家！"

赵致中一脚踹到赵成肚子上，赵成岿然不动，他自己却跌坐在地，整只脚疼得像浸进滚水里。他脸色青灰，抱着脚在地上打滚，一直滚了半盏茶的时间，然后打开门，一瘸一拐走出去，在众目睽睽之下命令弟弟与他交换衣服。他穿着弟弟的破长袍主持了祭祀，跪到父亲坟前磕了五十个响头，在地面上磕出一个西瓜大的坑。回到县城，赵致中闭门谢客，县太爷请也不去，因为衣裳太破，无颜见人。他也不再吃饭，说是要给弟弟一家三口省出口粮，免得把他们饿死，让人戳他这个当大哥的脊梁骨。他一天到晚穿着那件破袍子，坐在庭院里长吁短叹，郁郁寡欢。孙慧如对他的拙劣表演嗤之以鼻，派个丫鬟在旁监督，以防他在绝食中弄虚作假。两天后丫鬟来报，老爷果然滴水未沾，像是来真的。孙慧如冷笑，吩咐伙房做一大桌鸡鸭鱼肉，教丫鬟在赵致中旁边边吃边监督。几个时辰后，丫鬟打着饱嗝跑来，说老爷晕倒了。孙慧如慌忙赶过去，只见赵致中像死人一样挺在地上，连呼吸都没有了。孙慧如大惊失色。她在赵庆帮助下撬开丈夫嘴巴，灌下几口参附汤，又用银针狂扎人中和十宣，折腾了大半天，赵致中终于缓过气儿来。孙慧如抱住他痛哭流涕，求他不要再犯傻。赵致中说，只要把明农庄的田契和账册交给致和，他保证不再绝食。孙慧如立刻停止哭泣，一把将他推到地上。

"你绝，你绝，你继续绝！"

赵庆经营药材日久，也略通一些医术，他评估干爹状况，倘若再不吃东西，一两天后赵御史旁边必定要多一座新坟。他很焦灼，于是去拜访了干爹的朋友葛天民。两个时辰后，孙慧如她爹慌慌张张赶到赵府，找女婿搭救他的宝贝儿子。孙慧如他哥在街上与人碰撞，打将起来，失手将对方打死，被官差拿入县牢去了。老头儿还没讲完，老太太也哭天喊地跑过来。对方请了一群泼皮无赖，把他们家给砸了，还扬言要杀掉他们全家抵命。孙慧如派人去药庄叫来赵庆，取出一只紫漆铁匣子递给他。

"你回明农庄一趟，把这个交给二叔。"

从此之后，赵致和脱下了破旧衣服，在江蓠的支持下维护起缙绅体面和大哥的声誉。江蓠又给明农庄上下每人做了身新衣裳。赵成在高兴之余，觉得二太太有点破费了，刚当家就乱花钱，不懂理财。不料二爷更加败家，几天之后，他让赵成通知佃户，鉴于匪寇破坏和官府加赋，他决定将佃农今年的田租减半。赵成坐在祠堂里生了半天闷气。他认为二爷宅心仁厚，是个好人，只是做事太孟浪，这样搞下去明农庄不愁破产。他想来想去，觉得还是让大太太当家比较好。

在做出田租减半的决定之前，赵致和先征求了江蓠的意见。江蓠正在翻看账册，她计算了一下损失，长时间没有说话。她一时无法接受这种大赦天下式的善举，而且她担心这次减租将是一个恶劣的先例，假如以后再遇到天灾人祸，佃农必定会援引老例来要求减租。但是经过一夜思考，她还是同意了丈夫的计划。她不敢确定孙慧如是否真的放弃了明农庄的产权，觉得不妨用减租来试探一下。倘若孙慧如依旧把明农庄当成是她的，听到田租减半的消息，必定跑来再次夺权，事实若如此，她又何必辛苦替孙慧如守财呢？

孙慧如并没有找上门来算账。她只是以极端鄙视的心情痛骂老二夫妇是败家子，并与丈夫约法三章，从今后与二叔各立门户，经济上互不干涉，严禁赵致中私下再接济他们。不可一世的赵致中居然怕老婆，成为颍川一大奇谈，女人们为之扬眉吐气，男人则深感沮丧。大家认为有必要帮赵致中维护男人的尊严，否则万一哪天被这个怕老婆的家伙欺负了，怎么回去面对自己的老婆？

受众人之托，县丞葛天民以朝廷命官之尊，出面改造赵致中。葛县丞是属狐狸的，练达世事洞明人情。他深知每个劣迹斑斑的男人背后，都有一个欲望不满的女人。太后老佛爷在上，葛天民从来没有轻视过女人的力量，但他难以理解像赵致中这样彪悍的人，为什么竟对一个女人束手无策。面对葛天民的质疑，赵致中不知该如何回答。他从来不会讲很精深的话，葛天民却把问题问得很学术，超出了他熟知的话语边界，让他倍感压力。

"人总得怕些什么，才能有所约束。"赵致中捏着酒杯想了半天，谨慎地说，"如果一个人无所敬畏，就会疯狂得没有边际，那他离死也不远了。我是天生一个晕大胆，什么都不怕，那就怕老婆吧。"

他讲这些话时一句一顿，力图表述得文雅一些，以免让有大学问的葛老兄见笑。这个煞费苦心想出来的理由赢得了县丞的赞赏，进而成功保全了他的颜面，使他怕老婆的行为具有了某种形而上的意义，不但不再丢人，反而别具格调。葛天民竖起拇指，夸赞他不光是成功的商人，还是通透人生的智者。葛天民是个骄傲的官僚，莅任至今少有称许，更难得听他夸人。赵致中心花怒放。

"智者不敢当。"赵致中说，"依小弟之见，咱们颍川能称为智者的，只有一个杨修礼。"

赵致中的赞美让远在明农庄的杨修礼连打几个喷嚏。他坐在赵致和的书房里，揉着鼻子欣赏简明的仕女图。丧满释服之后，赵致和搬回明农庄，把简明那些仕女图也带了回来。杨修礼来借《经籍纂诂》，赵致和在书房里翻找，把这卷画也翻了出来。杨修礼饶有兴趣地翻看，看着看着，突然哧哧笑起来，指着画上那些饭痂一样的斑点让赵致和猜是什么东西。赵致和用指头在斑点上轻轻抚摸，又用指甲抠了抠，分析了半天，突然面红耳赤。

"这不是我弄的。"他说，"从简明那儿拿回来就有。"

"我也没说是你弄的呀。"杨修礼嘎嘎大笑。他的笑声惊动了门外的江蓠，她抱着文渊跨进书房。

"什么事这么开心?"

赵致和把画卷起来，对妻子说："我们想念简明了。"

14   人生失意无南北

简明经常给向背山的土匪发表鼓舞士气的演说。他试图改造这支打家劫舍的队伍，让他们不再满足于杀人放火和奸淫掳掠，要有雄心和壮志，去争取更为远大的前程。

"一个人的出身，不应成为决定人生成败的关键!"他对大家说，"如果有人妄图以出身安排我们的命运，我们就摧毁他!"

在那些秋风习习的夜晚，他这些极具煽动性的话曾经打动了许多强盗的心，让他们怀着当大将军的遐想沉入甜美的梦乡。这些话都是简明的心声。简明已非当年情绪激烈的落魄秀才，不愿过多抱怨成长中遭遇的不公，但对莫名其妙成为叛党这件事无法释怀。那天晚上在明农庄，他与赵致和、杨修礼共同聊天发牢骚，他们两个没事，自己却大祸临头! 假如真的犯法，大家一起犯法，凭什么他们可以逍遥事外，自己却只能流亡江湖? 除了自己是穷人好欺负，他想不出还有什么更好的理由。

赵致和与杨修礼也对这个结果感到尴尬。他们都不知道这其实是刘继儒心情太差，小题大做讲的一句气话，完全可以无视之。赵致和要应付刘知县，所以只有杨修礼为简明送行。杨修礼打着灯笼，把简明送到县城西关劳远亭，唱了首别离的歌后洒泪而别。夜空一团漆黑，看不见月亮和星辰，杨修礼灯笼的光在稠密夜色里忽然消失，简明仿佛一跤跌进墨水池，僵立原地很久，仍旧分辨不出东南西北。他怀揣赵致和与杨修礼赠送的一百两银子，捉迷藏一样摸索着往前走，脑袋撞到一个东西上，摸了半天，是一棵树。再往前走，又撞上一个东西，摸了半天，好像是人，但没有下巴。又往前走，再次撞上一个东西。他伸手去摸对方，对方也伸手来摸他，当他确定对方是个人，对方也确定了他包里有钱。他想阻止对方掏他的银子，对方用一个东西抵住了他的脖子。他又小心翼翼地摸了半天，原来是把刀。

简明原计划投奔太平军。被洗劫一空的他在饥渴交迫中走到豫皖边界就再也走不动了。他靠在一座荒山下的小庙前，犹如垂死的山羊吃力喘息。庙前有棵巨大的柏树，一个塌鼻子大汉光膀子蹲在树下，把蚂蚁捉成一排，抡起大刀挨个儿砍头。简明请他给点吃的，他捡块石头丢到简明脚下。简明改要水喝，他解开裤带在简明面前撒了泡尿。简明对他的好心肠表示由衷的感谢。他身后的墙壁上，张贴着一张草纸，画满花鸟虫鱼及其他一些神秘的符号。他将那张纸扯下来，撕成一条条，塞进嘴里咀嚼。大汉站在旁边，全神贯注盯着他，直到他把最后一张纸条咽到肚里，横刀询问：

"你是不是秀才？"

"是便怎样？不是又怎样？"

"是就跟我去山寨当军师，不是就砍死你。"

原来简明吃下去的那张纸是一伙强盗的招贤告示。这伙强盗的头领杀人亡命，加入过太平军，混到卒长之职。后来不胜乡愁煎熬，带领十几个兄弟逃回乌县老家，占据这座名叫"向背"的山头，自立门户做起了打家劫舍的生意。县内之前已有三股土匪，算上他们一共四家。为了争夺地盘，他们之间经常在官府挑拨下激烈火并，当他们元气大伤后，官府组织了一场蓄谋已久的围剿。还好官兵是替国家打仗，土匪是为自己拼命，双方战斗力相差悬殊，才使他们没有被一网打尽。几路土匪在危机面前握手言和，四位头领召开秘密会议，歃血为盟，按照各自的实力与实际控制区域划分了势力范围，立字为证，签名画押。向背山这个头领精明强悍，却吃了不识字的亏。当他发现其他匪帮侵入他的势力范围，与对方进行严正交涉时，对方拿出契约，请来一位私塾先生，把契约上的条款一字一字念给他听，他才发现他们当时嘴上说的是一套，纸上写的却是另外一套。头领气得鼻血横流，但是押也画了，鸡血也喝了，说什么也晚了。他痛感文化知识的重要，不惜重金聘请军师。招贤榜贴出去三个月，一直无人问津。他没有意识到自己精心炮制的那张告示根本没人看得懂，反而认为是读书人看不起自己，不愿同流合污。他正与二当家商议要不要下山强抢个秀才，看榜的伙计背着一个瘦伶伶的年轻人欢天喜地地跑回来。

简明受到了隆重的欢迎。土匪们对他的尊敬让他感受到前所未有的尊严。他从这些粗犷的家伙中间感受到家庭一样的温暖，死心塌地地留下来，决定好好经营这支凶残而愚昧的队伍。他以水浒梁山为蓝本，制定了严格的纪律和明确的分工，又绣一面"替天行道"的杏黄旗，悬挂到寨中央的旗杆上。土匪们只想请个识文断字的师爷，不料却请到个满怀理想主义的政治家。他们对替天行道的理念不感兴趣，更不喜欢被一些条条框框的规矩约束，相对于那些烦琐的律令条文，他们更喜欢听武二郎和潘金莲的故事。简明的努力没有取得任何成效。屎壳郎最大的愿望，是抢到无数粪便，再理想主义一些，就是抢个活人天天吃新鲜的。就算把他们放到朝廷之上，他们魂牵梦绕的仍然是后宫的粪池。你如何想象让一群屎壳郎追随你去创造一个传奇？简明意识到了自己的愿望有多荒谬，不禁心灰意冷。他无法容忍自己跟这群胸无大志的土匪混下去，领到当月的例银后，他决定离开。

他们的头领叫杜威。杜威在杀人亡命之前，也是个有理想的人，最大的愿望是当个捕快，每日手持铁尺，腰悬令牌，横行于城乡之间，既威风又捞钱。他听简明讲了退伙原因，带简明爬到山尖上，与他进行了推心置腹的交谈。他先打消了简明投奔太平军的念头。他以自己在太平军的亲身经历告诉简明，太平天国已到穷途末路，不日即将灭亡。当朝廷的大门向简明关闭，他就把自己的未来押到太平天国上，他意图改造杜威的队伍，也是想把它训练好后带去投奔太平军，以作投名之用。杜威的话犹如一盆冷水兜头浇下来。他抽出杜威的刀，砍倒一大片荆条和两棵酸枣树，仰倒在一蓬蒿草上，望着头顶一朵孤单的云彩流下眼泪。

"我早就说，在中国造反，扯洋教的大旗是不行的。"他痛心地说，"中国是孔孟之乡，官绅都是孔孟信徒，你推崇洋教，怎能获得他们支持？"

"你还信这个？"杜威嘿嘿笑起来。"你也是读孔孟书的，干吗还去投奔他？"

简明从未想过这一层，一时语塞。杜威坐到他旁边，把手里的旱烟袋递给他，请他抽几口解闷。他说他很欣赏简明的理想主义，但是不要指望现在这伙人会追随。他们虽是大老粗，却并不傻，偷鸡摸狗小打小闹固然没有大出息，但官府也不会认真围剿，倘若扯旗造反，把事情搞大，朝廷马上就会重兵镇压，反而死得更快。

"你要做大事，得等待时机。"他对呛得咳嗽不止的简明说。

简明最终等到了这个时机，但那已是在漫长的十年之后。在这十年内，简明在杜威的支持下，一小步一小步对队伍进行改造，在保持凶悍战斗力的同时，更加讲究策略和原则，最终培育出一支粗具格调的土匪武装。杜威是对的，很多事情必须一点点去做。成功往往需要时间与耐心，洋教的上帝创造世界还用了七天呢。简明废掉自己辛苦制订的烦琐令条，只保留两个原则：

第一：尽量不抢穷人。费了功夫，落了恶名，又抢不到什么东西。要抢就抢大户。

第二：尽量不杀人。抢劫要的是钱财，不是人命。打劫绑票也是一门生意，讲究和气生财。倘若把人弄死了，徒然增加仇敌，不利于长远立足。

由于其他三家土匪在契约上做手脚，他们的地盘非常有限，没有太多大户可以抢，往往需要远走百里，去外地寻找合适的肉票。简明和杜威不再把抢到的钱往下分，而是写张借据，承诺半年后高息偿还。杜威和二当家曹横带上这些钱去了一趟江南，从太平军残部买回来几支洋枪。简明给三位头领写信，诚恳邀请他们端午节来吃粽子。三位头领自恃强大，耀武扬威地来到。他们吃着粽子，大肆嘲笑杜威妇人之仁的新规矩，而对他重新划分势力范围的要求听若罔闻。其中一个还专门带了条女人用的花围巾，一定要缠到杜威头上。另外两个头领正看得欢乐，突然一声炮仗响，那个头领的脑袋已经不见了。

凭借那几支洋枪，杜威成为县内土匪最大捻。他在一年之内绑遍方圆百里的大户，获取了大量赎金。他们下手并不狠，往往先摸清肉票家底，开出一个比较合理的价钱，不至于让对方倾家荡产。简明说这就像养猪，留着老本让他们下崽，猪肉就永远吃不完，倘若一刀捅死，以后就再没得吃。肉票交过赎金，杜威还将提供保护，确保他们三年之内平安无事。有个肉票纳赎不久，又被一支外地匪帮绑架，杜威立即率众救援，激战两天，将人抢夺回来。这样过了几年，杜威的势力越来越大，在民间的信誉也超过了知县。杜威扬扬得意，也有些意外。

"老百姓更喜欢你，是因为你抢了他们，知道自己是不对的，还保他们平安。"简明说，"官府抢了他们，却认为理所应当，抢了就抢了，什么也不给。"

绑票和火拼都是杜威他们的事，简明从来不参与。他只负责文书，参与决策，处理财务。听起来业务繁多，其实也并没有什么具体的事情，因此有大量空闲时间。他把这些时间用来吟诗作赋和游山玩水。当初那个看榜的塌鼻子大汉叫王忠，被他培养成心腹，王忠带他走遍了周边名胜，并几次潜入县城看灯找女人。简明满脑子苏小小、李师师的故事，县城妓院的姑娘们却卖身不卖艺，甚至连自己的名字都不会写。这让简明倍感失落。而妓女的直接粗暴，又几乎吓坏了这个闻名颍川的老童男，他手足无措，狼狈不堪，感觉被如狼似虎的女人给玩了，以至于完事后他呆坐了很久，等那个撞了好运的妓女向自己付钱。还好简明善于学习，去过两次，就应付裕如了。他一边享受男女之事的奇妙快乐，一边想念故乡的一个女人，如啜苦胆，如饮醇醪。

简明想念的故乡女人，就是仕女图所画的那一个。当然，他也想念赵致和与杨修礼。他如今失身为匪，科考功名已如昨日尘烟，然而身为读书人，谈史论道、啸吟风月已成为改不掉的习惯。但在这个荆榛遍布、荒草丛生的向背山，只有嗜好赌钱喝酒玩女人的土匪。每一个春风煦浓的黄昏和秋月高悬的夜晚，他站在山顶那块巨大的岩石上茫然远眺，内心总是充满孤独。他想念赵致和与杨修礼，想念与他们高谈阔论秉烛达旦、为了一个学术分歧而大打出手的美好岁月。——虽然他已不喜欢他们。

简明决定在本地找朋友。一天晚上，向背山三十里外的沈举人正秉烛夜读，突听院子里有人朗声吟哦：

"月白风清，如此良夜何！"

他打开房门，看到一个穿长袍的清瘦书生背手立于空明如水的月光下，身后跟随一名背洋枪的彪形大汉。沈举人居然不害怕，与简明在庭院内焚香煮茶，望月赋诗。虽然聊得不甚投机，但总算诗赋清雅，茶香醉人。从此每隔十天半月，简明就趁夜来沈家拜访，而沈举人也曲尽主人之礼，夏有纱扇清酒，冬有红泥火炉。简明的文才让沈举人深感震惊，自叹弗如。他无法想象这样一个青年才俊居然做了土匪。一个风雪之夜，简明再次来访，沈举人早已添炭温酒，等候多时。他提起狼毫笔，饱蘸浓墨，在雪笺上工工整整写下几个正楷字：

"卿本佳人，奈何做贼？"

简明取过笔，在旁边用行草书写：

"庙堂苟有道，无人上梁山。"

他掷下毛笔，将杯中酒一饮而尽，撩开棉布门帘，在浩然风雪里飘然而去。乌县及相邻诸县所有以才学著名的人都收到了向背山军师谈经论道的书信。几个有胆识的人写了回信，甚至相约当面清谈。几番切磋印证，大家无不倾倒。简明雅贼的称号一时流播远近。这使向背山匪帮在侠义外，还蒙上一层风雅与神秘。当县内绅民酝酿暴力抗粮时，他们自然而然就想到了简明和他的队伍。

这次抗粮暴动是由乡绅策划的。得知那些乡绅要替自己出头，为了维护自己的利益而与官府对抗时，农民们惊讶得说不出话来。消息在乡村传开，母鸡都打起了鸣而公鸡全体下蛋，猫和老鼠也开始握手言和并尝试着交朋友。农民们在惊讶之余，倍感振奋，自认跟这些老爷已经休戚与共，亲如一家，于是提着斧头镰刀找上门去，要跟老爷们商议何时动手、如何动手。他们无一例外都被挡在门外。诸如何时动手、如何动手这类决策，是由巨绅大户来定的，用不着农民插手，他们只需要在需要的时候冲锋陷阵、英勇被杀就够了。

作为拥有大量土地和财富，同时又是宗族领袖的乡绅，对乡村社会具有巨大影响力。他们依靠财势和家族关系，维持着地方秩序的平衡稳定，并借助这种平衡稳定的地方秩序，来保护自己的财产和地位。因此，对他们来说，地方秩序至关重要。他们可以与官府合作，消灭任何企图破坏这个秩序的人，也可以与任何人合作，消灭意图破坏这个秩序的官府。知县无疑不明白这个道理。直到暴力起事的人犹如潮水涌进县衙，他才意识到自己的错误，可是已经太晚了。

让知县死不瞑目的是，处决自己的居然是向背山上的土匪，而不是幕后策划并以正义自居的乡绅。他无法想象这些土匪居然会为乡绅卖命，正如他之前无法想象乡绅们居然并不痛恨这些土匪。他初来本县，曾经雄心勃勃地计划过为民除害，消灭横行多年的向背山匪帮。然而官兵对那次失败的围剿记忆犹新，不愿为了朝廷那点俸银卖命冒险。乡绅大户得知新知县将要为剿匪筹捐，也纷纷赶来劝阻。他们深知知县剿匪的目的只是为了借机发财，一旦让他开始行动，便有纳不完的饷捐。因此防营外委千总与乡绅团结一致，一边极力夸大土匪的凶残嗜血和有仇必报，一边又极力缩小土匪对地方的危害，建议知县不必为了微不足道的小小毛贼，而冒难以预料的巨大风险。知县孤掌难鸣，只好放弃了剿匪的计划。

乡绅大户为了不给知县以剿匪口实，杜威派人勒索时，他们往往很痛快地交纳赎金。当知县得知那些下贱的乡绅大户宁可给土匪上贡，也不支持自己剿匪，大骂此地民风顽劣。他咬牙切齿地对钱粮师爷说：

"土匪能要他们的命，我县太爷就要不了吗？"

县太爷从此热衷上了过节日，除了春节端午中秋重阳之类传统佳节，还开发出各种各样的寿诞庆和纪念日，诸如孔子与大清历任皇帝诞辰，父、母、妻三族人等的生日与祭日，拔牙纪念日，合卺纪念日，上任周年纪念日，等等等等，每个节日都要遍邀士绅，大张旗鼓欢会一番。在这些庄严肃穆的节日之外，乡绅们还时常收到富于创意的请柬，比如，县衙的一头公猪生了一匹骡子，桃树上长出来一条鱼，大堂后的一块石板在它自己身上刻了一首诗……这些都是千年难得一见的盛世祥瑞，必须隆重庆贺。于是县衙一年三百六十五天，每天都沉浸在欢庆的气氛里。在令人眼花缭乱的庆祝会之外，知县还用天才的脑袋想出无数派捐加税的理由，年年赋税全完，因此深受上宪眷爱，连续考核俱为优等，大计卓异，眼看升迁在望。他决定在升迁之前，再举办一次盛大的茶会。

乡绅们实在等不到那一刻了。他们找到简明，指责向背山没有尽到保护纳赎人的责任，因为向背山承诺过，只要交了赎金，就保证他们不再被人勒索。

"我们保证的是不再被别的土匪勒索。"简明笑嘻嘻地说，"而现在勒索你们的是官府。"

"你们见过这样的官府吗？"乡绅们愤怒咆哮，"我们宁愿让你们当县太爷！"

简明意识到时机终于来了。在一个没有月亮的夜晚，他和杜威率领向背山二百多名土匪攻入县城，在他们后面，是乡绅们煽动起来的三千个农民。城内也有接应的人，他们冲到县城之外，城门如约打开。他们拥入县衙，活捉了正搂着小妾睡得香甜的知县，用铁镣铐起来，次日上午游街示众后，推出城门砍了脑袋。在响彻全城的鞭炮声里，土匪头子杜威从主簿手中接过大印，神气活现地坐到县衙大堂上，成为新任县太爷。

杜威原本希望简明当知县，他自己领兵打仗、杀人放火都可以，坐到大堂上当县太爷固然威风，他这个大老粗实在干不了。简明也有过当仁不让的念头，但在内心自我周旋了一番，还是决定让杜威当老大。他任命二当家曹横为典史，负责县城治安，凡有聚众作乱及抢劫伤人者，不分官民人等，立斩无赦。曹横领命，带上手下那帮以扰乱治安为生的兄弟去维持治安了。简明对他们能否转正成为合格的统治者并无信心，只能反复告诫他们，现在已不同以往，大家不再是土匪，而是官兵，以后还将是大帅和将军，那些百姓则是供奉自己的子民，要好好爱护，就像养猪一样不能一刀捅死。为了帮他们控制抢劫欲望，简明打开知县的金库让他们参观，告诉大家人人有份，倘若有谁在外头抢劫良民，就将他那一份没收。这一招非常管用，他们忍不住想打劫时，一想到将会因为眼前这点东西而失去金库里那一大笔财富，便忍痛打消念头。他们不能抢，更不能容忍别人抢，因此在之后的一个月内县城治安极佳，几乎达到了夜不闭户的最高境界。

除了跑得慢被捉拿的主簿，县衙佐杂官吏和差役全都逃散，要让官府重新运作已不可能。简明痛感人才不足，无人为他分忧。这时他才意识到，当初怂恿攻城造反的乡绅，不但没人亲自参与行动，也没有一个人在事后出来为新官府效力。在取得政权第二天，他给沈举人写了封信，邀请他出来共襄盛举。信差上门时，沈举人正准备进京。沈举人对乡绅以匪治官的策略并不赞同，认为应该去巡抚衙门告状，遵循正常的申诉途径，在朝廷体制之内解决。叛乱无可避免地发生后，他决定离家避祸，去京城投奔一个做官的亲戚。他拒绝了简明的邀请，走到墙角皂角树下，敲下一只皂角，让信使带给简明。

简明非常失望。他坐在签押房里，捏着那枚青黑色的皂角，看得惆怅不已。皂角是洗浴之物，沈举人的意思是让他洁身自好。然而简明何尝不想做个良民呢？他长叹一口气，将皂角收起来。县衙不比向背山，他没有太多的时间感伤身世。局面粗定，他们面临的第一件大事，是准备对抗朝廷的镇压。他对乡绅们的冷漠感到寒心，认为有必要让他们主动热情起来，而不是达到目的之后即置身事外。于是以保护安全的名义，杜威亲自带人把他们的老婆孩子强请到县衙，然后与他们订立盟约，签字画押。

"你们策动了战争，却不想参与战争。想玩火，又害怕烧身。"简明背手在他们之间踱来踱去，冷笑说，"火已经点起来了，你们躲得了吗？"

简明还想求得读书人的支持。他遍访县内有名望的士绅，对方却都以抱病拒见。城门外一个八十多岁的老贡生态度激烈，当众啐了他一口，将他赶出门去。王忠大怒，要打死这个老家伙。简明制止了王忠，长揖为礼而后去。五天后，终于有两个秀才找上门来，愿意效力。简明请教大名，一叫韩胜，一叫萧质，自称是邻县廪生，风闻简先生举义，特来相助。简明问他们为什么要入伙，须知他们都是清白之身，大可以效力朝廷。两个秀才笑了笑。

"朝廷不要我们。"他们说。

这两位秀才帮了简明大忙，收编兵勇，征招丁夫，补充粮草和攻守之具，在朝廷的镇压大军开到之前，简明和杜威已经在他们的帮助下做好了防御准备。这得益于朝廷大军来得慢。长毛虽久已殄灭，捻子也被李中堂和左大帅分头镇压，各路叛匪依然活跃，朝廷和督抚要分兵征剿，轮到乌县就晚了些。两位秀才行事之老练与思考之缜密，令简明颇感惊奇，想必他们用心已久。他们甚至与简明讨论如何向外扩张，建立一个强大的割据政权，进而挥师北上，平定中原。他们的宏图大计听得杜威魂飞魄散，他说：

"各位爷，咱先守住这个县城好不好？"

那个叫韩胜的秀才提出三条守御之策：上策是先发制人，在险要之地截击官兵；中策是分兵驻守城外丘山，与城内互相策应；下策是把全部兵力收回城内死守。三位秀才和两位头领反复讨论，最终选用中策。曹横要带兵出城，简明知道他怕死，战事一急，很可能撒腿先跑，要求他留在城内，而让杜威带兵驻守城外。

简明深知战争残酷，自认为已经做好心理准备，然而当他看到满地头颅乱滚，鲜血从被砍断的脖颈狂飙而出，还是俯在城堞上呕吐起来。那些被砍头的都是家住城门之外的居民，县城被叛匪占领而他们还好好地活着，证明他们与叛匪沆瀣一气，于是威武的总兵把他们驱赶到城下统统正法，其中包括那位令人尊敬的老贡生。行刑完毕，总兵大人向城内喊话，命令即刻开门投降，否则城破之时，玉石俱焚。简明感受到了城内汹涌的骚动。他瘫坐在城墙上，问身旁的韩胜：

"要不要投降？"

"不能！"脸色同样煞白的韩胜说，"此时投降，只有死路一条，得坚持！"

"坚持到什么时候？"

韩胜沉默片刻。"到他们招安。"

韩胜是个具有领袖气质与统帅才能的人，在他统领下，那支由他组建的军队前后挫败了官兵的七次进攻。驻守城外的杜威也非常有效地牵制了敌人，使官兵无法专心攻城。第五天晚上，简明陪韩胜巡城，听到一户人家一片喧乱，赶过去查看，原来是曹横战斗辛苦，想让这家的小女儿陪他解解困。简明大怒，命令王忠把他绑起来军纪伺候。王忠果然无愧于自己的名字，毫不犹豫地把职阶比他高得多的曹横扭起来，拖到门外捶了一顿。曹横从地上爬起来，羞怒而去。韩胜叹息不已，责怪简明太孟浪了。

"难道任由他为非作歹？"简明愤怒地说，"咱们现在不是土匪了，是百姓的保护人！"

"但现在是用人之际……"

韩胜没有再说下去。他有种很坏的预感，立即带人赶往城门。他们赶到时，曹横已经带领亲兵出城去了。韩胜懊恼不已，正准备关闭城门，曹横等人却又大喊大叫地逃回来。他运气不好，出城不远就撞上官兵的哨骑，只好狼狈而归。官军大队步骑尾随而至，韩胜和简明把曹横放进来，已经来不及再关城门了。

杜威率领城外的人马殊死杀入城内，寻找到简明他们，杀开一条血路，保护他们冲出重围。不料突围之后，忽然射来一支冷箭，从后向前贯穿了杜威的咽喉。还好官兵急于进城洗劫，简明他们得以安全逃入山内。烽烟与呐喊已在三十里之外，血腥的屠杀与洗劫也被隔在无边夜色的那一边，在满天的星斗下，漠漠山林寂静无比。简明站在山巅，遥望火光升腾的县城放声大哭。

朝廷大军压境，再回向背山重操旧业已不可能，环视大清，也没有了与朝廷作对的势力可供投靠。简明与韩胜在彷徨之中商议了一夜，认为唯一的机会在甘陕之乱，朝廷已派左大帅去镇压，他们打算潜去关西，寻找机会为左大帅的大军效力，以图混个出身。他们一行九人昼伏夜行，载饥载渴，半月之后，来到鄂豫交界的一个小镇。曹横不由分说，带人抢劫了一家饭店，扛出一大包酒肉。这些天担惊受怕，曹横等人一会儿怀念向背山上的快乐时光，一会儿念叨县衙金库里属于他们的钱财。他们认为是迂腐的简明害了兄弟们，对他的不满随着逃亡之路的艰辛日益积累，指桑骂槐的牢骚也渐渐变成明目张胆的羞辱。韩胜冷眼旁观，他相信若没有忠心耿耿的王忠保护，简明早已被他们打死好几回。曹横带着酒肉来到荒坡，向韩胜客气了一下，并不理会简明。王忠在他们的嘲骂里抢出一块牛肉和一只鸡，分给简明和韩胜。他们刚吃完，酒店老板已与保长和众多街坊追过来。这伙如丧家狗的土匪顿作鸟兽散。午夜时，简明逃到一个乱坟岗，身边只剩下韩胜、王忠和曹横。坟岗里磷火点点，仿佛绿色的蜻蜓，布满了阴晦的夜空。简明与韩胜躺在坟墓旁的草丛里，望着绿光闪烁的夜空，盘算下一步该怎么办，想着想着就睡着了。等他被厮打声惊醒时，王忠与曹横已结束了最后的搏斗，双双倒地死亡，而在他身旁酣睡的韩胜，已然身首异处。

之后的日子里简明心神恍惚，仿佛丢失魂魄的乞丐，在鄂北豫南无边的山丘和荒野之间游荡了一年。曹横原本打算割下他和韩胜的脑袋去向官府领赏，不甘心失败的他阴魂不散，在简明附近昼夜盘旋，杜威和王忠则忠诚地守护着他。一日他们忽然都消失不见，简明死去多年的爹娘则出现在他眼前。由于简明逃亡，无人上坟烧纸，这对可怜的老鬼几乎要饿死了，只好出来寻找儿子。简明看着爹娘佝偻干瘦的影子心酸落泪。他决定回家。三个月后，他来到一座破寺。破寺坐落在官道附近的土丘上，前后村舍寥远，站在寺门前南眺，颍川已遥遥在望。在一片片干旱枯黄的稼禾之外，故乡的夕阳穿过层云悠悠而落。简明扶着寺门，追想这些年的种种遭遇，无边悲伤如横空而过的秋风。他捡起一块尖石，在粉墙上写了一首诗：

去复去兮日其暮，
悲莫悲兮吾道穷。
我不弃世世弃我，
忍将珠璧埋丘陇。

他打定主意，漏夜潜回老家祭拜父母之后，就找个深山老寺削发皈依。他裹紧肮脏破烂的衣服，倒在背风的墙根沉沉睡去。在神魂颠乱的梦里，他忽然听到有人叫喊：

"光照兄，久违了！"

15 一别各西东

　　简光照是简明逃亡时的化名，知道他叫光照的人，必然知道他做过土匪。简明听到"光照兄"三个字，几乎在睡梦中直接吓死，睁开眼看到面前的人，他惊喜地叫起来。

　　"沈兄……"

　　沈举人同样惊喜。在老家陷于匪乱时，沈举人的人生却柳暗花明。他为避祸远走京师，投奔做小军机的姑丈。姑丈膝下无子，视沈举人如己出，沈举人到京不久，即为他谋到个学正之职，做了一年多，改授河南某简缺知县。姑丈与河南巡抚是好朋友，拜托他提携侄子。巡抚重交情，允诺帮世侄调换一个美缺。恰好有几个州县出缺，其中包括颍川。沈举人听到"颍川"二字，油然想起简明，遂向抚台大人求了这一个。他携带家眷和师爷舟车辗转，在今日黄昏来到颍川地界，一时内急，匆匆跑到破寺来小解，却意外看到卧地昏睡的简光照。

　　这一泡尿改变了简明的命运。沈知县在京时，因为痛惜简明的遭际，专门拜访一位供职刑部的同年，请他帮忙查询简明旧案及审谳结果，发现老早已经销案了。听到这个迟到十几年的喜讯，简明欲哭无泪，觉得人生就像个蓄谋已久的玩笑，对你虚晃一枪，你赶紧躲避，却失足跌进刀戟林立的陷阱里。沈知县问他有何打算。简明苦笑而已。旧案虽得平反，在乌县的黑历史却难以洗清，再欲科举仕进，恐怕已不能够，唯一能做的，大概只有找个安静的地方读书砍柴，了此余生。沈知县感喟不已，愿聘简明做幕僚，一起去颍川赴任。

"简光照已经死了。"沈知县说，"倘若兄台愿意，自今而后，你就是我的首席幕友，我的前途，也便是你的前途。"

简明接受了沈知县的好意。简明在当年也算颍川闻人，不少士绅和县学生员都认得他。他们跟随县衙佐杂官来城外迎接新知县，发现太爷身边那个黧黑瘦弱的人，竟是失踪已久的简秀才，无不惊异。简明虽衣履鲜净，但形容憔悴，看上去恰如沐猴而冠。然而新官对他很敬重，言辞之间称誉不绝，还几度紧握他的手，与他一起饮酒受贺。大家眼看他是新官红人，也极尽恭敬，各种谄言美语，不在话下。

简明以这种方式归来，在颍川读书人之间引起不小震动。赵致和与杨修礼已参加过三次会试，全都无缘杏榜。赵致和频频发挥失常，杨修礼则是运气差，一进贡院就发烧，莫说做文章，连命都要保不住。奇怪的是一出考场，烧就退了。一次如此，次次如此。杨修礼自嘲是得罪了贡院里的厉鬼，专门跟他过不去；不过这样也好，可以跟致和做伴，等下次一起再战春闱。他们正在家揣摩程墨，听到简明归来的消息，立即丢下书卷直奔县衙。

他们扑了个空。门子说简老爷回老家上坟了。他们回车赶往简明老家。简家那两扇已然腐朽的柴门依旧关闭，上面的铜锁结起斑斑绿霉。询问街坊邻居，都没见简明回来过。两人又赶到简明父母的坟前，只见坟上已培了新土，周围砌起几层青砖。从坟前堆积的纸灰看，简明应该烧了好几个纸房纸马，纸钱的数量也很惊人，西风卷地而过，那些纸灰和鞭炮碎屑漫天乱飞。简明已经祭过父母，又没回老家，那么定是去了明农庄或杨家庄。赵致和与杨修礼急忙赶回去，问遍两家人，都说没看到简明来。两人不甘心，认为一定是彼此在路上走岔了，要再赶去简明家。福荣奉他爹之命进城给大太太送时鲜菜蔬，此时刚好回来。他拦住两位公子，告诉他们简明已经回县城了，他在回来路上遇到的，他给简公子打招呼，简公子只是敷衍地应一声，看上去很冷淡的样子。赵致和与杨修礼面面相觑。

"他现在是知县幕友，公事在身，肯定很忙，所以不能多耽搁吧。"赵致和说，"咱们得理解他。"

杨修礼点头。他们约定明天再去县衙拜访。这次他们如愿见到了老朋友。简明真的很忙，身为沈知县首席幕僚，在此新旧交接之际，簿籍文书、税粮户口、刑狱仓廪等事都要先行验查掌握，实在没有多余时间陪老朋友叙旧。而他所住的房舍又在县衙后堂，与沈知县家眷相近，不便请他们进去。杨修礼和赵致和只好在门房那儿等候，一直等到太阳偏西，简明依旧没忙完。他也不可能忙完，颍川是大县，事务浩繁，完成交接至少得一个月。赵致和与杨修礼夜宿赵致中家，白天去县衙守候，一连等了七天，仅仅与简明短暂见了三次面，全部加起来不到一炷香时间。两个人心凉得要结冰。再候下去已是无趣，他们只好留书告别，心灰意冷地回老家去。他们不知道这些年简明都经历了什么，但他们愿意找理由为他的冷淡辩解，可是辩解到最后，他们都沉默了。那些理由连他们自己都说服不了。赵致和叹了口气。

"为什么会这样？"他说。

江蓠安慰他们，"天涯多歧路，一别各西东，天底下没有不散的宴席。"她给两人沏上茶，问致和，"你们当年进京为他申冤的事，可曾告诉他知道？"

致和摇头，"为善不欲人知，何况那是做朋友的本分。"

其实简明已经知道这件事。他是听赵致中讲的。赵致中身为颍川商会会长，也参加了那天迎新官的下马宴。席间，县衙僚属与士绅无不对新官恭敬有加，唯独赵致中稳坐不动，既不随众拜贺，也不奉卮敬酒，在满场趋炎附势的人群中显得极不和谐。所谓接官下马宴，不过是虚应故事，很快就结束，但是宴席将散时，他却压住众声，要跟新父母和简贤弟喝一杯。先敬新父母，再敬旧相识。简明举杯欲饮，却被赵致中按住手腕，向他讲起当年他弟弟和杨修礼进京申冤的往事。这个已然发福的劣绅讲起他弟弟的义举，从来不吝溢美之词，将过程描述得惊心动魄、荡气回肠。四座无不静听，不时有人附和几句。沈知县也捻须颔首，赞叹了一句：

"邑有如此高义，实为地方增色，令人钦仰呀！"

简明没有说话，仅仅是举了一下酒杯。他从赵致中话里听到的，更多是邀恩和警告，而不是老大哥的爱护和温暖。赵致中的确有警告的意思。他发现简明似乎很傲慢，对颍川这些热情的老相识爱答不理。对别人如此也就罢了，对赵大哥竟然也如此，不但不过来问安，反而一直假装不认识。赵致中就不开心了，认为他是恃宠而骄，有必要提点他一下，叫他不可忘本。他口若悬河讲半天，简明也听明白了：诬陷自己的刘继儒被他主子诬陷；在自己被诬陷时置身事外的好朋友，为了给诬陷自己的刘继儒申冤而奔走京城，最终使被诬陷的刘继儒平反昭雪；被刘继儒诬陷的自己，也沾光还了清白；而眼前这位穿起长衫充缙绅的赵致中，则试图以此让自己心怀感恩。真是好感动啊！简明肚子里冷笑。他一口饮尽杯中酒，对赵致中说：

"我知道了。"

尽管感到难过，简明并不因此而恨赵致和与杨修礼，他甚至还愿意跟他们做朋友。诗不云乎："伐木丁丁，鸟鸣嘤嘤；嘤其鸣矣，求其友声。"连小鸟都需要同声相求的伙伴，何况生而为人。简明曾经比谁都孤独，所以他比谁都更渴望友谊。赵致和与杨修礼主动找来县衙时，他几度想放下公务，与他们权尽半日之欢。但最终，他还是以公事为重，放下了朋友私情。所谓的"公事为重"，讲白了不过是借口，他不知道与他们彼此相对时该说些什么，甚至不知道该如何与他们彼此相对，当年的遭遇和之后长达十余年的黑历史，都是他拥抱友谊的障碍。而当他与沈知县经过深思熟虑，将打击赵致中当作执政首务后，他彻底决定了跟赵致和与杨修礼划清界限。

"我已两世为人，余生只愿辅佐沈兄，助他建功立业，"他这样想，"故人们，彼此保重吧！"

打击颍川豪强赵致中，是沈知县和简明主动挑起的。赵致中在接官下马宴上虽然态度傲慢，却并无寻衅之心。这位日渐肥胖的大药商更希望做一个富贵绅士，而不是与县太爷为敌。他甚至不愿与任何人为敌。自从他的死对头杨修仁因他而死，他就不再把任何人当敌人。当然，不当敌人不等于心怀仁慈，倘若有谁惹恼他，照样会往死里弄。但这仅仅是以牙还牙的报复，就像做买卖，欠我就得还，另外再向你讨点利钱，按规则行事而已，而不会心怀仇恨。他不会再心怀仇恨地去敌对一个人，尤其是杨修仁的儿子杨玉成。

　　杨玉成是个孝顺孩子，牢记父母之仇不共戴天的古训，心心念念要杀掉赵致中。他不光这样想，还这样做，天天怀揣一把刀，嚷嚷着要当刺客。要刺杀精明强悍且有大队保镖的赵老爷谈何容易！就连赵致中的儿子赵文津，都不把杨玉成放在眼里，一遇到杨玉成，就玩戏法调戏上一番，把他搞得狼狈不堪，才丢下他开心而去。有一回，赵文津带一群狐朋狗友去逛八蜡庙会，看到杨玉成在买糖人，使个法术，招来一道闪电狂劈他的屁股。杨玉成手攥糖人，被闪电追打着到处乱窜，最后砸破河冰，钻进寒冷的河水里，才逃过一劫。这事闹得太过分，先后传到二叔和父亲耳朵里，文津被二叔严厉斥责一顿，他爹则狠狠抽了他两耳光。惩罚过儿子，赵致中提上一坛竹叶青，去杨修仁坟上看望老朋友。他骑马来到坟前时，天色已黑透。大腹便便的杨修仁坐在墓碑上会见了他。多年的阴间生活已经让这个脾气暴躁的枭雄看淡了陈年恩怨，对赵致中的造访既不感意外，也无嗔无喜。赵致中就文津的恶作剧向他致歉，他望着自己的坟墓沉默了很久，叹了一口气。

　　"小辈的事，随他们去吧。"

　　杨修仁的豁达令赵致中钦佩不已，他将酒沥在坟前，向老友表达恳诚的敬意。看淡恩怨的杨修仁对这个老朋友并没有太多话说，赵致中却不愿离去，一边喝酒，一边滔滔不绝地倾诉他在人世的欢喜忧伤，说到难过处，还恬不知羞地哭起了鼻子。他说他很怀念老杨活着时的日子，每天都鲜活生动，充满干劲，不像现在这样时常会感到空虚寂寞。他的眼泪爬过鼻梁，像露水一样一颗颗滴到坟头的荆草上，不一会儿那些荆草全都枯死了。

　　没有对手的日子并不快乐。当全县官绅都对他恭敬有加，所有人见到他都叫赵大爷，连知县都只能亲切地称呼他为赵先生或致中兄，他对生活的锐意和激情也随着肚子的一天天膨胀而逐渐衰退。所以，对于新上任的沈知县，他并没有像对待前任那样，在下马宴上来个下马威，而是希望互为井水与河水，彼此相安无事。假如新知县有正当的需要，他也愿意遵循旧例，出钱出力。

　　在赵致中看来，下马宴上不给下马威就代表友好。但在沈知县看来，却是另一番况味：兀那劣绅，对我堂堂县太爷尚且如此倨慢，倘若对小民百姓，可想有何等骄横！入衙接印之后，沈知县与前任聊些闲话，请教县务。前任给的第一条忠告，是搞好与地方豪强的关系，尤其是一个叫赵致中的。沈知县不语，眉头不由自主皱起来。简明也对这个当年横行县北的恶棍竟然成为颍川举足轻重的人物而深感惊讶。他们从容向县丞、典史和六房司吏询问赵致中其人，大家一致赞美。又问老门子，老门子摇头说那可是个大恶人。沈知县与简明某晚微服出衙，在县内信步行走，来到奎楼旁一条街巷。这条街尽是些日杂小铺，但百货齐备，坚果米面、寿衣炮仗、斧凿钩叉、文房四宝，等等等等，凡所应有，无所不有，在街腰还有一家门面狭窄的店子，挂招牌出售东岳帝君的春药和西王母的胭脂。沈知县和简明在人群里挤出一身臭汗，走进一家卖油茶的小店，要了两小碗油茶，边吃边打听大药商赵致中的为人和事迹。简明的本地口音让店老板倍感诧异。

"老弟是在讲笑话吧？"老板说，"谁不知道在咱们颍川，可以不认识县太爷，不可不认识赵大爷。"

沈知县和简明开始忌惮赵某，担心他会是执政的障碍。接印之后第五天，德高望重的梁举人投刺拜见。梁举人已年过花甲，且饱受失眠之苦，但却精神矍铄，霞光满面。他花了一个时辰考证与沈知县的关系，顺着同年谱系不断延伸勾连，最后发现自己虽然叨长二十岁，还得叫沈知县世叔。认到亲的梁举人欢天喜地，第二天就邀请世叔去家里小坐。沈知县鉴于梁举人在县里的崇高威望，应邀而往。梁举人把孙男嫡女一一介绍给世叔，守寡的三儿媳也被叫出来拜见世爷爷。梁举人向世叔讲述了三儿媳刲肉疗疾的事迹，极言其守节纯孝。沈知县肃然起敬，但对梁举人旌表建牌坊的请求，却感到为难。那天晚上在油茶铺，他曾听老板讲到过这位寡妇和赵致中的闲话，担心草率旌表，会招惹物议。梁举人顿时老泪纵横，痛陈恶霸赵致中的卑劣行径。据他讲，赵致中一直觊觎儿媳姿色，多次欲行不轨，所幸梁家门禁严密，才没让他得逞。赵致中恼羞成怒，遂四处传播流言，说他已与寡妇有染，意图毁掉她的名节。

"我请求旌表，也是为了维护名教体统。"梁举人痛哭流涕，"一个官府的贞节牌坊树在那儿，赵致中就算再卑劣，也得有所顾忌，不敢再肆意妄为。"

沈知县大怒。交接完毕后，他在二堂摆茶会客，遍邀县内头面人物来谈心。他说甫到颍川，就听闻梁家有个贞节寡妇，刲肉奉亲，令人动容。有这等妇人是颍川的荣耀，不料却有劣绅垂涎其姿色，兽行未遂，就散布淫言秽语，毁其清白，简直猪狗不如！他倡议诸君共同捐钱，给贞妇树一个节孝牌坊，一以扬善，一以诫恶。

"诸位可以不关心寡妇死活，"沈知县板脸说，"但不能不关心颍川的体面。"

在座所有人的眼光都聚集到赵致中身上。赵致中的脸拉得像长颈鹿脖子。县丞葛天民打圆场，如今旱情严重，当务之急是救灾，建牌坊的事不妨先缓一缓。沈知县已经知晓他与赵致中沆瀣一气，赵致中之能坐大，与他的撑腰密不可分，因此对他的建议置之不理。不捐钱得罪新知县，捐钱又会得罪赵致中，乡绅们陷入两难，纷纷找借口开溜，不是刚死了丈母娘，就是八十老母重病在身，总之必须赶紧回去。他们公推赵致中为代表，只要他和县太爷商量出结果，大家必定照办。沈知县面对转眼而散的茶会怒不可遏，痛骂颍川劣绅当道，荼毒百姓。赵致中箕踞而坐，冷眼盯着大放厥词的沈知县。

"如果你真爱护百姓，就该去关心民生疾苦，而不是管别人的裤裆。"他说。

"放肆！"

沈知县深感被冒犯，厉声大喝。他显然不知道赵致中是吃软不吃硬的主儿，骂他放肆，他就更加放肆给你看。赵致中拔出随身携带的短枪，气势汹汹地踱到沈知县面前。

"我的私事你最好少管，否则——"他将枪口对准沈知县的裤裆，"信不信我一枪打烂它？"

背后忽有人接腔，"我不信。"

赵致中随即感觉有个硬硬的东西顶在腰窝上。他听出声音是简明，咧开嘴呵呵笑起来。"我也不信。"他说。他收起枪，想要别回腰里，却被简明捉住。

"你当县太爷是什么？三岁小孩？想威胁就威胁？"简明说，"有种你就开枪，把县太爷打死，然后等朝廷把你赵家满门抄斩，挖坟鞭尸！"

赵致中仿佛站到风眼里，滚滚烈风在周围呼啸盘旋。简明夺他的枪，他挣了几下，最终还是放开手。简明握着他的枪，走到沈知县旁边，将惊魂未定的知县扶到椅子上。

"赵先生是明白人，不会不知道刺杀知县是什么罪名。所幸县太爷宽宏大量，而且初来乍到，不想与绅民为难，就放你这一马。希望赵先生牢记县太爷的恩德，好自为之，做个良民。"他玩弄着那把枪。"这把枪是罪证，收缴入官了。"

赵致中见他手里除了自己那把枪，再没有别的东西，才意识到顶自己腰窝的不过是他的指头。简明的胆识让赵致中赞叹不已，真所谓士别三日，当刮目相看。日后若与知县作对，有简明当走狗，恐将麻烦许多。赵致中已从葛天民处得到消息，新知县可能要对他不利。那天葛天民找知县禀事，知县正与简师爷密议什么东西，见到他来就不说了，葛天民只隐约听到"拔薙"两个字。所谓拔薙，是后汉庞参的典故，庞参初到汉阳太守任上，向郡人任棠请教为政之要，任棠以拔除薙草为喻，劝他除掉地方豪强。假如葛天民没有听错，知县真的要打击豪强，那么环视颍川，首当其冲者必是赵致中。他劝赵致中低调一些，凡事谨慎，勿予知县以口实。不料赵致中听罢，反而动了肝火，今日又被如此羞辱，怒气升腾，一时不能节制，就干出了出格的事。葛天民没料到他竟然带枪入衙，想救场也来不及了。事后，赵致中也后悔自己的孟浪，并为无辜而来的敌意闷闷不乐。回明农庄老家视察旱情时，他向弟弟透露了他的忧虑，大骂简明忘恩负义。赵致和正在收拾简明的书物，准备给他送回去。他听罢哥哥的牢骚，心情沉重得像压了一座山。

"他已经不是以前的简明了。"他对哥哥说，"你还是收敛一下，避避锋芒吧。"

16　歧路

　　简明认识很多草，并且知道它们的用途。譬如，野菊花、水芹菜和败酱草适合喂猪，野谷、水稗、燕麦和抓根草适合喂牛，玉米菜、灰灰菜和马齿苋则可以混入面食，成为祭肠充饥的美味。因此，当旱灾日益严重，他亲自提竹篮去城外寻找可供充饥的野菜，作为劝民自救的示范。这得益于他的童年经历。从他有记忆开始，就拖着一只荆条编织的篮子到处割草，除了喂自己家的猪，还卖给赵家去喂牛。

　　简明认识颍川野地里每一种草，对富人家种养的花花草草却所知不多。十二岁那年三月，他去赵家卖草，再次遇到赵婉仪。婉仪刚用凤仙花染了指甲，举着双手在庄园里打转。简明把手中那几枝白色的花送给她。婉仪怕弄坏指甲上的凤仙花包，并没有接，让他跟自己去后院，插到她房间的瓶子里。他们刚要进宅院，杨修礼像兔子一样蹿过来。他呼哧呼哧喘着气，看着发窘的简明笑起来。

　　"你偷我家姜花，原来是要送给婉仪姐?"杨修礼说，"你这笨蛋，哪有送女孩子姜花的?"

　　那是自记事起简明最难堪的一天。这个贫农的儿子误以为富人家的花都很名贵，就算不好看，也比野地里那些随处乱开的花更适合当礼物。他在杨修礼和赵婉仪的笑声里狼狈而逃。

这件事对他打击巨大，在之后五年里他再没有去过赵家。他立志要读书做官，当个大富大贵的人。他的理想得到爷爷的坚定支持，并为此卖光了家中仅有的十五亩地。他爷爷爱听评书，脑子里装满穷儿郎中状元的故事，孙子的资质让他坚信这些故事能在自己家变成现实。简明读书有种令人生畏的勤奋与执着，很多自我激励的方式只能用疯狂来形容，比如说，他曾在三九寒冬脱光衣服趴到冰面上，借此保持头脑的冷静；又曾爬上十几丈高的树梢，以恐高症来对抗瞌睡。村西山脚下有条柿树沟，据说是夜鬼出行的要道，每到晚上，都有许多鬼打着灯笼从这里走。简明家穷，没钱买煤油点灯，就拿书跑到柿树沟，跟在鬼旁边走来走去，借他们灯笼里的光读书。

简明学习的刻苦传遍乡里。但他引起赵致和与杨修礼的关注，却是因为一个笑话。那年秋天某个月黑风高的夜晚，正在酣睡的村民突然被剧烈的铜锣声惊醒，以为犯贼，纷纷爬起来拥到街上，却发现是简明在敲打铜盆满街乱跑。他写了一首好诗，无人分享，遂以此来发泄激动的心情。赵致和与杨修礼听到这个笑话，笑得肚子疼，然后都生怜惜之心，于是联袂拜访。三人的友谊由此肇始。赵致和去县衙给简明送还书物，为了唤醒老朋友对过往友谊的回忆，愉快地讲起了当年初见时的青涩与美好，讲到开心处，自己在那儿笑得前仰后合。他吃力地笑了半天，发现简明神情冷漠，眉头还微微皱起，似乎流露出一点厌憎，遂尴尬地闭上嘴巴。一盏茶未吃完，简明说声公务在身，端茶送客。赵致和识趣地站起身，深深一揖，从此别去。

简明叫长随把赵致和送来的书搬到后堂住室，自己拿着那卷画跟在后面。他将房门反闩，将画一一展开，凝视着画中女子出神。两只乌鸦在窗外尖叫追逐，将他从惆怅中惊醒。他把画收起来，藏到床褥下，打开门继续忙去了。

知县接到巡抚檄文，有流寇再犯中原，着令各州县加强戒备。自古流匪最难对付，整军对抗，他们就跑掉，稍一松懈，他们又杀回来。简明建议各村镇立即修建寨堡，一旦流寇来犯，即闭门自卫，坚壁清野。再令各庄之间彼此策应，互相救援。匪寇既无所掠，战又不利，必将遁去。这无疑是对付流匪的好策略，沈知县却很犹豫。他认为民生为重，颍川旱情越来越显著，他们应该先抗旱，而不是大兴土木劳役百姓。简明笑他迂腐。

"匪寇一来，连命都没有了，还谈什么民生？"简明说，"在有安全保障之前，钱粮再多，也都是给匪寇准备的。"

沈知县听从建议，行文各里甲，要求修建寨堡，以备匪患。这个命令遭到部分绅民的强烈反对，其中以赵致中态度最激烈。绅民反对，是因为兴建寨堡必然要募捐筹钱，而募捐筹钱，必然要他们这些大户做表率。至于赵致中，则是认为劳民伤财，多此一举。当年剿匪的辉煌成就令他自视甚高，根本不将流寇放在眼里。赵致中现为颍川首富，财大势大，再有过往战绩的加持，他带头反对，事情就不好办了。后来还是杨修礼找到赵大哥，以抱玉寨为例陈说利害，才说服他放弃对抗。两人谈完，赵致中要带杨修礼去看戏，县里来了一个豫东戏班，祥符调唱得委实动人，几个小花旦也很标致。杨修礼谢绝了。他劝赵大哥沉潜一段时间，尽量深居简出，也不要再跟官府作对，尤其不要带头闹事。

"简明和沈知县憋着劲儿要干大事，必不容人阻碍。"杨修礼忧形于色。"必要的时候，他们会找人祭旗。赵大哥千万克制，莫要撞到他刀口上。"

赵致中冷笑。"怕他怎么？"他说，"我倒想看看他马王爷究竟长了几只眼。"

"小心无大过，大哥还是谨慎些好。"

赵致中嘴上强硬，心中到底有些不安，主动捐出五千两银子，帮助各地修筑寨堡。又花钱买了几十杆洋枪，进献给沈知县，以备练兵御敌之用。他的主动示好缓解了沈知县的憎恨，认为他已经驯服从良。各里甲在简明督导下相继成立联庄会，简明自任总会首。各地会首对他能否胜任并无信心。毕竟兵凶战危，大家要赌上身家性命，让这个当年的穷秀才当统帅，未免太儿戏。于是大家纷纷请退，留任的也联名上书，请求县太爷让赵致中来当总会首。大敌当前，众情难违，兼之赵致中已经不复桀骜，多方配合知县政令，沈知县与简明商量之后，即从众议，聘请赵先生出任颍川县联庄会总会首。

会首们都是各地豪强，简明被他们集体逼退，难免心生恨意，但是御敌为重，况且以恶制恶，从来都是官方爱用、并屡用不爽的好策略，他们战而不胜，就治他们失职之罪，倘若力战而胜，也必将元气大伤，事后再收拾他们也容易得多。赵致中临危受命，在战争面前重新焕发出当年的雄心和激情。他将手下最彪悍的保镖也抽调过来，策马奔驰在颍川各地及周边各县，率领本县联庄会乡勇，与相邻州县彼此呼应，密切配合，共同抗击来犯之敌。多日浴血奋战之后，他们在阳明关策划了一次完美的伏击，重创匪寇精锐，将其残部赶出颍川。

战斗节节胜利，赵致中亦威名远播。沈知县和简明心里很不是滋味，但在庆功宴上，沈知县还是表现出政治家的胸襟与气度，对赵先生的功勋给予崇高的评价。按照沈知县的计划，地方安靖之后，首先要做的是兴修水利，引水抗旱。老天爷虽不下雨，但河流尚且饱满，只是多年来地方官怠于农政，不能灌溉利用。然而此时，秋粮也该开征了。朝廷连年用兵，国库空虚，财政遂成第一要务。仅在去年，本省就黜免了七个征税不力的州县。沈知县虽然朝中有人，但如今国之大事，唯兵与赋，倘若做不好钱粮征收，再大的官也保不住。沈知县权衡轻重，在城隍庙主持了上任以来第三次祈雨祭典之后，开始着手催科。

颍川地面，三山三岗四分平，平地尚可开渠，山地和岗地只能望天收成，半年不下雨，农民就得吃糠。从去年春天至今，颍川全境没下过一滴雨。再加上兴建寨堡，抵御流寇，佃户已家家断粮，小农也朝不保夕。乡绅大户在修寨抗匪中出了不少钱，此时满指望官府会体恤民情，减免赋捐，不料串票下来，一文钱也没少。大家无不郁悒，因此纳赋极不踊跃。沈知县下乡巡视了两天，回到县衙闷声不语。钱粮师爷建议先把各里甲长拘来打板子。沈知县摆摆手，打发他下去。

"百姓吃饭都艰难，哪儿有钱交税？"沈知县愁眉苦脸，对简明说，"倘若强行征收，是会出乱子的。"

"征收可能会出乱子，不征收肯定有麻烦。"简明说，"征收得罪百姓，不征收得罪上司。百姓的死活与你无关，上司却掌握着你的乌纱前途。既然避免不了要得罪一方，你选谁？"

这天晚上沈知县彻夜未眠。黎明时分，不知从哪儿飞来一群乌鸦，落在后衙大槐树上嘎嘎乱叫。沈知县心神不宁，吩咐人驱赶。跟班长随找根长竹竿，朝槐树上乱打。乌鸦轰然而起，在县衙上空鸣叫盘旋。当启明星从晨曦中渐渐隐去，它们排队飞进县衙大堂，一个个如中枪般坠地而亡，黑乎乎的尸体布满地面和桌案。沈知县望着满屋子死乌鸦，恐惧仿佛水银，沉甸甸地充满心头。简明叫人把大堂打扫干净。

"天象不足畏。"他安慰沈知县，"只要措施得当，没有做不好的事。"

他为沈知县出主意：凡无力纳赋者，由大户先行垫付，大户得依借贷之率，向他们收取利钱。颍川药业繁荣，并不受旱情影响，可适当加捐，损有余以补不足。倘若仍然不够，就由县衙出面，向钱庄借贷，先把这个税期支吾过去。

沈知县本已心生辞官的念头，听简明如此筹划，觉得还可以再挺一挺。简明的计策听起来漂亮，认真推行，才发现并不那么容易。农户无法接受额外再出一份利钱，大户也担心有垫无回，药商们更是一毛不拔，威胁要赴省呈控，告他滥派捐税，鱼肉百姓。他们努力多时，收效甚微。沈知县心灰意冷，无奈地看着简明。简明计策失败，既羞且怒。

"治乱世，用重典。"简明说，"不以霹雳手段，难显菩萨心肠。"

典史受命承担起催科重任，带领差役威武巡行，遇到支吾怠慢的里甲大户，一条铁链子锁到县牢。有几个里甲长办事不力，被他当众扒掉裤子，噼里啪啦打了三十大板。典史的粗暴激起公愤，各地绅民纷纷向联庄会求助。联庄会本就是民间团练，会首、会勇都是农民，自然痛楚相关。各地会首在紫金里会首韩三教串联下，结伙拜见赵致中，请他为大家做主。赵致中御匪获胜后，骄傲了没几天，即在葛天民、杨修礼和赵致和的反复劝谏下辞去总会首之职，去外地四方游荡，不复过问县事。会首们找上门时，他刚从泰山游玩归来。赵致中是火暴脾性，又爱出风头，不过是被葛天民他们竭力压制，才勉强学着夹起尾巴做人。此时一大堆患难兄弟挤满客堂，讲起万恶的官府，一个比一个悲愤，很快把他爱管闲事的毛病挑动起来。他答应带大家去县衙陈情，但要求诸位兄弟节制言行，不可轻举妄动。

沈知县去巡抚衙门求见抚台大人，试图以姑丈的关系求取关照，蠲免一些赋税。简明得了痢疾，卧病在床。葛天民则因体弱多病，已经辞去县丞之职，颍川县丞的职缺也被上宪就此裁撤。此时此刻，合衙之内只有典史老爷最大。典史带领三班衙役，在仪门外萧曹祠前接见了赵致中等人。大家对这位典史老爷没有任何好感，更谈不上信任，鼓噪着要见县太爷。典史大怒。

"县太爷是你们想见就见的？"他叉腰熊立在萧曹祠台阶下，一张脸黑得像乌云。"马上滚蛋，否则统统打入大牢。"

典史犯了个致命的错误，他忘了对面这些人并不是一般绅民，而是真刀真枪打过仗的联庄会会首。对抗流寇时，典史也曾督率兵勇作战，被打得丢盔弃甲，还是靠眼前这些人拼死救援才保住性命。会首们对他当时的狼狈无用记忆犹新，此时听他这样辱骂，都愤怒起来。紫金里会首韩三教忍不住回了一句：

"你算个鸡巴啊！"

这句话诚然不好听，但若认真讲，也不算是侮辱。一根优秀的鸡巴会在该软的时候软，该硬的时候硬，而典史无疑做不到，所以事实上，他连鸡巴都不如。鸡巴不如的典史在愤怒中放任自己的粗暴，决意惩罚那个回嘴的韩三教；联庄会会首们则要保护自己的同伴。于是县衙内发生了激烈的殴斗。典史在混乱中动了刀，而被血腥场面冲昏头脑的赵致中则动了枪。

斗殴在枪声中戛然而止。衙役和联庄会人众看着仆倒在萧曹祠石阶前的典史，无不傻眼。韩三教等人嚷嚷起来，指责是典史先动手，还杀了他们两个同伴。此时再讲这些已无任何意义。赵致中叫他们背上被杀的两名兄弟，护送他们出城，然后火速返回家，带上孙慧如和赵庆三口，匆忙逃回明农庄去。

沈知县的求情没起到作用。巡抚狠狠申饬他一顿，指责他不体谅朝廷的难处，还质疑他是否有能力胜任颍川这个冲繁疲难最要缺。沈知县沮丧而返，意志消沉地回到县衙，又看到横死的典史，一时心如死灰。简明却很镇定。

"这未尝不是好事。"简明说。他吃了一箩筐马齿苋烙的饼，痢疾已经痊愈。"正好趁这个机会，消灭那些豪强劣绅。"

沈知县已经没有主意，不知该不该听从他。钱粮师爷建议扶乩问仙。沈知县遂焚香沐浴，升堂请仙。乩笔在众目睽睽之下哆嗦了半天，在沙盘上爬出几道痕迹。沈知县与诸位幕友围着乩盘研究了半天，刑名师爷觉得那些字像是"十八摸"，简明认为是"杀无赦"，钱粮师爷则坚称那些笔迹是图案，画的是一个男人在玩鸟。沈知县又陷入茫然之中。简明一把将沙盘推到地上。

"求神不如求人。"他说，"遇事就请鬼神定夺，干脆把官让鬼神当好了。"

赵致中躲在明农庄如坐针毡。他知道闯下大祸，沈知县绝不会放过自己。他想找杨修礼商议对策，可是杨修礼已经跟赵致和进京备考去了。明年春二月又将会试，赵致和与杨修礼已数考不第，这回憋足劲儿要上杏榜。杨修礼两次进场都发高烧，怀疑是不适应考场环境，想去考场附近赁间房，先住上几个月，习惯习惯那儿的气氛，在温书之余，也可以拜拜京城的名士，会会四方的文友，于是撺掇致和，一起提前走了。联庄会的兄弟们纷纷赶来，嚷叫着要与官府拼个鱼死网破。江蓠对这场突如其来的变故忧心忡忡，她让赵庆把赵致中请到后院书房，问他做何打算。赵致中说没有打算，大不了反了，带那些兄弟占山为王。江蓠的大儿子赵文渊已经八岁多，安静地坐在母亲旁边听他们说话。

"那些人乱喳喳的，跟麻雀一样，哪里靠得住?"他对伯伯说。

赵致中把他搂到怀里，笑眯眯地瞅着他。"他们是叽喳了些，但对伯伯都很忠诚。"

"你怎么知道?"

"因为我们一起打过仗。"

"吴三桂跟清兵也一起打过仗呀。"

赵致中语塞。江蓠问他是不是真的有打算去当山大王。赵致中苦笑，说有可能。当年陈洪一伙十几人就能横行县西，官府拿他们没办法，而他自恃比陈洪厉害，手下兄弟也比陈洪多，假如真去占山为王，说不定能搞出一个新梁山。

"不管怎样，总不能束手就擒，让刽子手拖去砍脑袋。"他说。

他的乐观没有感染到江蓠，反而使江蓠更加忧惧。她怀抱两岁多的二儿子赵文澜，眉心微微蹙起来。"造反是大罪，要满门抄斩的。你让一家大小都跟着你去打仗？还是坐家里等死？"

赵致中默然。江蓠劝他自首，然后家里花钱救他出来，纵使倾家荡产也在所不惜。赵庆张张嘴，想要说话，又没有说。赵致中看到，睽他一眼。

"有话就讲！"

"自首诚然最好，就怕沈知县公报私仇。"赵庆说，"姓沈的记恨干爹，万一要下死手，恐怕再多钱也买不了命。"

"至少可以保全全家。"江蓠拍着哭闹的文澜说。

乌云犹如墨团在树梢上翻滚，太阳的光芒则如密集的闪电，穿过乌云的缝隙照射到大地上。大风刮起来，庄子就像大海上一只木船，被风吹得晃来晃去。赵致中仿佛喝醉酒，扶着墙跌跌撞撞回他的房间。他恍惚觉得墙上有人，抬头看去，只见陈洪和杨修仁并排坐在墙头，正望着他微笑。

赵致中决定自首。

17　两败俱伤

孙慧如不赞同丈夫自首。她与赵庆一样，担心赵致中活人进去，死人出来。但若造反，她更不能接受。她对蜂拥而来的联庄会成员反感至极，趁赵致中去后院跟江蓠议事，一顿臭骂将他们赶出庄去。她建议丈夫出逃，以后隐身江湖，不再回来，反正他本就是江湖中人，混迹不难。儿子文津自从外出访师学道，很少回家，上次回来已是四年之前，正好叫丈夫去找找他。只要不造反，官府就不能罪及家人，大不了籍没财产，以后过穷日子。

"只要一家人都活着，你又能保自由身，也就够了。"她对丈夫说。

赵致中不是没想过亡命江湖，但他知道官府必定不会轻易放过此案。倘若以寻常杀官判谳，不过是一死，但若搞成谋反，家人也得受株连。以沈知县对他的浩大敌意，再加上联庄会人众的乡团背景，要搞成谋反并非不可能。自己留下，还有辩驳的余地，倘若逃亡，就说不清楚了。

"还是自首吧。"赵致中笑嘻嘻地对妻子说。

孙慧如看他嬉皮笑脸的样子，知道他是怕自己太难过，所以强颜欢笑。她心里头恨死了，狠捶丈夫几拳。"叫你少管闲事，别出风头，你偏不听。"她咬牙骂，"如今闹出这祸事，可遂你的心了！"赵致中任由她打，依旧笑嘻嘻地看着她。"你虽然不年轻了，还好仍有几分姿色，等我被官府砍头，你趁早改嫁，也许还有人要。"他说，"不过也难说，你这么凶，恐怕没人敢接手。"孙慧如一口唾沫啐到他脸上。赵致中也不生气，用手将糊了一脸的唾沫抹去。"你看你看，我没说错吧，这么凶。"孙慧如瞪着他，眼睛倏然红起来。

"官府要杀你，我就去劫法场！"她说。

孙慧如要跟丈夫一起回县城。赵致中让她坐车走，自己骑马先行。他要尽快赶去投案。倘若在赶到县衙之前，先被官府派来的捕快捉住，自首的意义就打折了。他刚打马跑到钧阳里和高风里交界处，高风里会首武宣文和几名会勇迎面赶来。他们向赵致中报告了一个极坏的消息：官府已将他们定性为造反，官兵已经分头抓人，当场处决了几个意图反抗的联庄会勇，另据闻，紫金里会首韩三教已率众与官兵打起来。紧接着又有几名会勇跟跄跑来。他们刚经过激烈拼杀，有的胳膊被砍断，有的眼睛被刺瞎，那个身材高大的光头胖子，肩膀上还扎着一把锋利的尖刀。他们围绕赵致中哭喊叫骂，痛诉官兵暴行。

"反了吧，赵爷，咱们反了吧。"

天际传来杂乱的鸟噪，一群群田雀、乌鸦和灰椋鸟仿佛一团团阴云，从东南方疾飞过来，在赵致中他们头顶盘旋数周，复又向西飞去。地平线上随之升腾起一大片黄尘，回荡着喊杀之声滚滚而来。北风逆向吹过去，将漫天黄尘撕开一个裂口，露出一排排挂着头颅的长枪大矛。联庄会人众面色如土，都望向赵致中，眼神里除了惊怖，只剩下绝望。赵致中目眦欲裂，抽出一名会勇的腰刀，在马背上振臂大呼：

"反了！"

赵致中一骑如飞，纵马冲进黄尘里，叮叮咣咣的兵器撞击声和被斩杀的惨叫声顿时不绝于耳。两位会首和伤残会勇被赵爷的勇猛激发出一腔豪气，也嗷嗷叫着反扑过去。天气旱太久，挖地三尺不见湿土，黄尘在剧斗中越来越浓，几乎对面不能见人。双方在浓尘里激战了两刻钟，防营千总的一百多名兵勇抵挡不住，有人叫一声："快撤！"顿时溃如山崩，倒旗曳甲向县城方向逃去。赵致中乘胜追击，带着手下兄弟杀奔县城。沿途不断有人加入进来，各地联庄会首也带本部会勇赶来会合，等他们杀到县城时，已然汇聚起八百多人。

简明替代优柔寡断的沈知县，担负起御匪重任。他在赵致中杀到之前及时关闭城门，命衙役在城内各处张贴告示，敢与会匪私通者立诛九族。新任命的典史对长官有着绝对的忠诚，昼夜带人巡逻，防范赵致中在城内的狐朋狗友捣乱。简明则亲自督率兵勇和民壮，登城抵御赵致中的进攻。他在五天内就地处决二十个临阵脱逃的兵勇，搬出库银随时奖赏勇敢之士和负伤兵丁。赵致中和他的手下虽然骁勇，却只能望城兴叹，急切不能攻下。

在守城的日子里，每当夜幕降临，简明站在城楼上眺望敌营，总会油然想起当年据守乌县的往事。那时候的他也像现在这样，日夜督率人马守城。所不同的是，那时的他是叛匪，对抗的是城外的官兵，现在身份倒换，他成了官兵，城外的人则是叛匪。这个戏剧性的变化让登楼远望的他感慨万千。但在战斗紧张而激烈的时候，全神贯注于作战的他常常会思维混乱，仿佛现在的战争是当年战争的延续，以至于忘掉了自己到底是官府还是叛匪，是在挑战朝廷的权威，还是在维护朝廷的秩序。在那些血腥笼罩的午夜，鬼魂的哭泣在四野断续响起，城南山冈上的磷火像绿色的蜻蜓翩翩飞舞，他就开始想念故人，想念因他而死的韩胜、王忠和杜威，内心涌动着难以名状的孤独。

攻防进行到第五天时，城外的叛军已经聚集了将近两千人，各地联庄会乡勇与意图趁火打劫的破产农民还在源源不断地赶来。其中有几股人马尤其醒目，犹如凶猛的大黑鱼，在叛军之间游来游去，攻城的时候也数他们最彪悍。防营千总判断是皖匪余党，被赵致中请来帮忙打仗。简明望着城外气焰嚣张的匪众忧心如焚。还好就在这天傍晚，协台大人统率的大军犹如满地甲壳虫，黑压压地杀到了。攻城不利的赵致中率众解围，逃进当年陈洪横行的西部山区。这五天里，沈知县大部分时间都躲在文庙，跪在孔夫子像前叹息流泪。他在简明的陪同下走出城门，查看了血污斑斑的战场和城外满目疮痍的村庄，脸色苍白得像印书的绵纸。他问简明："还得打多久？"

沈知县声音颤抖，一副心碎的模样，令简明颇觉不忍。

他说："最多一个月。"

回到县衙后，沈知县打了个包裹，只带一名跟班长随离开县城，再次进省去见巡抚。他在巡抚衙门外放声大哭，不吃不喝也不睡，一连哭了十天十夜，眼泪流尽，继之以血。他的哀泣招来了无数杜鹃和伯劳，它们像一片片飞荡的树叶，在沈知县的头顶啼叫徘徊。巡抚在文书上钤章时，提起长方形直钮青铜关防，只见紫红色的印水犹如屋檐上的雨滴，从关防上滴答滴答往下落。巡抚走出衙门，踱到奄奄一息的沈知县面前。

"你想以死博名吗？"巡抚说。

攻城失利后，联庄会勇大都逃散，剩余三百多人紧紧追随赵致中。他们在西山连克官军，有一次差点活捉千总。千总恼羞成怒，建议放火烧山，烧死叛匪和通匪刁民。简明和典史不同意。双方各执己见，在协台面前争执不下。协台大人很烦，下令烧一半留一半。官兵正要下手，赵致中忽然率众猛攻北隘，突破重围，逃入邻县去了。协台即令拔寨穷追。简明怏怏然回到县衙，沈知县刚好也从省里返回。这回他终于带回来好消息：抚台大人已经同意缓征秋粮，并具题奏请蠲免颍川一年田赋。他开心讲完，却发现简明面无喜色。

"的确是好事，只是上宪会怎么看你？"简明说，"当此乱世，朝廷要的不是廉吏，而是能员。"

沈知县也不开心起来，"大不了不做这官，总不能拿百姓血来染顶戴。"

"做大事者要能忍辱含垢，一念之仁，很可能误了自己，也误了苍生。"简明说。他看到沈知县还要辩驳，不想再争执下去，遂冲他笑了笑，"你也累了，好好休息一下吧。"

赵致中一伙忽散忽聚，行踪不定，协台大军越追越茫然，连根叛匪毛都看不见，以至于开始怀疑究竟有没有叛匪，前些天是不是真的跟他们打过仗。既然叛匪不见了，说明战争已经取得胜利，协台大人觉得再追无益，遂奏凯而去。大军刚走，赵致中一伙就从西山冒出来。里正飞速报进县衙。沈知县又要上报搬兵，简明阻止了他。

"咱们自己的事,咱们自己解决吧。"他说,"叛匪大势已去,早晚授首伏法。"

沈知县眉头紧锁。"已经一个月了,还得多长时间?"

简明笑,"不用担心,时间在咱们这边。"

简明的判断是对的。各里甲已奉命用最快速度将沈知县带回来的好消息宣告全境,骚动不安的乡村迅速稳定下来。赵致中逃回西山不久,就发现乡民已经离心。当他和部下饥肠辘辘来到大户家,求取一碗饭吃,从锅里舀出来的面汤越来越稀;百姓见到他们也日益躲闪,不复有之前箪食壶浆的热情。赵致中请来助阵的那几拨江湖朋友早已离去,追随的联庄会勇亦相继不辞而别,逃回老家去了。不到一个月,赵致中身边仅剩下五十多人,一日三餐也不能保证。紫金里会首韩三教提议先解决肚子问题,要带人去抢吃的。史宗义断然反对。

"我们造反是为了老百姓,如果抢劫百姓,跟官匪还有什么两样?"

赵致中深以为然。此时的河南已然到处烽火,而且无一例外,都是由强征赋税、滥加折派激起的。许多州县官判断朝廷必会体恤灾情,蠲免赋税,反而更加卖力催科,只等恩诏一下,即可将已经征收的钱粮纳入自己囊中。有几个州县的起事者与赵致中相识,扛不住官兵镇压,飞书求援,恳请赵大哥仗义相救。颍川地面已经安静下来,造反起事的理由也已不复存在,赵致中他们陷入尴尬境地,进退失据,无以自处。此时受邀,立即动身前往,仗不仗义且不说,至少可以混个肚子圆。他们打退简明和典史的围剿,从一条隐蔽的山路潜出西山,借道邻县,奔赴新的战场。

他们在黄昏时分来到一个集镇,途经几家饭店,看到热腾腾的吃食,两只脚顿时都焊到地上,眼珠也纷纷掉下来。韩三教和武宣文持刀而入,把店内所有能吃的东西统统借走。这是他们这个月内吃到的唯一一顿饱饭。他们占据附近山坡上一座道观,打算在此过夜。道观占地广大,建筑却不多,从简单寒碜的山门一眼能看到十几丈后的大殿。大殿是座面阔五间的单檐悬山顶建筑,前面笨拙地伸出一个卷棚抱厦。赵致中与几位会首坐在大殿前一棵古松下,商议长远之策,试图寻找一个从困境中脱身的方法。他们从戌时讨论到子时，也没讨论出个究竟。赵致中疲倦地靠在松树上，想起弟弟和杨修礼。倘若杨老三在，一定会给自己出个好主意吧。他这样想着，合上眼沉入梦乡。

赵致中的梦乡一片迷茫，世界仿佛还未开辟，没有光明，也没有黑暗，没有有，也没有无，蒙蒙昧昧如一团混沌。他像一个泥人，在混沌世界里艰难跋涉。他意识到自己是在做梦，觉得这样的梦实在太累，就不做了，于是天际飞来一只猫头鹰，他骑上猫头鹰飘然而去。四更时分道观里杀声大作，混沌的梦境也顿时慌作一团：赵致中在梦境里失踪了，而梦境无法自我破灭，让这个靠着松树沉睡的叛军头领清醒过来。

偷袭的官兵来自颍川与嘉胜两县。简明知会嘉胜知县，各带人马在夜色里包围了道观。韩三教安排的值夜的人喝多了酒，在疲惫中打起瞌睡，使官兵得以突袭成功，快刀砍头如砍菜，须臾已杀死二十几人。韩三教与兄弟们殊死抵抗，保护史宗义和赵致中突出道观。赵致中仿佛一团烂泥，软绵绵匍匐在史宗义背上，一直逃到三十里外的一座山下仍未苏醒过来。韩三教换下史宗义，背起赵致中钻进山坳一片干枯的芦荻丛，史宗义则带人鼓噪着爬上山去。

他们这个把戏没有瞒过简明。他与典史兵分两路，分头追赶。韩三教背负赵致中在山林之间跌跌撞撞地奔跑，发觉眼前环境越来越熟悉。当晨曦拨开云层照亮大地，韩三教来到一棵巨大的银杏树下，树旁不远处，是个寒碜破败的山神庙。他这才发现又逃回了颍川。他把赵致中藏进酸枣树下一大蓬蒿草里，轻身潜入茫茫山林。傍晚时分，韩三教摆脱追兵，带着抢来的几只馒头和一壶水，绕回来寻找赵致中，赵致中已经不见了。

赵致中直到第三天中午才醒过来。他睁开眼，首先看到的是负手而立的简明，身后则是活捉了他的山民。当年赵致中围剿陈洪时，这位山民曾经受雇当他的向导，所以发现这个在蒿草窝里昏迷不醒的人时，知道他的脑袋价值五百两纹银。他用拴山羊的绳子将赵致中牢牢捆住，藏到山神庙后一堆破草垫下，为了防人翻动，他特地在草垫上拉了一大泡稀屎。清醒过来的赵致中挣扎了一阵，发现是徒劳，就不再动弹了。他的眼光从简明和典史之间穿过，看到白果树巨大的树冠，意识到这就是当年自己活捉陈洪的地方。他颓唐地叹了口气，对简明说：

"杀了我吧，放过其他人。"

简明冷笑。"你还有资格提条件吗？"

赵致中语塞。简明抽出一把短枪，对准他的脑门。"说吧，还有什么话，我替你捎给致和。"

赵致中紧紧盯着那把枪。它曾经伴随赵致中许多年，为他的事业立下卓著功勋，直到去年秋在县衙被简明收缴。想到今天将要在这个地方死在它的下面，赵致中内心充满了宿命的悲伤。

"看在你与致和的交情上，放过我家人。"他说，"可以把我家产抄没，但别为难赵庆。"

说了这些，极度虚弱的他停顿了一下。他的话并没有完，他还有个愿望，他希望站着被枪毙，而不是像头猪一样横卧在散发着屎尿气息的破草垫里。遗憾的是，简明把他过长的停顿当成了对生命终结的无言默认。于是赵致中突然看见一颗子弹从枪管里飞出来，撕开眼光冲向两眼之间的眉心。枪口与眉心之间的距离是这么短，子弹飞得又这么快，他想最后回忆一下妻女和外出访仙的儿子，时间已经不够用了。他至死不明白自己为何落到这个境地，当他的脑袋被典史的牛尾刀砍下，满腔愤怒从断裂的喉咙喷薄而出，全县人都听到了那声闷雷似的吼叫：

"谁出卖了我？"

次日一早，赵致中的脑袋即悬挂到城门外的旗杆上。整个县城为之震动，大家争相赶来，围观那个曾经令人望而生畏的头颅。简明站在城楼上，看到人群之外有个七八岁的小孩，手挽一支小弹弓，将一枚石子准确地射中高悬的脑袋。小孩的淘气引起一名大汉的不满，他一把夺过弹弓，又扇了小孩一记耳光。那个小孩像只野貂抱住他胳膊，两排牙齿齐根咬进他肉里。大汉疼得几乎晕厥，抢拳头猛捶小孩脑袋，捶了多时，始终无法让他松口。他的同伴拔出小刀，要割小孩的鸡鸡，小孩这才松开嘴巴狂奔而去。简明问旁边的典史：

"那是谁家的孩子？"

"捉过来问问就知道了。"

典史还未来得及派人捉顽童，城外又出现了新情况。围观的人群突然骚动，自动闪开一条通道。孙慧如手提一柄斧头，径直走到杨木旗杆下，抬头看看丈夫的脑袋，挥起斧子砍伐旗杆。旗杆很快被砍倒，赵致中的头落到地上，仿佛一只肮脏的椰子壳，被随之倒下来的旗杆砸得粉碎。孙慧如望着变成一摊污秽的丈夫凄厉尖叫，挥起斧子，与意图逮捕她的兵勇展开歇斯底里的搏斗。兵勇人多势众，转眼将她砍成肉泥，软塌塌地覆盖在赵致中破碎的头颅上。

简明站在城楼上目睹了整个过程，脑海里浮现出在乌县守城时，官军把城外百姓驱赶到城门前排队砍头的情景，忍不住又呕吐起来。他安排重兵，等候叛匪余党来抢赵致中夫妇的尸体。黄昏时分，赵庆和赵婉仪推着一辆独轮车出现在官兵眼前。简明扶着城堞，眼望婉仪一步步走近，心中百味杂陈。典史要派人把他们抓起来，他摆摆手阻止了。赵庆和赵婉仪身披丧服，把车停到那堆烂肉前，用手一点点把赵致中夫妇捧到车上那只垫了白布的箩筐里。婉仪找了半天，也未能把大哥的头骨找全，她跪在血污里，面向西天艳红的云霞放声大哭。

婉仪的痛哭激起了简明心中的仇恨，对赵致中原有的一点愧疚也消失殆尽。他无法原谅赵致中自作主张把婉仪许给不学无术的史宗义。当年赵御史回来给太太办丧事时，他也曾跃跃欲试，想在赵御史面前表现一番，博取赵御史的赏识，钦点他为婉仪的夫婿。不料赵致中为了成全史宗义，根本不让任何有学问的未婚男子接近老头儿，简明试图找空子钻进去，被防范严密的赵致中逮住，几乎挨了顿打。简明站在城墙上，望着婉仪在夕阳之下哀哀哭泣，心中充满了怨恨。

"是你害了婉仪。"他默默咒骂赵致中，"你要为她守寡承担全部责任！"

事实上赵婉仪还没有成为寡妇，但简明已经判了史宗义死刑，他就难逃一死。潜伏在山里的史宗义也知道自己活不长久，得到赵致中已被处死的消息后，他不再考虑自己的退路，满脑子都是怎样报仇。他和武宣文收集残兵，又与借到援兵的韩三教接上头。韩三教弄丢赵致中后，跑到邻县联络相熟的乡团领袖，鼓动他们一起去洗劫颍川县城。近年来兵匪频仍，乡团也早已模糊了正邪分际，他们寻思冒充流寇去打劫邻县不失为发财之道，于是便以朋友义气的名义答应了请求。义让里的山民已对战争感到厌烦，早有人将他们的行踪报告官府。就在史宗义他们聚集在赵致中被捕的地方商议如何攻城时，一小队官兵已经杀到了。这队官兵只有十几个人，竟然胆大包天，虚张声势呐喊着攻上山来。这是赤裸裸的藐视，史宗义和韩三教大怒，率领一百多个兄弟如狼似虎扑过去。那队官兵丢盔弃甲，掉头而逃。史宗义等人不肯罢休，在后面穷追不舍。当他们追进一条狭长的山谷，高峻的山峰上突然传出一声惊天动地的炮响，无数鹧鸪从林梢呼啦啦飞上天空。他们被包围了。

这场堪称经典的伏击几乎全歼了叛军。简明临风立于山岩上，望着死尸枕藉的山谷如释重负，脸上也露出久违的微笑。他的微笑很快又不见了，官兵打扫战场，死尸和俘虏里独少一个史宗义。五百名官兵拉网搜索，一连搜了三天三夜，也没找到史宗义的影子。第四天傍晚，简明带人来到了史宗义家。赵婉仪正抱着一岁半的小儿子跟家人一起吃饭，听到街里狗叫震天，心头涌起浓烈的不祥预感。她刚把三个儿子藏进墙角一堆干红薯秧里，简明已经带人破门而入。官兵在各个房间搜查一遍，没有找到史宗义。一名官兵持刀走向墙角那堆红薯秧，赵婉仪歇斯底里地尖叫起来，叫他们滚出她家去。简明站在婉仪面前，以从未有过的近距离凝视她。婉仪依旧穿着丧服，脸色憔悴无比，密集的鱼尾纹从眼角一直爬到了颧骨。然而这一切并不足以掩盖她的美，反而因为憔悴显出一种让人心碎的娇柔，仿佛凄雨下的海棠，掌心揉碎的桃花。简明望着她疼爱交加。

"跟我走吧，不会为难你。"他说，"只要史宗义自首，我马上放了你们全家。"

简明说着，向婉仪伸出手去。婉仪尖叫着躲开，从怀里掏出一把剪刀朝他乱刺。随同的典史何尝明白简明的心，护人心切，拔刀捅进赵婉仪的小腹。血液像彩虹一样飞溅出来，把婉仪的白粗布丧服染得红如朱砂，艳如丹霞，比她结婚时穿的红绸礼服还要耀眼。她在简明无比震惊的眼神里颓然倒地。已然干枯的石榴树骤然开花，明红的花瓣缀满枝头，随即摇落下来，一层层覆盖在赵婉仪身上，将她重重叠叠地掩埋起来。

沈知县快要被漫长而血腥的战争折磨死了。西山大捷之后，他急不可待地宣布剿匪胜利，自即日起，把县政转移到抗旱救灾上。简明料想只剩区区一个史宗义，已掀不起什么风浪，同意了沈知县的决定。沈知县怀着赎罪的心情，马不停蹄穿梭在十里百甲，向每一个据传很灵验的神祇叩拜求雨。他一连跑了半个月，求了二十多处神灵，天气反而越来越晴朗，日日夜夜没有一丝云彩。梁举人急世叔之急，上书进言，必是境内有节孝妇女未获旌表，上天不高兴，惩罚颍川不降雨，所以当务之急是尽快恢复节孝寡妇名誉，为之树坊旌表，以讨取上天欢心。沈知县病急乱投医，不顾简明反对，自己花钱给梁举人的三媳妇建了座巨大的青石牌坊，亲笔题额"节孝格天"。牌坊落成那天晚上，寡妇却上吊死了。沈知县觉得天底下再没有比自己更倒霉的官。他坐在书房里想了很久，认为必定是那场完全可以不用发生的战争激怒了上天。这个结论让他诚惶诚恐，立刻写了一篇罪己告文，准备在祭天大会上请求上天责罚自己。简明看了罪己文哭笑不得。

"求天不如求人，求人不如求己。"他对沈知县说，"别指望上天了，咱们还是兴修水利吧。"

在官府的极力推动下，颍川各地大兴水利。官府对暴乱的残酷镇压使县民心生敬畏，此时沈知县振臂一呼，人们立刻响应，城里的富商也纷纷慷慨解囊，捐款赈灾。绅民的一致拥戴让原本心存不安的沈知县受宠若惊，深深体会到了简明的良苦用心。人们在沈知县的督率下开渠筑坝、疏沟凿池，想尽一切办法引水灌溉。六月初七那天，义让里一条盘山渠凿通，沈知县亲自去主持通水仪式。他挽起裤腿，跳进清凉的水里，在喧天锣鼓声中用铁锨挖开渠口的泥土，将溪水改进石砌的渠道。

简明留在县衙处理公文。他在签押房里心烦意乱，信步走出房间，只见天空阴云密布，几声闷雷之后，淋淋沥沥地下起了雨。雨水沾满了空气里弥漫已久的土腥味，打在脸上冷硬如冰。这场迟来太久的雨让县民兴奋异常，县衙内外响起一阵阵欢呼。简明心里却越来越乱，几乎要抓耳挠腮，甚至想找把刀子把自己的心脏剖出来。他预感要出大事。半个时辰后，他的预感得到证实，沈知县的跟班长随连滚带爬跑回县衙，向他报告噩耗：沈知县被杀了。简明以生平未有的速度赶到现场，只见沈知县面孔朝下浸泡在涨满溪水的石渠里，而在不远处雨水泥泞的山路上，躺着被村民打死的凶手史宗义。

简明唯一还能做的事，是把沈知县的遗体和家小送回乌县老家。他手扶灵柩走出县衙，看到那个用弹弓射赵致中脑袋的小孩站在道路中央。这个小孩叫陈富，是土匪陈洪的儿子，他娘瘐死狱内，他也得病奄奄一息，被牢子丢到城隍庙自生自灭。一名老乞丐救了他，收他为干儿，在街上乞食为生。后来老乞丐死去，他便独自浪迹街头。简明派人找到他，把他带回了县衙。陈富站在道路中央，手里攥着他那支弹弓，望着如丧考妣的简明。

"你要去哪里？"

"送县太爷回家。"

"什么时候回来？"

简明回头望一眼县衙，眼光从街道旁的商肆房舍依次掠过，最后落在街道尽头的牌楼上。他说：

"不回来了。"

18　旧人笑

　　最近这场雨依旧很短暂，好比龙王打了个喷嚏，哗啦啦一阵就停息了，以至于颍川很多人坚信那不过是老天为沈知县之死而流的几滴泪。

　　被大旱蹂躏的不止颍川一县，也不止河南一省，甘陕晋冀鲁诸省无不深受其害，整个帝国北部几成焦土。赵致和从京城回家的路上，到处都是怀饥待死之人。他骑驴走到冀豫边界，被一群饥民拦住去路。饥民抢了他的驴子，当场杀掉平分，因为分得不够均匀，又开始持械相斗，两个不愿吃亏的人被同伙打死，然后也被大卸八块平分掉了。失去驴子的赵致和在侍女搀扶下继续南行。走到卫辉府一个驿亭，赵致和实在走不动，遂倚亭而卧，让侍女叶萱去找水。他在饥渴交迫中沉沉睡去，被过路的饥民当成死人，抱住大腿狠咬一口。赵致和在剧疼中尖叫醒来。饥民发现搞错，难为情地笑一笑，像只垂死的耗子缓缓爬开了。

　　这是赵致和第四次参加会试。他对这次会试充满信心，志在必得，行前向江蓠夸下海口，至少要考进二甲。到京城住进客栈后，杨修礼到处游逛，他则自囚室内温习经书。这天晚上，他照例读书到午夜，直读得两眼困涩。灯花啪啪作响，他感觉自己飘忽起来，仿佛一片羽毛，轻飘飘地从肉身分离出去，然后化作一团烟雾，从耳朵钻进脑壳。脑壳如同密封的葫芦，又像圆顶的帐篷，里头堆满经书和墨程，捡起来翻看，却都空白无字。他抬起头，看到一个五六寸的小人，顺着堆积如山的书本往上爬，一直爬到最高处，像撕棉布一样撕开天灵盖，从破洞爬了出去。赵致和也随之飘出自己的脑壳，只见那小人已跳到烛光闪动的桌子上。小人身体半透明，四肢俱全，须发俱白，但没有五官。他坐在经书上休息片刻，疲惫地站起来，犹如一朵随风飐起的蒲公英，飞向跳动的烛火，在与烛焰相接的一瞬间化为乌有。

这个梦让赵致和异常厌恶，感觉不是好兆头。尤其不能容忍的是，此梦居然接连做了九次，情节与场景完全雷同。他的信心随着怪梦次数的增加而一点点减退，等到开考那一天，他几乎心虚得不敢进场。一个月后杏榜张贴，果然没有他的名字。

与赵致和的失意形成鲜明对比的，是杨修礼的春风得意：他在会试高中之后，殿试又取得二甲第六名的好成绩。之后拜座师，会同年，赴琼林宴，热闹得不亦乐乎。赵致和自惭形秽、郁郁不乐，在老朋友的意气风发中默默地病倒了。缠绵病榻的他很快又知道了什么叫祸不单行：赵福荣奉江蓠之命赶赴北京，告诉他大哥造反，已经兵败身死，叫他不要急着回去，在京城再躲避一些时日。赵致和的身体顿时垮掉了。

赵致中起事后，江蓠一直没有告知赵致和。事发那天，消息传到明农庄，江蓠如被暴雷轰顶，半日不能回神。赵成提醒她赶紧带孩子逃跑，另外再派人驰告致和逃命。江蓠苦笑摇头。普天之下，莫非王土，既已得罪朝廷，还能跑到哪儿去呢？不料战事发生之后，明农庄并未受到影响，既无兵勇来拿人，亦无官差来抄家。后来通缉告示贴到乡里，首犯竟然是紫金里会首韩三教，第二个是武宣文，原联庄会总会首赵致中则是受蛊助逆，一并缉拿。江蓠手捧告示泪如雨下。她认为这是简明的苦心，简明只想要赵致中死，并不想灭他的门，更不想株连赵致和一家。她立即捐出大半粮食给县衙赈灾，又捐出明农庄大半银钱以充国赋。她这种自戕式的捐赠令沈知县颇为动容，亲自接见了她，嘱她安心毋忧，官府剿匪只惩乱党，不会罪及无辜。比年叛匪遍地，官府的惩罚无非斩首戮尸，籍没家产，倘若都依谋反处置，株连不已，不知要杀多少人，对戡乱并无帮助。赵氏兄弟久已分家，赵致和的家财自属籍没之外。江蓠仿佛逃出生天。辞别沈太爷，她又就近拜见了简叔叔。简明本来不见，但她守候不去，只好在签押房见了一面。简明此前从未见过江蓠，只风闻她心思深沉，不好相与，及听她口口声声叫自己叔叔，仿佛自己是她丈夫的亲兄弟，先小瞧了几分，觉得此妇也是个市侩。小瞧归小瞧，心里却很舒服，赵家在颍川一向睥睨众绅，如今却需要仰赖自己鼻息，实令简先生扬眉吐气。江蓠先对简叔叔的照顾千恩万谢，然后提到赵婉仪，请简叔叔看婉仪情分，放过婉仪的两个孩子。简明听她闲闲讲出自己的隐私，吓得要出汗。他强作镇定，端起茶碗喝茶，对碗里漂浮的两只苍蝇浑然不觉。

"谁说我喜欢赵婉仪？"他问。

"你那些画。"

"你怎知画的是她？"

"画里的人告诉我的。"

江蓠把两个侄子接到了明农庄，此时她仍没派人进京向赵致和告变，怕影响丈夫考试。后来有一天，杨家庄突然锣鼓齐鸣，烟花满天，派人打听，原来是杨三爷被皇帝御点二甲第六名，赐进士出身。江蓠知道自己丈夫又失利了，派人送上一份贺仪，关起门强颜欢笑。她想派福荣进京把丈夫接回来，沈知县忽然被刺身亡，她担心继任者会翻账找麻烦，遂叫福荣去给丈夫送钱，让他不要急着回来。

赵致和本来没脸回家，所以才一直在京城延宕时日，听到家变，一时又归心似箭。他越着急，病越沉重，杨修礼给他调过好几次处方，抓了许多次药，又买来个女人伺候他，缠缠绵绵两个月，才能够下床走路。他在女人照应下晓行夜宿，花了一个月时间，终于穿过千里赤地，活着回到明农庄。然而此时，一切都已底定，漫天尘埃落到地面上，被人踩得坚硬而光滑，没有什么事需要他再操心。哭祭过死去的哥哥与嫂嫂、姐姐与姐夫，他便闭门不出，全心全意养起了病。

陪同赵致和回来的叶萱引起江蓠的极大兴趣。叶萱老家在山西重旱区，几个月前在饥饿中失去新婚不久的丈夫，与公公一起卖唱逃荒到了北京城。她并没有学过曲子，只会在心情好的时候站到山梁上唱几段开花调，她公公的音乐才能也仅仅是拉几支二胡曲，还常常被人挖苦不如拉大锯。极端的饥饿使他们失去理智和羞耻，妄想通过卖唱来养活自己。面对见惯场面的京城人，他们的生意可想而知。折腾几天后，老头儿终于想明白活着不如死了好，于是躺在大街上断了气。举目无亲的叶萱跪在公公尸体旁放声大哭，从早上一直哭到傍晚。旁边一个老婆子喋喋不休地向围观者讲述她的不幸。

"苦命的人啊！"老婆子揉着眼睛叹息。

杨修礼赴宴归来，路过此地，驻足旁观，只见叶萱颜如枯草，旁边丢着破旧的二胡和琵琶。她痛哭的声音有些沙哑，想象不出唱曲子时是否婉转动听。昏黄的夕阳照在她身上，仿佛一团黯淡的污渍。杨修礼望着那张布满泪水的脸，恻隐之心油然而生。他想起染病在身又急于回家的赵致和，遂走上前去，将她搀扶起来。

叶萱的遭遇让江蓠回想起自己的经历，尘封往事如同开闸的洪水倾泻而出，心情陡然变得非常糟糕。她对叶萱的辛苦照料表示感谢，支付工钱打发她回家。叶萱说她已被买下，此后就是赵家的人。江蓠让她不要太拘泥，帮她葬公公的钱就是做个善事，无须因此许身做奴婢。叶萱倒是想回家，可是已经没有家了，况且赵老爷家这么大的庄园，她也不想走。她希望留下来当用人，伺候老爷和奶奶。江蓠客气地拒绝，近来家道艰难，已经不需要用人了。叶萱犹豫片刻，又请求去向老爷告个别。江蓠对她的心思洞若观火，一瞬间也想借此观察一下丈夫与这个女人亲密到了什么程度，但那念头只是闪动一下，就被她扑灭了。

"老爷已经休息了。"她说，"我替你转告吧。"

半个时辰后，叶萱又回到了明农庄，这次是跟赵庆回来的。劫难之后，赵庆已经重建保泰药庄，今日回来与江蓠商议一些事情。他骑马走到积善桥，看到一名女子怀抱一把破琵琶边走边哭，一时好奇，就在她面前停下来。

赵庆的归来让江蓠满心欢喜，仿佛看到暌违多年的亲人。其实他们只有半个月未见而已。剧变以来，江蓠以一女子独撑大局，赵成父子忠诚有余，能力不足，在突如其来的大祸面前手忙脚乱，不知所措，她所能依靠的，唯有这个与自己有着相同来历的赵庆。沈知县在简明授意下曲意回护赵家，满城官吏之所以无一异词，多赖赵庆一个明智的决定。那天赵庆陪赵致中一起回城，赵致中在半路上为血气所激，不顾一切与官兵打起来，赵庆即知大势已去，立即策马飞奔县城，取出银票与家藏的金银珠宝，留一部分寄放到葛天民那儿，然后马不停蹄跑遍新任典史、六房司吏、三班班头及其他要紧胥吏的家，赶在简明查封赵家产业之前，将钱财散出去大半。甚至连各位师爷和长随，也收到了赵大掌柜的丰厚馈赠。新任典史和驻防千总收到的尤其多。典史固然忠诚，但跟钱没仇；千总被赵致中杀败，狼狈逃回来，看到大把银票，怒气也消雾不少。以是故，县衙上下对赵家都怀有一种暧昧的同情。这也是明农庄自始至终几乎没有受到官兵和差役滋扰的原因之一。赵致中败死之后，赵庆被放出来，回明农庄与江蓠商议复兴大计，决意要重整旗鼓，把失去的都再赚回来。他所说的，都是江蓠想的，他要干的，也是江蓠起念的。江蓠听他滔滔不绝地讲，心头交织着世事如谜和因果有定的宿命之感，好像当年她和赵庆相遇赵致中，正是为着今天。

"从今以后，赵家要靠咱俩了。"她对赵庆说。

赵庆点头。"干爹于我有大恩，就算肝脑涂地，也要报答他的深恩。"

江蓠眉头隆起来。"别讲什么恩不恩！"她说，"你也是堂堂正正赵家人，做这些是你我本分，都为了咱们赵家。"

江蓠不喜欢赵庆讲报恩，对赵庆感恩效忠、因忠竭力的做法也不以为然。但她也不苛责，毕竟她与他遭遇赵致中的方式和境况都不同，对"恩公"的态度和看法也不一样。钧阳里很多人知道江蓠的身世，但没人知道那是假的，或者说并不完整。她家并没有被长毛抄灭，被抄灭的是表哥家。她姨夫是当地巨绅，暗中串联本府各县，意图组织团练对抗长毛。她那个有功名的父亲害怕引祸上身，遂向长毛告密，出卖了她姨夫。江蓠一怒之下离家出走，与死里逃生的表哥私奔他乡。他们原打算逃往沧州投亲，不料运气太差，千辛万苦逃出长毛领地，却在桐柏山下遭遇一伙流窜抢劫的强盗。强盗们本来只要钱，他们没有，于是红颜就成了祸水，表哥被杀，她被掳为性奴。江蓠被强盗们挟持了半个月，在这半个月内备受凌辱，月信来时亦不放过。后来强盗们洗劫了一家乡村酒肆，纵酒狂欢之后纷纷醉倒。江蓠在刀刃上割断绳索，持刀将那帮凌辱自己的强盗一一割喉，收拾起一些赃银，仓皇逃往沧州。——割喉杀人看上去很残忍，喉管割开，腥浓的血液泛着大量泡沫汩汩冒出来，被杀者要叫叫不出，只能无声抽搐着死去。江蓠并无杀人取乐或追求报复快感的想法，之所以这么干，纯粹是因为此种方式最快捷，也最安全。

接下去的经历就是大家所知晓的那样了。她风尘仆仆赶到沧州，亲戚一家却已尽数死于瘟疫。江蓠心灰意冷，流落乡间，又遇到一个剪径的强人，在黄昏的旷野将她劫持，要带回宣化老家当老婆。这个歹徒行事谨慎，专拣人少的地方和时间行路，并且防范严密，使江蓠一直不能逃脱。走到保定城北五十里那个破亭子时，正是晌午时候，无风无云，骄阳高照。江蓠疲惫不堪，强盗亦气喘如牛。亭子里有两个人在歇脚，肥壮的棕马松松垮垮地拴在亭柱上。那两人在强盗看来毫不起眼，一个是十几岁的少年，另一个是三十多岁的汉子。少年固然不足虑，汉子也并不雄壮，懒洋洋躺在坐板上，半闭着眼睛哼唱《十八摸》。强盗艺高人胆大，径直走过去解马缰绳。那个汉子睁开眼，依旧懒洋洋地躺着，与少年若无其事地看他解马。他们若无其事，强盗也好整以暇，解下马后，将江蓠抱上马鞍，拉起缰绳就走。江蓠坐在马背上，回头望向亭子里那两个人，只见汉子不慌不忙爬起来，悠闲地踱出亭子，站在道路中央伸了个长长的懒腰，然后从长袍下拔出一把短枪。随着一声枪响，强盗丢下缰绳，厉声号叫着栽倒在地。

所以也可以这么说：江蓠之所以被赵致中搭救，不过是赵致中惩罚强盗的意外衍生，倘若不是那个倒霉的家伙惹到他头上，他也不会发现她的境遇，进而主动出手相救。因此，对于赵致中的感恩之情，她并没有赵庆那么纯粹而浓烈，相比之下，赵庆一路上对她无微不至的照顾更让她感到真诚和温暖。来明农庄后，两人因为相同的身份和来历而日益亲密，视彼此为没有血缘的姐弟。但在赵家保泰药庄开张后，赵庆忙于经营，城乡悬隔，相见的机会越来越少，兼之身份变易，他成了赵致中的干儿子，而她则成了赵家的二奶奶，两人之间的关系在长达十余年的岁月里日渐疏离。每思及此，江蓠便觉怅然。然而世事难料，赵家一场巨变，让赵庆又回到她身边，使他们在风雨同舟的艰困中重归旧情。这大概就是老子说的"祸兮，福之所倚"吧。

此时，在分别了半个多月后，重返县城打点江山的弟弟回来了，江蓠怎能不开心呢？但在迎出大门之后，她的愉快心情忽然打折：在赵庆身后，她看到了本已打发走的叶萱。赵庆是个精明人，却并不理解女人心，他认为事实真如叶萱所言，赵太太不留她是因为家里已经不需要用人。他说药庄初创，需要人手，正好可以让她去做工。江蓠坐在椅子里慢条斯理地喝茶，对他的请求不置可否。赵庆有点尴尬，枚举了好几个用人的职事和理由，试图说服江蓠。他一直说了半炷香时间，江蓠依旧不动声色。赵庆回头瞟一眼忐忑不安站在门外的叶萱，不禁有些焦躁。

"同是天涯沦落人啊！"他对江蓠说，"看在咱们的身世上，让她留下吧。"

江蓠扫一眼门口的叶萱，将眼光落在赵庆脸上。十几年殚精竭虑，这个老谋深算的大商人眼角已然爬上皱纹，鼻梁和颧颊上也散布着一些苍蝇屎一样的褐斑。尤其是近几个月来担惊受怕，劳心劳力，使他骤然憔悴了许多，脸色犹如他老家的黄土高原，显现出一种让人误以为埋藏有无数故事的沧桑。江蓠疼惜地望着他，微笑仿佛落花在池塘里荡起的涟漪，悄无声息地布满双颊。她说：

"你叫声姐，我就留下她。"

赵庆不好意思地搔脑勺。自从他在赵致中的坚持下做了干儿子，辈分相关，就不再叫江蓠姐了。江蓠这个要求将时光折叠过来，无穷往事瞬间覆盖心头，心情一时复杂得难以言喻。他抿了抿嘴，稍做犹豫，那个久违的称呼还是脱口而出。

"姐！"

"再学几声驴叫。"

赵庆笑起来："要不要再打几个滚。"

江蓠说："要的。"

说罢大笑。叶萱小心翼翼站在门外，等待高坐厅堂之上的女主人宣判自己的命运。她被堂上的愉快气氛感染，跟着花枝乱颤的女主人讨好地笑起来，当江蓠的眼光漫不经心地射过来，她的笑容立即僵死在脸上，心慌地垂下头去。江蓠捧着胸口笑了半天，对赵庆说：

"让她留在庄上吧，老爷有病，还让她伺候着。药庄上如果缺人手，就叫福荣过去帮忙，不够就再找几个。要学会用人，把事情派给掌柜们去做，不要都揽到自己身上，会很累的。"

叶萱于是重新成了赵致和的婢女，依旧在床上沉睡的赵致和对这个婢女的失而复得一无所知。家族巨变与二爷的科场失利，让赵家笼罩在一片垂暮的气氛里。杨家则春风得意，喜气洋洋，少当家杨玉成在两庄之间大摆宴席，广邀贵客，庆祝他家双喜临门。两庄的人再相遇，杨家趾高气扬，赵家则自觉下矮三分。更让赵家丧气的是，二爷赵致和好像得病得上瘾，月复一月缠绵在床，不愿出门，也不愿见人。江蓠理解丈夫的苦闷，因此并不勉强，然而三个月后，她发现丈夫仍然没有病愈的打算，有些不耐烦起来。她坐在铜炉旁的绣墩上，注视着叶萱把散发着热气的药汤端给赵致和。赵致和歪在床上，皱着眉头把药喝下，接过叶萱递来的水盅漱口。来赵家后生活安定，饮食无忧，叶萱这株枯草重泛生机，脸上的菜色与日消退，呈现出一抹桃花般的红，江蓠从她坐的地方望过去，发现她的姿色越来越明显。取暖的木炭已烧完，江蓠为了节省开支也不准备再买新的，空虚的铜炉冷硬地放在那里，使房间里更觉寒凉。江蓠紧了紧棉袄，对丈夫说：

"你应该吐两口血，这样可以病得理直气壮些。"

妻子的嘲讽让赵致和无地自容。他意识到再病下去实在说不过去，开始寻找合适的时机恢复健康。时机很快就来了：他们在集镇上开设的赈饥粥棚发生哄抢，饥民拥挤踩踏，多人受伤，两人丧命。身为粥棚的家主，赵致和有责任出面善后。从此之后，他便投身于颍川赈灾，在各里甲往返奔波，并以一方缙绅代表的身份，成为颍川赈济会的发起人之一。

19　旷世奇旱

　　粥棚是在赵致和的建议下设立的。巨变之后，江蓠身心疲惫，喜欢上了一个人睡，但她每天都会来看赵致和，陪他坐一会儿，聊尽妻子的义务。某日陪坐时，福荣走进来，又有一大拨人来借粮食，他打发不走，问江蓠怎么办。江蓠出去了一趟，不久又回来，脸色变得很难看。她每人给了十斤麦子，那些人嫌少，讲了许多风凉话。赵致和劝妻子开设粥棚，救济饥民。他说他从京城回来的路上，听到许多抢粮吃大户的事，倘若不把食粮捐出去，早晚也会被饥民抢走。

　　旱情持续加重，吃大户的事迟早会发生，江蓠对此早有预判。她的因应之策是偷挖地窖，将仓库里剩余的粮食藏起来。向官府捐出一大半粮食后，她对额外赈灾不感兴趣。为了这些乡民，他们赵家已经付出太多，且不说家产，连命都丢了四条，还都死得那么可悲！大哥豁出身家为乡民拼命，却被为之拼命的乡民出卖，尤其令她无法接受。就算家里有粮山米海，她也不愿施舍给他们一颗一粒，何况余粮也已经不多。她对丈夫的建议置若罔闻。第二天过来，赵致和问她可曾开办，她没回话。第三天赵致和又问，她叹了口气。

　　"我若不办，你是不是会气死？"她对丈夫说，"你这个迂圣人啊！"

于是集镇上就有了一个粥棚，赵家的粮食源源不断地通过粥棚进入灾民们的辘辘饥肠。闻风而至的饥民越来越多，赵家的粮食则越来越少，江蓠望着八方麇集的饥民忧心忡忡，密嘱福荣把剩余的粮食全部移进地窖，只留下三五袋掩人耳目，然后让福荣带上两袋麦面去做最后一顿汤粥。饥民们得知粥棚将要关闭，立即开始哄抢那两袋麦面，麻布袋子被扯破，雪白的面粉在激烈争抢中洒落一地。争抢结束后，原本浮尘遍布的地面已然干干净净，连土带面都被人们掬走，只剩两具被踩扁的死尸横陈当场。死者家属抬尸体闹到官府。要查出究竟是被哪些人踩死已无可能，但是家属鸣冤，总得有人承担责任，知县遂下票拘传开设粥棚的人。知县认为，假如没有这个粥棚，就不会发生这等事体，所以赵家应为这起踩踏事故负责任。

知县的判决引起一片咒骂，却获得大户们一致支持。这为他们拒绝赈灾提供了绝好的借口。还好知县没有昏聩透顶，只是罚赵家赔偿每个死人五十斤荞麦。事主赵致和也未受刁难。他有功名在身，本可不跪，知县还特地命人搬把椅子给他坐，讲话也客客气气，以至于审判看上去不像是惩罚，而是商请赵先生帮个忙。赵致和忘了自己是无辜的受害者，认为知县的确有他的苦衷，至于死者家属，痛失亲人，其情可悯，就算出于人道，也该给他们一些补偿。"帮"过知县后，他还想帮更多的人。往返县衙途中，他目睹饥民僵卧于街衢和乡野，觉得必须做些什么。赔偿死者之后，他骑头驴子四处奔走，挨家拜访乡里大户，游说他们捐粮赈饥。赵二爷不吸取教训，反而变本加厉，令乡绅们俱感惊讶。大家尽管不情愿，出于对赵家的尊重，还是捐出一点粮食以表心意。赵致和东颠西跑十几天，募到七十二斤三两小麦和四十三斤六两七钱谷子。江蓠怕丈夫在绝望之下再次病倒，从余粮里分出一百斤谷子，帮他在粥棚里煮了几锅粥，又动员明农庄的人去维持秩序，让他亲自掌勺发给汹涌而来的饥民。掌勺也是力气活儿，加上热气熏蒸，赵致和很快满头是汗，毛巾都擦不及，如雨点般啪嗒啪嗒滴到大锅里。他笨拙地抡着勺子，将浸透自己汗水的汤粥一勺勺发给载饥载渴的人。这是赵致和此生做的第一场善事，他望着捧粥狂吞的乡民，被自己的义举深深感动。汤粥很快告罄，听到风声的饥民却扶老携幼不断赶来。他们围着空锅看了又看，徘徊不去，一个个眼巴巴地望着赵致和。赵致和很过意不去，就眼巴巴地望着江蓠。

"再去拿点谷子吧?"

江蓠一语不发，给丈夫擦了擦脸上的汗，带领家人离开粥棚。赵致和坐在粥棚苦等到天黑，仍不见江蓠派人送谷子。他叫叶萱赶回去问究竟，不料叶萱也一去不回。夜已到二更，毫无疑问今天已经没粥可以喝，但仍有饥民不愿离去，反复询问今晚到底还有没有，明天呢? 后天呢? 赵致和知道妻子已经生气了，不会再支持自己，又不忍心说实话让饥民失望，遂托口会想办法弄粮食，灰头土脸离开粥棚回家。之前为防御流匪，明农庄也遵官府要求筑起寨墙，后来匪患平息，不用再派人值夜防守，但寨门会按照惯例在黄昏时分关闭。叶萱被江蓠派去等二爷，她在寨门耳房里跟看门的老鳏夫闲聊，听到有人叫门，声音是二爷，便要跑过去开。老鳏夫经历过匪难，性情变得谨慎而多疑，他拉住叶萱，叫她到寨墙上瞧一瞧。叶萱快步登上寨墙，往外张望一眼，尖叫一声，撒腿跑回赵家庄院去了。

叶萱的反应让赵致和莫名其妙。他又叫几声，没人反应，懊恼地站在寨门前打转。当他转过身时，也吓了一跳，只见在月光之下，十几丈外的地方，悄无声息地站着一大群人。这些都是粥棚里的饥民，他们担心存活的希望随着赵致和的离去而消失，远远跟在他后面来到了明农庄。赵致和正自哭笑不得，庄子里突然鸡鸣狗叫、锣鼓震天，一时间灯笼火把照彻夜空。江蓠在庄民簇拥下登上寨墙。确定不是匪情后，江蓠松一口气，但是面对庄外黑压压一片眼放绿光的饥民，她同样不敢掉以轻心。

"你今晚不要回来了。"她对丈夫说，"在外头找个地方住一宿去吧。"

赵致和只好回到集镇上，趴在粥棚已经熄火的灶台旁睡了一夜。次日凌晨，他早早醒来，发现饥民们围着他横七竖八睡了一地。他悄悄爬起来准备溜走，不小心踩到一个人。那人被惊醒，马上叫醒同伴，同伴又叫醒其他人，一瞬间所有人都爬起来，依旧像条巨大的尾巴，无声地跟在赵致和身后。在积善桥上，他们遇到一个卖烧饼的老头儿。赵致和早已饥渴难耐，向他讨要一只烧饼，让他跟自己去明农庄拿钱。老头儿认识赵致和，愿意赊给他，但不敢跟他去拿钱。对他来说，尽快远离这群饥民才是最明智的选择。他是对的。只是很遗憾，这个瘸腿老先生的行走速度实在太慢，远远赶不上饥民在食物诱惑之下的道德堕落，他刚一瘸一拐走到队伍中部，麻烦就降临了。有个饥民突然大骂离他还有两尺远的老头儿踩了他的脚，逼老头儿道歉。老头儿息事宁人，说了声"对不住"。不料这句敷衍却坐实了老头儿的罪名，他立刻被饥民包围起来。

"说声对不住就行了？"饥民们七嘴八舌地吆喝，"把你打死，再说声对不住行不行？"

哄抢毫不意外地发生了。老头儿被推翻在地，那条好腿也在激烈的抢夺中被踩断。赵致和看得目瞪口呆，终于理解了江蓠昨晚为何把自己拒之门外。他转身又向集镇走，那些人也继续跟在他身后。中午时，叶萱奉江蓠之命给赵致和送来一罐米饭。赵致和捧着那罐饭，就像捧着刚出生的儿子，唯恐被周围的人抢去。还好饥民没有抢，而是像看戏一样将他团团围住，聚精会神地看他一口一口咀嚼和吞咽。赵致和在这种令人难堪的注视下渐渐丧失食欲。他把饭分给几个小孩，对饥民们说：

"我真的帮不上你们了。"

饥民中间发出一阵轻微的骚动，嗡嗡之声如马蜂飞舞。之后一个人站出来。

"你带我们去吃大户吧。"那人对赵致和说。

这个荒谬的要求把赵致和吓愣了。叶萱被他们的无赖行径气得脸色通红。

"你们想去自己去，干吗要让我们老爷带头？"她愤怒地说，"你们已经害死我家大老爷，还想再害死二老爷吗？"

叶萱的指责让饥民们感到羞愧，但是他们不愿放弃这个求生尝试。他们向赵二爷讲了他们的想法：他们去吃大户，大户肯定不给，假如强抢，就成了强盗。倘若由赵二爷带头，以赵家的威望，连劝带吓，他们就会乖乖拿出粮食给大家吃。

"赵二爷，你忍心看我们这些人活活饿死吗？"

七十多名男女老少齐刷刷跪到赵致和面前大放悲声。赵致和在他们的哀泣下心酸犹豫，百般不忍，最后脑门一热，竟然答应了他们。他与饥民约法三章，大户们救济与否，听凭自愿，不可强求，尤其不可强抢。饥民轰然应诺。颍川第一支吃大户队伍就此成立。赵致和带领他们来到陈里正家。陈里正深感震惊，觉得赵家这俩兄弟都是疯子，看在两家多年交情分儿上，捐出三百斤麦子，打发赵老二和那帮饿鬼离开。饥民们在野外支锅造饭，大快空肠。终于吃到饱饭的他们开心极了，越发认定让赵致和带头是正确的。他们私下议定，轮流派人守在赵致和身边，拉屎撒尿也陪着，以防他偷偷溜掉。倘若谁在值守的时候弄丢了赵二爷，就宰了他把肉分给大家吃。

　　赵致和被饥民裹胁的消息传遍乡里。江蓠忧心如焚，亲自带人去搭救丈夫。面对前来寻夫的赵太太，饥民们也不好强留他们的领袖，于是重施故技，排起队伍紧跟在江蓠他们身后。更糟糕的是，不断有饥民闻风赶来，加入队伍之中。江蓠可不想把他们带到明农庄，走了二里多路，她改变主意，把赵致和还给了饥民。

　　在陈里正家旗开得胜，让饥民对吃大户产生盲目的乐观，尽管有人建议省吃俭用，他的意见始终未能占据上风。三百斤麦面很快就被竞争性的吃法消耗殆尽。当他们在接下去的几个大户家碰壁，再次整天整天无饭可吃时，已经追悔莫及。严格说也不能算碰壁，在道义化身的赵二爷和随时可能变为暴徒的饥民面前，没有人敢直接拒绝，只是给出的东西少得可怜，熬成稀粥分下去，唯一的作用是更加勾起大家的饥饿感。赵致和也快饿虚脱，疲惫地带着这支日益膨胀的吃大户队伍，在干燥的阳光下缓慢行走在灰尘飞扬的原野。两天之后，他们在阳明关附近被官差拦住去路。县衙捕头带领二十名挎刀马快疾风赶来，宣称赵致和涉嫌一桩大案，奉知县命前来拿人，不由分说将赵致和揪上马背，策马如飞而去。

　　捕头把赵致和带到县城西关快意楼。葛天民和赵庆已等候多时。葛天民与捕头有交情，但要劳乏捕头兴师动众干这么大一件事，仅靠交情显然不够，还需要二百两银子和一桌丰盛的酒菜。这对正在困境中挣扎的赵家无异雪上加霜，但总比赵致和被饥民裹胁闹出大事故，被捉去坐牢乃至变成饥民强，而饥饿持续下去，闹出大事故是必然的事。就在这天晚上，饥民便控制不住对食物的强烈渴求，在两个曾是联庄会勇的人鼓动下，暴力洗劫了一个大户。他们砸破大户家大门，打伤了大户的妻子和两个儿子，将大户家的存粮哄抢一空。

消息传到县城，赵致和心情矛盾，既为自己及时脱身而庆幸，又毫无来由地认为假如自己在场，将会阻止这起悲剧发生。回想这些天的闹剧，江蓠很后悔让丈夫出来主持事务，早知道还不如让他继续装病。她让赵致和在县城躲一段时间，药庄后宅有个比较安静的小院子，好好在里头读书静养，没事少出门。赵致和沉默以对。江蓠一走，他便迫不及待地去找老世叔梁如海，跟他商议如何赈灾。

梁举人也在为这场持续已久的大旱而忧心，前后写了十几首诗词，抒发悲天悯人之情怀。他还积极参加官民各方主办的祈雨仪式，在每一场仪式上流泪祈祷，愿用他的残生换取一场甘霖，以解百姓倒悬之苦。他的诚挚感动了许多人。有人跟他老二媳妇讲起这件事，对老头儿赞誉有加。

"拉倒吧，他还在家供着长寿弥勒，天天烧香求长命百岁呢。"老二媳妇撇嘴，"发誓赌咒的话要当真，天底下的人该死光了。"

就算是极端讨厌公公的老二媳妇，也不能否认梁举人对旱情的关心。为了寻求抗旱之方，梁举人殚精竭虑，绞尽脑汁。他利用自己丰富的人生经验和渊博的学识，提出许多令人耳目一新的抗旱办法。比如，他从阴阳学说里得到启发，认为持续干旱是因为阳亢阴衰，建议全县男人都藏到地窖里，而让女人顶着月经带昼夜不停地在外面走动。他又从五行学说里获得灵感，上书知县，要求全县人同时鸣金敲锣五天五夜，因为从五行上来说金可以生水。之后他又从孔子"上天有好生之德"这句话得到启示，既然上天好生，那就一天杀个人，直到上天心软看不下去，就会降雨以制止杀戮。为保证提议的可行与严谨，他专门去县牢考察了一下囚犯人数，发现一天杀一个可以杀一年多，于是郑重向知县提出了这一建议。遗憾的是，他这些富于想象力的建议要么没有效果，要么被昏聩颟顸的知县拒绝采纳。梁举人毫不气馁，继续钻研，功夫不负有心人，今天中午他终于又有了新的发现。他在谢肇淛的《五杂俎》里看到这样一段话：

> 龙性最淫。故与牛交则生麟，与豕交则生象，与马交则生龙马，即妇人遇之，亦有为其所污者。岭南人有善致雨者，幕少女于空中，驱龙使起。龙见女，即回翔欲合。其人复以法禁，使不得近。少焉，雨已沾足矣。

梁举人如获至宝，马上给知县写信，报告这一强悍至极的求雨之法。赵致和登门时，他刚好把信写完。他得意扬扬地把信递给赵致和欣赏，向他炫耀自己的格物功夫。赵致和为这个惊天动地的新发现惊悚不已，无论如何难以想象作为帝国权力标志和精神图腾的龙，竟是如此淫荡的家伙，居然在同类之外还奸污一切动物，甚至连猪都不放过。不过这也解释了世界上杂种这么多的原因。他为梁世伯的博学而折服，进而盛赞世伯的道德文章，然后在梁举人的欣然陶醉中把话题带到赈灾上。他的提议获得老举人的热烈回应。梁举人向世侄吐露心声，他老早就打算劝赈，只是县衙一直没有动静，他老人家一个人势单力薄，所以迟迟未动。他建议联络一批士绅，组建一个义赈会，大家群策群力，共襄盛举。

"好名声要大家一起落。"梁举人说，"只你一个人出头，一来事务繁多，忙不过来，二来人家出粮出力，名誉让你独自得了，谁干那傻事？"

赵致和玩味这句话，对梁世伯的洞明练达深表钦佩。他遵照梁举人的建议，拉葛天民出来当发起人，三人具名发帖，遍邀全县富商与大户，正式成立了颍川抗旱义赈会。大家公推葛天民为会长，梁举人和赵二爷为副会长，又选举产生五位名誉副会长、十位会办、十五名董事和二十六名委员。大家济济一堂，每人都有职位，共同讨论制订义赈会的人事章程和募赈办法。但在是否寻求官府加持上，衮衮诸公产生了不同意见。梁举人认为应该争取与官府挂钩，这样有利于进入朝廷视野，对赈灾和诸公都有好处。更多人则对赵家的遭遇记忆犹新：赵家二太太捐了几万斤粮食给县衙赈灾，沈知县没来得及散发就死掉，随后新知县继任，就没有了下文。大家担心由官府主导义赈，募捐的钱粮会被经手的官吏克扣。但是所有人又对赵致和在粥棚发生踩踏事故后被判有罪心存余悸，于是在激烈辩论之后，通过一项试图两全的决议：礼聘知县为义赈会名誉会长，高高供起来，不使其插手赈灾事务。

颖川县的义捐赈济迅速有效地开始了，半个月内，县城各厢坊及里甲全都设立了粥厂，义捐的粮食也分批运送到各地仓库。吃大户的情况越演越烈，与其被饥民洗劫家破人亡，不如主动拿出来与人分享，行善积德，所以大户们对义赈变得很热心。只有钧阳里杨家庄的少当家杨玉成是个例外。乃父建造那座坚不可摧的抱玉寨，成为保护杨家财富的堡垒，寨内一眼水井更是神奇，全县大小河流都在漫长的干旱中逐渐枯竭，大部分水井也水位下沉，这口井却依旧旺盛清冽，使他们可以闭寨自守而无后顾之忧。因此杨玉成对外面成群结队的暴乱饥民不屑一顾，对伪善的义赈会也不感兴趣。后来灾情愈发严重，乡间的树皮都快被饥民啃光，他才在母亲和四叔的一再要求下，自行开设了一间粥棚。因为没有经验，准备又不够充分，第一天就在拥挤中踩伤了三个人。第二天粥煮得过稠，两个胃肠因久饿而极度脆弱的人活活撑死。第三天则发生了严重哄抢，不同地方的饥民为争到更多的食物打成一团，杨家好几个人也在混乱中受伤。杨玉成嚷嚷着好人没法做，退回抱玉寨专心修练武功去了。

身为颖川县士绅领袖，梁举人既是道德楷模，又是老谋深算的实干家。自然之道，一阴一阳，所以为人处世，他都有两副面孔。而一个完整的人，腿有两条，臂有两只，眼耳鼻孔亦复如是，因此做一切事，他都有两手准备。此次赈灾亦不例外。他一方面操心劝赈，一方面又以民意之名敦请知县采纳他的祈雨神策。知县对招龙致雨的秘术充满好奇，接受了他的请求，定于清明这一天，在城隍庙外如法施行。

梁举人被任命为总办。他先去怡情阁挑选了两名最妖冶的妓女，一个使用一个备用。妓女听说要拿她们当诱饵，脱光衣服吊到半空去引诱传说中的龙，吓得花容失色，说什么都不答应。梁如海搬出舍生取义的道理努力游说，结果被她们反呛，这么高尚的事干吗不让你女儿孙女去做？一计不成，梁举人还有一计。他告诉妓女，龙是百变之身，遇猪化猪，见人成人，皇帝都自称真龙呢，难道你们不想跟皇帝睡觉？梁举人说谎总能引经据典，义正词严，令人不得不信。一想到是跟皇帝做爱，还有一大笔钱可拿，妓女们就回心转意了。但是按照古书上的要求，不能让龙跟女人搞起来，梁举人专程拜访城北王铁匠，按照妓女的尺寸，用精钢打了两副贞操带。

古诗有云："清明时节雨纷纷。"然而求雨这一天，县城上空只有炽白的太阳和暗黄的云霾。城隍庙前竖起一根高耸入云的木杆，甲妓按要求套上精钢贞操带，关进铁笼子，在万众瞩目下缓缓升天。妓女进入到云层之上，才发现自己恐高。观望的人群听到云端传来令人战栗的尖叫和铁笼被摇动的咣咣巨响，惊怯而又兴奋地猜想着上头正在发生的事。铁笼突然从云层坠落，在妓女尖厉不绝的叫声中倏然而下，将坚硬的土地砸出一个巨大的坑。灰土顿如巨浪飞溅，然后又缓缓落下去，将铁笼和妓女埋了起来。梁举人查看绳索，发现是没有系牢，以至于铁笼在剧烈的晃动下脱落了。妓女已死，无从求证天空发生的一切，但梁举人坚信那些激烈的响动是龙的出现造成的，并为此激动不已，马上命令乙妓上场。乙妓被姐妹的惨死吓坏了，横竖不予配合。梁举人派人去名医唐兴歧那儿讨来一剂迷药，按住乙妓脖子灌下去，等她昏睡之后塞进铁笼。不料笼子刚吊到半空，突然一声炸雷响，把木杆拦腰炸断。乙妓也壮烈牺牲了。

求雨活动在失败中草草收场。梁举人既不沮丧，也不气馁，他反思半日，认为龙的存在是不容置疑的事，之所以失败，是因为两个女人都是妓女，使龙感到被羞辱。检讨之后，梁举人再接再厉，淘汰掉木制高杆，改用铁柱锻焊，又把棕绳换成铁索，至于女人，则要从良家选取，而且最好选用处女。至于选谁，怎么选，他和知县反复讨论，决定在城隍庙扶乩问仙，让乩仙指定用谁家的女子。他们认为这是最公正、也最不落人口实的办法。消息一出，全县有女孩的人家闻风而逃，县城内一夜间十室九空。令人意外的是，乩仙在沙盘上哆嗦了一阵，居然写出"知县"两个字。家有一女方十六的知县勃然大怒，一脚踢翻沙盘，痛斥梁举人妖言惑众，命人按倒在地，扒下裤子重打二十大板。

梁举人一把老骨头几乎被打成豆腐渣。他忍辱含恨，卧床休养了半个多月。他担心再不参与义赈会的事务，副会长的位置恐将被人取代，身为主要发起人的荣誉也将被人淡忘，于是派人叫来赵致和，在他陪同下去乡间查看粥厂赈灾情况。梁举人尊臀委屈，只能趴在垫了厚褥子的滑竿上，赵致和则骑了头瘦黑驴。他们从北门出城，踏着浮尘没足的黄土路，赶往二十里外的高风里粥棚。他们爬上一道低矮的土坡，看到前方道路上走来一个人。那人身穿棕色长袍，挎一只黑布包，太远看不清面目，但可看出身板高大。旷野渺无人烟，他的双脚淹没在滚动的浮尘里，仿佛踏浪而来。走到山脚下，他在令人烦躁不安的嗡鸣中停住脚步，回身往后望去，与山坡上的梁举人和赵致和同时发出一声惊呼：黑压压的蝗虫犹如铺天盖地的沙尘暴，从北方天际席卷而来。

这场两百年来最大的蝗灾毁灭了颍川人所有生存的希望，不光田地变成一片焦土，就连可以采来充饥的野菜和树叶也被啃食干净。感到开心的是原本就一无所有的赤贫饥民，蜂拥而来的蝗虫让他们打了几天牙祭，有人追随着蝗虫往南而去，直到在虚幻中倒毙沟壑。一些大户原本对挺过大旱心存指望，此时幻想破灭，更加珍惜余粮，不愿再多捐献。各地粥厂很快难以为继。梁如海趴在滑竿上到处奔走，眼望仆地等死的饥民老泪纵横。他断定那些蝗虫是该死的德国传教士带来的，目的是灭绝颍川人，替之前死在颍川的法国神甫报仇。

梁举人所说的德国传教士，就是在土坡上遇到的那个穿长袍的人。他有个中国名字，叫尚信德，此来颍川，说是为了赈灾。大清这次罕见的大旱震惊中外，不光江南各省绅民慷慨捐献，南洋华人也纷纷筹款相助，就连泰西不少蛮夷之国，也募集到大量钱款，通过在华教会参与赈济。尚信德原本在河北传教，一日遇到一名从颍川逃荒过去的饥民，听他讲述了颍川令人惊愕的灾情，忽然想起殉教的法国老友，遂风尘仆仆地赶了过来。他试图继续老友未竟的事业，帮助颍川人民渡过难关。他深知乡绅在地方上的势力与影响，来到颍川后，先打听法国神甫在信里多次提到的颍川才子杨修礼。很遗憾，杨公子已经科举高中，被选授庶吉士，正在京城翰林院里实习。尚信德寻找到法国神甫的信徒，通过他们传递出救灾的消息。二十多天后，总部设在上海的国际赈济会送来一万斤玉米。尚信德找到葛天民，请求借用已有的粥厂派发食物。葛天民不敢自专，召集义赈会大小领袖，商议要不要接受洋神甫的粮食。梁举人断然拒绝，他强调饿死事小，失节事大，在民族大义面前，宁傲气而亡，不苟且以生。梁举人讲话太激昂，几点唾沫星溅到葛天民鼻子上。葛天民用帕子抹去，将帕子塞进靴筒里。

"难道看着饥民饿死？"葛天民说，"他们可是自己人。"

"吃了洋人的粮食，就不再是自己人了。"梁举人说，"与其让他们被洋人利用，还不如干脆饿死！"

在场众人心肝乱颤。会场陷入沉默。赵致和犹豫多时，对梁世伯说：

"要不这样，且让他们赈灾，咱们尽力向百姓宣扬大义，至于去不去受食，让百姓自己选择。"

"他们没得选择！"梁举人断然说。

葛天民眉头拧起来，"饿极了爹娘都敢杀了吃，饥民要去吃饭，恐怕你是挡不住的。"

"挡不住才怪。"梁举人信心十足，"要知道这是大清。洋人能叫他们死里逃生，大清就能叫他们生不如死。"

事关民族大义，梁举人放下个人恩怨，去县衙拜见当众打烂自己屁股的知县。他先向老父台汇报了义赈会取得的成绩，然后禀告知县，有个洋教士来到了颍川，试图以赈灾之名收买人心。他向老父台回顾了颍川历史上因为洋教而造成的无数悲剧，重点讲述一位前任知县被逼自杀的悲剧，联系到今天这名洋教士的所作所为，他为老父台的前途命运感到担忧。知县听得冷汗直冒，立即放话出去，谁敢接受洋人食物，取消其接受朝廷赈灾粮钱的资格。这种仅仅是口耳相传的恫吓没有起到任何作用。即使以布告传播，加上县衙大印，也不会有人理会。此时不吃饭即刻就会饿死，朝廷的赈灾粮钱还不知道在什么地方，人都死了，即使朝廷补发个金山米海，又有什么用？梁举人痛心疾首，自掏腰包买来一包砒霜，授意赵致和偷偷撒到粥厂大锅里。赵致和吓得手脚冰凉。

"这太卑鄙了。"他望着那包砒霜心慌意乱。"这不是我们应该做的。"

"这是为了国家。"梁举人说,"只要出于正义,我们可以做任何事,就算再卑鄙,也是无上光荣。"

赵致和瘫坐在椅子上想了半天,实在想象不出这么龌龊的事能散发出什么样的荣光。他断然拒绝了梁举人的要求,还要求梁举人放弃这个疯狂的做法,倘若粥厂发生中毒事件,他将把真相讲出去。他在梁举人的咆哮中走出梁府,抬头望向灰蒙蒙的天空,油然想起远在京城的杨修礼。没有杨修礼的日子,他就像没有了影子,虽然身体仍在,却无法在阳光下证实自己。他感到孤独。

杨修礼的信在赵致和的思念中翩然而至。赈灾工作的停顿让尚信德心急如焚,贸然给杨修礼写信求助。杨修礼建议他退居幕后,把粮食转送赵家,由信义昭著的赵致和先生出面主持赈灾事宜。尚信德找到赵家药庄,把信交给赵致和过目,恳请赵先生担当重任,而他将回上海负责募捐,然后以赵先生的名义发放给灾民。赵致和惊讶地望着这名满脸络腮胡的洋教士。

"做了善事却不让人知道,你不觉得吃亏吗?"

尚信德咧开嘴巴笑起来。"你们中国的圣贤说过嘛,施恩不图回报,为善不欲人知。"

这句话令赵致和满心欢喜,觉得洋教士也被圣贤教化了。他和葛天民出面,以颍川商会之名"买"下尚信德剩余的粮食,火速派发各粥厂。尚信德到达上海后,将募到的粮食先行运到亳州,托言是赵家通过赵庆岳父在安徽募集所得,然后再运往颍川。上海的粮食就这样断断续续流入颍川县。五个月后,朝廷的赈灾钱粮终于也派发下来。饥民渐渐有了生机,死亡人数也开始下降,到最后有三分之二的人熬到十月,盼来了一场暌违已久的透雨。

20   卫道士行述

　　尚信德撑着一把黑油布伞，提只轻便的小箱子，在黄昏时分悄悄回到颍川县。青石路面被连续三天的雨水冲洗干净，在昏黄暮色下反射出幽暗的光。人们虽已得救，整个县城依旧沉浸在死亡的气息里。街道空无行人，店铺也都早早关门歇业，沿街那些门楼犹如一张张黑黢黢的嘴巴。偶尔有一两家商肆前还挂着布幌子，破损的布片被雨水打湿，在冷飕飕的风里瑟瑟抖动。尚信德走到西关保泰药庄大门前时，天已完全黑暗，几个鬼魂像一团团被水浸透的棉花，吃力地从他旁边飘过。他敲开药庄大门，走进烛光摇曳的厅堂，对倒屣出迎的赵致和眯眼微笑。

　　"你好！"他说。

　　尚信德这句话仿佛一朵火苗，点燃了密布空中的导火索，一路嗤嗤冒着火花，穿街过巷，翻墙越户，掠过城隍庙、县儒学和县衙大堂，绕着梁家的节孝牌坊转了两圈，最后钻进梁举人的房间，在他耳朵边訇然炸响。梁举人脆弱的睡眠如同皂沫，被炸得碎片乱飞。他披衣而起，冒雨找到县学教谕和几个相好的乡绅。

　　"战争开始了！"他严肃地说。

　　这是一场神圣的战争。以本地士林领袖自居的梁举人主动承担起维护风化的重任，力保颍川不被洋教玷污。几乎所有乡绅都被梁举人动员起来，历任知县也在梁举人的强烈请求下表态支持，官绅通力合作，结成一张牢不可破的网，覆盖着这片历史悠久的传统乡土，把洋教的影响压制到最小。在梁举人寿终正寝之前这十年里，尚信德的传教工作停滞不前，前后收罗到的信徒，还不到法国神甫的零头。梁举人将此当作自己的光辉成就，叮嘱儿孙一定要写到他的墓志铭上。

他的墓志铭是赵致和撰写的。四次会试失败，让赵致和对科举心灰意冷，而老朋友杨修礼的斐然成绩，对他来说又几乎不可逾越，所以他绝意科场，也放弃了入仕当官。简明和杨修礼相继离去，他的才学独步颍川，赈灾中的杰出贡献，又为他赢得了巨大声誉。尚信德回到颍川那天，他刚好接受清流书院的聘请，出任书院主讲。到梁举人死的时候，他已经为颍川县培养出十三个生员、十五个举人和一个进士，并撰写了大量学术著作，以无可置疑的教育和学术成就，成为颍川县第一大儒。因此梁举人的儿子登门拜见，请他来给乃父撰写墓志铭。

这是赵致和有生以来最难写的文章。倘若按照行述惯例，吹捧死者学养如何丰富，道德如何过人，当然是很容易的事。但是梁举人胸怀大志，不愿在墓志铭里只做一个品学兼优的儒学信徒，更想成为一名爱国志士和卫道英雄，遗言要求必须强调对抗洋教的功绩，以便拿墓志去向先圣先贤们表功。赵致和陷入前所未有的纠结。

年迈的梁举人是名坚贞的卫道者，不但对敌人不会心慈手软，还视一切亲近敌人的人为敌人。他周密监视尚信德的一举一动，发现谁与之过从稍密，就画出那人的肖像，写上"名教叛徒"，或者"通敌卖国"，张贴到全县各地供人唾骂。赵致和由于跟尚信德时有来往，一度也被铁面无私的梁举人画了像。梁举人对赵致和的抨击引起广泛争议，大多数人坚信赵先生的人格品质，认为他是儒家道德的模范。大家对赵致和的推崇令梁举人怒火中烧。

"一个断袖癖能有什么好品行？"梁举人两眼圆睁，仿佛好斗的老公鸡。"像这么无耻的人应该吊死，他丢尽了圣贤的脸！"

大家惊愕地望着须发俱张的梁举人，纷纷回想起赵致和与杨修礼传说中的暧昧关系。梁举人不光抨击赵致和，还致力于推动清流书院解聘他，若非当年院试他的学生包揽前三名，他真要被清流书院赶走了。梁举人的无情攻击让赵致和几乎崩溃，一次尚信德去书院找他，发现他正往梁上系绳子，准备如梁举人所愿把自己吊死。尚信德将绳子割断，与他进行了彻夜长谈。

　　"每个人都有权力决定自己的生活，只要不妨害他人。"尚信德说，"个人的是个人的，公共的是公共的，私生活只要不违法，就与他人无关。"

　　赵致和神情呆滞，对他的话听若罔闻。尚信德知道他的劝说并无力量，遂给远在京城的杨修礼写了封信。杨修礼此时已是正六品的户部主事，收到信后，他马上请假衣锦还乡，在颍川县城大会宾客。他当着知县和全体士绅的面，向赵致和转交了他座师的一封信。他的会试座师，正是当年求救过的张大人，此时已经贵为两广总督，深受皇上倚重。他在杨修礼推荐下读过赵致和的文章，对赵的才学大加赞赏，意欲聘请他当幕僚。在座诸位听得心神激荡，屁滚尿流，在恭维杨主事的同时，争相向赵先生道贺。令人意外的是，赵致和竟然谢绝了总督大人的美意，说他不适合进官场，更希望留在书院作育人才。一个月后，总督大人又写来一封信，对赵致和的情怀予以肯定，并应他的请求为清流书院题写了院名。杨修礼当众展开总督的墨宝请大家欣赏，然后对赵致和说：

　　"恩师说了，他随时欢迎你去他那儿做事。"

　　坊间对赵致和品行的公开质疑与奚落很快消退。梁举人原本打算乘勇追穷寇，扩大战争，将不把洋教当敌人的人也列为敌人。在几次名流之会上，有人提及梁举人卫道的执着与激烈，问杨主事有何看法。杨修礼笑了笑，先对梁老先生的精神表示钦佩，然后话锋一转，谈起皇上和他老师对洋教的看法。他说他老师曾多次跟皇上讨论洋教问题，都认为我中华礼教譬如昆仑，洋教则如蚍蜉，蚍蜉连树都撼不动，又岂能撼动我巍巍昆仑？所以大可不必太把它们当回事，否则就是抬举它们，徒然长了洋教的威风，损我大清气派。诸位贤达听罢，深表赞同，皇上终究是皇上，张大人也到底是张大人，眼界胸襟俱非常人可及。一次席罢，杨修礼建议去洋人教堂瞧瞧，大家纷纷响应，簇拥着杨主事来到东关尚信德的窟穴。尚信德刚好在家。双方进行了一场彬彬有礼的对话。杨修礼劝勉尚信德守法传教，做个中华与泰西文化交流的使者，同时希望在场的本地贤达们善尽地主之谊，在尚先生需要帮助时伸出温暖之手。尚信德则对杨先生和诸位贤达的造访表示感谢，盛赞颍川民风淳朴，官员和社会贤达也都非常绅士。访问在刻意营造的和谐气氛里进行了半个时辰，双方尽礼而散。梁举人的孤立策略本已开始奏效，绅民们越来越不敢跟尚信德接触，经杨修礼如此一搞，顿时失去震慑力，也再难以为继。梁举人怒火中烧，只是杨修礼的理由冠冕堂皇，最重要的是皇上和张总督都那么讲，他纵有万般愤恨，也只能窝在心里。

杨修礼假期用完，赵致和与葛天民送他回京。七月的清颍驿外榆荫遮地，栀子初败，蔷薇正开，炽热的风鼓荡着罗袍青衫，使人莫名惆怅。杨修礼与赵致和站在劳远亭下，回想当年去京城鸣冤归来，他们的哥哥正是在这里为他们接风洗尘。彼时两人风华正茂，朝夕过从，转眼已然满面尘霜，天涯暌隔，世事如此，令人唏嘘。

"当我们失去可以保护我们的人，讪谤和凌辱就会扑面而来。这也是我要做官的原因之一。"杨修礼对赵致和说，"等我混到三品，就会辞官归来，与你一起去清流书院教书。"

赵致和虽从困境中脱身，也敢于跟尚信德继续见面，但终究心怯，恰如惊弓之鸟。他在书房和客堂悬挂圣人画像，条案上供奉圣人神主，早焚香晚膜拜，与人交谈，也言必称孔孟。自己身为孔孟信徒，居住在家乡，尚且提心吊胆，尚信德以异教徒身份处此并不友好的异乡，该有何等不易！赵致和每思及此，便替尚信德感到忧心。

尚信德的态度却似乎很超然，每天照常外出，见谁都笑眯眯的。有人认为他是装出来的，故作姿态而已，毕竟在不友善的环境里，微笑和礼貌是最好的防身之物。不过就人身安全来讲，其实是有保障的。历任知县都深知，洋教士虽然讨厌，却也动不得，一旦他出事，自己也会出事，倘若他性命不保，自己定将官帽不保，所以对尚信德和他的教会，县衙的态度是明里不支持，暗里不反对。官府既已画出底线，大家都是守法良民，自然不敢僭越，因此，最初的敌视，大多表现在真真假假的传闻上。颍川坊间流传的第一个传闻是：洋人都是野驴托生，所以阳具也长得像驴子那么大，并且天性淫乱，他们以传教之名来中国，是为了奸淫中国的女人，因为中国女人个头小，阴户也紧，最令他们着迷。这个传闻在当初法国神甫刚来时就使用过，已经被法国神甫用禁欲生活证伪，所以这回重新使用这个典故时，传播者总会加上这么一句话：

"听说是这样，不知道是不是真的。宁可信其有，不可信其无，多留个心总没坏处。"

这无疑是最刺激大清男性的一件事。尚信德来到颍川的头两年里，几乎没人敢让自己家的女人跟他接触。紧随其后的传闻是：洋人最爱吃小男孩的睾丸，因为那是纯阳大补之品，洋教士常常偷拐小孩，把人杀掉，割取睾丸泡酒。凑巧县城里连接失踪了两个小孩，一时间人心汹汹，一致怀疑是被尚信德加害了。失踪人数经过口耳相传，从两个急剧增加到两百个。梁举人派人潜入教堂调查。傍晚时分，探子旋风来报：教堂的厨房里有两只坛子，一只装的是小孩睾丸，另一只装的是小孩鸡鸡，他亲眼看到尚信德先夹出一枚睾丸，又夹出一根鸡鸡，放在嘴里津津有味地大嚼。这个骇人听闻的情报让梁举人亢奋欲狂，立即拖上探子去县衙告官。知县天生胆小，被梁举人和探子的描述吓傻了，直到被梁举人再三催促，才带上三班衙役赶去捉拿洋妖。衙役总共一百二十八人，知县仍然觉得不够保险，又派人火速去防营调来二百兵勇。厨房里果然有两只坛子，然而搬出来当众砸破，圆圆的睾丸居然是独头蒜，而肥虫一样的鸡鸡，则是腌制的四川宝塔菜。

这个闹剧并没有让梁举人感到羞愧，他反而咬定是洋妖玩的障眼法。颍川绅民虽觉好笑，但也并未因此对尚信德放弃戒心。大家都不相信洋人不远万里来传教，仅仅是为了帮助中国人，因为这不符合最基本的义理逻辑。世界上只有中国的大圣贤大英雄才会这么做，至于夷人，身上的毛都还没褪尽，其去禽兽也不远，断然不会做舍生取义、舍己为人的事。就连赵致和也曾怀疑尚信德的真实意图，在一次交谈中，他非常严肃地质问尚信德是不是真的如某些人所说，目的是要考察颍川地理，绘制地图，以备他的祖国侵略大清时使用。尚信德一脸无辜。

"基督徒是没有祖国的,我来这里,是奉上帝的名。上帝不需要侵略,更不需要地图。"他摊开双手,对赵先生说,"倒是你们颍川,的确需要一份精确的地图,这对你们的执政和民生都是有益的。"

"难道你来我们这里,仅仅是为了传播你们的教义?"

尚信德盯着赵致和的双眼。"还能为什么呢?"

赵致和很不习惯被人注视眼睛,他斜过头,干笑了一下。"我怎么知道!"

尚信德沉默了一会儿,神情变得有些忧伤。"我曾经是个罪人,因为心灵迷途而作恶多端,在监狱里度过了十七年的青春时光。在我皈依上帝后,我得到了救赎。"他说,"这世界上肯定还有许多像我那样的人,需要上帝的爱与义去拯救,所以我行走世界,传扬上帝的名。"

颍川绅民对尚信德相对熟悉后,经常会将他和以前的法国神甫拿来做比较,发现洋妖也各有特点,并非千篇一律。法国神甫是一手拿《圣经》,一手拿洋枪,尚信德则是手捧《圣经》,满脸堆笑。他帮助敢于让他帮助的人,但从不插手地方事务,对颍川县的官绅矛盾、官民矛盾、绅绅矛盾、绅民矛盾和民民矛盾置身事外,也不对本地公共事务发表任何看法。他这种明智的做法逐渐得到官绅的认可,为他长期立足颍川赢得了某种默许和宽容。温和路线的代价,是信徒人数的裹足不前,直到多年以后,他才发展到赵云裳和杨修智两个人。这效率无疑是失败的,尚信德应该感到汗颜。然而他却有自己的解释。

"我的责任是告诉人们,这个世界上并非只有一种文明,在儒家伦理之外,还有别的价值可供选择。"他说,"我给他们提供了另外一种选择,而选择的权力,在他们自己手里。"

由于他如此无害,除了梁举人及其狂热的追随者,大多数人已不再把尚信德视为乡土秩序和人文教化的威胁。绅民们的麻木让梁举人痛心疾首,仿佛大厦将倾,只有他这把老骨头还在顽强支撑。所以在弥留之际,他赌气要霸占对抗洋妖的全部功劳。他对国家的忠诚和卫道的精勤感动了天地神明,在咽气之前就获得了孔圣人的接见。梁举人院子里有棵老椿树，平时爬满花姑娘，此时一夜之间在枝丫上开满硕大无比的牡丹花，那些花姑娘则如蜜蜂和蝴蝶的私生子，扇动着花哨的小翅膀，绕着五颜六色的花瓣风骚飞舞。孔圣人宽衣大袖，正襟危坐在椿树下的一把太师椅上，相貌跟文庙里的塑像很相似，唯一不同的是额头的包更大也更圆，不知是不是老眼昏花，处处碰头，两千多年碰下来，遂成这个样子。梁举人受宠若惊，欢天喜地地跪到圣人面前，一连磕了九个响头。等他抬起头时，只见三儿子梁鼎天和他媳妇一左一右站在圣人身旁，好像在对圣人说些什么。梁举人勃然色变，大声喝道：

"圣人英明，你们休想坏我名誉！"

梁举人的死没有给颍川带来任何不便，仅仅是给赵致和制造了一个麻烦。他苦思冥想一昼夜，也不知墓志铭该怎样下笔，羊毫在宣纸上颠顿很久，只写出一句韩退之的诗：

> 沉舟侧畔千帆过，
> 病树前头万木春。

他给杨修礼写信讲述烦恼。杨修礼回信笑他不幸，梁举人活着时处处跟他为难，终于死了，又给他找个麻烦。他劝老朋友不要太认真，随便敷衍一下了事。相较于老朋友的烦恼，他更重视另外一件事：李鸿章大人正在选派少童赴美留学，他强烈建议致和把大儿子文渊送过去，让文渊学学新知识，看看大世界。他促请老友尽快决定，他好托人定个名额。

赵致和对杨修礼的建议不以为然。他有两个儿子，老大文渊已经十七岁，原本跟他在清流书院读书。但文渊对读书兴趣缺缺，唯独对家族事业有着强烈的使命感，大多时间都在保泰药庄帮赵庆处理事务。老二文澜则热衷诗书，他并没有跟随父亲去清流书院，而是留在家里陪母亲，由江蓠亲自教育。赵致和每次回家都要课试，每次课试的结果都很满意，他赞美妻子是一名优秀的教育家，堪比孟苏二母。江蓠被丈夫的恭维逗得眉开眼笑。赵家在江蓠主持下，虽不能恢复赵致中全盛时代的荣景，但也稳步上升，再次成为颍川望族。最重要的是，两个儿子看上去都会有远大前程，赵家的兴旺也必会得以延续。这让江蓠感到欣慰。然而回想起大哥赵致中的两个子女，她不禁又愁上心头。文津在外访仙问道，至今音讯全无，生死未卜。至于云裳，今年二十六岁了，依旧没有嫁人。江蓠一想起来，就觉得对不住大哥。她对丈夫说：

"云裳真不打算结婚吗?"

21　　陆魅

　　江蓠对初见云裳时的情景记忆犹新。她与赵庆跟随赵致中来到明农庄时，云裳正在庄外的一棵榆树下看哥哥喂鸟。前几天集镇上来了个走江湖的神汉，带有一只看上去跟乌鸦没什么两样的鸟，名字叫陆魅，据说可以沟通阴阳两界，飞到阴间给死去的人带信。赵文津对一切具有神秘主义气息的东西都有浓厚兴趣，他想把这只陆魅据为己有，半夜溜到神汉住的客栈，顺风放一把火，在混乱中将它偷走了。陆魅只吃蚯蚓、蜈蚣和蚰蜒，文津捉了一罐蜈蚣，坐在庄外的榆树下一条条夹给陆魅吃。云裳攥着一根带有青鲜叶子的小胡萝卜，站在旁边目不转睛地观看。云裳还不到四岁，胖嘟嘟的像个面人。文津捏蜈蚣的手离陆魅的嘴太近，被陆魅尖硬的喙啄了一下，疼得嗷嗷直叫。云裳咯咯笑起来，一边笑一边回过头，望向大路上吱嘎吱嘎走近的马车。在榆树的庞大阴影下，她圆圆的小脸仿佛盛开的向日葵，笑容则如自带阳光的花瓣，让人忍不住想捏一下，又怕捏坏了会心疼。

　　十六岁那年得了抑郁症后，云裳的童年就像迷雾里的远山，在记忆中变得影影绰绰，只有一道连绵起伏的模糊痕迹，而遗忘了几乎所有细节。想念失踪多年的哥哥时，她会想起四岁的时候，刚学会变戏法的哥哥天天拿她当试验，把她变成兔子揣在怀里，或者变成一只小花貂，托在手掌心，弹着她的鼻子逗她玩。更多的回忆与江蓠相关，因为她的童年大半时间是在江蓠身边度过。残存的最早记忆，是江蓠抱着自己，在满街人注视下走出明农庄，沿着芦苇丛生的颍河走来走去，或者在田野里漫无目的地徘徊，边走边哼着声调古怪的曲子。时间在徘徊中倏然而逝，四季的色彩在重雾似的回忆里也简化得只剩下黑白，只有江蓠哼唱的曲子，犹如一条细长的蛇，扭动着青冷躯体，穿过时间的迷雾和浩劫之后的层层灰烬，从窗缝里游进房间，在枕边蜿蜒盘旋，钻进她在抑郁中茫然无助的耳朵。

　　栀子花开六瓣头，
　　情哥约我黄昏头。
　　日子遥遥难得过，
　　双手扳窗看日头。

　　这是江蓠常唱的一首故乡山歌，每次唱的时候她总是神情落寞。幼小的云裳听不懂什么意思，但能感受到姑姑的不快乐。江蓠初来明农庄时的不快乐人所周知，但只有云裳感受最深刻。江蓠常把她抱在怀里无声哭泣。江蓠的怀抱很温软，云裳却常常憋得喘不过气来。江蓠亲吻着她，眼泪仿佛露水，一滴一滴坠进云裳的眼眶。她在哭，脸上爬满泪水的却是云裳。泪水滑进云裳嘴里，犹如酢浆草的汁液，酸酸涩涩，所以一直到现在，云裳都认为露水的味道是酸的。盛满眼眶的泪水使云裳的眼光幻化变形，姑姑的模样在潋滟泪光里变得像她唱的山歌一样古怪。她看着姑姑怪异的脸咯咯笑起来。江蓠捏着她的脸，说：
　　"小东西，你怎么这么开心呢？"
　　小时候的云裳有理由开心。爹爹是她的马，哥哥是她的保镖，母亲则是她取之不竭的美食来源——虽然有时候所谓美食不过是一根豆角或一枚李子——才高八斗的叔叔则有一根手指，让她牵着到处溜达。世界安详而温暖，所以除了开心，云裳也没有什么可做的。幼小的她无法理解姑姑为什么老是那么忧郁，正如她无法理解作为大人的她居然还需要自己为她壮胆。那年她还不到五岁，一天傍晚，姑姑对她说：

"你以后陪姑姑睡好不好？姑姑胆子小，怕黑。"

云裳觉得这太奇怪了。她一直认为姑姑胆子大极了，在山上玩时曾经捉住几只蝎子，让它们在手掌上爬，两只手接来接去。蝎子在江蓠的手臂上温驯得像蚂蚁，云裳刚好奇地伸过手指，就被狠狠蜇了一下，疼得哭了一天。还有一次，江蓠带她去河里捉虾子，却从水草窝里抓出一条筷子粗的蛇。那条蛇呈青绿色，在江蓠手里扭来扭去，不时仰起头吐一下信子。这个小东西真叫人害怕，云裳惊愕地站在水边，因为紧张而瞪大了眼。然而就是这个胆大无比的姑姑，居然向弱小的自己寻求帮助，云裳还不会像大人那样思考，但也感到有些意外。她爽快地答应了姑姑的请求，她娘孙慧如也没有反对，只是她爹爹的脸色却古怪得像吞了一只活老鼠。从此以后，她就跟着姑姑睡，直到姑姑跟叔叔拜堂成亲。

云裳很崇拜江蓠，她觉得江蓠什么都懂，话虽不多，但在冷脸相对时，那种沉默可以摧毁一切。她在对江蓠的仰视中长大，尽管越大越发现跟她在一起不快乐，却又离不开她了，仿佛江蓠是大树，而她是蔓藤，虽然被她的阴影笼罩，却又赖她得以依靠。所以当父亲造反，杨家庄的四爷杨修智来接她去躲避，她死活不愿离开江蓠和明农庄。江蓠抽出把刀子，威胁要杀了她，与其她落入官兵之手受辱而死，不如死在自己手上。江蓠讲这些话时无比冷静，云裳相信她一定说到做到，就乖觉地跟杨修智走了。她被杨修智藏在抱玉寨一个地窖里。地窖犹如密封的罐子，所有时间都是黑夜。空气仿佛黏稠的黑漆，她小心翼翼地呼吸，害怕用力大了会呛到喉咙。她总觉得对面坐着一个人，在黑暗里瞪着黑色的眼睛盯着自己。她努力不去想象那个人的面容多恐怖，也不敢张嘴问一声"有人吗"或"你是谁"，她怕问过之后，真的会有个声音回答说"有人"，或者告诉自己他是谁。她抱膝坐在草席上，一动不敢动，生怕一动就会碰到什么东西。黑暗无处不在，恐惧也无处不在，她抱膝而坐，身体在恐惧之中渐渐融化进了黏稠的黑暗里。

战乱结束之后，江蓠亲自来杨家庄接她回去。杨修智用绳子把云裳从地下拔出来。云裳的眼睛已经习惯黑暗，面对地窖外的光明惊慌失措，闭上眼尖叫起来。她要马上见到她父亲。她觉得一切都那么狰狞不测，就像小时候江蓠在她面前抖动的那条蛇一样阴寒可怕，全世界只有父亲才是她的靠山，才会真心实意地爱她保护她。江蓠说她父亲和母亲都去外地了，过几个月就会回来。江蓠的语气不容置疑，云裳点了点头，跟在她身后回了明农庄。她把自己反锁在房间里，除了吃饭睡觉，就是发呆，或者做女工。她在一面白布上画了一只白兔，小小的身子，红红的眼睛，两只长耳朵直竖起来，好像在倾听远方的声音。兔子周围又画了几面盾牌，将它严密围住，盾牌上则画着她的父亲和哥哥。她就这样闭门不出，在穿针引线中开始了漫长的等待。几个月后，去京城参加会试的二叔回来了，父母却没有任何消息。江蓠来安慰她，说她父母事情还没办完，过了春节可能就会回来。云裳又点了点头。她相信江蓠，因为江蓠现在掌管着赵家的一切。她依旧闭门不出，默默地做她的刺绣。她期待着有一天房门被啪啪拍响，外面传来一声叫喊：

"丫头，爹爹回来了。"

或者是："妹妹，哥哥给你弄了个宝贝儿。"

直到刺绣完成，这个声音都没有出现。她用针扎破手指，将紫红的血滴进兔子眼眶里，把这幅面幅巨大的刺绣铺在床上，出神地看了半天，然后打开房门，找到婶婶江蓠。

"婶婶，"她说，"我爹他们是不是已经死了？"

江蓠知道再瞒下去没有意义，就带她去了她父母的坟头。赵致中夫妇的坟在赵御史之后，旁边栽了几株柏树。柏树很小，才一人多高，在干旱的土地里萎靡欲死。干燥的坟土疏散如细砂，被风吹着扑面而来。云裳站在坟前，望着那个土堆出了会儿神。天空忽闪了几下就黑了，她紧紧握住江蓠的手，小心地说：

"婶婶，咱回家吧。"

这天晚上，云裳带把铁锹悄悄溜出明农庄，来到父母的坟前。她要在坟上挖一个洞，把自己埋进去。坟土像流沙一样，随着她的挖掘不断坍塌。她花了一夜工夫也没能打成可以埋葬自己的洞穴，却挖出了父母合葬的棺材。

她用铁锹将棺材盖撬开，看到父亲和母亲衣着整齐，面目如生，好像刚被惊醒睡梦，睁开眼睛笑眯眯地望着她。云裳丢下铁锹，扑到他们身上，在他们冰凉的怀抱里号啕大哭。

因为粥棚踩踏事件，官府来人把赵致和捉去受审。云裳的失踪使赵家雪上加霜。江蓠怕丈夫应付不了官司，会吃大亏，亲自跟去县城应变，让赵成负责寻找云裳。忠诚的赵成在赵家接二连三的打击中心力交瘁，自感已无力再替赵家做事，在半年前执意交卸了管家职务。但他害怕别人没有自己这样的忠心，就向太太举荐了他儿子福荣。小姐的失踪让这个头发斑白的老仆心急如焚，亲自拄着桑木拐杖四处寻找。黄昏时分，他在福荣带领下来到赵致中夫妇的坟前，看着被挖的坟坑气得浑身哆嗦，大骂盗墓贼不得好死。云裳趴在父母身体上，静静听着外面吵嚷，然后听到棺材盖被人用钉子重新钉起来，接着坟土一锹一锹撒落到棺材上，到最后一切沉寂。她彻底安下心来，把脸贴在父亲胸前，感觉幸福而甜蜜。

"我知道是他们合伙杀了你们。他们接下来就会杀我的。"她对父亲和母亲说，"现在终于安全了。"

这时她想到了哥哥。她想哥哥一定也已死了，只是不知被丢在了什么地方。她此时才意识到自己犯了个错误，应该先把哥哥的尸体找到，带回来让一家团聚，然后再被他们埋起来。她为自己的错误后悔不已，拼命用指甲抠棺材盖，企图将坟墓扒开。

杨修智风闻赵家大小姐走失，也急得茶饭不思，独自一人翻山越岭去寻找。午夜时分，他在山道上遇到一个老头儿。那个老头儿就像一团白雾，飘浮在迷蒙的月色里。杨修智被他拦住去路，扭头去另一个方向。走着走着，又被他飘到前头拦住去路，只好再拐个方向。如是几次后，杨修智生气地叫起来。老头儿的脸上仿佛蒙着一层烧纸，看上去阴沉而悲伤。他盯着杨修智，长叹了口气。叹息的声音就像骡子吃多了苞米后的一声长嗝，杨修智浑身发冷，鸡皮疙瘩层层叠叠冒出来。他听到老头儿说：

"跟我来吧。"

老头儿把杨修智带到赵家坟前，然后就不见了。杨修智举目四顾，看到一只灯笼从小路上飘忽而来。掌灯笼的是叶萱，明农庄的大少爷赵文渊则跟在身后。文渊听说大伯的墓被盗，觉得不可思议。所有人都知道赵致中夫妇是因造反被杀，死后仅仅薄殓而已，假如要盗墓，应该去盗他爷爷赵御史或者太爷爷赵维孝的坟才对。他问福荣棺材里有什么异常，福荣说盗墓的把棺材盖合上了，他们没有再打开查看，反正老爷棺里没有陪葬品，而老爷夫妇残缺不全的尸首看都没人愿看，更不可能有人要。文渊说：

"万一云裳姐在里面呢？"

福荣对少爷丰富的想象力钦佩得五体投地，但是寻找小姐要比听他讲奇幻故事重要得多，顾不上陪他扯淡。文渊遍告赵家上下，要求马上去挖坟开棺。他的荒唐要求理所当然地被大家视为小孩子家的胡闹，坐在祠堂里痛哭的赵成更是生气，威胁再捣乱就抽他屁股。文渊无计可施，索性自己动手。赵家的人都去寻找云裳了，只有赵成老婆和叶萱留下来看家。叶萱在大门口截住手提灯笼、扛着铁锹的赵文渊，她被这个年方九岁的少爷的疯狂行径吓坏了。

"你不怕鬼吗？"她说。

文渊说："鬼有什么好怕的？"

"他们没有下巴。"

"赵老六还没有胳膊呢，你看到他害怕吗？"

"他们红鼻子绿眼睛。"

"唱戏的脸更花，你怕吗？"

"他们还披头散发。"

"你梳头的时候也是披头散发。"

"也可能是一副骨头架子啊。"

"咱们身体里不也有一副骨头架子吗？"

叶萱哑口无言。她无法阻止少爷，又怕他也失踪，只好壮起胆子陪他去做这件注定要被主家责罚的荒唐事。让她庆幸的是，在赵家坟前，他们遇到了杨修智。杨修智接过赵文渊手里的铁锹卖力挥舞，很快就把棺材又挖了出来。十指裂尽的云裳正在奈何桥上伤心徘徊，突然一盏灯笼从天而降，弟弟文渊的呼喊像春雷一样从重重阴云之外传过来：

"姐！"

怀着使命重生的云裳渐渐变得让人琢磨不透。她对所有人都心怀警惕，却又努力想把这种心态伪装起来，结果反而使她的态度更加放大了。大家同情地看着她，试图给予安慰。云裳就安静地坐着，听他们苦口婆心的劝导，然后微笑着表示感谢。她的感谢如此虚假，以至于听上去更像羞辱，使那些热心的人感觉受伤。慢慢地大家也就随她去了。这种无人打扰的清静让云裳感到舒心，她依旧闭门不出，或者坐在房间前的楝树下，不知疲倦地刺绣，绣乌龟，绣刺猬，绣兔子，绣花貂，绣一切她想得到的东西。她手很巧，绣的东西栩栩如生，尤其是向日葵和石榴花，大家都说好看极了，挂在阳光下能招来蜜蜂和蝴蝶，只是大家不理解花枝上为何都带着尖长的刺。

"可以保护自己。"云裳说，"生了刺，就不会有人随便掐你了。"

云裳也为自己准备了一根刺。她把一把剪刀随身携带，昼置怀中，夜藏枕下。晚上睡觉前，她先插上门闩，然后把桌子和椅子悄然拉过去抵在门后，前半夜睡床上，后半夜睡床下。她对杨家抱玉寨那间用来禁闭杨修礼的铁房子充满向往，很想去住到那里，但她知道婶婶一定会拒绝她的请求，所以就假装自己从来没有动过这念头。她变得像当年的江蓠，喜欢在独坐的时候自言自语，但不久后，她就改掉了这个毛病，因为她意识到，既然自己能够听到婶婶的自言自语，那么自己的自言自语就也会被别人听到。于是她完全沉默，独自坐在床头或窗前，做着针线活儿想象哥哥尸落何处。她经常会在夜半时分听到门窗被笃笃叩响，然后传进来一个低哑的声音：

"妹妹，快开门！"

她跑过去将门打开，把哥哥放进来。赵文津每次都以不同的模样出现，有时候没有脑袋，有时候被挖了眼睛，有时候开膛破肚，用两只手捧着流出来的肠子，有时候则只有一条胳膊或一只脚，像虾子一样一蹦一跳地钻进来。文津肢体虽然残破，看上去却很开心，滔滔不绝地给妹妹讲访仙求道时的奇异见闻，比如乌其国的人血液都是黑色的，莫须国的人爱偷吃小孩，而大荒有个国家，当官的是人，百姓则是猪狗，走在大街上谁是官谁是民一目了然。他见妹妹对这些奇闻逸事不感兴趣，就表演戏法逗她玩，嘀嘀咕咕地念咒，把她变成松鼠、壁虎、穿山甲或甲壳虫。云裳看着自己一会儿变成这样，一会儿变成那样，开心地笑起来。她望着残缺不全的文津，急切地问：

"哥，你在哪里？"

每次她这句话一问出口，文津就突然间消失不见。月亮寂寞地挂在楝树上，雪白的光悄悄印上窗纸，房门依旧紧闭，而她抱膝坐在床头，双臂像严霜下的花枝一样冰凉彻骨。哥哥并没有来过，幽凉夜空里只有婶婶当年哼唱的山歌，像一条细长的蛇，扭动着青冷的躯体，穿过时间的迷雾和浩劫之后的层层灰烬，从窗缝里游进房间，钻进她在抑郁中茫然无助的耳朵：

日子遥遥难得过，

双手扳窗看日头……

江蓠为云裳日益严重的孤僻和怪癖忧心忡忡，打算给她说个婆家，希望婚嫁能让她慢慢好转。云裳对说亲非常抵触，羞红了脸，捂着耳朵拼命摇头。赵家已今非昔比，愿意攀附的人不多，何况这位小姐还是个众所周知的精神病人。江蓠很愁，只好把希望寄托在杨家那个窝囊的四爷修智身上。杨修智已经三十岁，他守寡的嫂子曾经张罗着要给他说媳妇，都被他拒绝了。嫂子问他是否已经有了意中人，他害羞地点头。问他是谁，好上门为他提亲。他憋得脸红脖子粗，就是不敢说出来。嫂子为四叔的窝囊着急不已，思及丈夫生前何等豪迈，三叔修礼也才智过人，这位老先生却如此之菜，不禁怀疑起他到底是不是杨家亲生的。不料在赵致中造反、赵家落难的时候，这位菜四爷却干出一件让全家魂飞魄散的事：他竟然把赵家大小姐带到家里来。杨玉成牢记父亲的血海深仇，此时不落井下石已够江湖情义，怎可能冒险收留仇人的子女？他拍桌子痛斥四叔荒唐，扬言要去官府告发。杨修智不为所动，关上门与侄子谈起条件：只要玉成答应收留云裳，就把家产里属于自己那一份都转给他，自己则甘愿给他当长工。杨大嫂这才知道了四叔的意中人是谁。她为四叔的痴情动容，回想杨、赵两家的恩怨叹息不已，强迫玉成答应四叔的请求。杨玉成是个孝顺孩子，母亲的话不敢不听，只好帮四叔把云裳偷送到抱玉寨藏起来。事变之后，赵家从灭门的恐惧中脱身，杨修智也不再隐瞒娶云裳的愿望，想让嫂子央个媒人去提亲。玉成再也无法容忍。他认为四叔要娶仇家的精神病女人，就跟要娶一头草驴一样荒谬，杨家的脸要被丢尽了。他就像当年乃父痛骂他三叔那样，在母亲面前痛骂四叔，发誓他敢娶云裳，就把他赶出杨家。杨太太并不支持四叔鬼迷心窍的决定，但对儿子的张狂同样不以为然。玉成没有取得母亲支持，愤而给在京当官的三叔写信告状。他向三叔求助，证明了他对引以为荣的三叔是多么不了解，因此理所当然地受到了一顿批驳。

"要娶云裳的是你四叔，而不是你。"杨修礼在信里痛斥侄子。"难道你比你四叔更了解他适合跟谁过日子？"

赵家对这门亲事最初也有犹豫，赵致和认为辈分相关，把侄女嫁给一个原本叫叔叔的人有点乱，被老朋友来信奚落一顿，也就不再反对了。于是杨修智就成了赵家准女婿，获得自由进出赵家的权利。随着杨修智来访越来越频繁，云裳在大家暧昧的笑容里发现了异常。她觉得很难为情，但对这个呆头呆脑的恩人并无恶感，相反，她认为他是值得信赖的为数不多的人之一，所以她在楝树下刺绣的时候，允许他陪坐在三尺以外的石凳上。杨修智看着她专心绣花，既帮不上忙，也找不到话说，一直盯着她看，又觉得不好，于是就看一会儿她，再扭头看一会儿蚂蚁上树，纵使半日枯坐，亦是满心欢喜。一天，他突然谈兴勃发，自作聪明地对云裳说：

"我听说，有人想给咱俩牵线做媒，叫咱俩拜堂成亲。你说好笑不好笑？"

修智说完，被自己的幽默逗得傻笑不止。云裳停下针线，抬起头看着他。

"你给我找个陆魅，我就跟你成亲。"她说。

从这天起，杨修智就不见了踪影。云裳依旧坐在楝树下安静地绣花。这次绣的不再是向日葵、紫石榴或七月菊，而是几枝粉红的莲花和碧绿的莲叶，在莲叶下的池水里，还游动着两只翠羽鸳鸯。她不认为自己和杨修智是一对鸳鸯，但是听说结婚的时候会用到这样的东西。她要知道哥哥在哪里，哥哥以前那只陆魅在当年被婶婶放飞后再没回来，所以她需要一只新的。她相信杨修智一定会帮自己找到，而自己则要信守承诺。她等了四年多，赵庆的老婆都死了，叶萱也准备与福荣成亲，杨修智却还没有回来。再到后来，就连哥哥残缺不全的幻影也不来了。她陷入了惶恐之中，认为哥哥一定是因为自己迟迟不去找他而生气了。福荣和叶萱拜堂的前几天，在清流书院跟父亲读书的文渊也赶回明农庄老家。他一直记挂着这个得抑郁症的姐姐，一到家就去找她说话。他推开房门，看到云裳正俯在桌子上睡觉，胳膊下压着新绣成的鸳鸯戏水图。文渊坐到床沿上等她醒来。他闻到房间里有股酸馊的味道，四下寻找，从床下拽出一袋已经开始变质的馒头和咸菜。他找到母亲，对她说：

"云裳姐可能要离家出走。"

得到警报的江蓠加强了看护。不料云裳还是在福荣和叶萱入洞房的晚上不见了。拜堂那天天气不错，傍晚却下起雨，越下越大，房屋之外的空间都被雨水填满。明农庄的年轻人拥进洞房不出来，其他人也都躲在各自的房间内，赵文渊则守在云裳那儿陪她说话。在云裳心里，这个十三岁的弟弟是最亲密也最值得信赖的人。他们两个话都不多，但是只要坐一起，那种骨肉无间的亲切就油然而生。云裳觉得文渊身上有父亲赵致中的影子，让亲近他的人有安全感，但又比父亲沉稳，因此那种安全感也就更可靠。她真希望他天天就陪在自己身边，但她知道那不可能。她还固执地认为，跟自己最亲近的人都不会有好下场，比如父亲，比如母亲，比如不知身在何处的大哥。所以她既盼文渊常来，又怕他常来。在楝树下绣花的时候，她不止一次希望在三尺外石凳上坐的人不是杨修智而是文渊，文渊真的来，最多不过半个时辰，她就又赶他回去学习。这天晚上也不例外。文渊讲了些他在县城和清流书院的见闻，也就没什么话说了，云裳便催他回去读书。文渊说："经书里尽是空话，读它没一点意思。"

"那你想干吗?"

"想做些实际的事。"

"什么样的事才算实际？"

文渊便向姐姐讲起了他对"实际"的理解。云裳不喜欢听这些东西，但是喜欢听文渊讲话，一板一眼，胸有定见，那种与年龄不相称的成熟让她着迷。她断定赵家的未来全都寄托在他的身上，而且她坚信他将超越父亲，把赵家带到一个前所未有的昌盛之地。那一刻，她真想把自己的生命附着在文渊身上，用自己的一切换取他的顺遂安康。她出神地望着他，说：

"以后要听婶婶的话，不要顶撞她。"

好像怕文渊不能理解，她又补充了一句：

"在咱们家，要想好好过下去，就不能惹婶婶生气。"

在补充这句话之前，云裳先侧起耳朵听了听窗外，确定除了弥耳的雨声外别无异常，才把身子倾向文渊，压着嗓子讲了出来。姐姐这个滑稽的动作让文渊感到忧伤。

"你进城去吧。"文渊握住云裳的手，对她说，"城里热闹，消遣的地方也多，慢慢就会快乐起来的。"

文渊担心姐姐离家出走，坚持要留在她房间里陪她睡。云裳也没怎么反对，就让他抱着自己的脚睡在了另一头。然而当文渊一觉醒来，云裳却已经没了踪影。明农庄顿时又陷入混乱之中。赵致和焦躁得几乎发疯，跑到福荣洞房前狠命拍门，叫他起来带人寻找。他们首先想到的就是赵致中夫妇的坟地，披起雨衣冲进了茫茫夜雨里。文渊被父亲痛骂一顿，情绪无比低落。他对结伴回来参加福荣婚礼的表弟史青云说：

"云裳姐不会在伯伯坟地里。"

"那会去哪儿？"

"应该是去找文津哥了。"文渊望着庭院里灯光所及的那段雨幕，惆怅地说，"这个家让她觉得压抑，只有文津哥才是她最亲的人。"

赵家虽是颍川名门，但云裳小姐一直住在明农庄老家，不大抛头露面，当她在劳远亭外扭伤脚，在黎明时分被两个过路的天主教徒抬到县城教堂时，并没有人知道她的身份。云裳匍匐在泥浆里，被雨淋了两个时辰，抬到教堂时已经高烧昏迷。她感觉自己就像一只瘦小的青蛙，被捂在滚水里蒸煮，高压之下的燠热让她喘不过气来。一天一夜后，她疲惫地睁开眼，看到一个穿白袍子的妖怪。妖怪后面的墙上贴着一幅画，画里也是一个妖怪，可能因为不穿衣服，有伤风化，被钉死在了十字架上。

22   玉帛干戈

　　受凉发烧不是要紧的病，在尚信德和信徒悉心照料下，赵云裳很快好转。只是脚踝脱臼，不能下床，只好继续在妖怪的洞府里养伤。尚信德问云裳何方人氏，家中有谁，好去报信儿来接她。云裳沉默以对，任由妖怪和他的信徒百般诱导，始终不说话。此时梁举人的围剿正激烈，尚信德事事小心，唯恐出什么差池，教堂里突然多个正当妙龄的姑娘，可不是件小事情。尚信德无奈，只好去找赵致和先生求助，不料恰好找到根源上。云裳出逃的计划就此失败了。

　　赵家上下正在焦急中煎熬，听到消息立即赶到教堂。江蓠红着眼睛把云裳揽在怀里，想要责怪几句，眼泪却先滚出来。他们谢过尚信德，要带云裳回家，云裳躺在床上不动。

　　"我不回去。"她说。

　　她讲这句话时低眉垂眼，声音很小，但语气坚定。她躺得也很安稳，仿佛已经打定主意这样躺下去，谁也别想把她跟这张床分开。这些天街坊里已有闲话流传，说云裳出走是因为受了虐待，此时她这个态度，无疑坐实了别人的臆猜。江蓠和赵致和很难堪，夫妻俩分坐两边，晓以情动以理反复劝说，云裳就是不为所动。江蓠和赵致和退让一步，不强求她回明农庄，去清流书院或药庄后宅都行。云裳依旧不听。江蓠脸上渐渐挂不住，命令福荣和叶萱强行把她抬走。云裳仿佛要被拖去宰杀的猪，在福荣和叶萱的挟持下恐惧挣扎，凄厉的尖叫如同海啸，瞬间灌满尖顶的教堂，震碎窗子上的玻璃，汹涌澎湃地滚荡出去。一只灰黑的乌鸦拍打着翅膀，顶着尖叫声穿窗而入，在教堂里飞掠盘旋，落到祭坛前的十字架上。云裳的尖叫和挣扎戛然而止。她从婶婶和叶萱的缝隙里，看到杨修智一瘸一拐走进来。

　　杨修智的左腿是在大庾岭断掉的。当地防营把总将唯一一条山路挖断，然后砍倒几棵树，架起来一座简单桥梁，在桥头设卡收费。杨修智的钱袋丢了，囊空如洗，出不起过桥费。他急着赶路，试图硬闯，被兵爷教训一顿，左腿也在教训中自己折断了。杨修智拖着断腿继续前行，在一座长满竹子的高山里找到一个只有半截身子的老头儿，向他讨要一只会偷东西的公鸡。他已经找到一个有陆魅的人，对方要求用一只会偷东西的公鸡交换。老头儿答应把公鸡送给他，但也有个要求，让他去找一条会吃人的水蛭。杨修智按他给的地址，来到一千里外的一个淡水湖，在湖边的板房里见到一个老婆子。老婆子赤裸上身，干瘦异常，仿佛一具佝偻的小骨架上披了一层草灰色的人皮。她也愿意把水蛭送给他，但同样要求他拿一件东西交换。她要的是一颗还颜珠，在玉门关西两千三百里外戈壁中间的一座破寺里。杨修智满身尘沙，疲惫地推开寺门，看到一副白玉棺材和一名绝色少妇。少妇是瞎子，棺材里装的则是她的未婚夫。她和未婚夫感情深厚，但在婚礼之前，未婚夫却染病暴死了。她回忆着让人心颤的销魂往事，在未婚夫的玉棺前守了两百年。听到杨修智的要求，她犹豫了很久，最终答应把还颜珠送给他，但是作为条件，她要他的两只眼睛。她想看看未婚夫到底是什么样子。杨修智想了想，只愿意给她一只，他还得留着另一只把交易完成，然后回去娶媳妇过日子。少妇同意了。她把杨修智的一只眼睛放进空洞的眼眶，在杨修智帮助下打开白玉棺，撩起包裹尸体的白绸布，却只看到一块巨大的代赭石。她摸着那块石头愣了一天一夜，从怀里取出一枚鸟蛋大小的粉红珠子，默然递给杨修智。杨修智连忙接过来。珠子落到杨修智手中那一刹那，少妇的衣服和肌肉如轻烟般被风吹散，脂玉似的骨骼也变成沙尘，散落到白玉棺旁的方砖地上。杨修智吓得掉头就跑。他一口气跑到淡水湖边，把还颜珠交给老婆子。

老婆子欢天喜地，将珠子含入口中，立即变成妖冶无比的艳装女子，附近的山神、土地闻风而至，宝马香车很快围满了湖泊。心花怒放的老婆子没有食言，搬出一只巨大的陶罐送给杨修智。杨修智扛着这只陶罐来到大庾岭那个山窝，将它交给半截身子的老头儿。老头儿把水蛭倒出来，看着那条仿佛一大堆黑脓在地上蠕动的东西非常满意。他把公鸡送给杨修智，用手里的竹竿敲敲水蛭的吸盘，水蛭马上像蛇一样张开大嘴，恶臭气息从中滚滚而出。老头儿跳下轮椅，从那张嘴里钻了进去。水蛭吃下老头儿，开始爬向杨修智。杨修智抱起公鸡撒腿而逃。他把这只公鸡交给峨眉山上那个耍猴的秃顶大汉，终于如愿以偿，得到一只长得像乌鸦的陆魅。

云裳听罢杨修智的叙述，感动得哭起来。她伸出手，让陆魅飞落到手指上，轻轻梳理着它脑门上灰黑细腻的羽毛。

"可是，杨叔叔，"她悲伤地说，"这就是一只乌鸦呀！"

尚信德说服赵致和夫妇，让云裳留在了教堂。已成残障的杨修智毛遂自荐照顾她。当他发现云裳对上帝越来越痴迷，便找到尚信德，请求接收自己入教，他成为尚信德来颍川后收入的第一个门徒。杨修智的痴情让赵家感动不已。赵文渊曾经问他为什么要对姐姐这么好，他想了半天，不知道怎么表达，唯有搔着脑勺嘿嘿发笑。文渊相信一定有什么理由，甚至会是出于某种信念，才让这个实诚的人可以不顾家人的反对和外人的嘲讽，如此忘我地去爱护云裳姐。既然他不说，或是说不出来，文渊也不再难为他。

一天下午，文渊和表兄弟史青山、史青云一起去教堂看望云裳，却见到杨玉成在殴打他四叔。杨玉成受不了乡民取笑，勒令四叔马上回家，不得在此丢人现眼，被杨修智拒绝，一时怒不可遏，遂对四叔动起家法。他的意思是，宁可把这个窝囊废打死，也强过被别人笑死。他下手很重，果真是往死里打的样子。云裳试图拉架，被他一把推开，踉跄后退一丈远，重重摔到地上。文渊跑上前扶起姐姐，替她拍掉衣服上的灰土。那边史青山和史青云已经把杨玉成按倒，史青云抱住杨玉成的双腿，史青山则攥着铁疙瘩一样的拳头狠捶杨玉成的脸。杨玉成是习武之人，经过名师指点，虽被史家兄弟偷袭成功，很快就反应过来，猛烈反攻偷袭者。史家兄弟与文渊一样，都是十几岁的少年，也没学过武，根本不是玉成少爷的对手。史青云被他一拳打到脑门上，眼珠子都快迸出来，滚倒在地大叫不止。史青山知非对手，横竖打不过人家，就趴到弟弟身上护着他，自己一人挨揍。杨玉成越打越有快感，眼看要把史青山打死了，脖颈里突然压上来一条尖凉的东西。

"你是杨家大少爷，我是赵家大少爷，咱们一命抵一命，两不吃亏。"赵文渊握着从厨房找来的剔骨刀，对杨玉成说，"如果你没意见，就再打一下。"

杨玉成还不想死。他目不转睛盯着眼前这个比自己小得多的赵家大少爷，眼神咄咄逼人，试图从气势上将赵文渊压倒。但他很快发现这没用，他盯得越久，赵文渊就越淡定，以至于连他自己都觉得他的咄咄逼人更像是虚张声势。他松开史青山，缓缓站起身。

"我记住你了！"他对赵文渊说。

这句"我记住你了"，是杨玉成打天下的口头禅。每逢遭遇强敌，一时不支，他会选择退让保身，但在离开之前，他总会留下这句话。他这么讲，不是给自己找台阶下，而是一个声明、一种警告，类似于君子报仇十年不晚。他曾因竞买一块水田，与里正陈大户争执不下，越吵越恼，扭缠着打起来。陈大户一方人多，杨玉成双拳难抵百手，被摁进河里几乎浸死。陈大户怕闹出人命，放了他一马。杨玉成盯着陈大户，丢下一句"我记住你了"，一身水淋淋地走了。次日晚上，杨玉成就纠集一伙江湖朋友，蒙面袭击了陈宅，先打断陈大户全家人的胳膊，又砍断所有牲畜的腿。

惨案传开，全乡震动。大家都知道是杨玉成干的，只是苦无证据，官府也拿他没办法，兼之县衙上下都知道他有个在京当官的三叔，轻易不愿招惹。杨玉成趾高气扬，光天化日之下横行乡里，绅民遥遥望见，纷纷躲避，实在躲不开，就恭敬地叫声"杨爷"。陈里正羞恨难当，杜门谢客，一连数月都不见人。赵、陈两家有老交情，江蓠带了些野山参和自家药庄制作的补骨续断膏，在叶萱陪同下去前去探望。陈里正的断臂用竹片固定，套一根老粗布吊在脖子上。他在客堂里接待了赵太太，痛骂杨家父子都不是好东西，一代更比一代恶毒。当时买田纷争，就是杨玉成主动找事，陈里正已经跟卖家讲好，他突然冒出来争夺。如今又做下这等暴行，实在令人发指！陈里正在痛恨之余，还有另一重理解：杨玉成他爹生前长期担任里正，杨玉成是想继承父业，把里正之位夺过去。假如让他得逞，将是钧阳里数万百姓的灾难。

"里正的位置绝对不能落到他手里！"陈里正对江蓠说，"我是干不下去了，别人也都压不住他，想来想去，只有你干最合适。"

江蓠笑起来。"陈大哥开玩笑了，我一介女流，怎能够当里正！"

"你虽是女流，比男人还强。"陈里正说，"慈禧老佛爷也是女的，她都管一个国家，你还当不了一个里正？"

叶萱在旁边笑嘻嘻插嘴。"要论本领，我家太太别说是小小里正，当个知县知府，都不知剩余多少。"

江蓠睖叶萱一眼。叶萱自知失言，连忙捧起茶壶给陈里正和太太倒茶。江蓠端起茶碗，吹一吹茶汤上的袅袅热气，对陈里正说："陈大哥不必担忧，杨玉成是小辈，还不懂事，慢慢就知道规矩了。"

江蓠的轻描淡写令陈里正异常焦虑。"他已经二三十岁了，生的崽子都会欺负人了，还是什么小辈！"他拍着椅子扶手说，"再纵容他，接下去就会祸害你们赵家。"

江蓠将茶碗轻轻放到方几上。"那就等着看孩子们打架吧。"

杨玉成对赵家不友好，是尽人皆知的事。陈里正的判断是正确的，杨玉成的确想夺取里正之位，但这只是他家族复兴的一部分。在他的复兴计划里，最重要的部分是复仇，其他部分都围绕并且服务于此。赵家在赵致中之难后急剧衰败，是难得的复仇良机，只是赵家虽然败落，但因是行义致祸，在民间的声望极其崇隆，此时动手，杨玉成怕被人当成落井下石的官方鹰犬，模糊掉复仇的正当性。另外，他也担心招人痛恨，被愤怒的乡民——尤其是余党尚存的联庄会——挟怨报复。他母亲也对两家的恩怨感到厌烦，强烈约束他不可造次。杨玉成只好忍耐，日夜盼望赵家尽快复苏，好让他大干一场，痛快报仇。

如杨玉成所愿，赵家的复苏的确很快。江蓠在大难之后站到台前，以新主身份掌管家务，迅速稳定了大局，并在灾后很短时间内，重新确立了赵家在颍川的地位和影响。杨玉成觉得可以动手了，于是主动挑衅，将穿越田地的道路封锁起来，不允许赵家人通行。旱灾期间，杨玉成凭借家里储备的粮食大发其财，以极不对等的代价换到三千多亩良田，一跃而成为颍川县西北最大的地主，几乎将明农庄包围了起来。他声称道路从他田地里通过，就属于他，谁都可以从他路上走，唯独赵家人不行。葛天民的老父亲做寿，江蓠陪赵致和去致贺，不在明农庄。福荣赶去与杨玉成交涉，说不到几句，就被杨玉成动手打翻，按在地上狠捶一顿。叶萱听说丈夫被打，嚷嚷着叫起几十名庄丁，赶去搭救丈夫。杨玉成要的就是把事情闹大，他手持哨棒当路而立，等赵家人跑上来挨打。眼看混战在即，杨太太突然在杨修智陪同下赶过来，阻止了这场可能规模空前的械斗。杨太太将玉成痛骂一顿，喝令他滚回家去，然后扶起福荣，替不懂事的儿子赔礼道歉。福荣知道打起来自家定然吃亏，杨太太如此明理，也就趁势作罢了。

次日江蓠归来，听叶萱诉罢委屈，先关心过福荣的伤，然后叫人备了份礼，带上老二文澜去拜访杨太太。杨太太自知理亏，先赔许多好话，又叫人找玉成来给婶婶道歉。江蓠连忙劝止。她说她此番来，是专程向姐姐致谢的，小辈和下人都不晓事，若非姐姐在场，掌控大局，不知道会闹出什么乱子。说着让人把礼物奉上，几样三德合的时新糕点之外，还有几枚赤灵芝和一匣藏红花。杨太太愈发惭愧。两人姐妹相称，说寒道暖，讲了许多体己话。江蓠告别时，杨太太送出庄外，迎面遇到自外归来的杨玉成。杨太太喝住他，叫他给婶婶问安。杨玉成一万个不情愿，母命难违，勉强朝江蓠拱了一下手，即转身而去。

在自家门口遭遇江蓠，让杨玉成有一点错愕。对赵家这个女主人，他多少还是有些忌惮。关于江蓠，乡民的共识是：能干，严厉，不苟言笑。她话不多，因为她不喜欢说废话，一言一语讲出来都要有用。她也很少笑，不是因为不快乐，而是在她的管理下，所有人与事都以应有的模样存在与运行，按部就班，一丝不苟。井然有序的生活很少有意外发生，也很难出现惊喜。对一个热衷于秩序的女主人来说，稳定、严谨与各司其职，无疑比喧腾中的快乐重要得多。赵致和对家务漠不关心，常年在清流书院讲学，她就代表赵家参与地方事务，建桥筑路，修渠治水，承担起乡绅所应承担的社会责任。乡民们对她的识大体和干练敬佩不已，而其私生活的冷峻与男女分际的严谨，也令绅民称道。她的声望如此高，以至于嚣张的杨玉成也不愿直接与其对面。当然，杨玉成不愿见她，不是因为怕，至少他不承认是因为怕。

"她一介女流，站到你面前，你打还是不打？"一次与朋友喝酒，说到两家恩怨，他这样讲，"打她不英雄，不打心里恨，进退两难，真他妈烦人！"

联系到杨玉成动手挑事这一天，恰好江蓠不在家，他讲的那个理由或许是真心话。他被母亲骂走，自认为的大好时机白白断送，尤其是想到坏他好事的人还是自家四叔，不禁气闷难当，跑去找朋友吃酒买醉。一伙人喝到子夜，才醺醺然各自散去。杨玉成仍然委屈，顺路去祖坟找父亲诉苦。杨修仁正在坟前跟人下棋，坟头柏树上吊一盏白纸灯笼，放射出绿莹莹的光。杨修仁对面那人听到茅草响动，在灯光下转过头来，只见他头脸四分五裂，用面糊横七竖八黏合在一起，五官也血糊糊的一团模糊。杨玉成看了一眼，蹲到地上呕吐不止。面目丑恶的赵致中嘿嘿笑起来，对杨修仁说：

"吓到贤侄了。"

杨修仁冷淡地瞟一眼儿子，对赵致中说："该你走了。"

"人世一盘棋呀，"赵致中跳了个马，把杨修仁将死，然后将棋子一推，笑嘻嘻地说，"收局一场空！"

杨玉成既没从父亲的冷淡里得到警告，也没从赵致中的言辞听出玄机，狂吐了一阵，倒在露水重重的茅草上昏睡过去，醒来之后，满脑子依旧是对赵家的仇恨。仇恨是一个词汇，但在杨玉成这里，却兼有两种内容：仇是杀父之仇，恨是羞辱之恨。所谓羞辱之恨，是指赵文津当年对他泯灭人性的侮辱。纵使杀父之仇可以在上代人——尤其是三叔——的刻意淡化下慢慢消解，羞辱之恨却因为是切身之痛而将终身铭记。所以，与赵家和解，对杨玉成来说是绝不可能的事。

杨太太见儿子执念深重，劝他摆正态度，如果真想战胜赵家，就好好做人做事，让自家名望比赵家更高，钱财比赵家更多，不靠三叔而能扬眉吐气光宗耀祖，这才是正道。杨玉成当然不会听这迂阔之论，不过母亲的话却启发了他，让他下定决心做生意赚大钱。赵家经营药材而致巨富，已令无数人艳羡，葛天民辞官之后开药庄，也在不几年间就富甲一方，更是让人心生妒羡。杨玉成在旱灾时的投机买卖大获成功，使他坚信自己是个了不起的商业天才，倘若也去经营药材，一定比葛天民和赵庆强。于是经过紧锣密鼓的筹备，在秋天一个吉日，杨家药庄在县城西关盛大开张了。

葛天民是商会会长，赵庆是副会长，杨玉成大张旗鼓地入行，他们自然知情。时至今日，颍川县药材行业已极为繁荣，业务庞大的药庄、药行有数十家之多，规模较小的药棚、药铺更是满街都是，四方人士谈到颍川，公认其为中原之"药都"。杨玉成也想进来发财，两位商会领袖断无反对之理。不料杨玉成却像吃了耗子药，一入行就跟他们过不去，明目张胆地挖两家墙脚，抢两家生意，还到处夸海口，宣称要让葛家关门、赵家破产，届时他将收留他们，给他们一碗饭吃。为此他专门在新药庄预留了两个位子：赵庆正值壮年，叫他当装卸工；葛天民喜欢抽大烟，瘦得像病驴，用处不大，就让他打扫茅厕好了。

忽一日，从岭南来一位药商，到处寻找野鸡胆，说是跟意大利商人签了约，要在合约期内供给野鸡胆一万斤，此时期限将至，他们却找不到足够的货源。违约是要被重罚的，并且关乎商业信誉，将对以后的生意造成长远影响，因此他心急如焚，愿意高价收购。杨玉成心动不已，但他并没有野鸡胆，问了几个地方也俱无此物，只好作罢。次日傍晚，他一个相好带着一名陕西人登门拜访，一进门就嚷嚷着叫他请客。这相好到城外办事，中午在饭店吃饭，听到临桌一个操关中腔的人打听药市所在，说要去推销他的野鸡胆，连忙把他请到玉成店里来。陕西人愁眉苦脸，告诉杨玉成说，他有一个做万国贸易的波斯朋友，去年向他下了个订单，预购三吨野鸡胆，说是要贩卖给西洋。当他费尽九牛二虎之力，终于把货备齐后，波斯人却鸡巴朝天死球了。他知道这东西在西洋是紧俏货，却没有外贸途径，而国内又没有市场需要，所以手握奇货，却无法变现。债主天天追债，扬言再不还钱就杀他全家。陕西人无奈，只好便宜出售，好歹换几个钱还还账。杨玉成问他怎么卖。陕西人说出一个价格，与岭南人开的收购价竟有两倍之差。杨玉成心花怒放，把陕西人留在药庄，命人好生看待，其实是将他软禁，免得再去找别人，然后带上他提供的样品，赶到宣化街胜意客栈找岭南商人。岭南人看到样品，眼珠子都快掉出来，对杨玉成亲热得像亲爹，请他吃酒嫖妓，想方设法套问货物来源。杨玉成何等聪明，当然不会透露口风，只说全大清就他一家有货，而且数量巨大，他打算直接跟洋人交易，赚他妈洋人的钱，为大清国争光。岭南人急得都哭了，求杨老板一定转手给他，否则违约之后，他全家都得自杀。他流着眼泪掏出一张五千两的日升昌银票，硬塞到杨玉成手里当定金，请杨老板务必成全。杨玉成春风得意，马上回去让陕西人发货。陕西人却犹豫起来，说是价钱太低了，赔得太多，想去别的药庄再问问。杨玉成勃然大怒，威胁要往他鼻孔灌芥末，再撑开屁眼儿往里头填蜈蚣。陕西人被这个地头蛇的粗暴无礼吓坏了，只好答应他，但是要求现金交易，因为他的债主逼着要钱，还迟了全家人将有性命之忧。转手可得的巨大利润让杨玉成变得通情达理，他同意了陕西人的要求，立即开始筹钱。他把药庄抵押，所能贷到的钱仍然差很多，就想把家里的田产也拿去抵押掉。他母亲觉得太冒险，只允许他抵押两千亩。两项钱加起来，还差一千多两银子。他正打算找姐姐帮忙，又有一个相好的雪中送炭，告诉他有如此这般一个朋友，曾在江湖行走，弄了不少钱，如今金盆洗手，靠放钱收息过日子，利息极低，倘若玉哥需要，他可居中引介。杨玉成大喜，立即请他牵线，借到了两千两银子。陕西人如期将野鸡胆押送到颍川，极不情愿地交给杨玉成，带上钱如丧考妣地走了。杨玉成马上去找岭南商人，然而找遍了颍川县城，哪里还有岭南人的影子！回头追赶陕西人，也早已不知所踪。

　　这个骗术并不高明，但用来对付自以为是、目空一切的杨少爷也绰绰有余了。杨家药庄也因此创造历史，一举成为颍川有史以来最短命、也最赔钱的商行，纪录至今未被打破。事情到此并未结束，次日上午，杨玉成在聚仙楼借酒浇愁时，官府派人查抄了他的药庄，扣押了那几车用面粉、树胶和颜料做的所谓"野鸡胆"，拿锤子一顿乱砸，居然砸出几百颗枪弹，继续砸，又砸出一张通谋造反的密信。官差们又从账房搜出几只银锭，上面的印记证明正是去年县衙上解时被盗的官银。铁证当前，官府有充分理由怀疑杨玉成是谋逆的叛党。杨家顿时陷入灭顶之灾。

赵庆与葛天民合谋修理杨玉成时，并未告知在清流书院当主讲的赵致和。杨玉成身陷囹圄后，蒙在鼓里的赵致和顾念两家情谊，亲自奔走营救。杨修礼虽然身在京城，却比老朋友更了解内幕，他详细盘问了来京告难的家人，便已猜到问题所在，亲笔给葛天民先生写了封信。他在信中回忆了上次探亲时与葛先生的几面之好，对葛先生的人格魅力印象深刻，然后谈起无知的侄子，对他的冒犯之处向葛先生致歉，想葛先生宰相胸怀，必不会跟愚鲁小辈计较。在此之外，他又托颍川知县的一个同年给知县写了封求情信。两封信送到颍川，一场泼天大祸就此平息了。

杨玉成在三叔的庇护下脱身，却听不进三叔的劝诫，刚从大牢放出来，就打算上葛天民家去报仇。当他闯进城北葛府后，才发现并不是所有宅院都像陈里正家那样可以由他肆意进出。葛天民和两个管家都有短枪，家丁也一个个身手不凡，他刚气势汹汹冲进去，就被打得屎尿乱流。葛天民悠闲地躺在木槿树下的竹椅上，派家丁去请几位老朋友来喝茶。家丁拿片子如飞而去，半个时辰内，驻防把总、县衙典史、三班班头和颍川黑白帮会头领相继而来。葛天民踱到杨玉成面前，俯下身子问：

"要不要一起来喝杯茶？"

这句话说得很和气。杨玉成像条半死的鱼，被倒刮完了鳞片，在那群跺跺脚颍川城就乱晃的大人物注视下瑟瑟颤抖，嘴巴里只剩下三个字。

"不敢了，不敢了……"

"你记住我了吗？"

"记住了，记住了，哦没有，不敢了，不敢了……"

葛天民呵呵笑起来。杨玉成果然不敢再找葛天民的麻烦，路经他的隆发药庄，也会绕道而行。三叔虽牛，远在京城，可以提供庇护，却不能随时救援，倘若再惹恼了葛天民，发狠要弄死他，三叔就算带上御林军杀过来，也救他不及。所谓圣旨难挡快刀手，强龙不压地头蛇，这个道理杨玉成还是懂的。

经此一难，杨玉成意志消沉，不复经商以图再起，对里正之位也失去兴趣。他回到钧阳里老家，躲进抱玉寨苦练武功，对赵家的仇恨，也渐渐不再听他说起了。

23 困境

葛天民是赵致中生前最敬重，也最交心的朋友。

这位颍川前县丞是江西人氏，读书出身，十九岁入庠，二十二岁中举，之后三赴会试，皆不得志，家贫心灰，不愿继续考下去，遂入京参加吏部大挑，以大挑一等，掣签分发河南试用，授豫北某知县。该县颇多豪门，与县衙胥吏相勾结，共同把持地方利益，素称难治。葛天民甫入官场，意气风发，满脑子造福一方的念想，谁敢横行不法，他就敢让谁吃苦头，不知不觉得罪了许多背后的大员，不到一年就被开缺归省，另候委用。葛天民满腔热血，化成一盆凉水。他在省城苦等两年，眼看官缺如流，就是轮不到自己，咬牙去钱庄贷了笔钱，到巡抚衙门奔走打点，百般艰难，才弄到一个颍川县丞的职缺。葛天民此时已然潦倒不堪，不敢再候下去，遂携带家眷恓惶来到颍川县，成为清官刘继儒的县衙佐贰。

刘继儒崇德旌孝，以礼教治县，已经到了走火入魔的地步。县民有纠纷去打官司，他先讲两个时辰"和为贵"的道理，劝双方互相退让了事。兄弟分家不均对簿公堂，结果很可能是每人挨二十大板，然后被勒令面壁思过，不准再提分家。老头儿打死了儿子，儿媳妇去告状，刘知县的判决是罪在儿子。圣人有云："小杖则受，大杖则走。"老头儿打儿子，假如用的是小棍子，儿子就得承受，倘若棍子太大，则要撒腿跑掉，以免被打死。这个儿子被打死，说明他没按圣人要求逃跑，或者跑得不够快，害老父亲背负杀子之恶名，可谓大不孝。不孝而死，咎由自取，老父又何责焉？诸如此类的判决不胜枚举，令颍川县民颇有怨言。更有甚者，刘太爷重农轻商，视利如仇，很多事情因为他热衷务虚而扞格难行。葛天民虽是县丞，但因是得罪权贵落了难，被降级任用，刘继儒对他甚是尊重。葛天民以佐贰身份调和各方，巧为周旋，才使颍川县政不至于太过荒腔走板。当时县内流传一首歌谣，每当黄昏时分，儿童们在大街里蹦跳嬉戏，就会不约而同唱起来：

"刘知县，圣人蛋。葛县丞，赛孔明。"

葛天民落难之后，贫病交加，欠下一大笔债。县丞薪俸低微，刘继儒又管束极严，一切通行的陋规全被革除，葛天民来颍川一年多，仍然还不了省城钱庄的高利贷。钱庄派个伙计来收账。葛天民出衙办事，刚好在仪门外撞上伙计，被他当胸揪住。那钱庄不是寻常店铺，真正的老板是布政使，店内伙计见官大三级，根本不把这位落魄县丞放在眼里，讲起话来异常难听。葛天民羞恨无地，却没奈何，只能赔笑求情。赵致中和史宗义刚贩私盐归来，怀揣赚到的一票钱去吃酒，恰从此处路过，见有热闹，便上前围观。赵致中听那伙计越讲越不像话，堂堂颍川县二老爷，竟被他像条狗一样糟蹋，勃然大怒，掏出刚暖热的银票甩到他脸上，叫他马上滚蛋，否则一顿拳头打出他的屎。伙计阅人无数，知他不是善荏，点点银票，有好几百两，也算不虚此行，好汉不吃眼前亏，遂放开葛天民悻悻而去。赵致中随即也骂骂咧咧地走了，之后也没有去找过葛天民，既不邀功，也不要钱，好像已经忘了那件事。葛天民口虽不言，感铭在心，因此他虽自许清高，却将这个纨绔恶少视为朋友，在赵致中需要的时候为他撑腰，帮他周旋。他认为赵致中是侠义中人，有墨家遗风，虽常作奸犯科，却并非大恶之辈。他甚至认为，赵致中的存在是对官方秩序的一个民间补充，也是维持乡土稳定的重要力量，很多官僚体系无法解决的问题，在他这里反而可以用另外一种方式得到解决。所以葛县丞以激赏的心态，注视着赵致中一步步成长壮大，并在紧要关头予以庇护。他为此被人指责是赵氏后台，讨厌赵致中的人也连带讨厌他，一度还有人向上宪匿名告状，指控他豢养恶霸，残害颍川。葛天民对此一笑置之。这个曾经胸怀大志的多病县丞对地方政治有着自己的理解。在一次酒席上，他与几位颍川乡绅谈起地方事务，要求他们不要只看到赵致中不好的一面。

"你们可以不去赞美他，但也不要一味痛恨他。"葛天民说，"没有他，你们未必更好过。"

葛天民虽是正途出身，来颍川这么多年，官职却一直不迁不转，仿佛铨司遗忘了他的存在。他明白其中缘故，反正已无仕进之心，去哪儿都是消磨光阴，别处水土未必好过颍川，因此并不在意。兼之历任正堂官都对他颇为优礼，他也习惯了当个太平佐贰，无争无求，甚是自在。一切本来都好好的，突然来了个沈知县，沈知县倒也罢了，要命的是那个野心勃勃的简师爷，铁了心要干大事当大官，不光对他态度冷淡，还以极不友好的姿态掏空了他的权力。知县恶意相待，已令葛天民不悦，区区一个师爷竟也视他如无物，更是不堪之辱。他已预见到血雨腥风将不可避免地来临，于是借口多病，辞去早已形同鸡肋的县丞，搬出县衙官署。赵致中老早就劝他开药庄发财，此时既成布衣，遂在赵致中帮助下正式入行，当起了药老板。有赵家倾力相助，葛天民的隆发药庄财源广进，迅速做大。然而财富的急剧增加，并未使葛天民感到喜悦，反而是知县与赵致中日益恶化的关系，令他极为焦虑和不安。当赵致中出任联庄会总会首，统率联庄会大败流匪时，葛天民的忧虑达到了顶点。他强烈建议赵致中辞去总会首之位，离开颍川一段时间。

赵致中虽如葛天民所愿辞了职，私心却不以为然。战无不胜的辉煌功绩让他变得自负，高估了自己的强大，又低估了沈知县与简明除掉他的决心和意志。直到他杀官造反，兵败被诛，不甘心的魂灵飘荡在已被籍没的药庄和宅院之间，才真正后悔起没有听从葛天民的良言。他用一张白纸蒙起破相的脸，在星月俱黑的午夜越过葛家院墙，钻进葛天民的卧室。葛天民正怀抱小妾睡觉，忽然一阵阴风吹过面颊，打了个寒战，从睡梦里醒来。他把赵致中带到书房，安静地坐在黄花梨四出头官帽椅上，听这个厉鬼喋喋不休地发泄他的愤怒和委屈。书房几案上的西洋自鸣钟依旧紧凑地摆动，却没有声响。

院子里的虫子也因为干渴而不再吟唱。阴凉干燥的夜空里，只有赵致中的牢骚和控诉像浓烟一样缭绕回旋。直到公鸡报晓，赵致中还没有发泄完，宅院内外连绵不断的鸡鸣仿佛催命符，吵得他心烦意乱，大骂公鸡混蛋，要把它们统统掐死。

"就算没有公鸡打鸣，天一样是要亮的，正如没有沈知县和简明，你一样会有这样的结果。"葛天民叹息。"这是命数。命数茫茫不可逃！"

赵家的保泰药庄被查没后，葛天民接收了大部分失业的伙计和客商，他的隆发药庄因此一夜暴发，成为颍川最大的药行。赵庆决定重整旗鼓时，葛天民邀请他入伙隆发，所得利润一四五分成，五成归葛家，四成归赵家，另外一成单独归赵庆。这等于是跟赵家平分产业。葛天民的隆发能有今日，全拜赵家所赐，此时投桃报李，在他看来是应有之义。赵庆和江蓠都谢绝了葛大哥的好意。江蓠不愿接受施舍，赵庆则是要自立门户，他不想放弃赵家的牌号，把一手创办的保泰并入隆发。在他看来，不论是对他个人、对赵家，还是对颍川药材行业，"保泰药庄"都意义重大，他有责任和义务将它重建起来，恢复昔日荣光。葛天民对赵庆的决定表示理解，几个掌柜和伙计请求回去效力旧主，他也没有挽留，而是加倍支薪，送他们回归保泰。为了避免日后的商业竞争伤害两家和气，葛天民和赵庆做了个君子协议：隆发主要经营山货和洋药，保泰则偏重中药，兼及切片与丸散业务。

赵庆是经商的天才。他不仅精通药材的鉴别与炮制，对市场行情亦有敏锐的把握和洞察。颍川以前的药商都是坐地经营，等待客人上门，赵庆则主动走出去，在南北各省广设分号。到赵致中造反时，赵家的分号已经遍布全国各地，就连偏远高寒的西藏，也派有伙计常驻拉萨，专门收购地道的红花、虫草和雪莲。各分号都专设快马手，昼夜待命，随时把各地行情传递到颍川总号。赵庆与两个心腹掌柜将信息汇总，及时做出决策，通过遍布海内的商号和货运网络，进行大规模药材买卖和调配。养那些快马和快马手要花很多钱，但保泰药庄也因此在竞争中每夺先机，财富亦如滔滔江水奔涌而来。

然而生在大清，仅有经商的才能是不够的。大清国立官设教，以吏为师，衙门里的大小老爷都热衷于教百姓怎么做人。而与官家打交道，却非赵庆所长，一应酬酢与打点，全赖干爹赵致中出面。帝国遵从古制，将人分为四等，士农工商，商居其末。因此，相比于当官发财，经商发财的人更容易招致敌视和勒索。赵家虽属颍川世家，暴富却是近十几年间的事，自亦招人觊觎，之所以无人敢对他们下手，无非是因为赵家大老爷本身就是赖皮里的赖皮、恶棍中的恶棍，颍川县黑白两道无可置疑的龙头。他那个战斗力强悍的镖局，则保证了货运在乱世中的相对安全，把经营风险和损失降到最低。所以葛天民这样评价这对干亲父子：没有赵庆，赵致中发不了大财；没有赵致中，赵庆也成不了大事。

　　而如今，赵致中已经作古，赵庆独掌保泰，各种之前未有的困难统统扑面而来。城内有个叫钱金钟的赖皮，在赵致中死后，拼凑起一个车脚行，强行垄断了县城的药材装卸和运输。许多年前，钱金钟在街上调戏妇女，被赵致中撞见，当众削掉两根手指，此恨绵绵，不能忘记。此时赵家药庄重新开张，钱金钟欢天喜地，立即登门拜会，主动揽下所有脚行业务，收费是常价的五倍。赵庆谢绝了他的好意。麻烦从此缠上保泰药庄，几乎每天都有人上门找事，理由千奇百怪，目的不外赖钱。赵庆疲于应付，头疼不已。脚力也成了大问题。在往年，每天都有不少散脚在西城门外候活儿，现在却只有钱金钟的小弟们在那里接单，赵庆想找个自由的脚力都难。他决定自己雇几个，然而告示张贴许久，薪酬也算优厚，却无人敢来应征。赵庆无奈，只好向葛天民求助。葛天民在聚仙楼设席宴请钱金钟，为好朋友赵庆讲情。葛老爷的面子钱金钟不敢不给，但是道上规矩也不能破，否则他无以服众。他要求保泰药庄的车脚一定要用他的人，外加规例银每月二百两。

　　"赵老板若依从，大家就是好兄弟，以后保你平安发财。"钱金钟乜视着赵庆。"若不依从，那也请便。"

　　赵庆别无他计，只好告知江蓠之后，答应了他的要求。登门滋事的赖皮的确少了许多，但讲就此平安，却也言过其实。市井无赖拉帮结派，敞开衣襟，露出膀背上文的小蛇小猫，挨门挨户去收保护费，是久已有之的事。失去赵致中的保泰药庄，成了一块可削可剐的肥肉，哪个赖皮都不愿放过。赵庆去找钱金钟，钱金钟说那些人也为了讨口饭吃，他虽然势大，不能看人饿死。赵庆改找捕头，请捕头吃了几次饭，每次都要带些人参、鹿茸做见面礼。捕头还算办事，派人逮了几个闹事的赖皮，结果当天晚上药庄就失火，若非当值伙计发现早，库房就被烧掉了。

日复一日的担惊受怕、劳心劳力，让赵庆的妻子宁红锦疲惫不堪。她认定赵家大势已去，教赵庆放弃保泰药庄，跟她回安徽娘家。赵庆的岳父宁戚也再三来信，敦促他去亳州创业。赵庆俱不听。宁红锦劝丈夫不要太死心眼儿，赵家固然于他有恩，但这么多年做牛做马，已经仁至义尽，不负赵家了，所以大可以理直气壮地离开。妻子的话让赵庆拧起眉头。

"我就是赵家的人，赵家就是我家。"他没好气地说，"哪儿有自己家遭难时脱身而逃的？"

"你还真当自己是主子了？"宁红锦冷笑。"醒醒吧，你不过是人家的奴才！"

赵庆生平第一次打了人。宁红锦也是第一次挨打。她躺到地上，驴子打滚般翻来翻去，一连哭了两个时辰，赵庆也没来赔礼道歉。她就打了个包裹，揣起几张银票，带上女儿回雪回亳州去了。次日中午赵庆方才回家。他刚接待完一位江西樟树镇药商，喝多了酒，脸红得像炒熟的虾子。到家后他想喝一碗酸菜汤，叶萱却告诉他太太出走了。叶萱被江蓠派来伺候赵致和，同时也帮药庄打打杂。赵庆正要发火，赵致和匆匆走进来，问他要一百两银子去赈灾。赵庆去拿钱，发现三千两的银票不见了。对于此时捉襟见肘的赵家，三千两是个大数目，赵庆急得肚里的酒都变成汗珠冒出来。他不敢声张，叫伙计去账房支一百两银子给赵致和。赵致和看他酒气熏天，将他训斥一顿，讲了许多贪杯误事的大道理，然后带上银子急颠颠去做他的善事了。

与叶萱一起来县城的还有福荣。大旱仍然持续，稼穑耕种在绝望中陷于停顿。福荣在家无事，江蓠便派他到药庄帮忙。福荣气盛，对频繁上门勒索的赖皮痛恨至极。这一天钱金钟的小弟来收规例，赵庆刚损失三千两银子，还有个客商的货款必须支付，手头紧张，希望能缓两天。小弟不答应，讲话也很难听，一句比一句扎耳朵。赵庆还有要紧事急着去办，却被他拦住去路，声称不给钱休想离开。福荣大怒，要将那人拖开，那人却甩手给他一耳光。两人遂揪打起来。那人个头瘦小，不敌福荣，满嘴秽骂而去。不到半个时辰，钱金钟即带领十几人赶过来，把福荣打得七窍流血，又将账房砸得稀烂。钱金钟执意要剁掉福荣一只手，若非葛天民及时赶到，福荣已成了残疾。赵庆派人把福荣送回明农庄休养。江蓠有鉴于当年孙慧如的教训，完全放权给赵庆，从来不过问药庄经营的事。赵庆也从不对她诉说自己的辛酸困苦。福荣负伤归来，江蓠询问情由，才知道赵庆的处境有多艰难。她亲自炖了两只鸡，装在陶罐里，去县城看望弟弟。

江蓠走进药庄后宅时，赵庆正在客堂里出神。他刚从县衙回来。县太爷在二堂举办茶会，召集县内富商和大户，请他们共体时艰，踊跃捐钱赈灾。他特别点了几个名字，其中包括保泰药庄的赵老板。会罢出衙时，恰好遇到典史。典史的老父亲体弱多病，肺虚久咳，医生说常吃虫草可保健康，他听人讲保泰药庄的虫草顶呱呱，想请赵老板赏几斤让他尽孝。赵庆恶心得要死，不敢拒绝。典史马上派人跟赵老板去取。赵庆叫掌柜包了二斤虫草，打发人走，满腹郁怒无以纾解，就在客堂枯坐发闷。往日遇到烦心事，宁红锦会在耳边聒噪不休，令他厌烦透顶，恨不得割掉她的舌头，或者刺聋自己耳朵。此时空房独坐，却又忽然不胜寂寥。尤其让他不能适应的是，往常回到家，女儿回雪就会端上来一杯茶，给他捶捶肩捶捶腿，向他报告自己的每一点进步和每一个新发现，与父亲分享成长世界里的快乐和疑惑。然而现在，小棉袄一样的女儿连同她知了一样的母亲一起不见了。如今天下不靖，到处都乱糟糟的，也不知道她们母女一路可否平安。他疲惫地坐在客堂里，从不曾像现在这样心灰意冷过。

赵庆的憔悴令江蓠心疼如割。她叫叶萱把陶罐里的鸡汤热了热，亲手盛给赵庆。赵庆喝着鸡汤，向江蓠简单讲了一下药庄经营情况，透露出把药庄搬到亳州的想法。那边受旱灾影响小，环境也比颍川好些。江蓠摇头。

"如果太辛苦，咱就关张不做了。"她说，"一家人天涯分离，赚再多钱又有什么意思？"

次日一早，江蓠起程去亳州。她要帮弟弟把老婆女儿接回来。赵文渊恰好从清流书院到药庄，坚持要跟母亲同去。江蓠想到他跟回雪相熟，回程时可与回雪做伴，便答应了。宁戚听罢女儿哭诉大发雷霆，正打算去颍川找赵庆算账，江蓠却已经到了亳州。宁戚感激赵致中的救命之恩，但对赵家这个新主人则没什么交情，且赵家已虎落平阳，日后少不得自己出力救助，因此对江蓠态度冷淡。宁红锦是个心高女子，不甘人下，以前赵家全盛时，她认为赵家富贵全凭自己的丈夫，对孙慧如也多少不放在眼里，不过是畏惧赵致中的威势，孙慧如也够泼辣，才不敢造次。但对一直待在乡下的江蓠，她就没那么尊重，总是心怀县城大户人家的优越，七分没好气，三分瞧不起。巨变之后，赵家土崩瓦解，正是他们夫妻脱离赵家、自立门户的好时机，不料赵庆却与江蓠打得火热，执意要跟她一起重振赵家。宁红锦争吵多次，竟不能使其回头，已然窝存了许多火气在心里，而这些火气，通过她添油加醋的描述，加倍传给了宁戚老两口。因此江蓠来到宁家后，受到了毫无人情的冷遇。宁戚夫妇大骂赵庆无情无义、猪狗不如，宁红锦则哭哭啼啼地痛诉在赵家遭受的虐待与委屈，大到赵家满门十几年如一日的合谋欺压，小到某年某月某日某时某刻某个人对她撇了一下嘴，犹如流水账簿，条条款款巨细无遗。女儿地狱般的悲惨生活让宁戚夫妇的心碎成瓦砾，他们痛心疾首，痛哭流涕，痛不欲生，然后痛定思痛，发誓一定要让女儿跟赵庆离婚。一家三口充满市井气的表演逻辑混乱，洋相百出，使江蓠目不暇接，无以应对。她的沉默被宁家当成自认理屈，表演得愈加卖力。他们不知疲倦地叫嚣到半夜，四更刚过，就又爬起来准备继续责难。江蓠却没有耐心再听下去了。

"既然妹妹在赵家过不下去，我们也不敢勉强。"她说，"离婚与否，悉听尊便吧。"

江蓠说完，即带上儿子告辞。他们刚要上车，回雪号啕大哭着从宁宅跑出来，抱住江蓠的腰死活不放。她要跟他们回颍川。宁家三口闹得凶，其实并无离婚打算，不过是装腔作势，替红锦挣足面子，逼赵家以后尊奉她。不承想江蓠不吃这一套。眼看无法收场，恰好回雪执意要走，他们便借坡下驴，把江蓠母子邀回宅内，请上座上好茶，推心置腹谈起了心。宁戚重新划分了女儿和女婿的责任，把两个不懂事的小辈各打五十大板。一场风波就这样不尴不尬地结束了。回颍川路上，江蓠坐在颠簸的马车里，望着默然无语的文渊。

"你对回雪说了些什么?"

"也没说什么。"文渊说，"就告诉她，她爹见不到她，眼睛都快哭瞎了。"

24　怨憎会

　　保泰药庄在困境中挣扎了一年多。当大旱过去，奄奄一息的县城开始焕发生机，赤地千里的原野也吐露出一片新绿，赵庆终于调整好自己的角色和位置，弄清楚了新环境和新事业对自己的新要求，并尽可能地适应了这种新要求。保泰药庄开始往上走。但真正稳定下来，不用再把大量时间和精力用在应付社会关系上，还是在杨修礼的探亲假之后。大家惊悉赵二爷竟是权倾天下的张总督所激赏的人，个个敬畏，不敢再明目张胆地找保泰药庄的麻烦。知县对赵家另眼看待，典史、班头和六房司吏也愿意跟赵老板交朋友。吃江湖饭的赖皮虽然依旧光顾，态度却收敛许多，进门先道声"恭喜发财"，出门再哈腰感谢爷赏饭，而不再趾高气扬地露出肩膀上的小蛇小猫给掌柜看。明农庄老家也在江蓠主持下多方开辟利源：将河畔田地改造成鱼塘和藕田，再往外则引水种稻。旱地则留出一半种庄稼，另一半种植桑树和花椒，花椒卖钱，桑树养蚕，获利都大于麦子、玉米和高粱。他们的老爷赵致和，则取代梁举人，成为颍川儒学领袖，日益被地方推重。整个赵家蒸蒸日上，兴旺发达，在人们的艳羡中稳步成长。这种和谐有序的状态令江蓠很满意。

　　并不是所有人都像江蓠那样，愿意不惜一切代价去维持这种表面上的有序与和谐。比如宁红锦。她不觉得她们家跟明农庄有什么必然的关系，依旧认为保泰药庄应该属于她和赵庆，而与明农庄——尤其是江蓠——无关。她对丈夫的愚忠忍无可忍，企图插手药庄事务，进而夺取药庄权力。她的态度和做法获得了娘家的赞同和支持。只是赵庆何等精明，她的所有夺权尝试无一例外都以失败告终。宁红锦愤恨不已，痛骂赵庆是赵家的狗奴才，只会效忠献媚的下贱坏子。赵庆鉴于以前的风波教训，对她的辱骂置若罔闻。宁红锦一刀刺下去，满以为赵庆会皮开肉绽，溅出一股热血，不料连个屁也扎不出来。她在丈夫的冷漠里变得歇斯底里，自作主张去了一趟明农庄，向赵庆的主子江蓠摊牌。

"药庄从重新开张，都是赵庆我们两在辛苦支撑，你们没有半分功劳。"宁红锦情绪激动地说，"赵庆欠赵家的早已经还够了，现在我们应该得到我们应得的。"

江蓠不动声色地坐在椅子上，静听她讲完。"赵庆不欠赵家什么。"她说，"只要赵庆有意，我们随时可以分家。"

斯时天气阴沉，客堂里光线晦暗，江蓠的脸色仿佛幽暗的潭水，风波不惊而又难测深浅。她的眼光冷淡地掠过来，宁红锦突然有些心虚，低下头躲避她的视线。回县城后，她逼令赵庆分家，否则就再次带回雪回娘家去。赵庆要去参加新知县的下马宴，忙着换衣裳，看都没看红锦一眼。

"要走你自己走。"他系着衣钮说，"回雪大了，是去是留她自己做主。"

丈夫的无情使宁红锦几乎疯掉。她实在无法理解丈夫为何如此下贱，放着堂堂正正的老爷不做，却甘心当人家的牛马。她再次联想到赵庆和江蓠的亲昵关系，似乎意识到了什么，于是顺着这个线索推下去，经过一夜漫长的分析和论证，终于得出了自认为天衣无缝的答案。她在怒火和妒火的双重灼烧下冲出房间，跑到赵庆睡的厢房外，捶着枣木花窗破口大骂。

"你们这对狗男女，不得好死！"

这句诅咒仿佛惊雷，响彻颍川县城黎明的天空，然后插上一双透明的翅膀，顺着清凉的晨风飞到明农庄。江蓠正在芭蕉树前听二儿子文澜早读。这声天雷般的咒骂吓了他们一跳。文澜思路被打断，怔怔地盯着母亲，忘记了下面的句子。江蓠合上《诗经》，替他背出后面的诗句。

相鼠有体，
人而无礼。
人而无礼，
胡不遄死？

宁红锦在绝望和怨恨的刺激下性情大变。她不再勤俭持家，开始热衷于奢靡享受，狐裘貂绒、金玉翡翠成了她最喜欢的东西。反正钱赚再多也是赵家的，赵家是主子，而不是孙子，没必要替他们守财。后来在几个贵妇的鼓动下，她又学会了打牌，日夜沉迷其中，仿佛麻将是新相识的情人，一日不见就会心神恍惚、茶饭不思。她虽着迷，牌技却总不见长，每次玩都要输钱。牌局一散，她抚摸着空虚的钱袋快快不乐。花钱买奢侈品，东西还在自己手里，即使偷偷送给娘家人，总归肥水不流外人田。打牌输掉，钱就改名换姓成了别人的。葛天民的小妾紫胭是宁红锦最亲密的牌友，每次打完牌，看着宁红锦那张怨妇脸在检点钱袋之后变成苦瓜，她就很开心。

"你不是把麻将当情人吗？养情人当然得花钱。"紫胭说，"没道理你养个小白脸，还让他倒贴钱给你吧？"

紫胭是风月场里的婊子出身，说话风骚而直辣，宁红锦与其他几位牌友打心眼儿里不尊重她，但却喜欢跟她一起玩。她这个养情人的比喻形象而生动，弄得宁红锦怪不好意思，嘴里骂着紫胭骚蹄子，心里却不由自主地春潮动荡。她问紫胭有没有养小白脸。紫胭说现在没有，不过不排除以后会养。

"男人可以三妻四妾，花天酒地玩女人，女人为什么不能养几个男人玩玩？"紫胭的眼神儿宛若鸦片的烟雾，袅袅绕绕地黏着宁红锦。"假如哪一天，老爷不要我了，我就也养两个小白脸儿去。"

紫胭讲完，嘎嘎笑起来。清脆的笑声仿佛一挝春鼓，惊动了宁红锦内心躲藏最深的欲望。她开始关心自己的长相，为脸上苍蝇屎似的黄褐斑自卑忧愁，从如玉斋买来成箱胭脂水粉，一层一层糊到脸上。一日黄昏，赵庆带回雪从外头回来，发现宅院里又叉腰站着个珠光宝气的妇女，一张脸犹如红粉陶瓷，平滑光亮而没有表情。他问：

"您是哪位？"

"你祖奶奶！"

赵庆从声音听出了对方是谁，转身拂袖而去。宁红锦热衷上新生活后，对女儿回雪变得不大关心，母女之间的感情也日益淡薄。相比于在母亲身边听她没完没了的牢骚，她更愿意去药庄玩耍，跟仓库里的师傅学习鉴定和炮制药材，或者去下属的药铺看伙计怎么抓药。想到父亲像自己这么大时，已然是一家药堂的掌柜，把偌大个店铺经营得有声有色，她对父亲的崇拜之情就愈加浓烈。她对父亲越崇拜，对母亲就越疏远，母亲日益荒唐的生活，也让她越来越厌恶。她觉得母亲在堕落，根本配不上坚毅能干而又生活简朴的父亲。她瞪一眼叉着腰在院里晃来晃去的母亲，没好气地说：

"小心点儿，别把脸上的瓷碰碎了。"

宁红锦扑哧一声笑出来。"你这死妮子，也寻娘开心！"

宁红锦没有意识到女儿刻意的疏离与反感。她有太多新鲜事物等着去体验和尝试，没时间去注意家人的情感变化。她觉得之前十几年时间都花在家人身上，现在该补偿自己了。所以除了打牌、买奢侈品，她的主要事务就是跟紫胭探讨美容的法门。在美容话题之外，这对亲密牌友还有无穷的私房话。紫胭不光精通男女之事，多年的省城卖笑生涯更使她见多识广，讲起房第之事和淫秽故事滔滔不绝。宁红锦心旌摇荡，面红耳热，一边骂她狐狸精，一边又迫切地想继续听下去。紫胭有个表弟，原来在省城一家戏班唱花旦，紫胭傍上葛天民后，他也跟着跑到颍川来享福。宁红锦在他身上明白了什么叫油头粉面、油腔滑调。他在紫胭旁边蹭来蹭去，说话娘声娘气，眼神儿斜溜溜地瞟过来，媚得跟风骚女人似的。紫胭把桃花和玫瑰研碎，加上珍珠粉和一丁点辰砂，用春三月四更天青杏枝头的露珠溶化，装在青花细瓷瓶里用来抹脸。她取出一瓶给宁红锦试用。她表弟从瓶里勾出一点花膏，涂在宁红锦脸上，两只白而柔软的手像猪胰子一样在她脸上不停地滑动。涂好后，他反复打量这张绯如云霞的脸，啧啧称赞。

"好俊俏的姐姐呀！"

葛天民的管家从紫胭表弟那儿发现几张面额巨大的银票。他和葛天民仔细核算过家里账目，并未发现异常。管家是个精明人，稍一留心，就知悉了这些银票的来路。葛天民勃然大怒，痛骂紫胭一顿，要把娘娘腔赶走。紫胭给葛天民生了个儿子，使葛家香火有继，劳苦功高，因此恃宠骄横，根本不怕这个人人敬畏的大烟鬼。她气势汹汹地跟葛天民大吵了一场。

"女人也是人，也有那个需要。"紫胭冲葛天民叫嚷，"她男人不疼她，就让别的男人疼，有什么不对？"

葛天民被她的谬论气得翻眼。紫胭根本不理会他的心情，威胁说敢把表弟赶走，她就带上儿子离开葛家。葛天民无可奈何，在书房里发了一夜闷，次日上午独自坐车去了明农庄。江蓠在赵致和的书房接待了葛老爷。葛天民心怀歉疚地讲述了发生在他们家的丑闻，向江蓠请教怎么处置。江蓠的眉头像山峦一样攒起来，手撑额头，厌恶地闭上眼睛。葛天民说：

"我把他阉掉吧。"

"阉得了男，阉不了女。"江蓠长叹一口气，对葛天民说，"丑事已经发生，无可奈何，就不要让它再传扬出去了。"

葛老太爷八十寿诞，葛天民为他举办了隆重的庆典，请来两班戏，宅内一班宅外一班，接连唱了三天。江蓠应邀去拜寿看戏，在县城赵宅住了两天。第二天早上，她发现几支鹿茸不见了，归咎管家，将他辞退掉。在葛家看戏时，她讲起此事，请葛老爷帮忙推荐个手脚干净的管家。葛天民就把紫胭的表弟引介给赵太太。宁红锦本来还在为江蓠自作主张辞退管家心怀不满，没想到命运却在此处给自己制造了一个惊喜，当江蓠向她征求意见时，她压抑着内心的激动，矜持地同意了。

后来发生的事让赵文渊一直心存疑窦：一个月之后，宁戚夫妇来颍川走亲戚，才住一晚就走了，宁红锦也跟随他们回了亳州。紫胭的表弟应京城一个戏班的邀请，重新回归戏台，继续他的卖艺生涯。不久从亳州传来不幸消息，宁红锦去淮南看她姥姥，过淮河时忽遇风浪，船覆人亡，淮水滔滔，尸体也不知冲到哪里去了。这个悲剧让赵致和深感震惊，为生命之无常叹息不已，奔走在书院与药庄之间的赵文渊，却从那个莫名其妙的管家看似正常的出现和消失上，察觉出一种难以与人描述的诡异。

但这只是赵文渊自己的感受，不方便讲，他也不愿讲。赵家把丧礼办得很排场，葛天民的管家口风又极严谨，所以没有人怀疑宁红锦之死是个意外。大家目睹赵庆丧妻之后的消沉与颓废，对他的不幸遭遇深感同情。赵庆把宁红锦生前所有衣物都装进棺材，在他爹娘的坟旁立了个衣冠冢。能够出入后宅的人不多，叶萱是其中之一。她自认为是赵庆最亲近的人，以劝他开怀为己任。一开始她想施展旧艺，给他弹几支琵琶曲或唱几段开花调，但是回想起江蓠对她才艺的羞辱，便羞惭地打消了这个念头。据说男人喝酒可以一醉解千愁，她支用自己的钱，给赵庆买了两坛酒，劝他闷时就喝点儿。赵庆感谢了她的好意，并没有动那些酒。他不喜欢以酒浇愁，用烂醉或其他类似的方式向人展示自己的脆弱和悲伤。忧心难过的时候，他会选择喝茶，泡上一壶紫笋或普洱，独自坐在窗前那张简朴的黑漆木桌旁，默默啜饮酽浓无比的茶水。叶萱推开房门走进来，怜惜地看着他，捧起茶壶为他续茶。两人相对而坐，默然无言。五冲五泡之后，茶已寡淡无味，叶萱要取新茶叶，赵庆摆手阻止了她。他盯着手中紧攥的紫砂杯，自言自语说：

"怎么会这样？"

赵庆的话让叶萱无言以对。那天赵庆从河北祁州回到家，意外发现岳父岳母都来了，而且江蓠也在。家里气氛古怪，宁红锦闭门不出，宁戚夫妇也变得很生分，对赵庆的热情相待受宠若惊，客气至极。次日一早，老两口便起程回亳州，宁红锦一语不发跟在他们身后。赵庆被弄糊涂了，问江蓠怎么回事。

"宁老爷听说你们夫妻闹得很僵，来接红锦回去住一段。"江蓠说，"没事的。"

赵庆相信江蓠，以为真的没事，就没再把这件事放在心上。十天之后的下午，在药行当学徒的史青山与钱金钟派来收规例的小弟发生冲突，将对方砍伤，赵庆赶紧在鹿鸣酒楼宴请钱金钟，替不懂规矩的伙计向钱老板致歉。到家时已是午夜。他刚躺到床上，梦境就向他打开一扇窄小的门。他扶着门框走进去，听到重重嶂峦之外有人在哭泣。哭声若断若续、悲悲切切，犹如朝阳下的薄雾似有还无。他觉得声音如此熟悉，踏着荒草丛生的崎岖山路寻找过去。山之外是水，水之外是山，山山水水环来绕去，最后在一片沟渠纵横的水田里迷了路。水田种的不是水稻，而是茂密的荞麦。荞麦正在开花，白色细碎的花朵仿佛一层厚厚的雪，在皎洁月光下无边无际。赵庆站在荞麦中间茫然四顾，那个断续的哭声突然清晰无比地传进耳朵。他回过头，看到一棵洋槐树和一口水井，水井旁坐着一个妇女，背对着他呜呜咽咽地哭。赵庆听出来是宁红锦的声音，遂走过去，扶住她的肩膀。

"你怎么在这里?"他说。

宁红锦扭过头来，盯着他说："我迷路了。"

赵庆望着呈现在眼前的这张脸，突然瞪大了眼睛：那不是宁红锦，而是刚刚辞职的管家"娘娘腔"。他在震惊中醒过来，恶心得无以言喻。半个月后，宁红锦死讯传来，赵庆并没有过分惊愕，好像已在意料之中。他坐在窗前默默喝了一壶茶，搂住乖觉地站在旁边的回雪：

"你娘死了，你难过吗?"

回雪眼睛红红的，缓缓抱住父亲的脖子，额头抵在他肩上，一句话也没说。

赵庆是个有条理的人，任何事都做得明明白白，即使有些事嘴上不说，心里也一定有数。他可以接受任何结果，却无法忍受被未知的事物左右。所以，宁红锦到底是葬身淮河波涛，还是荒野枯井，其实并不重要，重要的是究竟因何而死。要解开谜团，他从祁州回来之前家里都发生了什么至关重要。当时家里除了宁戚夫妇、红锦、江蓠和管家，就只有叶萱，而叶萱对当天的事情又讳莫如深。这天晚上，他照例在床上辗转难眠，宁红锦断断续续的哭声从梦境的门缝挤出来，在他耳边绵绵萦绕。他跳下床，敲开叶萱的房门，拔出一把匕首扎到桌子上。

"你是无家流民。"他对叶萱说，"把你杀掉，不会有人过问。"

赵庆的眼睛里放射出令人胆战的凶光，让叶萱想起老家山梁上死了伴侣的狼。她在恐惧中招供实情：宁戚夫妇应赵家之邀，兴头十足地来颍川看大戏，当老两口在叶萱的带领下推开女儿房门，却看到女儿与一个男人正在床上酣睡。

"一切都是太太安排的。"叶萱说，"没想到你提前回来了。"

从叶萱房间里出来，赵庆直接去了醉春楼。醉春楼里有个入行不久的妓女，名叫琴心，粗通一些琴棋书画的东西，虽然不过尔尔，但在颍川这种小地方已是难得，被一群附庸风雅的嫖客大肆吹捧，说她才比苏小小，艺压李香君。他在琴心的床上躺了三天。第三天傍晚，江蓠在福荣和史青山陪同下推开房门，牵着回雪的手走进来。赵庆宿醉已醒，过量的烈酒在体内依旧有太多残留，趴在床上难受欲死。江蓠坐到床边的凳子上，用手帕擦去他嘴边的污垢。

"你怎能这样作践自己？"她生气地责备。

赵庆怔怔地望着她，眼泪顺着鼻梁流到枕头上。他说："你为什么要瞒我？"

江蓠轻轻拉起赵庆的手。赵庆呕吐了半天，四肢凉如青石。江蓠将凉如青石的手放在手心，用自己暖和的双手紧紧握住。她叹了口气，说：

"我不想让你受伤害。"

25   求不得

初来明农庄的三个月，叶萱一直觉得自己是个多余的人，随时可能被赵家辞退。在那段时间里，江蓠不喜欢她是尽人皆知的事。事情做不好嫌她笨，事情做太好嫌她精，没有揣摩到主人心思嫌她呆，揣摩到主人的心思了，又嫌她太有心机。虽然女主人不明讲，但那厌弃的神情已经明白无遗地表露了她的态度。甚至叶萱偶尔弹弹琵琶唱唱曲儿，也会让她感到厌烦。

在闲暇时，叶萱会抱出她的破琵琶，坐院子里弹唱一番。她倒不是乡情郁结，要用音乐抒发颠沛飘零的身世之悲，而是指望通过才艺让人另眼相看，借以改善自己的地位和处境。她的意图不但没达到，反而引起赵家很多人的不满，因为她打扰了大家睡觉。一天晚上，她在前院凉亭旁的桂树下正弹唱得声情并茂，江蓠拧着眉头走过来。

"行行好，饶了我们吧！"江蓠说，"我们都是粗人，能不能请你另谋高就，找个懂风雅的人家？"

当时赵致和还在没长没短地装病，赵庆的药庄则步履维艰，江蓠心情非常差，所以对她报丧似的弹唱倍感恼火。女主人的着辱让叶萱诚惶诚恐，把破琵琶塞到床底下，再不敢卖弄音乐才华，做人做事也更加小心勤恳，以免给女主人赶走自己提供理由或借口。作为一个不被女主人待见的人，要想长久立足，仅靠老实做人和勤恳做事似乎不够，叶萱认为，她还需要攀附上重要的人，在必要的时候倚为后台，为自己撑腰说话。

她最早想攀附的是赵致和。赵致和是正人君子，这一点她深信不疑。从她被杨修礼买下送给赵致和，直至来到明农庄，漫长的几个月内，他从未对她做过逾越男女分际的事，甚至连一点点暧昧的暗示都没有。她曾经怀疑是自己营养不良，姿色衰败，打动不了他的情欲；继而又自我宽慰，认为是赵致和长时间的抱病、旅途中的饥饿颠顿，以及家族巨变对他造成的巨大打击，使他无心，也无力对女人发生兴趣。来到明农庄后，江蓠对她毫不掩饰的冷淡和厌弃，被她理解为女主人担心自己勾搭老爷。为了证明清白，她在伺候赵致和时极尽勤谨，又刻意疏避，给赵致和进药奉饭，赵致和只要一接过去，她马上后退三步，不敢仰视。她的过分恭卑让赵致和倍感别扭，一度要求江蓠换个人来服侍自己。对叶萱来说，这意味着自己可能失业。做人的艰难让她心酸难过，夜深人静的时候，她躲在厢院墙角哭了很久。邻家一个吊死的妇女骑在泡桐树上，拍着手对她唱歌：

死了好，

死了好，

死了能穿花棉袄！

自杀的鬼不能进入轮回，除非诱骗一个人来顶替自己，才可以投胎转世。叶萱虽然难过，但对未来还有期待。她没有上那个瘦骨嶙峋吊死鬼的当，而是向她吐了口唾沫，又捡块石头丢过去。江蓠并没有辞退她，当情绪低落期过去，对叶萱的态度也改变了些，不复那么严厉和苛刻，有时候还会关怀她的生活，询问她适不适应这里的水土。赵致和结束装病，一门心思去赈灾后，江蓠依旧派她去照顾他的生活。这说明她已经初步赢得女主人的信任。赵致和在赈灾中的表现感动了叶萱。她从来没见过如此纯粹的好人，心里头只有天底下的受苦人，事事为他人着想，而不是先盘算自己的好处。她认为他根本就是菩萨的化身，同时也找到了他对自己不感兴趣的答案：这样的好人，怎么可能好女色呢？

赵致和不近女色是众所周知的事。他甚至对妻子也敬而远之。长达两年的旱灾结束后，他又受聘去清流书院做主讲，从此长住书院，与江蓠聚少离多，床笫之事亦付之阙如。有人将此归因于赵致和的品格。在礼教昌隆的帝国，禁欲与否是判断一个人道德品行的重要标准，禁欲的人不一定都高尚，但高尚的人必定都禁欲。更通行的说法是，赵致和有男风之好，当然不喜欢女人。叶萱最初听到这种传言，气得两天吃不下饭。她认为这是对老爷人品的恶毒羞辱，像老爷这样的正人君子，怎么可能会做那种恶心事？况且她也无法理解男人跟男人怎么搞那种事。

与福荣的结合，使叶萱在赵家确立了自己的身份和地位，再不用担心被随时驱逐。她的生命重新绽放，身体变得丰腴，脸色红润如桃花。福荣也是二婚，他前妻五年前死于肺痨，五年的饥渴憋得他如狼似虎。丈夫旺盛的性欲令叶萱也变得春情盎然，觉得这才是完美生活。她开始同情起太太，老爷与她长年分居，不能善尽丈夫的义务，太太一定会感到寂寞的。她一度闲极无聊，对太太怎么打发寂寞产生浓厚兴趣。一天晚上，她踩着月光去如厕，然后蹑手蹑脚来到江蓠窗外，侧耳倾听房间里的动静。月亮仿佛灯烛，将她的影子印到窗户上。她像野猫一样悄无声息地俯在窗前，突然发现窗子上多了一条人影。

"睡不着就打更去。"江蓠不知何时出现在身后，厉声说，"再这样鬼鬼祟祟，打断你的腿！"

叶萱在惊恐之中病了一场，再不敢去窥探太太的隐私。但她会偷偷寻思，假设种种她所能想得到的可能。江蓠再是明察秋毫，总不能看到人心里的念想。她私下琢磨了很久，得出的结论是：太太跟老爷一样，是对男女之事不感兴趣的人。

这似乎是个确凿的事实。但是叶萱并不笃定，偶尔会因为某些人某些事，而发生虽然微小，但却致命的动摇。比如当赵庆回来的时候。每次赵庆回来，沉闷的明农庄都会变得活泼轻松，女主人对一些不合规矩的事也会相对宽容。这是连男主人赵致和都做不到的事。所以叶萱与宁红锦一样，一度怀疑他们之间是否另有隐情，并且与宁红锦一样，为这种猜测而心生醋意。

赵庆是叶萱第二个想攀附的人。她能留在赵家，赵庆至关重要。若非那天运气好遇到赵庆，也许她早已饿毙沟壑，鬼魂也至今还在歧路丛生的原野上寻找回老家的路，因此她对赵庆充满感恩之情。当年她奉江蓠之命去县城照顾老爷，老爷却一天到晚为了赈灾而奔走，根本用不着她照顾，她就留在药庄帮忙打杂。这为她接近赵庆，进而向他表达感恩之情提供了机会。那些天里，她勤勤恳恳做事，不光在药庄当杂工，还包揽了赵庆一家的家务。目睹赵庆在事业低谷中的心力交瘁，她与江蓠一样痛惜，只恨自己没有能力帮他分忧。随着赵庆与宁红锦夫妻关系的日渐恶化，叶萱开始心生幻想，有时候大白天就会做梦，梦到一个天花乱坠的未来。所以当江蓠决定赶走宁红锦，授意她如此这般的时候，她仅仅是犹豫了一下，就答应下来。

叶萱万没想到事情竟然会以宁红锦的死来做结。死讯传来，她连续几天心惊肉跳，担心宁红锦的鬼魂会回来找自己算账。然而在担惊之余，内心深处的躁动又仿佛一眼山泉，在重重岩石之下汩汩不休地往外翻涌。她看着赵庆消沉苦闷，一边怜惜，一边又感到快乐。她细心打理家务，殷勤讨好回雪，在赵庆静坐的时候默默为他泡茶。她望见幸福正在前方不远处向她招手，所以她无法抵制内心的快乐。

江蓠帮她抵制了。她在把赵庆从醉春楼带回药庄后，又毫无预兆地把叶萱调回明农庄。这个突如其来的变故让叶萱傻了眼。她知道不听太太的话意味着什么，所以假装平静，跟随江蓠回到乡下。刚回去那些天，她饮恨吞声，夜夜难眠，对江蓠无比怨恨，又不敢怨恨。她不死心，幻想赵庆会留恋自己，在某一天驾着马车回到明农庄，就像当初说服江蓠留下自己一样，说服江蓠把自己带走。

江蓠又帮她死了心。回明农庄不久，江蓠就找她说话，想让她跟福荣成亲。叶萱犹如在风雪之夜被捆起来浸猪笼，彻骨的寒冷和无助令她几乎昏厥。福荣曾在药庄帮过半年忙，与叶萱相熟。福荣秉承了乃父的优秀品行，厚道，笃实，对赵家有着与生俱来的忠诚，对这个无家可归的女人也很照应。因此叶萱对他颇有好感。但这种好感仅限于尊敬，并不足以让她以身相许。江蓠从她的犹豫里看出不情愿，脸色阴沉下来。

"你是不是看不上我们赵家？"

福荣是个不错的丈夫，所以结婚之后，叶萱至死也没后悔过。只是她心有不甘，尤其是当她想到出身问题时。她和江蓠、赵庆都是外来的，凭什么他们两个成了主子，自己只能沦为下人？这个不公让她心生怨念。她与福荣结婚前一天，赵庆带着回雪回明农庄致贺，在各种礼物之外，还有两坛老酒。叶萱一眼认出是自己买给他的那两坛，他没有拿来浇愁，而是当作贺礼还给了她。叶萱烦扰不已，猜不出他这么做是什么意思。从此以后，他们就疏远了，以至于到后来，叶萱都忘了自己曾经希望嫁给他，好像从一来到明农庄，就已打定主意跟福荣过一辈子。

叶萱生第二个儿子的时候，赵庆照例回来祝贺。过度的忧劳使这个傲气的人过早衰老，当他俯身去逗褓褓中的婴儿，叶萱看到他鬓角的头发已经灰如麻丝。年复一年，赵庆依旧单身，甚至没有讨个姨太太。叶萱安逸地半卧在暖和的大床上，看着赵庆用一根指头轻轻抚摸婴儿软嫩的脸，笑意仿佛池水上的涟漪，在他脸上一层层荡漾开来，眼角的皱纹在笑容挤压下深如沟壑。叶萱从那副笑容里看到难以名状的惆怅和落寞，突然心疼得厉害，想要摸摸他的脸。她的手抬起来，却只是掖了掖褓褓。

江蓠就坐在他们旁边。叶萱从赵庆笑容里感受到的，她也全都感受到了。晚饭之后，天色尚早，她和赵庆坐在堂屋说些闲话。赵庆情绪低落，讲起药庄事务，不由自主流露出一点倦意。太阳西下，暮色已起，堂屋里光亮不足，赵庆的苍老依旧清晰可见。江蓠望着他，眼光柔软得仿佛春蚕吐不尽的丝。

"这么多年，辛苦你了！"她对赵庆说。

赵庆笑了一笑，没有说话，只是下意识地捻动着手指。

"你心里是不是怨我，"江蓠说，"怨我把叶萱嫁给了福荣？"

赵庆惊讶地望着江蓠，不明白她何出此言。他承认自己情绪不好，甚至意志消沉，但是无关叶萱。宁红锦生了回雪后，一直没再怀孕，所以赵庆膝下只有一女，眼见人家福荣已有两个儿子，自己仍没有可以继承香火的下一代，因此黯然神伤。江蓠心中百味杂陈，她沉默很久，叹了一口气。

"你这么出色，哪个女人配得上跟你生儿子呢？"

她的叹息轻缓而悠长，犹如这满眼暮色，在迷蒙中带着些不明出处的感伤。赵庆忽然想起幼小的时候，跟随驼背的父亲行走在流浪的路上，他看见牛羊归圈、百鸟返巢，彤红的太阳一点点落到地平线下，在黄昏中紧紧握住父亲肮脏而干瘦的手。他沉浸在这个回忆里无法自拔，耳朵听到江蓠说：

"把文渊过继给你吧。"

把大儿子过继给赵庆，是江蓠盘算已久的事。赵致和不是很情愿，他建议赵庆再娶，反正年壮多金，家业昌隆，既不愁无妻，又何患无子？但是他的意见仅供参考，过继的事还是被隆重地提上日程。江蓠请集镇上瞎眼的阴阳先生选个吉日，定于十月初六举办过继仪式。

过继不是小事情，仪式要有与赵家的地位和名望相匹配的隆重与盛大。江蓠亲自张罗其事，准备祭告祖先的香牲，拟定客人名单，过问仪程的每一个细节，落实所需的每一样物品。明农庄笼罩在一种诡谲的喜庆里，人人脸上都洋溢着难以解释的欢欣。十月初五的时候，一切都已安排妥当，家族长老和世交亲朋也都收到请柬，并应允莅临观礼见证。整个过程一如江蓠惯常的风格，严谨高效，有条不紊。然而在此万事俱备的时候，赵文渊不见了。

赵文渊的意外失踪引发了无穷猜测，最有代表性的两种说法是遇险和出走。遇险是个悲剧，出走则是笑柄，所以不管何种原因，赵文渊的失踪都是赵家无法接受的。江蓠派人四处寻找，并于次日报了官，三天之后仍无音讯，开始到处张贴悬赏告示。她在文澜陪同下遍访巫觋与卦师，扶乩请仙，求卜问卦，祈求神灵相助，帮她把老大找出来。神灵的指点各不相同，有说少爷在东方，有说在西方，有说在南方，还有的一口咬定在北方。只有江蓠素所敬重的那个瞎眼阴阳先生给出的判断最精确，他推算一夜，郑重告诉赵太太，少爷如果没死，就一定还活着，如果不在颍川，就一定去了外地。

正如当年赵云裳失踪，赵家找遍颍川，却没想到县城里的天主堂一样，赵家为了寻找赵文渊，几乎将颍川翻个底朝天再抖几抖，却唯独漏掉了尚信德的老窝。文渊躲在云裳的房间里，对大街小巷响彻云霄的呼喊厌烦透顶。

他用棉花堵住耳朵，对云裳说：

"我不是物品，可以随意转赠！"

这是江蘺主管赵家以来最感挫折的一件事。她在明农庄度日如年，黄豆大的燎泡布满干燥的嘴唇。直到第五天上午，她突然发觉丈夫太淡定了，根本不像那个遇事就焦急暴躁的赵致和。这个发现让江蘺意识到了自己的疏漏，她带上福荣，直奔丈夫那个洋朋友的教堂。尚信德出去布道了，教堂里很安静。云裳戴副近视眼镜，坐在一只小马扎上读《圣经》，杨修智则在教堂前的空地上卖力劈柴，而赵文渊，已经在两个时辰前离开了。

在清流书院现身的赵文渊没有对自己的行为向家人做任何解释，他的态度已经说明了一切。所以赵庆并未追问，也没有提与过继有关的任何字眼，在确定他人身安全之后就回去了。江蘺没去书院，坐在县城赵宅里等文渊来请罪，不料等到最后，却只见赵庆一个人归来。她嘴唇上的燎泡接二连三地破裂，呼吸粗重得像垂死的驴子。赵庆给她沏一杯栀子菊花茶，劝姐姐消气，又替文渊辩护，事先应该考虑孩子的感受，征求一下他的意见，而不该擅自替他做主。江蘺打断他的话，将栀子菊花茶泼到地上，对福荣说：

"备车，回明农庄！"

在之后长达三年的时间内，江蘺对大儿子不理不睬，对他的请安问候也听若罔闻。在文渊认错之前，她不会原谅他，而冷漠和疏远是对他必要的惩罚。母亲的惩罚使赵文渊倍感压抑，眼看着弟弟在母亲怀里撒娇打转，自己却像欠债不还的陌生人，内心便如冬日阴晦的天空。福荣夫妇劝他向太太认个错，求取太太宽恕。赵文渊自思无错可认，他宁愿接受不公正的待遇，也不愿为了改善处境而陷害自己。母子俩日益僵硬的关系不仅让家人感到不安，也让年老抱病的赵成痛心不已。这位四朝元老恃其资格，以赵家监护人自居，每每对他认为有碍赵家和谐兴旺的事情指手画脚，横加干涉。他挂着拐杖跑到县城，命令文渊服软，回去向母亲磕头赔罪。要求被拒绝后，老头儿大为光火，拐杖捣地痛斥文渊不懂事，说到气头上，举起拐杖就抽文渊的屁股。老头儿的调解没有取得任何成效，反而把自己的命搭了进去，他年迈多病的身体经不起痛心无奈的煎熬，很快就一命呜呼。在临死前，他也没有放弃做最后的努力。

"虎毒还不食子呢，你就不能退一步吗？"他躺在脏兮兮的床上，瞪着来看他的江蓠说，"当娘的和自己儿子能有多大仇呢？"

江蓠眉心微蹙。"您就安心歇息吧，不要管家里的事了。"

赵庆的心情比死不瞑目的赵成更糟糕，因为事因与他相关，所以在难过之余，还有难以言喻的尴尬。他最担心文渊对自己有意见，从此产生隔阂，希望将他们的关系恢复到原来的状态。但他很快发现这个努力是多余的，赵文渊一如既往，不想在书院读书时，就来药庄帮他处理大小事务，对他的态度也无任何变化，既没有疏远，也没有更亲密，好像过继的事在他们之间没有发生过，或者说过继事件的影响只存在于他们母子之间，而与其他人没有任何关系。这让赵庆略感欣慰，转而把精力用来劝说江蓠，试图让她放下家长的架子，宽容一下文渊。他每次提到这个话题，江蓠立即冷脸以对，使对话无法继续，他也只好废然而罢。

赵文渊十八岁那年夏天，颍川商会会长葛天民得了一场大病，闭门将养许久，仍无明显好转。赵庆登门探望。闲聊之间，葛天民透露出一个心愿，希望与赵家联姻，把女儿伊莪嫁给赵文渊。这无疑是一桩好姻缘，赵庆欣喜异常，马上赶往清流书院告知赵致和。葛家教育有方，伊莪也聪明伶俐、知书达礼，极是讨人喜爱，只是生性有些倔强，因为怕疼而拒绝缠脚，是县城大家闺秀里仅有的大脚板，在赵致和看来颇失名门体统。但是联想到自己大儿子的狷介个性，也就不好对人家有太多苛求。因此听到这个消息，赵先生很高兴。赵庆深知文渊是个有主见的人，建议先征求一下他的意见。赵致和点头称是。听了父亲的询问，一向稳重的赵文渊变得扭捏害羞，像个大姑娘一样红起脸。赵致和知道好事成了，搓着手与赵庆呵呵笑起来。

他们的喜悦没有持续多久。赵庆兴高采烈赶回明农庄，向他姐江蓠报告喜讯。他满心指望借这个大喜之事缓解他们母子之间经久不衰的紧张关系。不料听到这个喜讯，江蓠不但没有开心，反而露出惊愕和懊丧。

"前天晚上我做了个梦，梦到伯伯了。"她说，"伯伯很疼回雪，也关心文渊的婚事。他希望回雪和文渊成亲。"

26　能吏之死

葛天民的身体每况愈下。

赵致中死后，葛天民以其威望和能力，被推举为颍川商会新会长。与赵致中不同，葛天民行事信奉智慧，而不是暴力。他曾对人讲，除了屠夫的勾当，世界上没有任何一件事必须使用暴力来解决。话虽这么讲，倘若使用暴力最有效，他也乐意为之。赵致中遭遇不平事，动辄拔刀相向，血溅五步，看上去凶残，但他行事总有一定之规，会怎么干，结果如何，都可以预料。葛天民则不然，行事无一定法则，端看怎么做最有利。别人永远不知道他会怎么干，也就不知道该如何对付他。与赵致中为敌，只要向他认输，天大的仇都可以就此放过。倘若与葛天民为敌，很抱歉，葛老爷不知道"以德报怨"四字怎么写。因此，葛天民看上去整年病歪歪的，颍川人对他的畏惧绝不亚于赵致中，很多赵致中做不到的事，在他手里都能圆滑地解决。大家公认，比之前任商会会长赵致中，葛天民做得更好，也更称职。

但是赵致中有个长处，葛天民却不具备，即知人善任，用人不疑。赵致中把药庄交给赵庆，把镖行交给史宗义，把明农庄交给江蓠，自己逍遥快活，几乎不插手任何具体事务。葛天民则因为自负而信不过所有人，事无大小亲力亲为。另外赵致中赖皮出身，自知没文化，从来不端架子，每遇疑难之事，到处找人请教。葛天民出身科举，自命清高，又曾长年担任颍川佐贰官，绝不会放下身段去求人。所以，尽管他精明强干，多病的身体终究扛不住经年的积劳，一日比一日虚弱下去。老父亲死时他又哀毁过度，大病数月，几乎性命不保。以至到后来，必须靠天天吸食鸦片维持精神。赵庆深以为忧，多次劝他戒掉鸦片，再放下所有俗务，好好调养一下身体。他终究不听。他担心一放手，靠他运行的一切都会垮掉。这年秋天，颍川流行腹泻，诸药无效，城乡之间到处都是大便滚淌的人。说起来腹泻也不是什么大病，只要身体好，扛一段时间也就会过去。但对身体孱弱的葛天民，却无异釜底抽薪，几泡稀屎就把元气拉走一大半。他在病榻上缠绵月余，自感油灯将枯，来日不多，有必要未雨绸缪，提前安排后事了。

葛天民两代单传，轮到他承担起传后责任时，生育能力却更差，年近四十尚且没有子嗣。他父亲忧愁不已，叹气说他们家是黄鼠狼托生的，下崽本领一代不如一代。眼看要成为断绝香火的罪人，葛天民非常焦急，在唐兴歧那儿连吃了两年药，终于在三十九岁那年生了个女儿。伊我的诞生洗刷了葛太太不能怀孕的嫌疑，使她如释重负，腰杆挺直，死的时候也因为无愧葛家而欣然瞑目。

太太去世不久，葛天民便辞去官职。赵致中心存愧疚，带他去省城游玩散心。在一家妓院，葛天民对头牌紫胭一见倾心，留恋不去。赵致中便花钱替她赎身，送给葛天民做妾。紫胭在妓院时恩客众多，每天都会接受大量被称为男人精华的东西。为了防止那些东西在肚子里变化成人，她天天要喝水银茶。水银避孕是帝国一项伟大发明，紫胭在水银帮助下宫门紧闭，生意兴隆。葛天民立她为妾，本意不过纵情美色，不料一年之后，紫胭居然生了个儿子出来。紫胭也被自己神奇的生育能力吓了一跳，兴奋之余，要求葛天民将她扶正。全颍川都知道她是妓女出身，葛天民纵然宠爱，无论如何丢不起这个人。紫胭闹过几次后，明白扶正无望，就勒令葛天民答应不再娶正房，然后死心塌地做起了姨太太。

如今葛天民病榻久卧，在对自身寿命的悲观判断下，为家人、孩子和药庄的未来忧心忡忡。女儿伊莪年方十六，已可嫁人，儿子葛荣才不过九岁，一旦自己撒手人寰，幼儿寡母如何守得住庞大家业？他在病榻上深思多时，可信赖的只有赵家，而要向赵家托孤，最好、也最可靠的办法，无如以联姻的方式先将两家绑到一起。

纵使没有托孤的考量，葛天民也有意把伊莪嫁给赵文渊。伊莪十五岁后，葛天民就开始留意颍川少年，要为她妙选佳婿。在他视野所及的少年才俊中，赵家大公子文渊最是引人瞩目。葛天民对他的早熟和稳重印象深刻，一度还曾心生嫉妒，叹息说"生子当如赵文渊"。因有上一代的情谊，文渊常来葛伯伯家走动。葛天民鼓励葛荣多与文渊亲近，也不反对伊莪与他长时间闲聊。青春年少是人生中最令人着迷的时候，尤其对于女孩子，春风秋雨都能引发多情的想象，然后一天到晚把心事挂在脸上。葛天民是精明而细心的父亲，他从女儿越来越反常的状态里，窥破了她情窦初开的心怀。而赵文渊在与伊莪在一起时，言辞举止也有越来越明显的深意。那么，还有什么可说的呢？赵家大公子理所当然成为葛天民嫁女的不二之选。

赵家的回应让葛天民深感失望。赵庆向他转述江蓠的决定时，在巨大的尴尬之下几乎讲不出话来，仿佛是自己抢了原本应该属于葛家的女婿，并为此深感自责和歉疚。自古同姓不婚，赵庆虽然原本不姓赵，但怎么说都已是赵家人，江蓠又拿他当亲弟弟，文渊与回雪义同兄妹，怎么能够成亲呢？葛天民觉得江蓠的安排荒谬之极，但他深知她是赵家真正的主人，她的决定就是赵家的态度。葛天民不愿放弃为女儿争取幸福的最后努力，他向赵庆询问文渊的意见。赵庆搓着大腿，难为情地说：

"文渊说听他母亲安排。"

葛天民既惊讶，又失望，他本来还寄望于文渊会如之前反对过继一样，反对江蓠擅自决定他的婚姻大事。联姻是两情相悦的事，对方既然无意，自己也不能勉强。他向老朋友表示祝贺，并祝福新人幸福恩爱，瓜瓞绵绵。赵庆连声道谢，然后又期期艾艾地讲出一个不情之请：他们想请葛老爷做文渊和回雪的媒人。

面对这个过分的请求，葛天民再次展现了博大的气度和胸怀。文渊与回雪成亲那天，葛天民身体已经恢复得不错，便带上紫胭和葛荣，以月老身份去参加婚礼。出门之前，伊莪也修饰一新，要求与他们同去。葛天民看她神色自若，就答应了。他暗中交代紫胭和葛荣，叫他们多留心伊莪，不要让她做出什么不当之事，既伤两家和气，又辱缙绅体面。然而事实证明，葛天民多虑了，伊莪在婚礼现场举止得宜，落落大方，表现出了大家闺秀应有的气质和风度。午后，葛天民身体又感不适，先行告退回府。葛荣陪他妈看戏，伊莪则随同父亲回家。在家门口，她赶到父亲轿前，撩开绣有丹凤朝阳图案的轿帘，把葛天民扶下轿子。葛天民在女儿搀扶下走进宅院。他不大相信女儿对赵文渊的婚事无动于衷，因此对她的镇静感到一点讶异和内疚。他说：

"伊莪，你真的不伤心吗？"

伊莪笑了笑。

"爹爹，"她说，"伤心有什么用？"

联姻的失败使葛天民的托孤计划变得不再牢靠。葛天民天性谨慎，假如后果难料，便不会孤注一掷。但是除了赵家，环视颍川，还有谁更靠得住呢？从赵文渊婚礼上归来后，葛天民日益焦虑，寝食难安。紫胭从未见过老爷像现在这样，一天到晚心事重重，愁眉不展。听葛天民说出他的忧虑，紫胭跳过床上的烟桌，像只肥猫一样钻到他胸前。

"如果你死了，我就把药庄卖掉。"她说，"然后专心培养儿子，让他读书考状元。"

紫胭的语气温柔而坚定。葛天民一刹那心生感动，几乎冒出把她扶正的念头。但对紫胭的规划，葛天民并不同意。

"状元哪是好考的？不要说我，就连致和兄那么大的才子，考了许多次，连个三甲进士都捞不到，还不如我。况且现在新学兴起，科举早晚会被朝廷废掉。"葛天民说，"再说，像你这样花钱如流水，不生新钱，早晚坐吃山空，到那时怎么办？"

紫胭对国家大事不感兴趣，只是老爷对她的质疑让她感到一点羞愧。她努一下嘴，说："那我也不会让儿子饿死，大不了去讨饭，再不然就再找个有钱老爷，卖身养子。"

紫胭的话虽是玩笑，但也未必不会发生。葛天民想象着那样的情景心如灰土，再次卧床不起。几天后，赵致和夫妇和赵庆突然联袂来访。赵家三个主人同时登门，是绝无仅有的事情，葛天民为这前所未有的礼遇感动不已。转思人家三人个个康健，下一代也已头角峥嵘，又不胜生前身后之凄凉。他在强烈对比下黯然神伤，握住赵致和的手，话未出口，眼泪已潸然而下。

　　让葛天民感到意外的是，赵家三主此来，并不仅仅是探望久病不愈的老朋友，还想跟葛家攀个亲。赵家二公子已十六岁，到了考虑婚娶的年龄，他们希望跟葛兄结个亲家，使两家的情谊更上层楼。赵文澜一直在明农庄成长，极少外出，葛天民对他不甚了解，不过常听人说他天资聪颖，是读书的好苗子，以赵家家教之严谨，想必差不到哪儿去。所以听赵致和讲完，葛天民的病已然好了一半。送走客人，他把伊我叫过来，征求她的意见。伊我站在父亲面前想了一会儿，点头同意了。葛天民提醒女儿：

　　"你对文澜并不了解，不必急着答应。"

　　"有多少婚姻是从青梅竹马来的？况且嫁个好人，未必就有好命，嫁个歹人，也未必日子就不好过。"伊我说，"婚姻就是碰运气，跟赌钱一样。"

　　第二年春暖花开的时候，赵文澜和葛伊我举办了婚礼。赵家原本拟于八月才合卺成亲，葛天民怕自己等不了那么久。伊我看上去对这桩婚事也有期待，在一点点的紧张之外是更多的欢欣。紫胭与这个继女儿感情一般，但是朝夕共处，忽然要嫁出去当别人的媳妇，终归有些恋恋不舍。她送给伊我许多首饰，又从彩锦匣子里取出一支翠玉珊瑚步摇，轻轻插进伊我的发髻。

　　"到赵家后，要事事小心。"她说，"你那个婆婆可不是好相处的。"

　　这是颍川几十年来最排场的婚礼，两大家族不惜巨资，做了长期而精心的准备，仪式之隆重和筵席之奢侈令人咋舌。明农庄嘉客满座，冠盖云集，上自知县、典史和府学训导，下至县内士绅名流，无不应邀来道喜，湖广总督张大人、正五品工部郎中杨修礼亦具书礼致贺。在婚典之后，八班鼓吹和十场对台戏又热闹了三天。颍川人大开眼界，艳羡不已，就连一向心性平和、与世无争的回雪，回想起自己简单得多的婚礼，心里也禁不住暗暗泛酸。伊我幼年丧母，与别的孩子相比，在成长中缺少一份至为重要的母爱。

虽然她并未将此当作多大的委屈，葛天民却总觉歉疚，因此婚礼这一天，他不顾所谓传统规矩，执意要亲自把女儿送到赵家去。他目睹由繁文缛节、盛大仪仗、珍馐佳酿和高朋满座所体现的奢华，对这场婚礼非常满意。虽然在典礼高潮时出现了一个意外，也使喜庆气氛变得有点诡异，但总体说，还是非常成功的。

这是个不折不扣的意外。当婚礼进行到拜堂环节，明农庄内突然一阵骚动，一位身材高大的汉子大大咧咧地闯进来。他肩上蹲着一只灰黑羽毛的乌鸦，身后跟随两个奇装异服的人，径直走进花堂，扫视一遍在场人等，毫不客气地捏了捏新郎粉嫩的脸。赵致和夫妇吃惊地站起身。汉子笑嘻嘻地冲他们点点头，然后把惊喜迎上来的赵文渊搂在怀里，拍拍他肩膀，夸他长大了，也英俊多了。拜堂仪式被这个不速之客暂时打断，气氛一时有些尴尬。那人揽着文渊，眼光又落到葛天民脸上。

"葛老头儿，还认得我吗？"

汉子嗓音洪亮，有鸣金之声，一听便知肺气充沛。葛天民视力大不如前，第一眼的确没有认出来者何人，但听文渊叫他"大哥"，便已猜到是赵致中那个失踪多年的儿子赵文津。他微皱一下眉头，觉得有些晦气。还好赵文津并未捣乱，相反出手阔绰，送给这对素未谋面的弟弟、弟媳每人一张五百两银票，然后在明农庄溜达一遭，看了看阔别已久的老家，就带上那两个人离去了。婚礼继续热闹进行，宾客极欢而散。葛天民心里那点小小的不快也在杯觥交错中烟消云散。半酣之间，他不由自主想起了亡妻，为她未能看到这场盛大的婚礼，在女儿人生最重要的时刻见证她的幸福和快乐而遗憾。接着他又想到儿子葛荣。他多么希望能为葛荣也操办一场这样的婚礼，但他知道自己肯定撑不到那一天了。

婚礼结束后天色已晚，葛天民也不想立即回城，便住在了明农庄。赵庆把他安排进赵致中原先住的房间。申牌时分，葛天民醉醺醺躺到床上，以为赵致中必定会来找他说话，然而直到子夜，赵致中也没有出现。他隐隐有些失望，然后感觉嘴巴慢慢往一边歪过去，口水顺着咧开的嘴角汩汩流出来。他想叫人，却像魇住了，喉咙被虚无之绳紧紧勒住，发不出一丝声音。五天后，他艰难地睁开眼睛，发现已然回到县城自己家的床上。房间里飘满鬼魂，一个个面孔粗陋，五官怪异，最不能容忍的是他们居然还像神汉作法，扭着毫无美感的肢体，向他大跳拙劣而下流的舞蹈。紫胭和伊莪在床前哭泣，声音却那么小，几乎被掩盖在赵文津徒子徒孙们在大街高呼法号的喧嚣里。赵致和、赵庆和赵文渊都在，这让苏醒过来的葛天民感到欣慰。他想对他们笑一下，表示感激，半边瘫痪的脸却无法配合他完成这个动作。赵致和怀抱葛荣坐在床头，静听他的临终遗言。葛天民已说不出话，他用尽最后的力气，抬起那只尚可移动的手指了指葛荣，又指指赵致和、赵庆和赵文渊，然后再指指自己，就此断了气。

27 教主归来

　　修女赵云裳做了个荒谬的梦，梦到上帝跟玉皇大帝打架。两个老头犹如市井莽汉，揪头发插眼睛，搂住脖子摔起跤，身体像麻花一样扭到一起，在浮土里滚来滚去，搞得尘埃满天飞扬。不知过了多久，灰尘在阳光下缓缓散去，云裳吃惊地发现，上帝和玉皇大帝都不见了，只有两条狗在浮尘里相背而立，屁股被一根香肠似的东西连在一起。云裳被眼前罪恶的景象吓得瑟瑟颤抖，喊着"主啊，主啊"，慌张地转过身去。转过身来的一瞬间，她又惊呆了：一条粗大的黑蟒昂头盘踞在眼前。她僵在那里动弹不得，眼睁睁看着蟒蛇垂下头，张开血盆大口叼住自己的腰。

　　云裳在惊恐中醒来，只见月光洒进房间，才知道是做了个噩梦。她随即发现自己身在半空，并且在往前移动，最后被放到一只磨盘大的土鳖虫背上。她回过头，看到梦里那条黑蟒正松开嘴巴，吐着信子昂起头。土鳖虫驮着云裳跑出房间。一条巨大得不可思议的蟒蛇正绕着教堂盘旋而上，将红方石修筑的哥特式教堂一圈圈缠起来，硕大无比的脑袋挺立在尖顶上，居高临下俯视着教堂前的人。盘子大小的月亮如同一只朦胧的灯笼，摇摇欲坠地挂在它头顶的天空。土鳖虫把云裳驮到一群人面前，将她颠到地上，散成不计其数的小土鳖虫，仿佛退潮的海水，迅速爬进墙缝里。对面并排站着六个人，仿佛没卸妆的戏子，有的头戴冲天冠，有的背上插着小旗。而在他们之前，摆着一把宽大的太师椅，一名中年汉子四平八稳地坐在椅子里。一只灰黑的乌鸦从他手掌里飞起来，在天空盘旋一周，灵巧地落到云裳肩头。那名汉子笑眯眯地盯着云裳，亲切地说：

"妹妹！"

杨修智费尽千辛万苦找来的那只鸟的确是陆魅。云裳将它放飞时未抱任何希望，但这并不影响它忠诚地履行自己的职责。它穿过阴阳界，飞越奈何桥，在幽冥世界里四处搜寻赵文津的鬼魂。它以杨修智寻找它时的坚韧与辛劳，在阴间穿梭飞翔了八年，依旧没有找到赵文津。后来有一天，它落在鬼门关歇山重檐琉璃瓦城楼上休息，听到两只鬼在下头咒骂一个人。这两只鬼生前都是乾坤会会员，位阶亦极高。师父同时传授甲鬼和一名师弟一套神功，练成后可以刀枪不入。甲鬼和师弟昼夜苦修，三个月后，为了检验修炼效果，师弟抽出一把短剑，在他身上左刺右刺，果然毫发无伤。甲鬼欣喜若狂，带师弟向师父复命。师父很欣慰，安排他们在一场万人法会上表演这套绝技，以期吸引更多人入会。甲鬼胸有成竹，与师弟联袂登台，喝下两碗符水，又念诵几段咒语，然后拔剑自刺。只见他大吼一声，用尽全力将雪亮的剑刺入胸口，长长的剑身贯胸而过，冒出后背一尺多长。甲鬼发觉不对，胸口疼得厉害，紧接着看见鲜血像撒尿一样从创口往外浇，然后就死掉了。那个师弟却用剑在身上前刺后刺、上刺下刺，安然无恙。甲鬼的失败令师父颜面丢尽，叫弟子将他尸体丢到野地里喂狗，师弟则给帮会长脸，深受师父宠爱，提拔他顶替甲鬼大护法的位置。这个致命的意外令甲鬼百思不得其解，冤魂跟踪不去，才发现是被师弟耍了，他那把刺人不死的短剑是弹簧的。

乙鬼的位阶比甲鬼更高，是师父的大弟子和接班人。师弟升任大护法后，源源不断招纳到年轻美貌的女弟子，供师父修炼阴阳和合长生功，因此越来越受师父器重。乙鬼忧心地位不保，非常焦虑。师弟居然体谅他的心情，拍胸脯发誓帮他找个更漂亮的，让他送给师父讨取欢心。师弟说到做到，一个月后果然给他带来一位貌若天仙的女子。乙鬼心花怒放，马上将这名女子孝敬给师父。一个时辰后，师父派人送来一杯圣水，说是对他孝心的赏赐。乙鬼欢天喜地喝下去，惊讶地发现自己死掉了。原来那个女子是师弟从暹罗国买的人妖，师父一怒之下，赐给他一杯鸩酒。

蹲在城楼上的陆魅从这两个冤鬼愤恨不已的诅咒里，听出他们的师弟就是它要找的人。它飞出阴间，按照冤鬼话语里的线索，飞越千山万水，最终在夜郎国西陲找到已接掌乾坤会的赵文津。赵文津已将乾坤会改名乾坤教，他自己则被教众们尊奉为"降妖伏魔保国安民仁慈侠义智勇双全神功盖世无敌大教主"。赵大教主挺立在巍峨法坛上，接受信众的跪拜和欢呼。他举起手，让鸣叫盘旋的陆魅落到食指上，乡土之思在他高深莫测的内心油然而生。

云裳难以想象与哥哥在此时此地以这种方式重逢。赵文津也对妹妹误入歧途而痛心。他要把她带走，就像以前把她变成小貂揣到怀里那样贴身保护起来。云裳无法将眼前这个驱蛇作妖的可怕男子与少年可爱的哥哥联系起来，她甚至不敢让他靠近，双手抱在胸前，退到尚信德和杨修智身边。妹妹的反应让文津很不高兴，他一把拽住云裳胳膊，要强行带走。

"她是自由的人，应该由她自己决定去留。"被花斑蛇紧紧缠缚的尚信德对赵文津说，"你没有权力替她做主。"

赵文津瞪着尚信德。"再多废话，让蛇把你吞掉。"

"你这些蛇不过是麻绳变的，麻绳会吃人吗?"尚信德说，"戏法玩得再好，也改变不了事物的本质。"

戏法被戳破，缠缚尚信德和杨修智的长蛇倏然变回原形，果然只是两根麻绳。盘在教堂之上的巨蟒也化为粗大的绳索，颓然跌落下来。赵文津恼羞成怒，用麻绳勒住尚信德的脖子。

"就算是麻绳，我一样能弄死你!"

云裳阻止了哥哥行凶。作为交换，她答应跟随文津离开。文津先带妹妹和手下去检视自家的产业。赵庆自觉回归原来的身份，恭敬迎接少主回家。药庄业务日益繁多，他把后宅腾出来，供掌柜们办事和休息之用，自己则另购宅院，搬了过去。宅院原是余姓总兵的府第，三进三院，余家犯了事，要花大钱去买命，降价出售此宅，赵庆趁机买下来。赵文津巡视一番，对这个新宅不感兴趣，而对当年那个老宅念念不忘。老宅被沈知县抄没后空置很久，新县令继任后，卖给一个告老还乡的董姓乡绅。赵文津在浓郁的怀旧之情里叩开董家大门，旁若无人地在宅院里走来走去。他的法坛早已拆除，当年所住的后院西厢两层青砖楼房也变成了董家二小姐的闺楼。赵文津在朱窗前的枣树下肃然而立，缅怀一去不复返的青春岁月，然后回视莫名惊诧的董乡绅。

"你们住的时间不短了，该物归原主了。"

董乡绅拒绝了赵文津的要求，他要在这个宅院养老，多少钱都不卖。这位做过知州和按察使，曾为颍川县志增光的老头儿显然误解了赵文津的意思。赵文津根本没想过花钱买，他是让董乡绅无偿奉还。假如董乡绅觉得住了这么久，过意不去，一定再送几千两银子当房租，赵教主也不会反对。董乡绅被这个狂妄无礼的家伙气得口吐白沫，热血冲上脑门，把一头白发都染成了红颜色。他喝令家人将赵文津叉出门去，敢再上门捣乱，拿片子送到县衙打断他两条腿。

这天晚上，董家就出了怪事。进膳时，厨子打开蒸笼取馒头，却看到几颗血淋淋的人头。董乡绅拿筷子吃面，筷子却被面条夺过去，反过来夹他的鼻子。晚膳惊惶而罢。他们家那条黄毛狗蹲在院子中央，模仿人声倒数："四、三、二、一。"喊过"一"后，董家所有活物，比如鸡鸭猪猫，霎时间全都似木雕泥塑，僵立不动，不能活动的东西却一个个活蹦乱跳起来。餐桌抖掉身上的碗碟，犹如野马在宅院里奔跑，条椅板凳则在碰撞中打起群架，房屋仿佛蛤蟆的肚子，随着呼吸一鼓一瘪。董乡绅叫儿子把那只仰头僵立的黄毛狗捅死，取血泼洒，终于破了妖异。董乡绅松一口气，在老婆扶持下回房歇息，却看到儿媳妇赤身裸体躺在他的被窝里。董乡绅惊叫一声，儿媳妇变成了那条被捅死的黄毛狗。董乡绅又惊叫一声，黄毛狗又变成一个死人。董乡绅再次惊叫，死人变成他老婆，而他自己则变成了死人。

次日一早，肝胆俱碎的董家就搬出宅院。不管他们搬到哪里，恐怖之事如影随形。董乡绅的儿子实在撑不住，只好找到赵文津，愿意把宅子送给他，请他收了神通。大教主拿腔作势，声称那里已成凶宅，要住人得先做场法事，至少需花三千两银子，他没那么多钱，所以不要了。董乡绅的儿子痛哭流涕，在房契上又压了三张银票。

此事震惊县城。赵致和与董乡绅有过几面之交，彼此还算尊重，听到传闻后极是惊愕。他本来对侄子平安归来感到宽慰，不料文津一回来就搞出许多骇人听闻的事，令他深感不安。他认为有必要跟侄子好好谈谈。文津被福荣请回明农庄，看到二叔、二婶和赵庆都在，只叫一声"二叔"，便自顾自坐到属下随行携带的太师椅里。赵致和要先带他去祖坟祭拜父母，文津拒绝了。他已经以乾坤教大教主之名，给死于非命的父母上了尊号，封赵致中为"文成武德空前绝后圣教主"，孙慧如为"三从四德空前绝后圣教母"，在总坛设立神主，受教众奉祀。赵致和是孔门信徒，最重名教，侄子搞这种旁门左道已让他看不惯，给父母乱上尊号，更属大逆不道，倘若官府知晓，较起真来，破家灭门都有可能。他拿出叔叔的权威，要替大哥大嫂教训文津一番。文津懒得听二叔那套迂阔之论，做了个手势，属下立即在客堂摆开炉火，当场烧炭煮水，给教主泡茶。文津喜欢喝茶，但他从不用外人的东西，一应烹茗之物全都自备。赵庆无语旁观，只见奇装异服的属下从锦囊取出几把龙眼炭，投入红泥小炉，吹火点燃。水是装在竹筒里，绿如草汁，想是添加了什么东西。茶叶则炒制成黑褐色圆团，不知是何品种，赵庆一见之下，只联想到山羊屎。茶碗更是骇人，属下从箱内取出，竟是一只婴儿的脑壳。茶汤很快沏好，文津也不邀请在场亲属共享，端起婴儿碗独自饮用。赵致和被他这番做派搞蒙头，教训的话也讲不下去了，客堂一时陷入尴尬的宁静，只有文津啜茶的声音旁若无人地回响。文津扫视二叔、二婶和赵庆，见他们已然全都嘴闭，遂自己开讲。他主动提起家产的分配。明农庄在他父亲活着时已划归二叔，因此他承认二叔对它的所有权。至于药庄，虽是赵庆在劫难之后一手重建，但赵庆是他父亲收留的奴才，奴才的东西，毫无疑问应归主子所有，而由他来继承。但他并不需要这些财产，他决定转赠云裳和文渊，由他俩平分。

这许多年来，赵家一直把文津当成死人，如今死人突然现身，胡作非为惊扰乡里不说，还指手画脚分配起了家产，委实狂悖到可恶。尤其是他对江蓠的无视和对赵庆的羞辱，更令人难以接受。赵庆脸色如土，江蓠满面严霜，赵致和则严厉地斥责了他，警告他赵庆是他父亲的干儿子，也就是他的干哥哥。文津不耐烦地打断叔叔的呵斥。

"不要假仁假义了，二叔。"他说，"奴才就是奴才，叫什么也改变不了身份。"

文津此次归来，并不是简单的探家省亲。夜郎僻寒，非大志者所宜久居，中原则人稠物阜，历来繁庶，连张天师都知道是开创事业的上选之地。妹妹的召唤，成为赵文津战略转移的引子。他决定将总坛搬到故乡，以颍川为宏图大业的根据地。夺回老宅，在县城立足之后，他立即划分区域，分派堂主与护法奔赴各州县发展教徒。至于颍川本土，则由大教主亲自负责。每日辰时、午时和酉时，便有一队乾坤教徒持旗巡行，高呼大教主法号及各种神通，凡有顽疾不愈、苦海难脱者，皆可到总坛求救，必有显应云云。只要不收钱，就有人愿意来尝试。赵教主的符水果然灵验，喝上一碗，即身轻如燕，疼痛全消，精神好得出奇。更神奇的是它还能戒烟，每日一碗，即可远离烟枪，烟瘾也不再发作。大教主很快就有了一大批虔诚的信徒。知县也被他的神迹惊动，将他请到县衙，询问有没有办法让他的妻妾生个男孩。赵文津将知县的一妻三妾请出来一一相面，告诉知县，只有最漂亮的三姨太可以担此重任。之后一个月内，赵文津每晚都去县衙作法，帮知县生精种子。三姨太果然喜结珠胎，还是双胞胎，九月早产，全是男孩。知县怀抱这对只有他自己越看越像自己的孩子喜极而泣，制作一块镏金大匾，亲笔题上"活神仙"三个字，敲锣打鼓送到乾坤教总坛。

此时的乾坤教总坛，已从县城赵家老宅搬到钧阳里抱玉寨。大教主救苦救难，普济众生，乾坤教发展迅速，教众日益众多，县城老宅越来越显狭小，且夹在市井之间，活动不便。赵文津决定另寻风水宝地。他带人走遍颍川，发现抱玉山风水最好，更难得的是山上现成有一座寨，雄阔坚固，易守难攻，非常适合当总坛。两名护法奉命拜访杨玉成，敦请他把抱玉寨捐献出来。杨玉成被葛天民教训之后，已然不理世事，每天喝喝酒练练武，过着半遁世的生活。没想到久不欺负人，今日却被人跑上门欺负。杨玉成回想起被赵文津羞辱的往事，新仇旧恨一时勃发，喝令护法滚蛋。护法被他的无礼激怒。言语不合，拳脚说话，两人当场打起来。三五个回合后，护法手麻脚软，抵挡不住，被杨玉成一路追打逃下山去。

杨玉成为自己的冒失付出了沉重代价。这天晚上，杨老太太去茅厕出恭，正方便到紧要关头，忽从茅坑里伸出一只手，在她隐私之处尽情揉摸。杨老太太连羞带吓，一命归西。是可忍，孰不可忍，本已看淡红尘是非的杨修仁怒不可遏，提把大砍刀去找文成武德空前绝后圣教主赵致中，痛骂他教子无方，将他砍翻在地剁成碎末。赵致中羞愧得想把自己吃掉。他在三从四德空前绝后圣教母孙慧如的帮助下，把碎成一地的身体艰难复原，怒气冲天地跑到乾坤教总坛，钻进混账儿子的梦里，扯开巴掌狂抽了两千耳光。赵文津被父亲打得满天星斗，挣扎着醒过来，看着镜子里鼻青脸肿的模样郁闷不已。他不敢再骚扰杨家家眷，就专对杨玉成下手，派护法和罗汉去除掉他。杨玉成已有戒备，加上武艺高强，护法和罗汉一直不能得手，反而一次次被打得狼狈而逃。

这帮窝囊无用的属下让赵文津深感失望，他决定亲自动手。杨玉成为了保护抱玉寨，丢下杨家庄不管，天天镇守在山寨里。这天早上，他一觉醒来，发现寨内寂静无比。他走出房间，在寨内到处查看，居然一个人影也没有。他心生疑惑，踏着石梯登上寨墙，发现寨外竟然一片汪洋。在炙热的太阳下，茫茫千里海浪滔天，抱玉寨宛如一粒微不足道的珊瑚堡，岌岌可危地漂浮在浪尖之上。杨玉成惊恐不已，慌忙逃下寨墙，巨浪翻腾的声音瞬间消失，整个世界宁静如坟墓，不复有任何声响。他的叫喊也无声无息，仿佛声音还没透出咽喉，就被无形的海绵吸走了。杨玉成陷入绝望之中，颓然坐到一块石头上，抬起头来，看到对面一个酷似自己的人，坐在一块相似的石头上。他站起身，朝那人走去。那人也站起身朝他走来。两人迎面而行，不知走了多久，却依旧在几步之遥外彼此相望，仿佛都在原地踏步。杨玉成走累了，疲倦地坐下来，那人同时也坐下去。杨玉成知道他就是自己，反正无处可逃，也无事可做，索性坐在那里，默默注视着他。太阳一直在头顶照着，时间好像也凝固了，几百年如同一瞬间，一瞬间也漫长得像几百年。杨玉成看着对面的自己在极其缓慢中极其迅速地衰老，头发掉了，眼睛瞎了，手脚废了，然后死了，霉点斑斑的皮肤随之腐化，露出暗红的肌肉和筋脉，无数花花绿绿的虫子在肌肉和筋脉之间爬进爬出，很快就把他吃得只剩一具白骨，而胸腔之内那颗鲜红的心脏，却还在一下一下有规律地跳动。杨玉成彻底崩溃了，他疯狂叫喊着打开寨门，冲进茫茫大海，踏着海面上莫名其妙地铺展出来的一条山路狂奔而去。负责看守寨门的杨石头刚刚睡醒，正在耳房洗脸，忽见玉成少爷像只受惊的兔子蹿出山寨。他跟随其后追到杨家庄，问玉成发生了什么事。玉成抱着老婆瑟瑟颤抖。

"不要了，不要了……"

经过一些简单的交涉，抱玉寨改名换姓，成为乾坤教新的总坛所在地。座下堂主、护法和罗汉们对大教主佩服得五体投地。赵文津安逸地坐在新筑的法坛上，接受教众的膜拜。他昂起头，望着在云层之间迎风飘扬的阴阳大纛，一丝微笑掠过脸颊。

"有真功夫又怎样?"他说，"在大清国，真打实干永远斗不过弄虚作假。"

28　斯人独憔悴

　　回雪越来越频繁地看到父亲独坐发呆，以至于每次从父亲窗前走过，都感觉他就在窗内那张桌子旁默默喝茶。桌子已老旧，紫砂茶具也用了多年，茶罐里的茶叶依然是紫笋。日益苍老的赵庆坐在那把黑漆半脱的椅子上，在陈设简单的厢房里自沏自饮，一坐就是一两个时辰。刷过桐油的窗纸虽然透薄，仍滤走了阳光里的浏亮，只剩一团鱼肚白渗进来，就近映在赵庆的脸上，使他脸色看上去更加没有生机。他关闭房门，独坐在寂静的房间里，一边喝茶，一边想事。

　　赵庆需要想的事情很多，但大半与生意无关。药庄经营驾轻就熟，毋庸担忧，让他伤脑筋的从来都是人事。

　　最早让他伤脑筋的人是车脚行老板钱金钟。钱金钟是个有思想的赖皮，小小年纪就认为天下一家，应该互通有无，于是想方设法把别人家的东西往自己家弄。刚出道时，他与有志混黑帮的恶少年一样，将赵致中当成偶像来崇拜。后来他发现，崇拜赵致中并无助于江湖事业的发展，反而由于老赵的存在，使他只能屈居街头，靠在西关药市扒窃为生，有时也给窑姐拉拉皮条，赚几枚闲钱。一天傍晚，他照例来西关上工。西关客商云集，人流如潮，每次来都不会空手。他钻进人群，看到一名美艳少妇，一时心猿意马，原本应该伸进客商腰包的手，伸进了少妇的裙下。这是个不可原谅的错误，尤其是当他们身后不远处跟着赵致中的时候。钱金钟为自己的错误付出了惨重代价，摸少妇屁股那只手被当场削掉两根指头。这是非常严厉的惩罚，不但在万众注目之下羞辱了他，还毁掉了他赖以谋生的扒手生涯，在以后的十年里，他只能以抬棺打梆子混碗饭吃。这十年里他忍辱偷生，终于等到了赵致中毁灭的一天，压制已久的凶狠和贪婪遂如山崩般释放出来，在赵致中后平庸的颍川江湖里迅速崛起。当赵庆的药庄重新开张后，钱老板终于可以复仇了。赵庆能挺过那段最艰难的时期，必须多谢葛天民的帮助。放眼颍川，除了衙门里的大爷，钱老板假如还有忌惮的人，就只有一个弃官从商的葛先生。葛天民为保赵庆和他的药庄，私下与钱金钟做过许多交易，一度让人误以为他与钱某沆瀣一气，甚至有传言说他有意将钱某培植成第二个赵致中。

第二个让赵庆头疼的人，是赵家的外甥史青山。

史青山是史宗义的三儿子，就是赵婉仪梦到怀的是倭瓜，杨修礼把脉之后断定长有三条腿的那一个。杨修礼脉理不精，判断出现了一点错误，把婴儿过于巨大的小鸡鸡当成了一条腿。史青山是咬着他娘的脐带出世的，接生婆为了哄他松口，把手指放在他嘴边挑逗，被他一口啃掉半个指肚。他有一个天生的爱好：虐杀小动物。刚会爬的时候杀蚂蚁，再大点儿杀蛐蛐儿、蚂蚱和蟑螂，捉到手之后，先把它们的脑袋拧碎，再把身体捻成稀烂的一团。当他指力足够，便开始对付麻雀和小鸡，捏住小小的脑袋猛力一挤，顿时脑壳破碎，红白之物飞溅而出，刺激无比。那真是个快乐的童年。

由于老大老二先后夭折，史青山的排行逐步上升，从老三变成老大，下面管着两个小弟弟。十三岁那年夏天之后，他所管的小弟只剩下一个，另一个被他除掉了。那年他爹史宗义跟随舅舅赵致中造反，兵败逃亡，简明带人去他家搜人，他娘把他和两个弟弟藏到后院墙角的干红薯秧里。二弟青云时年七岁，虽在恐惧之中手脚冰凉，却屏住呼吸一动不动。只有一岁半的三弟无疑还不理解他们所处的险境，一被塞进红薯秧就开始哭闹。史青山遂用他那只捏死过无数小动物的手，捂死了这个不懂事的弟弟。史青云被哥哥的冷静和残忍吓呆了，很长时间内对他充满戒心，时时与他保持一个安全的距离，而不敢让他靠近。史青山没有计较弟弟怀有敌意的刻意疏远，他捉到一只兔子，拆掉二郎庙一扇门板，在山坡上生火将兔子烧熟，邀请弟弟一起分享。此时饥饿已经开始威胁人的生命，史青云抗御不了美味的诱惑，一番犹豫之后接受了哥哥的善意。史青山将两条后腿和内脏都分给史青云。

"如果我不捂死他，咱们就会暴露，一个也活不成。"史青山说，"他死了，至少咱俩还活着。以后我会保护你的，不让你被人欺负。"

兄弟俩就此和解了。史青云内心一直有个疑问，假如那天在红薯秧里，自己因为害怕而颤抖，会不会也被哥哥捂死。其实他知道这个问题的答案，只是不愿接受，所以干脆不问，到后来也不再去想。他们父母已亡，爷爷奶奶也在巨变之后相继死去，兄弟俩成为孤儿，被江蓠接到了明农庄。史青云比赵文渊小一岁，两人关系亲密，一起读书识字，史青山则被分派去重新开业的药庄当学徒。史青山对药材知识毫无兴趣，也无心跟掌柜学经营，唯独对打架充满激情，不断跟街上的赖皮少年起冲突，给赵庆惹了许多麻烦。尤其令赵庆震惊的是，他还试图跟钱金钟的小弟干仗，一旦他们上门滋事，他就冲上去要打一场。所幸他年龄不大，钱金钟的小弟们视之为信球孩子，即使打起来，也不因此而额外求偿。赵庆却吓得够呛，既怕他打坏对方，也怕他被对方打坏，几番教训都不听，便想把他送回明农庄。史青山已经喜欢上县城生活，打死不愿再回乡下去，遂如赵庆所愿，再也不管药庄是否被欺负，有时候赖皮闹得凶，他还会站在旁边看热闹。赵庆面对帮会的窝囊，令史青山越来越瞧不起，当福荣被钱金钟的人打伤，而赵庆依旧忍气吞声后，他愤而离开了药庄。出走之前，他对回雪说：

"你爹喜欢被人欺负，没治了。如果有人欺负你，你去告诉我，我替你出气。"

史青山在县城游荡了大半年。此时大旱已经结束，赵致和也被聘为清流书院主讲，他为这个顽劣的外甥头疼不已，在城隍庙找到他痛打了他一顿，勒令他重回药庄。史青山被舅舅打得皮开肉绽，趴在药庄库房里养了好几天。回雪为他上红伤药，取笑他终于遇到了克星。他不忿地瞪回雪一眼。十三岁的回雪已经开始了女人化的发育，胸前鼓起两个竹笋一样的包，尖尖地顶着衣衫。史青山心头发慌，第三条腿在裤子里蠢蠢欲动。

"我是不想还手，怕一还手打死他。"他说，"舅打外甥，打死坏性命；外甥打舅，打死去球。"

从此史青山就老实地待在了药庄。他耐住性子，旁观钱金钟的手下来收规例，或者其他赖皮登门讹钱，偶尔心血来潮，就做出一副凶神恶煞状吆喝几声，把对方和赵庆都吓一跳。赵老板善待下属，药庄伙食不错，史青山又因身份特殊，可以钻进伙房加私餐，因此发育很快，一两年间就已身高六尺，体壮如牛，猛可蹿出来发个野，还真能镇住不少人。他还记得当年赵家的镖行，也知道父亲曾是管事的总镖头，但对镖行的名头和父亲的威风并无过多了解，一次他听掌库的老马讲起赵家往事，才知道还曾有过一段光荣的历史。他跑回明农庄，找妗子商量重建镖行，由他做总镖头，保护赵家的安全。江蓠否决了他的建议，但允许他有限使用暴力，在需要的时候保护赵庆和药庄。史青山希望破灭，悻悻而归。他以妗子的授权为借口，开始不服赵庆管束，帮会再次登门要钱时，他提一把杀猪刀迎上去。

"哪只手想要?"他瞪着牛眼说。

对方怀恨而退。此时的赵家已非当初，因为赵致和与张总督的关系，连知县也有意巴结，再加上葛天民相助，钱金钟不敢再过分撒野。他又派个能干的手下，去提醒赵家不要忘了规矩。手下先礼后兵，笑嘻嘻跨进药庄，冲两位当班的掌柜抱拳作揖，恭喜发财，然后踱到正在门口下象棋的史青山面前。

"兄弟，收规例啦。"他客客气气地说。

史青山盯着棋盘找棋路，头也不抬撂出两个字："滚蛋!"

钱金钟的手下不慌不忙拔出一把刀，拨开棋盘上的棋子，将左手放上去，手起刀落，将小指头斩断。与手掌分家的指头仿佛一只虾子，在棋盘上蹦跳不已。手下疼得汗水直冒，语气依旧很客气。"兄弟，收规例啦。"

史青山刚想到一个好棋路，棋子却被拨拉乱，恼得想打人。他捏住棋盘上乱蹦的手指，放到嘴里嘎嘣一声咬碎，津津有味地咀嚼起来，一边嚼一边指着血淋淋的棋盘。

"继续切。"他说，"味道不错，再来一根。"

钱金钟能干的手下崩溃而去。赵庆从亳州回来，听闻此事心惊肉跳，急忙约上葛天民找钱老板解释误会，规例照付之外，又主动赔偿一笔医药费。史青山气得拿头撞墙，对回雪说：

"你爹真是天生一个贱种！"

回雪提起一壶滚水浇到他腿上。史青山嗷嗷嚎叫，手忙脚乱脱掉裤子，大腿上已经冒起一片燎泡。他一瘸一拐追打回雪。回雪逃避不及，被他揪住衣领。回雪抱头尖叫。史青山正要动手，赵文渊出现了。

"你干吗？"

"她拿滚水浇我！"

"谁让你骂我爹？"回雪躲到文渊背后，脸颊因气恼和惊慌而通红，"你敢再骂我爹，我还浇你！"

史青山没有再骂赵庆，而是找赵庆谈了一桩交易。他宣布药庄以后归他保护，要求赵庆把规例交给他，反正这笔钱总是要出，便宜外人不如便宜自己。他的荒谬行为受到二舅严厉斥责，妗子则在批评他一顿后，让账房每月支给二两银子，算是安抚。史青山大志难伸，郁郁不乐，天天发牢骚，仿佛赵家这些蠢亲戚阻碍了他称王称霸。他的牢骚引起赵文渊的不满。赵文渊与这位老表感情一般，对他的雄图霸业也不感兴趣，只是为他无知而粗鲁的唠叨感到厌烦。他告诉史青山，想当保护人，不仅需要实力，还得向人证实这个实力。

"要让人信服你，你就先取代钱金钟。"文渊说，"在此之前，不要指望别人会冒着得罪老恶人的风险，来讨好一个未必能真正保护他们的新打手。"

史青山觉得有理，再次不辞而别离开药庄。这个冥顽不化的外甥已经成年，赵致和管不住他，只好由他去了，而把对他的感情全都倾注到他弟弟青云身上。重出江湖的史青山目标明确，凶狠霸道，短短一两个月就打残了钱金钟十来个小弟。钱老板发财之后，也穿上长衫学着当绅士，很少再亲自上阵打杀杀。史青山的嚣张挑衅，亦让他心生疑虑，以为是赵家开始反攻，要报多年来的欺压之仇。所以史青山接连挑起事端，有几次几乎搞出人命，依旧没有逼出钱金钟。钱老板选择了报官。史青山成了县衙大堂的常客，衙役们在他身上打断了七根竹板和五条荆藤。每次表哥被捉，赵文渊都会游走营救，或者去葛宅请世叔帮忙打点，花些钱把他买出来。史青山在表弟支持下怙恶不悛，步步进逼，终于找到钱金钟藏身的巢穴，在一翻激烈而血腥的打斗之后将其干掉。这天下午，葛天民从外头回家，看到赵文渊正与伊莪和葛荣说笑，把他叫到自己书房，问他要不要救史青山。书房里也设有烟榻，葛天民一进去，就歪到烟榻上。文渊坐到对面，点上烟灯，捏根紫竹把铜钎帮葛叔叔打烟泡。

"杀人偿命，律有明文。"他对葛叔叔说，"就算是亲戚，也帮不了他。"

不料钱金钟并没有死。他全身上下挨了十几刀，其中一刀穿胸，三刀破腹，所有人都认为死定了。他有个相好的窑姐，弟弟是走江湖的伤科郎中，此时正好在家。她把钱金钟抬回来，求弟弟救治。江湖郎中拿这具报废的肉身当试验，探索自己医技的极限，折腾一个多月，居然把钱金钟救活了。史青山也因此不用偿命，仅仅是杖一百、徒三年。假如依律严办，史青山的罪够得上流刑，发边充军，但有不少钱金钟的仇家听说他没死，怕他卷土重来，联名向县太爷求情。县太爷也愿意趁机卖个人情给赵家，于是从轻发落。三年劳役期满，史青山放出大牢，直奔保泰药庄。他在掌柜和伙计们的注视下找遍药庄和库房，没有找到要见的人，扭头奔向赵庆的宅院。回雪正在一双鞋垫上描花，被突然闯进来的史青山吓了一跳。史青山胡子拉碴，衣衫褴褛，三年没洗过澡，各种难闻的味道在他身上修炼成精，所过之处百花凋残。他像野人一样跳进房间，龇着大黄牙对回雪涎笑。

"回雪妹妹，我可想你了。"

赵文渊紧随其后跟进来。

"乱闯闺房，成何体统？"

他拧着眉头，厉声指责重获自由的表哥。几年不见，赵文渊也高大许多，虽不如史青山粗壮，却有一副世家少爷的威严。史青山在他逼视下不由自主心虚，讪讪说："我找回雪妹子……"

"以后不要再来！"赵文渊毫不掩饰他的厌憎。"母亲已经把回雪许给我。"

赵庆和江蓠都不希望史青山重回药庄。赵文渊力排众议接纳了他，每月支给四两银子，亦不用他做事，只需每天去药庄走一趟应个卯。史青山感觉被表弟当成一条狗养着，很不爽快，却不便发作。回雪对文渊这个决定非常不满，责怪他不该收留这个祸害。

"他是个没廉耻的人，把他赶走容易，万一他生恨反咬，跟咱们作对，就不好看了。"文渊说，"不如留下来，放家里拘束着，免得闹出什么乱子，不过是花几个钱的事。"

"可是他太坏了，我一见他，汗毛都竖起来。"

"怕什么？"文渊望着忧心忡忡的回雪笑起来，"他又没长两个脑袋。"

赵庆也为史青山的存在而忧虑，每次看到他吊儿郎当晃过来，就会心生不悦，如芒在背。不过平心讲，史青山也有功劳，自从他摧毁钱金钟，再没有人敢来保泰药庄打秋风。史青山回来后，一直都算老实，也不曾骚扰过回雪。况且他还是赵家亲外甥，有着实实在在的血缘。所以赵庆虽然不乐，却不好说什么。葛天民死后，赵老板成为众望所归，被公推为商会新会长。坊间普遍认为，钱金钟的垮掉，是赵家报复的结果，他们以亲侄子为先锋，打了一场完美的反击。赵会长极力否定，无奈没人相信。在此舆论下，倘若执意赶走史青山，难免会被视为兔死狗烹，无义无情。悠悠之口不可犯，对于公众领袖，尊重舆论比尊重事实更重要。

史青山虽令赵庆头疼，但还可以应付。最令他头疼的人，是大少爷赵文津。

赵文津让赵庆头疼得绝望。毋庸讳言，孙慧如在世时，赵庆还不敢真把自己当主人。然而巨变之后，他与江蓠身系赵家中兴重任，已然以主人身份自居。尽管宁红锦骂过他是奴才，但他坚信赵致和与江蓠一样把自己当亲人，文渊这些晚辈，也都视他为亲叔叔。本来一切都好好的，赵文津突然冒出来，毫不客气地撕去虚荣之布，重新明确了他在赵家的位置和责任。赵庆心灰意冷，郁郁寡欢，一度想把药庄作为赎身之资，自己净身出户，换取一个自由之身。他向江蓠流露出这个念头，被江蓠断然拒绝了。

"文津是疯了。"她说，"拿疯子的话当真，你就成傻子了。"

为断绝赵庆这个念想，江蓠威胁说他若敢走，她就也离开赵家。江蓠的态度让赵庆感到安慰，放弃了那个赌气的想法。赵文渊与表弟史青云一起参加童试，史青云名列榜亚，赵文渊却在十名开外。文渊深受挫折，无心再走科举之路，与回雪结婚后，不顾父亲反对，毅然决然弃文从商，专心经营起保泰药庄。赵庆受葛天民托孤，兼管葛家的隆发药庄，本如老牛负重，此时文渊分担保泰，肩膀骤然一轻，反而有些不适应，好像被架空了。经过深思熟虑，他决定把保泰药庄完全交给文渊，自己则专心照看隆发。他这个决定获得赵致和的极力支持，赞扬他有程婴之风，所谓受人之托，忠人之事，要求他事事以葛家利益为先。江蓠明白他的真正用心，本不欲答应，但又怜惜他辛苦，犹豫很久，还是同意了。但她不赞成赵庆从保泰彻底撒手。

"文渊一个人就把事情做完了，我留在那儿没有任何用处啦。"赵庆自嘲地笑，对姐姐说，"后生可畏啊，老一辈该退位了。"

赵庆发这番感慨时，难免会有一点失落。但更多是欣慰，毕竟这是他离开赵家最好的借口。葛天民的遗孀紫胭对这个安排非常赞同，在两家协商定议之后，她以东家的身份，在府上设席宴请赵庆，感谢他的鼎力相助。应邀出席的还有赵致和、赵文渊和隆发药庄的几名心腹掌柜。酒到半酣，紫胭突发奇想，要把儿子葛荣认到赵庆身上。隆发的掌柜们知道女主人意图以此系牢赵庆，极力帮她撺掇，请赵老板不要辜负当家的一片心意。紫胭把葛荣唤过来，叫他给"干爹"倒酒。葛荣虽在娇宠中长大，却很懂事，对赵叔叔也很尊敬。他遵从母亲吩咐向赵庆敬酒，叫他干爹。诸位掌柜在旁大力起哄。赵庆接过酒杯，把葛荣搂在怀里，一口将酒抿下。

赵致和并不排斥认干亲，只是赵庆身为赵致中的干儿子，与葛天民的儿子葛荣应该是同辈，现在却要做葛荣干爹，未免不妥。但若以此而论，赵庆与文渊也该是同辈，文渊还不是照样娶了回雪？赵先生摇摇头，脑壳里胀得厉害。中秋节回明农庄时，想及此事，他依旧有点不开心，忍不住向江蓠提起来，发了几句牢骚。江蓠这才知道赵庆已经成了别人的干亲。晚饭之后，全家共坐庭院内品茗赏月，所有人都到了，就连日理万机的大教主赵文津也回来吃了半块月饼，唯独缺少一个赵庆。江蓠坐在桂树下，瞟一眼旁边的二儿媳妇葛伊莪。

"看来还是你家的月饼好吃啊。"她说。

赵庆此时并没有在葛家吃月饼，而是独自闷在房间里喝茶。自从他接任商会会长，虽没有葛天民左右斡旋的能力，但处事公允，推诚待人，也很受尊敬。本任知县是捐纳得官，到颍川后，目睹治下商业之繁荣，极是欢心，在师爷帮助下，搞出无数派捐的花样。赵庆以会长身份，数次入衙向知县陈情，恳请县太爷恤商悯农，以免激起民怨。知县欲壑巨大，胆子却小，摸清赵家的势力后，居然忐忑起来。他在后衙设席宴请赵文津，先对赵先生神通送子表示感谢，然后请他再帮个忙，劝劝他们家赵会长，不要跟自己过不去。他保证不伤害赵家利益，但也希望赵会长不要妨碍他发财。赵文津不愧是有求必应的活神仙，爽快答应了县太爷的请求，叫县太爷该怎么着就怎么着，不要把赵庆当回事。

"千里做官只为财，辛辛苦苦跑这么远来当知县，容易吗？不捞几个钱怎么行？"赵文津说，"赵庆就是咱家的奴才，不听话就抽他。"

赵庆心如死灰。他辞去了商会会长职务，不再过问颍川官商之间的事，也渐渐远离公众视野，处理完隆发药庄的事务，就回自己家，坐到厢房里默默喝茶。紫胭从掌柜那里听说了他的情况，对这个早衰的男人倍感同情，经常以东家和葛荣的名义，邀他去府上吃饭，有时候还会唱几支曲子给他解闷。紫胭依旧爱打牌，家里常年汇聚着一堆官商妻妾，随着赵庆来得越来越频繁，那些贵妇也越来越难接到紫胭的邀请。她们对此感到遗憾，并与葛家掌柜一样，对赵庆和紫胭的关系产生暧昧的猜想。这种猜想不胫而走，很快成为颍川一大绯闻，并在三个月后传到了明农庄，但没有人告诉江蓠。直到第二年端午节前夕，江蓠才意外获知此事。每逢端午，赵家都会用自己的配方做许多粽子，除了自己享用，也拿来分送街坊和亲友。回雪照例提前回到明农庄，与婆婆一起过节，闲着无事，便与伊莪去伙房帮忙包粽子。叶萱已经将调好配料的粽米搬到桐树下，此时正从水桶里往外捞浸泡好的箬叶。三个女人坐在绿荫斑斓的院子里，一边忙活一边说闲话。叶萱想起赵庆的传闻，询问回雪是否属实。回雪笑了笑，没有回答，这等于默认。叶萱心情复杂，脸上却笑成了一朵花，对回雪和伊莪说：

"这下好了，你们妯娌俩是亲上加亲了。"

说这句话时，叶萱不知道女主人已经走到身后，更不知道会因此而挨一记极重的耳光。她还没顾上委屈，又被江蓠凶狠的表情吓坏了。江蓠脸色发黑，浑身颤抖，从来没人见她那么生气过。她戳着叶萱脑门，一字一字说：

"再乱翻舌头，我割了它喂狗！"

伊莪对婆婆过分的反应不以为然。她抱住叶萱，湿淋淋的手抚摸着她僵硬的肩膀，对婆婆说："她也没说什么，值得发这么大火吗？"

"你没听见她说你姨娘在跟回雪她爹搞男女？"江蓠厉声说，"这还没什么？"

"那又怎样呢？"伊莪说，"赵庆叔叔是孤男，我姨娘是寡女，只要他俩愿意，关别人什么事？"

江蓠圆睁双眼，一眨不眨地瞪着伊莪，足足瞪了一炷香之久，然后冲她点点头，在回雪搀扶下回她房间去了。端午节在尴尬气氛中冷清地度过，江蓠则卧床不起，除了回雪，谁也不见。回雪回城后，向父亲诉说了庄里发生的事。赵庆惶恐不已，带上一些开胸顺气、疏肝解郁的成药，回明农庄看望江蓠。江蓠面无表情，质问他传闻是不是真的。赵庆窘促得手足无措，期期艾艾说：

"紫胭娘儿俩对我的确挺好的。"

"无耻！不要脸！"江蓠一下子从床上弹起来，扯起嗓子尖叫，"她一个窑子里出来的婊子，值得你这样？赵家的脸让你丢尽了！"

江蓠痛心疾首地吼骂着，眼泪如暴雨倾盆而下。赵庆心慌意乱，像个做错事的小孩，垂头坐在床边的椅子上。明农庄上下都心惊胆战地站在门外，没人敢进去劝话。江蓠骂了半天，声音都嘶哑了，才渐渐缓和下来。

"我的脸也让你丢尽了！"她恨恨盯着赵庆，哽咽说，"你这样做对得起谁？"

从此之后，赵庆就不再去葛家吃饭，对紫胭也敬而远之，除了汇报药庄事务，再也不去见她。每天从隆发药庄回来，他就把自己关在那个陈设简单的厢房，坐在窗前那张已经脱漆的桌子上，默默地泡茶喝茶，一坐就是半天。再往后，连茶也不喝了，或者是忘记了喝，就那样默然独坐，不知是在想事，还是仅仅发呆。鱼肚白的阳光透过窗纸，寂寞地映在他脸上，他的脸色犹如那套年深日久的茶具一样暗淡无光。回雪看着父亲在呆坐中日益苍老，想着他毕生付出，却没有一个朋友对坐相陪，在孤独难过的时候，只能躲在自己的斗室内自我消磨，就心酸得想要哭出来。她决定多陪陪父亲。

回雪的主动陪伴让赵庆感到一点贴心的温暖。这个唯一的亲人是他在世上最后的寄托和仅存的依靠，回想起她在成长中残缺不全的父母之爱，赵庆心头就涌起无穷歉疚。他疼爱地望着坐在桌子对面的女儿，说不出有多么希望她能过得好。然而回雪与文渊成亲已经两年多了，却至今没有怀孕。这无疑会影响赵家对她的看法，甚至可能动摇她在赵家的地位。赵庆担心女儿的生育能力有问题，要带她去省城找名医看看。回雪摇了摇头，轻轻合上茶盅，对父亲说：

"文渊从来没跟我同房过。"

29　乾坤教

　　离开天主教堂后，云裳也被哥哥加了个尊号，全称"冰清玉洁贤良淑德聪明颖悟昭惠端宁九天圣仙女"。在乾坤教，这尊号仅次于无敌大教主。云裳在教内的地位，同样仅在赵文津之下。赵文津这样安排，不光是出于对妹妹的宠爱，还有宗教与哲学的深意：乾为阳，坤为阴，孤阴不生，独阳不长，阴阳相济，方才圆满。所以他想把妹妹拉进来，以符阴阳之数。

　　赵文津对云裳的宠爱也毋庸置疑。为了弥补多年来未能尽到的兄长责任，他不惜代价讨云裳欢心，把她的房间布置得比女王的宫殿还要奢华，又分派四名年轻貌美的女弟子贴身伺候。云裳每次出门，除了这四名女弟子寸步不离，另有两位护法和三个罗汉随从其后，赵文津还会事先施个法术，让她头上笼罩一块五彩祥云。他一度还想让她左手端个插柳枝的玉净瓶，右手持一支拂尘，意欲使人将她联想为东海女菩萨观世音，但被云裳断然拒绝，只好作罢。在文津的精心设计下，云裳的每次出行都像演戏，引得万人围观，令她极不舒服，也越来越不愿出门。有一天，她头顶祥云，脚踏仙雾，在女弟子和护法、罗汉的簇拥下，去城隍庙旁的王家小铺买一根小号缝衣针。走到宣化街路口，她忽然在人群里看到尚信德。尚信德依旧穿着那件黑袍子，站在一块卖剪刀的招牌旁冲她微笑。云裳惊喜地叫喊：

"Father！"

她话音刚落，两名护法和五名罗汉已变身虎狼，咆哮着扑向尚信德。尚信德落荒而逃，在人群里闪了几闪就不见了。云裳怏怏而归。这天晚上，文津在百忙之余来看妹妹。云裳坐在门前台阶上，双手托腮望着夜空出神。文津坐到她旁边，也抬头望天，只见晴朗夜空里，明晃晃悬挂着一只脸盆那么大的月亮。文津得意地望着那颗硕大的月亮，问妹妹：

"好看吗？"

云裳点了点头。今晚的月亮的确很好看，然而让她无法理解的是，今天明明是农历初一，是不应该有月亮的。文津瞅着妹妹迷惑不解的样子，开心地笑起来。

"这是我变的，不过是张烧纸。还有这些花，那座假山，水池里那只孔雀，都是变出来的。"他说，"所有这些东西都是假的，就连伺候你的女弟子也是根灯芯儿。"

云裳惊愕地盯着哥哥，然后紧张地扫视院子和房间里的一切。"有什么是真的？"她问。

赵文津依旧陶醉在自己出神入化的戏法里。"假。"他说，"只有假是真的。"

云裳没再说话。她怀疑眼前这个哥哥也是假的，至少不是曾经无比想念的那个阳光少年。那时的文津也爱变戏法，但变的都是些小鸡小兔小猫小狗，简单可爱，给她的童年增添了无穷快乐。眼前这个以无敌大教主自居的人，却热衷于变些毒蛇猛兽，以制造恐惧震慑人心为能事。文津显然没有感受到妹妹的情绪变化，反而兴致勃勃地要教她玩戏法，比如怎么把蛾子变成凤凰，怎样在蚯蚓头上插两根葛针变成带角的龙。在他看来，此类手段对于吸引教众非常有用，妹妹身为副教主，这种本领是必不可少的。然而云裳对这些堂主以上级别才有幸修习的功法没有任何兴趣，文津教了半天，她却打起了瞌睡。文津无奈，改而讲授乾坤教义，毕竟对于贵为副教主的人，连教义都不清楚，未免过于荒唐。不料他才讲几句，原本恹恹欲睡的云裳居然睡着了。文津很生气，一巴掌将她拍醒。

"戏法也不学，教义也不听，你想干吗？"

"我想离开。"云裳说，"我想要我的自由。"

妹妹的离心让文津深感失望。为防她出走，他做了些必要的安排，对云裳的行动予以限制。总坛搬到抱玉寨时，他理所当然把云裳也带过来。抱玉寨地处乡野，孤居山冈之巅，出入更加不便。由于香火鼎盛，且有一只形如蛤蟆的炼丹炉日夜不熄，山寨上空烟雾缭绕，常常不见天日，但是酉时之后，一轮明莹剔透而又巨大无比的月亮就会准时出现在天空，散发出空蒙的光芒，照耀着寂静幽暗的山寨。寨内门禁森严，蝙蝠在夜空里穿梭，麻绳变的长蛇爬满树杈和屋檐，脑袋吐着信子倒垂下来，被月光印在洁白的窗纸上。蚊帐上沙沙的声响，则是蝎子在翘着尾巴走动。云裳抱腿坐在床上，回忆起当年被杨修智藏进的那个地窖，内心平静而忧伤。她又想到十年前得抑郁症的时候，痛苦憔悴，夜夜难眠，几乎要死掉，于是有一天，她问尚信德，怎样才能不再觉得孤独和害怕。尚信德将两只手抱在胸前。

"当你有了信仰。"他说，"你所信仰的神灵会与你同在，给你面对困境的力量和勇气。有信仰的人是不会孤独的，也不会害怕。"

为了讨好妹妹，赵文津忠实履行自己的承诺，每月按时将赚到的钱分一半送到云裳这里。这对于只要求别人忠诚、自己则可以无视规则的大教主来说，是极不可思议的事，尤其是当这个承诺与金钱有关，并且数量巨大的时候。文津还特意准备了月经带，当着云裳的面将那些金银珠宝和银票一一擦拭，证明都是真的，而不是在变戏法哄骗妹妹。这是多么深厚的兄妹之情！文津被自己感动了。

文津感动了自己，却没有感动云裳。相反，云裳为他能赚到这么多钱而惊讶，就算是父亲在世，赚钱也不可能这么快。另外，哥哥以神仙自居，却如此爱财，也让她感到不解。妹妹的质疑令文津大吃一惊，没想到她竟如此幼稚。千辛万苦修炼到一身本领，不就是为了过人上人的生活嘛，这些钱是他应得的报酬，他比父亲赚得快，说明他比父亲本领大。而在赚钱之上，他还有更宏大的人生追求。

"这点钱算什么？我还要统治百万教众，比皇帝还威严。"他说，"本领大就可以统治人，不光是发财。"

"哥哥，"云裳说，"本领大了，为什么不去帮助人，却一定要统治人呢？"

文津无言以对，直眼瞪着云裳，发现她傻到不可救药。他渐渐对云裳失去耐心，不再刻意为她塑造副教主的形象，将她关在抱玉寨任其自生自灭。在县太爷的推崇和支持下，乾坤教在颍川盛极一时，教徒遍布各里甲。尚信德的传教工作再度停滞。人们信教，不外乎寻求庇佑，或寄托灵魂。赵文津的符水对于疗疾去病、解除痛苦，有立竿见影的效果。而乾坤教的教义，对宇宙和人生也有一整套自洽而周应的理论——这得益于赵文澜的无私支持——足以绕晕爱谈心性和究竟的人。大家各取所需，皆得欢喜，况且乾坤教是本土宗教，信奉它没有叛国的危险，因此士农工商纷纷皈依。尚信德再次陷入困境，就连他的第一个信徒、诚恳老实的杨修智也离开他，转投到乾坤教门下。

正如当年加入天主教会是为了照顾云裳，杨修智如今改投乾坤教，也只是为了回到云裳身边。然而要见到九天圣仙女，绝非一件容易事。乾坤教等级森严，从最低的新门徒到最高的赵文津，按照"降妖伏魔保国安民仁慈侠义智勇双全神功盖世无敌大教主"的尊号，每个字代表一个等级，一共分为二十五个层阶，每个层阶的弟子只能见到相邻的上级，从他们那里听取教主的训谕，学习本层阶所能学到的法术。倘若越级求见，便是破坏规则，罚吃羊屎三斤，或者舔被僭越的上级屁股两百次。等级虽然森严，但规则并不死板，假如是可造之才，或者诚心上进，大教主也会破格提携。

杨修智计算了一下时间，从入教到够格见云裳，一级级熬上去，差不多需要五百年。他自知活不了那么久，决定走捷径，寻求大教主的破格提携。"可造之才"与他无关，"诚心上进"倒是真，但要怎么证明，却又是个问题。他请教一个"妖"字辈弟子，得到关键提示：证心之道万万千，最重要的一条是捐献，捐得越多，证明你心越诚。杨修智马上跑回杨家庄，找到玉成贤侄，要把自己那份财产分割出来，拿去捐给大教主。杨玉成痛斥他得了失心疯，将他赶出庄去。杨修智无计可施，只好去给人做工，省吃俭用干了一年，攒下三两银子。他揣着这三两银子来到原本属于他们家的抱玉寨，请求晋见大教主。负责捐赠的护法接见了他，翻开功德簿，提笔问他捐多少。杨修智扫一眼功德簿上的数字，大多是三百、五百两，最少一个也有五十两，顿时窘促不安。护法知道杨家是大户，堂堂四爷来捐献，必定是大手笔，所以当他看到杨修智递过来小小一块碎银子，误以为是给自己的赏钱，连忙表示感谢，接过去装进衣袋里，然后亲昵地瞅着杨四爷，等他拿钱出来。杨修智着愧地搓手。

"就这些。"

护法很不高兴，觉得被这个呆头呆脑的家伙玩弄了。他告诉姓杨的，这三两银子只能排个号，等教主有空时再安排接见，而以目前排号情况，他要等到一百三十八年零七个月之后。杨修智绝望而去。一天下午，赵文渊回明农庄找母亲商议种烟草的事，在积善桥旁见到杨修智。杨修智穿一件麻布破长衫，后肩撕裂了，用黑粗线蹩脚地缝在一起。他颓唐地坐在桥下一棵偃俯的枯树上，望着缓缓流淌的河水出神。

赵文渊也很久没见到云裳姐了。他带杨修智去抱玉寨求见，居然也被挡在门外。两人望寨兴叹，悻悻而返。江蓠心疼病又犯了，躺在床上歇息。文渊服侍她吃下药，讲起刚才的事，对文津大哥的做法表示不满。江蓠把手顶在胸口，脸色因疼痛而略显苍白。

"他们兄妹不比你亲？"她对文渊说，"你就别多管闲事了。"

文渊苦笑一下，不再多讲。伊我进来看婆婆，问她心疼可好一些。文渊看她一眼。伊我似乎变了些，至于哪里变了，他说不清。"文澜呢？"他问，"怎么没见到他？"

"去抱玉寨找大神汉了。"伊我说。

文渊扑哧一笑。时至今日，文澜是全家上下跟文津关系最亲密的人。文津当年离开颍川时，文澜还没出世，因此归来之初，对已然婚娶的文澜并无亲近之感。文澜却对这位哥哥的传奇事迹充满敬意，并为他无与伦比的领袖气质而折服。遗憾的是，大哥的教义太浅白，也太单薄，应付没文化的贩夫村氓尚可，要打动士绅，就显得力不从心。文津搬到抱玉寨后，与明农庄相距不远，文澜摇着折扇去拜访。文津很忙，没时间见他，文澜久等无果，写一张纸条，叫护法务必传给大教主，然后摇扇而去。文津忙到傍晚，打开纸条，看到上面几行字：

"吾兄欲为觋巫乎？欲为宗师乎？欲为觋巫，可谓成功，欲为宗师，尚欠火候。"

文津立即派属下抬轿赶赴明农庄，把文澜少爷接上总坛。兄弟俩在明晃晃的大月亮下煮茶清谈，从阴阳术数、风水堪舆，谈到星相医卜、丹房养生。文津越聊越吃惊，对这位陌生的弟弟刮目相看，遂将属下人等摒出百丈之外，询问文澜纸条所谓的火候是什么。文澜即引经据典，从古今百教的流变与盛衰，指出乾坤教义里所欠缺的东西。文津深以为然，拜托好弟弟发挥长才，帮大哥完善教义，补充教条。文澜欣然应允，不多久就搞出一套理论，整理之后送给大教主哥哥过目。文津仔细拜读，看到孔孟，看到老庄，看到诸佛，甚至看到耶稣，看到物质和灵魂，看到宇宙和人间，看到结构森严的秩序和四通八达的真理。文津叹为观止，断言文澜已经超越二叔，成为独步中原的大才子。文澜也因此拥有进出总坛的特权，可以随时面见大教主，不用搜身，不须通报。他今日来找大教主哥哥，是要讨一些符水，治疗母亲的心疼病。江蓠的心疼病每年此时都会发作，每次发作都旷日持久，诸药皆无效果，他想试试符水怎么样。

文澜来求，文津很慷慨，给了满满一大壶。文澜回到家时，太阳尚未落山，江蓠房间里依然很亮堂。文渊要过陶壶，打开盖子瞅了瞅，看不出所以然，放鼻下嗅，然后又嗅，再嗅，眉头渐渐隆起来。

"这东西不能喝。"他说，"里头有大烟。"

文澜脸色很难看，"你怎知有大烟？"

"我闻得出来。"

"你吃大烟吗？"

"不吃。"

"你又不吃大烟，怎知道大烟的味道？"文澜冷笑，"我看你是见不得别人的好。"

丈夫的刻薄让伊我心生不悦。"文渊哥哥虽不吃大烟，但我爹吃的时候，他常常在旁边，当然闻得出大烟的味道。"她从文渊手里接过陶壶，自己也嗅了嗅，"文渊哥哥说的没错，的确有股味道怪怪的，像大烟。还是不要让母亲吃了。"

文澜脸色更加难看，"文渊文渊，我看你们都是鼻渊！"

江蓠放声大笑。"哎呀，你这什么话。"她一手按胸，一手半遮着嘴巴，"笑死我了。"文渊眉梢抖了一下，跟着母亲呵呵笑。江蓠笑得累了，招手让伊我把陶壶递给她。"这是文澜的心意，就算是毒药，我也喝。"

文澜从妻子手中夺过陶壶。"小心一些也好，母亲还是不要喝了。"他提着陶壶走出房间，将壶摔在石阶上，倒握折扇扬长而去。陶壶破碎的声音骤然传来，伊我愣了一下，眉心不由自主蹙起来。"文渊哥哥在呢，怎能这般没礼貌？"

"他一番好意，被你们这样说，当然不开心。"江蓠说，"文渊也不是外人，当哥哥的，多担待点就是。"

赵文渊找到杨修智，给他五百两银子，让他去买乾坤教的高等级别。随着乾坤教势力扩大，位阶的价格水涨船高，五百两银子只买到了第十二级的"义"字辈，虽够格进入抱玉寨总坛，但要接近副教主还远得很。大概是精诚所至，感动了上苍，一天他在寨内徘徊，居然遇到了偶然出来散步的云裳。听修智讲完别后经历，云裳忍不住哭起来。她想起曾经答应过他，只要能帮自己找到一只陆魅，就嫁给他为妻，而当后来事实证明他找到的的确是陆魅时，她却已经嫁给了上帝。她觉得愧对修智，他对自己不计代价的付出，可能是她几辈子都还不完的人情。就算这辈子不能再嫁他，但是，她愿意让他守在自己身边，只要他愿意，并且感到快乐。

修智当然愿意。于是云裳带他晋见大教主，为他要求自由进出总坛的权力，让他可以随时去见她，理由是杨修智与她有婚约，是她无婚期的未婚夫，且对他们兄妹重逢立有大功。赵文津不敢相信眼前这个瞎了一只眼又瘸了一条腿、其貌不扬、木讷老实的家伙居然是妹妹的未婚夫，专程回明农庄问了问婶婶，被告知两人的确曾经有过婚约。文津怏怏不乐。他认为不是谁都有资格娶云裳，因为不是谁都配当他的妹夫。他威胁杨修智主动解除婚约，否则就用软息虫啃光他的骨头。软息虫是一种水色的虫子，无足无齿，形如水蛭，通过眼耳口鼻进入人体，便直奔骨骼而去，全身骨骼遇之即化，最后整个人变成一团肉球。这是赵文津用来惩罚不忠教徒的手段之一。云裳对哥哥的赖皮行径深恶痛绝，发誓他敢这么干，马上就自杀给他看，反正除了杨修智，这世上再没有人真心对她好。妹妹的话让文津很受伤，赌气不再管她，任她自甘堕落去了。

如愿以偿的杨修智欢天喜地。他早已不指望与云裳结为夫妻，只希望能陪着她，在她需要的时候给予照顾和保护。云裳也通过他得以了解外面发生的事。她为尚信德和天主堂担忧，责怪修智不该离开那里，因为年事已高的尚信德更需要人照顾。杨修智对云裳的指责报以憨笑。杨修智被授权在寨子里自由行走，他虽是情感粗疏的人，目睹抱玉寨面目全非，也不禁心生感慨。一天傍晚，他告诉云裳，他在一个储放丹药的房间里发现了大量烟土，而这些烟土的用途，是熬制供教徒与信众服用的符水。赵文渊的判断是正确的，而他花钱资助杨修智，条件就是帮他查证这件事。云裳吃惊得瞪大了眼。一个时辰后，赵文津拨冗来看妹妹，只见云裳双手抱在胸前，闭着眼睛念念有词。他以为妹妹在学咒语，饶有兴致地坐到她对面，看她能变出什么戏法。云裳念完后，什么花样都没有出现，她也只是在胸前划个十字，面无表情一语不发。文津有些茫然，问她嘟嘟囔囔的念了些什么。

"我在向上帝祈祷，请求上帝宽恕你的罪。"云裳冷淡地说，"上帝没有应允。"

文津大怒。"你的上帝算个屁！"他说，"信不信我把他抽筋剥皮？"

文津讲这句狠话不光是撒气。近年来夷人日益嚣张，频频借教案发难，合起伙欺负大清国和老佛爷。当此危亡之秋，诸多民间教派和帮会在朝廷支持下纷纷崛起，建起"扶清灭洋"的大纛，誓帮朝廷抵御外侮。赵文津身在中原，远离京津冀风暴之区，然而国难当前，他认为不能置身事外。忽一日檄书传来，老佛爷圣明，已下懿旨向万国开战，敦促他率众赴京，共襄盛举。檄书是义和团大师兄发来的，赵文津与他是江湖旧友，义和团兴起之后，两位领袖也常有联系。文津把文澜请到总坛，商议勤王之计。文澜不懂政治，对国事也不感兴趣，只是前几日县学教谕做诗会，他应邀参与，听人讲起时事，好像封疆大吏们态度很暧昧，并不是很坚定地站在朝廷这一方。他有点不能理解，所谓食君之禄，忠君之事，国家板荡，正是大臣用命之时，怎么能做着朝廷的官，却在朝廷有难时首鼠两端？文津拔开一只玄色瓷葫芦塞，倒出两粒归元丹，自服一粒，另一粒递给文澜。

"爱国本来就是一门生意，有利起早，无利盼黑。"他说，"他们已经荣华富贵，位极人臣，如今朝廷危难，朝不保夕，他们当然不愿把身家跟朝廷绑一起。"

"既如此，大哥还去吗？"

"去呀，当然去。"文津说，"封疆大吏们该得的都得了，自然不愿冒险，我们这些草根里蹦跶的人可还什么都没得，还不趁着大清尚在，赶紧去浑水摸鱼揩点油？万一大清挺过这一关，咱也是救驾有功的中兴名臣，那就赚大了。"

文澜听得很郁悒。"大师兄他们对朝廷的忠诚，似乎也不容置疑。"

文津一哂。"人戏太深而已，演着演着，自己也相信了。"文津请文澜来，原本希望以他的博学，给自己出些实用的主意，不料他却是个只会务虚做学问的呆子，未免感到失望。他将婴儿碗里的茶喝光，示意属下过来收拾茶台。文澜识趣地站起来，准备告辞。文津将他送到门口。文澜问大哥何时出发。

"等准备就绪吧。"文津说，"有些该演的戏，还是要演的。"

赵文津已经挑好北上的吉日，两百名精英弟子也已选定，他现在需要的是一个祭旗的人，以其老血为大教主的队伍壮行。祭旗的人也已经确定，只是弟子受命去捉拿时扑个空。赵文津命令属下四处搜捕，终于在吉日前夜抓到了。这天晚上，云裳已准备就寝，杨修智突然慌张闯进来，告诉她一个令人伤心的消息：他虽然赶在护法之前通知了尚信德，老迈的神甫最终还是没有能逃掉。

出征是大事，儿戏不得。赵文津在准备了一千斤狗血和五千条月经带之后，又连夜赶制符箓，以备破敌之用。七十多岁的尚信德仿佛一段老朽的木头，被结实地捆绑在法坛中央的旗杆上。云裳走来慰问哥哥。她亲自烹茶，斟入婴儿碗，捧起来走到忙碌的哥哥身边，询问出征之事，祝他旗开得胜，为国争光。她一边说，一边把那碗茶递给赵文津。茶叶依旧是文津自制的茶叶，水也依旧是特别调配的水，在假月亮皎洁的光芒下，黛绿色的茶汤轻烟袅袅。文津接过茶碗，在鼻子下嗅了一下，回头冲云裳微笑。

"妹妹，你把砒霜放得太多了。"

半刻钟后，法坛上又竖起一根木杆，绑上了叛教叛国、谋逆犯上的九天圣仙女赵云裳。凌晨时分，当太阳像橘饼一样从原野的尽头冒出来，乾坤教总坛响起惊天动地的擂鼓声。赵文津精选的二百名教中精英身披画有圣符的黄绸披风，腰挎宝剑，背插宝刀，手提狗血，怀揣月经带，威武雄壮地排列在法坛之前，等待祭旗仪式之后正式出征。祭旗仪式略有改动，用来祭旗的人在洋妖尚信德之外，又多了个乾坤教女叛徒。那名女叛徒在晨光照射之下抬起憔悴的脸，莅临观礼的绅民同时发出一声惊呼，无不感恩大教主，赞叹大教主，为大教主大义灭亲的爱国情怀而倾倒。赵文津训话之后，宣布祭旗仪式开始。刽子手正要动手，却见杨修智提着一把砍刀一瘸一拐地走上法坛。赵文津高坐在虎皮交椅上，望着妹夫一挺一挺滑稽地走近，厌恶地皱起眉。

"好吧，给你们个机会。"他说，"你把那个洋妖杀掉，我就放了云裳。"

杨修智扭头走向尚信德。尚信德看着他一步步走到面前，被涂了狗血的脸在凌乱的头发下吃力地笑了笑，声息低微地说：

"孩子……"

他的声音刚发出来，杨修智的砍刀已经砍过他的脖子。尚信德的脑袋像个肮脏的皮球，沉重地跌落到法坛上。两名乾坤教弟子立即展开出征的战旗，遮到断开的脖颈上，用喷射而出的血染红旗子。文津拍着手站起来，亲自解开已被吓呆的云裳。杨修智搀扶着云裳离开，云裳却从他手中夺过砍刀，砍向文津后背。文津正走回虎皮交椅，黑表红里的锦披风飞荡起来，将砍刀卷住，轻轻一扯就夺了过去。文津回过头，披风舒展，砍刀当啷落到石筑的法坛上。他看了看云裳，眼神充满怨恨。

"唉，妹妹……"

他叹了口气，示意护法动手，继续走向自己的交椅。杨修智捡起砍刀，与护法们展开殊死搏斗。他矮而残，岂是骁勇护法的对手，不过几息之间，就被砍得血肉模糊，死猪一样扑倒在云裳身边。他这番拼命也并非全无用处，至少为赵致和争取到几秒时间，使他在护法对云裳动手之前跑上了法坛。这个桃李满门的儒学大师被法坛上的血腥场面气疯了，抓起杨修智跌落的砍刀，抢起来向侄子砍去。赵文津挺立不动，任由歇斯底里的二叔一刀刀砍过来，粗笨的铁刀切身而过，却伤不到他一根毫毛，仿佛站在赵致和面前的是个幻影，而非血肉之躯。他负手而立，望着二叔徒劳无功地挥舞着砍刀，冷笑不已。

"咱们是一家人，你杀不了我的。"他说，"我却能毁了你。"

文津话音甫落，凭空钻出来一条恶龙，将赵致和一圈一圈缠起来，张开血盆大口，朝他脑门吞下去。此时突然一声枪响，恶龙的头哗然破碎，粗长的身子也瞬间微缩，变成一条两寸长的水蛭。赵文渊手握一把短洋枪，一步步走近赵文津。

"刀杀不了你，枪呢？"他说，"还记得你师父张天师是怎么死的吗？"

史青山、史青云和几名药庄伙计将尚信德和杨修智抬上马车，赵致和也扶起云裳离开。赵文渊用枪顶住赵文津的脑门，等父亲他们走远，才放开文津，跨上一匹黄骠马飞驰而去。杨修智觉得自己就像一块被剁碎的肉，软塌塌地放在马车上，随着车轮的颠动而感受着撕筋裂骨的疼痛。他歪过头，看着身首分离的尚信德，心中充满了愧疚。云裳瘫坐在他们旁边，面对这两个血淋淋的身体放声痛哭。杨修智随着她的哭声回到了二十七年前。那时是冬天，天气很冷，风雪激荡，他们杨家和赵家死守在抱玉寨内，在赵致中率领下共同抵御匪军的进攻。所有十五岁以上的人都在为守寨而拼命。云裳从未见到过这样的场景，被无处不在的鲜血和尖叫吓坏了。第三天下午，她终于看到父亲，却发现他浑身血污，还凶巴巴的，像个恐怖的恶鬼。她害怕得哭起来。父亲拍拍她的脸，就又转身不见，整整半天时间内，再没有任何一个大人理过她。眼看天黑了，她无助地流着眼泪，躲进一个木门已被拆掉的房间。时年十五岁的杨修智一直在她不远处砸石头，此时手举火把，拿着两个馒头走进来，蹲到云裳旁边。

"别怕，我保护你。"他对云裳说。

云裳抬起泪水朦胧的眼，看着比她高大的陌生少年，犹豫一会儿，点了点头。从此之后，杨修智便不再为守寨出力，一天到晚守在云裳旁边，在战事嚣乱的时候给她安慰，在诡危紧张的黑夜哄她入睡。云裳在他的陪伴下果然不再害怕。战争结束后，她随父亲离开抱玉寨，杨修智送她到山下。临别时，云裳对他说："谢谢你保护我！"然后又说，"你就跟我爹爹一样。"

云裳这句赞美使年少的杨修智受宠若惊，深感自豪。因为诞生时克死母亲，他被全家人厌弃，在两个光芒万丈的哥哥之下小心谨慎地长大，从来不曾被人重视过，更没有人会认为自己需要他来保护。所以，当云裳在颠簸的马车上握住他的手，哭泣着问他为什么要这样，他用尽残余的力气挤出一张笑脸。

"我只想证明，我能够保护一个人。"

"可是，修智，"云裳另一只手抚摸着对面尚信德已经僵硬的身体，悲伤地说，"你可知你做了什么！"

30　归宿

祭旗仪式惨遭破坏,教主也当众出丑,对于整装待发的乾坤教徒众来讲,这不是好兆头。赵文津羞怒不已,在法坛上疯狂作法,一时间阴云翻滚,狂风大作,飞沙走石,电闪雷鸣,无数条带角的龙犹如烂泥里的泥鳅,在团团黑云间翻滚扭缠,紧接着大雨冰雹倾盆而下,一连下了半个时辰,忽然雹住雨收,改下起鹅毛大雪。狂风依旧声势骇人地呼啸,仿佛要将天地掀翻,大雪却不受影响,从狂风的浪潮里簌簌然落下来,转眼已淹到观礼绅民的膝盖。绅民们魂飞魄散,跪求大教主息怒。赵文津这才挽回面子,一通鼓后,天开日出,没膝大雪亦瞬息不见。教众与绅民顶礼膜拜,齐呼"大教主,活神仙"。

赵文澜没有参加抱玉寨的祭旗仪式。县内名流彼此邀约,在清颍驿为赵教主奉酒壮行,据说县学教谕和县衙典史也要到场,所以文澜就过这边来了。他们还不知道总坛发生的事,午时三刻,大教主率众鼓噪而至,但见旗帜耀眼,战袍簇新,鼓角之声响彻云霄。在场官绅俱感振奋。文澜跟在诸位官长之后,向大教主哥哥敬酒,祝大教主哥哥杀敌报国,功成名遂。文津没喝他的酒,拍拍他的肩膀,扭头应付下一个乡绅。

忽一阵马蹄嗒嗒,几辆马车从官道上迤逦而来。为首那辆车里,坐着辞官返乡的通政使杨修礼。通政使司是三品衙门,名义上掌管内外章疏、敷奏封驳，是下情上传的关键通道，实际并无什么用处，犹如朝廷的一条阑尾，有与没有差不多。京城气氛亦日益诡谲。皇上想掌实权，老佛爷不愿放手。皇上想变法，老佛爷认为是胡闹。帝、后矛盾越来越明显，朝臣随之选边站队，各尊其主。太后在心腹怂恿下意图废掉皇帝，另立一个听话的小孩。不料西夷各国竟然公开反对，据说还要求老佛爷归政皇帝。这就管得太宽了，老佛爷很恼火，又不便直接兵戎相见，遂接受心腹建议，把扶清灭洋的义和拳引进京城，去对付不讲理的洋人。大清搞洋务几十年，坚船利炮买了一大堆，然而甲午一役，竟然完败于蕞尔岛国日本。国人深受刺激，纷纷质疑洋务运动。一批老臣认为，坚船利炮只能为洋人所用，我大清真正靠得住的，还是刀枪不入的国粹。老佛爷正是听信了这些人的话，才如此倚重义和拳。拳民在太后疼爱下扬眉吐气，带刀横行，挨门挨户搜索洋妖，出入王公之家，如入无人之境。对于洋务运动的失败，维新派有不同理解，他们认为搞洋务没错，错在只搞洋务，须知再厉害的武器，放到孱弱而愚昧的人手里，照样发挥不了作用，所以当务之急是变法行宪。杨修礼与维新派的杨锐关系密切，一度同情变法，因此被太后的人视为异己。此时全城大搜洋妖和通妖奸人，杨修礼也少不了被反复盘查。他被义和拳的师兄们弄得疲惫不堪，兼之通政使司已奉诏裁撤，他想起当年与赵致和的约定，顿时不胜乡思，挂冠而去。车过清颍驿，他被外头的喧哗惊动，撩开车帘望出去，看到乾坤教的杏黄大旗迎风招展，上书"扶清灭洋""誓杀洋妖"等字，不禁吓了一跳，以为走路鬼打墙，又转回到了北京城。

　　杨玉成对三叔的归来态度冷淡。别人当官，无不以昌大家族为念，这位三叔当官，却什么事都没给家里做。不帮家里也就算了，他还去帮家里的仇人，在赵家最狼狈低落的时候，动用他与张总督的关系抬举他们，使赵家在颍川的地位一跃千丈，从此不可撼动。杨玉成真心觉得，这样的三叔还不如一条狗，喂大一条狗，它还会替你咬个人，喂大了三叔，他跑去给仇家看家护院。此时失去官职，在京城混不下去了，又跑回老家来养老，都不知道有什么脸回来。玉成看都不愿多看三叔一眼，一声不响离开杨家庄，去西山姐姐家商议开矿挖煤之事。

杨修礼知道玉成不喜欢自己，但没想到如此过分。他更没想到的是，抱玉寨竟然被赵老大的儿子霸占了。他此番归来，正是要去抱玉寨赋闲，倘若早知道寨子已经不复为己所有，可能会另卜归老之地，不再回乡。他尤其没想到的是，敬爱的大嫂杨杜氏已经过世多年，却一直没有人告诉他！杨修礼立即准备牲纸，赶往祖坟去祭拜。来到大哥大嫂坟前时，夕阳已落山，寂寥原野暮色苍茫。弟弟的平安归来让杨修仁感到欣慰。修礼官至正三品，比赵家品秩最高的维孝老先生也高一级，虽然没有发财，总归光宗耀祖，压过赵家了。大嫂却没有丈夫的胸怀，为三叔多年来未能照应好杨家而颇有微词。杨修仁打断妻子的唠叨，对修礼说：

"去把老四接回来吧，埋到我旁边。"

杨修礼这才惊悉四弟也死了。他匆忙赶到县城赵家大宅。颍川最好的伤科大夫刚刚离开，大夫用尽了办法，也没能把杨修智救过来。与杨修礼书信不绝的老朋友尚信德，此时已装进柏木棺材。杨修礼看着稀烂的弟弟和身首分离的老友，仿佛被兜头砍了一刀，难受得几乎站立不住。新知县王某带领衙吏和仵作来勘问案情。洋教士之死令王知县深感头疼，在此敏感时刻，查办不是，不查办也不是，只好葫芦处理，以拖待变。仵作照章验尸，王知县不愿看血糊糊的尸首，站在庭院里跟赵致和先生聊今天天气和五行生克。当他得知那位伤心站立在棺材旁的杨先生是刚刚致仕返乡的三品京官，而死者之一是其四弟，连忙封了一两银子，送给杨先生聊表心意，请杨先生节哀顺变。

天主堂已被赵文津的属下纵火烧毁，仅有的那些信徒也都不敢出面，如何处理尚信德的遗体，成为一件棘手事。王知县与赵致和先生商议了一下，决定暂埋到天主堂废墟下。至于杨修智，则由杨修礼先生带回家安葬。杨修礼用白布蒙起四弟的脸，把他抬上马车。赵致和为自己的侄子给杨家带来的沉重伤害而无比愧疚，几乎无脸见修礼。他手扶马车，陪同修礼将杨修智送到杨家庄，与杨修礼一起操办了丧事。由于杨玉成的反感和排斥，杨家人对丧事非常冷淡，一切必要的物事，都由赵家代为置办，就连打墓抬棺的人，也是从明农庄派过来的。埋掉四弟后，杨修礼心情复杂，在坟前默坐了很久。黄昏时，赵致和处理完所有丧葬杂务，来到老朋友身边。月亮悄悄爬上山冈，挂在抱玉寨的寨堞之间，寨墙的影子一直延伸到十几里外的杨修礼与赵致和脚下。赵致和眼光顺着漫长的阴影望向抱玉寨，愧疚之情愈发浓烈。杨修礼摆摆手，打断他没完没了的歉意。

"修智求义得义，死无所憾。至于抱玉寨，昨天姓杨，今天姓赵，明天也许会姓别家。没有什么东西是可以永久拥有的。"他说，"得失本是寻常事，何必在意。"

杨修礼纵使如此豁达，也没法在杨家庄住下去。当天晚上，他在明农庄歇息，次日与赵致和一起返回了县城，暂住在赵家宅院。赵致和的意思是让他以后就住这里，反正宅院也大，那么多房子住不完。杨修礼没答应。他倒不是客气，而是住过几天后，发现赵庆这家伙天天麻着一张脸，任何时候见到他，都一副心事重重的样子，实在受不了。况且他自在惯了，还是愿意住在能够自己做主的地方。他以好清静为由，叫赵老板帮他在县城寻个宅子。紫胭听到消息，主动要求杨三爷住到她家去。她说葛家深宅大院，没个男人镇压，阴气太重，都快要变成鬼宅了，此时正好借借正三品通议大夫通政使司通政使致仕杨老爷的光。赵庆不同意。杨修礼在京时讨有妻房，不幸早死，至今未再续弦，孤男寡女同居一宅，说出去怕不好听，被人讲闲话。紫胭嬉笑。

"杨三爷不是好男风吗？怕什么？"她说，"不过呢，假如他有意思，他敢要，我就敢给。"

赵庆的脸拉得像驴子。"你怎能这样说话？葛老爷在天之灵听到，情何以堪？"

"他又没有明媒正娶我，管得了我吗？"

"但你总得尊重自己。"

"你管得也太多了吧。"紫胭冷笑，"我做什么是我自己的事。你连自己的家都当不了，还想当我的家？"

赵庆心酸无比。他没有理会紫胭的请求。不料紫胭等不到消息，居然跑去找赵致和老爷。她原本想直接找杨修礼，但毕竟不相识，冒昧相邀太唐突。她将葛家大宅描述得极其凄凉，每当风雨之夜，她都不敢入睡，房外有一点动静，都会吓得她瑟瑟颤抖，有时候掌灯夜行，还会看到些影影绰绰的东西。赵致和听得凄凄惨惨，觉得借修礼的官星压压未始不是可行之计。杨修礼也不介意与婊子出身的葛家遗孀共住一宅，在他看来，男女不重要，出身也不重要，是否有趣才重要，跟经历丰富的葛家姨太相处，至少好过无聊的赵庆。所以听致和一说，当天就收拾东西搬到葛宅去了。紫胭阴谋得逞，在赵庆面前扬扬得意。她心不在焉地听赵庆讲完药庄月报，立即打发他走，她急着下厨给杨三爷做晚饭呢。次日一早，赵庆因为一两五钱银子对不住账，去葛府找紫胭汇报。他跨进葛宅第二重门，只见杨修礼舒服地躺在葛天民生前那张紫竹躺椅上，手里攥着一只惜阴堂藏银錾花水烟壶，一边吃烟，一边给葛荣讲西洋各国的故事，紫胭则手执团扇，坐在旁边津津有味地听。这俨然就是一家人的模样。赵庆心头不乐，面无表情地汇报了财务问题。紫胭听他讲完，鄙夷地笑起来，奚落他越活越小气，堂堂大药庄的总掌柜，居然为这区区一两多银子一本正经地来劳烦东家。紫胭从来没以总掌柜称呼过赵庆，一直以来都叫他赵大哥，让他把自己当成隆发药庄的老板。此刻她如此称呼，显然已经降格看待。她当着外人之面毫不留情的贬低和嘲讽让赵庆几乎崩溃，他在杨修礼的旁观中顽强支撑，没好气地说：

"我也觉得干不动了，这就向你辞了吧。"

他的威胁激怒了紫胭。她猛然抬头，两只硕大的眼恶狠狠瞪着他。"你还是先把干爹辞掉吧，相比总掌柜，你这个干爹的名分更不称职，这么多年，你管过葛荣什么？"然后把脸转向杨修礼，一脸狐媚的笑，"哎，杨三爷，葛荣认给你吧，叫你干爹，好不好？"

杨修礼哈哈笑起来，伸手搂住身旁的葛荣。因为刻意疏离，赵庆的确没有尽到干爹的责任，因此葛荣对他也没什么感情，但是葛荣觉得这样对待赵叔叔未免过于无礼。他尴尬地从杨修礼的搂抱中挣脱，让出椅子给赵庆坐。赵庆脑子里天雷地火、兵荒马乱，没有意识到干儿子的好意，对紫胭点点头，转身离开了。走出葛府后，他直接去了隆发药庄，将手头紧要事务处理完毕，带上账册去向紫胭交割。紫胭闭门不见。赵庆就把账册交给赵致和，让他转交紫胭。赵致和不知他发什么吃挣，对他突然撒手非常不满。

"这些天我一直梦到爹娘，他们唠叨着要回陕北老家。"赵庆说，"百事孝为先，我想把他们的尸骨送回去。"

　　这个理由听上去冠冕堂皇，赵致和无法反对。但他认为不必辞去葛家药庄的职事，孝心固然重要，朋友之义同样重要。赵庆没有多讲，跟这位圣人老爷讲道理是自讨没趣。从清流书院回来，他就找人起出爹娘的尸骨，装进一只锦袋，背在肩上离开了颍川。他走之前没有告诉任何人，只是给女儿回雪留了一封信，说他回老家去了，让她不必挂念。直到半个月后，回雪才看到那封信。赵文渊要种烟叶，在明农庄一住多日，她过去伺候丈夫。等她回到县城的家，院子里静悄悄的，芍药在父亲窗前的花圃里寂寞枯萎。她想父亲一定还在房间里独坐喝茶，推开门走进去。她只在黑漆斑驳的桌子上看到一封父亲的信，而父亲，却从此不在了。

　　回雪读完信放声痛哭。得到消息后伤心流泪的，还有江蓠和紫胭。江蓠将信要过去，看了一遍又一遍，没有看到自己的名字，也没有与自己相关的话语。她在床上一连躺了七天，一语不发，水米不进。赵文渊安慰母亲，赵叔叔把尸骨送到陕北就会回来，不必过多猜想。在家人面前，他还是习惯叫赵庆为叔叔而非岳父。江蓠摇摇头。

　　"他不会回来了。"

　　"那就派人把他找回来。"

　　江蓠再次摇头。"他去意已决，是不会回来的。"她说着，眼泪如露珠滑落草叶，从眼角顺颊而下。"为了一个婊子，连亲人都不要了，你可真够狠心啊！"

　　而婊子紫胭，此时已哭得气短声噎，一边哭，一边骂赵庆是猪，是奴才，是窝囊废，是千刀万剐的大混蛋。骂完赵庆又骂江蓠，骂她是阴险恶毒的丑婆娘，把赵庆当成她的玩物，阻挠他们的好事。她诅咒她不得好死。她哭得都破相了，鼻涕眼泪一挂接一挂，咒骂声亦尖锐如玻璃，扎得人耳膜作疼。杨修礼被吵得无法入睡，披衣坐起，抽着旱烟帮紫胭骂赵庆。

　　"这个蠢货啊！"

31   别有怀抱

　　杨修礼的旱烟管很漂亮，一尺半长的斑节老湘竹，一头装翡翠烟嘴，一头装黄铜烟锅。这杆烟管连同那只藏银水烟壶，都是赵文渊送给他的。杨修礼在京时染上吃鸦片的毛病，虽无特别大的瘾，但也每日一灯，无此不欢。赵文渊劝他戒掉，送给他这两样烟具，并为他提供从上海弄来的上好烟丝，让他做戒断替代之物。

　　赵文渊打算种植烟草。保泰药庄被他做到了在颍川县所能做到的极限，再扩展下去，不光招众多同行怨恨，也将与隆发药庄相倾轧，所以他想找找别的赚钱行当。在各大商埠考察时，他发现洋烟盛行，烟丝、烟卷俱受大众宠爱。这种烟可以提神，不像鸦片易于上瘾，且对身体似乎没什么伤害。他在颍川也常见人吸洋烟，但没有这么普遍，觉得此物大有搞头，遂经人牵线拜访了一名美国烟商。据烟商讲，中原地区土壤很适合种烟草，他原本已有计划去推广种植，但因时局不靖，担心有去无回，才延宕下来。他已知晓赵先生家族在颍川的势力，有意与赵先生合作共同发财，极力撺掇他入行。赵文渊心动。他邀请烟商赴颍川一游，看看颍川风物，聊表合作的诚意。烟商谢绝了，他害怕遇到拳民，被砍掉脑袋去邀功，或者割掉小鸡鸡当药引子。但他答应提供技术和种子，供赵先生先行试种，如果成功了，就将烟叶卖给他的加工厂，等时局好转后，再谋求更深入更广泛的合作。

洋鬼子夸张的担忧让赵文渊感到被冒犯，不过联想到文津大哥的一些做法，他也表示了谅解。他赶回颍川，去明农庄找母亲借地种烟。江蓠断然拒绝了他的请求。她认为赵文渊胡作非为，不务正业，以至于对他能否管理好药庄心生疑虑。赵庆奉命回去查账，又与心腹掌柜谈了谈业务，发现不但没有退步，反而比自己掌管时成长许多。江蓠这才放心，但仍不支持文渊种烟。一听到烟字，她就联想到鸦片，情绪上立刻充满厌憎。赵致和与妻子立场一致，在他看来，不管是罂粟还是烟草，只要是烟，就绝对不是好东西。文渊无奈，只好放弃自己家的土地，准备另行租地试种。赵致和不知怎么听到消息，赶到药庄找到文渊，将他严厉批评一顿，勒令他不可做可能使赵家声誉蒙羞的事。赵文渊很郁闷，一日去给杨修礼送烟丝，聊起这个受阻的计划，言辞之间颇有点不开心。杨修礼攥着旱烟管嘿嘿笑起来。

"你又不是第一天当他儿子，还不知道他什么脾气？"杨修礼说，"这老头儿啊，被圣人形象给困住了。"

送走赵文渊，杨修礼也抽着旱烟出了门。他要帮文渊做说客，游说他老顽固的爹和专断的娘。他对赵文渊的诞生功不可没，因此看待文渊如己出，此次致仕归来，看到文渊已然是个成功的商人，做人及行事亦很稳重，心下颇是欣慰。他先去了一趟清流书院，找圣人附体的老朋友聊了聊，然后与赵致和一起回了趟明农庄，吃着赵太太的茶说了半天闲话。说话间，他取出随身携带的水烟，有滋有味地抽。江蓠看他吞云吐雾，想起文渊试图种烟草的事，心头有点不快。

"三爷还是少吃点吧。"她笑眯眯地对老杨说，"这东西吃多了，恐怕对身体没好处。"

"这又不是鸦片烟，没什么坏处，太后老佛爷都好这东西，天天都得吃几回。"杨修礼瞅着江蓠，脸上堆起老不正经的笑。"老佛爷，您也来几口尝尝？"

江蓠朝杨修礼甩一下手，"三爷这张嘴呀，没个讲究，在京城那么久，竟然没惹祸上身，也是奇怪了。"

杨修礼大笑。江蓠等他笑完，看他又装起一撮烟丝，吹起火纸点燃，端起自己的青瓷茶碗，"三爷不会是来当说客的吧？"

"老佛爷英明！"

杨修礼的游说之词并不比赵文渊的更高明，但因他的身份和阅历，使那套说辞变得更有说服力。江蓠很快就被说服了，答应拿一百亩山坡地给文渊试种。其实江蓠并不是被说服，她只是放弃抵抗，从杨修礼毫不犹豫承认当说客起，她就知道再阻挡已经没有意义。杨修礼喜欢文渊是众所周知的事，倘若事不可为，他绝不会同意文渊去做，但若认定可为，也一定会帮文渊达成。杨修礼嫌一百亩太少，老佛爷手下那么多地，何妨再漏漏手指头，多给个千儿八百亩。

"那就两百亩吧，还不知道究竟种不种得好呢，种好了再说。"江蓠给杨修礼斟茶，眉梢含笑挑起来，眼光乜斜着老杨。"但若三爷再乱叫什么老佛爷，一亩都没了。"

美国烟商派遣的技师携带种子如期赶到颍川，指导明农庄的农民种植烟草。不料在育苗时就出了问题，福荣带人按技师所教的方法播下种子，算时间已该发芽，苗圃里仍然全无动静。将种子刨出来查看，居然都烂了。许多人便泼冷水，说洋人最是狡诈，跟他们合伙做生意是靠不住的。福荣夫妇则断定是此地水土问题，不适宜种洋烟。技师不信邪，再次播种试验，依旧都烂在土里，几十方苗圃几乎没长出一棵烟芽。技师深感气馁，断定是这批种子有问题，要回上海给老板报告情况。赵文渊也很沮丧，设宴为技师钱行。正喝酒间，紫胭派人来请，说有要紧事让他马上过去。赵文渊匆匆赶到，却看到了葛伊我。伊我以回城看姨娘为名，来给赵文渊报信：江蓠对种烟心怀抵触，叶萱为讨好太太，跟福荣串通起来，先让福荣灌醉贪杯的技师，然后用热水把种子都煮坏了。

江蓠本以为文渊对种烟已经死心，不料几天之后，他亲自带着技师和几名药庄伙计返回来，赶在时令之前将最后一批种子播下去。这次他屏退明农庄所有人等，一切事都由伙计们做，他自己也住在明农庄每日监工。这一回烟苗如期发芽，移植到田里，在精勤照料下茁壮成长，到六七月间，宽大的烟叶铺满了两百亩山坡地。伙计们在技师的指导下刷叶烘烤，复按等级分拣，最后，一堆堆黄灿灿的烤烟整齐呈现在赵文渊面前。美国烟商收到样品，检验了成色和口感，又在瓶瓶罐罐之间做了许多不明所以的检查，然后打开一瓶香槟。

"恭喜你，赵老板，"他说，"你挖到了金矿。"

"也恭喜你。"赵文渊与洋伙伴碰杯，"大家一起发财。"

赵文渊把两百亩烟草的收益全部上交给母亲。江蓠看到那么多钱暗自心惊，文渊跟她商量能不能再给他两千亩地，她沉默片刻，点头应允了。文渊找到福荣，把种烟事务交给他负责。

"你也看到了，这里的水土非常适合种烟叶。"他对福荣说，"告诉你媳妇，种子可以用水泡一下，但不可用滚水烫，更不能放火上煮。"

福荣被赋予重任，既荣耀又羞惭，唯唯应诺而退。赵文渊自从跟随父亲去清流书院读书，就很少再回明农庄，尤其是接掌保泰药庄后，偶尔回来，亦是行色匆匆。种植烟叶使他有了大量时间待在老家。明农庄里并没有人过多在意他。大少爷在保泰药庄一言九鼎，但在明农庄，当家的是太太，大家尽管对大少爷抱有敬意，却没人愿意冒着得罪太太的危险向他表示超出正常主仆之谊的亲昵。——在赵家，太太不喜欢大少爷是众所周知的事。唯一为文渊的到来感到欢喜的只有葛伊我。当然，欢喜只能放在内心，再小心地蒙上几层油布，以防被人窥破。当赵文渊从庭院匆匆走过，常会见到她跟回雪一起做家务，或者在中庭木槿树下默默绣花。有一次他跨过月亮门，听到她幽幽的叹息。

"哎，闷死了！"

赵文渊怔了一下，但脚步并未停留，依旧匆忙地走过去。伊我那声叹息初如轻烟，渐如迷雾，最终变成漫天尘霾，赵文渊身陷尘霾之中，惆怅不能自拔。他一直无法想象，像伊我这种性格的人，在沉闷的明农庄该如何度日。但他不便多问。身为哥哥，他总不能隔过弟弟去关心弟媳妇的生活，况且他与文澜关系冷淡，就更不便与伊我显得过于亲密。赵文渊与赵文澜的疏远是与生俱来。赵文渊回忆童年，似乎自己一出生就归了赵成老婆和云裳姐，由她俩共同带大，而文澜，都长到六七岁了，母亲依旧天天把他抱在怀里。文澜不小心跌倒，母亲心疼得好比剜她的肉，恨得要把地面筑掉；文渊跌倒，则只是扫他一眼，平淡地说声"起来"，有时还会责怪一句"怎么不长眼睛"。兄弟俩都从母亲的态度里感受到了彼此的距离，所以从一开始就不够亲近，只知道有这样一个同胞兄弟，互不关心对方的爱好和成长。有时候赵文渊会觉得愧疚，既缺乏兄长的气度，也未尽兄长的责任。然而文澜生长在明农庄，无忧无虑，安逸自足，并没有什么事需要他出手相助，进而体现他的手足情怀。文澜甚至瞧不起哥哥。在文渊院试失利的下一场院试，年龄小好几岁的文澜初试身手，即以案首成绩取得生员功名。在诗书传家的赵家，这无疑是最光荣的事，文澜也因此成为父母的心头肉，江蓠的宠爱也更加理直气壮。她对丈夫断言，文澜将会开创历史，成为赵家第一个状元。文渊尽管能干，但是做得再好，士农工商，也不过末流事业。所以，面对父母与弟弟，文渊有时难免会有一点自惭形秽，于是自觉后退。在田间监督种烟时，他粗略计算了一下，大概有十几年没跟文澜聊过天了。

文澜大部分时间都在坐忘斋里度过。坐忘斋是他书房的名字。他对现实世界不感兴趣，一天到晚坐在书斋里翻书。坐忘斋里的书是赵家几代人的收藏，都被文澜搬进来，四面墙都摆满了，房子内也一排排堆砌排列，弄得书斋像迷宫。那些书古老艰深，晦涩难懂，赵致中小时候曾斗胆翻过，仅仅看了半页就天旋地转，日月无光。这些伯伯认为无趣、哥哥认为无用的书，却是赵文澜的快乐源泉，每日沉浸其中，不知时光之既逝。赵文渊在迷宫一般的书斋里钻了半天，终于找到夹在书缝里的弟弟。他装作没看见弟弟的不耐烦，关心弟弟的学业和身体，询问他的生活状况，婚后生活是否和美，有没有因为婚姻而影响到读书，结婚这么久了，为什么还没要孩子，要知道父母都是急着抱孙子的。文澜觉得哥哥越说越荒谬，他自己身为老大，到现在都还没有孩子，却要求做弟弟的先为家族尽传后的责任。他合上手中书，两眼盯着赵文渊。

"哥，问你个问题。"

"你说。"

"人为什么长有两只耳朵、两只眼睛、两只手、两只脚，却只有一个嘴巴？"

文渊想了半天，想不出答案。"为什么？"

"人长两只耳朵，是为了听得更清楚，两只眼睛，是为了看得更明白，两只手是为了做得更好，两只脚是为了走得更快。"文澜说，"只有一张嘴巴，是让你少说废话。"

赵文渊灰头土脸地离开弟弟的书斋。乡下不比县城，吃过晚饭，就都闭门休息，或者在床笫之间寻求最原始的快乐。文渊心情不好，躺在床上辗转难眠。戌亥之际，整个明农庄都已经酣睡，他房间的门却被叩响。叩门的声音很轻，断断续续，好像在叩之前犹豫不决。赵文渊预料到有什么事情将要发生，将门打开，葛伊我果然出现在他面前。赵文渊高大的身躯挡住了房内的灯光，看不清伊我的面孔，但他强烈地感受到了她的慌乱和躁动。她站在他面前，哑着嗓子说：

"我要死了！"

赵文澜一进入坐忘斋，就连时间也会忘掉，自新婚至今，几乎没在亥时之前回过他们的新房，偶尔回来得早了，也会在入睡之后梦游而去，重新回到他的书斋里。所以，当以莫大的勇气捅破这张纸后，葛伊我反而肆无忌惮。赵文渊面对着床单上的处女血目瞪口呆，愣在那里说不出话。伊我看着他震惊的模样，在他身下吃吃笑起来。

"不可思议是吧？"她说，"赵文澜根本就是个小孩子，他甚至半夜跑去吃他娘的奶，却从来没有碰过我。"

伊我说着，在赵文渊胸前狠狠一掐。她的指甲尖而长，仿佛刀片，将文渊掐得皮开肉绽。她说她把指甲养这么长，就为了等这一天。她嫁入赵家，原本以为可以名正言顺经常看到他，不料反而被困在乡下这个令人发疯的庄子里，离他更加遥远。现在他终于回来长住，可以日日相见，他却只顾种他该死的烟叶，而对她不理不睬。她可以理解赵文渊的身份以及在这个身份之下不得不保持的距离，但她不能容忍他对自己的无视。她后悔死了当初的决定，死的心都有。

是的，伊莪死的心都有。死且不怕，她还有什么好怕的？她在赵文渊胸前抓出几道深长的血痕，恨他是孬种，他娘叫他娶回雪，他就乖乖娶。赵文渊痛彻心扉，却只是叹了口气。

"母亲不喜欢我。"他说，"如果坚持娶你，你不会有好日子过的。"

"我现在的日子就好过吗？"

烟苗移植完毕，赵文渊重回县城。葛伊莪对皇历产生浓厚的兴趣，一天到晚盯着它看，在百无聊赖中等待属于最上面这一张的时间过完。时间变身蜗牛，在墙壁上缓慢挪动，从凌晨时分爬上窗台，横贯光洁的墙面，折过两个拐角，一点点爬到门后，天就黑了。然后绕过房门，再一点点爬回出发的窗台，天又亮了。伊莪开心地撕掉最上面那张皇历，然后望着剩余的那厚厚的一沓黯然神伤。她在躁动不安中焦急等待，假设各种惊喜的发生。每天晚上，独坐在空房之内，她总会以无比迫切的心情，期待赵文渊像传说中的狐魅一样飘然而至，或如茅山道士穿墙而入。赵文渊当然不会以这种传奇的方式出现。在这个井然有序的农庄里，注定不会有任何激情乖违的事发生。每夜都如此寂寞而漫长，仿佛极度空虚，却装满千山万山，难以度过。她枕着胳膊，疲倦地趴在红烛闪动的桌子上，隐约听到一个古怪的声音在唱歌。歌声幽幽眇眇，犹如怨鬼的呻吟，若有若无地飘进来：

> 栀子花开六瓣头，
> 情哥郎约我黄昏头。
> 日子遥遥难得过，
> 双手扳窗看日头。
> ……

这个曾经让云裳在无数夜晚无法入睡的软侬吴歌，在伊莪耳边恍恍惚惚地盘旋。蜗牛顺着她的胳膊爬上来，缓慢地越过她光滑的脸颊和鼻梁，从耳后蹒跚而下，在凌晨时分爬上窗台。她的目光跟随蜗牛移到回纹棂花上，第一缕阳光仿佛血红的火焰，隔着水油桃花窗纸映入她眼睛。蜗牛爬行的足迹一道道增加，在遥遥无边的等待里，她记住了每张皇历上的宜忌正冲、彭祖百忌和凶吉宜趋。当木槿花在枝头开放，第二年种烟的季节终于来临，赵文渊如期出现了。

与赵文渊一起出现在明农庄的还有回雪。伊我大失所望。让她更失望的是，赵文渊对她的态度又回归到了从前，一副身份相关之下的恭敬有礼。她坐在月亮门旁的木槿下绣花，他从旁边匆匆而过，脚步从不曾有过一秒钟的停顿。她嫩若柔荑的手被绣花针扎成了马蜂窝，疼痛积攒在心里。她不知道是赵文渊故意把回雪带在身边，还是回雪不放心他而贴身看管，只知道回雪不应该回来，尤其不应该跟他睡在一个房间，让她亲眼见到这个无可回避的现实。终于有一天，她再也无法忍受，决定向回雪示威。回雪在院子里洗衣服，她主动前去帮忙。她把捣碎的皂角撒在盆子里，用针眼遍布的手搅拌出洁白的泡沫，然后把赵文渊的脏衣服按进去，一边温存地揉搓，一边对回雪说：

"文渊胸口上的伤怎么样了？有没有留疤？"

回雪勾过头来，诧异地望着她。"没有啊，他胸口好好的，没有伤。"

葛伊我愣住了。盆子里的皂沫被风吹起来，仿佛斑斓闪烁的气泡，在徐徐轻风下围着她碰撞飘浮。气泡相撞，即合为一体，越来越少，也越来越大，最终只剩下一个，轻盈盈粘到她身上，将她包裹进去。伊我置身于巨大的皂泡里，隔着一层光彩陆离的水膜，只见回雪与万物扭曲夸张，滑稽无比，就像是在离奇的梦里。

她与赵文渊的那夜缠绵，也不过是自己一厢情愿的梦吗？

32   王知县的遭遇

　　新任知县王某近来最关心两件事：一是朝廷与洋人的战况，二是乾坤教主赵文津的生死。每日早晚两次祈祷成了他必做的功课：早晨起床，祝愿朝廷战胜洋人，晚上睡前，则祝愿赵文津战死疆场。

　　王知县对赵文津充满厌憎。这种厌憎之情从他来颍川第一天就产生了。莅任颍川，王某本来很愉快，不料刚到接官亭，却在众目睽睽之下发生一件怪异之事：不知从何处蹿出来一只黑毛大老鼠，在人群之中东奔西突，一条三尺多长的蛇紧追其后。老鼠在大蛇穷追下惊慌失措，一头撞到亭柱上，翻身栽倒不能动弹，被蛇一口吞下。大蛇吃掉老鼠，逶迤游出亭子，钻入草丛倏然不见。这个意外插曲弄得王知县很不开心。他在县衙佐杂官吏、学官和县中缙绅簇拥下进入县城，拜过仪门，进入大堂接印。怪异之事再次发生，一只花猫追逐一只黑老鼠闯进大堂，在暖阁公案前将老鼠按住，一口咬死。衙役们争相扑杀，却被它一一躲开，叼着老鼠蹿出大堂，须臾不见。排衙受礼时，类似怪事又来了：这次依旧是追杀老鼠的戏码，老鼠依旧是黑的，追杀者则是一只芦花大公鸡。这只来历不明的公鸡爪如铁钩，牢牢搇住可怜的老鼠，坚硬的尖喙朝它脑袋上唧唧唧一顿猛啄，活生生把老鼠啄死，然后抛尸大堂，扇着翅膀扬长而去。接二连三的类似意外彻底破坏了接任的气氛，属鼠的王知县气得半死，痛骂此地民风刁顽，连畜生都如此嚣张。典史替颍川人抱不平，偷偷告诉他是前任县太爷捣的鬼，前知县正捞钱捞得快活，突然被调离，心生怨望，遂指使沆瀣一气的大神棍赵文津变戏法捉弄催命的新官。

赵文津之所以这么干，并非听命于已然过气的老县令，而是想给新官一个下马威。他犯了乃父一样的错误，盲目相信自己的势力和威望，认为可以不把县官放在眼里，小小一个捉弄，有助于让新官认清形势，明白轻重。不料王知县并未屈服，接任不久的一天，他升堂审案，为恶的一方恰好是乾坤教"敌"字辈高阶弟子，王知县连掷三根红头签，几乎将他当堂打死。所有人都看得懂县太爷的意思。赵文津马上改变策略，着手改善与新太爷的关系。他打听到王知县独身上任，怕他长夜寂寞，进献了三名妖冶女弟子，陪他探讨周公之礼。王知县又惊又怒，以为赵某人竟然洞悉了他阳痿的秘密，故意送这几个艳女来羞辱。他招来刑名师爷和刑房司吏，将与乾坤教有关的案子全部排到前头，又授意典史和捕头，着意访察乾坤教与赵文津的不法之事。县衙大堂一时成了乾坤教众受刑之地，一天到晚哀号不绝。典史也访得一桩冤案：一名乾坤教徒与一名天主教徒因宅基纠纷发生冲突，乾坤教徒打断了天主教徒两条腿。因乾坤教势大，天主教徒忍气吞声，未敢报官。王知县大怒，先丢绿签将那名乾坤教徒捉来，再丢红签，当场打断他两条腿抵罪。

仲秋上丁日，王知县例行公事，率领僚属、教谕及县学诸生员到文庙祭拜圣人。举爵行礼时，一顶高帽子忽然从天而降，打掉王知县的官帽，准确套到他脑袋上。高帽子是纸糊的，上面有辰砂书写的大字：前为"通敌卖国"，后为"名教罪人"。纸白如雪，字红如血，两种鲜明的颜色对比强烈，触目惊心。这顶帽子犹如孙悟空头上的金箍，牢牢套在王知县头上，他尝试了各种方法，脑壳都快搞破了，依旧无法去掉。王知县痛苦不堪，躲在后衙不敢见人。赵致和身为颍川大儒，也参加了祭典，眼见事件的发生，心知是文津在捣鬼，一时肝胆欲裂。自古灭门的刺史，破家的县令，得罪父母官从来没有好下场，大哥致中已有前车之鉴，文津竟然要重蹈覆辙，真是岂有此理！他守在抱玉寨，连等三天，终于见到赵文津，大骂他混账，命他立即收了鬼把戏。

"行啊。"文津对二叔说，"只要他识相，不再跟我作对，以后彼此相安，井水不犯河水。"

赵致和黉夜求见王知县，向父母官负荆请罪。王知县通情达理，并不因赵文津的恶行罪及家人，况且赵先生是饱学宿儒，深受地方推重，王知县也是很尊敬的。赵致和感激不尽，羞赧地献上破解高帽之法：每天手淫二十次，大喊"扶清灭洋"一百声，连续三天，帽子即可自行消失。王知县依法而行，在极度频繁的手淫里几乎精尽人亡，果然摘掉了纸帽子。

经此一役，双方暂时休战，虽依旧相互敌视，却不再轻举妄动。义和团事起，赵文津决定北上战斗，也有避开知县的意思，试图赴国难以谋取朝廷恩赏，从此便可凌驾于知县之上，不复担心他报复。而在出发之前，他擒杀神甫尚信德，固有宣誓灭洋之用意，还想给知县搞个难以措手的大麻烦。王知县恨之入骨，天天盼他为国捐躯，反正爱国义士亿万万，死他一个，譬如损失一根牛毛，对抗御外侮绝无影响。他坚信朝廷一定会赢得这场战争。

不料京城竟然被外夷打破了，太后老佛爷和皇上也仓皇西逃。消息传来，官绅一片错愕。大家都不明白遍布华北的义和团百万雄师到哪儿去了，也想不通皇城的子民为何不殊死反抗，仅仅两天就被夷兵攻占了京师。赵致和郁郁不乐，向杨修礼抱怨末世乱象，士不知耻，是为国耻，民不知义，是谓国殇。他的感伤没有引起老朋友的共鸣。

"亏你还是读孔孟书的，岂不闻孟子曰：'君之视臣如土芥，则臣视君如寇仇'？"杨修礼说，"朝廷心里没有百姓，百姓心里怎么会有朝廷？"

"话虽这样说，但若亡了国，大家岂不要做亡国奴？"

杨修礼刚吸了一口烟，听到这句话放声大笑，烟气一下子呛进肺管里。"你笑死我了。"他捶着胸口一边咳嗽一边说，"汉人两百多年前就亡国了，大清是满人的国家，奴才奴才的都叫了两百多年，好像你还不是亡国奴似的。"

王知县不仅为国事痛心，还关心神棍赵文津的动向，担心他兵败之后逃回颍川。他这个担心是多余的。兵败之后，赵文津追随太后和皇上的步伐，一路护驾西狩。太后派李鸿章大人与洋妖和谈，洋妖提出的条件之一是严惩拳民。赵文津紧跟在銮驾之后，近水楼台先得月，当即被捉起来砍了脑袋。王知县得到消息，兴奋得几乎忘掉国家之仇，民族之恨。他挖出尚信德的尸体，交给德国公使馆的人，然后查没乾坤教财产，除去清偿杨家和天主教堂，余钱仍多，便用来创办一座书院，取《大学》"苟日新，又日新，日日新"之意，命名为"日新书院"，恭请杨修礼先生出任山长。

杨修礼欣然接受了邀请，但他只愿做监院，山长另请赵致和来当。清流书院的山长卖光了学田，又弄出许多财务纠纷，赵致和早有退意，此时正好去帮杨修礼。他们与王知县拟定章程，确定以新式学堂的模式办学，不光延请宿学鸿儒，还礼聘一批新学之士，试图培养明大体、识时务的致用人才。

杨修礼对书院寄予厚望，倾注了许多心血，但却没让他干儿子入院学习。杨修礼的干儿子就是葛荣。赵庆出走后，紫胭对他也死了心，果真要把儿子认到杨修礼身上。葛荣聪明有礼，但读书无成，参加了两次县试，无不惨败。杨修礼与葛天民仅有几面之缘，谈不上交情，借住葛家一段时间后，对葛荣喜爱有加，既然赵庆不知所终，他就当仁不让，接替了干爹之位。葛荣对科考前程很悲观，不想再读书。但他也不想学文渊大哥，接管自己家的药庄做生意。杨修礼问他想干吗，他犹豫半天，红着脸说想学医。

"我还以为你想学唱戏呢。"杨修礼笑嘻嘻地说，"学医多好啊，范文正公都说了，不为良相，便为良医，有什么难为情的?"

学医是葛荣童年就已树立的理想。他是有心的孩子，眼见父亲长年卧病，最终英年早逝，即发愿学医，长大后悬壶济世。杨修礼当年为对付江蓠，曾经饱览医书，一度以擅长把脉诊病闻名乡里，在京为官时，偶尔也小试身手，给力不从心的上司配个合欢散，或给同僚的小妾调调经。但他却不让葛荣学国医，要安排他出洋学习泰西医学。日新书院开设有卫生课程，并且不顾道学家反对，在课堂之上明目张胆地悬挂剥光猪一样的人体解剖图，但这些仅仅是基础常识，远不能满足学医要求，杨修礼不想让葛荣在此浪费时间。他曾官任礼部主客司郎中，因职务之便结交了许多夷人朋友，此时一一致信，请他们予以帮助。

他的求助很快得到回应。有个朋友是美国前任驻华参赞，退休已久，在波士顿老家闲得啃脚指头，近来忽然迷上写回忆录，写着写着又豪情万丈，立志要当汉学家。接到杨修礼的电报，老头儿欣喜万分，立即答应为他张罗，还邀请葛公子住在他们家，理由是方便照顾，帮他克服语言问题。作为回报，想必葛公子也不会拒绝替他翻译那些印第安咒语似的古汉语文献，为他在见上帝之前成为一名优秀汉学家帮点小忙。

问题反而出在颍川。杨修礼这个决定在文化界引起轩然大波，县学教谕公开提出批评，当此国难之际，身为大清子民应该同仇敌忾，怎能不顾国家大义，投身敌营？赵致和也觉得修礼此举太孟浪，纵不计所谓大义，葛荣还小，贸然将他送往异域虎狼之国，恐怕会有危险。紫胭本没有主意，看到这么多人反对，也开始怪杨老三自作主张。后来隆发药庄传出阴谋论，说杨修礼打发少爷出洋，是要借洋人之手将他除掉，进而谋取葛家庞大财产。紫胭心里发慌，跑到明农庄找伊莪商量。伊莪也拿不定主意，让姨娘去问赵文渊。这些年因为做生意，文渊常与洋人打交道，对西洋社会颇有了解。他支持葛荣去学习，为此专门致信美国的商业伙伴，请他在需要时给予照应。至于紫胭担心的阴谋论，文渊一哂而已，认为是他此生所听到的最无趣的笑话。赵庆出走后，隆发药庄也交由文渊托管，有他在，隆发就改不了姓，何况杨叔叔是何等人物，怎会觊觎他人钱财？紫胭这才放下心。王知县的一次讲话，也迅速平息了颍川士绅的物议。为示对教育的重视，王知县亲自主持了县学岁试，考校诸生。考试结束后，他对在场教谕和诸生做了训勉讲话，其中提到葛公子留洋一事。

"学习敌人的长处并不可耻，师夷长技以制夷嘛。"王知县说，"可耻的是抱残守缺，故步自封。被淘汰的都是不长进的。"

一切安排妥当，葛荣如期起程。送葛荣出发时，紫胭悲痛欲绝，整个人都哭化了，隆发的掌柜都说老爷死时也没见她这么伤心。她两眼泪汪汪地睃着怡然抽烟的杨修礼。

"万一葛荣有个三长两短，我把你的肉一片一片割下来吃掉！"

杨修礼冲她嬉笑。"我的肉太酸，也长老了，不好吃。"

围绕日新书院的物议不止于此。人们普遍认为杨修礼还应该为一件事感到尴尬：他的亲侄子杨玉成坚决不让自己的两个孩子去三爷爷的书院读书。杨玉成有骨气，他已经不认这个叔叔，纵使明知道杨修礼与知县交好，而这层关系很可能有利于他在西山与人争利，依旧不去认亲巴结。赵文津死后，王知县籍没乾坤教财产，将抱玉寨还给杨家。杨玉成感激至深，但他认为这是县太爷的恩典，与三叔无关，杨修礼托人给他捎信，向他表达想去抱玉寨养老的意愿，被他婉言拒绝了。

杨玉成早已不以三叔为骄傲，更视窝囊而死的四叔为耻辱。在所有亲人里，他只爱他二姐。二姐大他六岁，能打能骂，文武双全，十八岁时嫁与西山程姓乡绅，凭一身本事把家族内外治理得安分和睦。前些年比利时好事者来中原探矿，发现颍川西山产煤，煤质极佳，开采极易。四方豪杰闻风而至，争相买山开窑，经常为了夺取好矿而大打出手。杨二姐是诸路豪杰之一。杨二姐打遍全家无敌手，无奈其他各路豪杰都不姓程，也没有怜香惜玉之心，一场血拼，将她打得不复人形。杨二姐痛感程家无用，飞书召唤娘家的亲弟弟来报仇。杨玉成精勤练武数十年，此时终于大派用场，率领他的二十几个徒弟横扫西山，将二姐那个仇人吊打一顿，赶出颍川。杨二姐扬眉吐气，邀请弟弟跟她一起开矿发财。杨二姐的聪明才智加上杨玉成的盖世武功，使杨家姐弟在西山战无不胜，短短两三年就成了西山最大的煤老板。

普天之下，莫非王土，山川大泽的财富都属于朝廷。西山煤老板只顾自己发财，却没想到报效国家，无疑是不对的。王知县搞建设需要钱，经钱粮师爷指点，就想到了这帮自私自利的家伙。比利时人来探矿，并非替颍川人谋福利，是想自己开矿发财，不料风声走漏，先便宜了这帮土著。他们在朝中买办协助下，要在此设立矿业公司，买断经营。王知县与钱粮师爷合计之后，召集西山大小煤老板共商时务。他宣布了比利时人企图霸占西山煤田的坏消息，发誓要挫败洋人图谋，询问在座诸位有谁打得过洋人，就把西山煤田交给他开采，其他人等不得争夺。朝廷都打不过洋人，遑论平头百姓，老板们面面相觑，无人敢应声。王知县叹了口气。

"那只好由县衙出面了。"

于是，在王知县主持下，颍川县第一个官督商办的事业——西山煤矿公司宣告成立。王知县回禀上宪，颍川西山煤田业已有主，不便再予洋人，免致民怨。比利时人争执不果，懊恼而罢。王知县将所有煤窑全部收归公司所有，各老板的窑口以大小折算股份，其他有意投资者亦可入股，而由官府任命总办、会办、帮办等职，负责管理。这个崭新的商业形式将爱国与发财紧密结合在一起，被王知县引为重要政绩。在总办等人的用心经营下，西山矿业公司热火朝天干了一年多，在第二年重阳之前，突然毫无预兆地倒闭了。

面对债务累累的破产公司，王知县百思不得其解：之前绅民私人经营，尽管课税众多，他们依旧个个暴发，为何收归官府经营，享受诸多优待，反而亏损严重？这个困惑纠缠了王知县很久，矿业公司也只好任其解体，各归各家。煤老板们虽然损失巨大，总算保有家底，那些钻窑挖煤的劳工，半年多未发的薪水却不知该管谁要。还有几个被砸死窑内的劳工，家属也不晓得该去哪里讨取抚恤。他们在一个叫陈富的年轻劳工带领下，奔走于官府和各位窑老板之间，一直跑到春节前夕，也没有得到想要的答复。软的不行，他们决定来硬的，挖出死者尸骨，抬起来上门讹钱。杨家姐弟窑口最大，也最有钱，所以首当其冲。只是杨家姐弟哪里好欺负，一顿暴打将他们赶出门去，几个老骨头被打骨折，栽进雪堆里疼得乱哭。次日上午，王知县正在赞政厅与士绅茶会，忽听外头哭声震天，叫旁边的长随去瞧瞧怎么回事。长随出去问话，须臾而返。

"几个西山煤矿做工的刁民，没钱过年了，在那儿哭呢。"他说，"寻思是想让县太爷赏几个钱。"

西山煤矿已成王知县不可触碰的心头之痛。他眉头微微蹙起，端起盖碗，用盖子轻轻拨了拨茶水，细呷几口，对长随说："每人给几个钱，打发他们走吧。"

长随得令，到夫役房叫上三十名差役，手执五尺水火棍，先将带头的陈富掀倒痛打，复将所有刁民们轰狗般赶出县城，然后带人回衙，找账房支领县太爷许诺的赏钱。陈富垂头丧气，一瘸一拐带队回家。他们仿佛一群孱弱的蚂蚁，在风雪之中艰难爬行，终于赶在除夕夜来临时回到西山。陈富清点人数，发现少了一个得哮喘的瘦子，而在破木板做的简易担架上，三名骨折的老婆子已尽数死掉。他们饥肠辘辘地站在山坳道路上，听到远方炮声响起，抬头望去，原来是杨家煤窑开始放烟火了。紧接着其他窑上也放起来，五彩缤纷的烟花仿佛孔雀的尾巴，在风雪交加的夜空连绵盛开。大家出神地望着这一幅幅动人的画面，一时忘掉饥饿和空空如也的家。当烟花最终燃放完毕，鞭炮的声响也渐次消歇，山谷已经完全沉没在除夕昏暗的夜色里。陈富意犹未尽地望着煤窑的方向。同伴章有发拽他一下，叫他继续赶路。陈富默默走了几步，忽又停下来。

"横竖没活头了，咱们当土匪吧。"他对章有发他们说。

33　子承父业

　　陈富是陈洪的儿子。

　　当年简明在时，一度有意收养陈富，将他带进县衙，过了一段匪夷所思的好日子。沈知县死后，简明万念俱灰，心生厌世，将他丢在颍川扶棺而去。陈富旋即被赶出县衙，重回街头当乞丐。十四岁那年，他伯伯的儿子死了，没人继承香火，想起还有这么个侄子，跑到县城来，在文庙旁的垃圾窝找到他，以继承财产为诱惑，把他拐回逍遥窝。伯伯说到做到，死后果然把全部家产都留给他，共计漏雨茅屋一所，烂了一只耳朵的铁锅一只，三条腿的木床一张，其硬如铁的破棉被一条，边缘无一完整的瓷碗两个，筷子倒有一大捆，因为都是折树枝充当，取之不尽用之不竭。陈富把这些东西都卖掉，只够买半副薄棺材。这无疑是桩赔本买卖。但是逍遥窝虽穷，乡亲之间的感情却很纯朴，一家的事就是全村的事。这是陈富在县城流浪所不能感受到的东西，所以在全村父老帮助下埋掉伯伯后，他并没有重返县城，而是留了下来，跟同村的几个年轻人去煤窑当劳工。章有发他爹还帮他说了个媳妇儿，虽然丑了点儿，总还有一只眼睛，牙也没烂完，而身材矮矬应该算是好事，可以节省布料。章有发他爹是逍遥窝唯一识文断字的人，箩筐大的字能认识四五个。他抱着一本老皇历研究了一个月，到了也猜不准哪一张上面写有"宜婚嫁"，索性自造历法，定于明年春暖花开时为两个新人完婚。

只是陈富无福，等不到春天去享受花前月下的婚姻生活了。他带领章有发和十几个年轻人，在除夕之夜落草为寇。他们就近洗劫了几户中等人家，吃光了他们的饺子，扫荡了他们的年货，又抢走菜刀、斧头充当凶器。陈富让胆小不敢入伙的人回家过年，他们则像一群开绳的狼狗，在风雪之中呼啸而去，一夜之间突袭了五个窑老板，杀死三人，抢得现银一千两、年货两大车，然后回到逍遥窝，快快乐乐地过了正月初一。初二一早，他们又赶到杨玉成二姐家，打死二姐夫，把杨二姐扒光衣服丢到雪地里，收拾金银细软，满载而去。离开之前，章有发看到杨二姐赤身裸体在雪地里瑟瑟发抖，有心爱惜一番，却被陈富揍了一顿。

"杀人放火都能干，但不能动女人。"他严厉警告包括章有发在内的所有手下，"动女人是会倒霉的。"

这些血腥的杀戮破坏了欢乐祥和的春节气氛，使整个颍川县西部都沉浸在惊恐之中。乌龟孵王八，土匪生刀客，陈富不改父志，承袭父业，被人们公认为孝子。杨玉成脑门缠一圈白布，率领他的徒弟和豢养的打手赶来报仇。他自恃武功高强，又被二姐家的悲惨遭遇气昏了头，冒冒失失赶到逍遥山下，还没见到仇人，先跌进陈富等人挖好的陷阱里。陈富仿佛捆猪，将他们结结实实捆成一排，整齐陈列在村旁小溪边。他对杨玉成的武功闻名已久，此时不敢怠慢，先挑断他两根脚筋，又用铁丝将两只手掌对穿，紧紧拧起来，才放了一个打手回杨家报信，问他们要钱还是要人。他开出的价码是五百万两纹银。

这是个极其荒诞的数字，颍川县一年的田赋也不过四万两银子。但这不怪陈富他们。这帮天生穷骨头只见过铜钱和银毫，算术又不好，因此对财富全无概念，根本不知道五百万两纹银意味着什么。他们觉得像杨家那样的大户，至少有一千万的家财，初二上门抢劫没找到，肯定是藏到秘密金库去了。他们开出五百万，不过是其财产之半，还是很厚道的。杨二姐得到消息心肝俱碎，在绝望之中号啕大哭，哭着哭着，她想到了在日新书院当院长的三叔。

　　杨修礼刚收到葛荣报平安的书信，正在葛家大宅里读给紫胭听。葛荣出洋后，紫胭想儿子都快想疯了，天天晚上做噩梦，不是葛荣被洋人挖了眼，就是掏了心，或者被卖到妓院当了小相公。她后悔死了送葛荣去留洋，一想起来就哭，一边哭一边拧杨修礼，把杨修礼浑身上下拧得青紫交加。葛荣到美国后，发回电报报平安，紫胭不信，说是杨修礼伪造哄她的。后来葛荣亲笔书写的信件亦到，有字为证，紫胭方才将信将疑。葛荣到了新环境，迫不及待要与家人分享他的新奇和快乐，因此书信频繁，紫胭渐渐放下心，不再拧杨三爷，改而为他煲汤。这对老男女的关系太亲密，就算大家知道杨三爷好的是男风，关于他们的暧昧猜测还是与日俱增。杨修礼倒无所谓，他的老朋友赵致和却看不过去了，提醒他注意男女分际。杨修礼大笑一场，决定过罢上元节就搬到日新书院去。

　　听完侄女哭诉，杨修礼脸色异常难看，抽着旱烟沉默了一会儿，叫人去请赵文渊。赵文渊很快赶到，与杨叔叔关门嘀咕了一阵，又匆匆而去。两个时辰后，赵文渊带着他表弟史青云匆匆赶回来，拿出一张银票请杨叔叔过目，告诉他已准备妥当。杨修礼戴上眼镜看银票，只见上面"纹银五百万两"几个字笔酣墨饱，不禁笑了一下。他将银票递给赵文渊，让侄女跟他走，一切听他安排。

　　赵文渊给杨二姐安排的事很简单：立即回家收拾余财，带上家人到县城或其他地方避难。至于去逍遥窝与土匪交涉救人，则是史青云的事。史青云怀揣五百万两的银票，骑一匹枣毛骡子，在天黑之前赶到逍遥窝，进见头领陈富，恭敬献上那张银票。他告诉这帮已经望眼欲穿的土匪，五百万两银子太多了，要装得装好几十车，不方便携带，况且一时也弄不到那么多现银，所以送来一张银票。土匪们都不相信区区一张纸片就顶五百万两银子，嚷嚷说是调戏他们，还好陈富当年曾在县城打混，听说过银票这东西，但他不敢肯定这张是不是真的，遂把史青云扣下来，派一名手下带银票去县城钱庄兑兑看。章有发由于长得比较聪明，被陈富委以重任。次日一早，章有发带着这张纸片，骑上史青云的骡子赶赴县城，打听到一个钱庄，心惊胆战地踅进去，说要兑换现钱。钱庄伙计看了一眼银票，立即变成了哈巴狗，围着他一个劲儿叫老爷。钱庄掌柜亦闻风而至，供神仙一样把他供进一间雅室，得知他还没吃午饭，立即派人买来十斤牛肉、五只猪蹄、十二只咸鸭蛋和五十枚独头糖蒜，请他务必不要客气。钱庄掌柜一边殷勤伺候，一边告诉他，他们钱庄实力小，没有这么多钱，一次只能兑一百两银子，询问这位爷要兑多少。章有发听罢这番话，已然心花怒放，但是作为一个长相聪明的人，他清醒地知道空口无凭，叫掌柜取一百两银子出来验证一下。掌柜二话不说，马上端出一百两白花花的银子。章有发望着这些雪团般的硬疙瘩心都醉了，恨不得一口一个吞下肚去。他在钱庄上下无比恭敬的欢送中离开钱庄，走出一条街，觉得有必要再找几家钱庄试试。试验结果无不如此。章有发这才彻底放心，由衷钦佩起城里人，真他娘的聪明，居然发明出这样一张票子，带上票子就能走遍天下。倘若换成真金现银，携带起来该多麻烦！他迫切要把这个喜讯告知大家，心急火燎往回赶，鞭子把骡子的屁股都打肿了，还是嫌这畜生跑得慢，索性跳下来，把骡子扛到肩上自己跑。

　　陈富和他的手下手持木棍儿，蹲在村头的空地上计算了一个多时辰，最后终于在史青云的帮助下，算清了五百万两银子平分后每个人能得多少。土匪兄弟一夜暴富，欢喜若狂。陈富则用行动证明了他的诚信，当场释放杨玉成等人，还热情地帮史青云把受伤的杨玉成抬上骡子，送出二里之外的山坳。发大财的土匪兄弟杀鸡宰羊、吃香喝辣，天天都像过年。确切说天天都像当神仙，他们过年也没这么享受过，最多是大年初一在咸菜里加几根细如毛发的肉丝。如今陡然富有，自然要好好享受，大块猪肉炒咸菜，而且专拣肥的，洗脸也不再用溪水，改用猪油。章有发他爹一家伙买了五百斤葱，天天躺在太阳底下卷烙馍吃。第三天晚上，当他们酒酣肉饱，抚摸着幸福的肚子快乐入睡后，三百名官兵在巡防营管带和史青云的带领下悄无声息地掩袭上来。

　　值夜的人应该为逍遥窝的毁灭承担无可推卸的责任。还好他有一副大嗓门，在被官兵割喉前狂叫一声。陈富他们被杀驴似的哀号惊醒，操起刀叉棍棒乱打一气，先把自己人打死三个，才跟官兵接上了火。官兵人多势众，武器精良，陈富他们根本不是对手，不到一刻钟就被横七竖八砍倒一地，只有陈富、章有发和十几名村民浴血突围，借助黑夜和地形逃之夭夭。逍遥窝在短短几十年内两度造反，可知匪性难改，管带决定斩草除根，不顾史青云反对，将所有抓获人等全部驱赶到村口，排起队一一砍头，然后纵火烧毁村子，用大箩筐抬起人头，高唱凯歌而返。章有发他爹藏在五百斤大葱里逃过一劫，官兵去后，他吃着烙馍卷葱，用了三天时间，在村后挖一个大坑，把无头街坊们拖进去掩埋起来，然后在坟墓中间掏一个狭长的洞，像只笨拙的老鼠钻进去，将自己也埋进坟土里。

陈富发誓报仇。他贴身藏着那张五百万两的银票，带领章有发一伙翻山越岭潜入邻县，准备先找钱庄兑一万两银子，买些刀枪剑戟当武器。能买到洋枪最好，听人说洋枪极厉害，就算是铜头铁臂的孙悟空，一枪也能打他个前胸透后背。他让大伙儿在县城外等候，与章有发一起混入县城找钱庄。钱庄伙计和掌柜接过银票欣赏多时，告诉他们，朝廷新定了规矩，这么大面值的银票得去县衙兑换。他们又换一家钱庄，这家钱庄说县衙也不行，得去户部大堂。第三家掌柜听了他们的遭遇连连摇头，批评前两家同行业务不精，像面值这么巨大的银票，必须得去京城金銮殿找皇上，由皇上亲自去国库搬银子兑换。陈富和章有发不死心，又找到第四家。这家掌柜接过银票瞟一眼，揉成一团甩到陈富脸上，叫他们马上滚蛋，否则即刻扭送县衙大堂吃板子。陈富捡起银票，与章有发狼狈而去，跨出钱庄大门时，他们听到掌柜在背后骂骂咧咧。

"哪儿来的蠢疯子，居然拿恒昌钱庄的假银票，来我兴和钱庄换银子，还五百万两！怎不写四万万两呢？"

这个毫无幽默感的掌柜一番话仿佛晴天霹雳。陈富和章有发灰溜溜地离开县城。大伙儿闻此噩耗，万念俱灰，把章有发按到地上打得屎尿横流，还有几个人抱着杨树放声痛哭。陈富痛骂哭鼻子的人没出息，带他们闯进附近一家铁匠铺，命令铁匠用好铁打造武器，人手一件杀回颍川。他们在悲愤刺激下沿路抢劫，不给钱就杀人，并且只要现银。有个大户拿不出太多银子，战兢兢献出一张新办的银票。这真是自找死路，陈富原本只想打断他两条腿，一看到银票立即改变主意，找来根铁棍，从大户屁眼戳进去，嘴巴穿出来，架到火堆上活活烤熟。负责杀人的主要是那几个哭鼻子的土匪，陈富拿刀逼他们锻炼胆量。这种锻炼卓有成效，等他们回到颍川，就连胆子最小那一个杀人时也淡定自若了。

这是王知县生平最难过的一个春节。西山煤窑全部被砸；万安寨被攻破，三人被杀；两天后保全寨被偷袭，七人被杀；一天后义让里清节镇遭洗劫，十二人被杀。凶讯接连传来，王知县惊慌失措，取消原定的元宵茶会，也无心再赏灯赋诗，立即召见巡防营管带，面授剿匪方略。巡防营管带曾大败陈富等众，根本不把这伙漏网之鱼放在眼里，向王知县保证克日灭贼。他统领原班兄弟，一路鼓噪杀奔西山。陈富一伙果然闻风丧胆，在连绵群山里东躲西藏。管带不辞劳苦，率领兄弟勇猛追击，在黄昏时分杀进一条狭长的山谷。山谷之上青天一线，偶有野鹄飞过，悲唳之声令人心碎。管带心头涌起不祥之感，随即意识到这就是当年简秀才全歼联庄会余党之处，正要撤退，滚滚山石已如暴雨般从山顶倾泻而下。

大败官兵的陈富气焰大张，整个西部山区几乎成了他的地盘，甚至一度率众出现在县城西郊，手下匪众也迅速增长到三百多名。王知县剿匪失败，夜夜听到冤死的兵勇在窗外啼哭，除了行文上宪求救，一时无计可施。此时豫省已然处处匪患，巡抚疲于征剿，仓皇间也顾不上颍川。王知县想起人称小诸葛的杨修礼先生，遂在一个夜晚微服拜访。杨修礼已从葛宅搬到日新书院。他在灯下抽着旱烟，静听王知县讲完他的焦虑和担忧。

"朝廷已经没有力量控制地方，又不允许地方自治，旧秩序正在崩溃，新秩序建立不起来，乡土稳定的基础已经逐渐不存在了。"杨修礼在桌子角上磕磕烟锅，清空里头的烟灰，从袋子里捏出一团新烟丝按进去。"日后乱民恐怕越来越多，盗匪之祸也将方兴未艾啊！"

王知县愁眉苦脸。"眼前已经焦头烂额，哪管得了以后。"他说，"杨先生可有良策，帮我渡过这难关？"

杨修礼在灯焰上将烟丝点燃，长吸一口，徐徐吐出一团烟雾。"可以这样试一试。"

他的主意是鼓励各里甲自办乡团，彼此自保。县衙再组建一支保安团，随时全县策应。颍川乡村各地当年修筑的寨堡虽多失修，但基础仍在，抓紧修补一下，就可发挥作用。至于保安团的饷银，颍川县商业繁荣，知县出面向绅商劝募，想应不难筹措。他这些办法与当年简明的御寇之策多有雷同。在向王知县讲述时，他再次回想起音讯杳然的简明，前尘往事一时涌上心头。送走王知县，他在明月如昼的庭院里忧伤徘徊。二更时分，他背攥着烟管，踏着月光穿过一排排学舍，去找老朋友赵致和。

　　"我越来越怀旧了。"他对已然两鬓尘霜的赵致和说，"真的是老了吧。"

34   东风误

　　王知县采纳杨修礼的建议，鼓励各里甲自办民团，又筹建一支保安团游击土匪。他对史青云与土匪交涉时的智勇非常赞赏，有意邀请他担任团长。今年是乡试之年，科考要紧，赵致和替外甥回绝了王知县，把史青云关在日新书院，要他安心读书。王知县不能误人前程，只好另选高明。不料他选聘的团长与陈富初次交手，就损兵折将，命丧山林。好面子的王知县再度受挫，郁郁不乐，在师爷面前唉声叹气。师爷向他献计：

　　"让颍川绅民自己推举团长吧。打胜了照样是太爷领导有方，打败了是他们自己找的人，与太爷无关。"

　　王知县称善，即刻召集巨绅大户公议。赵文渊也接到邀请。赵家两公子都是人中龙凤，在颍川商学两届极其扎眼，然而他们结婚多年，竟然都没生个一儿半女以续宗祧。赵致和既纳闷，又心焦。赵文渊身为老大，要为香火延续承担更大责任，因此在父母的建议下，他征得回雪同意纳了个偏房。偏房果然争气，进赵家一年就生出个儿子。回雪不妒不恨，视如己出，天天把孩子抱在怀里，亲得无法形容，以至于姨太太几度怀疑这个不会生育的正房有杀妾夺子之心，在赵文渊面前哭哭啼啼要搬出去住。赵文渊接到衙差通知，回家换衣服，发现是奶妈在抱儿子。他问太太去哪儿了，姨太太说表哥史青山的老婆生了头驴子，请她去看稀奇。姨太太对表亲家这个怪胎充满好奇，要跟赵文渊讨论人怎么会生驴子，会不会是表哥他老婆跟驴子通奸了。赵文渊不耐烦地瞪她一眼，从抽屉摸出一把手枪，藏在衣袋里便走。刚到门口，回雪却回来了。她看上去不太高兴，神色泛出一点羞怒。

"没事吧?"文渊问。

回雪从奶妈手中接过孩子，在脑门上亲一口。"没事。"

姨太太的好奇心尚未满足，迫不及待地向回雪打听生下来的驴子有多大，是怎么生的。回雪说是史青山开玩笑，他老婆还没生呢，浑身抽筋抽得厉害，叫她去看看怎么回事。姨太太很失望，说他们应该去请郎中嘛，你又不是郎中。赵文渊听她们聊了一会儿，悄悄把手枪放回抽屉，赶往县衙去见王知县。当王知县请大家举荐能人异士当保安团长时，他推荐了他表哥史青山。

多年来，史青山一直被表弟压制，靠在保泰药庄每月支领几两银子养活老婆孩子，他自己则在外头摆事混酒肉吃。今日祖坟冒烟，忽然荣任保安团长，他兴奋得分不出东南西北，满身虱子都在破衣衫内跳舞欢庆。他叩谢过县太爷，喜气洋洋跑到赵府，感谢表弟的提携之恩。回雪冷脸抱小孩回她的房间去。赵文渊不咸不淡地扯了几句，勉励史青山奋勇剿匪，成功之后另有重任。史青山拍打着黑毛丛生的胸脯，向表弟保证一定大破毛贼，像大舅当年那样为民除害。赵文渊听他竟然拿大伯自比，厌恶地皱起眉头，摆手示意他走开。

陈富从一个游乡补碗的老头儿那儿得到情报：新任保安团长史某人定于某月某日攻打逍遥窝，放言要活捉陈富，挖出心肝调凉菜就蒜吃。他搓着汗津津的胸口，在逍遥窝一棵柏树下调兵遣将，然后吩咐人抬出当年他爹炖差老爷的大锅。他喜欢吃热腾腾的熟肉，再配上一把葱，简直是人间美味。当然，最终是他变成史青山的凉菜，还是史青山变成他的熟肉，要等大战一场见分晓。补碗老头儿的情报异常准确，史青山和他的手下按时出现在山道上，趾高气扬地进入陈富的埋伏。陈富站在山冈上目测了一下史青山的身量，觉得铁锅还不够大，恐怕得剁碎一点才盛得下。

史青山以为打仗就像打架，谁力大谁狠谁就赢，根本没想过事先还需要训练，并且需要讲谋略。这不能怪他，他只是个市井赖皮，不是军事家，满城文韬武略的人也没一个来教他，但却害惨了这支主要由他的酒肉朋友组成的队伍。这帮赖皮在城里打架斗殴，耀武扬威，根本瞧不起那帮作乱的乡巴佬，纷纷请史大哥喝酒，请求跟他去打土匪混赏钱。骄傲的大赖皮带领这帮骄傲的小赖皮，骄傲地中了陈富的埋伏。接战之后，小赖皮们发觉不对，他们要打的是一见城里人就骨头软的土包子，而迎面扑来的这些家伙，分明是如狼似虎的野兽。史青山带领几个最好的朋友拼死突围，在山莽之间撒腿狂奔。陈富居高临下，挥舞一面旗子指挥手下围追堵截。史青山东奔西突，最后被堵在一条山沟里。他们自知必死，变得凶悍无比，接连几次打退土匪的进攻。土匪被他们的疯狂反击吓到了，于是改变战术，围而不攻，意图饿死他们。一天之后，他们看到令人胆寒的一幕：史青山太饿了，挥刀砍死一个好朋友，大卸数块，与手下分而食之。陈富目睹这残忍的场面，对最终杀掉史青山变得没有信心，爱才之心油然而生。他给史青山丢下去几块疙瘩咸菜以表善意，然后站在山崖上跟他谈判，劝他改正归邪，率众入伙。

"人总归要死，当土匪得死，不当土匪也得死，所以死的事咱就不谈了，咱只谈活着的事。"陈富说，"别说你杀不了咱们兄弟，就算你杀了咱们，官府能赏你几个钱？万一不小心犯个罪，照样坐牢砍头。如果你入伙，满世界的钱有多有少随你抢，看谁顺眼就玩了，看谁不顺眼就宰了，自由自在，岂不快活？"

史青山就着咸菜，嘎嘣嘎嘣咀嚼好朋友的脚指头，听陈富扯着嗓子讲道理。陈富讲完，他也吃饱了。他在裤子上抹抹两手血污，站起来拍拍身上的灰土，仰起头望向陈富。

"你给我坐第几把交椅？"

剿匪的保安团长阵前投匪，成了中原最大的丑闻。尽管史青山是商绅举荐，身为地方父母，王知县依旧脸上无光。恰好此时他的座师执掌礼部，选派他出使西洋，立即交接而去。赵文渊是史青山的保举人，却未受到城内绅民过多指责，大家反而认为这个结果不错，把城里的刺头和赖皮几乎一网打尽了。对于王知县的离任，绅民无不遗憾。王知县虽没传说中的好官那么英伟感人，但在颍川多年，颇有惠政，与绅商的关系也比较融洽。所以他离任的时候，绅民自发送行，士农工商挤满了狭小的清颍驿，据一些须发皆白的老者讲，几乎比得上很久以前刘继儒丁忧离任时的盛况了。

王知县走后，颍川人去思绵绵，尤其是绅商大户和读书人，每每怀想起他在任时的清廉和宽仁。并不是颍川人喜欢怀旧，而是继任的方知县太贪婪。方知县做官的目的很明确，就是捞钱，在任三年内，以他天才的头脑想出无数敛财的方法。绅民在前后对比中哀怨不已，纷纷念起王知县的好，宽容了他执政中的失误，甚至忘掉了他在匪患中应该承担的责任。商会会长在方知县面前懦弱退让，不能维护同业利益，在大家强烈非议中黯然引退。有几名巨商有意争取会长之位，其中以赵文渊呼声最高，支持者也最多。端午那天，商会在十三帮会馆举行公推，赵老板以过半优势胜出，接印履职，成为新一任会长。

面对欲壑难填的方知县，要做一个合格的商会会长并非易事。赵文渊迫切希望与方知县建立比较亲密的私人关系，以便遇事时应对周旋。方知县深明世故，知道钱与感情在许多时候是对矛盾，因此对建立官民之间的亲密关系毫无兴趣。赵文渊为此大伤脑筋。他托礼房司吏邀请到方知县的跟班长随，在快意阁吃酒作乐，意图刺探些有用的情报。长随酒色俱足，向赵老板透露一个消息：方知县惧内，最听老婆和姨太太的话。赵文渊别无他计，只好尝试取悦这两位女菩萨，借以讨取县太爷欢心。但是长随又告诉他，这两个女人互相仇视，一个喜欢的，另一个必定讨厌，试图讨好两个，很可能两个全都得罪。

赵文渊闷闷不乐，以检查烟叶为名回明农庄散心。他先去后院给母亲请安。江蓠自从赵庆出走，身体一直不好，还常做噩梦，一入睡就见鬼。赵致和忧心妻子健康，让杨修礼专程到明农庄为她诊治。杨修礼把脉之后，说是肝郁化火，痰迷心窍，以黄连清胆汤加减拟定一张处方。赵致和照方抓药，一连让江蓠吃了二十几服，然后去找杨修礼。杨修礼询问效果如何，他说好了一半。

"是吗?"杨修礼手握水烟壶扬扬得意。

"是啊。"赵致和说,"她以前梦到的鬼都是完整的,吃过药后,都变成了半截半截的。"

一向不苟言笑的赵致和这番充满挖苦的玩笑让老朋友很受伤,杨修礼自称黔驴技穷,不再给他开药。二公子文澜心疼母亲,既然杨叔叔的医学不管用,他就试着用神学治疗。他在房门上张贴门神,又亲自临摹吴道子的《钟馗捉鬼图》悬挂到母亲房间,不见效果,又供起"太上老君急急如律令"的符咒和"唵嘛呢叭咪吽"金贴,仍然无效。赵文澜遂亲自出马,手持桃木剑,焚起安息香,坐到母亲房内守夜。守了两个月,江蓠愈加憔悴。文澜无计可施,就辞别母亲,外出游学去了。除了几年前去省城参加乡试,文澜从未出过远门,此次一去数月,没有消息,江蓠很担忧。文渊劝母亲放心,弟弟这么大了,外出游历锻炼对他是有好处的,况且还有福荣的儿子仲安随从照料。江蓠不满地瞟大儿子一眼,嫌他的话太冷漠。她问回雪为何没有回来。文渊说此番回来只是看看烟叶长势,所以没有带她。江蓠脸色有点难看。她一直对回雪不能怀孕耿耿于怀,警告文渊不可因此冷落她,更不可嫌弃,否则天理难容。说到回雪,难免想起她的父亲赵庆。江蓠想着他不知流落何方,忍不住黯然神伤,哽咽落泪。

对回雪不能怀孕耿耿于怀的,除了赵致和夫妇,还有葛伊莪。正是因为回雪不能怀孕,才使赵文渊不得不再纳个偏房。一想到又冒出一个女人与赵文渊光明正大地肌肤相亲,葛伊莪就心如虫咬。她热衷上了给远在美国的弟弟写信,向他倾诉自己无趣而苦闷的生活。她指望聪明的弟弟能从字里行间领会她的心思,再把她的心思传递到赵文渊那儿。她觉得,她与赵文渊的距离,绕道重洋之外的美国,比从明农庄到县城要近得多。不料葛荣却笨得不可理喻,居然没有看出来姐姐那些朦胧隐晦的句子所蕴含的意义,给她寄来一大堆照片,不厌其烦地向她描述美国的山水名胜、风土人情,试图用异国的新鲜事物让姐姐变得快乐。联系到他刚刚勾搭上一个洋妞儿,也在天天写朦胧的诗行,这种错误就更加不可原谅。希望落空的葛伊莪郁郁寡欢,度日如年。今年清明时，回雪代表一家四口回明农庄上坟，应江蓠要求住了一段时间。一天，她与叶萱用石榴皮煮水染布，伊莪也过去帮忙。其间叶萱有事离开，只剩她们两个。伊莪问回雪为什么不去看看大夫，吃些治不孕的药，却任由文渊大哥讨偏房。回雪笑笑，没有作答。过了一会儿，她发现伊莪脸色极其难看，以为伊莪是认为自己把她当外人，所以生气了，犹豫久之，还是把真相告诉了她。伊莪这才知道两人从未同房过，惊讶得瞪大眼，问回雪是什么缘故。回雪摇摇头，端起一盆布出去了。

之后几个月，这个疑问在葛伊莪脑海萦绕不去，破解它，成了她唯一想做、也必须要做的事。她在明农庄眼望日出日落，做出各种不乏荒谬、却注定无法求证的假设，把自己累得气喘吁吁。但不论是何缘故，赵文渊又讨了个女人却是板上钉钉的事实，仅此一条，就足以让她恨他。赵文渊从母亲房间出来，走到前院，望见伊莪在那儿看人分拣烟叶。这是一批新烤制的烟叶，还残存着炕房的热气，黄灿灿地堆在宽大的油布上。福荣、叶萱和干活的短工纷纷向大少爷打招呼，唯独伊莪不动，仿佛没有看到他。福荣搬来一把椅子，放到墙根槐树下，让大少爷坐那儿歇息，他和叶萱则陪在旁边说话。叶萱如今是江蓠的心腹红人，福荣又深受大少爷器重，特别委以烟草重任，因此叶萱认为，他们夫妇基本上已经取代赵庆在赵家的地位，至少算是赵家半个主人了。叶萱以前跟赵文渊捣过乱，害他两次试种不成，一直担心被记恨，所以见到他格外殷勤巴结。她看大少爷一副心事重重的模样，关心地询问是不是有烦心事。赵文渊看到伊莪若无其事地走过来，心头有如芭蕉的叶子随风颤动，便把想要讨好知县，却无从下手的事讲了讲。他预料今天晚上肯定会有事情发生，正如那年那晚所发生的那样。

事实一如他预料。亥时过后，赵文渊的房门果然被叩响，将门打开，葛伊莪也果然出现在眼前。然而葛伊莪表情严肃，进门后也没有任何激情之举，只是递给他两个精致的小匣子。匣子里装着两对耳环，是当年出嫁时紫胭姨娘送她的嫁妆。

"这对绿玉翡翠最好，白玉的稍次一些。"她对赵文渊说，"你去送给知县，让他转送太太和姨太，过些天叫人看这对好的戴在谁耳朵上，谁就更受知县宠爱。"

赵文渊曾经后悔当初听从母亲，舍弃伊莪而娶回雪，但从未像现在这般后悔过。他动情地抱住伊莪，却被伊莪使劲推开了。她脸如冰霜，叫他回去找他姨太太，一边说一边往外走。赵文渊尴尬地愣在那里。伊莪走到门边，却又停住，回过头来盯着赵文渊，质问他为什么娶了回雪却不与她同房，反而再讨一个姨太太。赵文渊很惊讶，如此隐秘的事她怎么会知道，得知是回雪亲口告诉她的，又惊讶于她们两个居然亲密到可以无话不说。他苦笑着坐到椅子上，手指轻轻抚摸着盛放耳环的小匣子。

"赵庆叔叔和母亲情同姐弟，我也一直把回雪当作亲姐姐看待。"他说，"姐弟相称十八年，突然变成夫妻，我怎么对她做得了那种事？"

"那你就去讨别的女人？"伊莪的眼泪哗哗流下来。她不知该如何表达满腔的怨恨和悲伤，就使出女人固有的手段，在赵文渊肩膀上狠命咬了一口。"你不是想要小孩吗？我也可以给你生。"

说这句话时伊莪非常决绝，就算天塌地陷，万劫不复，她也要给赵文渊生个小孩。然而当激情过去，月信却没有如期到来，她还是陷入到了恐慌之中。她惴惴不安等了一个月，月信依旧没来，恶心、厌食这些妊娠反应却提前出现了。她意识到大事不好，借口去看姨娘逃到县城。紫胭姨娘依旧牌友众多，但在打牌之外，已经人老珠黄的她不再谈如何化妆保养，而是搬出葛荣寄回来的照片，请新旧牌友尽情欣赏。尤其是那张儿子和小妖女亲昵相拥的照片，更是被她装到红木相框里，挂在客堂最显眼处。如今风气已变，凡与洋人有关的都代表新潮，被人追捧，葛家公子居然混了个洋妮子，据说还是国会议员的女儿，在颍川这样一个内地县城，这是何等让人艳羡的事！紫胭姨娘在大家的吹捧中风光快活，根本没工夫去发觉伊莪的异常，只是在吃饭时见她老是恶心干哕，以为胃肠不好，吩咐人去日新书院请杨三爷来诊诊脉。伊莪一听诊脉，吓得心脏都要蹦出来，连忙阻止，说她只是偶尔不适，过些时就会好。这天傍晚，她正犹豫要不要把真相告诉姨娘，让她帮自己拿个主意，杨三爷却背手攥着旱烟袋，迈着方步施然而来。伊莪的心顿时又悬上咽喉，有意拒绝，又害怕被他窥破自己的心虚，遂壮起胆来，寄希望于这个其貌不扬的老头儿脉术不精，把不出怀孕。这证明了她对眼前这位杨三爷是多么不了解。杨修礼仔细品脉，笑容犹如涟漪从嘴角荡漾开来，渐渐扩散到满脸。

"两个月了，男孩。"

杨修礼的声音很笃定。讲完之后，他突然想到一个问题，抬头望着花容失色的伊莪。"文澜出去多久了？"随意又意识到了另一个问题，不动声色地点点头，在伊莪手腕上轻轻拍了拍，依旧背手握着旱烟袋，踱着方步出去了。

杨修礼虽然搬到书院住，紫胭仍为他留着住所和书房，供他有兴时过来歇息。杨修礼从后院出来，回到他的书房，一边吃烟一边想事情。两刻钟后，葛伊莪捧着一杯茶走进来。她双眼通红，一声不响跪到杨修礼面前。杨修礼叹了口气，问她是谁的。她说是赵文渊的。杨修礼居然并不吃惊，让她站起来。伊莪不起。她求三爷为她保密，否则她只有死路一条。杨修礼沉默了一会儿，说：

"好吧，我保密。"

"那你就喝了这杯茶。"伊莪捧起手中那杯茶递到杨修礼面前。茶水红红的，像是加了胭脂。"这茶里有我的血，假如你言而无信，我死之后，我和孩子会变成厉鬼来找你。"

杨修礼笑了笑，觉得葛家这小女子还挺厉害，在这种情景下居然还敢要挟人。他接过那杯茶喝下去。茶水下肚不久，他才惊觉这小女子何止厉害，简直是狠毒。等他发现这一点时无疑已经太迟，小女子的模样在他眼前变得模糊不清，活跃了五十八年的心脏也行将停止跳动。他痛心疾首，摁着肚子一个劲儿摇头。

"傻孩子啊，你以为我看重这些吗？"他说，"文渊也是我的儿子啊，傻孩子……"

杨修礼一边艰难说话，一边从书桌上扯过一张白纸，右手颤抖着摸到毛笔。此时他两眼已经失明，只能凭着感觉在纸上写下几个字："了无生趣，往彼极乐。"然后将笔一掷，颓然仰倒在太师椅上。伊我看到一堆白沫从他嘴里冒出来，胆怯得无法动弹。她费了好大功夫，才让自己站起身来，仓皇逃出了书斋。

35　无论君不归

　　杨修礼之死轰动全城。赵致和仔细分辨了遗书，确定是杨修礼的手迹。可他不理解修礼为何突然轻生。修礼一生豁达透彻，做人没执念，也不爱钻牛角尖，近来更不曾遇到什么麻烦事，怎么会无缘无故寻了短见？他苦思冥想，不得其解。杨修礼初做京官时，娶了个病入膏肓的女人做老婆，拜堂之后三个月，女人就死了。杨修礼将其厚葬，从此矢志守节，不再婚娶，以至于有同僚戏言要上书礼部，给他修个贞节牌坊。辞官归来时，他没有忘掉那个当过自己三个月老婆的女人，将她尸骨带回了颍川。赵致和亲手执锨，将他和他的短命太太埋到他大哥杨修仁旁边，然后在坟前坐了三天三夜。叶萱奉江蓠之命去关心老爷，看他吐血没有。她来到坟地，发现老爷并没有吐血，而是烂泥一般，瘫在地上不能动弹了。

　　赵文渊对杨叔叔的死也深感哀伤，亲自主持操办了丧礼，为他执绋送葬。但他有太多事情要做，不像他务虚的父亲，可以放弃一切专门伤心。他眼下最重要的一件事，是对付祁州帮药商林味道。

　　赵文渊采用葛伊我的办法，寻找机会把两副耳环献给方知县。半月之后，花钱买通的长随来报信，那副绿玉翡翠耳环戴到了太太耳朵上。确定目标之后事情就好办了。赵家张姨太很快跟知县夫人成了无话不谈的好朋友，夫人一有空，就乘一顶软轿到赵家玩牌，并且总能在张姨太的暗中相助下满载而归。日久混熟了，赵家男主人也成了她半真半假的干弟弟。至于知县姨太，赵文渊也不敢过于冷落。姨太是湖北汉阳人，逢年过节，赵文渊都会交代武汉分号的掌柜备上厚礼和名贵药材，去她老家登门拜访。就这样，赵会长成了方知县的红人，当林味道意图买通知县打击赵文渊时，方知县反而向赵文渊出卖了他。

林味道是祁州人，在颍川经营药庄已久，做得很成功，被祁州药帮推举为领袖，遂举家迁到颍川县，定居于此。他年过五十，为人豪爽，凡事喜欢出头，喝醉的时候极大方，谁借钱都给，所以大家都喜欢请他喝酒。以前赵致中、葛天民、赵庆依次出任颍川商会会长，这三位都是了不起的人物，对颍川商绅贡献极大，林味道也由衷钦佩他们。赵庆辞职之后，历任会长他都不服。此次会长改选，他原本志在必得，不料钻出来个后辈赵文渊，不知怎么搞的就被他抢走了。赵文渊能力诚然不错，但他是口含金玉出生，并非白手起家，这就让赤手空拳打天下的林味道小瞧一等。赵文渊也不是不能当会长，只是他年纪还轻，资历尚浅，何德何能越过一大票叔叔伯伯辈直接上位？林味道将此次失败视为羞辱，心心念念要报复。他原本计划在当选会长之后，自掏腰包扩建会馆，此时一赌气，就把这笔钱拿去送给方知县，声称赵家的伙计咬了他们林家的狗，要状告赵家，乞请父台大老爷为他做主。被指控的那名赵家伙计是个老实巴交的哑巴，此时有口莫辩，气得要寻死。赵文渊隐忍未发，主动去找林老板，劝他不要做亲痛仇快的事。

"你我鹬蚌相争，只能使渔翁得利。"他对林老板说，"咱们都是颍川商人，同根而生，何苦互相煎熬呢？"

林老板眼睛瞪得像鹅蛋。"有个词叫'宁为玉碎，不为瓦全'，你懂不懂？"

赵文渊忝为诗书传家的赵门大公子，就算学问不好，也断不至于不懂这个词。林老板究竟是玉还是瓦暂且不讲，既然他想碎，赵文渊也只好成全。方知县收了林家五百两银子，找来赵会长谈官司，愿意看在太太说情的分儿上，只收他三百两银子，帮他和了此事。

"为什么要和呢？"赵文渊说，"林家有的是钱，父台只要这一点就满足了？"

方知县做官多年，岂不知有官司才好捞钱？不过是太太顾情分，逼他帮赵老板，才勉为其难这么做。既然赵文渊自愿把官司打下去，当然再好不过。但他随即发现赵某也是个黑心的主儿，他要打官司，自己却不想出钱。他建议方知县召见林味道，就说赵家给了一千两银子，林味道必然献上更多，过些天再告诉他赵家又出了五千两，如此叠加。倘若林味道吃不消要撤案，他就反控林某诬告，逼死人命，要他赔十万两银子。总之要借此一案，把林某的钱掏光榨尽。

"假如我和了，父台还怎么弄钱呢？"赵文渊说，"我不站在这儿，他就不会把钱拿出来献给你。"

这场引人瞩目的官司旷日持久，从林家控告到赵家反控，一直打了八九个月，直到葛伊我死讯传来的前一天，方才以林味道赔礼道歉作结。赵文渊不光与林味道公堂相见，还江湖相杀，动用一切手段搞他的药庄。在知县和会长的夹击下，林味道偌大的药庄迅速破产。他卖掉两个姨太太，央求商会副会长章海献当说客，在聚仙楼宴请赵会长谢罪。赵文渊毫不客气地拒绝了邀请。

"人必自侮，而后人侮之。"他对来做和事佬的章海献说，"热衷于自相残杀的人，就让他死去吧。"

林味道不想死。他的妾已经卖完，倘若赵文渊揪住官司不放，他接下去只好卖老婆，而他老婆能不能卖出去还是问题。这个曾经盛气凌人的老头儿如丧考妣，带上老婆登门赔罪。赵文渊闭门不见，他们就赖在赵家不走，林味道坐在门楼里跟看门的赵乙攀亲戚，他老婆则扫地浇花、打水择菜，团团转着找事做。回雪心肠软，见不得人可怜，牵着已学会走路的云从来到赵文渊书房，劝他得饶人处且饶人。

"自己选择，自己承受。"赵文渊冷着脸说，"这是他们自找的。"

"他们的确不对，"回雪不满地说，"但你就不能有点气度吗？"

回雪的指责让赵文渊感到一丝羞愧。他犹豫片刻，最终走出书房，接见了林味道一家。林味道欢喜得像过年吃到糖的小孩子，在老婆帮助下硬将赵文渊拖到聚仙楼，让大家见证他和赵会长已经冰释前嫌。宴席上杯盏交错，欢声笑语，各位商界巨子把酒立誓，共倡团结。赵文渊被这种气氛感染，不由自主喝多了酒，一直睡到次日中午方才醒来。醒来时正在下雨，雨水落到房顶上，仿佛沉甸甸的水银，渗透瓦片和望板，从刷了丹漆的檩椽滴下来，穿过架子床的承尘和流苏锦帐，落到赵文渊的眉心和脸颊上。他抹了抹满脸雨水，浑身酸困地坐起来，隔窗看到无数艳红的芍药花瓣飞满了庭院，宛如蝴蝶的翅膀，飘荡在绵密无边的细雨里。回雪抱着熟睡的云从，与张姨太一起默坐在床头。房间里气氛压抑而低回。赵文渊预感到有不好的事情发生。

"伊莪死了。"回雪说，"母亲说是暴病。"

葛伊莪的死很突然，她从山东回来那天还好好的，第二天上午就被装进棺材埋掉了。如此青春猝逝，让人感受到的不仅是生命无常，还有一些没有证据的诡异。葛伊莪死后魂魄不灭，犹如一道狂风，在原野里尖叫飞奔。当她飞过抱玉山，看到杨修礼坐在抱玉寨的寨门上，正悠闲地眺望月光下的风景。杨修礼也看到了她，冲她微笑，向她点了点头。她不由自主飘过去，坐到杨修礼旁边，在羞愧和懊悔中哭泣起来。那天傍晚，她捧着投了红矾的茶水走进杨修礼的房间时，杨三爷已经替她想到了万全的主意，她却没有给他机会说出来。紫胭姨娘与杨三爷已经建立深厚的友谊，对他的死悲恸至极，不顾体统地抱着尸体号啕大哭，以至于哀伤过度，卧床不起，天天晚上心慌失眠，需要伊莪守在身边作陪。半个多月后，病恹恹的紫胭想念起阔别已久的故乡，又让伊莪陪同，回山东老家去省亲。伊莪在山东住了六个月，安全地把孩子生下来，虽然早产一月，体质较弱，所幸还算健康。生过孩子只要不喂奶，奶水便会很快憋回去，所以紫胭一早雇好了奶妈。不料伊莪看着襁褓中的孩子，母性大发，一时冲动让孩子吃了自己的奶，结果一发不可收拾。紫胭给她煎生麦芽汤回奶，喝了七天，毫无效果。伊莪在慌乱之下开始绝食，试图用饥饿耗干奶水，一连饿了五天，奶水终于不再喷涌，两个乳房依旧胀得像皮球。她原打算再住一个月才回颍川，明农庄却派人来迎接了。

奉命来山东接伊莪的是叶萱。紫胭说伊莪病了，身体虚弱，让叶萱先回去，等伊莪调养好后，她们娘儿俩一起走。叶萱要留下来伺候伊莪，否则回去铁定要挨太太骂。她坐到伊莪床头，握住伊莪细腻的手。

"二少奶奶，我们可想你了。"

二少爷外出游学，叶萱的儿子仲安被派去服侍，一去许多时，不知哪天才能回来。叶萱思念儿子，每每想得心肝发疼。一次清洗月经带，她忽然想起一件事：葛伊莪的月经总是与她同时，所以她经常主动替伊莪洗月经带，伊莪也并不在意。但在伊莪离开明农庄之前两个月，她向伊莪要月经带一起洗时，伊莪却总是含糊其词，说她已经洗过了。叶萱一边洗刷布条，一边仔细回忆，确定没有发现她晾晒过月经带。次日上午，在后院陪江蓠说闲话时，叶萱假装偶然提到这件事。

"我还寻思，二少奶奶不会是怀孕了吧？"她说，"回头又想，二少爷离家这么久，她一个人，怎么可能会怀孕呢？想是月信不调，得找郎中看一看。"

"整天闲的你，就知道瞎编扯！"

江蓠抢白叶萱。叶萱讪笑，赶紧将话题转到其他闲事上。江蓠已明显没有聊下去的兴趣，瞟一眼叶萱，对她说："伊莪去山东很久了，怪想她的，你去把她接回来吧。"

回颍川时，葛伊莪执意要与叶萱分坐两辆马车。伊莪努力弓着身子，硕大的胸部还是非常突出。她身上那件宽大的薄夹袄更是欲盖弥彰，此时已是三月暮春，天气晴暖，单衣轻衫方是时令衣裳。江蓠在庄院大门迎接她们。她看到伊莪从马车里跳下来，两只眼睛仿佛被马蜂狠命一蜇，一句话也没说，转身走回自己房间去。叶萱生养过两个儿子，因此一到山东就看出异常，虽然不曾亲眼见到小孩，但她确信听到有婴儿在后院哭。她将所闻所见一五一十向主子做了汇报。江蓠听她讲完，脸色阴森得可怕。

"看紧你的嘴巴，不要告诉任何人，包括福荣。否则……"江蓠一个字一个字说话，这些字犹如豺狼虎豹吃过人肉后一块块吐出的骨头，"你知道会怎么样！"

葛伊莪甫一回庄，就从婆婆的反应里看出了凶兆。但事已至此，譬如出弓之箭，后悔惊慌俱已无用，所以她反而并不害怕。相比难以预料的未来，两个乳房的胀疼更让她困扰。她坐在自己睡房里，撩起衣服，捧着鼓憋的乳房往外挤奶水。最坏不过休了自己，从此离开赵家，有什么大不了呢？葛家县城那么大的宅院，岂不比这死潭一样的明农庄强太多？她挤着奶水这样赌气地想。

葛伊莪想错了。她婆婆根本没想过要休她，而是为她举办了一场与赵家的名望和她在赵家的地位相匹配的葬礼。在此之前，婆媳俩在互不信任的气氛里进行了一场质辩。这场质辩原本就在葛伊莪意料之中，而对于掌握最终裁决权的婆婆江蓠，也是一道必不可少的程序。伊莪已打定被休的主意，因此颇有死猪不怕滚水烫的架势，用一种高姿态的沉默与咄咄逼人的婆婆相对峙，拒绝回答她的任何问题，直到江蓠把野男人的嫌疑对象一点点指向自己的大儿子，她才放弃了沉默到底的打算。

"别猜了，那个人已经死了。"

正躺在抱玉寨寨门上看月亮的杨修礼非常郁闷，不知道哪辈子欠了这个葛家小女人的什么债，无端被她毒死之后，还要承担老流氓的骂名，替她和赵文渊背黑锅。伊莪告诉婆婆，杨修礼并不是自杀，而是被她毒死的，那个为老不尊的老头子在一天晚上玷污了她，她气愤不过，下毒杀了他报仇，不料却已怀上他的孽种。为了不使赵家清白门风受辱，她只好随姨娘去了山东，等把小孩生下来扔掉再回来。她的描述富于逻辑，包含细节，使人无法不相信这就是事实。遗憾的是，对杨修礼缺乏了解的伊莪并不知道她的逻辑从一开头就是错误的。

"杨三爷？"江蓠耐心听她讲完故事，在无比愤怒之下呵呵笑起来。"你说杨三爷！天底下谁不知道杨三爷好男风，根本不沾女人？"

伊莪愣住了，这个不可饶恕的错误让她一时间心慌意乱。但她不愧是葛天民的女儿，在慌乱之中依旧保持表情的镇定和思维的敏捷，仅仅愣了几秒钟，她就找到合情合理而又极具挑衅性的回复：

"那是因为之前他没遇到可以让他心动的女人。"

江蓠喉咙里仿佛塞进一块木薯，憋得说不出话，甚至喘不上气。难堪的沉默持续了将近一刻钟，叶萱端着一碗热气腾腾的药汤推门走进来。

"这是回奶的药，赶快把奶回掉。"江蓠扫一眼那只描花白瓷碗，没好气地对伊茇说，"免得被人看到，丢人现眼！"

回奶药效果不错，伊茇喝过不久，两只乳房就再不憋胀疼痛了。埋葬伊茇之后三个月，她的丈夫赵文澜终于结束长达两年多的游历，与赵仲安乘坐一辆马车回到颍川县。马车内有一口棺材，里头盛放着一具尸骨。文澜将马车赶到大哥宅院前，急匆匆把嫂子回雪叫出来，拔出一根银针刺破她指尖，挤出血珠滴到尸骨上。干巴巴的骨头仿佛绵纸，血液一落其上，立即被吸进去。这证明赵文澜没有找错人，云裳那只陆魅提供的信息也是对的。

文澜此番外出，并非如他宣称的游学，而是去寻找赵庆叔叔，生要见人，死要见骨，不管是生是死，都要把他带回明农庄。那天晚上他手执桃木剑在江蓠房间守夜，突然发现母亲在睡梦中哭起来，连忙将她拍醒。江蓠醒来，犹自抽噎不已。

"我梦到你赵庆叔叔了，他背着身子不理我。"她含泪叹息。"你干吗叫醒我呢？"

第二天，赵文澜就提出要外出游学，去各地拜访名家高士，切磋文章笔法，请益应考之道。他坚称这有助于他考状元。文澜争胜心强，凡事不愿居人之下。他以案首成绩考中生员时年纪尚小，倘若一路考下去，此时早已杏榜题名，成为进士，但在取得生员后，他接连两次称病放弃乡试。他自度考中举人虽无问题，却可能得不了第一名。第三次他自感准备充分，百无一失，方才去省城应试，果然高中解元。江蓠狂喜，鼓励他再接再厉，考个状元回来，好好光耀一下赵家的门楣。她对当年杨三爷高中进士、而丈夫依旧落第时受到的刺激记忆犹新，希望儿子能为自己争回一口气。当然，所谓状元只是一种期许，并非要求文澜非中状元不可，只要高于二甲第六名就行。然而文澜却铆上了劲儿，立志要连中三元，所以中举之后，他又放弃了一次会试。近年朝廷取消科举的风声越传越烈，正所谓时不我待，赵文澜要去拜访名师，江蓠自然支持。明农庄子弟里面只有赵仲安最精明，此时正在日新书院读书，江蓠要求他暂时退学，陪同二少爷出去游历。

这是唯一能让母亲应允他离开明农庄的办法。文澜和仲安风尘仆仆赶到陕北，费尽心力，终于找到赵庆的老家。那是一个极端破败的村落，草屋和土墙在干风烈日之中摇摇欲坠。村民否认有个叫赵庆的回来过，诚如两位公子爷所见，这个村子已经死了，只有人往外逃，没有人会回来。两人失望而去。他们在陕北广大地区奔走寻觅，历尽寒暑，一无所得。赵仲安的耐心在无望的奔走中消耗殆尽。他断定赵庆已经客死异乡，劝文澜死心。文澜无奈，只好与他返回颍川。走到洛阳时，文澜忽然想起陆魅的故事，立即带仲安赶往开封，去找久未谋面的姐姐赵云裳。

云裳从哥哥刀下逃生后，在县城赵宅住了几天，一直精神恍惚，日夜惊惧。杨修礼建议把她送到外地住些时日，应会好些。他在京城时结识有一名意大利神甫，此时在河南省府传教，只是时局动荡，不知他是否安在。史青云受命护送云裳，他带着杨三爷的信，按地址找过去，发现那座天主堂也已成为废墟。还好神甫尚在，他看罢老朋友的信，热情收留了云裳。几个月后，赵致和在文渊、青云陪同下来到开封，要接云裳回去。云裳拒绝了他们。她已经适应这个地方，决定永久留在这里。赵致和与文渊虽有百般不舍，也只能尊重她。云裳离开抱玉寨时，那只陆魅也飞走了，不知在何处云游多日，一天忽然飞过来，落到云裳摆满花盆的窗台上，从此一直陪伴云裳，流连不去。此时它已经老了，大多数时间都蹲在云裳床头那根刷了绿漆的小竹竿上闭目养神，云裳担心它已经无法胜任漫长的飞翔。但她经不住文澜的反复乞求，只好来到陆魅面前，询问它还能不能远飞。陆魅听了她的请求，犹如一支灰色的箭，从小竹竿上飕然射出去，穿过半掩的窗子，钻进灰蒙蒙的天空。半个月后的夜晚，陆魅从远方归来，它吃力地拍打着翅膀，疲惫地飞进云裳的梦里。

它找到了赵庆的鬼魂。

赵庆的确如他宣称的那样，要把他爹娘的尸骨送回老家。他在人生失意的怨艾中徒步而行，一直走到茅津渡，面对滔滔河水之上黯淡的夕阳，依旧沉溺在苍茫不胜的情绪之中。他一遍遍回味过往的经历，无暇去想把爹娘送回老家之后将要何去何从。他没想是对的，因为他已经没有机会完成返乡的愿望。在茅津渡过黄河时，他误上一条贼船，强盗们先将他洗劫一空，然后乱刀将他砍下河去。自己的生命竟然以这种方式终结，让忧伤中的赵庆深感意外。他放弃轮回，尸体一如当年的他和他爹那样，在浑浊的河水里浮浮沉沉，顺流而下，最后误入一个老渔父的渔网。渔父是个善心肠，骂了几声晦气，并没有将他抛入河水，而是拖到岸上一处荒坡，挖个坑埋了。陆魅找到赵庆时，他正坐在荆草丛生的坟头上想念远方的女儿，身影一如所有游魂，稀薄得像一团淡淡的烟雾。他想念回雪，双眼因为流泪过多而瞎掉，但他并不想再回颍川。他让陆魅捎信给云裳，拜祭老爷赵致中时替他叩几个头。云裳与赵庆接触不多，彼此谈不上亲昵，但她知道赵庆对父亲的忠诚，并因此而对赵庆有种骨肉相连的敬意。她听了陆魅的叙述，在睡梦中失声痛哭。她在哭泣中醒来，看到陆魅萎靡地卧在枕头旁。它被最后这次长途跋涉累死了。

云裳向文澜转述了赵庆的意愿，让他尊重赵庆叔叔，不要勉强把他带回颍川。文澜未置可否。告辞云裳后，他与仲安直奔陆魅所说的赵庆埋骨地，果然挖出一具与赵庆身高相似的骨架。文澜欣喜若狂，手忙脚乱地收捡尸骨。

"赵庆叔叔既然想念回雪嫂嫂，怎么可能不想回颍川?"他对仲安说，"何况母亲待他如亲弟弟，我不信他就不想回去看看。"

经过滴血认亲，确定文澜带回来的这具尸骨就是父亲，回雪哭得昏死过去。文澜则因为两年辛苦没有白费，脸上洋溢着欢快的笑容。他急于告知母亲这个喜讯，让人把精神恍惚的嫂子抬上马车，连夜赶回明农庄。对于抑郁已久的江蓠，这是何等的意外! 她与回雪抱头痛哭，几度双双背过气去。悲痛之余，她征求了瘫卧在床的赵致和的意见，把赵庆安葬在赵致中旁边。

江蓠被文澜的孝心深深感动，却不知该如何面对这个可爱的儿子。她为没有看护好他的妻子，以至于她暴病而死深感愧疚。尤其遗憾的是，他在长达两年的奔走里不光错过了癸卯科会试，还错过了次年为庆祝慈禧老佛爷大寿而开的甲辰恩科会试。朝廷原本说只废八股，不废科举，不料此次恩科会试之后，朝廷突然改变主意，下诏把科举废除了。也就是说，从此之后，大清国再不会有状元这个无上荣誉。赵文澜游历归来，不光没有了妻子，也没有了前程，江蓠担心他承受不了这一连串的巨大打击。出乎意料的是，赵文澜表现出了令人惊讶的坚强。他把自己反闩在坐忘斋里，面对拥挤不堪的书籍发了三天三夜呆。第三天午夜，他听到母亲在门外哽咽哭泣，走过去打开房门。

"没事的，母亲。"他握住江蓠的手，替她拭去满脸泪水，"妻子没了，可以再娶。科举废了，正好待家里陪你。"

36　　　大厦将倾

　　在读圣贤书的人看来，朝廷废除科举无异灭顶之灾。赵致和身患痿症，瘫卧病榻，医生叮嘱他不要想太多事情，安心将养。他本来听从医生，对家事国事都不管不问，可是诏书一下，他就再也安心不起来。史青云和梁希声来探望时，他正躺在床上，望着墙角一小片透窗而入的夕阳长吁短叹。

　　"唐宋元明都以科举取士，没见有人说他们是亡于科举，怎么一到大清朝，不废除科举就要亡国了？"赵致和说，"朝廷兴亡，在于执政，怎能怪到科举的头上？"

　　赵致和讲得激动，痰气上冲，连声咳嗽起来。恩师的牢骚令梁希声感慨万千。他知道恩师如此愤慨，不仅是为他的儿子和学生抱屈，更是为天底下穷苦读书人担忧。科举再不好，总归为穷人的孩子提供了一条尽可能公平有效的晋身之路，废除之后，这些贫寒子弟还有什么出头的指望？他坐在老师床头，用帕子将咳出的痰拭去，又接过青云递来的水，服侍老师漱口。

　　"此一时，彼一时，科举到今天，的确已经不合时用了，朝廷废止，也有他的道理。"梁希声苦笑。"一切变革都有代价，我们这些人，就是这一轮变革的代价吧。只是希望牺牲掉我们，能让国家变得更好，而不是相反。"

梁希声说着话，将杯子放回几案。几案稍远，中间隔着青铜香薰，梁希声伸长胳膊，趄着身子往那边递，忽闻一声撕绵纸般的轻响，他身上那件破长衫已被扯破，从右腋下一直裂到了后腰，露出里头补丁密布的小褂。进来送新茶的叶萱看在眼里，叽叽呱呱笑起来。

"梁先生好凉快！"她说。

赵致和吩咐叶萱取一件自己的衣服，给梁希声替换。叶萱接过梁希声的破长衫，拿去帮他缝补。她将长衫里里外外看几遍，咂嘴说："还别说，梁先生这袍子破虽破，倒很干净，也没有虱子。"

梁希声难堪地坐在杌凳上，瘦长脸红了一层又一层。叶萱有意再调侃梁先生几句，忽然瞟见江蔺正冷眼瞪着自己，连忙知趣地走出去。

梁希声是高凤里一个老佃户的儿子，原本老实本分，在家里帮父母造粪种田，不料十岁那年忽然中邪，心心念念要读书。老梁用荆条给儿子治病，前后抽断五根粗荆条，没有效果，改用饥饿疗法，把他锁到柴房饿肚子。两天之后，老梁打开房门，发现儿子不见了。这天晚上，清流书院主讲赵致和先生睡不着觉，披衣夜行，看到门子在揍一个偷书的小贼。那小贼肮脏瘦小，被门子打得嗷嗷哭，却紧抱书册不放。赵致和制止了威武的门子，问小孩为何偷书。小孩说要读书识字。

"那你读书识字，又是为什么呢？"

"当个明白人，不再被人耍弄。"

这个小孩就是逃跑的梁希声。他所说的"耍弄"他的人，是他们十三岁的少东家。那日他在地里拔猪草，少东家玩耍路过，热情教他学写自己的名字。梁希声受宠若惊，将那三个字摹写几百遍，一笔一画烂熟于胸，一有空就找枚石子端端正正写下来，然后东看西看，开心不已。一天下午，一位冬烘先生从田间走过，扫一眼他在道路上写的字，惊讶地望着他。

"这是谁家的傻小孩？怎么骂自己呢？"

梁希声白他一眼，"这是我的名字。"

"你叫'我是猪'？"

高凤里里长是赵致中的好朋友，与赵二爷也相熟，他带赵致和来到梁家，恭喜老梁生了个读书的好苗子。赵致和送给老梁十两银子，要把他儿子带走，他已经跟书院山长讲好，免费供梁希声去读书。老梁满心欢喜，收下银子，将儿子交给赵致和。银子花光后，老梁开始后悔，一心巴望儿子童试失败，老老实实回来种庄稼。不料梁希声在赵致和栽培下进步迅速，院试大获成功，以案首成绩取得生员功名。十年之后，乡试再传捷报，梁希声成为高凤里自大清建国以来第一位举人。梁家在这种令人目眩的成就中集体发疯。老梁一改初衷，不仅狂热支持起儿子的科考大业，还不可救药地陷入了天花乱坠的狂想之中，幻想儿子考上状元，被皇帝钦点驸马，派人用二百四十台大轿请自己去金銮殿喝喜酒，喝完之后，与皇帝亲家手拉手走出大殿，坐到殿前台阶上晒太阳，一边吃鸡腿一边下象棋。梁希声的妻子显然不知道公公脑子里那些无情的幻想，所以对他还算孝顺，除了身为儿女该做的事没做之外，其他的都做了。对于未来，她也有美好期待，希望丈夫成为八府巡按，自己则被册封为一品诰命夫人。她连官职品级都搞不清楚，自然不理解皇帝执政的深意，当废除科举的消息传来，顿生幻灭之感，大骂皇帝欺负读书人，早晚丢了江山。皇帝亲家和一品诰命虽已无望，还好举人也不简单，再不济也是地方名流，只要投机一点，一样可以丰衣足食。然而梁希声假清高，一些能捞钱的职事都不屑做，仅仅去日新书院当了主讲，并在赵致和病倒后接任山长。虽然生活无虞，终归不够宽绰，满足不了妻子被幻想喂大的欲望。梁希声很无奈，只好自削奉养，拿去补贴妻子的花费。

相比之下，生员——尤其是中年生员——就很可悲。他们名位低，谋不到好职事，前半生为功名付出的所有努力已然归零，后半生的路不知道该如何走。义让里有个余姓秀才，把全部家当送到当铺，换来二十串钱，在县城东关租间轿子大的铺面，开个小店卖茶叶。他辛苦经营大半年，老婆孩子都成了别人的，茶叶也被房东扣下来顶房租。余秀才捶胸顿足，站在大雨里喊苍天。苍天正在打瞌睡，被他吵得不耐烦，打个响指，化作一条炸雷狠劈下去。余秀才被劈得焦头烂脸，朝天一鞠躬，冒雨走出县城，踏着泥泞道路跌跌撞撞往西山去了。

陈富是个有境界的土匪。在落草前，他最喜欢听章有发他爹讲《水浒传》，因此知道每个成功的土匪身旁，都有一位识文断字的人当军师。落草之初，他曾想聘请章有发他爹当军师，还没来得及下聘，那个爱吃烙馍卷葱的老头儿就死了。现在忽然有个读书人要入伙，还是有功名的秀才，对于身陷低谷的陈富，简直是天赐之喜。他正在寨后岩石上跟上门的婊子做生意，听到报告高兴坏了，立即丢下婊子，跑出山寨去迎接。

陈富的队伍刚经历一次大分裂。史青山兵败入伙后，排在陈富和章有发之下，坐了匪帮第三把交椅。这是极大的礼遇，陈富为此费了许多口舌，说服几个不满的元老。史青山入伙之后，打家劫舍，杀人放火，干得异常快活。他发现这才是愿望中的生活，于是张开双臂，与新生活互相拥抱，在很短时间内，以无与伦比的强悍和凶残闻名遐迩。陈富一伙在他的加持下如虎添翼，横扫颍川及相邻各州县，官府闻之头疼，同道遇之回避，老百姓则活该倒霉，要杀要抢任由之。史青山劳苦功高，逐渐不满足老三的位置，对章有发和陈富也越来越不尊重，一次聚众喝酒，看章有发不顺眼，竟将他拖到寨门口痛打一顿。章有发不堪受辱，又干不过他，要带自己手下兄弟出走。陈富拦住不放，他怕章有发走后，下一个被史青山当众殴打的就是他自己。回想当初的招降决定，兄弟俩悔恨不已。世界上没有卖后悔药的，但是有卖老鼠药的，他们买来几袋，掺入酒内，意图毒死史青山。恰巧这晚史青山不知何故情绪不佳，要了一罐酒，独自躲在屋里喝。陈富和章有发在屋外静候多时，没有听到动静，手执兵刃悄然钻进去，只见史青山面朝里横在床上。假如是入睡，史青山必定打呼噜，如此安静，想必是死了。他们大功告成，欢喜相庆，准备往史青山身上补几刀，以泄羞辱之恨。不料刚举起兵刃，史青山突然坐起来。原来他们买到了假药，史青山僵卧不动，是在闭着眼睛想回雪。幸好陈富脑子灵活，迅速编个理由蒙混过去，才没有当场发生血拼。但史青山已然生疑，当天晚上即带领自己的一拨人不辞而别。

从史青山步出山寨那一刻，陈富的实力瞬间削弱了大半。这未尝不是好事，至少不用担心被他逼宫篡位，以后也可以安枕而眠了。代价是他们从悍匪沦为普通土匪，再去邻县抢劫，遇到当地匪帮毫不留情的阻击，只好龟缩回来，在颍川西部山区绑票勒索。西山以东已经成为史青山的地盘，他们一时不敢去招惹。西山一向贫穷，曾经造就不少富翁的煤矿因为他们停采已久，仅存的几个大户，也因方知县的横征暴敛而濒临破产。最惨的是前几天，他们想方设法绑架了里正的老爹。这个富甲一方的里正以孝闻名，他们满指望能多弄几个钱，不料老头儿在山寨吃过几顿饭，捋着几根山羊胡须大发感慨，自从他们家被方知县搞垮，已有半年没吃过这么好的饭菜了。感慨之余，他拄着拐杖求见大首领，恳请入伙。陈富气得拿脑门狠撞寨前那棵大栎树，立即派人把老东西送了回去。时至今日，他们几乎只能依靠在穿越西山的官道上劫路为生。陈富自忖兄弟们都是有勇无谋之辈，要改变现状，必须找个懂谋略的军师。就在此时，余秀才来投奔了。

然而余秀才只是个读书人，并没有振兴匪帮的方略，陈富问他可有称王称霸发大财的妙计，他搜肠刮肚，支吾半晌，只讲出一通仁者无敌的高论。陈富大失所望。

"我是想收留你，可是我们不能养吃白饭的。"陈富很为难，"你能给我们做些什么？"

余秀才想了想，不知道能做什么。"也许现在不需要我，等势力大了，发布告传檄文，跟别人书信往来，会用得着我。"

"那就请你等我们势大了再来吧。"

余秀才作揖告别。陈富望着他在湿淋淋的山路上踽踽而去，颇觉不忍。"嗨，余先生，回来吧回来吧。"他冲余秀才叫喊，"大家都是走投无路的人，不在乎多张嘴吃饭。"

余秀才就此入伙，每天拿把刀跟随陈富去劫路。翻山越岭时，他看到不少废弃的煤窑，问陈富为何不采。陈富说他只会挖煤，不会经营，况且官府不时围剿，整天东奔西跑，随时转移，不可能安安心心坐地开矿。余秀才体力差，早跑出一身汗，他解开衣襟，望着窑口咻咻喘息。

"咱们不能做，找能做的人呀。"他说。

匪帮兵分两路，一路由章有发带领，继续绑票打劫，另一路由陈富带领，与余秀才一起拜访当年那些窑老板。他诚恳邀请老板们继续开窑发财，他和他的兄弟们提供保护，保证不让官府和其他匪帮盘剥。为表诚意和支持，第一年他们将不收保护费。第二年十抽一，第三年十抽二，以后维持十抽二不变。土匪的承诺没人敢信，只有三个当年把全部身家都压到煤窑上的人，因为穷途末路，愿意豁出去拼一下。短短几个月后，这三人开始赚钱。衙吏和外地匪帮闻风而来，刚入西山，即被陈富一伙截下。他们在信念加持下变得异常顽强，打退了官府和外地匪帮一次又一次进攻。其他老板见状，相继找来，要求回到自己的老窑重新开业。所谓富贵险中求，只要求得到，大家还是愿意去冒险。陈富用他的行动建立了信誉，老板们情愿出钱购买他们的保护。所以到第二年底，陈富已经收取到丰厚的抽成。拿到钱后，他首先做的是买来一批快枪，手下兄弟人手一支。外地匪帮更加不敢来打秋风。保安团来征伐，亦连吃败仗。有一任团长被他追到茅厕，潜入茅坑，方才逃出一命，从此一听到"陈富"二字，肚子里就万头攒动，再也干不下去，辞掉团长之职远走他乡。官府大兵围剿，陈富就带人逃掉，豫南豫西游荡一遭，等大兵退去，马上又杀回来。所以眼看西山煤窑这么发财，方知县和他的继任者却难以从中捞到想要的钱。

方知县曾经试图改变这一状况。不能让父母官捞钱的煤窑就不是好煤窑，既然他得不到，宁可毁掉，也不能便宜土匪。他想以通匪罪名抓捕煤老板，但没证据，也不好办，况且西山顽匪盘踞，衙吏都不愿去办差。方知县下决心消灭陈富。巡防营暮气深重，还不好调用，官督民办的保安团遂成为他倚重的对象。不料数次讨伐，无不失利，茅坑团长辞职之后，竟然无人愿接团长之位。方知县深感气馁，委托商会会长赵文渊帮忙找人。

赵文渊不愿帮方知县培养鹰犬，又不便拒绝，就委托副会长章海献去办。章海献久闻高风里有一位隐居的武林高手，手能格虎，力可拔山，曾在上海与洋力士打擂，接连打败美日德意俄五国高手，在十里洋场大扬国威。他备下厚礼，前往高风里拜访。这位董姓高手正在集镇上卖脚气粉，听章会长讲明来意，慨然应允，当即丢下生意，随同章会长来到县城。就任之后，董团长做的第一件事是统一制服，赶制一批大红对襟武打装，前后分别绣上"保""安"两个字。衣襟敞开的时候，胸前"保"字一分两半，常常被人误读为"人呆"或"呆人"。换上这身颜色吉利的制服后，董团长对团勇进行了严格训练，八卦掌、太极拳、螳螂手、无影脚之类功夫无所不学，还有阵法。董团长大旗一挥，全体排成一队，叫一字长蛇阵。大旗再挥，全体排成两队，叫二龙抢珠阵。大旗三挥，全体排成四队，叫四面埋伏阵。之所以大旗三挥要排成四队而不是三队，因为团勇一共一百七十二人，不能被三整除。最赏心悦目的是董团长自创的万岁阵，在他大旗指挥下，一百七十二名团勇以令人眼花缭乱的速度交叉奔跑，最后在偌大的校场上摆出两个四四方方的大字：万岁。

练兵成功后，董团长从老皇历中选个宜用兵的吉日，用剩余的脚气粉换只老母鸡，在校场剁掉脑袋，取血祭旗，雄赳赳列队出发。哨探报到西山，陈富率人在第一个山坳处恭候。董团长一方正正之旗、堂堂之阵，战斗之前先来一套拳脚做起手势。陈富一方则松松垮垮，斜背快枪，饶有兴致地观看对方表演，等团勇起手势做完，在董团长呐喊下挥刀攻击，他们才端起枪来，愉快地扣动扳机。

剿匪的再次惨败令县衙脸面丢尽。董团长弃官而逃，继续去卖他的脚气粉。举荐人章海献受召入衙，被方知县骂得狗血喷头，命他承担责任，捐献三千两银子抚恤伤亡团勇。章海献唯唯而退，灰溜溜找到赵文渊，责怪他给自己找麻烦。赵文渊给他点上一支雪茄，为他压惊，承诺这笔钱由商会公出，不会让海献老兄独自受委屈。章海献这才消气，与文渊商量新人选。保安团几乎是由商会养着，却被知县拿去当鹰犬，他觉得太冤，得找个心腹强干之人，把保安团变成自己的力量，而不仅仅听命于知县。赵文渊正有此意。他笑眯眯地瞅着章海献，问他还有没有比董某更厉害的人。章海献翻白眼。

"叫你表弟出马吧。"他说，"没有谁比他更合适了。"

章海献说的是史青云。史青云文武全才，不仅读书小有成就，枪法也很惊人。他是在大饥荒时发现了自己的射击天赋。为找吃的，他拿弹弓四处打鸟，只要有鸟被他看到，并在射程之内，就必死无疑。后来百鸟见到他，索性直接飞到提篮里，免得先挨他一石子，额外受疼。史青云读书比表哥文渊强，但不如梁希声，两人一起参加乡试，梁希声以第五名亚元考中举人，史青云却接连失利。他在文渊怂恿下，一度想放弃科考，弃文从武，到袁世凯创办的武备学堂学习。赵致和从梁希声那儿听到风声，找到青云狠批一顿，以不容置疑的强硬态度要求他坚持举业。然后又把文渊叫到书院，痛斥他妖言惑弟，自己读不好书，还要耽误表弟的前程，倘若青云果真放弃科考，就唯他是问。二舅说到这份儿上，史青云只好继续读书。光绪二十九年秋天，他在已经卧病在床的二舅督促下，再次背上书箧，去省城参加恩科乡试，终于考取举人。于是在第二年春天，他与梁希声一起再赴省城，参加朝廷举办的恩科会试。

会试按例都在京城，但在庚子事变后，京师贡院被毁，慈禧老佛爷又对返京时河南官吏的忠诚伺候印象深刻，遂下令将会试改在河南贡院举办。这是亘古未有的恩典，河南举子们欣欣鼓舞。开封地处中原，各省举子来应考，在行程上要方便许多，因此除了北部数省，大家也都很开心。此时此刻，没有任何一个举子能够预料，已经行之一千三百年的科举制度将在这个古老的地方画上句号，而此次会试，也是他们最后的机会。

梁希声和史青云都未能把握住这次机会。尤其是史青云，不但无缘杏榜，还差点成为朝廷的通缉犯。他和梁希声所住的客栈有个陕西举子，多言好动，一天到晚不温书，只顾跟人谈时局，谈革命，谈泰西的富强和清朝的贫弱。举子们很烦，对他的谬论也极不满，骂他连狗都不如，众所周知，子不嫌母丑，狗不嫌家贫。那举子被大家如此斥骂，反而嘿嘿笑起来。

"诸位自甘为狗，当真是别有格调。"他说，"但是请问，诸位把清朝当母亲，那诸位的父亲是谁?"

举子们无言以对，纷纷避去，都不再搭理他。陕西举子也不觉得难堪，安坐在方桌旁悠然自得地喝茶。史青山旁听多时，此时踱过去，拱手唱喏，先自报家门，然后请教尊姓大名。那人抱拳回礼。

"在下于右任。"

许多年之后，于老先生站在台湾高山之巅，遥望大陆感伤怀旧的时候，不知有没有想起过河南颍川这个叫史青云的故人，而史青云，则至死犹记他们相识与逃亡的每个重要细节。于右任倾心革命，言行激烈，写过许多反诗，还曾散开辫子，披头散发如长毛，拍了一张洋照片，在背面题写一句诗："换太平以颈血，爱自由如发妻。"他来河南参加会试，还没进考场，老家诗案已经发作，密诏就地正法。家人探知消息，重金雇用一个飞毛腿赶往开封报信。飞毛腿身高六尺，四尺半都是腿，跑起路来风驰电掣，疾如流星，自称是大宋朝水泊梁山神行太保戴宗的四十六代嫡孙。于右任接到消息，立即逃亡。环视大清，只有上海相对安全，遂决定潜往彼处。史青云与他已结倾盖之交，此时仗义相送。他称病放弃考试，先带于右任取道颍川，找表哥赵文渊借钱。逃亡路上不可无钱，何况是于先生这样大手笔的人物。赵文渊取出三千大洋相赠。于右任感激不已，再三道谢。

"先生不必客气，"赵文渊说，"我岂能让世人骂我颍川不爱英雄？"

史青云将于右任安全送达上海，返回河南时会试早已结束。梁希声再次落榜，郁郁不乐。梁希声尚且如此，史青云就更没有什么可遗憾，他卧床的二舅在失望之余，也没去深究青云为何突然病倒，又为何这么久不见人影。伊莪刚死不久，赵家笼罩在低沉的气氛里，赵致和颓唐地躺在他的床上，对一切都不满意，又对一切都无能为力。他萎软地握住青云一只手，眼眶里缓缓渗出一层水汽，汇聚成硕大一颗老泪，壅滞到眼眦处。他要求江蓠赶紧给青云讨个媳妇，好继承史家香火。

史青云却无意婚娶。这些天他跟于右任朝夕相处，被他灌输了一脑子革命的理想，已经打定主意去南方寻找革命党。此事当然得瞒着舅舅，甚至要瞒着希声。他找文渊道别。赵文渊憔悴不堪，萎靡地歪在椅子里，一支接一支抽雪茄，弄得书房犹如被烟熏的老鼠洞。他说事情太多，生意上的，商会里的，衙门里的，家庭里的，很累很累，天天晚上都睡不着，只能靠抽烟来解乏。浓烟翻滚的书房里对面不见人影，史青云拨开眼前的烟雾，看到文渊忧伤地抬起头。

"别走了。"他疲惫地说，"留下来帮我吧。"

史青云从未见表哥如此沮丧颓废过，猜想他一定是遇到了难以克服的困难，遂暂时取消投奔革命党的计划，留下来帮他共渡难关。然而过了一段时间，他并没有发现什么难以逾越的困难，表哥的生意很好，商会同仁对他非常尊重，唯一可能带来麻烦的方知县，也在大庭广众之下亲切地称呼他老弟。所以史青云很迷惑，不知表哥何以那么憔悴，给他留下一封信，悄然离开了颍川。他先赶到上海投奔光复会。不料刚到上海，他就得了霍乱，反复发作，迁延难愈。医生说是水土不服，吃了许多药，也没调治过来。他决定换个地方，取道广东去香港。然而刚到广州，他再次病倒，时好时坏，没完没了。这年仲秋，他孤卧客栈，听窗外淫雨潇潇，思及离开颍川已两年，除了得病，未干一事，至今飘零异乡，抱疴江湖，真所谓天下虽大不容我，不禁怆然泣下，喝了几杯酒，歪在床上沉沉睡去。他在梦中回到故乡，看见父亲和母亲。父亲沉默不语，母亲则对他哀哀哭泣。

"回来吧，孩子。"他母亲说，"你是颍川人，只能待在颍川。"

史青云摇头，"我不能回去。"

"你必须回来。"他父亲在旁说，"有些事需要你解决。"

史宗义的声音异常严厉，史青云受惊，陡然醒过来。窗外秋雨凄凄，似乎母亲哭声绵长的回音。他打起精神收拾行装，天一亮即动身回颍川。一路上舟车劳顿，他的身体却越来越好，赶到颍川地界，已然健壮如初了。

赵文渊看到表弟归来，非常开心。他当初希望史青云帮他，并不是借口。史青云所见只是表象，方知县与赵文渊的关系并不似看上去的那么融洽。赵文渊试图凭借与知县的私人关系为商会周旋，方知县则意图利用赵会长的名位和影响帮自己捞钱，两人各怀鬼胎，南辕北辙，很快就发现对方指望不上。然而方知县还是刻意维持了表面的和谐，毕竟赵文渊孝敬的钱还让他满意，而赵文渊也有他的势力，倘若撕破脸，并不利于平安发财。

但是赵文渊渐渐不干了。他花这笔钱，是要买折冲官民的权力，做方知县和颍川绅商之间的调事人，而不是仅仅讨取方知县的欢心。他越来越觉得这笔生意不划算，当征剿西山匪帮反复失败，方知县的色厉内荏也日益被人看破，赵文渊逐渐心生异志，试图结束这桩不划算的生意。他不会学伯伯赵致中造反，他只想重建与方知县的私人关系，而商会花钱豢养的保安团，未尝不是可以利用的筹码。所以，当章海献提出控制保安团，并建议由史青云出任团长时，赵文渊颇感欣慰。他派人去请史青云和梁希声来府议事，然后取出一盒雪茄送给海献兄。雪茄用的是自己的烟叶、洋人的工艺，粗溜溜的像熏肠。两人抽着雪茄闲聊，等候梁希声和史青云。梁希声很快便到，去请史青云的人却扑了个空。赵文渊问梁希声知不知道他去干吗了。梁希声摇头，说不知道。他捧起茶杯喝茶，忽然想起一件事，告诉文渊，前天下午他去找青云，在他房间里看到一支长枪。赵文渊脸色骤变。

"难道他又去找革命党了？"

37   谁复商量管弦

史青云并没有离开颍川。一个时辰前，他携带那把长枪离开县城，去钧阳里刺杀一个人。

他买那把枪，是为了当刺客。但最初，他要刺杀的是方知县。

史青云在清流书院有个同学，姓韦名物，小有才气，为人耿直，科考屡试不中，因家贫，就去做了私塾先生，偶尔也当讼师帮人打官司。他对方知县的贪婪痛恨已久，写了篇《市井谲谈》，虚构出三名小贩，一卖镜，一卖墨，一卖耗子药，卖墨和卖耗子药者生意兴隆，卖镜者则生意惨淡，因为他们的墨水比方知县还黑，耗子药比方知县还毒，而镜子，却比方知县还昏。韦物有个仇家，得到这篇文章如获至宝，立即去县衙告密。方知县大怒，寻衅将韦物捉起来，先打碎满嘴牙齿，复杖责五十，投入大牢。韦物当时正抱病，经不住如此摧残，两天后即瘐死狱中。史青云与韦物交情不错，听闻噩耗赶去送葬，看到韦物身体糜烂，惨不忍睹。韦物妻子受惊病倒，不能见客，老父和幼子则在薄棺前哭得几无人形。旁观者尽皆落泪，不知这一家人以后该如何过活。吊唁归来，史青云搜索余财，买到一支枪。他要杀掉方知县。

但在动手前，他改变了主意，决定把方知县放一放，先去杀掉他哥哥史青山。

史青山与陈富决裂后，带领手下十几个人呼啸颍川，肆意而为。一日他们侵入邻县，绑架了一名老乡绅，本意是想勒索一大票，不料老乡绅脾气不好，痛骂史青山狗胆包天。史青山一恼火，将老头子大卸八块，隔墙丢进他们家。老乡绅的儿子在开封当官，是巡抚的红人，在巡抚面前痛哭流涕。巡抚大怒，即命巡防营合力剿捕。史青山闻风而遁，远逃湖广，不敢再回河南。他在那边混得很不如意，前些时，他听说河南巡抚已换人，老乡绅的儿子也害病死了，立即带刀还乡。当年那帮手下得知头领回来，纷纷归队，不数日他又成为颍川一霸。董团长练兵成功后，赵文渊曾鼓动章海献提建议，先去攻打悍匪史青山。但方知县更关心的是西山，没听他的废话。

史青山初回颍川，先在二郎山二郎庙落脚。二郎庙空间狭小，来入伙的无赖子弟却越来越多，已然容纳不下。几天前，他带人巡行，路过抱玉山，望见山巅那座坚牢的寨子，顿生觊觎之心，当晚即率众偷袭。近年匪患频仍，人心惶惶，杨玉成早将财产和家人转移到抱玉寨。身残之后，杨玉成渐渐想明白了做人的道理，也学会与人分享，每当匪帮来袭，乡民携带细软逃窜，他就打开寨门，接纳这些无助的乡亲，然后大家共同守寨，抵御匪寇攻击。这几年来，抱玉寨成了四边乡民的庇护所，虽然小，却从未被打破过。史青山一伙白天从附近路过，村民早已惊慌，纷纷逃进了寨子，因此史青山夜袭时，寨内已经有充分的警惕和准备。史青山一伙攻打到天明，徒劳无功，反而被滚石砸死了两个手下，另有十几人受伤。史青山很高兴，确信这个山寨真是容身的好地方。

被史青山惦记的结果是悲惨的。一名手下献策，建议在抱玉寨内收买个内鬼，里应外合，杀他个鸡犬不留。史青山依计而行，通过这名手下买通他在抱玉寨内打杂的舅舅。爱钱的舅舅从外甥手里接过二两银子，开心得眼屎流了一脸，当天晚上史青山再次攻寨，他奋不顾身从牲口棚内冲出来，在混乱中打开寨门。史青山当先而入，见人就砍，果然杀了个鸡犬不留。杨玉成的两个儿子不长进，没听爹爹的话好好学武，结果交手不几回合，就被史青山乱刀砍死。杨玉成空负一身武功，此时只能坐在轮椅上，眼睁睁看着两个儿子仆地身亡，一时气短，竟然活活气死了。他那两只瞪得牯牛似的眼睛令史青山很不愉快，拔出匕首挖出来，玩弄了一会儿，将其一一捏碎。

史青云去县衙前观察形势，以备拟订刺杀方知县的方案，忽见一名妇女疯疯癫癫跑过来，径直要往衙内闯。把门皂隶急忙拦截。妇女硬闯，被皂隶一顿水火棒打翻在地。妇女头发散乱，衣服也撕扯烂了，匍匐在衙门前大哭。史青云看她有点眼熟，似乎在哪里见过，走上前将她扶起，问她是谁，为何要硬闯县衙。妇人神智已不清楚，讲几句便哭一阵，哭了又笑，笑了再讲，讲了又哭。她的讲述极混乱，但史青云已经知道她是钧阳里杨家媳妇，他们家的抱玉寨被凶匪史青山攻破，全家人都遇害，只有她从寨墙跳下山崖，侥幸活下来。

史青云回身便走，到家取出长枪，骑马直奔钧阳里而去。他要先杀令家门蒙羞的哥哥，再回头对付方知县。刺杀知县要冒险，也许会丢命，所以他想先把哥哥解决掉。那匹马是赵文渊前些时送给他的，骝毛白章，高大骏健，看上去很帅气，脚力也极好。文渊知道他爱马，托人从新疆买来这匹伊犁马，在他生日那天当作礼物送给他，平时就养在自己马厩里，免除青云喂养的麻烦。史青云纵马疾驰，在黄昏前赶到抱玉寨下。抱玉寨大门半开，一名匪徒守在门口晒太阳，看到有人手执长枪飞马而来，急忙要关寨门。史青云一枪将他打翻，打马狂奔过去，要夺门入寨。寨门内刚好有几个土匪，听到枪响抢过来，在史青云冲到寨门之前，将另一扇厚实的枣木门推上来。史青云怕硬闯伤到马，急勒缰绳将马带住，听到里头哐咣一声响，寨门已被闩上。

史青山从未见过弟弟如此狂躁。史青云将马拴到崖后一棵松树上，抱长枪绕寨奔走，寻找可以越墙入寨的地方。史青山和他的手下躲在寨堞后随行监视，稍一露出寨堞，就会吃他一枪。史青云寻遍寨墙，无隙可乘，遂抱枪站到寨门前。史青山看弟弟这意思，是要将他们困死在寨内。他不高兴了，劝弟弟回去好好读书，不要管他的私事。

"有你这样的哥哥，我怎么安心读书?"史青云嗓子有些嘶哑。"你死之后，有脸去见父亲和大舅吗?"

"那我就不死嘛，我努力活他一万年。"

史青山说罢大笑，膀子不小心露到寨堞外，顿时一阵灼疼，史青云的子弹已经擦肉而过。史青山大怒，端起他的枪与青云对射。太阳在他们的互射中缓缓沉入原野，一钩明月挂上天际。史青山吩咐手下看好寨门，猫着腰下寨去吃饭。寨上没有掌灯，弯月的清光稀薄地洒下来，宇宙间朦胧如幻梦。午夜时分，松树下的伊犁马突然发出一阵嘶鸣。史青云往山下望去，只见一大队火把犹如一条火蛇，从县城方向飞游而来。

带队的是赵文渊。他探听到史青云的行踪，怕他遇险，亲帅保安团的人赶来救援。他劝青云回城，从长计议。史青云固执不走。史青山听到动静，已潜回寨门上，此时也发言相劝。

"听文渊话，赶紧回去吧。"他说，"别在这儿胡闹了，我可不会管你吃饭。"

话音未落，子弹已经射到他头顶的石堞上。史青云射了一枪又一枪，子弹撞击石块，发出令人心惊的尖响。史青山的副手几乎吓瘫，靠在史青山旁边瑟瑟发抖。

"二哥疯了。"他说。

史青山嘿嘿一笑，"让他打，子弹打完，他就走了。"

史青云打完子弹，果然在赵文渊拖拉下含恨离去。梁希声和章海献仍在赵府等候。文渊吩咐厨上治办酒菜，与希声和海献陪青云小饮解闷。他告知青云，他们有意请他担当保安团团长之职。史青云拒绝。他不想担任与官方有关的任何职务，假如一定要承担地方责任，他宁可做个为民除害的独行侠。他的倔强令老友很无奈。

"当刺客是改变不了什么的。"梁希声说，"你杀了方知县，还有圆知县，杀了史青山，还有史黑山。"

史青云不语。赵文渊叹了一口气。"你坚持要去搞暗杀，搞革命，就先生个小孩吧，史家不能绝后。"

史青山投匪不久，他老婆就跟一个安徽药商远走高飞，两个孩子也带走，从此改姓他人。史青山以后就算再生孩子，也是土匪种子，不能续入族谱。所以，史青云有必要生一个或多个孩子，以延续史家的清白血统。史青云忽然想起父亲在梦中所说的话，有些事需要自己回来解决，莫非就是这件事吗？

"好吧。"他对表哥说。

赵文渊笑了笑。梁希声的眼光从他脸上扫过，看到他的笑容意味深长，似乎如释重负，又似乎心事重重。他们继续聊事情。梁希声发现赵文渊渐渐有点出神，神情亦显得落寞。他碰一下文渊胳膊。

"你没事吧?"

赵文渊愣了一下。"没事。"

赵文渊是在想自己的儿子。——不是家里那个混世小魔王云从，而是远在美国、从未谋面的风从。

直到两天前，他才知道自己在世界上还有这么一个儿子。

那年春天，葛伊莪被叶萱接走，紫胭的右眼皮一直跳个不休。一个月后，伊莪暴病身亡的消息传到山东，她立即抱起小孩，乘船去美国看望儿子。葛荣依旧住在杨修礼的老朋友家。那个死了妻子的老头儿对紫胭的到来，表达了热烈得近乎夸张的欢迎，抛弃长年在一起打猎钓鱼的老朋友，把所有时间都用在这个风韵犹存的中国女人身上，帮她购买婴儿用品，替她照顾小孩，照食谱为她做意大利面和法国菜，开车带她和小孩去兜风。当葛伊莪的小孩开始咿呀学语，老头儿也终于暴露目的，在一次精心营造的烛光晚餐上向她出示了一枚戒指。葛荣已经读完医科大学的课程，此时正在实习，计划毕业之后就与女友结婚，留在美国做医生。他并不反对母亲搞异国黄昏恋，甚至帮老头儿说了不少好话。紫胭对洋人的生殖器怀有隐秘的恐惧，担心像传说中的那样大如驴子，后经考察，发现比她病蔫蔫的葛老爷强不了多少，也就安心了，觉得跟洋鬼子过也不错。她在老头儿的建议和儿子的支持下，回国处理葛家财产，把钱拿去美国做投资。葛荣和小妖女陪她回颍川，去祭拜父亲和姐姐。紫胭心虚，没敢陪他们去明农庄给伊莪上坟，而是把赵文渊叫到空置已久的葛府，拿出一沓小男孩的照片给他看，告诉他这是他和伊莪的儿子。她向赵文渊讲述了她所知道的一切，并在文渊的追问下描述了孩子在美国的快乐生活，当文渊请求把孩子带回来时，她毫不犹豫地拒绝了。

"我可不想让他跟伊茉做伴儿，还是留在美国，跟我做伴儿吧。"紫胭对手捧照片恬不知羞地流泪的文渊说，"不过作为父亲，你可以给他起个名字。"

赵文渊想了想。"他哥哥叫云从，他就叫风从吧。"

赵文渊接掌葛家药庄后，名义上统管隆发与保泰，其实两个药庄依旧独立，各有各的业务和账目。此时紫胭要出脱隆发，文渊当然要接手。这是一笔庞大交易，虽说赵文渊自己能做主，但也不可不向母亲汇报。所以在安抚住史青云的第二天，他在史青云陪同下，带上回雪和云从回了趟明农庄。

今年的明农庄喜事连连：女管家和女主人相继怀孕了。联系到她们的年龄：叶萱已经五十来岁，江蓠更是年近六旬，就更加不可思议。此事成为传奇，在乡间广远流传，大家都认为，这种令人敬畏的生命力，是赵家旺盛发达的象征。赵文渊不这么想。他一点儿也不觉得骄傲，反而有些难堪，一想到将有个比自己儿子还小的弟弟，他就尴尬得想找地缝。他们回到明农庄时，叶萱的女儿刚好出世。江蓠也离分娩不远，挺着大肚子艰难地躺在床上。文渊的眼睛躲避着母亲膨胀的肚子，向她汇报了并购隆发药庄的事。江蓠叫他自己看着办，然后拉住回雪的手讲她们的闲话。文渊遂辞出，去看望父亲赵致和。

赵致和病倒后，赵文渊不惜重金，遍请名医，吃了无数药，俱无效果。赵文澜为表孝心，决定学医救父。他将古今医学典籍通读一遍，认为洋洋百万言，总结起来不过四个字："医者，意也。"他判断父亲之病，起因于杨叔叔之死，必是悲伤过度所致，因此应该多吃喜鹊。从此喜鹊就成了赵老先生的主食，捕捉喜鹊，也成为明农庄上下的大事。赵致和坚持吃了半年，吃得容光焕发，病症却无好转迹象。赵文澜调整处方，让父亲改吃牛膝炖兔子，因为牛的力气大，而兔子善于奔跑，有利于克服痿软无力和行动不便。赵文渊对弟弟这些想当然的治疗方法非常不满。

"你还不如写篇文章祭告上天，请求以身代父。"他皱着眉头对文澜说，

"也许上天一感动，就会显灵祛除父亲的病。"

文澜觉得哥哥的建议不失为一种可以尝试的方法，当晚就作了一篇告天祭文，恳求上天将父亲的病转到大哥赵文渊身上。祭拜之后，赵致和的病没有发生任何改善。这说明大哥的主意也不过如此。赵文渊一次去武汉谈生意，经朋友介绍，请回来一位留洋的西医大夫。大夫用不同于望闻问切的方法做了诊断，声称赵老先生体内缺乏一种叫钾的东西。赵文渊从上海买来这种白色的粉末，交给回雪，让她专门监督父亲服用。赵致和连服一个月，居然真有起色，身上渐渐有了力气，也可以下床短时间走动。当然，在服用白色粉末的同时，他还在坚持使用文澜的方子，所以也不排除是牛膝和兔子起了作用。

赵文渊在福荣房间里找到父亲。赵致和的情绪和气色都极好。他唯恐福荣不会办事，亲自教他这样那样。叶萱则幸福地躺在床上，看一会儿老爷指教丈夫，再看一会儿襁褓里的女儿，丰腴的脸庞绯红如桃花。赵致和看到文渊回来，非常高兴，向福荣交代完事情，扶着文渊的肩膀，去他的书房"澡雪斋"说话。他听说青山抢占了抱玉寨，极恼火，找一根柳木棍，准备去帮杨家讨回寨子，倘若青山不听，就拿棍子打死那个混账东西。老赵这个打算遭到全家人坚决反对，江蓠安排一个人，一天到晚盯着他，不准他去冒险。老赵被剥夺管教外甥的权力，快快不乐。现在文渊回来了，正好可以让他陪自己去抱玉寨。

很显然，赵致和还不知道他的外甥已经杀光了杨家人。没人敢告诉他实情，怕对他尚未康复的身体不利。赵文渊当然不会满足父亲的愿望，他安抚父亲，让父亲在家好好养病，他会找时间去跟史青山谈一谈。赵致和又很不开心，闷了一会儿，问文渊什么时候去。文渊笑起来。

"现在就去吧。"

赵文渊将一支毛瑟手枪藏在长衫下，独自离开明农庄，朝抱玉寨的方向走去。但他并不是去找史青山，而是查看田间的烟叶。种烟利润比种庄稼高，如今钧阳里的田地大半都种上了烟叶，广阔原野里郁郁青青。现在还不到采收季节，正是打烟头、捉烟虫的时候，田间却空无一人。抱玉寨的血案吓坏了钧阳里乡民，虽是光天化日，也没人敢来田地里干活。明农庄的人相对淡定一点，毕竟史青山是赵家亲外甥，再怎么狠毒，谅也不至于对姥娘家的人下手。但是太阳一偏西，仍然心怯怯，纷纷回庄子去了。赵文渊顺着田间小路，在半人多高的烟叶中缓缓行走。夕阳衔入远山的时候，他爬上一道土堰，眺望着十几里外的抱玉寨出了会儿神，然后拐进另一条小路，抚摸着两边宽大的叶子信步而去。小路的尽头是赵家祖坟。当年赵致和守丧的草棚早已拆除，赵致中夫妇坟前的松柏也粗如海碗。祖坟里树很多，有两棵尤其巨大，一棵是青桑，一棵是梓树，枝叶连缀在一起，遮蔽了昏暮的天空。赵文渊缓缓走到一个坟墓前，心头百感交集，却在众坟环视下不敢说也不敢想，更不敢把念头闪现到远在美国的儿子身上，告诉坟中人他给儿子起了个名字叫"风从"，只是在已显荒芜的坟前默然而立，如与虚空相对。当残缺的月亮挂上桑树枝头，他身后忽然传来回雪的声音。

"那是伊莪的坟。"回雪说着，走到另外一个坟前。"这个是我爹。"

正如葛伊莪从未进入赵文渊的梦，赵庆也没在回雪的梦境里出现过。直到文渊将赵庆的尸骸找回来，回雪才再次看到父亲的模样。埋葬赵庆后，回雪守了三个月的丧。丧葬之初，赵庆依旧躲在棺材里不出来。回雪跪在坟前呜呜咽咽哭，恳求父亲现身让她看一眼。回雪的哭泣哀怨而低回，仿佛满腹委屈，却又心怯不胜。夜游的幽灵在她的哭声里变得多愁而忧伤，猫头鹰和伯劳也在茂密的枝叶里静默含泪。一个月后，赵庆终于无法再躲避下去，摸索着飘出坟墓。看到父亲的回雪欣喜异常，伸手去握他的手，明明已经握住了，手里却什么也没有。回雪明白这就是人鬼殊途，他就在你面前，却属于另一个世界。赵庆的身影依旧稀薄黯淡，那两只瞎眼却像两团浓墨，在月光下异常醒目。回雪心疼地看着他的眼睛，为父亲再也无法看到自己的模样而难过。

"杨三爷也死了，我去他坟上上个香，求他给你治治吧。"她对父亲说。

"不用了。"赵庆说，"瞎了也好，什么都不用看了。"

38　还魂记

　　光绪三十四年七月望日，赵家亲友忽然接到讣报：赵致和先生去世了。

　　赵致和死得很突然。他本来已经缓慢康复，可以扶杖去田野散散步，也可以连坐半天，跟前来看望的门生故旧下下棋。这天早上，叶萱怀抱女儿在庄园里闲走，来到太太房前，进去找太太说话。她发现太太不在，太太的儿子还在床上睡，赵致和却僵卧床下，身体已然发凉。

　　关于死因众说纷纭。赵家试图让人相信赵老爷是自然而逝，无疾善终，乡里坊间却更喜欢不正常的传说。大家更倾向于相信老赵是气死的。至于被谁所气，一开始普遍认为是史青山。纸里毕竟包不住火，老赵最终知道了外甥所作的恶，既悲愤又无奈，于是一命呜呼。后来又传出另外一个惊悚的说法：他竟是被老朋友杨修礼气死的。杨三爷当年之死，并非自杀，而是强奸了赵家媳妇儿葛伊莪，被葛下药所毙。这件事瞒着所有人，最后还是传入老赵的耳朵。各种传说都言之凿凿，都有人信奉，并在流传中互相影响，彼此修正，因此多年之后，赵致和的三儿子赵文溯长大成人，想要弄清楚父亲的真正死因已经成为不可能。在喜欢猎奇而漠视真相的地方，有人热衷篡改，有人甘于遗忘，很多事情往往还没有结束，就已经讲不清楚了。

赵致和的葬礼令人印象深刻。首先是简朴。简朴得近乎寒酸：没有戏班鼓吹，也没有大宴宾客，棺木是普通松木，厚仅三寸，亦无任何雕饰，仅仅是刷了一层桐漆。最令人惊讶的是竟无任何陪葬之物，薄棺装殓赵老先生，直接埋进了墓坑。这一切都是赵致和生前反复强调的，并将之写入遗嘱。江蓠悲伤过度，卧床不起，丧葬由大儿子主持操办，事无大小都由他拿主意。赵文渊与史青云、梁希声讨论了很久，最终决定遵从父亲的愿望。回雪和福荣夫妇极为不满。回雪指责丈夫不顾体面，让人家笑话，有辱公公在天之灵。文渊对妻子苦笑。

"你以为我愿意这样？"他说，"不违父志，才是真孝。我不能为了自己的面子，让父亲不开心。"

大家都相信俭葬是赵致和的遗愿，但有好事者做出不同解读。他们引述了杨修礼那场奢华的葬礼，将赵致和匪夷所思的简朴，视之为老赵与老朋友分道扬镳的证据。杨修礼当年那场葬礼极其排场，在钧阳里前所未有。这还只是人们看到的表象，人们所不知道的陪葬之物更是惊人。杨修礼死后，反复给赵致和托梦，让他务必把自己生前珍玩全部陪殉。杨修礼晚年热衷收藏，搞到许多古玩，诸如战国蟠螭菱纹青铜镜、隋朝金扣白玉盏、南唐小周后佩戴过的和田玉镂雕孔雀衔花佩、鸠摩罗什常所用天竺犀角佛珠，等等，还有些稀奇古怪、一般人都叫不出名目的玩意儿，鳞次栉比摆满了他的养心斋。赵致和按照他梦中所嘱，将这些东西都搬过去，放到他宽大的墓室里。紫胭也在梦中收到嘱托，拿出一百两库平十足纹银送入墓内。赵致和对此很不以为然，觉得修礼死了反而贪财，实在糊涂。直到二十年后，他才知道自己错了。二十年后，一伙盗墓贼流窜颍川，相继掘开杨修礼和赵致和的坟墓。他们在杨修礼坟中获得超出想象的钱财和古董，喜出望外，对杨修礼尸骨鞠躬作谢，然后将坟封起来，在墓碑上做个标记，告知后来者此墓已过手，无须再白费力气。他们久闻赵家曾是颍川第一望族，想必赵致和坟内陪葬有大量钱财，不料掘开之后，除了一具枯骨，连枚铜板也未见。赵致和为自己的人生信条付出沉重的代价，盗墓贼白忙一场，一气之下，将他的骨骸砸得粉碎，散掷田野。这是后话。

赵致和的葬礼让人印象最深刻的，是史青山的闹场。

所谓"闹场"，是赵家的定义。明农庄距离史青山的老巢不远，收到讣报的亲友和名流担心安全，大多没来，只是派人送上挽联和帛金。赵文渊原指望借助名流云集来挽回过于寒酸的场面，不料贵客未到，罪魁祸首史青山却来了。一帮匪徒抬着两架食盒、一扇猪肉、两所纸房和一匹纸马，吹吹打打闯进庄来。史青山披麻戴孝，手执一根缠白纸的柳木棍，打头走到灵柩前。吊客和执事惊慌避散，一时间灵前只剩下家人、门生和土匪。为安全计，赵文渊原本有所准备，从保安团挑选几十个人，皆着便衣混在明农庄内外。半个时辰前，忽然有人跑来报信，有伙悍匪正在攻打义让里一个村寨，情势异常危急。那个村寨在一个山坳处，距此二十五里路。史青云身为保安团团长，接获匪情不可不管，与文渊简单商议几句，留下一半团勇保护明农庄，自己带另一半驰援。此时这些团勇都执枪围拢上来，只等赵会长发话。赵文渊恨入骨髓，满脑子一枪打死史青山的念头，却不便在父亲灵前动手。他拦到棺枢前，拒绝史青山向父亲行跪叩之礼。

"你走吧。"他说，"这里不欢迎你。"

"别这样对我讲话，我已经不是你药庄的伙计。"

史青山对赵文渊说。他回瞪表弟，一副无所畏惧的模样，试图将赵文渊拨开。赵文渊从长衫下拔出手枪，顶住他前胸。史青山愣了一下，回头看看旁边的回雪，又望向棺材旁的江蓠。

"妗子，你看看文渊。我就算是土匪，土匪也是人吧，也得尽孝吧，我来给二舅叩头送殡，他就这样对我……"

史青山边诉委屈，边拽文渊向江蓠那边走，似是要请妗子评理。走到江蓠身旁，他突然也拔出一支枪，顶到江蓠脑门上。保安团的人立即持枪逼上来。匪徒们丢下手中的家伙，撕破纸房纸马，取出藏匿其中的长枪和快刀，与团勇在棺前对峙。史青山将江蓠从椅子上揪起来，拖到人群中央，喝令文渊和团勇交枪。赵文渊和团勇僵持不动。史青山示意手下动手，将长枪短炮全都夺过去。江蓠在史青山的挟持下面如死灰。

"你会有报应……"她恨声咒骂。

在史青山看来，所谓报应，不过是怯懦者的反抗、失败者的遁词。他想大笑几声，以示对妗子此言的蔑视，忽听棺材里发出一声巨响。那是撞击棺材板的声音。所有人都听到了那个声音，在场眼光顿时都盯向棺椁。紧接着传来第二声，然后第三声，几声之后，已被钉死的棺材盖就被撞开。大家看到极其恐怖的一幕：赵致和身穿崭新的寿服，从棺材里跳出来，抄起一支哭丧棒，径直奔向人群中的史青山。史青山魂飞魄散，丢下妗子，撒腿向庄外逃去。

颍川官民无人不恨史青山，但在这件事上，不少乡民心怀同情。他们相信史青山本意真的是要祭奠二舅。史青山霸占抱玉寨以来，从没骚扰过赵家，在赵家广阔的田地里干活很安全，妙龄女子在路上走，也不用担心会被匪徒抢上山寨。与明农庄相邻的几个小村庄，也沾光不受侵害。人们曾认为史匪与赵家沆瀣一气，史匪能够坐大，定然是赵家在暗中撑腰当后台，所以痛恨史匪之余，也痛恨赵家。今日赵致和诈尸事件，让人们发现他们原来并非一伙，史匪不侵扰赵家，仅仅是属兔的史青山不吃窝边草，再联系到赵家对他的恶劣态度，就显得史青山这土匪反而有情有义。不过反过来讲，谁知道他们是不是在演戏呢？这么一闹，不但把赵家撇清了，还让史青山搞到一批快枪，势力更加壮大。至于老赵诈尸，大家都是听闻而已，现场都是他们自己人，并没有外人亲眼看见。

人们的质疑还来自史青云。史青云被赵文渊拱为保安团团长，身负保境安民之责，却让县内最凶悍的史匪逍遥至今。而当史青山去明农庄"祭奠"时，他恰好又率众离开，让他哥哥成功带走了一批枪。须知史青山正与陈富交恶，陈富一伙武器精良，史青山虽然凶狠，却占不到便宜，这批枪无疑是雪中送炭。如此巧合，难免令人心生疑窦。

史青山与陈富的矛盾越闹越大。史青山当年逃亡湖广，让出颍川地盘，才使陈富得以在余秀才帮助下经营西山。当史青山重回颍川时，陈富已经把西山煤窑都置于他的羽翼之下。余秀才并不满足于此。他以前不懂读书之外的生存规则，但并不愚蠢，入伙不久，他就适应了这些规则，当条件成熟，他又开始凭借武力制订规则。他搞出一个代理人制度，选择身家清白又能干的人合作，开了几个大窑。之前那些窑主要么重新谈合作的条件，要么被逐渐排斥。西山煤矿几乎全都被他控制。他又找到一个脑子灵活、会做买卖的人，在洛阳开个商号，统销西山的煤炭。陈富佩服得不行，要立他为军师，坐第二把交椅。在宣布之前，他跟章有发推心置腹谈了好几次，极言余秀才对匪帮的再造之功，又拿刘关张与诸葛亮的例子，让章有发相信交椅的后退不代表重要性的削弱。章有发极不乐意，但他发现陈富主意已决，只好勉强接受。不料余秀才却拒绝了他的美意。

"我连个茶叶店都经营不好，怎么能当军师？"他说，"你还是另请高明吧。"

"姜太公也不会做生意呀，但是治国打仗，可样样在行。"

"我又不是姜太公。"

"试试看嘛。"陈富苦心相劝。"不试怎么知道呢？"

余秀才掌管大权之后，西山匪帮变得越来越不像土匪。因为不缺钱，他们不再热衷于绑票和打劫，反而开始接济身陷困境的乡民。余秀才还私下拜会西山一名生员，要资助他在镇上办一所学校。这位生员是余秀才在县学的好友，此时在家开了个私塾，半耕半教度日。余秀才的建议令他心动，但又怕有通匪嫌疑，转思办教育毕竟是功在千秋的事，遂答应他。结果不几年间，陈富一伙竟然洗白了名誉，在西山拥有比官府更高的威望和拥戴。

这个荒谬的现象让赵文渊倍感不平。他在章海献和史青云陪同下，策马去西山走了一遭，眼见劳作之人，耳闻鸡犬之声，竟是一派和平景象。赵文渊立马山头，望着这片法外之地感喟不已，想自己身为商会会长、颍川缙绅之首，每日为协调官府、绅商与平民之间错综复杂的关系殚精竭虑、费尽心机，这帮土匪却割据西山，安享太平，真是岂有此理！章海献看他眼光长时间盯在产煤的那几座山上，仿佛在动什么心思。

"怎么？你也想挖煤吗？"他问。

赵文渊一笑，将嘴里的雪茄拿开。"暂时没这打算。"他说，"只是羡慕这些土匪，竟过得如此逍遥。"

章海献心同此感。"老子们辛辛苦苦，交不完苛捐杂税，受不尽官府欺压，天天过得像牛马。"章海献发牢骚。"火气上来，也他妈当土匪去。"

"咱们没必要变成他们。"赵文渊说。他望着群山沉默了一会儿，又说，"但有必要把他们的变成咱们的。"

他们骑大马翻山越岭，史青云还背有一支长枪，看上去非同常人，早有人去匪帮报信。章有发带一队人追过来。他们刚爬上山岭，便被史青云发现。史青云见其中几名匪徒手中有枪，遂举起他的毛瑟长枪。一声枪响，最前头那名匪徒翻身栽倒，其他匪徒慌忙潜下身去，躲到岩石和荆榛之后。双方相距足有两里之遥，这枪法令赵文渊与章海献惊艳不已，他们大声喝彩，打马从容而去。

方知县已经离任，之后几任知县都是署理，五日京兆，只愿捞钱。赵文渊应付不暇，越来越厌烦，渐渐变得不客气，知县再有需索，便开始据理力争。知县很恼火，有意报复，但赵家势力庞大，保安团也是他的人，况且大清已朝不保夕，署理任期也不长久，火并起来，即使搞死赵某，也会影响自己捞钱。如此权衡，知县也就大人不计小人过了。他们从赵文渊这儿弄不到愿望中的钱，就从别的地方弥补，于是大开贪贿之门，将颍川风气搞得一片狼藉。赵文渊痛心疾首。一日，史青云找他商议剿匪事宜。几股悍匪流窜中原各州县，杀人绑票，为祸不浅。几个州县的乡团合议围剿，也联络了史青云。赵文渊听表弟讲罢，捏烟冷笑。

"你在这边卖命剿匪，他在那边卖力造匪，你剿一个，他又造出十个。"他对青云说，"你剿得完吗？"

史青云神情郁郁。"尽自己本分吧。"他说。

"尽自己本分！"文渊叹息，"天下滔滔，何日是个尽头啊！"

史青山将抱玉寨当作巢穴，很少在周边作恶。可其弟史青云似乎并不顾念兄弟之情，接任保安团团长后，多次率人来攻打，幸赖山寨坚牢，未被攻破。史青山大多时候都在外地流窜作案，一来这是土匪发财的常态，二来也为躲避弟弟的锋芒。这次他听说各州县要联合围剿，也与其他几支匪帮约定联合对抗。双方调兵遣将，互相侦察，最终在秋分那天大战一场。战场在三县交界处，离颍川西山不远。外县乡团领袖都知道史青云与史青山是亲兄弟，担心他放水，分派他主攻别的匪帮。双方开战后，史青云身先士卒，带领颍川保安团冲锋陷阵，率先摧毁敌垒。对付史青山的那支乡团则作战不利，伤亡惨重。史青云遥见那名团总被哥哥放枪击倒，纵马冲过去营救。史青山看到弟弟执枪而来，急忙避进山谷。双方激战两个时辰，匪帮大败，邻县乡团合兵一处，穷追史青山，史青云则带人追击其余逃匪。史青山潜入西山，要借道逃回抱玉寨，却被陈富带人拦住去路。陈富担心战争殃及他的地盘，早已做好准备，将一挺机枪架到山口，不准任何人进入。史青山强冲，一梭子枪弹打过来，碗口粗的榉树都打断了。追兵渐近，史青山不敢任性，含恨钻进高粱地，从乡团的缝隙里侥幸逃脱。

史青山与陈富就此结仇。史青山对西山的富庶早已垂涎，从此即以寻仇为名，光明正大去侵扰。陈富枪多人众，地理又熟，史青山多次进犯，无不失败，便联络周边流匪，共同去西山打劫。陈富不胜其扰，煤窑也遭偷袭烧毁了一座，便叫余秀才给保安团长史青云写信，痛骂他剿匪不力。

史青云看过信啼笑皆非。匪帮自相残杀，自是他们所乐见，但是炎炎世界朗朗乾坤，也不能让匪类一直这样闹下去。各路匪帮再次围攻西山时，史青云也联络了邻县乡团，去收渔翁之利。匪帮围攻陈富不胜，准备散去，回过身来，却发现各路乡团已恭候多时。匪帮死伤累累，投降无数。乡团继续往里围攻，却没有遇到任何抵抗，直到合围才发现，陈富一伙已经不见了。

史青山在这次围剿中再次逃脱。史青山反复从史青云在场的战争中脱身，令人日益生疑。史青云百口莫辩，多次请求辞职，都被赵文渊和梁希声劝住。

"自古大英雄大豪杰，哪个不是背负着天下人的误解和骂名，坚持去做自己认为对的事！"梁希声说，"做人只需两件，上不愧苍天，下不愧良知，这就够了。至于悠悠之口，随他去吧。"

史青云只好忍耐。多次与哥哥交手，都没能将他除掉，让他心生宿命之感。他一度曾认为，大义灭亲，是父母梦中嘱托需要他解决的事情之一。这种日益强烈的宿命感让他对之前的想法发生动摇。他甚至越来越弄不清楚，一心一意要杀死自己的哥哥，究竟是维护清誉的手段，还是除暴安良的信念。二舅葬礼这天，他带人到明农庄保护安全，听到匪情之后立即率人驰援。在赶赴匪难的路上，他曾想，这会不会是大哥的调虎离山之计。但不管是与不是，自己都得去，正如不管情愿与否，都得杀掉哥哥。

史青云没猜错，这股匪徒攻打村寨，的确是史青山的调虎离山之计。这伙匪徒很强悍，那个寨子也不坚深，不到一刻钟就攻破，然后闯进去为所欲为。里长马存简带人去救援，看到一名少妇赤身裸体从寨内跑出来，纵身跳进一口老井里。马存简目眦俱裂，挥刀狂叫着往里冲，砍死一名放火烧房的匪徒。史青山的副手被他的狂妄激怒，一番格斗后将他捉住，捆缚到一棵槐树上，拿尖刀开膛破肚，要挖出他的胆看看有多大。

史青云又白跑了一趟。他和他的兄弟赶到时，史青山的副手已经率众扬长而去，只留下一地杰作给他欣赏。史青云带队赶回明农庄。史青山的闹剧也已收场，诈尸的大儒亦再次躺入棺材，在赵文渊和几名门生的注视下埋入黄土。葬礼在极端低沉的气氛中结束。文渊带青云和希声到后院看望母亲。江蓠受惊过重，不能去祖坟送丈夫，文澜担心母亲出意外，也留在家里作陪。江蓠情绪依旧很激动，气喘如牛，脸色如土，仿佛得痨病的样子。文渊坐到她旁边。

"母亲不要生气……"

"我怎能不生气？"江蓠焦躁地打断他，"这样的混账东西，还留着他干吗？你说呀，留着他干吗？"

39 鼎革记

　　义让里里长马存简有个弟弟，叫马存信，不事产业不读书，每日游荡乡里。马存简遇难后，马存信收拾哥哥遗骸，抬到县衙，求知县大老爷做主。知县刚跟巡防营管带打赌，赢到一个美女，兴高采烈回县衙，却在衙门外看到血糊糊一堆烂肉，好心情破坏殆尽，恶心得当众吐出一只烧鸡。他命皂隶将马存信驱离，然后传令保安团速去剿匪。

　　保安团已经整装待发，等赵文渊出钱购买的山炮一到，立即奔赴钧阳里抱玉寨。马存信散家财拉起一支队伍，赶来参加了战斗。山炮果然厉害，一炮就将寨门轰开，又发两炮，把寨墙打出一个豁口。寨子既被打破，匪徒们很快放弃反抗。史青云颇感意外，他哥哥不是轻易认输的人，进寨受降，才知道史青山并不在寨内。二舅诈尸后，史青山即带一队人离开颍川，不知去了哪里。留守土匪一共三十五名，其中包括那个杀掉马存简的副头领。马存信随行带有一副铡刀，亲手执铡，将三十四名匪徒一一拦腰铡断，然后将副头领捆到寨前一棵老构树上，一刀一刀割了两个时辰。

　　杨家人已经死绝，杨二姐也早已离开颍川，不知去向，抱玉寨虽已夺出贼手，却没人可以继承。史青云打算将它毁掉，以免再沦为盗匪巢穴。赵文渊阻止了他。说起来，赵文渊与此寨还有渊源，他出生第一天，就来到这里避难，但直到今日，他都不曾进来仔细参观过。他在史青云陪同下，将寨子里里外外看一遍，决定暂时收为己有，何时杨二姐回来，即予归还。他派人将寨墙修补完固，寨内改造一新，又请高僧和真人各做九天法事，然后将明农庄的家人搬过去住。

江蓠接受了赵文渊这个安排。乡间匪帮流窜，说不定哪天就有歹徒上门，江蓠又不愿去城里住，杨三爷创建的抱玉寨就成为一个好选择。搬家那天，赵文渊亲自赶回去，驾着他的洋汽车将母亲送上山寨。江蓠问史青山可曾抓到，文渊说还没有。江蓠眉心又要蹙起来。

"我睡眠本就差，这以后还如何睡安心？"她说。

"母亲不必忧心，我已经派人去追捕，早晚会捉到他。"文渊说，"我再派些人回来守寨，住在这里，定然是安全的。"

"倘若捉到，直接正法了吧，押来押去的，浪费许多工夫。"

文渊赔笑，"知道了。"

赵文渊并未如母亲所愿，将追杀史青山当成非常要紧的事情。朝廷要预备立宪，在中枢设立资政院，各省设立咨议局，各府州县也要遵旨设立议事会。对赵文渊来讲，这才是开天辟地第一等大事，也是实现他和梁希声梦寐已久的理想之良机。现任知县姓秦，是实授官，做过布政使的幕僚，精明强干，捞起钱来六亲不认，心狠手辣。赵文渊一开始试图与他对抗，很快发现此路不通。秦太爷精通帝国体制的规则，将朝廷赋予知县的权力发挥到极致，赵文渊的保安团和地方势力，根本无法在体制规则之下与他抗衡。又一次被秦知县强行勒索后，他找梁希声喝酒解闷，在半酣之际大发牢骚。

"这些官吏只知道贪赃枉法，餍足私囊，哪里管颍川人的死活？"他对梁希声说，"天下乃天下人之天下，颍川也是颍川人的颍川，我们的颍川县，为什么不能由我们颍川人自己来治理？"

梁希声竖起食指"嘘"了一声，侧耳倾听门外。门外很安静，除了三更的梆子在街巷里孤独回响，再没有任何声息。

"你听，都三更了，天亮还远吗？"梁希声说。

如今朝廷下诏办议事会，推行地方自治，令赵文渊和梁希声深感振奋。

他们认为终于等到了天亮，立即着手为议事会的筹备和选举做准备，没时间也没精力多管史匪。秦知县尽管不乐意，议事会还是在朝廷的要求下如期开办。赵文渊的折冲运作也获得回报，如愿当选为颍川议事会第一任议长。这个崭新的政权形式和职事，令新当选的议事会诸公亢奋不已，他们在赵议长主持下夜以继日地开会，就他们认为的每一个当务之急提出方案，进行辩论，付诸表决，形成决议，然后递交给以秦知县为会长的参事会，要求即予执行。秦知县看都未看，直接将决议文书丢进茅坑。

"皇上办议会，是逗他们玩的，他们还当真了。"他对师爷说，"皇上还说爱民如子呢，他们真当自己是阿哥？"

议事会诸公感觉被愚弄，赵文渊尤其失望。他原以为掌握了与知县抗衡的权力，不料却是空中画符，唬鬼而已。议事会在彼此扯淡中空转年余，赵文渊与秦知县的矛盾也越来越深，到最后已是势同水火。大清眼看要咽气，邻边州县印官大多在混日子，秦知县竟然依旧作福作威，搜刮不已。赵文渊日益不能忍受，与心腹密谋驱逐秦某。革命党人在武昌起事当日，保泰药庄武汉分号的掌柜便发来电报。赵文渊立即召唤梁希声和史青云，到葛家旧宅密议时事。他们判断大清大势已去，决定马上动手驱逐秦知县。定议之后，赵文渊又邀请副议长陶学诚和几位心腹议员。陶学诚被秦知县敲诈过，也衔恨已久，但他觉得不必冒险，倘若大清果真倒台，姓秦的自然滚蛋，万一大清没倒，贸然行事，情同谋逆，可不是闹着玩的。

赵文渊一刻也不想再看到秦某的嘴脸。"万一他向新朝输诚呢？改朝换代，官留原职的例子还少吗？"他说，"趁此新旧交替的空隙将他赶走，是最安全的办法。"

陶学诚被说服。赵文渊已拟定计划：紧急召集议事会诸公召开临时会，提案驱逐秦知县。史青云带团勇包围会场，不支持者即以武力相迫，务令议案通过，然后由史青云率众入衙，赶走秦某。倘若秦某顽抗，即予逮捕。走出葛家旧宅，陶学诚忽然犹豫起来。他觉得这样做不妥，既然以议事会之名行事，就得尊重议事会诸公，倘若破坏规则，恐怕难以服众。况且兵贵神速，缓则生变，等议事会走完过场，秦知县也已经做好准备。文渊脸寒如霜。

"陶议长有何妙策？"

陶学诚不语。史青云拔出身上的手枪递给赵文渊。

"我先把姓秦的拘押起来，你们按规则开议。"青云说，"议事会决议驱逐，我就把秦某赶走，倘若没通过，一切责任我来担。"

赵敬则老先生因忠获罪，含冤而死，后来虽蒙平反，灵魂却依旧悲愤。他认为朝廷在错误的道路上越走越远，固执地留在京城，要亲眼看着大清倒台。好朋友刘继儒亦有此想，一直在旁陪着他。然而当广州和四川接连起事，大清国风雨飘摇、行将就木之时，赵敬则和刘继儒忽然不敢再看下去。两人心灰意冷，相携离开北京城，飘然回到颍川。刘继儒要进县衙怀旧，赵敬则陪他去。他们正好看到史青云率领保安团勇闯入县衙，从后堂揪住秦知县，连同他的家眷和师爷，一同关押到杂役房内。他们又看到赵文渊忙碌了一夜。次日一早，他们跟随赵文渊来到议事会。议员已全数到齐，五位来历不明的绅民代表依次上台控诉秦知县的暴行，义让里乡团领袖马存信也率众到场，痛批秦知县鱼肉百姓，逼民为匪。代表们讲完，议长即令表决，弹劾案以绝对多数得予通过。赵议长立即拿出备好的文书，一份申送上宪，一份移送驻守巡防营。不到半个时辰，赵敬则和刘继儒即看到秦某被赶出县衙，狼狈逃离了颍川。议长赵文渊在议事会推举下接掌印信，暂代知县职权。

"这是我们颍川人的胜利。"赵文渊站在大堂前的月台上慷慨陈词，"从今以后，我们的事情我们来管，我们的命运我们掌握。"

这句极具蛊惑性的话令无数颍川人莫名亢奋，就连西山的陈富和余秀才，也派人送来一个大匾，祝贺赵议长荣任县长。此时天下动荡，南方诸省纷纷通电独立，河南巡抚虽是朝廷忠臣，也心怀观望，对于以民意为名驱逐秦知县的颍川，亦予绥靖处置，仅派员来署任知县，而未追究叛逆情事。赵文渊过了几天知县瘾，知趣交出印信，退回到他的议事会。是年冬腊月，皇帝退位，大清灭亡，河南巡抚改称都督，依旧统领全省，颍川知县也仅仅是改称知事，仍然掌管颍川。陶学诚深服赵文渊的先见之明，设私宴请他吃酒，一以表敬意，一以拜早年。县知事是新学出身，知大势明时局，且有鉴于前任被逐，充分尊重赵议长和议事会。陶学诚对现状很满意。他认为有此局面，赵文渊居功至伟。大概是酒喝多了，赵文渊有点飘。

"这是所有人的功劳。"他将烟灰弹进一只高脚杯，笑眯眯地说，"我赵文渊算什么，岂敢贪天之功为己有？"

县知事仅仅做一年多就调走了，之后的两任也都没超过一年。赵文渊和他的议事会成为颍川事实上的统治者。知事怀揣颍川绅商孝敬的银票，乐见他们在自治之下搞建设。赵文渊和梁希声谋划已久的新政纷纷推行。他们先设立视学所，任命梁希声为所长，主管全县教育。又设立卫生所，从上海聘请一位医学家充任。他原本想邀葛荣回来当所长，葛荣跃跃欲试，但被紫胭断然拒绝。又设立武装警察所，任命史青云为所长，综管全县治安。保安团依旧保留，聘用马存信为新团长。这几年来，马存信一直在孤独而顽强地对抗各路匪帮，令赵文渊深感敬佩。他又邀请到一个英国人，创办颍川第一家邮传所，并力排众议，开设了电报业务。其他各项民生建设亦依次而行。颍川人日渐感受到不同的气氛，好像真的是换了时代。

搞建设要花钱。赵文渊试图通过议会授权加税，来筹措资金，遭到否决。章海献知道老朋友郁闷，邀请他去南山打猎散心。赵文渊枪法一般，在山林里钻了半天，才打到一只花羽雉鸡，心情却好许多。章海献问他打算怎么办。赵文渊扛着猎枪，站在一块突起的岩石上向西遥望。在昏黄的夕阳下，连绵西山隐隐如雾。那里的煤炭依旧源源不断地采挖，畅销豫西，日进斗金。

"该把他们的变成咱们的了。"赵文渊说。

赵文渊要收回西山煤矿的控制权。他的理由很充分：那些财富与其养土匪，不如拿来搞建设。还有件事更令他心烦。民国成立后，改里甲为乡镇，各乡镇设议事会和董事。余秀才竟然利用地方自治规则，试图渗入到议事会，夺取地方权力。西山地域广大，涵盖一乡一镇，他们通过扶植和收买，控制了乡议会，并在镇议会影响巨大，乡董和镇董也与他们暗通款曲。赵文渊将此视为莫大的羞辱，他决不允许土匪以他们的方式取得地方权力。在议会授权下，他电请省政府发兵剿匪。都督从其所请，派出一支军队来镇压。

大军压境，陈富自知不敌，连夜率众逃往豫西。那支土匪改编的军队攻入西山，忽然本性大发，将集镇、煤窑和大小村庄洗劫一空，方才奏凯而去。

赵文渊懊恨不已，去师范学堂找梁希声说话。日新书院被梁希声改造成师范学堂，邀请云裳回来当校长。云裳在开封时，曾去教会学校学习过几年，此时文渊在颍川维新，她很乐意回来效力。梁希声的视学所就设在他原来的山长室。赵文渊找来，他却不在，办事员说他下乡视察小学校建设去了。赵文渊意兴萧索，在校院里闲走散心，忽听附近的少年学子大呼小叫，一个个很兴奋的样子，抬头望去，只见史青云跨进校门，气宇轩昂走过来。

史青云不是来找表哥文渊，而是找表姐云裳。警察所与师范学堂很近，两个大门只有四百三十八步的距离。史青云是赵致和老先生精心培育的道德标本，没有任何不良嗜好，妗子为他妙选的佳偶也贤良淑德，口不言是非，一张嘴巴里只有柴米油盐。所以史青云要打发公务之余的光阴，就只有看小说，或者步行四百三十八步，到师范学堂去找梁希声或赵云裳。史青云身材挺拔，相貌英俊，平时总穿一身笔挺的警服，来过几次，学生们就都认识了他，了解他的事迹后，又纷纷奉他为偶像。

梁希声是赵文渊的首席幕僚，不仅管教育，还有许多事情要他做。史青云每次来找，都见他肩扛四五个脑袋，挥舞着十几双手，在狭小的青砖拱券房子里翻找和审阅文件。有一回史青云巡逻完毕，半夜造访，只见他瞪着两只通红的眼睛，窝在破藤椅里查阅资料，活像一只疲惫的章鱼。桌子上靠窗摆放一只洋铁皮罐子，里面盛放着一些卷曲的叶片。叶片各种各样，主要是椿叶，但并不妨碍主人将它们当成茶。梁希声给老朋友沏上一杯椿叶茶，问他有没有什么办法让人像蚯蚓那样，切几段就变成几个。椿叶是梁希声老婆从家里的臭椿树上采摘的，有种屎壳郎的味道，史青云喝过一杯后，再也不去打扰梁希声了。

云裳也很忙，不是处理校务，就是跟学生促膝谈心，或者在外奔走，筹建被他哥哥摧毁的教堂，也很难有工夫跟青云好好聊聊天。史青云有点尴尬，仿佛大家都在忙，只有自己无所事事，就不再去讨嫌了。一次他率队追剿流匪，连续征战一个多月，回到警察所倒床便睡，一连睡了一天多。醒来时已是周末上午，门子报告说有人找，他揉着眼睛坐起来，看到云裳笑眯眯地走进来。他这么久没去学堂，云裳过来看看出了什么事。此时正是暮春，房前那棵粗大的泡桐树开满花，喇叭状的花瓣随风摇落，坚硬的蒂叩击干净的地面，在空寂庭院里发出一连串囊囊的轻响。史青云犹记小时候，他随母亲去明农庄长住，与文渊跟在云裳后面去捡拾桐花，抠下花蒂，用棉绳串成长长的一串，挂在脖子里当佛珠，然后把桐花白嫩的嘴放在嘴里吸吮，甜丝丝的像蜂蜜，又略带一点苦涩的余味。史青云拥被坐在床上，望着微笑的表姐，心头暖如窗外的煦风，亦有甜甜的感觉，如同桐花的汁液。

此后，警察所的人要找所长，倘若在所里找不到，就会不假思索跑去四百三十八步之外的师范学院。梁希声依旧很忙，云裳也总有事做，史青云就坐在她办公室一角的椅子上独自看小说。云裳忙完后，会给他倒一杯开水，拉把椅子坐在他旁边，跟他聊聊雨果的小说或普希金的诗。这些都是她热爱的，而史青云只能喝着开水安静地倾听。他长时间的静默让云裳误以为他对这些不感兴趣。

"是不是不喜欢听呢？"她问。

"不，很喜欢。"

一天傍晚，云裳写完讲义，抬起头来，看到表弟坐在窗前的藤椅上掩书沉思，似乎有什么不好的心事。史青云的心情的确很糟糕。刚才来师范学堂路上，他遇到一个看相的老头儿。那个不知何方口音的老头儿衣衫褴褛，骨瘦如柴，松弛的皮肤上伤痕累累。他手举算命布招，拦住史青云去路，一定要给他相面看前程。他说他已经很多天没有生意，快要饿死了。史青云看他肮肮脏脏，两只眼睛却干净明澈，心生怜悯，遂答应了他。然而让他无法理解的是，这个以看相为名的老头儿得到生意后，却把眼睛闭起来。

"真实的世界要用脑子去辨别，眼睛看到的只是假象。"老头儿说，"从面相看，你还有个哥哥。你哥哥将会成为将军，你会死于非命。"

史青云明白了这个老头儿为什么没有生意，而他身上那些伤痕，想必也是这张不讨喜的嘴巴挣来的。他没有打老头儿，丢给他一枚大钱请他让路，心情却不可遏制地坏起来。云裳从他手里拿过书，将一杯水递给他。

"这种江湖鬼话，信他干吗?"她安慰青云，"你是好人，会有福报的。"

40   离垢

　　失去抱玉寨后，史青山很少在颍川出现，偶尔率匪帮过境，也是来去匆匆，以至于两三年后，本地绅民都要忘掉他了。史青云对此心情复杂。他希望哥哥就此消失，但他又知道，史青山一定是要杀人放火的，不在这里杀人放火，就在那里杀人放火，他不回颍川，唯一的好处，是让自己避开了两难之境。江蓠的态度也令他难过。二舅葬礼之后，江蓠对他变得客客气气，每次相见都礼数周至，仿佛对待贵宾。史青云知道这意味着什么，心中郁郁，无可奈何。

　　经过葬礼事件，江蓠对安全变得异常敏感，每晚入睡前，都叮嘱福荣务必小心守夜。抱玉寨已然坚牢，她仍不放心，又加高一丈、加厚三尺，寨门也包上铁皮。每次赵文渊回去看望，她都会问一句有没有捉到史青山，听到说没有，脸色就很不好看，骂一声"都是废物"。这几年风调雨顺，昆虫不作，烟叶长得好，赵家大发其财。宣统二年初秋，正值烟叶采收季，一天上午，福荣正要下山去烤烟场监工，在田里干活的人突然如潮水般跑回来。他们看到史青山了。江蓠立即派人飞马去召赵文渊。文渊正在议事会为一桩久议不决的案子伤脑筋，接到信报匆忙赶到抱玉寨。江蓠面无表情，也不说话，手捧一只猕猴桃盯着文渊。文渊在母亲的无声逼视下心慌气短。他不是不想除掉史青山，只是觉得事有缓急。他试图让母亲理解，他的当务之急是造福颍川，区区史匪不过是疥癣之疾。江蓠冷笑。

"你可真是大公无私，给赵家祖宗脸上贴金。"她揉搓着猕猴桃，要剥不剥。"只是说，你自己没工夫，就不能悬个赏吗？你们不做，让江湖人去做。你如果没钱，我这儿还有一点买寿衣的银子，给你拿去。"

文渊无语而退。回城后，他派人找来马存信，拿出两千大洋相赠。马存信一直在追杀史青山，家财散尽，也未得手。赵文渊要资助他，让他买几支好枪，手下兄弟也要吃好穿好，以后但有需要，尽管来找。马存信感激涕零。赵文渊送马存信出门，看到赵仲安怀抱一只箱子走进来，问他是什么东西，仲安说是有人送给太太的。文渊问是何人，仲安说不认识。文渊打开看，尽是女人用的首饰，金钗玉簪翡翠玛瑙，夯夯实实装满一箱子。文渊脸色陡变，喝令仲安马上去把那人追回来。仲安慌忙赶出去，送箱子的人早已不见了。

次日上午，赵仲安被安排了新事务，带上几名团勇和一批枪，回钧阳里防守抱玉寨。这是应他娘叶萱的要求。赵文渊回寨受审时，叶萱俨然是江蓠的嘴巴，江蓠要说没说的话，都被她滔滔不绝讲出来。她当然不敢指责大少爷，只是恳请大少爷理解奶奶的苦心，咱们家业这么大，不保护周全可不行。她建议大少爷派些人手来看家护寨，好让奶奶睡得安心些。赵文渊听从了她的建议。于是，她的乖儿子回来了。

仲安是叶萱和福荣的第二个儿子，老大伯安五岁时死于天花。在叶萱嘴里，二儿子天生与众不同。据她讲，在生仲安之前，她梦到一头斑斓猛虎扑到她怀里，紧接着仲安就出世了。她还讲，仲安生下来一直不哭，接生婆在他屁股上拍了一下，他睁开圆溜溜的眼瞪着接生婆，张嘴说了句话：

"恭喜发财！"

这个天书奇谈得到接生婆的证实，使人无法不信。只是接生婆年事已高，脑子糊涂，有没有记错也难讲。江蓠对这个传说很厌烦，认定叶萱是抄袭赵文渊出生的掌故，尽管她不喜欢文渊，但更不喜欢下人僭越。不料叶萱还没完，竟然还要拿她儿子跟文澜比。仲安开蒙后，去书院跟随赵致和老爷读书，勤学上进，深受老爷喜爱，断定他前途不可限量。叶萱狂喜，再与人讲起儿子，绕遍千山万水也要拉出老爷那句赞美。至少有一千个人听过那句酸溜溜的话：

"咱当不了状元，就当个榜眼吧。"

大家听后无不会心一笑。所有人都知道江蓠放言她儿子文澜将会考上状元，叶萱此言看似谦让，不甘落后的野心反而更加昭彰。终于有一天，她为自己的口无遮拦后悔起来：仲安十五岁那年，正积极准备童试，赵文澜好死不死，突然要出去游学，江蓠让福荣把仲安叫回来，陪二少爷一起去。叶萱深恨太太蛮横，却只敢在自己房间里骂丈夫。她找到赵致和，在他面前哽咽垂泪，求他向太太说情，放过仲安。赵致和也不赞成仲安离开书院，但他知道妻子决定的事一般难以改变，只好安慰叶萱，讲了些读万卷书不如行万里路的道理，担保仲安不会因此影响童试，以仲安的资质，区区生员手到擒来。叶萱这才略略宽心，给赵致和洗了洗内外衣服，又说半天话，返回明农庄去了。不料仲安跟随文澜一去两年，等他回来时，科举已经废除了。

即使仲安没有外出，参加童试考取生员，就前程来讲，也已经没有用处。但叶萱认为，就算没有用，也可以向人证明儿子的确很棒，对儿子多年的读书生涯也有个交代。当她得知儿子这两年在外奔走，并不是拜访什么名师，而是在寻找赵庆，更是愤怒得狂打丈夫。江蓠站在坐忘斋外，为赵文澜的功名幻灭而伤心哭泣的时候，她也在房间里抱着儿子默默流泪。

母亲的反应令仲安很反感。他从叶萱怀里挣脱，在颍河边洗耳亭坐了一夜。几天后，仲安被安排去县城药庄做学徒。这是叶萱活动的结果。江蓠和赵文渊原本希望仲安留在老家，帮他爹福荣管理农庄。叶萱不同意。她从自己的亲身经历，得出一条宝贵的人生经验。

"太太和赵庆是跟大老爷来的，他们都成了主子。我是跟二老爷来的，就只能当个下人。"她对儿子说，"跟对人很重要。"

叶萱虽然紧跟太太，但她知道赵家的未来和儿子的出路都在大少爷那里，所以她要把仲安送到文渊那边去。她又去找赵致和，在他面前委屈流泪，叫他务必把仲安弄到药庄。与赵致和单独相处时，她从不以下人自居，提起要求也理直气壮。在深心，她一直认为自己与赵致和关系特殊，或者也可以因为自己是他带来的人而说是他的人。她还一直认为，他应该为自己在赵家的屈辱地位承担责任。这次赵致和没有让她失望，他成功说服文渊，把仲安送进药庄历练。

这也正是仲安所希望的。他还有意去赵文渊在上海开设的烟草公司办事处，但那边暂不缺人，而在药庄总行历练，一样有远大前途。仲安从学徒做起，一如当年读书时的勤恳上进，因此进步很快，五年之后，就被提拔为总行协理。赵文渊对他着心栽培，还让他住在自己府上，一切待遇悉如家人。仲安踌躇满志，感觉前途光明，不料突然间一切逆转，又被发配回乡了。

叶萱恨得想抽自己的嘴巴，又恨大少爷太无情。她想抱住儿子哭，被仲安不耐烦地推开，扛着枪去巡察山寨形势。叶萱担心儿子受不了打击，天天察言观色，发现还好，仲安并没有很难过的样子，每天带人巡察之余，就是喝酒看书，给未婚妻写情诗。仲安的未婚妻是商会副会长章海献的女儿，半年前由赵文渊撮合订婚，定于明年春三月合卺成亲。仲安在抱玉寨写了几个月情诗，在赵文渊起事驱逐秦知县的前几天，美丽多情的姑娘忽然得暴病死掉了。

赵仲安心灰意冷，天天买醉。赵文渊起事成功，被推戴为代理知县，消息传回抱玉寨，赵家人沉浸在忐忑不安的喜悦里。福荣也喝了几杯酒，在亢奋之中追述起赵家往事。仲安这才惊悉，原来在五代以上，自己的祖宗并不比赵积善家差，两家比邻而居，互不依属，不过是后来赵积善家发达了，他的曾高祖才投靠到他们门下。弄清这个渊源，仲安仿佛被打了一枪，心里难受得厉害。除夕前一天，他喝多了酒，躺房间里休息。赵文澜寻过来，叫他去明农庄找一本书。赵文澜依旧是少爷态度，讲起话来颐指气使。仲安生硬拒绝了他。

"我们当年投靠你们，是为了寻求庇护，然而几代之后，你们却把我们当成奴仆。"仲安说，"现在是民国了，你还想继续奴役我们吗？"

"什么乱七八糟的！"文澜诧异地望着他。"你疯了？"

叶萱也注意到了儿子的异常。她的理解是仲安不喜欢这里，心情太糟糕，所以会讲些莫名其妙的话。叶萱也不喜欢这个寨子，这里经历过太多血光，在她看来是大不祥之地，所以从一开始就反对搬过来住。还好搬进来后，并没有什么异常，大概是高僧和真人法力高深，将一切邪魅不洁都镇住了。两年之后，她的女儿晴柔和太太的儿子文溯大起来，经常一起玩耍。有一天他们在老榆树下玩，叶萱从旁边走过，发现他们的言语和行为像极了还有第三人在场，叫过来一问，果然还有个好玩儿的老头儿。叶萱毛发倒竖，抱起他们去找江蓠。江蓠向文溯和晴柔仔细询问了老头儿的模样，提一壶酒走到老榆树下。榆钱正在盛开，满树枝条上都包裹着稠密的荚片，仿佛蜜蜂毛茸茸的腿。江蓠将酒倾倒在树下，望空说：

"杨三爷，你往别处玩去吧，不要吓到小孩子。"

老头儿的失踪让文溯和晴柔不开心了好几天。江蓠产后奶水不足，叶萱则乳汁充溢，晴柔根本吃不完，就把文溯也抱了过去。两个小孩生辰相隔不久，叶萱抱着他们出去，经常有人说：

"哎呀，真像一对双胞胎。"

叶萱将怀中的两个孩子细作比较，只见他们都有两只耳朵、两条眉毛、两只眼睛和一个小嘴巴，越看越觉得相像，真的仿佛一对双胞胎，心里不禁美滋滋的，坐在温暾的太阳下发起光怪陆离的幻想。比方说，假如晴柔是男孩，或者文溯是女孩，就可以效仿戏里演的那样调个包，于是自己的孩子成主子，太太孩子则沦为仆佣，该是多么有趣！就算调包不可能，俩小孩青梅竹马，日后相亲相爱，结成夫妻，也是大可能的事情，前些时就有人在逗过小孩子后，说他们看上去有夫妻相。再退一步讲，即使晴柔不能嫁给文溯，文溯是吃自己的奶长大，也就是他半个娘，日后对自己少不得要很亲近。叶萱认为自己事实上已经立于不败之地，四面八方都让她看到希望。她将丈夫赶下床去，自己抱着两个小人睡，先亲一下晴柔，叫声小心肝，再亲一下文溯，叫声小宝贝，然后合上眼睛，从一个梦境进入另一个梦境。

晴柔与文溯在相貌上的若干相似，一度为赵家带来一些小小的困扰。不知从哪里钻出一则流言，讲说晴柔是赵致和老爷的种。一般情况下，往往是流言布满世界，当事者尚且懵然无觉，叶萱却在最短时间内捕捉到了，以至于很多人都是在听到她的咒骂后，才知道还有这样一个谣传。大家都被叶萱言辞激烈的诅咒惊呆了，以为她被谣传伤害到要崩溃，只有她女儿晴柔知道，当母亲咒骂过造谣的人，回到房间，将自己抱在怀里，长时间目不转睛盯着自己的脸，然后轻轻地叹息，那种怅然若失的神情是多么令人心碎。

仲安回到抱玉寨后，也听到过母亲的唾骂。一次他从山下回来，在寨门下遇到母亲。叶萱又是在跟人讲这事，仲安没好气地打断，将她拉回家去。

"你有完没完！"他指责叶萱，"还不够丢人吗？"

"坏良心的又不是我，我丢什么人？"叶萱说。她望着儿子，想起他所遭遇的不公，委屈顿时又充盈心房，"凭什么……"

江蓠是最晚得知这个传言的人。一天傍晚，她觉得闷，在寨内闲走散心，遥见叶萱与赵丁老婆在老榆树下说话。叶萱不知道在说什么，只看到嘴巴喋喋不休，神情愤愤不平，等她走近，她却突然闭上嘴巴不言语了。江蓠心生疑窦，回转头叫来赵丁老婆。她刚问一声你们在说什么，赵丁老婆就把两人的对话一字不差复述了一遍。江蓠的眼睛冒出火，一把将茶碗拨到地上。

"混蛋！"

赵丁老婆不知道太太是骂叶萱，还是那个造谣的人，不过从江蓠难以描述的厌憎之情看，很可能两者兼有。叶萱怀抱两个孩子，辗转不能入睡，仿佛有什么事情要发生，又不能确定。二更时，她听到窗下有两个小鬼窃窃私语，像在争辩什么，受惊坐起，原来是梦，刚才自己已经睡着了。然而耳朵里依旧有孩童的声音，是睡在她两侧的晴柔与文溯在说话，一对一答，句句清晰。叶萱吃喝一声，让他们赶紧睡，两人的对话戛然而止，甜浓的鼾声随之而起。他们分明正在熟睡。

叶萱疑惑地望向窗外，只见月光胜雪，照得窗纸一片皎白，不由自主披衣下床，打开房门走出去。寨子里幽深似海，令她感到陌生，仿佛从没进来过。一个房间里灯火晃动，隐约传出厮打的声响，她悄然走过去，推开房门往里张望，却看到史青山正用小刀挖杨玉成的眼。叶萱心惊胆寒，拔腿就跑。跑到寨子中央，迎面出现一座高耸的法坛，赵文津高坐法坛之上，前面的两根柱子上捆着赵云裳和尚信德。瞎了一只眼的杨修智拖着瘸腿，手提大刀一拐一拐踏阶而上，来到尚信德面前，手举刀落，将尚信德的脑袋砍下来。尚信德的脑袋犹如一只皮球，弹跳到叶萱面前，冲她笑了笑，嘴里发出苍老的声音：

"孩子！"

叶萱心胆俱碎，抱头尖叫起来，叫到第三声，她被人狠狠撞了一下，几乎栽倒在地。睁眼看时，法坛和赵文津俱已不见，寨内灯火通明，到处是呼号奔跑的人，寨墙之上则有无数男丁在浴血奋战，厮杀和惨叫的声音响彻黑暗无际的夜空。她被人流裹胁上寨墙，看到一个满脸血污的人正率众御敌，寨墙之外，则像甲壳虫一样密密麻麻爬满了强盗。那个率众作战的人并不魁梧，但异常凶悍，叶萱强烈地意识到他就是明农庄的大老爷赵致中，一时激动得不知如何是好。她所站的位置影响了战斗，赵致中一把将她推开，血红的眼睛瞪着她，凶巴巴地问：

"你是谁？"

叶萱顿时愣在那里。人喊马嘶的战场在她的怔忡中化作一缕黑烟，穿过时间的沙漏缥缈而逝。世界寂静得仿佛没有梦的梦乡，天上的月亮如同一个巨大的盘子，高悬在辽阔夜空。天地间澄明如昼。叶萱不知道她已跌进这个寨子的历史记忆，茫然立于寨门之上。她看到杨玉成孤独地坐在一面镜子前，望着镜中的自己在极其缓慢中极其迅速地衰老；看到云裳抱膝而坐，屋檐和树枝上倒垂下一条条巨大的蟒蛇；看到赵文澜攥着一把桃木剑，走进江蓠魂梦破碎的房间……杨修礼站在十丈之外的寨墙上，望着迷茫的叶萱，发出一声悠长的叹息，仿佛一只风筝，在皎洁月光下飘然而去。

赵仲安与父亲一样无法接受母亲的死。福荣抱着女儿哭尽了男人泪，仲安则在他的房间里抱枪喝酒，反复在想为什么。没有人给得出答案。赵家对叶萱的葬礼没有给予足够的重视，赵文渊借口政务剧繁，没有现身，仅让回雪带儿子云从回来问丧。江蓠和赵文澜也对丧葬之事反应冷漠。从入殓到出殡，整个过程简单草率，根本不相称于叶萱在赵家的地位和贡献。埋掉叶萱那天晚上，文溯回去跟他母亲睡了，晴柔则抹着眼泪被福荣抱进被窝。晴柔跟惯了叶萱，不习惯爹爹身上浓烈的烟味，一直在被窝里啼哭。福荣情绪糟糕透顶，被女儿没完没了的哭闹挑起一股怒火，扯起嗓门大声呵斥起来。赵仲安站在漆黑的院子里，默然听父亲焦躁地骂妹妹。直到子夜，晴柔方才在哽咽中入睡，抱玉寨也在漫天霜露下陷入死寂。仲安抚摸一下被露水打湿的头发，往寨门上去巡夜。走过叶萱上吊的那棵楝树，他看到树下立着一条黑影，仿佛茫茫夜色里倾倒的一大团墨水。他知道那是他母亲。他缓缓走上前去。

"母亲，告诉我，你为什么自杀？"仲安说，"你究竟看到了什么？"

叶萱生前吃了太多爱说话的亏，因此决定做个守口如瓶的鬼。仲安连问几声，不但没有听到回答，那团黑影也渐渐融化，消散到夜色之中。仲安在树下站立很久，知道他母亲不会再出现，背着枪默默走开。他登上寨门，把眼光投向寨外迷蒙一片的山岭和原野，看到一群影影绰绰的黑点，仿佛野狗悄悄溜上来。他跳下寨去，轻轻拨开粗大的门闩，将厚重的箍铁大门打开一条缝。

当流寇这几年，史青山手下只剩三十多人。近来风闻西山陈富一伙闹内讧，遂带兄弟们趁火去打劫，兼报当年之仇。他们漏夜赶路，经过抱玉山，忽然怀旧，爬上冈来看一下老巢。让他们颇感意外的是，坚厚的寨门居然没有闩闭，留着一条巴掌宽的缝隙，像风骚的婊子一样撩人。史青山足足犹豫了一刻钟，不敢确定是不是请君入瓮的仙人跳，最终还是没能按捺住冲动，一马当先冲进去。冒险的结果让他们喜出望外。他们不光抢到数不清的钱，还缴获了二十几支精良的快枪。史青山欣喜若狂，将一把盒子炮插进腰里，嬉皮笑脸向手下推搡出来的江蓠打招呼。

"老太婆……"

江蓠厉声呵斥："我是你姈子！"

"姈子，你还没死啊？"

41   地震

　　午夜时分，保安团长马存信拍开议长赵文渊的府门，报告一个令人振奋的消息：陈富和章有发在逍遥岭火并，从傍晚一直打到深夜，义让里乡团团长赶来报信时，战斗还在如火如荼地进行。

　　与章有发反目成仇，并非陈富所愿。政府军围剿之后，他已元气大伤，控制的那些煤窑也被严重破坏。他让余秀才给赵文渊写信，诚恳邀请赵议长在日理万机之余，拨冗再来西山走一走，看看他的丰功伟绩。赵文渊被土匪奚落，极难堪，捐出一万大洋赈济被政府军洗劫的山民，又在议会通过一项免除西山半年赋税的议案。陈富遭受重创，重整旗鼓需要时日，遂一边努力恢复，一边分兵去外地打劫绑票，养活匪帮。他们家伙好，机关枪一架，其他匪帮望风披靡。所以他们不愁没饭吃，但很快就惹了众怒。

　　陈富听从余秀才方略，一直把西山当根据地经营，对手下约法三章，在西山不许劫掠，不许伤人，不许奸淫。匪众知道老大说到做到，因此都能遵守。这年夏天，章有发率队远征，绑架洛阳一个老财主，没有得手，反而在交火中损失两名手下。章有发悻悻而返，途经西山一条溪流，看到一名姑娘在洗衣服。此地偏僻，天气又热，姑娘穿得少，身体的美好显露无遗。章有发看了又看，觉得这是上天的美意，就将她按到草地里强奸了。他没忘记有福同享，招呼手下兄弟轮流快活。手下想起老大立的规矩，本来有心无胆，转念有三当家带头，想必老大也不会怎样，于是按资历欢欢喜喜排起队。有山民过路窥见，火速报知姑娘家人。姑娘父母急颠颠赶到时，章有发和他的兄弟已尽兴而去，美丽的姑娘也在溪边香消玉殒。父母找陈富告状。陈富大怒，可是一数犯事者，竟然二十多人，全部杀掉，未免太过。他犹豫了半天，决定每人砍掉两根手指，以示惩戒。章有发连两根指头也不想砍，当场嚷嚷起来。余秀才也对这个意图和稀泥的判决极度不满。

"你还不如罚酒三杯。"余秀才说，"自己定的规矩都做不到，怎么取信于人？"

章有发与余秀才关系不睦。他一直为余秀才抢了他的第二把交椅耿耿于怀，自己为匪帮出生入死，姓余的只会耍耍嘴皮，何德何能凌驾于自己之上。大清灭亡后，余秀才张罗着学人家搞政治，试图插手地方自治，令章有发愈加反感。土匪要有土匪的样子，打家劫舍才是当行事业，想当官，去找袁大总统好了。后来省政府派大军镇压，西山损失惨重，他坚持认为是余秀才惹的祸，胡球乱搞，激怒了正牌政府。两人关系更趋紧张。此时余秀才的态度，被章有发视为借机除掉自己，一时怒不可遏，要先下手干掉余某。余秀才经营这么久，手下也有一帮支持者。双方剑拔弩张，在陈富面前对峙起来。陈富很无奈。

"这样吧，大家听天由命。"他从地上捉起一只蚂蚁，将两只手背到背后。"你们猜枚，谁猜对了，就听谁的。"

章有发爱赌，这方法他喜欢，不由余秀才分说，已经猜了左手。陈富将左手打开，手掌里空无一物。章有发为自己晦气的选择懊恼不已，但他并不打算服输，陈富喝令将他们一伙拿下，他立即拔枪相向，带领手下那伙人逃下山去。陈富的队伍再次分裂。章有发深恨余秀才，也恨陈富无情义，频频纠集外地匪帮洗劫西山。那些匪帮对陈富衔恨已久，很乐意携手来报复。陈富忍无可忍，决定做个了断。于是，空前激烈的逍遥岭之战开始了。

赵文渊立即召集史青云和副议长陶学诚，联袂赶往县公署晋见知事。所有人都认为这是消灭西山匪帮的好机会，决定连夜出兵。史青云和马存信赶回本部召集人马，先在西门会合，然后共赴西山。赵文渊请知事移步去给参战的警察和团勇讲几句话，激励士气。知事应允。赵文渊起身要走，刚站起来，忽然跟跄一下，仿佛被人狠狠推了一把。低头看时，只见一股股红的血犹如喷泉，从地下翻涌而出。地面也如波浪一般波动起来，房梁和檩柱就像年老僵硬的骨骼，在剧烈晃动中咔咔作响。德国舶来的美最时马灯从桌台上翻落，跌入滚滚翻涌的血浪，满堂光亮倏然而灭。

据后来梁希声主编的《颍川县志》记载，这是颍川自秦朝以来最大一次地震。城乡之间将近一半房屋被夷为平地，掀起的灰尘遮蔽了天空。大地被撕开一道道口子，从九泉之下喷涌而出的热气使百花瞬间盛开，在满目疮痍的黑夜里争奇斗艳。凌晨时分，天上下起鹅毛大雪，那些妖冶的花朵又在寒彻骨髓的晨风里相继凋败。鸽子和乌鸦盘旋于废墟之上，在烦躁不安中互相攻击，成批成批坠亡于短命的残花之间。

这场毁灭性的地震使光复西山化为泡影，议会既定的建设计划也必将遭受重挫。赵文渊一宿未睡，在残垣断壁间焦急奔走，指挥救灾。天蒙蒙亮时，老家又传来一个令人震惊的消息：抱玉寨被史青山攻占，老夫人江蓠也遇难了。这个雪上加霜的坏消息令赵文渊头晕目眩。他拽过一匹马，在马存信和数十名保安团勇拱护下飞奔钧阳里。赶到积善桥时，大雪已悄然停息，太阳在灰渍般的云层里若隐若现。积善桥已被淹没，暴涨的河水以令人惊心的湍急滚滚而南，截断了他们的去路。大地再次抖动。赵文渊勒马遥望，只见远方平野之上的抱玉山犹如一个巨大的蚁塔，在大地的抖动中颓然崩溃，缓缓塌陷下去，最终消失在地平线。赵文渊急火攻心，打马便往前冲，马存信阻挡不及，他已策马跃入水中。波涛激荡如怒，赵文渊和他的黄骠马仿佛小小的玩具，卷进连环不绝的漩涡，仅仅翻腾几下，就被拖进浊暗的水底。水底长满水草，犹如女人稠密的长发，在暗流涌动的河道里飘舞，将赵文渊牢牢捆缚起来。赵文渊拼命挣扎，全无用处，反而被缠得更紧，宛如一只被五花大绑的虾子，扭动着身子沉入水草丛里。几条蛟龙从水草上张牙舞爪掠过去，鳞甲之间分泌出黏而腥臭的液体。赵文渊在惊骇之中失去了知觉。狂涛怒浪骤然化为乌有，魂灵飘忽之间，依稀有水草在抚摸着脸庞，就像女人温柔的手。又仿佛有人在歌唱：

> 公无渡河，
> 公竟渡河，
> 堕河而死，
> 将奈公何！

歌声悠远而忧伤，还带有一点薄暮风烟的幽怨，令赵文渊飘忽的魂灵惆怅不已。被救出来后，他吐尽肚子里的水，背靠一棵偃伏的枯树回神，然后抽出腰间那把手枪，递给旁边水淋淋的马存信。

"杀了史青山。"他说，"不管天涯海角！"

马存信从此离开保安团，长久不见踪影。赵文渊大病一场，卧床多日，闭门谢客，也不理庶务。一日中午，回雪推门进来，看到他在沉睡，床头丢着几张洋照片。她捡起来看。照片背景一眼可知是异域，人物有紫胭，有葛荣，有小妖女，还有一个肥壮如牛的洋老头，但每一张照片里，都有一个略显瘦弱的小男孩。回雪一张张看下去，眼睛疼得厉害。她将照片放好，悄然退出房间。又过了一会儿，她在外拍门。赵文渊被惊醒，收拾起照片，让她进来。回雪若无其事，问他好些没有，仲安要离开颍川，来给他辞行。赵文渊急忙叫她把仲安带过来。

没有人会想到罪魁祸首是仲安。匪徒见识过山炮的威力，知道抱玉寨已不可居，洗劫一空后满载而去。寨内清点人数，发现少了一个男丁。此男平素行迹不甚检点，据说还有亲戚当土匪，大家怀疑是他做内应，才使抱玉寨遭此横祸。福荣为救江蓠，被史青山杀害。仲安又为了救父亲，被匪徒刺了两刀，所幸都没刺到要害，调养几日，就可以下床走动。赵文渊有感于他们父子为赵家做的牺牲，决定重用仲安。仲安带着妹妹晴柔，跟随回雪走进来。晴柔刚哭过，她要娘娘不在，要爹爹不在，哥哥又板着脸不说话，除了哭泣，她不知道还能怎么办。回雪拿各种吃食和玩意儿哄了许久，才让她平静下来。这是赵文渊第一次这么近看晴柔，小小的瓜子脸，小小的鼻子，单眼皮大眼睛，粉红的脸蛋嫩得让人心疼。文渊觉得如此亲切，没来由想到死去已久的姑姑。晴柔情绪依旧低落，小嘴巴不时抽动一下，显然心里头还是有委屈。文渊俯下身，将她抱在怀里。

"好男儿志在四方，你要出去闯，我也不能反对。但要做事业，在家乡也一样。"他对仲安说，"邮传所刚出缺一个副所长，我想让你做。你考虑一下。"

仲安说："我不懂邮传业务。"

"所以先让你当副所长，等你熟练了，再当正的。你这么聪明，很快就会上手的。"

仲安思考半日，接受了赵文渊的安排。文渊叫他再安心休息几天，把病养好，再去履任。晴柔尚小，留在府上让回雪照顾。文溯也在回雪这儿，刚好两个小朋友又可以做伴。半年之后，救灾告一段落，城乡渐渐回复元气，赵仲安在邮电所也日益上手。副议长陶学诚有个侄女，到了摽梅之年，一次与赵文渊闲聊，让文渊兄帮忙留意一下好人选。赵文渊遂将仲安介绍给他，约了个时间，带上仲安去相亲。仲安英俊能干，陶家侄女漂亮大方，双方都很满意。只是赵文渊却不在状态，从进到陶宅，就有点心神不定，甚至好几次出神发呆，眼睛盯着陶家侄女不放。他的反复失态使相亲气氛变得有点尴尬。陶学诚没好气，在他肩膀上重重拍了一下。

"你眼近视了？还是老花了？"他揶揄老朋友，"要不要给你拿副眼镜？"

赵文渊意识到自己的失礼，难为情地笑了笑。之后很长一段时间内，他不得不频繁抵制去见陶家侄女的欲望。他觉得她太像伊我。日久天长，他对伊我的怀想本已渐渐蒙尘，除了想念美国的儿子时会连带想到她，其他时间已不复思及。那天渡河溺水，再次激发了他对伊我的想思。被救醒后，他清晰记得，曾经看到一个青纱羽衣的女子，在滚滚浊流之上踏浪而歌。他没有看清女子的面容，但他固执认为那应该是伊我，因为那首"公无渡河"的古乐府，伊我曾经唱给他听过。那是一首古乐府，名叫《箜篌引》，作者是一名狂夫的妻子。狂夫欲渡大河，河水湍急，极是危险，其妻在后阻止，狂夫不听，执意而渡，结果溺水身亡；其妻甚是悲伤，遂弹箜篌作歌，成此歌谣。葛天民喜欢这首《箜篌引》，每当怀念他的老朋友，他就会让紫胭唱来听。伊莪旁听过几次，便也会唱了。有一天文渊去葛家，伊莪与他在回廊闲聊，听到紫胭姨娘在花厅里唱起这首歌，便知父亲又怀旧了。紫胭卖艺出身，精于声乐，将这首古乐府演绎得凄怆动人。伊莪跟着姨娘的调子唱，姨娘唱给她爹听，她唱给文渊听。唱完，她笑吟吟盯着文渊。

"明知危险，还要去做，多傻呀。"她说。

文渊明白她的意思，看似评议狂夫，其实是在说她父亲的老友、自己的伯父赵致中。"也许是事不由人吧。"他说，"有时候情势相逼，不得不做。"

"我不管什么情势，都不许你这么做。"伊莪说，"就算你做，我也不会让你死掉。"所以赵文渊坚信，那天真正让他脱离险境的是伊莪，而不是马存信。在爱与忠诚之间，他更愿意相信是爱救了他，而不是忠诚。他在突然激发的剧烈想思下，做了不少近乎荒唐的事。比如有一次，有人请他到含烟阁茶馆谈事情，他发现老板娘的鼻子像伊莪，之后便经常请朋友和客人来这里喝茶。南门外有个卖豆腐脑的小摊，某日赵文渊从旁边路过，听到有人说话，声音很像伊莪，循声张望，发现是摊主张七未出门的女儿。赵文渊坐到脏兮兮的小摊前，在风沙扑面的街道边吃了一碗豆腐脑，吃完后，张七就攀上一个贵人，不久便买下一间小酒馆，他女儿也不急着嫁人了，改而去师范学堂学弹琴。

最可笑的一次发生在义让里。义让里受灾严重，赵文渊带几名议员去勘灾。义让里里长随行陪同。在集镇上，赵文渊看到一个卖山楂糖葫芦的小摊，想起伊莪爱吃这个，当年都未婚嫁时，他们一起在街上走，一看到卖糖葫芦的，伊莪的脚就走不动了。赵文渊望着那个埋头做糖葫芦的女摊主，回想起甜蜜过往黯然神伤。这天晚上，他们留宿镇内，赵文渊将要睡时，里长带一个女人来叩门。女人三十多岁，穿着一身新衣裳，局促地站在里长身后。赵文渊问是何人，找他何事。里长神秘兮兮地凑到他耳朵边。

"她就是白天那个卖糖葫芦的呀。"里长说，"我问过了，她是个寡妇，愿意伺候你，一晚上两块大洋。"

赵文渊大笑，将他们赶走，揉着肚子关上房门。

赵文渊觉得里长这件事干得太好笑，却不知在葛伊我眼里，他这些死灰复燃的爱与念同样可笑。葛伊我死后，与杨三爷成了好朋友，早已隔绝生前的恩怨与情仇。既然已经离开那个被称为阳间的世界，在那个世界的名分与爱恨便已终结，不管是赵文渊、赵文澜，还是葛荣与紫胭，哪怕是曾经称为父亲的葛天民，也都已经与自己没有关系。她不会再隔过阴阳界与赵文渊纠缠不清，也不会心怀戾气去报复伤害过自己的人，当赵文渊埋葬他母亲的时候，她和杨修礼还站在三丈之外，以过客的姿态旁观了一会儿。对于在外甥的羞辱下呕血而死的江蔫，她也没有一丝怨恨或幸灾乐祸。她看着那口柳州师傅打造的楠木棺材在赵家上下的痛哭中降入坟墓，觉得索然无趣，对旁边的杨修礼说：

"真没意思！"

史青云没有参加妗子的葬礼。史青云家的房子在地震中倒塌，妻子和儿子都受了伤。听到妗子遇难的消息，他立即写了封辞职信，请梁希声转交表哥，同时也将妻儿托付给希声。然后他去父母坟前上香，叩了几个头，骑马踏上追杀史青山的路。史青山自知闯下大祸，文渊和青云必不会放过他，与手下瓜分钱财后散伙，独自远走高飞。史青云和马存信都是追踪到他们散伙的地方，线索就断了。世界之大，要寻找一个改名易姓的独行老江湖，无异大海捞针。八个月后，颍川形势恶化，新任县知事姜某与议会的冲突日益激烈，赵文渊担心不可收拾，派人召回史青云和马存信，继续掌控警察所和保安团。马存信接报即刻返回，史青云却没有听从。不杀掉哥哥，他无颜回颍川面对活着和死去的亲人。他搜遍河南，一无所获，遂进入湖广。史青山曾在湖广潜逃两年多，此次亡命，可能还会来这里。不料刚刚走到武汉，史青云就病倒了。当年在上海和广东的遭遇再次重演。两个月后，保泰药庄武汉分号的掌柜费尽周折，终于在客栈找到他。掌柜给他带来赵文渊和梁希声的加急电报，颍川形势已然糜烂，要求他务必立即赶回。掌柜见他卧床不起，给他开张药方，一剂而愈。史青云再次被宿命笼罩，收拾行装快快而返。他先来到明农庄赵家祖坟，向妗子和二舅磕头谢罪。到坟前时，却发现赵文澜也在那里。

赵文澜是来坟上向母亲告别的。江蓠死后，他效法父亲当年，在坟前结茅屋守孝。大家都以为他会守足三年，如今才一年多，他就要离开了。虽然只有一年多，他却已然形销骨立，两鬓生白，面容枯槁而苍老，仿佛久病之鬼。史青云暗自惊心，不知他这一年多经历了什么，又是怎么熬过来的。他把马让给文澜骑坐，将他带到师范学堂。文澜并没有想过来这里，他根本不知道该去哪儿，史青云建议去找云裳姐，他就答应了。云裳第一眼竟没有认出文澜，瞳孔里只看见青云，为他终于归来而异常开心。当她得知与青云同来的憔悴小老头竟然是二弟，吃惊得眼镜都要掉下来。

这是云裳第一次对文澜产生疼惜之情。她不喜欢文澜，从他诞生那天起就不喜欢。这与十二岁那年的一次梦魇有关。她十二岁时，父母早已搬到县城，而她依旧留在明农庄，跟随二婶江蓠一起过。在一个月光朦胧的午夜，她正在沉睡，忽然被文渊的哭声吵醒。然而文渊并不在房间。她爬下床，循着哭声找出去，房门打开，哭声戛然而止，只看到两个人在假山旁的凉亭下窃窃私语。女的是二婶，男的却不知是谁，只依稀听到二婶叫表哥。她叫声"婶婶"，江蓠与那人扭头望过来。那人的脸很清瘦，带着微笑，斯斯文文像秀才。云裳扶着房门，只见那张清瘦的笑脸像木版画一样贴过来、贴过来、贴过来，然后天地倾覆，她仿佛仰卧在地上，而在触手可及的天空，则布满了那张诡异的笑脸。她魇住了，在笑脸的逼视下无力动弹，昏昏沉沉失去知觉。醒来时，她发现自己躺在二婶的床上，二婶则坐在旁边给文渊缝衣服。明媚阳光透过窗子洒进来，落到红绸被面上，朝阳的房间光亮充足。不久之后，江蓠又怀孕了，十月后文澜出世，云裳抱着小小的襁褓，突然有些目眩，好像一下子又回到那个魇梦里。当文澜渐渐长大，云裳魇梦里那张面孔也越来越清晰地在现实中呈现出来。因此她知道，二婶那么溺爱文澜是有原因的。她感到不舒服。为什么不舒服，她也说不清，大概是魇梦里的无力和惊恐对她年幼的心灵造成了伤害。然而此时，二婶已经作古，目睹文澜被丧母之痛摧残的模样，云裳固守了三十多年的成见倏然退去，只剩下怜悯和疼惜。她在建校之初，并没打算开设四书五经的课程，梁希声坚持认为文化必须有传承，说服她保留了国学课程。这课程无疑非常适合赵文澜，但学堂里已经聘有讲师，再多一个显得赘余。这天晚上，她陪青云去见文渊，谈起这件事，询问文渊什么意见。

"我很想知道他能教学生什么，医者，意也?"文渊说，"当个废人养着吧。不用在学堂支薪，每月从我这里拿二十块钱给他。"

从此之后，赵文澜就成为一名光荣的民国教师，为传承传统文化默默做着应有的贡献。很多年后，他死了，有个好事的学生将他毕生作品收集成册付梓，出版后拿到市场上去卖，赔了一大笔钱。他那些文言诗文有相当一部分是怀念母亲的作品，情深意切，感人肺腑。文集还收录了他的遗书，他在遗书里说，此生最可恨的事，是没有看到杀害母亲的凶手伏法。

42   共和来过

此时的赵文渊已然内外交困。

在姜知事来颍川之前，赵文渊与议事会诸公已渐生龃龉。

议事会诸公来自十里百甲，各行各业，每当议事，首先保护自己人的利益，有利则争，无利则拒。常常一个议案，唾沫喷了几大缸，却迟迟不能议决，甚至不了了之。宣统三年三月，议员章海献提案设立消防所。此案得到城厢及大集镇议员支持，却遭到乡村议员的抵制，他们认为庄户不能从中受惠，反对拿全民的钱来建立和供养仅有城镇人获益的机构。双方激烈争辩一个月，最终未能通过议案，赵文渊只好以商会名义出面，筹钱购买水车、唧筒、挠钩、云梯等具，组建一支民间消防队。

诸公不仅为利益而争执，还为观念而战斗。大清倒台后，剪辫易服已成常态，但仍有不少人不愿剪掉长辫子。大男人脑勺上垂个长尾巴，虽说难看，一口气看上两百多年，也就有了审美价值，甚至会像生命一样不可或缺。师范学堂一批学生不能容忍，带剪子上街，遇到长辫子即强行剪掉。由此引发的殴斗案件急剧增多。教育界一名议员遂提议案，声称辫子是清廷奴化的象征，要求以政府名义，强制推行剪辫。议长赵文渊在大清倒台之前，就已把辫子剪除，但他认为，不剪辫子可能代表顽固守旧，剪了也未必证明思想进步，所以剪与不剪，无关大节，纯粹是个人的事。然而有议员提案，他也必须交由议事会讨论。让他始料不及的是，这个无关民生的提案竟在议事会里掀起一场混战。一开始是几名偏乡议员坚决不同意强行剪辫。城厢几名激进议员恶言相讥，嘲讽他们当奴才当上了瘾。他们的态度激怒了一批并不坚决反对的人，明确表态予以反对。这批人的立场转变，也惹恼了原本并不坚决支持的人，明确表态予以支持。双方大声以色，越辩越怒，由口而手，你推我搡，最后竟然打成一团。议台上的赵文渊也无辜受害，被一挂假牙砸中脑门。他揉着生疼的额头，望着混乱的议场哭笑不得。专程来旁听的梁希声却看得乐不可支。

"当年清廷剃发，要么乖乖听话，要么砍头，根本没商量。"梁希声安慰郁闷的老朋友。"相比之下，在议会打架要文明进步得多了。"

这些争议并不影响赵议长的权威，反而使他游刃其中，借由调和各方，积累起巨大的声望。他与议会诸公第一次交恶，是在民国元年八月秋议时。民国初建，治权分崩，军阀各据一方，土匪也日益猖獗。赵文渊提案增加保安预算，扩编武装警察及保安团。他本以为这个议案必定轻松通过，不料却被否决了。几位议员认为，匪患是通盘的事，时局如此，剿得完颍川的匪，剿不完外地的匪，根本不可能独自承平，除非沿边界修个长城把颍川围起来。所以，维持现有保安规模就够了，没必要再多花钱，况且也没那么多钱。赵文渊深感挫折，在梁希声和史青云面前大发脾气，痛骂反对者鼠目寸光。这年仲秋那天，高风镇被一伙流匪洗劫，死三人，伤二十五人。赵文渊再次授意亲信议员提交了议案。

"颍川是我们共同的家园，如果爱它，就要保护它。"赵文渊在议台上慷慨陈词。"以任何理由或借口反对保卫家园，都是颍川的罪人！"

警察所长史青云与保安团长马存信全副武装站在赵文渊身后，高风里乡团也出现在议场，而在议场之外，则围满了受害百姓。半个时辰后，议案获得通过。

赵文渊如愿以偿，横亘心头多日的石头终于落地。议会诸公却极不满。他们上次否决议案，真正原因是对赵文渊怀有戒心。赵文渊对剿匪的过度热衷，被人们理解为借用官家力量保护他的烟草种植。诸公的疑虑是有道理的，在赵文渊当议长这几年内，全县烟草种植面积扩展了十几倍，以至于颍川田野无处无烟。改种烟草对农民诚然有利，但获利最大的，毫无疑问是开有烤烟公司并垄断烟叶交易的赵某。大家不想花费全民的钱，去为他的烟草事业做贡献。颍川两大武装力量的主管，也都是赵某的心腹，扩充他们的武备，等于扩充赵文渊的实力。在颍川出现一个财富与实力极度庞大的领导者，是议会诸公都不愿看到的事情。

所以，赵文渊主导的议案虽然获得通过，却在议事会引起广泛的反感。诸公认为这是赤裸裸的政变，担忧充分协商的传统将不复存在。他们的担忧再次成为现实。一旦遇到赵文渊想要通过的议案，就会有类似的逼宫场面发生，赵议长也越来越热衷于贴标签，以"不爱颍川"来质疑反对者。在此双重压力下，议会诸公噤若寒蝉，赵文渊的意志则一次次顺利转变为官方的令条。议会诸公的愤懑与日俱增，就连赵文渊的老朋友也逐渐看不下去。终于有一天，章海献按捺不住怒火，在议场当众发飙。

"爱不爱颍川，不是由你说了算。"他拍桌子吼叫，"颍川不是你家的，你没权力让大家事事都听你！"

老朋友当众发难，让赵文渊陷入极度尴尬的境地。议会诸公则倍感振奋，团结一致，共同否决了赵文渊的提案。大家一吐怨气，非常之爽。这天傍晚，章海献回到家，发现庭院里静悄悄的。虎皮鹦鹉垂头丧气蹲在堂屋前的架子上，没有像往常一样，一看到他回来就大叫"老爷真好看，老爷真能干，老爷能活一万年"，而是悲伤地瞟他一眼，继续勾下头去，看着地上那个跳动的小东西。章海献将那个小东西捏起来看了半天，才发现是鹦鹉的舌头。不光鹦鹉的舌头被割，他们家里的五禽六畜舌头也都不见了，而他的家人，则被统一捆在厢房里，嘴巴都用油纸封起来。那个在议事会口不择言骂了赵文渊的人，下场比章海献更惨，除了禽畜拔舌、家人封口，两个看门的也遭殃，一个舌头被居中剪开，仿佛蛇信子；另一个舌头则被戳了个洞，讲话跑风，嘘嘘嘘的就像吹口哨。这两人后来因祸得福，去北京天桥表演口技，深受欢迎，赚的钱比在颍川看门多多了。此是后话。

替赵文渊下手惩罚那些异议者的，是保安团长马存信。这个曾经浪荡乡间的年轻人能有今日地位，全拜赵议长赏识和提携，因此对赵文渊有着无与伦比的忠诚。他将赵文渊在议会遭受的打击看成奇耻大辱，自作主张去警告那些胆大包天的家伙。赵文渊对此一无所知，看到那些前一天还针锋相对的议员，突然变得非常恭敬，还有些莫名惊诧，直到两天后史青云告知此事，要求处分马存信，他才明白原委。史青云眉头紧锁，为这件事给表哥造成的恶劣影响忧心忡忡，建议暂解马存信职务，带上他去向章海献等人请罪，以诚恳的态度换取议员们的谅解。赵文渊觉得马存信做得的确过分，但史青云的要求也未免无情。

"记个过就是了。"他对青云说，"因忠获罪，会让人寒心，以后谁还敢为你效力？"

史青云无语而退。赵文渊将马存信叫到府上，痛斥他擅作主张，莽撞无知，因为他的愚蠢行为，给自己造成巨大的被动，令其日后凡事听命，毋得自行其是。马存信唯唯听训，不敢多言。赵文渊训罢，吩咐张姨太取出五百大洋，教他拿去买些酒肉，犒劳保安团的兄弟们。打发走马存信，他立即去章府拜访海献兄，与老朋友把酒叙旧。三杯之后，他说他的烤烟公司想招些股份，不知海献兄可有意愿。他的烤烟公司财源广进，根本不需要招股，他这么做，明摆着是要送钱给海献兄。章海献怦然心动，客气几句，也就欣然接受了文渊老弟的美意。至于另外那名议员，赵文渊携带厚礼，高调出席了他老父的寿宴，在宴席上称兄道弟，亲密异常；之后又利用自己的关系，花钱帮他把儿子送到美国去念书。议员十足讨回面子，又承此人情，也就不再那么仇恨赵议长了。

县知事更替频繁，不等熟悉县务就调走，在短暂任期内要想做些事，必须得倚重地方领袖赵议长。赵文渊的权力越来越稳固，对议会同仁的态度，似乎也越来越强硬。议会逐渐变得风平浪静，但大家都知道已经离心离德，当初铆足劲头要造福桑梓的理想，成为现在酒后自嘲的话头。所以，当姜知事主政颍川，与赵文渊的矛盾越来越激化时，并没有人站到赵文渊这一边。姜知事来颍川后，既不访问议会，也不拜会诸公，直接在县公署发号施令。

这显然是不把诸公放在眼里，且视议会如无物。赵文渊以为大家会与自己一样愤怒，同仇敌忾对付不守规则的新知事。不料议会诸公反应冷淡，不少人幸灾乐祸，袖手作壁上观，还有议员和官员更是投靠了姜知事。

"需要大家卖命的时候，口口声声颍川是颍川人的颍川，一旦掌握了权力，就把颍川当成他自己的。"他们向姜知事控诉。"如果再不控制，他早晚会成颍川的皇帝。"

赵文渊不会接受这样的指控，就连副议长陶学诚听到后也摇头，觉得言过其实了。陶学诚与赵文渊是老搭档，私交甚好，但这两年亦在议会渐行渐远，姜知事莅任后，他一度也想借知事来压制赵文渊。但他很快发现姜知事靠不住。姜知事刀笔出身，对待乡绅自治的态度与前几任新派知事截然不同，他不理议事会，是要踢开议事会，而不是因为讨厌赵文渊。为了教训赵文渊而支持他独断专行，无异于烧屋取暖。

"不要为了反对而反对。"他私下劝几名倒戈的议员，"自家的狗再可恶，终归要看自家的门，引来个狼咬死它，下场会更惨。"

"再让这条狗看家，整个家都成他的了。"那些议员说，"知事再坏，干几年就滚蛋了，总不能把颍川挖出来带走，赵文渊可是世世代代住在这里。"

陶学诚无语。姜知事虽然能干，也有这些人支持，但要随心所欲地执政，仍然困难重重。赵文渊经营多年，颍川县公署上下多是他的人，姜知事要大展手脚，总觉处处掣肘。姜知事此来莅任，身负上峰重托。颍川是中原富县，税收却不如上峰之意，故此调派一位能员来督理。姜知事到任后，考察市井工商，心中窃喜，不料加派捐税的命令一出，首先遭到议长的反对。赵文渊身为绅商之首，不但不做表率，反而在议会大张挞伐，批评姜知事越权乱政，因为依照自治法，捐税加不加、怎么加，是县议会的权力，而不是县知事。况且颍川甫经地震之灾，民困未苏，岂能雪上加霜。他的主张意外获得议会的一致支持。素来挺他的自然与他同进退，反他的则是看热闹不嫌事大，要帮他再添一把火。加税受挫，姜知事动了肝火。

"赵某人是给我下马威呢。"姜知事对秘书冷笑，"拿着鸡毛当令箭，也不称称自己斤两。"

赵文渊喜欢水仙，书房养有两丛金盏银台，客堂则用钧窑茄紫釉花盆盛着几株玉玲珑，亲自养护，视为心爱之物。这几天，那些水仙忽然相继死去。后院配房边那棵繁茂的海棠也莫名其妙地开始枯萎，垂花门楼前的南天竺和桂树亦于一夜之间叶子落尽，又在次日午夜起火自焚，赵乙和家人持水扑救，却如火上浇油，转瞬间烧成一撮灰土。接二连三的古怪事弄得赵文渊心神不定，不祥之感如乌云般笼罩心头。这天上午，赵文渊约好副议长和民政科长去勘灾，刚要出门，赵仲安匆匆来见。他从怀中掏出一份抄录的密件，递与赵文渊。那是姜知事发给河南都督的电报，极言颍川绅权过重，把持议会，祸乱县政，不钳制之则事事难为，故请都督裁示。文渊看罢，脸色与天空同时阴起来，立即派人召回史青云和马存信。

马存信已经追踪到史青山的踪迹，接到信报，即刻放弃追杀，日夜兼程赶回颍川复命，重掌保安团。史青云却迟迟未归，等到数月后终于回来，警察所长的职位早已被姜知事的人占据。新所长是姜知事的同乡，杀过人，坐过牢，当过兵，没别的本领，贵在狠戾和忠诚，就任所长后，成为姜知事得力爪牙，杀人破家不在话下。赵家的药庄和烤烟厂也频繁被他登门关照，令赵文渊异常厌憎。他将一半责任归咎于史青云的拖延，对他有点没好气，共进晚餐时，大部分时间都在跟云裳交谈，而对青云待理不理。所幸有回雪在，关心这个关心那个，不停地跟青云说话，才没让场面变得尴尬。

三天后过腊八。那天天气本来很好，晴空之上冬阳温暄，过了午时，忽然彤云四起，一阵烈风后，大雪弥天盖地下起来。大雪下了一夜，南关一名妇女也号哭了一夜。傍晚时她七岁的儿子在街上跑，撞到喝醉酒鼓腹而行的警察所长，被所长倒提起来，按进街边一只水缸浸死了。次日早晨，当最后一片雪花悄然飘落城头，整个县城已被积雪埋葬。上午十点多，警察所副所长找所长禀事，打开房门，看到所长倒吊在屋梁上，下面是一只盛满污水的木桶。所长的头浸在木桶里，与污水坚硬地冻结在一起。姜知事痛失爱将，下令城中戒严，狂搜三天，也没查到蛛丝马迹。姜知事要委任新所长，没人敢接，遂由副所长暂时代理。

进入腊月，过年的气氛便一日浓过一日。但在今年，颍川县城却沉浸在紧张不安的气氛中。姜知事与颍川议会和商会的对立,已经波及所有市井小民。姜知事决不退让,绅商也宣称抵制到底。一方有都督撑腰,一方则向省咨议局求援,并纠集绅商请愿团赴省陈情。警察所长诡异之死,使不安气氛愈加浓烈,所有人都预感到要发生事情,所有人都不知道会如何发生。赵文渊叮嘱赵仲安,但有重要信报,立即密送过来。然而连续几个月,赵仲安都不曾看到有价值的东西,姜知事似乎已有戒心,不再通过邮传所发送电报。

大寒那日,市井间突然疯传一则消息:都督已派遣统领曹士英率五千大军,前来驻守颍川。五天后,传闻获得证实。曹士英的心腹营长王祥生带领三十名士兵冲入城门,在县城内到处张贴告示,宣布曹统领五千大军即日抵达,令绅民人等各安其业,毋得嚣乱,然后会同姜知事,直奔城北保安团。马存信仓皇列队迎接姜知事和王营长,接受检阅。王祥生说声"兄弟们辛苦了",下令收缴保安团所有枪支。马存信大惊失色,意图反抗,联想到曹统领马上开来的五千大军,只好忍气吞声。以赵文渊议长为首的地方绅商接到通告,要求动员城乡百姓,准备迎接曹统领。又过了两天,曹统领骑着高头大马款款而来,受到颍川绅民夹道欢迎。全城到处张灯结彩,锣鼓之声响彻云霄。曹统领入城之后,派人看过风水,认为师范学堂最宜扎营,遂将中军大帐安设于此。校长赵云裳以影响教学为由,提出强烈抗议,跟曹统领的卫兵争吵不休,严重影响了曹统领午睡,害他做了个噩梦,梦到自己被绑在一根柱子上,被两个牙齿快掉光的老头儿一口一口咬。曹统领非常生气,以扰乱军营之罪将她逮捕,看到她身上的修女服装,又加了个汉奸罪名,推到操场上枪毙。所幸梁希声也在学堂,紧急挽救,搬出几名省府高官的名号,声称是其乡榜同年,关系至好,恳请曹统领看他们之面手下留情。赵云裳保住一命,被逐出学堂,学生也无限期放假,腾出学舍和宿舍给官兵当营房。云裳愤愤不平,要求赵文渊出面交涉。赵文渊去交涉了两个时辰,回来对堂姐说:

"先忍忍吧,过段时间再说。"

跟随曹统领入城的士兵并不多,目测不过四五百个,与宣称的五千相去甚远。曹统领睡足之后,升帐传令,解散保安团,将团勇并入所部五百人,成立巡缉营第八营，王祥生任营长。农历腊月二十三日，城门方开，又闯进来一帮人马，有五六百人，服色混杂，行伍不整，迤逦开往师范学堂。带队的人穿军服，踏军靴，身材魁梧，悍气逼人。街市中人望见他佩枪走来，无不惊惧变色。那人带队来到师范学堂，受到曹统领接见，将他所带队伍改编为巡缉营第九营，任命此人为营长，择地驻扎。新营长轻车熟路，带领转正的下属来到城北武侯庙临时安扎。傍晚时分，他带领五名亲兵，来到城东厢史青云家。史青云不在。他送给史青云妻子十两黄金，送给史青云儿子一把带牛皮套的精钢匕首。一刻钟后，他又来到宣化街赵文渊议长的府第，带人径直闯进去。赵乙正指挥人祭灶，看到他仿佛看到鬼，想要阻挡，却又不敢。那人一把揪住赵乙，犹如拎起一只呆鸡，大步往后院走。

"文渊在哪儿?"他问赵乙。

"不在家。"

"我弟妹呢?"

"你是说哪个?"

"回雪。"

"在……"

那人一把将赵乙推搡出去，"去把她叫出来，就说我回来了。"

回雪正在房间里收拾晴柔和文溯的东西，听到喧闹，走出房门看究竟，脊背上的汗毛顿时乡起来。暮色虽已浓密，院子里尚未掌灯，但在昏蒙余光里，她依旧认出那个人是失踪已久的史青山。

43   曲终人不见

　　史青山获任营长，是他应得的酬庸。马存信追踪到史青山时，史青山也发现行迹暴露，以为史青云也在附近，情急之中投奔正在招兵买马的曹士英。曹士英受命驻守颍川，出发时只有部属一百余人，多赖史青山沿途招纳土匪，才扩充到五百人。曹统领入城时，他并没有跟随，又去周边各县走了一遭，将旧年相识的匪帮全都拉拢过来。曹统领宣称驻军已接管地方防务，下令收缴乡团枪支，用以武装两个巡缉营。枪支还不够，就把警察所的枪也收了，警察再次出警，所能携带的就只有一根二尺半长、一头黑一头红的水火棍，警察所也因此被人们称为棍子所。

　　得到曹统领鼎力支持的姜知事雷厉风行，一天之内撤换完所有科所长官，然后与曹统领的大军合作，仅用了半年多，就天才地完成了五年的税收。之后又用了一年多，从绅商囊中刮走上千万大洋，并使绝大多数农民濒于破产。没有任何一户农民完纳得了田赋，因为姜知事已经将田赋预征到十二年以后。田赋按亩征收，拥有土地越多，欠姜知事的钱也就越多，一时间土地成为晦气的东西，倒贴钱都没人要。大量田地被抛弃，长满一人多高的荒草，很适合盗贼出没。遗憾的是此时盗贼已不多，毕竟农民已没什么好抢，而胸怀大志的曹统领则在招贤纳士。在向活人收税的同时，姜知事还创造性地把赋税征到死人身上，每个坟头都要交耕地占用税，每年一收。田间坟墓一夜之间铲平大半。那些鬼魂失去坟头，弄不清自己的墓穴在什么地方，从地下一冒出来，就再也找不到回去的路，只好在旷野里到处游荡。

梁希声带上一帮乡绅赴省陈情，都督没见到，打挨了好几回，狼狈返回颍川。史青山进城那天，史青云和马存信陪同赵文渊在义让镇探访鳏寡孤独。听到消息，两人立即要去刺杀史青山，被赵文渊拦住。赵文渊也根本不能接受这个结果，但史青山既已成为政府军官，杀之即是造反，曹统领必定大举报复。双方对立已如此严重，他不能给对方起衅以口实。梁希声陈情无果后，史青云又动念刺杀姜知事和曹统领。老朋友对行刺的迷信让梁希声感到困扰。他向史青云分析利害：曹某是毅军将领，而姜知事，已查实是都督的嫡系门人，履任颍川后贡献称心，深得都督宠眷。这两个都是老虎屁股，怎么敢动？

"除非你想害死你表哥一家。"

"那怎么办？坐着等死？"

"坐着等死，强过主动送死。"梁希声说，"静观其变吧。"

议事会已被袁大总统取缔，议会诸公各回各家，随时准备交税。赵文渊曾经恃议会以自重，嚣张对抗姜知事，理所当然受到严厉的报复。他的宅院被王祥生营长看上，请他让一让。赵文渊倒爽快，立即腾出院子，举家搬到葛家老宅去。明农庄已近乎荒芜，药庄也被搞得大不如前，他居然也能沉得住气。当烤烟厂被王营长的巡缉营占据，生产陷于停顿后，他终于坐不住了，带上一架鹿茸、几支高丽参，去公署求见姜知事。知事公务繁忙，拒绝见他。赵文渊悻悻而返。陶学诚听闻此事，找知事替他讲情。

"您已经把他弄得这么惨，该消气了吧？"陶学诚向姜知事赔笑。

姜知事摇头，"他还活得这么好，我怎敢消气？"

"您一定要弄死他吗？"

"这不是他自找的吗？"姜知事说，"像这种劣绅，不把他灭掉，以后的知事怎么来当官？我这是为官除害。"

陶学诚默然而退。过了半天，他又来拜见，拿出一张纸请知事过目。那是上海某教会医院德国医生开的诊断书：病人，赵文渊，诊断结果，肝癌。

"他也没多长时间好活了。"陶学诚又取出一张一万大洋的银票，推到知事面前，"这是他的一点敬意。您就高抬贵手，让他过个一年两载，害病死掉好了，也免得您落非议。"

从此之后，赵文渊杜门谢客，每日除了喝酒打牌，就是跟新养的两个女人鬼混。这两个女人一名朝云，一名暮雨，朝云擅长弹筝唱曲儿，暮雨擅长撒娇打麻将。回雪为丈夫的堕落而不满，百般劝诫，竟是不听。后来又发生一件更加令人难堪的事。半年之后，赵仲安举行婚礼，赵文渊以家长身份参加。姜知事撤换科所长官时，赵仲安也被撤掉，赵文渊任命他当药庄总行襄理。此次婚礼，是赵文渊闭门索居以来第一次公开露面，到场的很多老朋友都想跟他聊几句。不料一看到新娘，他两只眼再次发直，对老朋友们的问话听若罔闻。众目睽睽之下如此失态，令新郎新娘很尴尬，陶学诚也恼得想把茶杯砸到他脸上。章海献俯他耳边提醒：

"这可是你小辈，看几眼就行了，别一直盯着。"

赵文渊回过神，咧嘴笑了笑。章海献叹息。"去上海做寓公好了，这又是何必呢？"

赵文渊换一支雪茄，也递一支给章海献。"祖坟在这儿，去外头当寓公，死了埋着不方便。"他说。

赵文渊在婚礼上的猥琐表现传遍县城。回雪痛心疾首，带上文溯和晴柔回了明农庄老家，在父亲坟前盖起几间茅房，住里面吃斋念佛，抚养两个孩子。张姨太也一气之下离家出走，去上海陪在那儿读书的儿子云从。赵文渊的堕落成为颍川街谈巷议的话题，大家都认为他是在权力斗争失败之后颓废了。

表哥的自暴自弃也让史青云难以接受。师范学堂被占为兵营后，赵云裳就回到新落成的天主堂，继续多年之前的传教事业。姜知事和曹统领对教育不感兴趣，视学所的钱都被他们拿去花到别的地方，梁希声无事可做，经常会散步穿过几条日益萧条的街道，绕过钟楼，来到天主堂跟云裳闲聊一会儿。史青云在天主堂遇到他，向他大发牢骚，对文渊的荒唐行为进行了严厉抨击。梁希声背靠桐树坐在低矮的小马扎上，摘下老花镜，在镜片上吐点唾沫，用一小块破旧的绒布小心擦拭。

"你跟他这么久，应该了解他的。"梁希声这几日喉头上火，声音低哑，"他是在掩人耳目。"

史青云这才意识到误解了表哥。他来到葛家老宅看望文渊。赵文渊正在花厅听朝云唱曲，青云缓缓走过去，听那歌声怆然，正是古乐府《箜篌引》。赵文渊看到他，略无意外，指指对面的椅子让他坐。史青云熟视表哥，见他清减许多，两撇胡须亦显杂乱，不由得伤感。

"我能做些什么？"他问。

文渊苦笑。"能做些什么？我也不知道。"他懒洋洋靠到罗汉榻上，眼望窗台自言自语，"公无渡河，公竟渡河，堕河而死，将奈公何！每次听这曲子，就会想起伊莪。假如她在，也许会帮我想个法子。"怔了一会儿，又回视青云，"你去见一下陈富吧，帮我问声好。"

陈富能活到今天，全赖地震相救。那天他被多路匪帮围攻，殊死作战到午夜，已经弹尽粮绝，在山谷中无望奔逃。危急时刻，地震突发，将一座山峰推翻，瞬间填平山谷，陈富一伙刚好逃出来，对方则有一百多人活埋其中，追杀之路也被截断。本已准备好发兵收渔翁之利的县公署，也因地震而取消行动。多年以后，陈富在参谋长余秀才的帮助下撰写回忆录，想到这段历史，仍然心有余悸，向好几位学者虚心请教主管地震之神的名号，要为他立个牌位。陈富死里逃生，在西山绅民暗中相助下苟延残喘，好不容易恢复一点实力，曹统领的大军又来了。已贵为巡缉营营长的史青山不忘旧恶，经常率领部下匪兵来剿匪，将陈富赶得到处乱窜，惶惶不可终日。史青云到来时，陈富正蹲在崖头上大便，双手拽着一棵酸枣树，将屁股撅到山崖之外，排泄物仿佛冒烟的烂泥巴，击打着崖壁上的草木飞溅而下。他以这样的姿势，接见了曾经用假银票欺骗自己的老对手。

史青云给陈富和余秀才带来一个礼物。余秀才将那只洇血的袋子打开，倒出一颗人头。人头在地上滴溜溜打了几个转，脑勺顶地停下来，陈富系上裤子，和余秀才凑上去看，原来是老朋友章有发。史青山曾经招降章有发，章有发因与他有仇，怕被他弄死，不敢去，依旧带领他那帮人在三县交界处游荡。史青云在他经常出没的山岭埋伏了五天四夜，在一个下着蒙蒙细雨的傍晚，将他射杀在一棵野核桃树下。史青云这个礼物让陈富又喜又悲，心情复杂。他与史青云握手言和，将史青云请进山洞，喝着糟酒谈了很久。

姜知事手腕铁硬，行事不容置疑，曹统领也爱兵如子，纵容部属在城乡各取所需。绅商大户不堪其苦。当初反感赵文渊、坐观他与姜知事相斗的议会诸公，也大多处境悲惨，有几个人的宅院亦被营官相中，搬进去与他们同住。其中包括章海献。在一个月黑风高的午夜，他和陶学诚结伴来到葛家老宅。宅内依旧红烛高照，留声机播放着洋场歌女的靡靡之音，赵文渊叼着烟卷，跟两个新姨太和药庄掌柜打麻将。章海献将牌推倒，把赵文渊拖进书房。

"你还要忍多久？"他质问文渊。

"说不准，诊断书上讲……"

"别跟我扯诊断书，你骗得过我吗？"章海献怫然。"你若只想保命，为什么不去洋场做寓公？你留下来，必定有你的打算。我不信你能安心看他们把颍川搞垮。"

赵文渊冷笑，"这不正是你们希望的吗？"

章海献语塞。陶学诚在旁打圆场："此一时，彼一时，文渊不要太计较过去。"

文渊呵呵一笑。章海献说："你说怎么办吧文渊，大家跟你一起干。"

文渊抽着烟沉默了很久。"等着吧。"他说。

赵文渊等待的时机是袁世凯称帝。袁大总统是帝国少有的政治家，脑筋一向管用，但年纪一大，就容易犯糊涂，在一帮人鼓动下，一心一意要登基当皇帝。时代变了，帝制那一套已经行不通，只要袁世凯称帝，很快就会众叛亲离。

"共和之制，轮流坐庄，人人都有希望当总统。袁某一称帝，断了天下野心家的念想，他还有好日子过吗？"赵文渊说，"袁某倒台之日，就是咱们再次起义之时。"

在此之前，一些必要的准备还得做。陶学诚和章海献暗中筹款，购买了五百条快枪，藏在一座废弃的仓库里。史青山衣锦还乡，经常带人耀武扬威地在街上走，赵文渊怕马存信找他火拼，万一丢掉性命，将来会少一员大将，遂授意他联络各地乡团领袖，以结社自保为名训练团勇，以备起事。

这年冬天，袁世凯终于登基称帝，如劝进书里的万民所愿披上龙袍。革命党和各省军阀亦如赵文渊所料，纷纷宣布独立，起兵讨袁。袁世凯后悔不迭，但为时已晚，万民拥戴的洪宪政权转眼风雨飘摇。赵文渊等待的时机终于来到了。春分那天凌晨，在第二遍鸡鸣之中，颍川县城的西门和北门悄然打开，马存信率领的各乡民团和陈富率领的西山匪帮一拥而入，直扑曹统领驻扎的师范学堂。当他们在仍然漆黑一团的夜幕之下与曹军激战起来时，史青云已经带领他的警察所老部下攻占县公署，逮捕了姜知事和他任命的大部分科所长官。

曹军反应之快令赵文渊等人惊讶了很久。之前他们派人刺探过，曹统领自恃强盛，兵营夜间防卫并不严密。激烈的战斗持续了两个时辰，双方战死的人横七竖八铺满了北城的街道。上午八点左右，接到信报的史青山率部攻入县城，从重围中救出曹统领，向北逃窜而去。巡缉营第八营营长王祥生在混战中被击毙。赵文渊和同谋视察战场，为伤亡之巨大而心惊难过。走在最后的章海献在心惊难过之余，眉间还流露出一丝内疚。曹军反应这么快，正是他临时告密的结果。约定的起事时间到来之前，他将那匹黑马配好鞍辔，以备万一起事失败逃亡之用。那匹马在他的摆弄下亢奋起来，脖子亲昵地蹭蹭他，昂起头做啸鸣状，但只是鼻孔里发出一阵吭哧声，仿佛伤风的人在吃力地擤鼻涕。它的舌头在前年被马存信割掉了，再也不会发出声越云霄的嘶鸣。章海献抚摸着光滑的马脖子，赵文渊独裁时的往事一幕幕涌上心头。

"如果他胜利了，会不会比以前更加专断？"章海献对马说，"到时候，恐怕他就不再是割舌头，而是砍脑袋了。"

这种两败俱伤的结果正是章海献所希望的，令他无奈的是，尽管双方死伤众多，双方主要肇事者却大多安然无恙。姜知事和他的科所长官被押到起义领袖面前。陈富和余秀才也以起义军领导者身份，郑重其事地与赵文渊等人站在一起。他们建议将姜知事枪决，科所长官则视罪行轻重予以相应处罚。赵文渊认为杀官徒惹争议，最好效法之前的对付秦知县之法，将他驱逐出去即可。他的意见获得官绅一方的一致支持。

陈富一伙虽对起事有功，毕竟出身匪类，与他们共处一堂之下，就重大问题相互协商，赵文渊等人总觉别扭，也深恐被人们视为通匪，从而抵消他们冒死起事的功勋。于是赵文渊调兵遣将，把他们派到城外驻扎。梁希声事先已以颍川县绅民的名义拟好一通电报，历数姜知事和曹统领的恶行，申明起事乃万不得已之举。他招来赵仲安，将电报稿交给他，令他火速发送都督府。

赵仲安父母双亡，至今尚无子嗣，所以谋划起事时，赵文渊没有让他参与，直到史青云分兵占领邮传所，才将他叫来坐镇，负责对外通电。赵仲安接过文稿，匆匆回到邮传所，将电报房反锁，望着小小一方窗口发了会儿呆，然后打开电报，发出一通乱码。这天下午，曹统领告变电报和颍川发来的乱码同时呈送都督。都督已经换人，虽对姜知事勤于赋税感到满意，但亦颇闻他风评不佳。他将乱码看了多时，吩咐拍份电报给颍川，询问事变究详。赵仲安奉命待在电报房，收到都督电报，又望着窗子发了会儿呆，亲自发报回复。

"前议长赵某欲夺县政，纠集匪帮与劣绅为乱。"

自从将陈情通电交给赵仲安，梁希声一直心神不宁，眼皮仿佛受惊的跳蚤跳个不休，中午时整个脸颊也跳起来，到晚上跟赵文渊一起吃饭，全身肌肉都开始不可遏制地颤抖，手中的筷子都在剧烈抖动中飞了出去，像箭一样射进赵文渊的头发里。这天晚上，他躺床上抖了一夜，那张古老的杨木床在漫长的折磨中粉身碎骨。他原计划召集一批绅民代表，于次日一早起程赴省陈情，代表们在约定的地方等了很久，不见他来，跑他家里找，发现他蜷缩在杨木碎片上，哆嗦得话都说不出来。这天晚上，史青云巡夜之后顺路来看望。梁希声已经不再哆嗦，但虚弱得厉害，如同一团烂泥，瘫在靠背烂了个窟窿的藤椅里，一口接一口地吐血。赵文渊已请县城最好的大夫来诊治过，都不知道他得了什么病。史青云坐到他旁边，哀悯地看着老朋友。

"坚持一下，天明后我派人送你去省城，找个好医生诊治。"

梁希声无力地摇摇头，悲伤地笑了笑。"恐怕等不到天明了。"他将眼光投向黑漆漆的窗外，叹息说，"夜太长了！"

梁希声绝望的神情和话语让史青云心慌意乱，内心升起一种非常糟糕的预感，仿佛梁希声的话是句谶语，不仅是他梁希声，他们所有人，包括他们为之流血牺牲的事业，都将在触手可及的未来死亡毁灭。

梁希声并没有在天亮之前死掉。这个令人尊敬的文化领袖还有三十多年的寿命，在以后颍川县的各种事务中继续发挥着重大影响。第二天一早，史青云派两个人将他抬上驴车，送他去省城治病。他们刚刚走到拱辰门，大地突然震动起来，浮尘仿佛烟雾四方飞腾，房顶上的瓦片在越来越猛烈的抖动中犹如洗盘子一样哗哗作响。梁希声艰难地从驴车内探出头。

"又地震了吗?"

这次不是地震，是都督派来镇压叛乱的大军开到了。史青云登上城楼，向北方望去，只见大队官兵仿佛决堤的黄河巨浪，在曹统领和史青山率领下掀天揭地而来。驻守城外的西山匪帮吓坏了，自知抵挡不住，不顾陈富的阻止弃营而逃。几乎成了孤家寡人的陈富和余秀才表现出令人敬佩的江湖义气，他们退进城门，要与城内的盟友誓死守城。江湖义气和万众一心的死守，顶不住大炮和机枪的猛攻，黄昏时分，曹统领的大炮轰破城墙，骁勇的史营长抱着一挺机枪，一马当先杀入城内。经过一个时辰的巷战，赵文渊等人开始分头突围。史青云抱起虚弱欲死的梁希声，在警察所弟兄的护卫下纵马杀出南门，赵文渊与陶学诚则在马存信和陈富的保护下冲出西门，逃向西山。曹统领痛恨赵文渊，与史青山率领大军分道穷追，其余的官兵则在县城内开始了他们最喜欢做的事：屠杀和洗劫。

这是颍川有史以来最残酷的大屠杀之一，从旧历的二月二十四日傍晚一直持续到二月二十七日傍晚，究竟死了多少人已经无从计算，只知道杀戮过后，满城都是尸体。为了将这些尸体收集掩埋，劫后余生的人一共花了半个月时间。与大屠杀相伴的是大规模的洗劫。当这支威武雄壮的平叛之师离开之后，偌大的颍川变成了一贫如洗的鬼城。两个多月后，袁世凯死了，河南都督改称省长，颍川屠城的罪魁祸首曹统领也调任他方。病愈的梁希声骑一头毛驴，在黯淡夕阳下走进残破的城门，看到城内仍然满目疮痍，商铺的门大多半掩，行人小心地贴着墙壁，恐惧和警惕犹如面具贴在他们脸上。而在赵云裳的天主堂里，依旧躺满了饥饿病残和无家可归的人。

梁希声骑在瘦小的杂色毛驴上，走过换了新知事的县公署大门，沿着萧条颓败的街道踽踽而行，来到赵文渊的府宅前。他望着眼前那片残垣断壁，在最后一抹夕阳里泪流满面。宅院的主人已经死了，没有人会回来收拾这片凌乱不堪的瓦砾场。那天晚上，赵文渊他们逃进西山不久，就在曹统领和史青山的追击下走散。赵文渊在马存信的贴身护卫下逃到一座山上。山顶平坦如砥，正中伫立着一座房顶已然塌陷的山神庙，庙前则是一棵白果树，庞大的树冠上缀满新绿。雪亮的下弦月缓缓爬上半空，在白果树下印出一个巨大的阴影。无数追兵从四面八方鼓噪着围堵上来。马存信一路遮挡着赵文渊，逃到白果树下，打完最后一颗子弹，被对方的子弹射中胸膛。赵文渊俯下身去，只见血液像泉眼一样从马存信的胸膛里喷涌而出，在白果树下汇成一潭，顺着白果树的血脉逆流而上，浸润进每一根枝条和每一片树叶。他听到一个熟悉的声音在吆喝，抬起头，看到身穿北洋军服的史青山手握盒子炮，神气活现地踱进白果树的阴影里。而在阴影之外的月光下，不知何时出现两个人。那两人默然站立在山神庙六角形的窗子前，望着他和史青山，在清明如昼的月光下，他们灰蒙蒙的脸孔布满悲伤。赵文渊认出他们是伯伯赵致中和姑父史宗义。史青山以胜利者的姿态，骄傲地踱到赵文渊面前，逼视这个压制自己多年、一心想要自己命的表弟，巨大的快感犹如白果树的影子笼罩着他。

"表弟，我送你上路吧。"

一声枪响后，赵致中和史宗义的魂影在赵文渊眼里倏然而灭。一颗冰凉的水珠滴到他脸上，他吃力地抬起头，只见晶莹的水滴仿佛骤雨，从白果树上哗哗落下来。一阵风从山冈上掠过，巨大的树冠发出低回的呜咽。白果树哭了，每一片树叶都在忧伤地流泪。

赵文渊在倾盆之雨的泪水里颓然倒地。子弹擦着他的心脏，穿透肺叶，钻进了胸椎骨里。他必定要死了，但在死前还要经受或许很长也或许很短的一段痛苦折磨。痛苦虽然难挨，比之伯伯当年仓促而窝囊的死亡，总算要幸运一些，至少可以在这段可能很长也可能很短的时间内回想一下自己的亲人。他想到了在上海读书的大儿子云从和张姨太；想到了远在美国从未谋面的小儿子风从，想到了葛伊莪。最后他想到了回雪，想到他们荒唐的婚姻生活，以及这种荒唐生活对回雪数十年如一日的伤害。回雪在绝望中带文溯和晴柔回明农庄后，那么多天里，他没有回去探视过一次，以至于在临死的时候，要回想她和孩子们是怎样生活都成为不可能。他受创的心脏承受不了突如其来的沉重愧疚和不安，挣扎着跳动了最后几下，疲惫地停息了。

正如赵文渊不知道孩子们现在怎样，孩子们也不知道他正在死亡。此时此刻，文溯和晴柔并肩坐在茅屋的门槛上，默默等候回雪归来。回雪在傍晚出去找吃的，一去几个时辰，到现在也没回来。时令上的春天已经来了很久，夜晚的空气依旧阴凉，文溯与晴柔紧紧偎依，还是忍不住瑟瑟颤抖。嫂嫂何时才回来呢？他们怯怯地望向原野。无边原野里耸立着去年的荒草，穿游着无数未知的东西。西山的风像流水一样刮过来，隐约飘荡着血腥的气息。祖坟上的松柏在血腥隐隐的夜风里轻轻叹息，而在那棵枝干参天的梓树上，一只孤独的鸟在不知疲倦地啼叫，点点血痕像伤疤一样布满了枝头。